目錄

中國哲學原論　原性篇

中國哲學原論原性篇

本書原題「中國哲學原論原性篇——中國哲學中人性思想之發展」，一九六八年二月由新亞研究所印行，一九七四年再版。全集所據即七四年再版本，並經全集編輯委員會校訂。

自序

一　本書寫作之宗趣、及其所論述之範圍

本書名原性，又名中國哲學中人性思想之發展，爲中國哲學原論之第四編，其前三編爲導論編、名辨與致知編、天道與天命編，合爲中國哲學原論上，已列爲東方人文學會叢書，由人生出版社印行。茲編因篇幅較多，故別爲一書，今更爲之序，以略說明其論述之宗趣、範圍、方式、態度、及內容如下：

吾原論諸文，皆分別就中國哲學之一問題，以論述先哲於此所陳之義理，要在力求少用外來語，以析其所用之名言之諸義，明其演生之迹，觀其會通之途；以使學者得循序契入，由平易以漸達於高明，由卑近以漸趨於廣大；而見此中國哲學中之義理，實豐富而多端，自合成一獨立而自足之義理世界，亦未嘗不可旁通於殊方異域之哲人之所思，以具其普遍而永恆之價值。茲論述中國先哲之言性，其宗趣自亦不能外是。

此書之原性，乃與吾原論中原命一文，同爲通中國哲學之全史以爲論，而牽涉之廣，又大過之。蓋人生之事，無不根於人性，而中國先哲言人性，亦稱天性，故又多由天地之性、萬物之性、萬法之性以言人性。人能成聖、成賢、成佛，而至誠以如神，乃更可由人之成聖賢之性、佛性、神性，以

言人性。故吾此書第一章，嘗謂「就人之面對天地萬物，而有其人生理想處以言性，爲中國言性思想之大方向之所在。」循此以論中國人性思想之發展，乃勢必於人生宇宙之一切問題，無不牽涉，卽將無異爲一具體而微之中國哲學史。然吾此書仍力求免於泛濫，唯扣緊此「性」之核心問題而爲論。故對關聯於天地萬物之本身，及人生理想之本身，以及如何實現此理想之內聖外王之道，等等問題，恆避而不及。卽與言性密切相關之諸言心、言命之說，其未見於吾原論上之原心原命之文中者，亦能略則略之。本書附篇有原德性工夫一文，乃就朱陸之辨內聖工夫之問題以爲論。此文是吾述朱陸言性既畢，更沿之而寫出者。其中所陳之義，既上接朱陸言性之義，亦下接本書之論楊慈湖、陳白沙、王陽明之說者。若置之本書中，亦原未爲不可。唯繼因念其牽涉太多，又可與朱陸之言性之義，分別了解，仍裁爲另篇。今若仿此之例，以更述朱陸以外之先哲言內聖工夫者，其言亦可什佰倍於此。此皆見本書之所陳，有其核心之問題，自具界域範圍，而亦自具限極，學者更當自求本書之所無，於其所有之外也。

又卽就中國先哲人性思想而言，吾書亦未能一一加以盡論。吾之所以不論，有因非先哲立教之重點所在，或非其明言所常及，而不論之者。如孔子罕言性，墨子、老子、莊子內篇皆不及性。孔墨老莊之言教，實重在直接示人以道之所在，期人之共行，以自成其德。此亦正爲原始開創形態之聖哲共同之立教方式。不特孔、墨、老爲然，釋迦、耶穌、蘇格拉底、謨罕默德，亦同罕言性也。蓋本聖哲之初懷，必人道先立，人乃更能自反省及：其性之能順道與否；必人德既成，人乃更能反省及：其德之原於性與否；然後人性之何若，乃可得而言。故聖哲之立教之始，恆只直接示人以道，使人成德，於性乃不言或罕言也。昔歐陽修嘗謂，無論性之爲善爲惡，道德皆不可廢。則於性不言或罕言，非罪也。聖哲既罕言不言，而明文不足徵，則吾雖可爲之推說，亦可姑存而不論。此其一。再則吾之所不論者，又有以其非一家思想之核心特色所在之故者。如佛家之唯識宗言五十一心所，不可謂不詳密，亦大有助於吾人對一般人性之了解。然此唯識家心所之分，乃近承俱舍之論，遠本印度以前他家之說，尙非其思想之特色所在，故吾書全未及之。此其二。更則有一家之論，雖非有意沿襲古人，然實不出先賢所論之外，則今既及先賢之說，即唯有對此後賢之論，加以割愛。如韓愈原性之說，上同王充，宋儒如司馬光、王安石、蘇東坡等之言性之說，亦實多早已有之，故皆略而不及。此其三。

此上所言，乃意在說明吾此書所論，不特在中國哲學全體中，乃唯以「性」之問題爲核心以爲論，而自具限極；即在中國全幅之言性之思想中，亦有所簡擇，而自具限極。學者乃更當自求其所無，於其所有之外也。

二　本書論述之方式、態度與方法

至於尅就此書之所有者而觀，其論述之方式，雖是依歷史先後以爲論，然吾所注重者，唯是說明：中國先哲言人性之種種義理之次第展示於歷史；而其如是如是之次第展示，亦自有其義理上之線索可尋。故可參伍錯綜而通觀之，以見環繞於性之一名之種種義理，所合成之一義理世界。此一義理之世界，固流行於歷史之中，亦未嘗不超越於歷史之外，而無今古之可言者也。故吾此書，不同於：將一哲學義理，隸屬於一歷史時期之特定之人之思想，而觀此思想與其前後之其他思想，及社會文化之相互影響之一般哲學史之著，亦不同於：面對永恆普遍的哲學義理而論之之純哲學之著；唯是卽哲學思想之發展，以言哲學義理之種種方面，與其關聯之著。故其論述之方式，亦可謂之卽哲學史以言哲學，或本哲學以言哲學史之方式也。吾書中如對漢儒之言氣及陰陽五行、魏晉人之言獨體與體無致虛之關係、佛家之言對自性之遍計執、起信論一流思想之言心生萬法、伊川言性卽理、及朱子之言理先於氣等處，其所以咸本己意，不厭繁文，爲之推說辨解者，皆意在見此諸哲學史上之陳說，所自具之普遍永恆之哲學涵義，有爲今世所未知者而言。此固非一般哲學史中所有者也。

至於吾書之徵引古人之言，而論述之之態度，則持與昔之學者相較，其異同亦可得而言。大約先秦學者，如儒墨諸家之言，皆重在直接陳述其心所謂是之義理，其徵引詩書古訓，皆姑取古人略相類似之言以自證，以意逆志，而不必求合其本旨。其評論同時他家之言，亦未必先客觀地研究其爲說之果爲何若。凡後之學者論學，其徵引他人之言，以自註其說，如陸象山所謂六經註我者，其態度亦類是。此可稱爲一哲學家自爲宗主之態度。然自漢以降之學者，則其陳述其心所謂是之義理，恆同時自謂其有合於其所崇信宗主之古聖先賢之言之本義或隱義，乃喜輾轉對彼古聖先賢之言，加以訓詁考證，以見其實相合而未嘗違。或進而更謂凡後世之學者所言之美義，皆不出於其所崇信之古聖先賢所言者之所涵隱義之外。此則爲兼宗教性之崇信的歷史考證之態度。至於今世之純本歷史眼光，以論哲學者，則亦重文獻之考證，然又初無所謂聖賢之言教爲其所崇信宗主；恆於一切哲學思想，皆平等觀之，各視如一歷史時代之社會文化之產物。既無聖賢之言教爲所宗主，則所謂聖賢之言教，亦非卽足爲人類思想之標準所在，其言教中所陳之義理，自非卽普遍永恆之義理；而純就人類思想之隨歷史時代而變化以觀之，世間亦實可不見有普遍永恆之義理之存在也。此則爲一般自命爲純歷史學者之態度，而迥異於自漢至淸之學者之信聖賢之言教，足爲萬世之標準者也。

依吾之意，凡依上述哲學家自爲宗主之態度以爲言者，意不在於先究他人之言之本義，卽恆長於自道其所見之義理，亦能「以仁心說」其所見之義理以示人，而未必能「以學心聽」他人之言，以見他人所見之義理，則於智未能無虧。荀子正名篇嘗爲此「以仁心說、以學心聽」之言矣。然觀荀子之斥孟子，則荀子於孟子，果嘗細究其說，而「以學心聽」之乎？吾不能無疑也。其時如墨之非儒，後世如儒道佛之徒之相非，以及程朱陸王之徒之相非，皆時或未能先細究其所非之說。蓋凡哲人之本其所見之義理，以敎後之學者之懷過切，皆不免長於以仁心說，而短於以學心聽，乃恆於智或未能無虧也。

至於凡依上述之兼宗教性之崇信與歷史考證之態度以爲言者，則恆善能本恭敬心，以上探古聖先賢之微言隱義，乃能見人之所不見、知人之所未知。恭敬者，禮也。然極恭敬之誠，至於歸天下之美義於所崇信之聖賢，而沒其外、其後之學者之功，則非義也。此則遠如漢儒之謂孔子作春秋，乃爲漢制法，近如皮錫瑞之謂易經非孔子不能作，皆崇信孔子而過之非義之論也。或曰，依義理之相涵以爲說，佛家嘗謂一語有無量義，則後之學者，將其自己所見之義理，一一歸諸其所崇信之聖賢，固所以見其謙德，而亦未嘗不可說者。故一切佛弟子之眞實語，皆可謂之佛說，一切孔子之徒之眞實語，皆可謂之孔子說也。然復須知：今若轉而依孔子與佛之謙德以言，則孔子與佛，于其徒之能就其言，而更引出其所涵隱義之言，必仍將推讓於其徒，而不忍沒其功。一語固可涵無量義，然將此無量義一一說出之語，仍不在此一語中。則謂孟子嘗言孔子之所未言，程朱之言有進於孔孟之所言，皆未嘗不遙契於孔子之謙懷，亦正所以見儒學慧命之相續而不斷者。後之學者將天下之美義，皆歸之孔子，足以見後之學者之謙德，而不足以見孔子之謙德，亦非義也。

若乎上述之第三態度之長，則在知義理之呈現於人之心思，而爲人之所言說，必有其歷史上之時節因緣。時節因緣不至，則義理藏於智者之默契與內證，不僅不彰於言說以使人知之，亦可不凸顯於心思之前，以爲己之所知。則謂義理之呈現於人之心思，爲人所言說，必與歷史中之其他思想及社會文化，有其相互影響或因果關係，乃更考諸文獻，求客觀地知之，可爲智矣。依此而視任何哲學思想，皆唯是一時代之社會文化之產物，如一生物之爲生物演進之產物，亦未嘗不可也。然謂必無聖賢之言教，足爲人類思想之標準，世間不見有普遍永恆之義理之存在，此則爲一種「歷史主義」之哲學觀點，而非歷史事實之所證成。歷史之研究，亦無待於此種歷史主義哲學之成立。蓋謂義理之展現於人心，爲一歷史的歷程，不同於謂：每一新時代之人所思之義理，即前一時代人所思之義理之否定。則世間自可有流行不息於人心，而亦萬古常新之義理之存在。凡能見及此類義理者，卽皆可名之曰人類中之眞有智者，而更錫之以聖賢之名。則今謂必無聖賢之言教，足爲人類思想之標準，乃等聖賢之言教，與衆說而齊觀，是無禮也。此與昔之歸天下之美義於所崇信之聖賢，同爲一偏之態度，非吾書之所取，亦非吾所謂卽哲學史以爲哲學之態度也。

吾今之所謂卽哲學史以爲哲學之態度，要在兼本吾人之仁義禮智之心，以論述昔賢之學。古人往矣，以吾人之心思，遙通古人之心思，而會得其義理，更爲之說，以示後人，仁也。必考其遺言，求其詁訓，循其本義而評論之，不可無據而妄臆，智也。古人之言，非僅一端，而各有所當，今果能就其所當之義，爲之分疏條列，以使之各得其位，義也。義理自在天壤，唯賢者能識其大。尊賢崇聖，不敢以慢易之心，低視其言，禮也。吾人今果能兼本此仁義禮智之心，以觀古人之言，而論述之，則情志與理智俱到，而悟解自別。今若更觀此所悟解者之聚合於吾人之一心，而各當其位，則不同歷史時代之賢哲，所陳之不同義理，果皆眞實不虛，卽未嘗不宛然有知，而如相與揖讓於吾人之此心之中，得見其有並行不悖，以融和於一義理之世界者焉。斯可卽哲學義理之流行於歷史之世代中，以見其超越於任何特定之歷史世代之永恆普遍之哲學意義矣。

然吾人眞欲由哲學義理之流行於歷史，以指陳其眞實不虛者，咸能相與融和；卽必須指陳一切眞實哲學義理間，其表面上之衝突矛盾，見於諸哲人之相非之言中者，皆貌似衝突矛盾，而實莫不可由吾人之分疏，而加以解消。此中之疏解之方法，吾意要在就諸哲人所用名言之似同者，而知其所指之實不同；兼知其所指之同者，其所以觀之之觀點或不同，而所觀之方面亦不同；更知其所觀之方面同者，所觀入之層次，又或不同。以不同爲同，遂以同爲不同，則觸途成滯，無往非衝突矛盾；以不同還之不同，乃能以同者還之同，而衝突矛盾乃無不可解，斯可如莊生所謂「不同而同之」「不齊而齊之」矣。

然今復須知，人之所以用同一之名言，而所指不同、或所指同而人之觀此所指之觀點方面不同、觀入層次不同者；又皆由於人之心思之運用，其方向之不同，或雖在一方向運用，而運用之深度不同之故。此人之心思，原可隨順一名言、及一事物，以有其在種種之不同方向、不同深度之運用，正爲種種不同義理，所以得分別顯示於此心思前之理由所在。此中，人若只自限於某一方向、某一深度之心思之運用，卽只能知某一方面層次之某一種義理，而於其他方面層次之他種義理，更無所知。人若進而只依其所知之義理，以觀他人所知之不同義理，遂恆不能善會，以如實而觀，乃不免加以歪曲，而以不同者爲同，亦以同者爲不同；而後諸眞實不虛之義理，乃宛然互相衝突矛盾，更不見有融和之道焉。實則此宛然之衝突矛盾，追源究本而論，唯起於吾人之心思，原有不同方向，不同深度之運用，而吾人又恆不免於依其所自限之某一深度、某一方向之心思運用之所知，以觀他人沿其他方向，運用其心思之所知，而不能善會之故。則今欲以不同還之不同，亦以同者還之同，使各當其位，其道又不在只直就其不同而觀其不同、就其同而觀其同；而更應先自察：同此一吾人之心思，原有此不同之方向之運用，足以分別與種種不同之義理相契會。夫然，亦唯有人之善自旋轉其心思之運用之方向，如天樞之自運于於穆者，方能實見彼一一義理之各呈於一一方向深度之運用之前，以咸得其位，如日月星辰之在天；亦方能實見得一切眞實不虛之義理，其宛然之衝突矛盾，皆只是宛然而暫有，無不可終歸於消解；以交光互映而並存於一義理世界中。此則吾素有志焉，而未敢云逮，而唯持之以自勉，以論述中國先哲之言之法也。唯今茲之論性，則竊自謂差近之耳。

再復須知，此上所說之宛然之衝突矛盾，固有可加疏解之法；然其所以有此衝突矛盾，亦自有其義理。上文所述「人之不免於其心思在一方向之運用，以觀他人所知」，卽其「所以有」之義理也。則人類果一日有此所謂「不免」，此宛然之衝突矛盾，卽亦將永存於人類思想史之中，而一切加以疏解之法，其效亦必有時而窮。大較而論，則並世而生之人，互於其所思之義理，更難眞相知，最難免於種種「未嘗不可無」之辯爭，而當時亦無人能爲之疏解以息之者。斯則有如彼並肩齊步之人，唯互見其頭之側面，而相視如歪面之人，乃互斥其非正。斯亦是勢之所必至，理有所固然，思之可知。夫然，而世乃不能不待於後世之人，以平觀昔人之所思，而分別其言之殊方，與義之各有所當之處。此亦正如唯有彼居後之行人，乃能平觀彼居前之行人，而更能分別其方位之所在也。昔亞里士多德與柏拉圖並世，而亞氏未必能眞知柏氏；朱陸並世，而朱未必能知陸，陸亦未必能知朱。然後世之人，其德慧之不如柏亞朱陸者，又未嘗不能知柏亞朱陸之依其運用心思之方向之不同，方致其所見義理之有不同，而各有千秋。則以吾之下劣，今茲論中國先哲之言性，亦固未嘗不可分別諸先哲之心思之不同方向，而分別知其所知於性之義理，見其相融和而不悖，以並存於一哲學義理之世界之處。此卽吾之所以不揣冒昧，凡遇先賢之異說糾紛之處，皆盡力所及，爲之疏通，以解紛排難。蓋亦將以聊補彼先賢之在天之靈，念其在生之日，或尚有未能相知之憾云爾。若徒學侏儒之立於兩大之間，左右採獲，以折衷爲和會，則非吾之志也。吾之寫此書，雖上下數千年，然初非搜集資料，而後次第爲之。乃先以數十日之功，一氣呵成其大體。然後絡續補正，更于校對時，字斟句酌；兼以目疾之故，悠悠四載，方得出版問世。故吾亦望讀者先通吾書之大體，然後更察其微旨。吾書于每章每節，皆時具新意，以疏釋疑滯。然皆不宜斷章而直取，唯可隨文以順求，方可于此義理之天地中，得峯迴嶺轉，前路以通之趣。此吾之論述之道然也。至若吾所述論，不免於先哲之言，抑揚過當，還失本旨，或治絲益棼，求通反塞；則學力所限，無可奈何，是吾之罪。然其本旨固自在天壤間，可通之理亦固自在天壞間。此亦唯有期諸後人更匡其不逮耳。

三　本書之內容

吾此書之所陳，吾原已約其大意于最後一章。如更歸攝其義而言，則吾意中國文字中之有此一合「生」與「心」所成之「性」之一字，即象徵中國思想之自始把穩一「即心靈與生命之一整體以言性」之一大方向；故形物之性，神靈之性，皆非其所先也。大率依中國思想之通義言，心靈雖初是自然生命的心靈，而心靈則又自有其精神的生命；「生」以創造不息、自無出有爲義，心以虛靈不昧、恆寂恆感爲義。此乃一具普遍義究極義之生與心，而通于宇宙人生之全者；非生物學中限于生物現象之生，亦非經驗心理學中限于所經驗之心理現象之心也。依普遍義究極義之心與生，而說其關係，則生必依心，而其生之「有」乃靈；心必依生，而其「感」乃不息。生依心，故此心即心之所以爲生之性；心依生，而生亦即心之所以爲心之性。生不離形，而有形不同於有生。墨經言「生，形與知處也」，而知是心。心能知身之形與物之形，而凡有形者，又皆不同於此「能知之心知」之「無形」。世言有形之物與有形之身相感而有知，實則感已是知，亦已是心矣。未感而寂天寞地，已感而開天闢地，此一感知，即一生之躍起，心之躍起，亦天地之躍起。荀子言：「天地始者，今日是也。」進而言之，則當下之一感知是也。當下之一感知之開天闢地，即無異盤古之開天闢地，上帝之無中生萬物也。在此感知中，此生命心靈自是面對天地萬物，而亦自有其理想，更本之以變化此天地。吾人當下之一感知之如是如是，並無奇特，亦人人當下可實證之此生命心靈之性。然人果能把穩此當下一感知之如是如是，更無走作，則任隨千思萬想，翻江倒海，終可滴滴歸源，無一毫洩漏矣。

然尅就人之千思萬想而言，則其源雖皆出於生命心靈之感知。然此生命心靈既有所感知，而有所思、有所想，卽恆以其所感知、所思想者，爲其自己，或雜其所感知所思想者，以知其自己。於是眞知其自己，遂成大難事。如人離家，遠行異域，旣已經年，歸途更須歷千山萬水，回家乃成大不易。於此，人卽已還故里，「遙望是君家」，亦初不知其門庭安在。在西方思想，人初乃本其生命心靈之感知，以求窮彼自然之物理，更探彼上帝之密懷，乃離故家愈遠，而其知其自己之性之事，更多是沿其所知于自然或所信之神者，而爲之。如亞里士多德以降，直至今之西方之爲心理學人類學者，凡只由人爲自然萬物中之一類，以求知人之生命心靈之性者，皆唯是沿其所知之自然以知其性之說；而西方中古思想之言人性，卽多爲沿其所知之神性以知人性之說也。凡此等等，皆與中國文化傳統，自始卽面對此心靈之整體，先繪出此一整體之圖樣，於此「性」之一字之中，求自知其自己之性之何若者，其用思之方向，初大異其趣。然人卽已能面對此一生命心靈之整體，以求自知其性，其自知之事，亦非一蹴卽就。人於此之所見，或偏或全，或深或淺，或泛或切，或透或隔；人仍須歷種種崎嶇之徑路，方漸有豁然開朗之境，又或再迷其道而入歧途。此爲學之難，亦知性之學之難，乃人類所共有。此中國先哲之言性之說，所以亦至繁至賾，而難爲今世學者之所知也。

然吾今姑避難就易，以說本書所論之中國先哲言性之思想，則亦可歸攝之於上所謂性之一名所涵之義之中。以周秦之思想而論，孔子大矣，其一生之生命心靈之表現於其爲人、其文章者，卽是性與天道；故其言性與天道，不可得而聞。創教之聖多如是，前文已及。故吾書於孔子言性，唯略言之。下此以往，大率由于中國最早之性字卽生字，故學者或徒卽生言性，如告子是。此便是識得性字之右一面。孟子卽心言性，乃兼識性字之左一面。莊子更識得人心既感知外物，便可以物爲己，是爲心知之外馳，而離于常心，亦與生命相分裂，使人失其性。此是見到性字之左面右面，雖合在一整體中，而未嘗不可分裂。分裂原於心知之外馳，則唯有心知回返於生命，更與生命冥合，而後能復於此一整體。故莊子之言要在復心以還於生，而返於性。荀子則又見到人之自然生命之情欲，爲不善之源，而此生之欲卽性，故言性惡；乃倡以心治性，以心主性，亦卽以心主生；乃與莊子所見爲對反。此告莊孟荀之性，吾書最後章嘗稱之爲中國先哲言性之四基型。此四基型中，告莊皆重生，孟荀皆重心；大率後之道家之傳，首重在生，後之儒家之傳，首重在心。此皆由于對此一生命心靈之性之整體之所見，不能略無偏重而來。亦皆不外初由面對此一整體，而各人思想，略有毫厘之方向之異，而分別開出之論。吾人今將其返本歸原而觀，則亦皆未嘗不可會而通之，以見其不出此「性」之一字之左右二面之義之所涵之外也。

告孟莊荀之論，其本身固不如吾人之所說之簡單。告孟莊荀以後，更有種種綜貫之說。如中庸易傳禮記所言者。自茲以降，而中國哲人乃更皆言心必及生，言生必及心。秦漢學者更多有將此人性，逐漸加以客觀化，以爲人之爲政施敎、定人之品類之根據，以及視人性爲客觀的陰陽五行之表現於人者之說，如呂覽、淮南、董仲舒、王充、劉劭之說。至魏晉而王弼、郭象重個性獨性，更將此獨性，加以空靈化。此皆各代表一形態之人性思想，詳在吾書，而亦皆未嘗溢出於此生命心靈之外以爲言者。卽王弼郭象之言無、言寂，仍是要講生講心；唯重在說：此生既以「自無出有」爲義，則無當是有之本；又此心既是恆寂斯恆感，則寂便是感之本耳。至於佛學東來，則更由無講空，而以空性爲萬法之法性，以寂滅爲涅槃。知法性卽是般若，證涅槃卽是佛性佛心。只執「有」不知空者，爲妄執性；染業招「感」，而不知涅槃性清淨者，爲衆生性。生原是由無出有，心原是恆寂恆感，今衆生執有，而其與物相感之事，無非染業。故佛家主捨染取淨，於有觀空，由生證無生，而歸向于寂滅寂淨之涅槃。此仍不外是一在生命心靈之性上，求返本歸源之學也。

宋明儒言生命心靈之性，固不同於佛學。然亦初非謂妄執之有不當破，亦非謂人當任染業之流行以招感。唯是謂：吾人之生命心靈之「自無出有，由寂而感之創造不息」的生生之靈幾，畢竟不可斷；此「生生之靈幾」，不是妄執，不是染業，亦不當斷，而佛家亦未嘗言其可斷當斷也。若其可斷，則佛亦不能利樂有情，窮未來際也。宋明儒卽在此不可斷、不當斷者上，正面立言，謂此生生之靈幾即是性，即是理，即是道，亦即生命之所以爲生命，心之所以爲心。此生生之靈幾，不在「自無出有」之「有」那裏，亦不在「無」那裏，而在「出」那裏。此「出」不是已有故出，此出是純創造。此純創造，不落在所創造之「有」之中，即非一切執有而生之妄執與染業之所依止，而人亦正當依此純「創造」，以化掉相當於佛家所謂染業之人欲、習氣、意見之類也。宋明儒之一切工夫作到家，只是要成就一個純創造而健行不息，恆寂恆感的心靈生命，是即聖賢之心靈生命也。成就此一心靈生命，即盡此心靈生命之仁義之性，仁至義盡，此外更無所得，故未嘗不空寂。此性是每一個人之獨體之性，亦是一切人之性，亦即生天生地之天地之性，此性無乎不在，而無始無終，盡性之聖賢之生命心靈，其鬼神之在天地，亦體物而不可遺，洋洋乎如在其上，如在其左右，以悠久而無疆，至誠而不息。於此要談玄說妙，亦可說得無窮無盡。但宋明儒於此所言，要必由極高明以道中庸。後之清儒所見，更求平實，乃更不如宋明儒之偏在精神生命、精神生活上說性，而偏在人之自然生命在社會之日常生活上說性，乃有只就一個人在自然與社會中有其血氣之生、與心知之覺上說性，如戴東原之說者。然要之由佛學至宋明儒以至清儒之學，與時賢之承中國言性之傳統所爲之論，以及吾個人昔年由文化意識與道德理性，以論人之所以能創造人文之性，雖曰千門萬戶，各自出入；其用思之大方向，仍是要面對生命心靈之一整體，而其全部之思想義理，皆未嘗不可歸攝在此一「從心從生之性字」所涵之義之內，而更無一絲一毫之漏洩也。

丁未二月于南海香州

再版附注　此書再版，除第十三頁及第三二四頁第三五七頁文句，有所改動外，並將初版誤字，加以校正。讀者持有此書初版者，宜自加核對。

甲寅五月于南海香州

第一章　中國人性觀之方向與春秋時代之對德言性，孔子之對習言性、告子之卽生言性、與孟子之卽心言性

一　人性觀中西哲之勝義及中國人性觀之方向

世皆知中國思想，素重人性問題之論述，而於人性善惡之辨，尤似爲各家學術分異之關鍵所在。然各家學術中，所謂人性或性，果何所指？其所指者，是否爲同一之物？或其涵義是否同一？又各家學術是依何態度觀點，以求了解人性或性？其相沿而衍生之關鍵與跡相如何？吾人今日又當如何使一般習於西方哲學與心理學之觀念者，能對之有一契入之途？則爲吾人所當注意之諸問題。本文卽擬循

此諸問題，以通觀直接環繞於人性或性之一名之中國哲學思想之發展，就其轉折之關鍵，通其始終本末以為論。此中之根本觀點，雖不外吾昔於中國文化精神價值中中國先哲心性觀第六節之所陳。然所及之範圍，則大小不同，與時賢所述復重點有異，亦時有別具匠心之處，望讀者亦通觀之而有以自得焉。

在今日一般流行之常識科學及若干哲學之觀點中，恆以性之一名，直指吾人於所對客觀事物，所知之性質或性相，此性質性相之為一類事物所共有者，為種性、或類性、或普遍性；其為一事物所獨有或異於其他同類之事物者，為個性或特殊性。故由種類之觀點、與特殊個體之觀點，以論一事物之性，其說自異。又人於此或就吾人當下所經驗客觀事物之現實狀態之何若，便視為其性之所在；或就吾人所推論或假設之事物之自身，及其與其他事物發生關係後，「所可能表現之狀態」、或「潛伏的可能」之何若，而視為其性之所在。故由現實之觀點與潛伏的可能之觀點，以論一事物之性，其說自異。然要之，在吾人以性指吾人所對客觀事物之性或性質之情形下，吾人必以一定之概念，表達吾人所知事物之種種性質或性相。如謂羊好羣，犬好獨為類性。此羊獨不好羣，此犬獨不好獨，為此羊此犬之個性、或特殊性。今見此羊在羣而安之，卽知其有好羣性，為現實性。今見此羊不在羣，乃逕向其羣之所在而趨，以知其有好羣性，則為其可能性。此好羣好獨之性，固皆為一概念。此中所謂特殊性、普遍性、個性、現實性、可能性之本身，亦皆為一概念。在今之中文，亦皆有「性」之一字，在此諸名中。此諸概念之所以為概念，亦有其共同之性相。如概念有概念性，概念所表示之事物，亦有

「可加以概念化」之性。此皆爲吾人今日用性之一名之所許，而亦吾人以性指吾人所對之事物之性質或性相時，所涵之一義。由是而人或以爲吾人今日對人性作研究，卽只能將人性視作一客觀所對，更由概念之構造，對之作種種特定之假設、推論、觀察、實驗，以求對人性加以測定或規定，以成一科學之心理學；並視中國先哲之人性論，爲一初步之心理學。然吾人於此首將指出此性之一名之流行的意義，以及此種以性指吾人所對之客觀事物之性質性相，而視人性亦如爲一客觀事物，而求加以測定規定之觀點，在中國傳統思想中雖亦有之，然其見重，乃始自秦漢以後。佛學輸入後其所謂性之義中，乃確定的有「種類性」、「性相」等概念。然此皆非原始義之中國思想中之性，亦非中國思想中性之一名最重要之義。此諸義之性，在今日之流行，實由秉受西方之哲學思想之影響之故。本此觀點以看中國思想之性論與人性論之原始，乃一入路上之大歧途；亦永不能眞知中國先哲論性之主要涵義所存，價値所在，與其思想發展之迹，何以如此之故者。由此所成之一切論述，皆必歸於似是而非。此吾人所不可不深察而明辨者也。

依吾人之意，以觀中國先哲之人性論之原始，其基本觀點，首非將人或人性，視爲一所對之客觀事物，來論述其普遍性、特殊性、或可能性等，而主要是就人之面對天地萬物，並面對其內部所體驗之人生理想，而自反省此人性之何所是，以及天地萬物之性之何所是。緣是而依中國思想之諸大流，以觀人之性，則人雖爲萬物中之一類，而不只爲萬物之一類；人之現實性不必能窮盡人之可能性，而欲知人之可能性，亦不能如人之求知其他事物之可能性，而本推論與假設以客觀知之；而當由人之內在的理想之如何實踐，與如何實現以知之。既對人性有知，自亦必有名言概念，加以表達。然此名言概念，乃順此所知，而隨機以相繼的形成。此中可無人之先持名言概念加以懸擬、預期或構作假設等事。此便不同於吾人之求知彼動物植物之性，亦不同今之科學的心理學，視人之性爲一客觀所對，而依一定之概念求加以規定或測定，必須先有假設之構作者。人必知此義，方知中國先哲之人性論之大方向所在。諸先哲於此所述，固有精粗之不同，亦時有別出於異途之論。然通數千年之思想史之發展以觀，其爲循此大方向而前進，則歸趣顯然，固無可疑也。

此種對人性，不視之同於所對其他萬物之性之一種，因而不先本特定之概念之構作，自外假設其何所是，而唯由內部反省，以知其與萬物爲異類，進而透視「人之超乎萬物上之性」之論，在西哲勝義中，亦有之。西哲之本「種」、「類」、「現實」與「可能」之種種概念，以論萬物之性與人性者，首先完成其系統於亞里士多德。其爲後世之所承，卽近代之分門別類之科學之所自始。亞氏謂人性與其他動物之所以爲異類，在人有理性。人之有理性，卽人類共有之普遍性，亦人異於其他動物之特殊性之所在。人之有理性，非只指其現實而言，亦可指其潛能而言。人之有理性，爲人之所以異於萬物之種類性，亦同時爲「人之所以能分辨一切萬物之種類，及人之種類、而以概念規定之」之根據。此就人之理性的思想之自身，能分辨萬物之種類，而以概念規定之而言；此理性的思想乃又居於所面對之萬物、與對萬物所形成之一切概念之上一層次者。此理性的思想，面對萬物，而以對之所形成之一切概念，爲所思之內容。此理性的思想自身，則非「所對」之萬物之一，而只是一「能對」。此理性的思想之反省其自身，而以自身爲所對，乃有思想的思想，以自知此思想中有理性在；亦並不使之失其爲一能對，而淪爲所對之萬物之一者。由是而亞氏於此人所有之能自思想之理性的思想，即視爲同於上帝之思想此世界」之思想，而爲神聖者。吾人今只須了解此能思想其自身之「理性的思想」之原，乃在人所對萬物之上一層次，亦即不難了解亞氏所以必以此人之理性的思想，視同上帝的思想而爲神聖之故。在此義上，則人之理性，即不只爲人類之異於萬物類之相對的種類性，而是人之超於萬物以通於神聖之絕對性。此「理性或理性的思想」之概念，亦爲一具普遍性之概念，乃用以標別人之所以爲人者，實不同於其他居下一層次，而爲理性的思想之內容之一般普遍概念。因一般普遍概念，皆由理性的思想所形成，亦即皆以理性爲其得形成之根源。吾人今亦須超出於萬物之一切種類性之概念之上，更順吾人對此理性之自身之存在之體驗，而向內反省，乃能形成此上一層次之「理性」本身之概念。此「理性」本身之具普遍性，則是由其遍爲一切普遍概念所自形成之根源而言。非如一般普遍概念之普遍性，乃只自其可普遍應用於一種類中之諸個體事物而言。至於謂人普遍的具有此「理性」，則固又可自此「具理性」之概念，可應用於人類之各個體而言。然能知此「人之皆具理性」之「理性」，又是「理性」之更上一層次之表現。緣此種向內而又向上轉進之反省的用思方式，歷中古至近代之西方思想中，儘有其種種對人之「理性」之神學的與形上學的論述，以論人性之精微之說。此皆非視人性為所對之事物之一，而只客觀的比較其與其他種類之萬物之性之不同，之一般心理學之所能及。於此，人必先由人之自問其何以能辨**萬物之種類**，以形成概念知識等，而層層向內向上，深入反省，乃能逐漸契合此中之勝義。此固非本文之所能詳。今惟舉亞氏之說，以見由種類之概念出發以論性者，及其論人性，卽終不能停於此，而必將引入向上一層之觀點；亦卽終不能只視人性為所對之萬物之性之一，而不能不及於人之超於「萬物」之上之絕對性。是見卽在西方一般心理學之外之說，別有知人性之途徑，而此亦非同于原始的心理學之謂也。

復次，凡吾人視事物為所對，而論其種類性，皆指一定之性。如人之以兩足行，與犬之以四足行，水之寒，火之熱，皆各為一定之性。通常所謂性質性相之性，如西方人之Property, Characteristics, Propensity 及 Essence 諸名之所指，皆是一定之性相性質或性向。然吾人若由人之面對天地萬物與其所體驗之內在理想，而自反省其性之何所是時，是否可言人有定性，則大成問題。因人之所面對之天地萬物與理想，皆為變化無方者。則人之能嚮往理想，能面對天地萬物之性，亦至少有一義之變化無方。中國思想之論人性，幾於大體上共許之一義，卽為直就此人性之能變化無方處，而指為人之特性之所在，此卽人之靈性，而異於萬物之性之為一定而不靈者。緣此義以言人之性或性者，西方哲學中亦非無之。此卽如西方斯多噶派、及近世如斯賓諾薩之言 Nature。此 Nature 之一字，與中國之性之一字，恆可互譯。Nature 之一字，可專指一定之 Nature，如中國所謂「性相」、「性質」之亦可指一定之性質性相。然在斯多噶派、與斯賓諾薩所謂 Nature，則特涵具一能自然生長變化之義。在彼等所謂順從自然或順性之教中，亦涵教人安於一切所遇而無所怨尤之意。謂人能安於一切所遇而無怨尤，卽涵人性能自然的或自由的變化生長，以「惡乎往而不存」，而對其自身之慾望，能加以轉移、節制、化除之意。此卽大異於其他萬物之慾望之有定，而有定性者。至於人之所以能如是，而其他萬物不能者，則以其他之萬物，皆各依其定性而生，以合爲一自然之全。人則能反觀此自然之全中，一切事物之有定，以及其自身在一時一地，其存在於此自然之狀態之亦有定；而其能知此一一之有定之心，則又超乎此一一之有定，而契合於此自然之全，以不爲此諸有定之所定，而非此有定之定。由此而人乃亦能任順此諸有定之定，以所遇而皆適，而不失其自己，乃有其自在與自由。此自己卽爲一有契合於自然之全德者，亦卽自然之全之德，表現於人之自己者。自然之全之德，卽自然之自性。自然與自性，在斯多噶派，皆稱爲 Nature。斯賓諾薩則分 Nature 爲 Naturans 與 Naturata。前者義同自然之自性，亦可譯爲自性。後者義同自性之表現，略同於中國之「自然」，而不宜譯爲自性。此斯多噶派與斯賓諾薩，所謂自然之自性，原能作無定限之可能之表現，以成此變化無方之自然。故能契合於此自然之全之賢哲，其德性或人性，卽不同於由自然所生之其他萬物之性之有定。若謂之爲有定，只能謂爲定於此自然之能生長變化之性，而以定於「生長變化中之無定」爲性矣。

然上所說 Nature 之義，在西方近代自然科學發展以後，卽歸於泯失。在近代思想中，能包涵此義之 Nature 者，反爲近代理想主義哲學中之所謂理性心靈之概念。然此理性心靈，在近代哲學家，又恆視爲超越於 Nature 之上之外者。故 Nature 一字，在西方近代現代自然科學與哲學中，遂恆只以指「爲人所知所對之自然現象之全」。對此自然現象之全，加以類分，而分別研究其律則與共性，則成分門別類之自然科學。則自然界所有者，遂唯是各有其定律、定則、定性之各類自然現象之和。此定律、定則、定性，則皆只爲人觀此自然現象，而比較歸納之所得。本此自然科學觀點，以觀自然現象之變化，亦爲其定律、定則、定性所規約者。於是「能無定限的生長變化之全體之自然或自然之自性」之概念，乃對近代自然科學之觀點，爲無意義或無用之一名。由是而本自然科學以論人性者，亦初只視人爲生物之一類而論之，以成所謂科學的人類學心理學。人既爲生物之一類，則不能同於生物之他類，更不能同於無生物類，則人自亦難言爲能契合於自然之全者。所謂自然之全之德表現於人，更徒爲虛語矣。此則唯待於吾人之知西方所謂Nature，原尚有另一古典的哲學意義，如斯多噶派與斯賓諾薩之所持，亦當代西方哲學家，如柏格孫、懷特海言Nature之創新性時之所指；方能知此近代自然哲學中之所謂 Nature 之概念，與自然科學中所謂事物之性質之性，實局限於一偏，不足以概西方之言自然之自性與自然之人性之全也。吾人今能有此對西方哲學中之Nature 一字之古典的哲學意義，有所了解，亦或可爲通中國思想中之人性論，或性論之一郵。以其皆非徒視人性爲一客觀所對，而論其種類性，而是就人之能面對萬物與其理想，而反省人之自性之何所是者。觀中國之人性論思想之發展，吾人尤可謂幾全循此方向而發展，而不似西方之多所歧出者也。吾今之首先提出此一點，乃意在使人之習於一般所謂科學的心理學、與一種西方哲學之觀點者，知卽在西方哲學思想中，亦有種種論人性之勝義，而先自其偏執之見中解脫；然後可更逐漸契入於中國先哲言性之勝義也。

二　具體生命之性，非性相之性，及春秋時代之對道德理想而言性，與孔子言性相近、習相遠之涵義

溯中國文字中性之一字之原始，乃原爲生字。近人傅斯年性命古訓辯證，嘗遍舉西周之金文，以爲之證。昔賢亦素多以生釋性之言。生字初指草木之生，繼指萬物之生，而於人或物之具體生命，亦可逕指爲生，如學生、先生、衆生是也。一具體之生命在生長變化發展中，而其生長變化發展，必有所向。此所向之所在，卽其生命之性之所在。此蓋卽中國古代之生字所以能涵具性之義，而進一步更有單獨之性字之原始。旣有性字，而中國後之學者，乃多喜卽生以言性。以生言性之涵義，包括有生卽有性，性由生見之義。生乃一具體生命之存在，而人之生乃人之主觀所能體驗其存在者，而非只爲一所對之客觀存在之性質性相。以所對之存在之性質性相爲性，則圓物有圓性、方物有方性，就其方

圓之性相，而思其爲方圓諸物所共有，以及種種方圓等之性相之所以不同，此卽一幾何學與科學之思路。然就一具體存在之有生，而卽言其有性，則重要者不在說此存在之性質性相之爲何，而是其生命存在之所向之爲何。如草木之生長向於開花結實，卽說其有開花結實之生性。然草木未開花結實時，而謂其有開花結實之性，此性卽非一直接所對之草木之性相。吾人於此誠可謂某草木有開何色何形之花、結何色何形之果之性，此何色何形之花果之開結，卽此草木之可能性。此何色何形，亦可爲吾人思想之所對之一性相，而此性相，卽此所謂草木之可能性之內涵。通常說一事物之可能性，亦必指出其內涵而說。然吾人今試問：若吾人於一事物不知其可能性之內涵，是否卽不能說一事物之有性？若吾人不知草木之將開何花結何果，是否吾人卽不能說其有性？此在中國之語言中，明爲可說者。因在中國之語言中，吾人可說一物有生卽有性。一物生，則生自有所向，卽有性。然吾人卻儘可不知其所向者之爲何。緣是而吾人於一物之生長變化而無定向，或時時轉易其所向，使吾人窮於一一加以了解時，亦仍可稱之有生之性者。是卽見中國之所謂性字，乃直就一具體之存在之有生，而言其有性，而初不重在說其存在、其生之爲一如何之存在、如何之生也。今吾人謂圓物有圓性，圓自身又有可納方於中之性，此乃更純由以性相爲性以後之說。依中國古所謂性之原於生，則圓物之性，應自其生長變化處說，盡可變非圓；而圓之自身實不宜說更有性，因圓自身不能有生長變化也。

因中國古代之言性乃就一具體之存在之有生，而卽言其有性；故中國古代之泛論人物之性，通常涵二義：一爲就一人物之當前之存在，引生其自身之繼起之存在，以言其性；一爲就一物之自身之存在，以言其引生其他事物之存在之性。在中國之詩經中，有俾爾彌爾性之言，此性字或卽生字。所謂彌爾性，卽使人自遂其生，而自繼其生，以使其自身得引生其自身之繼起之存在之謂。又左傳昭二十五年「因地之性」，此所謂地之性，乃指地之宜於種植何類之物，是否宜於人之居住等而言，亦卽指地之存在可引生其他之物之存在之功用，而言爲地之性。在中國後人之論物性，亦大率自其能引生其自身之繼起之存在，或其他事物存在之功用而言。如言藥物之性寒性熱，皆是指其能導致人身體之寒熱之功用而言，而非只就物之呈顯於人前之直接性相，而謂之爲性。此直接呈顯之性相，在中國古人或稱之爲其形其色，而罕稱之爲其性。至如孟子所謂「形色、天性也」，亦非尅就人之形色之自身而謂之性；而是就人之有形色之身體之生命，爲人之心性之所統率與表現之所，有表現心性之功用，以言其亦爲人之天性之所存。謂物所有之形色之性相之本身爲性，乃後起之義，而非原始義之性也。

至於中國古代思想之尅就人之自身而言人性，則又始自卽就人之面對天地萬物、與其人生理想，以言人性。由此所言之人性，在先秦諸子中，或爲人當謀所以自節，以成德而與天地參者，如在荀子；或爲人當謀所以自盡，以備萬物，上下與天地同流者，如在孟子；或爲人當謀所以自復自安，以與天地並生，與萬物爲一者，如在莊子。此中有種種不同之說。溯此諸說之原於孔子以前之言性者，則由來有自。如上引左傳昭公二十五年「因地之性」之下，又有語曰：「淫則昏亂，民失其性，故爲禮以奉之，……哀樂不失，乃能協於天地之性」。又襄公十四年「天生民而立之君，……勿使失性。天之愛民甚矣，豈使一人肆於民上，以從其淫，而棄天地之性」。襄公十六年「小人之性，釁於勇，嗇於禍，以足其性」。又昭公八年「今宮室崇侈，民力彫盡……莫保其性」。昭公十九年「吾聞撫民者，節用於內，而樹德於外，民樂其性」。國語周語言於民「懋正其德，而厚其性」。凡此在左傳國語中言性，皆同時言及一對此性之態度：如「正之」、「厚之」、「不失之」、「保之」等。卽皆是對一政治上亦道德上之理想而言性。此中所謂性，蓋皆指人自然生命要求而言。如「樂其性」疏曰：「性、生也。」至對此性而名爲天地之性，則又是自人生於天地中，能面對此天地，以言其性。書經召誥，有「節性……王敬作所，不可不敬德。」又西伯戡黎有「故天棄我，不有康適，不虞天性，不廸率典」之文。後一段文據孫星衍尚書今古文注疏「虞，度也；廸，由也；率，法也。」此文謂不虞天性，不廸率典爲非，卽涵天性之當虞，如率典之當法之旨。前一段文「節性」之性，當是指人自然生命之要求。此言節性，乃對敬德而言此性之當節。此德，乃人對「一道德標準或禮義之理想，爲天之所命，而人之所當爲者」，兼對「我以外之他人與萬物」，而由人自己所成之德。對敬德而言節性，亦卽就人面對其人生理想，與其自己以外之人物，以自反省其對人性之態度之言也。

然中國古代之言性，雖多對一理想而言，卻又無以人性爲惡之論。在上所引國語之言「正民」「懋正其德，而厚其性」；左傳襄公十四年言「天生民而立之君，勿使失性」；昭公二十五年「民樂其性，不失民性」之諸言中，固無人性必惡之說。即在「節性」之言之涵義中，雖有此性不宜放縱，放縱則陷邪惡之義，亦未明言性惡。中國之古代傳統思想，亦素無如西方之阿非克宗教、摩尼教、與基督教所傳，人具先天惡性或原始罪惡之論。然孔子以前，如詩經所謂「天生烝民，有物有則，民之秉彝，好是懿德」，及劉康公所謂「民受天地之中以生，乃所謂命也，是以有動作威儀之則」等語中，對照人所好之懿德、及動作威儀所自能順之「則」上，言人性，則隱涵性善之義。唯此中于人所好之懿德與則，未明言其出於性，則亦未嘗不可說其是原于聖王之敎命敎則，如國語周語「昭明物則以訓之」。左傳文公十八年「周公制周禮曰：則以觀德……毀則爲賊……則其孝敬……則其忠信……不可敎訓，不知話言，告之則。」國語楚語言「敎之禮，使知天下之則」。直至孔子言性相近、習相遠，亦未明言性善。孔子謂人之生也直，我欲仁而仁至，而仁者能中心安仁，此仁在心，更宜即視爲此心之善性所在。其所謂相近亦當涵孟子所謂：「同類相似」，「聖人與我同類」，而性皆善之義。然就孔子之已明言者上看，則固尙無性善之論也。今若就孔子之將「性相近」與「習相遠」對擧之旨以觀，則其所重者，蓋不在尅就人性之自身而論其爲何，而要在以習相遠爲對照，以言人性雖相近，而由其學習之所成者，則相距懸殊。人由學習所成就者如何，初係乎人之所志與所學。立志好學則孔子之所恆言。是見孔子之於此言人之性相近，亦對照人之所志所學者之相遠，而言其相近；以見人性之相近者，即皆爲善，猶不可恃，立志好學之爲不可少；亦見相近之人性，可爲人之不同之志向與學習之所成者之。

根據，而見此相近之性，可連係於各種可能之形態之志與學。此即孔子不重人性之爲固定之性之旨，而隱涵一「相近之人性，爲能自生長而變化，而具無定限之可能」之旨者也。

觀孔子之言，言性者甚少，故子貢謂夫子之文章可得而聞，夫子之言性與天道，不可得而聞。然子貢此語，其意何在亦難知，而人可異說。吾意在孔子前人固已視上天所示人之道而命于人者，乃於穆不已；人德之純，亦與天契；然性則指自然生命之生長之可能。孔子亦於此二名之通義，未嘗有異議。孔子之教之所重者，則在人之所志所學。爲仁由己，使心不違仁，是爲「質」；見於禮樂，爲文章。此學此教，即所以上達客觀而超越之天命天道，而由下學時習之功，以自成其性者。在孔子前，天命與人性，猶有上下內外之相對。自孔子教人志道據德，依仁以游藝學文，下學之事，通於上達，乃更無天命人性之相對之可言。此是以學以教，通此相對，而非以言以理通之。以學以教通者，其表見者唯在文章禮樂，故夫子之文章可得而聞。非以言以理通者，即不必有通天命人性或天道與性之相對之言，亦可無此言可聞矣。然有此文章，實即已是通此性與天道二者之相對。後儒之通此二者之言，所謂窮神知化之言是也。宋儒程伊川言，「窮神知化、由通於禮樂」。故謝上蔡更謂：子貢所聞於夫子之文章即性與天道，則孔子固于通性與天道，可言可不言也。大率在孔子以後之學者：孟子方由人之能欲仁爲仁，而心不違仁，進以言此心之性之善，而更於言上、理上，教人充達此天所與我心之性，以貫通於天所生之吾人之自然生命而爲之主。荀子則緣孔子重禮樂文章之旨，而本之以化性。

告子莊子與道家之流，則皆順原始之自然生命之可能，以言性之流，而亦歸向在開人之天德而合性命之情者；然文章禮樂，又非其所重。由孟荀告莊以降，而後通性與天道之言，乃得大而聞。此諸家之分異，不外於天命天道與人性，所以通之之道，為說不同。孔子則直以其學其教其文章，通天命天道與人性。故就其言之所及以觀，則於天命天道與性之差別，猶存舊義；而就其意之所極以觀，則又非至孟子之以心性之善，為孔子之學之教之文章之本源之義不止。至於荀子，則為承自然生命言性之舊義，由文章禮樂與性之自然，互相對反處，而更視性為惡者。此亦未嘗非源自孔子。是亦即孔子言性之旨之所以難知而難言也。

三　告子之言義外及生之謂性之諸涵義

孔子之後明主性善之論者為孟子。自思想史之發展觀之，則孟子之承孔子而發展之新義，初蓋皆所以答他家對孔子之教之疑難。孟子之性善論，亦宜由其與墨家思想相對較，更見其實義。原孔子言仁兼言義。仁自性情上言，義自行事上言。性情在內，而行事則著見於外。著見於外之行事，如何始得稱為合乎義，似應有一客觀之標準。墨家貴義，而又言義與不義，其究極之標準在天志。天為一客觀存在，亦無所不在之人格神，而其志在兼愛。故一切人之行事之合乎天之兼愛之志者，皆為義，否則爲不義。義則是，不義則非，而是非之標準，亦得由茲以定。然此以義與不義標準在天志之說，同時忽略人何以必須以客觀之天志，爲其主觀之心志之所合，及人之學天之平等的兼愛一切人，又是否與人之性情上要求相合等問題。如天自天，人自人，人卽無其自身在道德上之定然之理由，謂必順從天志。至多只有在利害上之畏天罰與希天賞之心，不敢不順從天志耳。故墨子言天志，亦終歸於以天之賞罰爲說。此卽墨子義外之論，言天志而忽人性之根本缺點。在孟子時代與孟子辯之告子主義外，而兼言人性，蓋已爲墨子思想之一發展（**註**）。告子之主人性無善惡，與孟子書中所提及之當時主「性可以爲善，可以爲不善」之說相通。此二說，與當時主有性善有性不善之說者，皆同爲人之由仁義與天志等觀念之自身，更回轉其注意，以觀此人之性與此仁義之關係之新說。此諸說之言人性，亦皆唯在就其與人之仁義等理想之關係而言時，乃見其實義。大略當時之主性可以爲善，可以爲不善者，乃自人之善惡之可隨習而變化之性以立說。故曰「文武興而民好善，幽厲興而民好暴」。當時之主人性有善有不善者，「以堯爲君而有象，以瞽瞍爲父而有舜，以紂爲兄之子且以爲君，而有王子比干」，則就人之善惡有不隨習而化者以說，亦卽就人各有其善不善之個性以立說。此後者又是自人之不隨習化、卽拒絕習之影響力處，以消極的言人之有其一定之善惡之性。告子之言性無善無不善，性

註：趙岐註孟子告子篇謂告子在儒墨之間，乃意告子問學於孟子而爲言。實則告子與孟子辯，固非問學於孟子者，而當謂其思想實近墨者；而尅就其卽生言性，重性之可變化義言，則近道家者也。

猶湍水，「決諸東方則東流，決諸西方則西流」；則一方未嘗確定人性之爲善不善，亦未嘗確定人性必隨習而化、或必不隨習而化；而要之其善不善，乃由於一後天之決定，而此決定乃如水之可東可西，而可善不可善者。象之不善，無礙於其性之可善，舜之善亦無礙於其性之初無此善。人無論其現實上善不善之狀況如何，亦未嘗不可重加決定，以歸於善或不善，如水之東流者皆可決之向西流者。由此亦可藉以明修養工夫之重要。故告子亦有其不動心養氣之說。 告子之能識得此人性之無善無不善，而具善不善之各種可能，亦即就人與其善之理想之關係，原有各種可能而立之論。亦是緣其有見於人性原非定常之物而生之一論。此亦即其說在理論層次上，高於有性善有性不善之說者之執定人性之善惡爲定常而不易者；亦高於主張可以爲善可以爲不善之說者，執定人性純隨外在之習染之善不善，而亦定然的與之俱化之說者也。

告子所謂人之性乃無先天之善不善，而可由後天之決定以使之善或不善，而涵具善不善之各種可能者。故人生在其過去今日與未來，其具有之不同之善或不善之存在狀態，亦皆同可說爲人性之一表現。由此而凡生之所生，卽性之所在，無無性之生，舍生亦無以見性。此告子主生之謂性之旨也。

生之謂性之涵義中，初未嘗限定生爲何狀態之一生。然生之謂性之涵義中，同時包涵生之爲一有所向之一歷程之義。此有所向之一歷程，卽其現在之存在，向於其繼起之存在，而欲引生此繼起之存在之一歷程。故生之謂性之涵義中，包括求生之義。求生，卽求相續之存在，求相續之生命之存在。

而此求相續生之性之滿足，則待於人之攝取他物，以養其生，並進而傳其生命於子孫，以子孫之生命之存在，爲其自身繼起之存在。由是而此人之生之性中，卽包涵食色之性。故告子又曰「食色，性也」。此食色之爲性，實根於此求生之生命之自身之性。至於一生命之所賴以滿足其食色之道如何，在此道中所表現之性如何，如本莊子齊物論之言鴟鴉有嗜鼠之性，民有食五穀之性，麋有與鹿交之性，以及人有以毛嬙驪姬爲美之性，則應皆爲屬於下一層次之生命之種類性，而不可與此食色之根於生命自身之求生之性者並論者也。

循告子所謂「食色性也」及「生之謂性」之說，人性之自身，亦確不能言善不善者。此善不善，只能就此性之表現於一生命之存在狀態，與其他生命之存在狀態之關係上說。如人爲求自己之食色之欲之滿足，而妨礙及他人之生，妨礙他人之足其食色之欲，卽爲不善。然此不善，可說只爲一生命之存在狀態，與其他生命之存在狀態之外在的關係。人當求此外在的關係之能調協，自尊重其生，亦卽當尊重他人之生，此爲人之義。有如後起之一生命，當尊重彼先行之一生命，卽稱爲敬長之義。然此義之爲義，乃由外面實有先行之他人之生命之存在，方可說其爲當然之義。故此義雖爲吾人之心之所能知，而卻初非原自吾人之性。故告子必主義外。至於告子於仁之所以說之爲內者，則蓋以仁之表現爲愛。此愛雖爲愛其他之生命，然此中可說我要愛才愛，則愛純爲我之生命所發，不似義之當敬其他之生命，乃由客觀上之其他生命之存在，使我覺得不當不敬，而不得不敬也。

然告子之說，終有其不自足之處。此卽在其謂義由外在客觀存在之生命等所決定云云，仍須以吾人之肯定承認外在客觀存在之生命，爲先行之條件。如吾人之敬長，乃以肯認此長爲吾人之長，爲其先行條件。若吾人不肯認此長爲吾人之長，則我卽無敬長之義。吾旣肯認此長爲吾之長，然後知吾對之之敬爲義，則長不只爲外在客觀於我之長，而此敬此義，亦非由外在之長者之生命所決定，而爲由吾人之自己所決定，而敬之義亦當視爲內出者矣。由此卽導致孟子之說。

此孟子之說與告子之說之不同，在義外義內之分。此義內之說之根據，則在吾人之自知其所以對人有敬長之義等，乃由吾人肯認此長爲吾人之長。緣是而吾人對一切家庭國家天下之事，所以能自知其義之所當然，皆由吾人之肯認此家庭國家天下，是吾人之家庭國家天下，作爲其先行條件。則此家庭國家天下，亦皆不得外在於吾人之此一肯認者。凡吾對之而自知之一切義之所當然，亦皆同爲內在於吾人之自己而備於我者矣。故曰「萬物皆備於我，反身而誠，樂莫大焉。」然此能肯認長爲吾之長，肯認家國天下爲吾之家國天下，並知此義之亦爲內在於我自己者，則只是吾人之心，而非只是吾人之此能求生而有其食色之欲之一自然生命。孟子之能言義內，與告子之只能言義外，其思想之根本分野，亦正在孟子之能卽心以言人之自己之性，而告子則止於卽生以言性。觀告子之能早不動心，其不動心，蓋緣於其能守義，故孟子謂之爲義襲而取。是見告子亦非不知重心者。唯其以義爲外，心卽無善性之可說，亦不能見性之善。吾人欲由告子之說轉進至孟子之說，則正當由告子之義外說，當如何轉進爲孟子之義內說處，加以識取也。

四　孟子不自生言性之卽心言性可統攝卽生言性之說之四義

關於孟子言性之旨，吾於孟墨莊荀言心申義一文中，已詳辨孟子言性，乃卽心言性善，及此心卽性情心、德性心之義。所謂卽心言性善，乃就心之直接感應，以指證此心之性之善。此謂心之直接感應，乃不同彼自然的生物本能、或今所謂生理上之需要衝動之反應者。簡言之，卽與自然生命之要求不同者。由是孟子之言，乃大與告子之以生言性者異趣。此心之性爲善，又兼可由心之自好自悅其善以證之。緣是而孟子之養心之工夫，亦唯是正面的就此心之表現於四端而擴充之，直達之，另無待於曲折之反省。再此養心之事，亦與自然生命食色之欲，雖爲二類，而又不相爲對反。此皆具詳前文，今不復更贅。唯該文乃以心爲中心而論，非以性爲中心而論。故於此心與自然生命要求相關聯之問題，孟子何以必卽心言性，及其所謂性之涵義之諸問題，尙有所未及。如吾人只視人自然生命食色之欲、與仁義禮智之德性心或性情心爲二類，而俱屬於人；人卽可問：何以吾人不可就人自然生命之欲言人性，而必須就仁義禮智之心以言人性？此則吾於先秦天命觀一文，已本昔賢釋孟子之言作答，謂此乃由仁義禮智之義，乃人求諸己心，卽可得而自盡，「求則得之，舍則失之」；故純屬於自己，而爲人之眞性所存。至於其他自然生命之耳目小體之欲，與緣之而有之富貴之欲等，乃求諸外，「求之有道，得之有命」，而非人所得而自盡；故亦非全屬於自己者，而非人之眞性所存之地矣。然吾今更須加以申論之一義，卽仁義禮智之心、與自然生命之欲，不特爲二類，一爲人之所獨，一爲人與禽獸之所同；而實唯前者乃能統攝後者。吾於上引之一文中，謂人之此心與自然生命之食色之欲俱行，人卽可得依其食色之欲，而生起不忍人飢寒、及望內無怨女、外無曠夫之心云云，已意謂：人之此心能居於吾人自己與他人之自然生命之食色之欲之上一層次，以俱加以肯定，而包涵之之義。今當更引申其旨，以進而說明：唯曰此「心」之能統攝「自然生命之欲」，孟子之「卽心言性」之說，乃能統攝告子及以前之「卽生言性」之說；而後孟子之以「卽心言性」代「卽生言性」，乃有其決定之理由可說也。此則唯有重就孟子盡心章一節文之解釋問題，次第說來。孟子之文曰：「口之於味也，目之於色也，耳之於聲也，鼻之於臭也，四肢之於安佚也，性也，有命焉。君子不謂性也。仁之於父子也，義之於君臣也，禮之於賓主也，智之於賢者也，聖人之於天道也，命也，有性焉。君子不謂命也。」

此段文明爲孟子自言其所以必卽心言性，而不卽生言性之理由者。然昔賢之注解，則多未能通此段全文於孟子之全書之義。如趙岐註本當時三命之說，謂此命爲命祿。於此須知謂人之得聲色臭味由命祿猶可說。若謂人之行仁義禮智，必待命祿遭遇，則此明與孟子言人皆能自盡其仁義禮智之心，大行不加，窮居不損之義相違者。朱子承程子之言，於上一命字，以品節限制釋之，而於下一命字，則曰：謂仁義禮智之性，所禀有厚薄淸濁，故曰命。此又以人之天生之氣質之性之差別爲命。對同一章之命字，先後異訓，卽自不一致。朱子嘗謂氣質之說，起於張程，又何能謂孟子已有此說？淸戴東原孟子字義疏證以禮記之血氣心知之性釋孟子，謂聲色臭味之欲、根於血氣，仁義禮智爲心知，並皆爲性。乃以藉口釋「謂」字，說孟子立言之旨，非不謂聲色臭味之欲爲性，而只言人不當藉口於性以逞其欲。此亦明反於孟子之「不謂性」之明言，亦與孟子他處言君子所性仁義禮智根於心，處處卽心言性，不卽聲色臭味之欲言性之旨相違。焦循孟子正義，則既於他處言人性卽食色，又於此段言口鼻耳目之欲不遂，與仁義禮智之德不育，皆爲命。其所謂仁義禮智之德不育之命者，則如於父子之倫中，遇父頑母嚚，聖人道大莫容之類，以合於趙岐言命祿之旨。是直全撇開了孟子何以於耳目口鼻之欲不謂性之一問題。其書所引程瑤田說，亦同爲撇開此一問題者。焦氏既引戴氏說於先，其意亦謂「謂」乃藉口之意，孟子言不謂性者，非眞不謂之爲性之義。若然則又與戴氏亦同其謬矣。

吾對此段文，嘗反復把玩，歷經曲折。憶吾尚在中學，卽注意此一段文，又見孟子言養心莫善於寡欲之語，卽悟孟子之言性、乃卽心言性，而非卽自然生命之欲以言性。當時卽曾作文數千言論孟荀之言性，謂孟荀皆尊心，孟子之所謂欲卽荀子之所謂性云云。後入大學，吾之第一篇於學術雜誌發表之論文，卽爲緣此而作之孟子言性新論。該文卽不慊於昔賢之說此段文者，而謂孟子之所以不以耳目口鼻之欲爲性，則由其乃求在外，而不同於仁義禮智之心之求在己之故，蓋求在外，則非自己所能完成，卽不直屬於我自己，故君子不謂之性云云。後數年馮友蘭中國哲學史出版，謂孟子言性，乃就人之所以爲人之特殊性卽仁義禮智之心性，以爲人之定義，亦嘗甚以爲然。然對此段中之命，無適當之解釋。十年前吾寫先秦天命思想之發展，乃就義命之觀念相連，謂孟子所謂命，不只爲外在之品節限制之意，而兼涵此品節限制之所在，卽吾人當然之義之所在，而義之所在卽心性之所在，耳目口鼻之欲，受限於外在之命，卽受限於義，故非吾人眞性之所在。然人之行天所命之仁義禮智，卽所以自盡其心性，故雖爲命，又卽爲吾人內在之眞性之所在云云。此則旣合於孟子書中及當時所言之命原有外在之義，又可以說明孟子攝命之所涵於義之所涵，及其以義爲內在於心性之論，其所以爲一創發之新說之故。自以爲差勝昔賢之說。吾今將更進而說者，則以生言性，旣爲孟子以前之通說，則孟子之改而卽心言性，亦必有其一定之理由。若只說此爲孟子對性之定義如此，則定義可由人自造，便無一定之理由。當時人既卽生言性，則約定俗成，又何必改作？如謂因人之所以爲人，卽在其有仁義禮智之心爲特殊性，則人亦有耳目口鼻之欲以同於禽獸，爲與禽獸之共同性。前者爲人在生物中之「種性」，後者爲其「類性」。二者同爲人性所涵，何得偏舉仁義禮智之心，爲人之定義？若依吾昔日之說，謂此二者有求諸外、求諸內、與可得而自盡與否之別，則何以求諸外，非人之所得而自盡者，卽不可謂之性？如水下流遇阻，則不得自盡其下流之性，此亦非水不以下流爲性之謂也。故吾今當沿孟子之上一段文之義，更進一步，本孟子全書之言，試探測孟子卽心言性，而不以生言性之一定之理由所在。

依吾今之意，孟子之所以不以耳目口鼻四肢之欲聲色臭味安佚，以及食色等自然生命之欲等爲性之理由，乃在此諸欲，既爲命之所限，即爲人心中所視爲當然之義之所限，亦即爲人之心之所限。此即見此諸欲，乃在心性之所統率主宰之下一層次，而居於小者；而此心性則爲在上一層次而居於大者。故孟子有大體小體之分。此中大可統小，而涵攝小，小則不能統大而涵攝大。故以心言性之說，亦可統攝以生言性之說。此方爲孟子之必以仁義禮智之根於心者，爲君子所性，而不即此自然生命之欲以謂之性，以心言性，代其前之以生言性，其決定的理由之所在也。

吾人如細讀孟子全書，則孟子所言心之大體，其可統攝耳目之官之軀體之小體，或自然生命之欲之理由，亦「即心言性」可統攝「以生言性」之理由，更可分爲四者以說。一是自心之對自然生命之涵蓋義說，二是自心對自然生命之順承義說，三是自心對自然生命之踐履義說，四是自心對自然生命之超越義說。

所謂自心對自然生命之涵蓋義，說「即心言性」之理由，即自人之仁心原對人出自自然生命之欲望，如食色等，能加以一肯定而言。人之仁心之不忍人之飢寒，不忍孺子之入井，即望人與孺子之自然生命得其存在之心。人之仁心之望內無怨女，外無曠夫，即望人之有家有室，使自然生命得其相續之心。此人之仁心，恆在遂人之自然之情欲處表現，乃淸儒戴東原、焦循等之所重，而孟子之依仁心，行仁政，亦實不外遂人之情欲。戴、焦於此乃將血氣心知二面，相對並舉以言性。然實則此二者間，有上下二層之不同，則不宜只二面相對並舉說；而當謂人之仁心等，即以遂人之情欲等，爲其所涵之內容。人誠能盡此仁心，則當於一切人之情欲，無不求遂之，即此而可見人之仁心之量之所涵蓋統攝者，即無量無限，而能萬物皆備於我，上下與天地同流者。故舉此大體而小體皆攝，然舉小則不能攝大。故即心言性，可攝以生言性之說也。

所謂自心對自然生命之順承義，說「即心言性」之理由，即人之仁義禮智之心，孟子恆謂其乃原自人之愛親敬長之心而說。孟子以人仁義禮智之心之初表現於孩童，即愛親敬長。故曰：「仁之實，事親是也；義之實，從兄是也；禮之實，節文斯二者是也；智之實，知斯二者是也。」達人之愛親敬長之心於天下，仁義之道即行於天下。原彼父母之生子女，與子女之相繼生出，乃自然生命之向前向下流行而不返之一度向。此人之食色之欲，與禽獸繁殖之欲，初無不同者。然人既出生，而對生之之父母與同生之兄姊有愛敬，更推此愛敬而上達於先祖宗；則爲對此向前流行之歷程與度向，加以承順，而回應反抱之另一種歷程與度向，以對前一歷程度向之只前流下流，與以一「往而再復之貞定」者。此乃吾於文化意識與道德理性等書所論，固非孟子之所已說。然孟子即子女之親親敬長之心以言性，明與告子之自自然生命之食色言性者，乃自不同方向看人性。此中，人之愛親敬長之心中，包涵對父母兄姊之肯定尊重，即包涵對「依於食色之欲而有之其前之人類自然生命之流行」之肯定尊重。人之本於孝心，以念身體髮膚，受之父母，不敢毀傷，與求嗣續以承宗祀；則又包涵對自己之養身之事、婚姻之事之肯定尊重。此中人依此心爲主宰，以盡孝心，而人之承其先之自然生命，與啓後來之自然生命，以成此自然生命之向前向下之流行者，皆包涵備足。至於人之只知食色之欲者，則未必能盡孝心。此卽見人之德性心，可統攝人之食色之欲而成就之；人之食色之欲，則不能統攝人之德性心。此亦「卽心言性」可統攝「以生言性」之義，而「以生言性」之義，不能統攝「卽心言性」之義者也。

所謂自心對自然生命之踐履義，說「卽心言性」之理由者，此卽自人具自然生命之身體，皆可成爲人之德性心所賴以表現其自己之具上說。孟子言「君子所性，仁義禮智根於心。其生色也，睟然見於面，盎於背，施於四體，四體不言而喻」。此卽謂由君子存心養性，盡心知性而踐形，則形色之軀體，莫非此心此性之表現之所；而此形色之軀體之性，亦卽爲此心之所充實所透明。故曰「形色、天性也。」人盡心必歸於成君子聖人，人成爲君子聖人，人之自然生命皆化爲德性之生命，而形色之軀體之性，乃莫非此心之性。是見此形色軀體或自然生命，卽終歸於以表現此心之性爲性，而二性實只一性。故可舉心之性以攝自然生命之性。然此中人可以形色之軀體，爲表現人之德性心之具，人卻不能顚倒之，而以德性心爲形色之軀體或自然生命，自遂其片面之情欲之具。若然，則縱欲敗德，德性心不得盡，而人亦終不能自安。故唯可舉心之性，以攝此形色軀體之自然生命之性，而不可舉此後者，以攝前者也。

所謂自心對自然生命之超越義，說「卽心言性」之理由者，此卽就此心之可主宰決定此形色軀體之自然生命之存亡而說。蓋於此心，人在平常之時日，固亦自愛其父母之遺體，而藉之以爲踐形成德之具。然因此心所欲之仁義等，恆有溢乎其自己之形軀之外者。故人亦可在欲義欲生，不得兩全之時，舍身取義，殺身成仁。「一簞食、一豆羹，得之則生，弗得則死，嘑爾而與之，行道之人弗受，蹴爾而與之，乞人不屑也」；「志士不忘在溝壑，勇士不忘喪其元」；「富貴不能淫，貧賤不能移，威武不能屈，此之謂大丈夫」。皆孟子所常言。此處最能見人爲遂其心之所欲，可置其具自然生命之形軀之存亡於不顧。於此既見此心之至尊而無上，亦見此自然生命之形軀，對此心爲可有，而未嘗不可無者。則此自然生命之性，對此心之性而言，亦可遂，而未嘗不可不遂者。彼能成仁取義者，可遂此性，卽可以之爲性；不遂此性，卽可不以爲性。人之成仁取義者，不遂其此性，而殺生舍身，其爲人乃流芳百世，而益爲世所尊；卽見人之所以爲人之性，在此而不在彼。然吾人卻不能說：人之自形色之軀所發之自然生命之欲等，能超越於人之德性心之上，而決定此心之存亡。亦不能說；無此心者，尚可稱爲人。人之能盡此心，卽人之成爲人之充足而必然之理由。至於人之遂其自然生命之欲，對人之成爲人，乃既非充足亦非必然之理由。人之所以爲人，乃在其有此心，依此第四義，乃全彰顯而無遺。孟子之所以必卽心言性，不卽生言性，亦正由其深有見於人之心所欲，超溢於其生之所欲，而此心能自捨身殺生而來者也。

吾上言之第四義，乃自心之對形色之軀之超越義說，第三義乃自心之藉形色之軀，以表現其自己說，卽自心之內在於此形色之軀之內在義與主宰義說。第一義自心之涵蓋彼出自形色之軀之自然生命之欲說，乃橫面的說心之包括自然生命之欲於其下。第二義自心之承順自然生命之流行而肯定之，乃縱面的說此心之貫通於自然生命之流行中。此四義，同可由人之出自形色之軀之自然生命之欲，原受限於命、受限於義，亦受限於心，爲心所主宰，而居心之下層之義，加以引繹而出者。亦皆同所以見卽心言性之義，可統攝卽生言性之義者。孟子之書中旣兼有具此四義之言，則吾人卽可推斷：其所以以心言性之理由，卽要在乎此四者。否則孟子之卽心言性與言性善，皆無一定之理由，其必反對告子及以前以生言性之通說之故，亦不可得而明；而吾人於其盡心章之於耳目口鼻之欲謂命不謂性一段，亦終無善解也。

五　孟子之卽「心之生」以言性之意義

吾人上文旣說孟子卽心言性之理由。今更當討論孟子之卽心言性，是卽心之何義上言性。因心性二名旣別，則卽心言性，不同於卽心言心。對此問題，須有一答。依吾人之意，孟子之卽心言性，乃又卽此心之生以言性。所謂卽心之生以言性，乃直接就此惻隱、羞惡、辭讓、是非等心之生處而言性。此與吾人前文謂孟子之言性，乃就心之直接感應言性之說相通。所謂就心之直接感應言性者，卽如就心之感孺子將入井，而直接的、別無目的的，卽應之以不忍；心之感嗟來之食，而直接的、別無目的的應之以羞惡之類。此皆具詳前文。我今將進而說者，則是說孟子之所謂心之由感而應之中，同時有一心之生。心之感應，原卽一心之呈現。此呈現，卽現起，卽生起。然此所謂心之生，則是此心之呈現中，同時有一「使其自己更相續呈現、相續現起生起，而自生其自己」之一「向性」上說。此生非自然生命之生長之生，而是心之自己生長之生。孟子卽心言性，而心性之所以又可以爲二名，其理由卽在此心之性，乃尅就此心之生長，或能生長而言。吾人觀孟子之言心，恆喻如火之始燃，泉之始達，草木之萌櫱，便知孟子之言心，乃重此心之自生自長之義。所謂心能自生自長，卽心能自向於其相續生、相續長，以自向於成一更充實更擴大之心。簡言之，卽心之自向於其擴充。由心之此「自向」，卽見心之性。此性決不可說爲性質性相之性。如自心之性質性相說心，則吾人於此可謂今之心理學，亦可較孟子所言者爲細密，道佛二家所說心爲虛爲無，以無相爲相，亦可遠較孟子所說爲高明。此性亦不須說爲深藏於心之內部之性理，與心之表現於外之情才相對者。謂心之性理與心之情才相對，乃程朱諸儒對孟子所言重加一反省的追溯，依概念的分解而生之論。直就孟子之所言而論，心之性與情才，並無明顯之內外之別，而初是卽心之情之生而俱見。如人有具惻隱不忍之情之心之生，見於對孺子之入井等，孟子卽就此心之生，卽可擴充爲一切不忍人之心；而言人性之有不可勝用之仁。又可由人有具羞惡之情之心之生，見於不食嗟來之食等，孟子卽就此心之生，可擴充爲一切不屑不潔之心，而言人性有不可勝用之義。此中人之惻隱羞惡之情之心之生，而自向於其擴大充實者之所在，卽仁義之性之所在，故卽心之情而可見性；而其能如此自向於其擴充之「能」，卽才也。

吾人今之以心之生，說孟子所謂性，乃合於性從心生之字原者。近人傅斯年著性命古訓辨證，謂先秦之性皆作生，此在春秋時或然。然謂孟子時仍無性字，則其言無徵。當時既有從心之情志意等，何得無性字？吾友徐復觀先生已辨之於其中國人性論第一章之中，今不贅。按今性字，據說文曰：「人之陽氣，性善者也，從心，生聲。」謂性爲人之陽氣，此乃漢儒義，非孟子義。謂性從心從生，依中國文字之聲之所在，恆卽義之所生，則吾以心之生釋性，於古訓無違。宋明儒論性多以心之生理釋性。如明儒孫淇澳卽明言心生爲性（明儒學案東林學案）。唯其下文謂，唯性善故心善，則非孟子意。孟子乃卽心之生，以言心之性之善。吾人今扣緊心之生以言性之善，則可免於畢竟人性善爲已善未善等疑難。如人之難孟子者曰：人固有惻隱羞惡之心，然一般人所表見之惻隱羞惡之心，乃至小而至微，此畢竟不同於聖人之仁義之心。如以聖人之仁義之心之善爲標準，則一般人之性只能言未善，如董仲舒之說是也。又人在表見惻隱羞惡之心之後，亦可由食色之欲之間隔，而失其惻隱羞惡之心，以歸於殘賊與無恥，則人性善之謂何？如蘇轍卽嘗由此以疑孟子之卽心言性之善說，而自歸於性無善無惡之論矣。然吾人以心之生釋孟子之性，則自人之惻隱羞惡之心之生處說，此生卽自向於擴大充實之義；則心之現有而表現之善，縱至小至微，而此心之生之所向或其性，則非小亦非微。謂其小且微者，乃自外觀其尚未擴大充實，以至乎其極，而以至乎其極者爲標準，而反照反溯之言。然尅就其向於擴大充實之性以觀，則亦可不見其小且微，則亦無所謂未善。然此又非謂一般人之有惻隱羞惡之心者，卽已全善，而同於聖人之善之謂。因此心之性既向於擴大充實，卽心之不自足於現有之表現，而未嘗自以爲已全善，而可以更爲善之證。心之生所以爲心之性，非純自心之現實說，亦非純自心之可能說，而是就可能之化爲現實之歷程或「幾」說。在此歷程或「幾」上看，不可言人性不善，亦不可言人性已善，而可言人性善，亦可言人性之可以更爲善。然此所謂可以更爲善，卻非須用「可以更爲不善」之一語，加以補足者。謂人可以爲善，亦可以爲不善，此乃自外觀人之未來之可能之語；而非尅就人之有惻隱羞惡之情之心之表現時，以觀其心之生、心之性之語。尅就此等心之表現時說，此中固只有可以爲善之性，而無可以爲不善之性。此義須細心識取。

至於人之心性情既善，人何以有不善，何以會由食色之間隔，而失其惻隱羞惡之心，以歸於殘賊無恥等？若此問題是客觀的問，何以世間之人之善的心性情，雖偶有表現，而不能擴大充實，以皆成聖成賢，更無一切之不善？此蓋非孟子所能答，亦非孟子之問題。吾今亦難遽答。然吾以生釋性，則言心自生自長，本不必然涵蘊：心之在事實上必相續生之義。心不相續生，而自然生命之欲相續生；則人固可由食色之欲之間隔，而只務養小體以失大體，浸至自暴自棄，而陷溺其心，梏亡其心，失其本心也。此心之喪失陷溺梏亡，卽孟子所謂不善之原。然此由心之喪失而有不善，並不證此心之性之不善，而正反證此心之爲善之原。如以日沒而黑暗生，不證日之無光，而正反證日之爲光明之原也。此心之一時梏亡喪失，不礙人之仍具此心者，以此心之舍則亡，固不礙此心之操則存。此心之操則存，即此心之自操自存而自生，以見此心之以生爲性者也。此心之自以生爲性，而能自操自存，人只須試一自操自存其心，便可當下實證。然只由外觀他人之心之一時之梏亡喪失者，不見他人之心之自操自存者，亦儘可疑人之亦有此心，疑人之心之亦能自操自存而自生。然人既能知其心之自操自存而自生之後，再以己之心度人之心者，則於此將能有以自信，而亦更無所疑於人心之能自操自存。人果不疑於水無有不下，則水雖未流，人之不疑於此水之性之向下也自若。人果不疑於人心之能自操自存，則人雖梏亡喪失其心，其心之能自操自存而自生也自若。人之能信此者，乃是在耳目之官之所接者外，作一超越的肯定。若人之所知，徒限於耳目之官之所及，而未能自知其心能自操自存自生，並本己之心，以度人之心者；則於孟子之言，亦誠有難契之處。吾今所能爲孟子代答者亦無他言，即求問者之試自操自存其心，以自知其心之能自操自存而自生，而再以之度他人之心而已矣。

第二章　莊子之復心言性、荀子之對心言性、與中庸之即性言心

一　心知、機心、成心之禍患

先秦諸子中，道家之老子書中雖有關連於人性之思想，而未嘗環繞於性之一名而論之。蓋老子之論道，重在視道爲客觀普遍者，亦如墨子之言天志兼愛等，皆重其爲一客觀普遍之原則。老子與墨子，皆客觀意識强而主觀意識弱之人。人之情性則屬於人生之主體，故二人皆初不直接論性。先秦道家中莊子之主觀意識强於老子，而對人生之感情，亦遠較老子爲深厚。莊子內篇中之論道，實皆人生之道。其論此人生之道，皆恆直就人當如何達逍遙無待之境，喪我物化之境，以有其養生達生之事，全其安命致命之德，以及成爲眞人、至人、大宗師，足以應帝王之道術爲說。唯又恆連之於人之天君、靈府、靈台之常心以爲論；而罕直就其與「人性」之關係以爲論。然在莊子外雜篇，則時言及於

性。或言「壹其性」、(達生)「體性」(天地)，或言「反其性情」、(繕性)「若性之自爲」、(天地)「不失性命之情」、「任其性命之情」、(駢拇)「性情不離」、(馬蹄)「安其性命之情」、(在宥，天道)「長乎性」、(達生)；而以「侈於性」、「塞性」、「削其性」、「失其性命之情」、「決性命之情」、「傷性」、「損性」、(皆見駢拇)「淫其性」、「不安其性命之情」、「性命爛漫」、(在宥)「失性」、(天地、繕性)「亂人之性」(天道)、「性飛揚」、「離其性」、「滅其情」、「擢吾性」、(則陽)爲大戒。其旨蓋歸於：「性不可易」。(天運)亦可統其旨於「復性命之情」之一語(註)。顧其及性之言，唯散見各篇，而不成統類，亦偶自相出入。然細察之，亦大體可互通，合以見此道家型之人性論，實亦爲一獨特之形態，而與上述之告子之言性，有可得比較而論，以見其特色者也。

莊子外篇之言性，而對性或作類似定義之言，並表見一重性之思想者，可先行引下列數段文，再

註：按莊子言反性復初、復命、復心，老子言觀復，乃異於儒之重盡性成性者。然李翺以降至宋明儒，皆言復性，清儒謂爲襲道家語，此不可爲諱。朱子于孟子「堯舜、性之也；湯武、反之也」下註曰，「程子曰：性之反之，原來有此語。蓋自孟子發之。呂氏曰：無意而安行者，性也；有意利行，至於無意，復性者也。」此乃以孟子「反之」卽「復性」。然孟子實只言養性知性，未嘗言復性。孟子盡心章言「堯舜、性之也，湯武、身之也。」又言「反身而誠」，則反之卽同於反身而尚未能誠，乃強恕而行之之謂。不必逕以反性復性釋之也。

試爲之釋。

天地篇：「泰初有無，無有無名，一之所起，有一而未形。物得以生謂之德；未形者有分，且然無間謂之命，留動而生物，物成生理謂之形；形體保神，各有儀則謂之性。性修反德，德至同於初。同乃虛，虛乃大。合喙鳴，喙鳴合，與天地爲合；其合緡緡，若愚若昏。是謂玄德，同乎大順。」

則陽篇：「聖人達綢繆，周盡一體矣，而不知其然，性也。復命搖作，而以天爲師，……生而美者，人與之鑑，不告，則不知其美於人。若知之，若不知之；若聞之，若不聞之；其可喜也，終無已，人之好之亦無已，性也。聖人之愛人也，人與之名，不告，則不知其愛人也。若知之，若不知之；若聞之，若不聞之；其愛人也，終無已，人之安之亦無已，性也。」

庚桑楚：徹志之勃，解心之謬，去德之累，達道之塞。富、貴、顯、嚴、名、利六者，勃志也。容、動、色、理、氣、意六者，謬心也。惡、欲、喜、怒、哀、樂六者，累德也。去、就、取、與、知、能六者，塞道也。此四六者，不盪胸中則正。正則靜，靜則明，明則虛，虛則無爲而無不爲也。道者，德之欽也；生者，德之光也；性者，生之質也。性之動謂之爲，爲之僞謂之失。」

達生篇：「孔子觀於呂梁，縣水三十仞，流沫四十里，……見一丈夫游之，以爲有苦而欲死也；……孔子從而問焉，請問蹈水有道乎？曰……從水之道，而不可私焉。……吾生於陵而安於陵，故也；長於水而安於水，性也；不知吾所以然而然，命也。」

繕性篇：「古之治道者，以恬養知；生而無以知爲也，謂之以知養恬。知與恬交相養，而和理出其性。……彼正而蒙己德，德則不冒，冒則物必失其性也。」

「德又下衰，及唐虞，始爲天下，興治化之流，澆淳散朴，離道以善，險德以行，然後去性而從於心。心與心識知，而不足以定天下；然後附之以文，益之以博。文滅質，博溺心，然後民始惑亂，無以反其性情，而復其初。由是觀之，世喪道矣，道喪世矣，世與道交相喪也。……古之存身者，不以辯飾知，不以知窮天下，不以知窮德，危然處其所而反其性。」

達生篇：「養形必先之物，物有餘而性不養者有之矣；有生必先無離形，形不離而生亡者有之矣。生之來不能卻，其去不能止，世之人以爲養形足以存生，而養形果不足以存生。」

「凡有貌象聲色者，皆物也，物何以相遠？夫奚足以至乎先是色而已？則物之造乎不形，而止乎無所化；夫得是而窮之者，物焉得而止焉。彼將處乎不淫之度，而藏乎無端之紀，游乎萬物之所終始，壹其性，養其氣，合其德，以通乎物之所造。夫若是者，其天守全，其神無郤，物奚自入焉。」

駢拇篇：「自三代以下者，天下莫不以物易其性矣。小人則以身殉利，士則以身殉名，大夫則以身殉家，聖人則以身殉天下。故此數子者，事業不同，名聲異號，其於傷性，以身爲殉一也。……且夫屬其性乎仁義者，雖通如曾史，非吾所謂臧也；屬其性乎五味，雖通如俞兒，非吾所謂臧也；屬其性乎五聲，雖通如師曠，非吾所謂聰也；屬其性乎五色，雖通如離朱，非吾所謂明也。吾所謂臧，非仁義之謂也，臧於其德而已矣；吾所謂臧者，非仁義之謂也，任其性命之情而已矣。吾所謂聰者，非謂其聞彼也，自聞而已矣；吾所謂明者，非謂其見彼也，自見而已矣。夫不自見而見彼，不自得而得彼者，是得人之得、而不自得其得者也，適人之適、而不自適其適者也。夫適人之適，而不自適其適，雖盜跖與伯夷，是同爲淫僻也。」

上第一段以形體保神，各有儀則謂之性，此語句正類似詩經所謂「天生烝民，有物有則」。孟子旣引此言，以證人性善，則莊子之言性，似宜與孟子不相遠。然莊子以「去性從心」，爲「德之下衰」，則明與孟子卽心言性之旨不同。莊子以「性者、生之質也」，其語又類告子生之謂性之說。然告子未嘗以反其性情而復其初，卽所以反德而合道。告子言「生之謂性」，又言「食色、性也」。食色之性在求自繼其生，亦自養其形，以生出有形之子孫。莊子則言養形與養生之分，以知「物之造乎不形，而藏乎無端之紀，游乎萬物之所終始」，爲壹其性、養其氣、而合其德之事。此又與告子之言生之謂性，未嘗分別養形養生，亦未嘗及乎不形之境者，大異其趣。則莊子之言性，乃於孟子告子之外，固別爲一形態。吾人今於其所謂性之名之所實指者爲何，則當深察。

循告子所謂「生之謂性」「食色性也」之言，則人之一切自然生命，求自繼其生而有之一切活動，如飢餐渴飲，耳聞目見皆是性。孟子之言口之於味，耳之於聲，目之於色，性也，亦是順此義而說。唯孟子以此乃小體，而統之者乃大體之心，故卽心言性，而不卽此自然生命之欲以言性耳。然觀莊子之言性，則彼於馬蹄篇固亦謂「民有常性，織而衣、耕而食」，而承認此人之自然生命之衣食之欲爲性。然其不以「屬其性於五色五聲」爲然，謂不聞彼而自聞，不見彼而自見，乃可以復其性命之情，以自適而自得，則又似不任順人所自然發出之耳目五官之欲。然莊子外篇之言，又數及於「自然」之名，而魏晉人之釋老莊者，尤重其「自然」之義，其故何也？

吾人今欲解上文之疑竇，首須了解一般所謂任順吾人所自然發出之耳目等五官之欲，恆歸於放縱，其中實亦有一不自然者、或非自然者，夾雜乎其中。此不自然或非自然者，即原於莊子所謂可與性相違之心知。緣此心知，而有莊子所貶之「故智」、「機心」、「賊心」、「心厲」；而莊子乃有「心齋」、「刳心」、「洒心」、「解心」、「齋戒疏瀹而心」，而主「外於心知」，謂「師心者不足以及化」之論。此如吾於孟墨莊荀言心申義中所說。當知莊子所謂心知，非孟子之所謂心知，而別爲一種心知。孟子所謂心知，乃德性之心知，道德上之是是非非之心知。莊子所視爲可與性相違之心知，則初爲一認識上向外尋求逐取，而思慮預謀之心知。在此心知中，人知此可致彼，是爲故智；欲利用此爲手段，以得彼，是爲機心。故莊子以用機械取水，爲機事而引起機心者。至於人之順過去之所習，期必未來如今日之所料，是爲成心。人生之無窮禍患之原，則正在此種種故智、機心、成心，與人之自然生命之情欲之相結合；乃有其種種非自然而不自然之情識意念之火馳而不反，以成心厲、賊心，而導致人之靈台之心於死亡，人乃失其自然之性命之情矣。

所謂向外尋求逐取，思慮預謀之心知，即一由當前直接所感所遇、或既欲之而既得之物，更憑之以預謀、並求獲得另一其他之物，以至可連類而及於無窮之心知。由此心知與情欲之相結合，人乃見卵而求時夜，見彈而求鴞炙，聞見聲色而既知其美，即欲窮天下聲色之娛，而盡得之。一朝飢既得食，寒既得衣而樂之，即一生勞心焦思於衣食是謀。「欲惡之孽爲性，萑葦蒹葭；始萌以扶吾形，尋擢吾性」（則陽）其原皆出自此心知。此即正爲人之喪德之原，而人生之無窮禍患之所由起者矣。

如更詳說此心知所以爲人生無窮之禍患之原，此即在：吾人依此心知，而欲憑當前所已見已得者爲條件，而另求有所得時，其意欲由此致彼，連類所及，即原有無窮之可能呈於前。此時，人之心知即隨此「無窮之可能」而浮起，以成一僨驕之心，亦夾帶吾人之生命，若向此「無窮之可能」而膨脹。如常人忽得意外之財，尚未加使用時，其心中念及此貨財之種種運用之可能，即頓可使其人之心浮起、僨驕而膨脹，是一顯例。然實則此時人之生命之中心，乃已成爲空虛無實者。此時之心知，若再自斂抑，而觀此「無窮之可能」，又將感其「無一之能必」。因凡此非已現實者，皆亦有「不現實之可能」，即不可必也。如吾人今日積財千萬，亦不能必明日之不以喉管破裂而餓死是也。凡欲期必彼未來而未現實之事，化爲現實，必待其他種種條件之補足。吾欲補足此種種條件，又更有另外之其他條件；此另外之其他條件，是否爲我今有力以補足者，仍終不可必。終不可必，而昔願已化爲成心，人乃必欲必之；人生乃永在向外尋求之中，而人之禍患憂慮，亦終無已。此即莊子之所以嘆「人之生也，與憂俱生，久憂不死，何其苦也」。世人不知其苦，則人生之芒，人生之大惑大愚，而終身不解不靈者也。

魏晉之際，嵇康嘗作答難養生論，本莊子之旨而言曰：「不慮而欲，性之動也；識而後感，智之用也。性動者遇物而感，足則無餘；智用者從感而求，勌而不已。故世人之所患，禍之所由，常在於智用，不在於性動。」其所謂性動，乃純屬於自然。其所謂智用，卽上所謂化爲機心成心之心知。此心知之恆先識而後求感，故勌而不已。此卽似自然而實非自然，使人永在向外尋求之中，而憂慮無已者也。

至此心知之化爲成心機心等，所以兼爲人之喪德之源者，則不只由於人之依成心，以爲自己之未來作種種預謀者，必於當前所接之他人，唯知加以利用，而不知敬愛；兼由人之成心機心，與人之自動表現之道德心情相結合，亦可能化此道德心情之表現本身，成爲吾人憑之以達其他預謀之手段；並可使人對其未來道德心情之呈現，亦有一預求與期必，而亦有一成心；由此而使人以後之道德生活，成爲一單純之「還願」，以合於此預求與期必之成心。此卽爲人之道德生活純形式化、而外在化之一大危機。如吾人今有信於友之道德心情之表現，此爲一當下現成之事。然吾人之心知，對此一事，既加以自覺之後，人亦可念此我之信於友，將爲吾友及他人所稱美，而吾將緣是得名而得利。此中一念欲憑此當前已表現之心情，以另有所得，卽爲一機心。人有一念如此，則天旋地轉，而德行盡喪矣。又如吾人念我當前有信於友之心情之表現，我卽自預求我以後亦必能如是，我將永無不信於友之事；

於是我與友約於橋下相會，而橋水驟漲，亦將如尾生之守橋而不去。此中吾人之所以必守信，卽唯是欲求自合於昔日我之所先期必於我之成心。於是此一守信，卽實非眞道德，而唯是使自己之行爲，合於此成心所預先定立之一守信之形式者。此形式，乃外在於我當時之實感中之所當爲，而預先定立者；則我之必求自合於此形式之道德，卽一外在化之道德。凡人之預定一忠孝仁義之道德標準，並無忠孝仁義之實感，而爲忠孝仁義之行，以合古人所傳或世俗所定之標準者，亦同爲此外在化之道德，而實非眞道德者。此一外在化之道德，亦皆無不原自人之先有一思慮預謀，而自期必其未來之如何之成心。吾人尚在當前之情境中，卽預謀我在一切未來之情境，其道德心情皆如在今日之所期必，此卽無異以今日之我，斬斷我之未來之道德心情之當機的創發性。此卽一不道德之念，使吾之未來之道德生活歸於僵化者。凡世之定忠孝仁愛之道德標準，强人以必行，而不能開導人之自發的相應心情者，亦將使人之道德生活，歸於僵化，而禮教殺人，亦實有之。此卽莊子之所以旣反對人之向外馳求聲色名利，而不知返，以身殉之者，亦反對人之殉外在化之仁義之名之故也。

二　復性命之情之生活意義

由此再回到莊子本文，則於莊子所謂去性而從於心，爲德之下衰之義，卽不甚難解。莊子所謂喪失其性之本義，卽不外言人之心知冒過其當下之所遇、所表現，而欲憑藉之以有所預謀，並生一機心，冀得其所不能必者之謂。此預謀而冀得其所不能必者，一方固出自期未來之定如今所期之成心，此成心卽欲封閉未來世界其他一切可能，以歸於我所預謀之唯一可能者。此卽一其殺若秋冬之心之殺機。在另一方，則人於此又未嘗不知此未來之實不可必。知實不可必，又必欲必之，則人欲趣欲舍，「趣舍滑心，使性飛揚」（天地篇）之機心，乃起伏頓挫，而吾人之心，乃憂慮不已，亦搖盪無已。此中，不僅人求名求利之事，足致此心之憂慮搖盪無已。卽本此預謀之心，以爲仁義，救天下國家，亦將同不免於此憂慮搖盪之無已。故莊子駢拇篇曰：「意仁義其非人情乎，彼仁人何其多憂也？」吾人若會得孟子卽惻隱羞惡言仁義之旨，則仁義實是人情。彼仁人君子有終身之憂，而憂以天下，亦出自其之仁義之情，而此憂亦不容非議。然此仁人君子之憂以天下，必亦樂以天下。樂以天下者，樂此憂之出自性情而不容已，乃自知其當憂，亦自安於其憂者也。終身有天下之憂，而必自盡其力，以爲其今日之所當爲，爲其今日之所能爲，而又實無必得之念，則此憂蓋亦非莊子之所能非議。然人在道德生活中，亦實有出自預謀思慮，而求必得此仁義之憂慮。是則依宋明儒學之發揮，亦只能說是一私欲。此則正爲莊子之所譏者。此憂慮雖在求必得仁義，與小人之憂慮在求必得利，士之憂慮在求必得名者不同，然其爲向外馳求，「馳其形性，潛之萬物，終身不反」（徐無鬼），欲以無有爲有，使人心搖盪，亦使「性之動」，徒從心知而外徇外馳，而其所「爲」皆「僞」，以失其當下之性命之情，則一也。

今吾人更當問：莊子所謂復其性命之情者，其生活狀態畢竟如何。是否上文所謂「若愚若昏」、「不聞彼而自聞」、「不見彼而自見」，卽眞爲一「塞耳杜目」更無容動色理氣意，惡欲喜怒哀樂，去就取與知能之一切表現，而只宅心於「不形」、「無端」、「游心萬物之始終」之無萬物處，卽爲「玄德」、「大順」、「性修反德」而「復其初」、「同於初」，而「自得其得」、「自適其適」乎？或者人必返於馬蹄篇所謂上古「至德之世，其行塡塡，其視顚顚……同乎無知……同乎無欲」之「素樸」，「民居不知所爲，行不知所之」之「含哺而熙，鼓腹而遊」之原始生活，乃爲復性命之情乎？若果如前者，則復性命之情者，實應歸於一耳無聞、目無見、而一無所爲，只念念在混沌之眞，而與之終身不離者然後可。此則與莊子言無爲而又言無不爲之言，明相矛盾。若果爲後者，則唯在上古至德之世之民，乃可言不失其性。今與昔旣異世，今人將永無復其性命之情之望矣。則莊子所說爲眞人至人者，如魯之兀者王駘之類，何以亦見於春秋戰國之世？故吾人對莊子所言，必須謀一善解。蓋莊子所謂若愚若昏，必非實愚實昏。其所謂不聞彼不見彼，應非耳目無聞無見，此言之關鍵，應在「彼」之一字。人固不免有見有聞，然人儘可見所見、聞所聞，而不以所見所聞爲彼。所見所聞者，若皆在當下，卽爲此而非彼；則人之見所見聞所聞，卽自見自聞矣。此中唯在人緣此所見所聞，而另有所思慮預謀尋求者，方得爲彼。故見此一色而求盡諸色之相，則諸色成彼；而此一色爲諸色之一，乃亦成彼；聞一聲而求極諸聲之相，則諸聲成彼；而此一聲爲諸聲之一，乃亦成彼。人若唯此聲色等之求，是謂屬其性於五色五聲，而時在往求見彼聞彼之中。人之此心知，一往求見其非所見，聞其非所聞，不求見其所見，聞其所聞；而其心乃行盡如馳，是謂不能自適其適，自得其得，人乃失其性命之情矣。則所謂自聞自見，亦非謂一無所聞一無所見；而只是：自求聞其所方聞，自見其所方見之謂；卽只是：有所聞，則自聞此所聞，有所見，自見其所見；而使此心知不外馳，乃循耳目之所及以內通，以神直與所見所聞相遇之謂也。此卽其徐无鬼篇所謂「以目視目，以耳聽耳，以心復心」之本旨。若必就文字表面解釋，則目焉能視目？耳焉能聽耳？目視目，耳聽耳，心復心者，收此視此聽此心，更不外馳，以止於所視所聞所思而已矣。吾人若能知此義，則知莊子所謂「徹志之勃，解心之謬，去德之累，達道之塞」，而「無爲」，固不必歸於實無容動色理氣意，無惡欲喜怒哀樂，無去就取與知能；唯當只是使此等等不盪於胸中之意而已。欲此等等不盪於胸中，蓋非必全絕去此等等而去之；固可唯是：當人有此等等之任一表現時，不更有一自外來之自知，以自生一矜持。人乃不更執此表現，而別有希求，而必之於未來；則其依時而發者，雖喜怒哀樂、去就取與不同，而各居其時，各當其位，卽可不致相搖相盪，而相礙相銷，而皆可自適其適，自得其得矣。故無爲亦能無不爲也。

循吾人上文之解釋，則莊子所謂復其性命之情之實義，卽不外化除一切向外馳求之心知，或收回此心知，以內在於人生當下所遇所感之中之謂。是之謂知與恬交相養。人有所感而生情，人一時只感此所感而非他，是爲命。人之所以能感所感而生情者，卽吾人之生命之性。合性與命，爲一性命之情。

性命之情之所在，卽吾人之生命之當下自得自適之所在，亦卽生命之恬愉之所在。人心知不外馳而止於是，是謂以心復心，以復性命之情。此中人之有心知之外馳者，與無之者之不同，唯在人之有此心知之外馳，則人在其直接所見所聞之外，另加了一分意思。如凡在人之自發而不容已之活動之外，憑空外加一自知，以成一自我之矜持的意思，便可使性飛揚。則陽篇初言「生而美者，人與之鑑，不告，則不知其美於人也……聖人之愛人也，人與之名，不告，則不知其愛人也」，歸於言：不論人之知不知、聞不聞，此人之美之可喜可好，聖人之愛人之爲其所安，終無已，是爲性。此其義尤深切。蓋意謂唯人之喜美、好美、愛人之事，其自發而自不容已者，方爲性也。此自發而不容已者之可喜、可好、可安，人皆可直感，而不待乎另加之一「知」。此「知」，乃由「鑑」與「他人之告」而外至，初非自然有，亦非必須有者也。人多有此一知，則恆化爲一矜持。此矜持乃飛揚冒起於性之自然表現之上者。冒於性之自然表現，則冒於德，而冒於天下之物之上。此冒起，亦將對他物成一滯礙，使他物失其性，亦同時爲自己之失其性，終爲己之自發而無已之性之滯礙矣。故繕性篇言「德則不冒」。此冒字舊注，皆作冒於物解。實則必兼冒於己、冒於性，然後冒於物。此義思之自知。原人之感所感而生情也，其中亦原自有一心知，此乃不冒出所感之物之上，以外溢外求；而恆隨所感之變化無方，以與之俱運，無不周盡，而綢繆相依，以爲一體者。故出自此心知之行，唯如此如此然，而「更不知其所以然」，如孔子所見游水者之長於水則安於水，卽以與之俱化，更不知其所以然而然也。是方爲復性命之情者之所以遇物。此亦卽莊子養生篇，所謂以神遇物之事也。蓋人之能以神遇物，此神乃依人之感其所感而生，則亦卽此人之能感之性之表現。唯人有此「神」之表現，能隨所感，而應之以「序」以「則」，方見人之性。此性之名，卽以序以則而表現之神，就其爲形體之所保而言者也。故曰「形體保神，各有儀則謂之性」。有序有則卽有儀也。人有性而能感所感，以相續感所感，而有生。故性爲生之質，而生亦可說爲性之文。文者其表現，質者其內容。此尙不必有後人所謂質由氣成之義，更不必有西方之所謂質，純爲一質料之義者也。

此上所述莊子言性之義，如與孟子告子之言對較而論，吾人所特當注意者，是此性之概念與神之概念之結合。神在傳統思想與墨子中，乃指鬼神。鬼神非人知之所及。孟子言神，乃以之指聖而不可知之境界，唯君子能所過者化，所存者神，此化與神，皆非可以說常人之心者。莊子之單言神，則指人不思慮、不預謀，能隨感而應，變化無方，以與物直接相遇之人心之功能，初不只屬於聖人與神人，而亦人所共有者。人當思慮預謀之心知旣盛，其能隨感而應，變化無方，以與物直接相遇之神，乃隱而不見。故必外於此心知，而無思無慮，「不以心稽」——亦卽不以思慮中之概念名言，期必所感所遇者之何所似；然後人之神能隨物之變化無方，而運行不滯，無阻無隱，以充周於天地萬物之變化之流中，以無乎不在，「周盡一體」；然後所感所遇之天地萬物，乃亦一無所隱遁，以爲此「超一般之心知，直自靈台靈府之流出而不竭之光明」之所照。以神明言此靈台靈府之心，尤莊子之所擅長。

神與明之異，唯在「神」乃自其爲心所直發而說，「明」則要在自其能照物而說，故明亦在神中。神明亦實不外直指人能與變化無方之物相遇，而不以思慮預謀之概念名言，加以間隔之一高級之心知，兼爲性之表現，於其所遇之物之變化之中——即表現於命之流行中——之一「其情無阻」之情也。

三　心之思慮所成之禮義文理與性之對較關係，及性惡之義

荀子言性惡，似對孟子而發；然荀子中心之思想，則在言心而不在言性。其所謂心與孟子不同，尊心則與孟子同。孟荀之異，在孟子卽心言性，而荀子分心與性爲二，乃與莊子之別一般之心知於性有相類處。然莊子外篇，以去性而從心，爲世之衰，乃尊性而抑心，又與荀子爲對反。荀子以生之所以然者謂之性，與告子言生之謂性，莊子言性者生之質也，又相似。唯莊子言復性以養德，則性應爲善；荀子則言化性而成德，性乃爲惡；告子則以人性初無善無惡，而亦可約範之以成仁義之善，如約範杞柳，可以爲桮棬。此三家言性又異。今論荀子之言性，則待吾人更知荀子之性所指者爲何，然後能知其特見所在，與其言之所以立，並使其言與他家之言，似相矛盾者，皆各得其所，而安於其位也。

荀子之論性惡，見其性惡篇，而其論性及與性直接相關之名之義，則見於其正名篇。其言曰：

「生之所以然者謂之性，性之和所生，精合感應，不事而自然謂之性；性之好惡喜怒哀樂謂之情；情然而

心爲之擇謂之慮；心慮而能爲之動謂之僞，慮積焉、能習焉，而後成謂之僞。」

其性惡篇又曰：

「性者，天之就也。……不可學、不可事，而在人者謂之性；可學而能，可事而成之在人者，謂之僞。是性僞之分也。今人之性，目可以見，耳可以聽；夫可以見之明不離目，可以聽之聰不離耳，目明而耳聰，不可學明矣。」

此可見荀子之言性，乃分出此心之慮積能習，一切待學待事而成者，而屬之於人僞；而唯以天之就之不可學不可事，而自然者，方屬之於天性。然此一分別中，固未涵性必惡之義也。

荀子天論又曰：「形具而神生，好惡喜怒哀樂藏焉，夫是之謂天情；耳目鼻口形能，各有接而不相能也，夫是之謂天官；心居中虛以治五官，夫是之謂天君。」此中之言天情天官天君，皆未言其爲惡。又據上段所引，荀子以目明耳聰，爲不可學不可事，而原於天者，皆屬之天性。此目明耳聰，荀子亦未嘗逕以爲惡。是見由天所就之性初無惡之義，如耳聰目明之自身，即不可說爲惡者。然則荀子之所以又明言性惡者，何也？

吾今之意，以爲荀子所以言性之惡，乃實唯由與人之僞相對較，或與人之慮積能習，勉於禮義之事相對較，而後反照出的。故離此性僞二者所結成之對較反照關係，而單言性，亦卽無性惡之可說。如上文所引之言是也。

此中性僞所結成之對較反照關係，實卽在人之慮積能習所依之禮義文理之理想，與此理想所欲轉化之現實間之一對較反照關係。唯人愈有理想，乃愈欲轉化現實，愈見現實之墮性之强，而若愈與理想成對較相對反；人遂愈本其理想，以判斷此未轉化之現實，爲不合理想中之善，爲不善而惡者。故荀子之性惡論，不能離其道德文化上之理想主義而了解。今若只視荀子爲自客觀經驗中見種種人性惡之事實，乃歸納出此性惡之結論，或先有見於天性之惡，然後提倡人僞以化性，皆一間未達之言，而尙未深契於荀子言性惡之旨者也。此下卽將略析荀子性惡篇言性惡之理由，以證荀子之言性之惡，皆對較荀子之理想，所反照出者。

荀子性惡篇之第一段曰：「今人之性，生而有好利焉，順是故爭奪生而辭讓亡焉；生而有疾惡焉，順是故殘賊生，而忠信亡焉；生而有耳目之欲，有好聲色焉，順是故淫亂生，而禮義文理亡焉。然則從人之性，順人之情，必出於爭奪，合乎犯分亂理，而歸於暴；故必將有師法之化，然後出於辭讓，合於文理，而歸於治。用此觀之，然則人之性惡明矣，其善者僞也。」

荀子於上文明指出：彼乃自人之禮義與性之對較對反關係而觀，以言性惡者。性之所以爲惡，乃由人之生而有好利之性等，則必使禮義辭讓亡之故；故人欲歸於文理辭讓，必化性而後可。此卽一禮義文理與性間之「順此則違彼，順彼則違此」互相對較對反之關係也。故禮義文理善，則性必不善而爲惡。禮義文理爲理想，性則爲其所轉化之現實；唯因理想之善，方見現實之惡。此非孤立此性，而言其爲惡，乃就人之順性，必使禮義文理不存，方謂性爲惡也。

荀子性惡篇之第二段，則自人必待師法得禮義然後治，以成君子，否則縱情性、安恣睢而違禮義，成小人而說。人成小人則不得成君子，成君子則必不可爲小人。由君子之善，方見小人之不善，此亦爲一對較對反之關係，故不苟篇曰：「君子，小人之反也」。小人之所以爲小人，在縱性情；縱性情而人不得爲君子，以有君子之善。故曰性惡也。

荀子性惡篇之第三、四段，爲駁孟子之說，言其不能知性僞之名之分；並謂人之所學所事，皆意在反乎性而悖乎情，亦唯反性悖情乃成其善。故曰「飢而欲飽，寒而欲煖，勞而欲休，此人之性情也。今人飢，見長而不敢先食者，將有所讓也；勞而不敢求息者，將有所代也。夫子之讓乎父，弟之讓乎兄，子之代乎父，弟之代乎兄，此二行者，皆反於性而悖於情也……故順情性則不辭讓矣，辭讓則悖於情性矣。」

此飢而欲飽，勞而欲休，尅就其自身而觀，並無惡義甚明。其惡亦唯由人若順之，則與辭讓結成一對較對反之關係，順之而辭讓亡，方見性惡也。

荀子性惡篇之第五段，答覆性旣惡，則禮義自何而生之疑難。荀子之意，是禮義出自聖人之積思慮、習僞故，以異於衆，而聖人之性則未嘗不同於衆。此爲釋難之言。依荀子所謂「凡生於思慮僞故者，皆非出於性」之定義，則出於聖人之思慮僞故者，自不得言出於性也。故此段文實無多理趣。

荀子性惡篇之第六段，是直就人之欲爲善以證性惡，其言曰「夫薄願厚，惡願美，狹願廣，貧願富，賤願貴，苟無之中者，必求於外。故富而不願財，貴而不願勢，苟有之中者，必不及於外。用此觀之，人之欲爲善者，爲性惡也。今人之性，固無禮義，故彊學而求有之也；性不知禮義，故思慮而求知之也。」

此段文最有理趣，而問題最大。然荀子之言性惡，惟在性與禮義之對較關係中言之意，亦最顯。人之欲爲善，正孟子所持之以言性善者。如由人之能欲義甚於生，卽孟子之所以證性善也。今荀子乃謂人欲善，卽反證人初之無善。然此無善是否卽爲惡，則大有問題。尅就無善而言，固未必爲惡也，如無「數」之不必卽爲一負數也；又如人中無特貴者，非人皆爲賤者也。至於無善而「欲善」之欲，則無論依孟子之言，與常識之論，皆不能不說是「善」也。今荀子乃緣此人之欲善，以言性惡，正見其唯在「人所欲之善」與「其現實上之尚無此善」，二者互相對較對反之關係中，以所欲之善爲標準，方反照出其尚未有善之現實生命狀態之爲惡；正如人惟因有貴者在其意念中，而爲其所慕，乃自知其爲賤者是也。

荀子性惡篇之第七段，大意歸於謂假設天下「無禮義之化，去法正之治，無刑罰之禁，倚而觀天下人之相與也，若是，則彊者害弱而奪之，衆者暴寡而譁之，天下之悖亂而相亡，不待頃矣。」此則明是自客觀之天下中之「有由思慮僞故起之禮義」與「無此而人任其性必致天下於悖亂」之對較對反之關係，而言人性之爲惡也。

由上所述，可見荀子之論證人性之惡，乃皆從人性與人之禮義之善，所結成之對較對反之關係中、二者之此起彼伏、彼起此伏中看出的。荀子於此之特見，則在其能見人之欲禮義、行禮義、造禮義之積思慮習僞故之心，乃恆對較其所欲轉化之現實生命狀態以存在。此所欲轉化者，對吾人之道德文化理想所在之禮義言，卽爲一負面者。故前者爲善，後者卽爲不善而爲惡。此非謂離此人之理想，人之天性之能自稱爲惡也。在此人已有此一道德文化理想之情形下，對此理想之實現，必待於人對於其現實生命之狀態能有所轉化之義，荀子之所認識者，實較孟子爲深切。既欲轉化之，卽不以之爲善，而當以之爲惡；性惡之論，亦卽在此義上，爲不能不立者矣。

人於此最易發生之對荀子言之一駁難，是吾人欲得禮義，雖必須轉化吾人現實生命之狀態，而化性，然此性可化，人可爲聖賢爲禹，又如何可言性之必惡？荀子禮論篇嘗言「性者，本始材朴也；僞者，文理隆盛也。無性則僞之無所加，無僞則性不能自美」，「性僞合而天下治」，又以「至備情文俱盡」言禮，皆只謂性情爲材質，不能自美，固亦無性情必惡之說也。然依荀子性惡篇第八段之意，則以人雖可以爲禹、或欲爲禹，而非必能爲——卽所謂「可以而不可使」——如足可遍行天下，而未必實能遍行天下。此卽謂只一單純之可能，不同於實際上之必能。人今未實爲禹，亦無由據實以斷其必能。人今未實爲禹，則人之爲禹之可能、或堪爲禹之材質，雖未必惡，然尅就其實無禹之善，而觀人之現實生命之狀態，即未善而不善，便仍可謂其性之趨向在爲不善，而乃爲惡。人之欲爲禹者，亦未必能實求自轉化其現實生命之狀態。人果必求轉化之，即必意謂此狀態爲未合於善，而爲不善、爲惡；不得因其可能被轉化而可爲善，即不謂其性惡矣。

四　心欲善，心中理、合道，與中理合道之「心之理」或「心之性」

對荀子之言性惡，進一步之討論，仍是就荀子所承認人有欲爲善之理想一點上追問。今姑無論此欲爲善之欲，是否能使人必得其所欲之善。今只問：此欲爲善之欲，尅就其自身而言，是否爲善？如其爲善？則豈能否認此欲之本身，其性之爲善？此欲爲善，即求轉化惡。此求轉化惡之慮積能習，又豈能不說是善？上言荀子固不肯謂此欲爲善之欲之本身是善，依其用名之定義，一切求轉化惡之慮積能習，乃原於心，屬於心者不屬於性，則此屬於心之欲與慮積能習雖善，仍當言性惡。然吾人於此仍可再問：此欲爲善與有思慮能習之心，其本身豈能無性之說？即心之本身豈能無性之說？縱「非心」之自然生命之欲等之性，不可說善，何不謂此心之性爲善？荀子修身篇言：「身勞而心安，爲之；利少而義多，爲之。」又曰：「見善修然，必以自存也；見不善愀然，必以自省也。善在身，介然必以自好也；不善在身，菑然必以自惡也。」人能自存其善而好之，自省其不善而惡之，此豈非見此心之性能好善惡惡以歸於善，而有類於大學之言如好好色如惡惡臭以誠意之旨？荀子樂論篇嘗用善心之名，其不苟篇又言「養心莫善於誠……唯仁之爲守，唯義之爲行。心之能守仁義，正如其能制禮義等，豈不皆可持以證心之性善？荀子固以聖王所垂之仁義禮樂，爲客觀的歷史上之存在，然其榮辱篇謂「仁義之統，詩書禮樂之分」，乃聖人之「爲天下生民之屬，長慮顧後而保萬世」之大慮。仁義之德性之統、與詩書禮樂之人文之類，固皆內在於聖人「心之大慮中」。此心能爲天下萬世作此大慮，又豈可說其性非善？然荀子終未有孟子卽心言性之善之義，而不主心善者，何也？

荀子對上述之問題，固自承認人心能守仁義、知禮義，爲天下萬世作大慮，而世亦實有其心能如是之聖人君子；此卽其所謂心之所可中理，而能知道守道行道之人也。然荀子仍將謂：心之所可者雖能中理，亦可不中理；人能知道之統類，亦可不知；人能守道行道，亦可棄之而不守不行。心固能自禁自使、自奪自取、自行自止，世固無有外力，使心必不中理合道者；然心不自使其中理，以欲爲善而合道，心固亦可不中理合理，而不欲爲善也。故解蔽篇首論及人心之種種蔽障，繼論必解此蔽而後能有中理合道，以知道守道行道之心。人欲有知道守道行道之心，須先用力有所專以至於精一。然人心之能彊忍以求精一者，或有挫其精者，則人心不免於危（**註**）。人心能知其危，以求進達於道心之微，卽「養一」之微，故荀子以孟子能知人心之危，尙未達於養一之微。人必由此養一之微，至於

「無爲」「無彊」，其思「恭」而「樂」，如至人聖人之用心，能知統類之道而行道守道之境。此則略同中庸所謂「夫微之顯」之境。是皆荀子解蔽篇之旨。然此中種種工夫之歷程，談何容易。凡此人心之「由可中理合道，至中理合道，更知危知微，求精求一」之治心養心之工夫歷程中，如有一步未及，則善不全盡，而人心猶未善。況吾人今日之心，蔽障重重，尚未能自知其蔽障所在，亦未能眞求中理合道者乎？故荀子終不言心之性善也。

察此荀子之只言治心養心之工夫之歷程，而終不言心之性善，即見其言心之異於孟子者，乃在其不似孟子之直下以人當下所表現之德性心爲心，而即此心之情之向於善者，以見其性之善；乃由此心之不必然能得其所向，而不言其性之善。上文所論之莊子，其所以恒欲「外於心知」，亦先由感於此心知之思慮預謀，可導致人之向外馳求，以歸於失性喪德而言。依莊子義，心亦不必皆與德性相連，人固有離於德性，與德性相悖之心，而不必皆爲合道者。此亦正如荀子之言心，有可不中理合道者。荀子以心可不中理合理，故心可爲不知危之凡人之心，亦可爲學者之能知危之人心，而尚未及於道心之微者。莊子亦有僨驕之人心，與知道之靈臺之心之分。是二家之言，雖不必相同；然其爲能依心之狀態，以對心作分別，而不混然說一心，則同。故荀子言人心道心之語，亦引自道經。然莊子以人心

註：荀子之所謂危，當依王先謙集解所引王念孫註，乃兢業戒懼之意，爲人之用精一之工夫時之所經歷者，如登高臨深而有危慄之心。非如宋儒所謂陷於人欲之危之謂也。

之僨驕，而欲外於此心知，以復性命之情；同時卽攝此外求之心知，以內反，而以心復心，以顯其靈臺之心。荀子之學，則意在歷人心之危，以達於道心之微，以進而如聖人之爲天下萬世作大慮，立仁義之統，成詩書禮樂之類，以全盡其善。然二家不直就吾人之心，由賢而聖以說其性爲善之故，皆在有見於心之在現實上，實可有不善而未善，則一也。

然吾人今欲曲盡此心性問題之理蘊，當更由荀子之言心性之所限者在何處，以凸顯荀子之言之所及；便仍當本孟子之旨，對荀子之說，更作一評論。卽吾人可說，荀子之此以人心爲可中理合道，可不中理合道之說，乃由荀子無意中，立於自外觀人心之立場，而後有之論。此乃吾人於原心篇論荀子處已提及，而未能多發揮者。此所謂自外觀人心者，卽非在自己道德修養之歷程中，直接自內觀此心之性之謂；而唯自居於道德修養歷程之外，視他人與自己之心，爲一客觀所對，而就其與所對治之性情之惡之力量之大小關係等，而平觀其可中理合道，亦可不中理合道之謂。若人在其正作道德修養之歷程中，自觀其心之求中理合道，則此心卽爲「求精求一，能識人心之危與道心之微，而求歷此人心之危，而達道心之微，以求自同於聖人之用心」之心。荀子既言危微之幾，唯明君子而後能知之，則亦當自知其能知此危微之幾之心，果是何心。此心實卽一「求精、求一、求歷此危，求達此微而顯之」之心也。在人心之危中，固有敗之而挫其精者；在道心之微中，人固亦可不達其微；而人之心卽終有不中理合道之可能。然人之「能知此中之有危有微，知有不中理合道之可能」，而意在歷此危、達此微，以求自同於至人聖人之用心」之心，則同時爲「求」排去此心之「不中理合道之可能」之心。此心在其如此如此之「求」中，卽爲一只向於中理合道之心之呈現，而未嘗向於其「相反之可能」者。因其卽以「排去其相反之可能」爲事也。此心旣以「排去此之相反之可能」爲事，便只能說其爲一「定然必然的向道之心」。如道爲善，則此向道之心，亦必定然必然爲善者。此中如說此道乃心之所向，道善非心善；則吾人可答：此道善，則向道之「向」必善，而此向道之「向」，卽發於心；則由此「向」之善，仍可轉以此證「此能向道之心」之善也。

然在荀子之思想中，則終未能進至此一步。其所以未能進至此一步，非因荀子不重道德修養之工夫，而是因荀子對其修養工夫之所以可能，尚缺乏一超越的反省。荀子固期在積善之全盡，而深知此事之艱難，故勉於自存自好其善，自省自惡其不善，以求有誠固之德。荀子又深有見於人心之可不中理合道，與其蔽障之多，及人心之危，道心之微，歷危而達微之不易；故必言解蔽、精一、種種治心養心工夫，以使此心得無往而不中理合道，並使人心有誠固之德；然後人心之合理，乃不爲偶然，而成爲常然；「心之不中理合道」，成爲不可能，而心之合道乃成爲必然而定然。然荀子終未能自反省：此求有誠固之德之心，求使此「心之不中理合道成爲不可能」之心之自身，爲何種之心？亦未試思：如此如此之心之性，是否爲定然必然之善？若其思之，則荀子亦終將謂此心爲定然必然之善也。對此心，荀子於其道德修養之工夫中，當自知其有之；則亦當依類而推，依理而推，以己度人，以謂人皆有之也。卽人在實際上未有之，實際上人皆不善而未善，實際上之人心皆未能歷人心之危，以達道心之微，仍當謂此「不善」之有可去之理，於人心之危，有歷之以「進於安」之理；於道心之微，亦有達之以「更顯其微」之理也。此理既在此人之心，亦卽此心之性。依此理此性以觀心，仍當說此心之性，乃定然必然爲善也。此卽可導致宋儒如程朱之以理爲性，卽心之理善，以言心之性之善之說，而爲荀子之所未能及。荀子之所以未能及此，則由其於雖知理之重要，然只知理爲心之所對，心之「所知」與「所中」；而不知：此「求知理中理」之本身，正爲此「心之理」；此爲心「所中」「所知」之理，亦爲此心所有之「求知理、中理」之「心之理」之所攝，此「心之理」卽「心之性」。荀子亦未知此心之有「求知理中理」之「心之理」、「心之性」，卽此心之自求歷其危，而達其微之理之性；此理此性，固必當爲善者也。斯卽荀子之不及程朱。程朱之論，蓋亦正每爲人之由荀子之論，再轉進一步，以重引入孟子性善之論，所宜經之一論也。學者若因此而疑程朱之爲荀學，則大誖矣。

五　中庸之卽誠言性，卽明言心，與率性盡性

中庸一書，初在禮記中，朱子嘗列之爲四書之一，並承漢儒及程子之言，謂爲子思著，兼視爲傳授孔門心法者。其列中庸爲四書之末，正是自其爲大學論語孟子之義之滙歸綜結處而言；則中庸之

成書，亦宜在孔孟之後。今觀中庸之言性，更可見其爲能釋除莊荀之流對心之性之善之疑難，以重申孟子性善之旨，而以一眞實之誠，爲成己成物之性德，以通人之自然生命、天地萬物之生命、與心知之明，以爲一者。其成書，固宜亦在莊荀之後也。按中庸言誠之語，多同孟荀言誠之義。然孟荀皆未嘗以一誠，統人之一切德行而論之。中庸則明謂三達德之智、仁、勇，五達道之君臣、父子、夫婦、昆弟、朋友，與爲天下之九經之尊賢、敬大臣、柔遠人等，以及人之爲學之博學、審問、愼思、明辨、篤行之工夫，一切天人之道，皆以一誠爲本，而後能貫徹始終，以有其成功。故曰誠者物之終始，不誠無物。此則孟荀所未言。人能思及並論及誠之重要，而專以之立教，蓋亦必由人既知從事種種德行之修養之後，同時見及其中恆不免於夾雜，而有非德行中所當有者間之，致其德行乃斷而不續，既有而終歸於無，方知此立誠之重要；並知誠與不誠，乃爲一切德行之死生存亡之地，而不可不以之立教。故此立誠之教非聖賢之「始教」，而爲其「終教」。按孔子之立教，唯多舉仁孝爲說。孟子立教，則多就人當下表現之不忍、羞惡之心上指點，以使人自知其仁義之不可勝用。此皆重在正面昭示人生之道。孟子之言思誠，謂不誠不能動人，亦唯是勉人之道德實踐之語。至荀子言性之惡，並知人心之危，道心之微，人心可中理可不中理，可合道亦可不合道，而見守仁行義之不易，遂特重誠固之工夫。中庸之言不誠無物，則使人警惕之意益深；君子乃不能不時時常存敬畏，以「戒愼乎其不睹，恐懼乎其所不聞。」而誠乃不只有工夫義，亦有爲存在之物之本體義。此吾人於原心篇論中庸處，亦嘗及之。中庸定達道爲五、達德爲三，天下之經爲九，而皆統之於一誠。此種綜述而貫通之論，亦固屬終敎之形態，而非始敎之形態也。

誠之所以能統一切德行者，由一切德行，無論如何相差別，然要必純一無間雜而後成，亦要必繼續不已而後成。此求純一無間雜，求繼續不已，卽誠之之道。人而能誠，卽爲有誠之之德者。此道此德，爲必當遍運於一切德行之成之道之德，亦此一切道之能行、德之能成之超越的保證與根據；而能涵攝一切道之行、德之成，以爲其內容之一道一德，而可稱之爲一切道之道，一切德之德者也。

誠之爲德，在使一切德行中無間雜；而常存敬畏之戒慎恐懼中，卽包含有對彼爲德行之間雜者之克制，而必求去除此間雜者之義。此間雜爲反面之不德，則誠爲面對彼爲反面者，而「欲反此反面者以歸於純一之正」之道之德。誠之爲德，在使一切德行繼續不已，亦必然包涵對「德行之或不得相續不已」之戒愼恐懼。更哲學地言之，德行之不得相續不已，卽德行之可由有而入無；而誠則爲面對此「可無」，而欲無此「可無」，以成此德行之不已於有，而保有之之道之德。人之一般德性之自然的表現於行爲，如孩提之童之愛親敬長，及一切仁義之心之自然流露，儘可未嘗遇有間雜之者，人亦初未嘗慮其不能相續。然此中確可有間雜之者繼之而出現之事。如自然生命之耳目之欲之起，「妻子具而孝衰於親，嗜欲得而信衰於友」之事，或持其仁義之心之表現以要名是也。有此閒雜，人之自然表現的德性行爲，乃隨時可斷。此中便見人之德性行爲，亦實尙未能自成其爲德性行爲。確切言之，卽只見德行之始生，尚不見德行之完成。德行之由始生至完成，唯賴於誠之之工夫。此誠之之工夫之所以可能，則由吾人之有此一能自誠之德性或性德。此性德，又不僅只爲人之德性之自然表現於行爲之根據，亦爲人之能自去其德性之間雜，而使此表現，能相續不已而完成之根據。吾人亦當說：唯此人之能自誠之性或性德，乃爲吾人之眞正之性。此眞正之性，乃不只能表現爲德行，使德行生發；亦爲能去除間雜，使德行相續，而使德行爲純一不已之德行，而得完成者。亦唯因此性德，能去除間雜，使德行相續，而後可見其爲絕對之眞實、絕對之善；方可言人只須率此性，卽是道，人欲成道成德，亦除率性以至於盡性以外，更無他事。故中庸首曰，率性之謂道，而終於言盡性也。

以中庸之言率性之歸在盡性，與孟莊荀之言相較，則孟子言盡心知性，存心養性，莊子言復性，荀子言化性，皆未嘗言盡性。言盡心知性，是說人當由惻隱羞惡之心之呈現，而知此心之呈現，卽有自向於擴充之性，而用勿忘勿助長之工夫以集義，卽所以養氣而養性。此義乃指合義之行事。合義之行事者，人之善心之表現。集義者，集此善心之表現，以使此心自向於擴充之性，亦日益表現。故盡心卽所以知性，此中儘可無消極性的如何對付不善者之間雜之戒愼恐懼。莊子言復性，則意謂當人既徇其心知，而向外馳求，卽離其性之本，足致人之憂患，以喪德失性；故必還引此心知，以返歸於性之所直感直通之當下所遇，使知與恬交相養，乃爲復性。在莊子心知與性，其義可不同；知與恬交相養，乃所以復性之工夫；然此工夫，畢竟由心出或由性出，則似皆可說。荀子言化性，而能化性者，爲知道行道之心；養此心以誠，卽所以化性。此中，心與性之相對，乃一能治與被治之相對；而於此心之能自誠之性之善，則荀子蓋未能識。莊子之性有待於復，不能自盡；荀子之性爲惡，更不當盡。二家乃無盡性之教。孟子言盡心知性，是盡此善心，卽知此善性；別無因不善者之間雜，而未能盡之性。心旣盡而性卽知，亦無待乎更言盡性。孟子之盡心知性，全幅是一正面的直截工夫。其言强恕而行以求仁，固若爲更經一轉折，而以「恕」自己勉强以求仁之工夫。然此仍可說是不外：由人之更向上一步，反省其心之如何，而以己心忖度他人之心，直舉此心加諸彼，而推之於彼之工夫。若然，則此亦是直依於心之能推之性，以言人當推心之直截工夫。人欲强恕而行，亦可由一直下對己心之反省，以知其性，以爲其强恕之工夫之所據。是卽亦可只言盡心，而不必更言盡性也。然中庸卽人之能自誠之性以言性，則人雖已知求誠强恕，仍不同於其已盡此能自誠之性。故人卽已有强恕之心，仍有誠不誠之問題在。此自誠之性，必須表現於時時之擇善，而固執之，以去一切間雜之不善；而人於其求自盡其心之繼續不已之無窮歷程中，乃恆見有未能自盡而當盡者在，故必須言盡性。是見中庸之盡性，與孟子之盡心，正不必全同其旨。盡心可只須順當下已呈現之德性心而擴充之，盡性則必須去除一切心中之間雜，以歸於純一而不已。故盡心猶可是始教，可不包括：如何去除一切不善者之間雜者之工夫，亦可不包括：自防其工夫之斷，而常存敬畏之戒愼恐懼等。盡性或具此盡性義之盡心，則必須包括此一切於其內，以使人之道德生活能成始而成終，而爲終教者也。

中庸之盡性之教，如必連心而說，卽盡此能自誠之性以盡心之教。此性之盡，包涵人之去除不善、擇善固執等於其內。故其善，卽無不善之可能之必然定然的絕對善。對孟子之德性心，莊子荀子可謂外尚有向外馳求、使人喪德之心知不中理之心。在中庸能自誠之性之外，則更無不善之心、不善之性與之相對。因此性，卽以去除一切不善者爲其性也。（朱子語類六十四謂盡心乃知上說，是渾淪的；盡性自行上說，涵零碎工夫。其言與上文略異。然朱子亦有盡性爲底細之究竟工夫之意也。）

吾人識得此人之能自誠之性之存在，初可由吾人之守仁行義、改過遷善之一念之誠中識取。既識得之，而知其爲一絕對善，乃可表現於無盡的人所自命自令於其自己，諸盡性之事中者；吾人卽知此性乃一超越於其已有之一切表現之上之性；乃若自一無窮淵深隱微若不可見之泉源而流出，遂可說此泉源，爲超越於現實人生之已有之一切事之上，之無聲無臭之天，亦可說此性乃天所命於我，以見於我之自命者。故中庸謂此性爲天命之性。至於就此性之表現言，則有二形態：其一形態爲直承其爲絕對之善，而自然表現爲一切善德善行。此卽吾人於原心篇下所謂直道的順天德、性德之誠，以自然明善，其極爲不思而中，不勉之得，至誠無息之聖境，是所謂自誠明謂之性也。至誠無息者，其生心動念，無不爲此能自誠之性之直接表現，而「明著於外者。」中庸於此乃更不言心，言意念，而只言明。明卽心知之光明，人至誠而無息，則其心知卽只是一充內形外之光明，以表現此自誠之性，此外卽更無心可說。是謂由誠而明。另一形態爲人之未達至誠，而其性之表現，乃只能通過間雜之不善者，而更超化之，以去雜成純，以由思而中、勉而得。此卽吾人於原心篇，所謂由擇乎正反兩端，以反反而成正之工夫。人在此工夫中，乃以心知之光明開其先，而歷曲折細密之修養歷程，以至於誠。卽所謂「自明誠，謂之教」，「致曲」以「有誠」也。以中庸觀孟子，則孟子教人直接識取本心，當下反身而誠，而自見其樂莫大焉，卽直下以契聖境教學者之自誠而明之語；荀子之重在由心之中理合道，以化性起僞，而自勉於誠心以守仁行義，則爲由曲以有誠，由明而誠之教也。然荀子未能識其誠心守仁、守義所本之人性，爲一至善之性；孟子卽心言性，不自耳目之官之欲言性，則亦未嘗言此心之性，能運於一切非心之耳目之欲，以及不中理之心之中，更歷盡曲折，而超化之，以成其純一無已之表現。中庸於此則能兼綜此至誠無息、與曲能有誠之二義，而見其皆本於一天命之性；乃一面以直率此性爲道，一面以思勉之工夫，修治此道，去其間雜不純者，而恆自戒愼恐懼於人須臾之離於此道。此卽中庸之張大孟子之義，而使人於此天命之性之善，更可無疑者也。

六　盡己性、與盡人性、盡物性之涵義

中庸之由人之能自誠以言性，亦卽由人之能自成其德，而成己處言性。此成己，卽成就吾人之眞實之生命。中庸之言性，亦重在將吾人之生，與他人之生、萬物之生等相關連而論。中庸未嘗重心之

一名，亦未嘗如孟子之處處卽心而言性。其言性之多關連於生與生之成而論，乃有類乎告子之卽生言性，而又有迥然不同者在。此不同，卽告子之卽生言性，乃自人之個體之自然生命之生、與自然生命之食色之欲等上言；而中庸之關連「生」與「成」以言性，則自此性之爲一普遍的成己成物，通於天地之生，萬物之道者而言。由此而中庸有盡己之性卽能盡人之性、盡物之性、以贊天地之化育、與天地參之說。此則遠非告子之所能及者也。

何以盡己之性卽可盡人盡物之性？此性字如指己與人物之個體性與種類性說，則我之個體不同他人，又與其他萬物爲異類，此語又如何能說？孟子言「盡其心者，知其性也」，蓋亦只指知人之心之性而言，未嘗明謂由此可知禽獸草木等萬物之性也。依孟子之嚴人禽之別，亦絕不謂人與萬物爲同類，則人盡心知性，固不直涵盡物性之義也。今欲明中庸之此言，蓋惟有待於吾人對中庸所謂能盡己之性而自誠，所成就之自己之眞實生命之內容，有一切實之了解。須知所謂人能盡自己之性而自誠，不外人能誠仁、誠智、誠勇，以成其三達德，及行於父子、兄弟、夫婦、朋友、君臣、之五達道，而以九經等爲天下國家之謂。此中仁始於力行，智始於好學，勇始於知耻。卽知仁勇始於人之外有所知、所好、所恥，而後其德乃成。父子兄弟之倫理，依人己之交而有；九經之爲天下國家，亦卽自明善誠身，更通乎天下國家之事。此中，德爲通達內外人己之德，道爲通達內外人己之道，故曰達德達道。達道達德，原於性之自誠而成己。則此性亦自始爲一求通達內外人己之一性德，其求成己卽兼求成物，而於成物中成己，或成己中成物者。此性方爲人之達德達道之所以可能之超越的根據。故曰：

「成己，仁也，成物，智也；性之德也，合內外之道也。」

識得所謂盡自己之性而自誠，唯見於人之成達德、行達道，通達內外人己，以兼成己成物之一義；則知人之能自誠之性，卽一既求成就自己，亦求成就其所感通之一切人物之性。人之求成就人物，依於其成就物之仁，而成仁卽以成己。人有知他物之智，而具智於己，卽所以成物。仁者，誠之見乎情之所感通，智者，誠之見乎知之明照；皆原於能自誠之性德。仁智俱運而相孚。仁在成己而誠在於物，心之知乃不馳於情所感通者之外，則此知不導致莊子所慮之喪德失性之禍。智在成物而知自明照，心之情乃不膠滯於所感通者之中，則此情亦不同於荀子所謂待化除矯厲而後善之性情。仁且智，而後心與性情不相離，不相裂，人乃有其眞實存在之生命而自成其生，方能成人物之生。故言能盡其性，方能盡人物之性也。本仁智以自盡其性而自誠者，乃一純亦不已而相續無窮之歷程。盡人之性與盡物之性，亦爲一無窮之歷程。盡而不窮，則此盡非窮盡之盡，乃往盡之盡。往盡而更無窮盡，是爲盡而無盡之盡。故人物之無窮，聖人固亦終不能有一一皆完滿成就之之一日。然此非聖人不能往盡彼人物之性之謂；唯是此聖人之盡己之性，盡人物之性之歷程，原是一盡而無盡之歷程之故，是正所以見聖人之聖德之無盡也。此有如天之化育萬物之無疆而不已，非天之未嘗化育未嘗生物之謂；而是正賴此無疆而不已，以若時有所憾，乃見此天德之無盡之謂也。則吾人之學聖人，而求自具仁智之德，亦非必賴吾人能完滿成就一切人物，而後吾乃可言盡人之性、盡物之性，以自盡其性；因盡原非窮盡之盡，唯是往盡之盡故也。由是而凡人能往盡其性之事，無非成己成物之事，亦無非位天地育萬物之事。凡妻子好合、翕兄弟、順父母等庸言庸行，其發乎中而形乎和者，皆無非成己成物，盡己之性而盡人之性，而致中和以位天地育萬物之事也。在此任何當下之盡性之事中，人若只自其所表現之仁智之性上看，則此性之至小至微之表現，亦未嘗不至大至顯，至潛伏未嘗不至昭彰。然後人在盡性之歷程中，乃無往而不見此性德之無盡，而不待於外求，乃無所疑於人物之性，由我之自盡其性而盡矣。然人於此，若一念視他人他物爲外於自己之客觀所對，而思彼人物之無窮，其個性類性之無窮，再回顧自己以藐爾之軀，厠身於此無窮之人物世界中，以爲其一；則將疑彼人性物性如何能由盡己性以得而盡；乃惟有觀彼之無盡，還自阻其盡其性之工夫矣。此則亦正如由莊子所謂人之心知之明之外馳不返，方有此出位之思。是還賴人之收歸此心知之明於當下之庸言庸行中，以自知此當下之庸言庸行中，所表現仁智，所本之性德，卽當下爲無窮而無盡者，方能知人之眞能盡其性者，當下已在兼盡人物之性，而爲位天地育萬物之事。論語所謂一日克己復禮，天下歸仁焉，朱子注中庸致中和，所謂「吾之心正，則天地之心亦正矣；吾之氣順，則天地之氣亦順矣」是也。人知此義，而更能使此庸言庸行中所表現之仁智，相續無間，由博厚、而高明、而悠久，卽可達於聖境之至誠無息，純一不已，而可贊天地之化育，與天地參矣。

中庸由率性修道，而言成己成物之盡性之教，乃盡己性，卽盡人性，盡物性，以合內外爲一率性修道之教。盡性自必待乎心知之明之合乎智，與感物之情之合乎仁。中庸未嘗言心，亦不重論情，唯皆攝之於一率性、修道、盡性之教之中。故中庸之教，如歸之一語，則「盡性」二言而盡；再約之爲一言，則「誠」之一言而足。誠爲內在之性之自誠，此自誠之表現於外爲明，爲發而皆中節之喜怒哀樂之情。誠之道具於天，爲天德，其具於人，爲人之性德。人盡其性德，卽達乎天德而成聖。聖德之見於聖人之發育萬物之聖道，亦同於天德之見於天之化育萬物之天道。聖人之「不思而中，不勉而得」，是至誠之誠，乃卽後儒之卽本體而卽工夫之境。學者之思而得，勉而中，是「誠之」之誠，乃後儒所謂由工夫以復本體之事。誠則無間雜而純一不已，故能成始而成終，爲物之終始。故有此誠之一言，而天德、性德、天道、聖人之道與學者之道皆備；隨處立誠，而內外始終，無所不貫。是見此中庸之盡性立誠之教，爲終教，亦爲圓教。然吾人今若不能對較於上文所述莊子荀子對心性未能圓滿之論，及由之引起之諸問題，亦不能見此只正面的盡性立誠之教，其弘揚孟學之功，及其爲終教圓教之勝義所在也。故上文論之如此。

第三章　乾坤之道、禮樂之原、政教之本，與秦漢學者之言性

一　易傳之卽繼言善、卽成言性，與本德行以有神明之知

在春秋時代，性命二名，初爲異義。左傳言性者，後儒固或以命釋之，如昭公八年「莫保其性」，杜註，性、命也。此乃以後代之義釋古代之言。今按，在孟荀與莊子內篇，皆未見性命合爲一名。莊子外篇則屢言性命之情。大戴禮「分於道謂之命，形于一謂之性。」樂記「性命不同」，易傳「各正性命」，「窮理盡性以至於命」，「順性命之理」；皆與中庸言「天命之謂性」，同爲一時代之思想。凡此連命於性或卽命言性之論，與今所謂卽所對之一物之性質性相，而謂之性者，其義迥然不同，最爲顯而易見。因所對一物之性質與性相，如此者卽如此，無所謂命或不命也。此性命之合爲一名，在儒家方面，蓋導原於孟子。孟子於「命也有性焉」而謂之性，乃大不同於其前之以性命爲二之

言者。在孟子之前，大約於由己出者乃謂之性，於由外之人或天所要求命令於我者，即謂之命。孟子之於「命也有性焉」而謂之性，乃由其視外之所命於我者，即我自己之命於我者，因而見我亦有能立此命之性在，命在性中，而命亦性。此性命之合爲一名，在道家方面，則始於莊子外篇之由安命致命而適性順性，以合爲任性命之情之言。此皆吾於原命篇所已論。緣是而性命之合言，乃爲晚周儒道之所同趣。至於中庸之自盡其性，而自誠自成之教，所以亦連於天命之謂性之義者，則其旨初不大殊於孟子。故吾於原心篇謂其原於：人在其盡性之事中，即見有一道德生活上之自命。此自命，若自一超越於現實之人生已有之一切事之原泉流出，故謂之原於天命。實則此天命，即見於人之道德生活之自命之中，亦即見於人之自盡其性而求自誠自成之中，故曰天命之謂性也。至中庸之連天命以論性之思想之特色，亦即在視此性爲一人之自求其德行之純一不已，而必自成其德之性，是即一必歸於「成」之性，亦必歸於「正」之性，而通於易傳之旨。此性，亦即徹始徹終，以底於成與正，而藏自命於內之性命。故人之盡性，即能完成天之所命，以至於命也。是又見易傳之言成之者性，言各正性命，盡性至命，正爲與中庸爲相類之思想形態也。

按易傳有「一陰一陽之謂道，繼之者善也，成之者性也」，「成性存存，道義之門」之語；又言「乾道變化，各正性命，乾知大始，坤作成物」，及乾坤之鼓萬物之盛德大業等。其思想似純爲以一形上學爲先，以由天道而人性之系統。此與孟子盡心知性以知天，存心養性以事天之言，乃直下在心性上取證者固不同；與中庸由聖人之至誠無息，方見其德其道之同於化育萬物之天德天道者，亦似有異。易傳之陰陽、乾坤並舉，尤與中庸之舉一誠爲一貫天人之道者不同。易傳之文，尤似皆爲結論，而未嘗言其何以得此結論。陰陽乾坤等名所實指者爲何？何以先道而後善而後性？更難得其實解。此則仍須有入路以通之。此入路，吾意是仍須先在吾人之道德生活之歷程上，及吾人如何本此心之神明，以觀客觀宇宙之變化上，有所取證。

所謂自道德生活之歷程上取證者，即道德生活之求自誠而自成，即求其純一無間，而相續不已，此即爲善善相繼之歷程。善有間雜而無繼之者，中庸謂之不誠無物，即言善無繼之者，同於無善也。易傳蓋即更順此義，而言必有繼而後有善，故曰繼之者善也。實有善而後善成，而後性盡，此成亦即由於性之盡，即由於人之有能自成之性，故曰成之者性也。此中是先有繼之善，而後見其性之成，故先言繼善，而後言成性；非必謂繼中只有善而無性，性中只有成而無善，善與性分有先後之謂也。人在道德上繼善成性之關係，有所取證，然後可以此言說客觀之宇宙中二者之關係也。

至於上文一陰一陽之謂道一語之在先，亦不涵有此「道」與「繼」有先後之意（**註**）。蓋繼之者善，即繼道爲善。道繼而善繼。善之相繼即以「能繼之善」之生，完成「所繼之善」，以使之實

註：宋儒程明道言繼之者善所在，即道之所在。朱子乃以道屬理，繼屬氣：人物生而具理，爲成之者性。王船山更分道善性之大小。然而易傳本旨，未必如朱王說之曲折。本文則循明道意，別爲說以通之。

「成」其爲善者。此「善之相繼而生而成」中之「生」，則謂之陽，其中之「成」，則謂之陰。一生一成之相續無間，即一陰一陽之不已之道。是此一陰一陽不已之道，即此善之相繼所以可能之形上根據，或此「繼」之所以然。此道亦非與「繼」及「成」，爲截然不同之上下三層之謂。至於此三語之所以依如此順序而說者，則因必有此一陰一陽之一生一成，乃有善之相繼；有此善之相繼，乃見性之必求「生之歸於成」；緣是方見此「性」之貫徹於此相繼之歷程中，以爲其「生之歸於成」之根據。性卽道。橫觀一生一成之相繼曰道，縱觀此一生之必歸于此一成曰性；公言之曰道，私言之曰性也。

至於上所謂本吾心之神明，以觀客觀宇宙之變化，而求有所取證云云者，則首姑可自萬物之生必求相續生，以食色求其生之相續上看。萬物之生，非只求其現實上之一剎那之生。卽此一剎那之生，亦向於後一剎那之生，而求有後一剎那之生以繼之，然後成其爲生。遽爾無繼，則生同不生。故生必求繼，唯繼可以成生，而有所謂生，生求有繼之之生而生，是謂陽，生得其繼，而自成其爲生，卽爲陰。此卽爲一始向於終，終還備始，而原始要終之歷程。是卽一切生命之所以爲生命，亦一切有生之存在之所以爲存在。然學者於此，必旣本神以知來，又本知以藏往；乃能眞原始要終，識得一切當今者皆向於方來，而使來者繼之以成，一切方來者，皆所以酬旣往，而使往者底於成。知此往來之不窮而相通，又純賴此心知之明，能通乎神；而此心知之明之能通乎神，則又賴人之有徹始徹終之德行。故又唯有此德行者，乃能知始知終，而原始要終，以觀萬物之當今者，無不向於方來，而方來者皆所以酬既往；然後能貫通此當今、方來、與既往，於一天地萬物之變易之流中，以見其密密相繼而相涵，而於易見不易；亦於一陰一陽之相繼，而相保合，見一太和、一太極、與乾坤之道。故曰「神而明之，存乎其人；默而成之，不言而信，存乎德行。」若人無德行，神不足以知來，知不足以藏往，其心知之明不通乎神；則往者已過，卽謂之無，來者未生，亦謂之無；唯於當今之所見所思，則堅執而不舍，視以爲常，則必不足言於易見不易。或者遂由往者之可無，以推今者亦必往，而謂當今者，乃乍有還無；遂謂世界空虛，而成斷見。又或念方來者，皆爲可由無入有，故永寄望於方來，而勞神於夢想。再或知方來者之不可必，現在之乍有還無，惟已往者之藏於知者，則歷歷如在，乃唯以憶往爲事，依戀往昔而不能自拔。又或於當今、已往、及方來之相續，皆截斷而觀之，視如在一平面上之過去、現在、未來，而以所謂變易之流，卽剎那剎那片斷事物之生滅之相續。此蓋皆未嘗能有契於易教，不能兼本藏往之知與知來之神，而通觀往來之相生相涵之故。夫然而人心知之所及，乃或執常、或執斷、或只瞻來、或只顧往、或平觀三世之相續，皆使三世互相隔歷，而不相爲用。是其知，皆割截變易之流，以成偏執之不易，不足以言神明之知，於易見不易也。然無默成之德行，存乎其人，安土敦仁而能愛，知周乎萬物，而以道濟天下；則人無知以藏往，而不知今依於故，乃不免於忘故，而不能見天地之富有，乃易而不易；人無神以知來，而不能見方來者之超越乎往者之上，而繼今以起，則不免於顧往，不能見天地之亦趨於日新，以不易而易。故「苟非其人，道不虛行」聖人必「神明其德」也。

二　運神明以知乾坤之道，與即道言性

至於吾人眞能本吾心之神明，以觀客觀宇宙之變化時，以論易傳所言之乾坤與天地陰陽之名義之異，及其與吾人之性命之關係，則吾人當說：所謂天地者，即指吾人所見一切形象之所託或總體。故曰在天成象，在地成形。所謂陰陽者，初當指此一切形象之往來相繼之狀態，而非必爲一陰陽之氣。陰字，原爲侌從雲，初爲雲蔽日之意。故凡有形象之事物，其顯以歸於隱，自今而歸於已往，皆爲陰。陽字，原爲昜從日，涵日出之意，故凡有形象之事物，其由隱而顯，方來者之至今，皆爲陽。一陰一陽，即吾人所見之一切有形象之事物，不斷隱顯往來不窮之別名；乾坤則指天地陰陽之德或道，亦即使一切有形象之事物，得生而顯，成而隱，生而來，成而往之天地之德性，或陰陽之道也。此乾坤之概念所以難把握，在其不同於天地爲形象之所託或總體，亦不同於陰陽所以指此有形象之物之隱顯往來之狀態，是皆可見可覩者也。乾坤則指此一切有形象之物所以有生有成，有顯有隱，有來有往之天地陰陽之道之德。此乃純超乎形象者，故其義難知。今欲知之，亦惟賴人有一能超形象以知德知道之神明耳。

人之神明，何以能超形象而於天地萬物之變化中，知此乾坤之德之道？此正不外由吾人之神明，

能兼藏往與知來之故。此藏往，初固可只爲一藏所知之往之形象，此知來，亦可是預想一未來之形象。往者之形象與繼之而來者之形象，固初可爲二並在之形象。然人之神明，能通觀此往者與來者，則來者已來，而往者無形象，來者未來，則來者亦無形象；往者未往，則來者無形象，往者已往，則往者亦無形象。人能通觀此往者與來者，卽見往者來者，皆運於有形無形之間，而由無形以之有形，又由有形以之無形；遂可見一切形象，實乃行於一無形象之道上，或形而上之道上，以一屈而一伸。此無形之道，又不可只說爲虛理之道，而爲一能使形「生而顯，成而隱」之有實作用之乾坤之道也。

何以說此中之道，爲一無形而有實作用之乾坤之道？此亦待於吾人之運神明之知，以通觀此中之有形與無形之關係，以知此有形者之性，然後能知道。由此通觀而所知得之性，乃一有形者在其正由有形，以歸往於無形時，卽同時以引生繼起者之來爲其性者；而此繼起者之來，卽所以成就實現此往者之引生來者之性者。是見往者雖往，其性則未嘗往，而正由來者之來，以實現。此性亦可說爲使此來者得成其爲繼往之來者者。故此往者雖由有形而無形，而疑若不存；然往者之性，則直貫於來者之生之中。來者生而存，則往者之性亦未嘗不存。此往者之自往，以引生來者，爲往者之「性」，亦卽爲往者之自行入往，以引生來者之「道」。此性乃不以往者之往而不存，而是直貫於來者之生之中，由來者之存，以見其存者；則此道亦然。此性爲實存而有作用之性，此道卽亦當爲實存而有作用之道也。至於當來者之再化爲往者時，則此性此道，又見於更繼起之來者之生之中。於是此繼起之來者之必有，則正由往者之引生來者之性之道所保證。由此而宇宙之存在事物，乃永無斷絕之處；而此性此道，亦永有所以自見；亦永爲一實存之性、實存之道，而必能引生繼起之存在，亦必有其所引生之繼起者之存在者也。

至此道之可分爲乾坤二者說之者，則亦可由此道之爲往者引生來者之道，加以一引繹便得。蓋謂此道爲往者引生來者之道，即謂其爲一面順往者之往，一面迎來者之來之道。迎來者之來，以實現往者之引生來者之性，即所以完成此往者，而使之善終。順往者之往，以使來者得有以繼往，即所以使來者生起，而使之善始。迎來而順往，使往者善終，爲道之坤一面，即坤道；順往以迎來，使來者善始，爲道之陽一面，曰乾道。乾與坤相保合以成太和，合一而名太極。依乾道，而來者不息於始、於生，曰：「生生之謂易」，見天地之日新，曰至健。依坤道，而往者亦相繼以終以成，即相繼以得成其性，而得存其所當存，曰：「成性存存」，見天地之富有，曰至順。此日新與富有，皆在乾與坤相保合所成之太和之中，以相依並進，以見天地之盛德大業者。乾善始，當始之際，故者變易，而已知向於新生；然新者未生而方始。故曰：乾知大始，乾以易知，易則易知。坤善終，物成而後有終，即坤盡其能，於此物之作成之一節中，以別爲一簡；簡靜自正而變易相從。故曰：坤作成物，坤以簡能，簡則易從。

乾之德爲生、而生爲「善之長」，爲仁；生盛以有生之交會，爲「嘉會以合禮」；生物而使物進於成，是爲「利物」之義；及其實成，則貞固而事幹，物成而各正其性命。此生物而又使之進於成之「義」，與物實成之「貞固」，本皆爲坤德；然亦爲乾之德所引起，故亦可謂之爲乾德。乾既可統坤，而坤亦承乾，故乾元卽坤元。乾之爲陽道，坤之爲陰道，仍不礙其合爲一太極之道。故以乾坤對言，則乾動而坤靜；依乾坤之相涵言，則乾有靜而坤亦有其動。乾之動卽顯於坤之順，故乾至健而動也順；坤之動卽顯於乾之剛，故坤至柔而動也剛。又乾之動，乃其鄰於坤之貞固之專，以直進，故乾「其靜也專，其動也直」；坤之動，乃舍靜翕以從乾，而自闢，故坤「其靜也翕，其動也闢」。此皆可尋其文，而自細心引繹以得者也。然尤須善學者之神而明之，先通觀此天地間，往者來者之相順相迎，以生以成之事，隨處加以體玩，有所契會；而後方能實見此易之乾坤之道之大，實彌淪天地之間，無乎不在也。

至於論此客觀宇宙中之乾坤之道，與吾人之性命之關係，則此當有二種論法。一種論法是謂吾人之所以見宇宙有此乾坤之道，乃依吾人心之神明之知。人能有神明之知，乃出於吾人之心之性，亦出於吾人之性命；則此客觀宇宙中之乾坤之道，皆宇宙對吾人之性命之所呈，而內在於吾人之性命者。人之窮彼客觀宇宙之理，亦卽所以自盡性，而自至命。故曰：「窮理盡性以至於命」。另一論法，則爲將吾人之性命，亦客觀化爲：與萬物之性命同存在於客觀宇宙中之性命，亦同爲依於乾坤之道之所生之變化，以得自生而自成，以正其自己之一性命者。易乾文言曰：乾道變化，各正性命。則吾人之性命，亦由乾道之變化，而後得自生自成而自正者也。至於此後一論法之所以亦可說者，則以上一論之所謂吾人神明之知，其知之藏往，卽原爲坤道表現於吾人之心性之一實例，其神之知來，卽乾道表現於吾人之心性之一實例之故。吾之心性中有此乾坤之道存焉，亦如天地萬物生成往來之事中，無不有乾坤之道存焉。吾人固不能私此乾坤之道，爲吾人之心性、吾人之性命所獨有也。然吾人如必欲本前一種論法以爲論，亦可更說：吾之所以能將自己性命亦加以客觀化，爲萬物之性命之一，此仍本於吾之心之知之能藏往於密，故亦能將自己涵天蓋地之神明之知，亦卷而藏之於密，乃得自視爲萬物之一；亦惟以吾心之神能知來，以更放之彌六合，乃能知外於吾所已知之世界之物之外，更有客觀天地萬物之無窮。則吾人之能謂此客觀宇宙萬物中，有我之性命爲其一，亦依於我之性命中，原有此心之神明或神知能自卷以退藏於密，自放以彌六合之故。然依後一種論法，則此能卷卽坤道，卽心之陰，能放卽乾道，卽心之陽；則又可說此客觀的乾坤陰陽之道，仍爲本。是則見此二種論法之互爲根據，亦互爲其本。由人以知天，與由天以知人，皆可同歸於天人合德之旨，以見外窮宇宙之理，與內盡自己之性，皆可以正性命而盡性至命。易傳之爲書，歐陽修易童子問，謂其非一人之著，其中所論，亦間有不一致者。然大體言之，亦有一貫之旨。其精義所存，如上所述者，要皆可以上文之二論法，加以解釋，而暢通無阻，卽見易傳之論性命與乾坤之道，在根底上，仍爲一視天人內外之關係爲相生而相涵之圓敎，而與中庸同爲一具大智慧之書也。

三　禮記之尚情、與其卽禮樂之原之人情以言性之論

禮記一書，漢志謂七十子後學之所作。其書除少篇紀制度者外，上記孔子及孔門弟子之言，亦涵具若干孟荀與後儒之旨；本由輯集成書，似更無一貫之思想系統。然大皆不外解釋禮樂之意，更連於人之德行以爲論者。按儒家之言禮樂，自孔子起，已不以玉帛鐘鼓爲禮樂，而以仁爲禮樂之本。孟子更自人之不忍其親之委之溝壑，以言葬禮之源；又以人之樂而不可已，以言樂之源。孟子之以人心之性情爲禮樂之本，卽所以答墨子一派以禮樂爲無用之疑。後之荀子，雖別心於性情，亦承此意而言禮樂之源於人情者。如其禮論篇言三年喪之源曰：「稱情而立文，所以爲至痛極也。」又言人之孝思之源曰：「凡生乎天地之間者，有血氣之屬必有知，有知之屬莫不愛其類。今夫大鳥獸則失亡其羣匹，越月踰時，則必反沿；過故鄉，則必徘徊焉、鳴號焉、躑躅焉、踟躕焉，然後能去之也。……故有血氣之屬，莫知於人。故人之於其親也，至死無窮。」此其言人生而具有此對親之「志意思慕之情」，皆極懇摯，而與孟子所言者無別。禮記三年問之文，全同於荀子，蓋卽襲用荀子之言。荀子禮論篇言：禮之至備，情文俱盡；其樂論篇又言：樂爲先王之所以飾喜，如軍旅鈇鉞爲先王之所以飾怒。是荀子於禮樂軍旅之事，同溯其源於人情之喜怒哀樂。然荀子於性惡篇，又言人之性情，離禮樂文理，必趨

向於惡。其禮論篇雖不言性惡，仍言「無性則僞之無所加，無僞則性不能自美」。此卽謂只有情之本始材朴，不足以成禮義文理，此禮義文理爲自外加於性之上者。荀子禮論篇，更隨處申論必有禮義文理，方足以養人情性之義。故又曰「一之於禮義，則兩得之矣；一之於情性，則兩喪之矣。」有禮義養情性，以成其兩得；只有情性，則與禮義兩喪。是卽仍不失其貴禮義文理，而次情性之立場者也。

荀子貴禮樂之文而次性情，乃至言情性爲惡。莊子則言天樂與天地之大美，輕人間之禮樂，而重復性命之情。莊子雖爲多情之人，而其復性命之情之言，則要在使人不外馳其情性；故不重此情性之表現爲一般喜怒哀樂者，乃有無情、忘情、去情之言。後之漢儒尊性而賤情，乃有性善情惡之說。魏晉時代之何晏，亦有聖人無情之論。王弼雖不謂聖人無情，然其意蓋謂聖人乃能復性而性其情者，故有情同無情云。佛學傳入，其用情識與妄情之名，亦恆涵劣義。李翺復性書，亦以情爲不善之原，故亦有性其情之言。宋明諸儒，雖罕直以情爲不善之源，然善之源，亦在心與性理而不在情。此皆遙承莊荀輕情之論而來。直至明末王船山，乃大發性情並尊之義。淸儒意在矯宋儒言性理之偏者，亦不輕情。今按先秦儒學之傳中，孔孟之敎原是性情之敎，中庸易傳諸書，承孟學之傳，皆兼尊人之情性。如中庸言喜怒哀樂之發而中節謂之和，明是卽情以見性德之語。易大象傳亦喜言見天地萬物之情，如曰「觀其所恆，而天地萬物之情見矣。」「觀其所感，而天地萬物之情可見矣」等。易文言傳謂利貞者，性情也，亦性情並重之語。又謂「六爻發揮，旁通情也」更特舉情爲說。繫傳言「聖人之情見乎辭」、「以通神明之德，以類萬物之情」。則易傳爲書，於情之重視，蓋猶有甚於性者。中庸原在禮記中，禮記中其他之文，亦與中庸易傳之時代相先後。今就此禮記一書，除其述制度者不論，其言義理之文，亦對性情皆無貶辭，其善言情並甚於言性。其言人情爲禮樂之原，則皆多通孟子，而大有進於荀子者在。

此禮記中若干篇，言人情爲禮樂之源，其進於荀子者，卽在荀子之思想中，禮樂雖亦原自人情，然此人情只爲一原始之樸質。聖王所制禮樂之節文，則爲對此樸質外加之形式，對此人情與以文飾，而亦養之，以維繫其存在者。此固非無其所見。然荀子未嘗及於人性情之表現，亦可自有其自然之節奏、段落、方式，以成此禮樂之節文之處。禮記若干篇，其論禮樂之原於人情，則正多本此後義而說。今先就禮而論，禮記問喪一篇，於人之何以有種種喪禮之儀節，如三日而殮、孝子何以有杖等，一一溯之於人情之自然，更總而斷之曰：「此孝子之志也，人情之實也，禮義之經也，非從天降也，非從地出也，人情而已矣。」此外如禮記祭義之論春禘之祭所以有樂，秋嘗之祭所以無樂之故曰：「春禘秋嘗，霜露既降，君子履之，必有悽愴之心，非其寒之謂也；春，雨露既濡，君子履之，必有怵惕之心，如將見之。」故春禘有樂而秋嘗無樂云云。祭義之言齋之三日等，亦純自孝子之情之不容已者上說。凡此等等，皆是直就人之哀樂之情，原自將表現爲種種祭祀之禮儀，以爲其內在之形式，而無俟於聖王預爲之定，成一外加於人性之文飾以言禮之源之說也。其次就樂而言，荀子依其禮樂爲聖王所制定之旨，嘗謂「先王之制雅頌之聲」，乃意在爲免於人之「樂」之「形」之不「合道」，使其「曲直、繁省、廉肉、節奏、足以感動人之善心。」然禮記樂記論樂之源，則首直謂「凡音之起，由人心生也，人心之動，物使之然也，感於物而動，故形於聲。聲相應，故生變，變成方，謂之音。比音而樂之，及干戚羽旄謂之樂……故治世之音安以樂……亂世之音怨以怒……亡國之音哀以思。」此直謂由人心之表現，卽有聲之相應，變之成方，以有其節奏；人之自然的情感，卽自然表現爲音樂中之情感。卽大不同於荀子之只言音樂與其節奏等，純由聖王自外定者，以感動人心者矣。此禮記諸篇之謂禮樂之節文，初原自人情，則又正爲與孟子言樂之有「手舞足蹈」之節奏，原於人之「樂生」之「不可已」，而爲其自然表現之旨相通者也。

由禮記之論禮樂之儀文之本，原卽在人情之自然之表現，故禮記論禮樂之源，恆溯及於人文始創之時，此亦與孟子之溯葬禮於上世之旨同。禮記禮運篇論禮之源曰：「夫禮之初，始諸飲食，其燔黍捭豚，汙尊而杯飲，蕢桴而土鼓，猶若可以致其敬於鬼神。及其死也，升屋而號，告曰皐某復；然後飯腥而苴孰，故天望而地藏也。體魄則降，知氣在上，故死者北首，生者南鄉，皆從其初。」下文又言其他養生送死之事，鬼神上帝之禮，「皆從其朔」。朔亦初也。是見禮記之論禮樂之原，皆直在人文之始創處立根，以見此禮樂之文之始創，乃純出於人情之自然。是皆所以見此禮記諸文，不同於荀子只自後王之制禮作樂處，言禮樂之源，只知禮樂之爲聖王所制以變化人情者，而不知禮樂之本於人原始之自然之情者矣。

然禮記言禮樂，其最重要之樂記禮運二篇，雖皆溯禮樂之源，於人情與人文之始創，然又未嘗不亦重君子聖人之成就此禮樂教化之德之功，與禮樂之管乎人情，爲人情之防之義。故樂記一方以人情必表現爲樂，一方亦以唯君子爲能知樂，聖人方能作禮樂。禮運溯禮之原於人情，而又以唯聖人能知人之喜怒哀樂愛惡欲之人情，而「禮義以爲紀，人情以爲田」，故曰「人情者，聖王之田也」。蓋禮記之爲書，乃兼具孟荀之旨。禮運言民有血氣心知之性。血氣之性，卽荀子所謂生之所以然之性。心知之知，則決非只爲理智之知。荀子禮論及禮記三年問言「有知之屬莫不愛其類」，則心知之知卽涵人心之愛，此正同孟子之說。然荀子禮論不以此心知爲性，而禮運則直謂此心知連於血氣，而皆名之曰性，卽攝孟荀所成之論也。唯孟荀皆以性攝情，重養性或化性，而禮記禮運，雖提及此民有血氣心知之性，然下文繼曰「無喜怒哀樂之常」，乃歸重在如何治此人情。樂記言「人生而靜，天之性也，感於物而動，性之欲也」。此段語，於人性言靜，亦未明言性善，昔陸象山謂其原自道家。然靜則亦無不善，卽未嘗不可通於孟子。至下文以性之欲之流，可歸至人化物，滅天理而窮人欲，則又意涵性之欲可歸於惡之說，而近於荀子。然樂記全文，仍不重在如何復此人生而靜之天性，而重在以禮樂節其好惡之情。孟荀重養性化性，重在言學者之如何成德，立義皆甚深摯。禮記言禮樂，則要在直以「禮樂管乎人情，」以化民成俗爲要，則又自有其切實之義。此皆吾人不可不知者也。

四　禮樂、人情、德行、與天地之道

禮記雖以人情待乎有禮樂爲之治、爲之節，唯聖人乃眞能制禮作樂，然於聖人之所以能制禮作樂，又歸於聖人之能知禮樂之情。故樂記曰「故知禮樂之情者能作，識禮樂之文者能述。作者之謂聖，述者之謂明。」此所謂知禮樂之情之義，當兼涵知禮樂所彰顯之人情之不容已，或人情之能合道義者之謂。是卽同於謂，能知禮樂之情之聖人君子，其性情實較一般人爲深且盛，或其性情皆爲具德之性情者。故樂記曰：「君子反情以和其志，廣樂以成其教。樂行而民嚮方，可以觀德矣。德者，性之端也；樂者，德之華也。金石絲竹，樂之器也。詩，言其志也；歌，咏其聲也；舞，動其容也。三者本於心，然後樂器隨之，是故情深而文明，氣盛而化神，和順積中而英華發外……樂者，心之動也。……情見而義立，樂終而德尊。」此所謂君子反情，非與情相對反之謂，乃反回其情，而更內和其志，以成其德，得見其性之端，使樂如爲德性之所開出發出之英華之謂。此亦卽所以使君子之情更深，氣更盛，其內在之光明與和順，更外發爲英華，其感化之功更神者也。故其情之見於樂，亦卽其義之由此以立，其德之由此以尊。此乃純爲將君子之樂，視爲君子之性、情、志氣、德之直接表現之論。固非只以禮樂爲性情之文飾，或化導性情之具之說也。樂記下文又曰：「樂，樂其所自生，禮，反其所自始；樂章德，禮報情。」樂，樂其所自生，此所自生者，即人之性情之德。禮，反其所自始者，蓋當指喪祭之禮等，依人之報本復始之情而言。是見禮樂皆純所以表現人之德性與至情者也。

禮記此種以禮樂唯所以表現人之德性與至情之義，乃本於人之性情與德，原有可合而爲一以俱尊之義。此中德性之必自見於情中，尤爲君子之所以能對禮樂有所述作之關鍵之所存。

何以德性之必見於情，爲君子之所以對禮樂有所述作之關鍵之所存？此即因禮樂原爲人情之表現。苟無德性之見於情，則無充盛之情之流行；無充盛之情之流行，即不能有此禮樂之表現，人亦可不要求有此表現也。

因此中充盛之情之有無，爲禮樂述作之有無之關鍵，故禮記一書言禮樂，多直就禮樂所本之愛敬尊親之情而言，而仁義之德，在禮記恆自其見於愛敬尊親之情中者論之。禮記有表記一篇，鄭玄註謂是記君子之德之見於儀表者，此語未必全當。表於外者必先見乎情，觀表記之旨，蓋實重在言人之德之見乎情者。表記曰「中心憯怛，愛人之仁也」，又以「憯怛之愛」、「心乎愛矣，瑕不謂矣」言仁。是即以充滿憯怛之愛之情之心言仁也。表記言仁義，又或以尊親二字釋之，故曰「凱弟君子，民之父母……使民有父之尊，有母之親。」尊親之所至，即仁義之所至。「母，親而不尊，父，尊而不親；水之於民也，親而不尊；火尊而不親；土之於民也，親而不尊，天尊而不親；命之於民也，親而不尊；鬼尊而不親。」尊親之情，無所不運以及於父母水火天地，而仁義之心，無所不運。尊即敬，親即愛。樂記更以愛敬之表現，爲禮樂之源，而愛敬之無所不運，卽禮樂之無所不在，禮樂之道遂通乎天地鬼神之道。此義亦惟有人之愛敬之情，至深至摯，充盛洋溢，而無遠弗屆者，方能眞實契入者也。

按樂記言仁義曰：「仁以愛之，義以正之」；言禮樂曰：「禮者、殊事合敬者也；樂者、異文合愛者也。」「愛自內出」，「合愛爲同」，「同則相親」；故「樂由中出」，「樂者爲同」。所敬在彼，「合敬爲異」，「異則相敬」；故「禮自外作」，「禮者爲異」。同則爲和，異則成序。內外、一異、和序，又爲天地之大法；則禮樂之道，卽通於天地之道。故曰「樂者，天地之和也；禮者，天地之序也」，「和故百物皆化，序故羣物皆別」，「天高地下，萬物散殊，而禮制行矣；流而不息，合同而化，而樂興焉」，「天尊地卑，君臣定矣；卑高以陳，貴賤位矣；動靜有常，小大殊矣；方以類聚，物以羣分，則性命不同矣；在天成象，在地成形；如此，則禮者，天地之別也。地氣上齊，天氣下降；陰陽相摩，天地相盪；鼓之以雷霆，奮之以風雨，動之以四時，煖之以日月，而百化興焉；如此，則樂者，天地之和也。……樂著太始，而禮居成物。著不息者，天也；著不動者，地也；一動一靜者，天地之間也。」此上之言與易傳語多同。易傳以乾坤爲天地之道，而樂記則以天地之道卽禮樂之道。蓋卽謂此天地所表現之序別而分，卽天地之大禮，其所表現之合同而化，卽天地之大樂也。此就自然之天地，而視爲人文之禮樂之所彌淪，實爲一儒家之禮樂思想之一最高之發展。此視天地之道爲禮樂之道，亦卽視天地之道，爲仁義之道。天地之合同而化，以春作夏長，卽仁也；天地之序別而分，以秋斂冬藏，卽義也。生長乃温厚之氣，斂藏乃嚴凝之氣。鄉飲酒義篇又曰：「天地嚴凝之氣，始於西南，而盛於西北，此天地之尊嚴氣也，此天地之義氣也。天地温厚之氣，始於東北，而盛於東南，此天地之盛德氣也，此天地之仁氣也。」而樂記曰「仁近於樂，義近於禮」。又樂重和，故「率神而從天」；禮重別，故「居鬼而從地。」而禮樂之道卽通乎鬼神之道。然此天地鬼神仁義與禮樂之道，所以能相通，唯待吾人能透過禮樂之道，以觀天地鬼神仁義之道者，然後此相通之義，乃昭陳於人之前。故曰「大人舉禮樂，則天地將爲昭焉。」善哉此「昭焉」之言也！然人之能舉禮樂，而透過禮樂之道，以觀此天地、鬼神、仁義之道，則又係於人之先有本仁義而發之愛敬之情，充盛洋溢於內，而表現爲禮樂；然後其愛敬之情，乃隨禮樂之見於外，亦著乎在外之天地鬼神，無遠弗屆。人一一本禮樂之精神以觀之，方能見此整個之天地，卽一大禮大樂之天地，而人之仁義，亦充塞於天地之春生夏長、秋斂冬藏之中也。反之，若人之愛敬之情，未嘗充盛洋溢，以求表現爲此客觀之禮樂，而只爲一未發之仁義之性，或只見此仁義於日常之對於人之行爲之中；則欲見此天地之和序，卽天地之大禮大樂，仁義之自在天地間，又焉能哉。

由禮記之論禮樂，必以性情爲根；故禮記之言禮樂之意，恆超乎禮樂之儀文。由此而孔子閒居有五至三無之言。其言曰：「志之所至，詩亦至焉；詩之所至，禮亦至焉；禮之所至，樂亦至焉；樂之所至，哀亦至焉；哀樂相生，是故正明目而視之，不可得而見也；傾耳而聽之，不可得而聞也。志氣塞乎天地，此之謂五至……夙夜其命有密，無聲之樂也；威儀逮逮，不可選也，無體之禮也；凡民有喪，匍匐救之，無服之喪也……猶有五起……無聲之樂，氣志不違；無體之禮，威儀遲遲；無服之喪，內恕孔悲。無聲之樂，氣志既得；無體之禮，威儀翼翼；無服之喪，施及四國。無聲之樂，氣志既從；無體之禮，上下和同；無服之喪，以畜萬邦。無聲之樂，日聞四方；無體之禮，日就月將；無服之喪，純德孔明。無聲之樂，氣志既起；無體之禮，施及四海；無服之喪，施於孫子。」

此中五至，謂志至而後詩至，詩至而後禮樂至。志即情志，詩以達情，有達情之詩，乃有禮樂。此即謂情志爲禮樂之本之旨，故結以哀樂相生之言。此哀樂之情志，塞天地而不可得見、不可得聞，故超溢乎禮樂之儀節之外，而有無聲之樂、無體之禮、無服之喪；本氣志之不違、既得、既從、既起；以日就月將，純德孔明，而施及四國四海，畜萬邦，聞四海，以及於孫子之無窮。此中言人之氣志之起，即人之哀樂相生之惻怛之情，相續生發、表現、升起，既充塞於禮樂之中，又洋溢於禮樂之外。此正與樂記之言禮樂之道之通乎天地鬼神之道者，互相呼應，同見禮記一書中重情志之旨者也。

按檀弓記孔子之言曰：「喪禮與其哀不足而禮有餘也，不若禮不足而哀有餘也；祭禮與其敬不足而禮有餘也，不若禮不足而敬有餘也」。重哀敬之情之溢乎禮儀之外，原是孔子之精神，亦孔子「人而不仁如禮何，人而不仁如樂何」之言所自生。故禮記之言實本自孔子之教，其言情志之相續生發表現而自起，尤爲要點所在。此情志，皆爲直接相應於人之仁義之善性自起之情志。此即與易傳所謂

「性情」之情、「旁通情」之情，爲同義之情，亦與孟子所謂惻隱辭讓之情爲同義之情。然自漢以降，世之言情者，多以情與欲相結相連所成之情欲爲情，而或忽此愛敬尊親之性情，及此性情之連於喜怒哀樂者，實不可稱之爲情欲。於是後之學者，乃尊性而賤情，而或昧於儒學中原有之性情俱尊之義。禮記一書，爲古代儒家所留書籍中，最能知此義之情之重要者，故今特提出而論之如此。

五　秦漢學者言性之目標，與呂覽、淮南之貴生全性、卽壽言性、與攝德歸性

秦漢之時，學者言性之思路與先秦學者不同，在其漸趨向於爲成就客觀政敎之目的而言性，而不同於先秦學者之多爲成就人之德性生活、文化生活、精神生活而言性。此在上承先秦諸子而爲雜家言之呂覽、淮南，已開其機。故今先論二家之言，以爲承上起下之資。

先秦言心性者，以孟莊荀三家代表不同之三型。孟子卽心言性，以盡心知性、存心養性，爲入聖賢之途，以成就人之道德生活，其心亦唯是一德性心。荀子以心治性化性，爲入聖賢之途，亦兼成聖王之治，而其心卽爲一知聖王之禮義之統類之心，又可稱爲一歷史文化心，荀子之聖王，亦卽眞在歷史文化之統類中生活者，而性則指自然生命之欲，而待治待化者。莊子則特有見於人之外馳之心知與

自然生命之欲之結合，使人失其性；故必攝此外馳之心，反之於內，以復心而復性，自見其靈台天府之虛靈明覺心，以神明應化，而自得其性命之情。此性亦非只爲自然生命之欲，而爲一神明所潤澤之自然生命之流行。今可就莊子初重言精神或神明之運用，而稱其所尙者爲一特殊義的精神生活。此諸家皆各有其政治理想，然皆自說自論，以待爲政之採擇，或意在爲王者師，初非以其言爲佐治之具也。至中庸易傳之書，則皆爲體承孟子思想之流，而更上達於天地萬物與人物之原以爲論者。此與禮記他篇之論禮樂德行，蓋大皆七十二子之後學，於秦漢之際，居潛龍勿用之位，上承孔孟荀之學，更尊其所聞，加引繹貫通之述作，意在守先待後以立教，亦非意在佐治於當時者。故著者之名多不見稱於世。然秦漢之天下既歸於一統，學者乃或歸附爲帝王宗室之賓客，而道術之未得帝王之尊信者，亦不能自馳說於天下。故學者唯有自言其道術，爲王治之不可少。其意固仍在爲王者師，而實際上則其言多成佐治之具。馬上得天下者，固不能馬上治之，則學者之言，固有可用也。由此而成之哲學性之著述，則首有呂不韋與淮南王賓客集體創作之呂覽與淮南王書。至於其意明在敎帝王之陸賈新語及賈誼新書，及董仲舒之天人三策與春秋繁露，亦皆以成就當時之政敎爲目標者。漢人凡言通經致用者，以及帝王之設五經博士，集諸儒會議，以論定經術之事，其意皆不出乎是。唯西漢末揚雄，仿易著太玄，仿論語爲法言，「竊自比於孟子」，乃不求知於當世，唯俟後世有揚子雲之知其書。王充之書，意在破其時流行之虛妄之見，而在當世爲秘笈。然漢末之爲論者，如仲長統、桓譚、徐幹，則其著書之態度，皆一面自陳其志，一面亦期在其言之足以佐治。成治之事，待於知人與用人，乃有漢末之人物才性之論。故由秦至兩漢之學術思想之流，其目標之所在、與學者之用思之態度，整個言之，乃與先秦大異。此一言以蔽之，卽爲客觀之政教之成就，而客觀的論述一「道術之當時之效用價值」之態度，過於「直接發抒其人生道德政治之理想與價值觀念，而自立言以開來世」之態度是也。

由此一學術上用思之態度，而影響及於言人性之態度者，則爲人性漸化爲一所論之客觀對象，而人性漸成一獨立之論題。兩漢儒者對人性與其他事物之關係，定義、內容、種類，皆有不同之說，下文當論之。及於漢末，而漢人之重經術治道之思想之流，乃流入重個人才性之了解欣賞之思想之流，而下開魏晉之淸談。然吾人欲溯此漢人之爲成就政教之目標，而客觀的論述人性之態度之源，則呂覽淮南二書，實開其端。此二書爲雜家，皆兼採儒家重禮樂教化之旨，而其言人性，則是承道家之傳，重在以生言性，而言尊生、貴性、養生、全性。儒家固亦重生，然其第一義在重「心」。雖或卽心言性如孟子，或不卽心言性如荀子，然其重心則一。漢之董仲舒未嘗卽心言性，然亦重心之地位。後之儒者，亦無輕心者。然道家之流，則在第一義，初皆重「生」。莊子齊生死，亦言養生盡年，達生全形。大宗師之眞人，不知悅生，不知惡死，亦「受其生而喜之」；唯受生而更忘生以生，故不知悅生惡死耳。老子更外身後身以求身存，明長生久視之旨。後之爲道家言者，更無不重養生。莊子之言性，乃卽自然之生，而潤澤之以神明，以外於一般之心知；其言復心安性，卽初是重生重性而輕心。

此與告子之卽生言性，而强制其心使勿動之教，與楊朱之貴身之教，乃屬同一之型態。於呂覽之書，陳澧東塾讀書記嘗言其中多儒家之說。然其貴生篇，舉子華子全生之說，本生、重己二篇所言，不外審爲篇所記，魏公子牟重生輕利之旨，與子華子貴身於天下之旨。今按莊子讓王篇亦載子華子貴身於天下，及公子牟之重生輕利之言，蓋呂覽審爲篇之所本。漢志有公子牟書，固屬道家也。淮南子更明以道家言爲本，其人性論初屬道家一流，更可無疑。然此二書之言人性，與道家莊子之不同，則亦頗有可得而言者。

此呂覽淮南之言人性，與莊子之大不同，卽在莊子之言任性命之情，安性命之情，直下以一切傷性、損性、淫性之事爲非；乃先意許此性之不可傷，不可損。故旣有傷損之者，則任之安之，爲理所宜然，亦不須另說明其理由。至於對人性之狀態性質之初爲如何，莊子對之亦罕有直接之陳述與論列。此卽見莊子言人性，乃意其乃人所同喩，其當安當任，亦初視爲不成問題者。蓋人之性卽人之生命，本爲傳統之舊誼。言人之生命不可傷損，人固皆可本其愛生之情，而視爲無可疑者也。然在呂覽淮南子言貴生貴身而重性，則兼是對爲政者說，彼當自貴其生其性，亦當貴天下人民之生之性。天下人民之生之性，對爲政者爲一客觀之對象，而爲政者當其縱於嗜欲之時，聞此貴生貴性之教，而自反省。此生此性而自貴之之時，此生此性，亦爲一反省之所對。此卽開以性爲客觀對象而論列之之說矣。

呂覽淮南旣始視人性爲一所對而論述之，故莊子老子所說爲人生理想之境界者，二書皆本之以直指爲人性之所本具。老莊之人生理想，初皆寄之於道德。道爲所行，德爲所得。清靜無爲，喪我物化皆道，而人行此道之所得者卽德。道在天下，爲公；德爲己有，屬我。老子言道德不言性，莊子內篇之言德，皆指聖人眞人至人之所具，亦初屬理想非屬現實之人性。至外雜篇乃卽安性命之情以成德，而性乃多與德並言。性與德並言，卽已隱涵可攝性於德，亦可攝德於性之旨，性與德，固均我有也。然莊子外雜篇尚未嘗明就其言之說德者，皆轉以之說性。呂覽淮南則正爲卽老莊之言之說道德者，更明以之說性者。於是在老莊尚爲屬於人生理想或修養所成之道德，在呂覽淮南皆成爲自然之人性之本來所具者，而理想上之當然者皆化爲自然中之實然矣。老子言長生久視，莊子亦尚養生盡年。此乃屬於理想。呂覽則逕言「水之性清，土者汩之，故不得清；人之性壽，物與扣之，故不得壽。」則壽爲人性矣。老莊皆尚清靜無爲，平淡恬愉之生活。莊子刻意篇謂「恬淡寂寞，虛無無爲，此天地之平，而道德之質也……故心不憂樂，德之至也；一而不變，靜之至也；無所於忤，虛之至也；不與物交，淡之至也。」管子內業亦言虛靜之道，謂內靜外敬，人反其性。然皆未嘗明言此虛靜等爲人性原來如此也。淮南子則言：「古之聖人，和愉寧靜，性也」（俶眞訓），「清靜恬愉，人之性也」（人間訓），又言「人性欲平」（齊俗訓），再言「夫唯易且靜，形物之性也」（俶眞訓），更言「水之性眞清，而土汩之；人性安靜，而嗜欲亂之」（俶眞訓）。按莊子在宥篇言「昔堯之治天下也，使天下欣欣焉，人樂其性，是不恬也；桀之治天下也，使天下瘁瘁焉，人苦其性，是不愉也。夫不恬不愉，非德也」；又刻意篇言「水之性不雜則清，莫動則平。」此與呂覽淮南子此二語略相類。然莊子講樂其性而後不恬，苦其性而後不愉；則不恬不愉乃苦樂其性之結果，恬愉只爲德之目，而非性之目。然淮南子則逕以人性爲淸靜恬愉矣。莊子只藉水之性淸以喩人性當求淸，尙未如呂覽淮南明以水性之淸，以喩「人之性壽」或「人性安靜，而易且靜也。」此後一語與樂記之言「人生而靜，天之性也」，皆同爲就其先之道家所視爲屬理想爲當然者，轉以之直說人性之自然與實然，對人性之內容，更加以一肯斷的界定之論；而亦開啓以後之客觀的論述人性之思想方式者也。

呂覽淮南直說人之性爲壽，人之性爲淸靜恬愉，爲易且靜等，其要旨在說明，其先之道家所視爲理想、爲當然者，乃人性自始之所安所向。然此人性所安所向之如此如此，則又不必與人所表現之現實狀態，全然一致。故此又非直就人所表現之現實狀態如何，而直述其性之如何之論。是卽又不同於荀子之言性惡，恆直就人現實上所表現之惡，或事實上之種種「辨合符驗」上，說無禮義之治必歸於惡之說。此呂覽淮南說人性之自始之所安所向，在壽、在淸靜恬愉，非指現實上之自然實然之人性，而是一「有其所向之理想」的自然實然之性。故現實上人所表現之種種狀態，亦不必皆出於人之性，而儘可爲人之亂其性或汨其性之結果。此亂其性、汨其性者，非性之原義之所涵，而亦可說爲性外之物。於是去此性外之物之亂人性、汨人性者，使性得保其淸靜恬愉等，而順性之自然，遂得確定爲一人生或政治上之理想矣。

所謂非性之所涵，而當去之性外之物，不外初原於性而有之自然生命之要求，而終於害性之物欲或嗜欲。故呂覽言人之性壽，物者汩之。淮南言人性安靜，嗜欲亂之。汩者如土之汩水，使雜使濁，於此人便當求不雜以反淸。此與莊子同旨。故淮南言人當節嗜欲，以反性安性，呂覽謹聽篇有「反性命之情」之語，勿躬篇有「反其情」之語，爲欲篇有「去非性」之語。淮南更言嗜欲原於心知聰明，其意亦與莊子同。如俶眞訓言「嗜欲連於聰明，誘於外而性命失。」本經訓言「冥性命之情，而智故（智故卽原於心知，莊子言去智與故）不得雜焉。」人間訓言，「人生而靜，天之性也；感於物而後動，性之欲也；物至而神應，知之動也；知與物接，而好憎生焉；好憎生而知誘於外，不能反己，而天理滅矣。」此段文與樂記大同小異，未知孰先孰後。然皆是先說人之天性之爲靜，然後明說彼出自性之欲與知之誘於外，足以成嗜欲而害性。此與呂覽之先說重生貴性，而後說拍性害性者同。然與莊子之未嘗先說人性之爲靜者，固有立言方式之異矣。

呂覽淮南子之先說人之性壽，淸靜恬愉等原爲人之性，卽意涵人之生命，原已自然實然的自向於壽，自向於淸靜恬靜，而自成一生命之自然生長之度向；有如樹木之有一自然向上生長，以向淸靜之太空之度向。此中人之嗜欲之初發自性，如橫出之枝葉，亦初發自樹之本根。此枝葉旣生，其所向乃不同其本之所向。今若任之順其異向，離其本根以生長；則亦將耗竭其本根之力，而使之不得更向上生長。故人欲使樹木生長，必須剪去其枝葉。此剪去其枝葉之事，亦正所以合於樹木之向上生長之性。若樹木能如人之有知，欲自全其向上生長之性，亦將自願剪去其枝葉，而自收攝枝葉之離其其本而生長者。此卽喻人之節欲、反性，卽所以全性也。

此上所謂全性之一名，乃呂覽淮南所常用。淮南子氾論訓，謂楊朱嘗主全性保眞之說。今按莊子德充符諸篇有全德之名，而無全性之名，此亦見呂覽淮南之重攝德於性之旨。莊子言反性任性安性，乃就人之馳其形性而不返不安，故當反而任之，以安其性說。淮南之言「全性」，則正面的由性之自全上說。呂覽除於貴生篇首論養性之說外，於至忠篇言「安形性」；於審分覽言「定性」，故當去彼扣性或伐性者。於重己篇，言「達於性命之情，安性自娛」；於有度篇，言「通於性命之情」，於知度篇、勿躬篇，言「服性命之情」；勿躬篇又言「安育其性」；知度篇又言「正性是喜」；於本生篇，言重生，於貴生篇，言貴生尊生，而謂「全生爲上，虧生次，死次之，迫生爲下。」全生卽全性也。情欲篇，言「欲有情，情有節」謂「由貴生動，則得其情。」亦卽謂由貴性動，則得其情也。論人篇言「中情潔白」，上德篇言「順情」，而全書未見賤情欲之語。此其重性情，明更近儒家之思路，而呂覽言政教禮樂，亦明多儒家之言，此可不多論。

至於在淮南子，則除說全性之言，散見覽冥氾論詮言諸訓外，亦正面說養性（詮言訓）、循性（修務訓）、通情性（詮言訓）、明於性（本經訓），「性……自見也」（齊俗訓），「通性於遼廓」（俶眞訓）、「隨自然之性」（本經）。此皆唯依於先肯定一具德或有其所向之理想的自然生長之性，爲一形而上之眞實，然後能有此率之、循之、明之、見之、全之之語也。

呂覽淮南謂人性中自具壽性，或謂清靜恬愉等，爲性所具之德，亦謂之爲人性所具之自然之善。莊子未明言性之善，而淮南子書則屢見性善之語。蓋此人性之淸靜恬愉本身，卽是一善。如氾論訓「所謂爲善，靜而無爲也。」如人間訓言「於以決其善志……啓其善道……民性可善。」本經訓言「反其初心，而民性善。」修務訓讚堯舜之「身正性善。」此性之善可說由修成，亦可說爲其本來已具之德之自循、自率、自見、自明之所顯也。

六　率性循性，與人生行事及政教之本

由呂覽淮南一方言反性命之情、去「非性」、以反性以安性，一方言養性、全性、安育其性、率性、明性、見性、循性等，亦卽以此人性，爲一切人生行事與政教之根本與準則，或終極理想之所據。故呂覽貴當篇謂「性者萬物之本也。不可長，不可短，因其固然而然之。」其誠廉篇謂「性也者，所受乎天也，非擇取而爲之也。」又其貴生言養性曰：「利於性則取之，害於性則舍之，此卽所以全性。」知度篇言「治道之要，存乎知性命」。此皆見呂覽以性爲人生行事政教之準則之所據。淮南子原道訓首謂「形性不可易」，齊俗訓明言「乘舟而惑者，不知東西，見斗極則悟矣，性，人之斗極

也，有以自見也」。人間訓言「直行性命之情，而制度可以爲萬民儀」，「灌其本而枝葉美，天地之性也。」此皆謂行事當以性爲準則之意。其詮言訓更溯政教之本源曰：「安民之本，在於足用；足用之本，在於勿奪時；勿奪時之本，在於省事；省事之本，在於節欲；節欲之本，在於反性；反性之本，在於去載。……能有天下者，必有失其國；能有其國者，必不喪其家；能治其家者，必不遺其身；能修其身者，必不忘其心；能原其心者，必不虧其性；能全其性者，必不惑於道」。齊俗訓又曰：「治物不以物，以睦；治睦不以睦，以人；治人不以人，以君；治君不以君，以欲；治欲不以欲，以性；治性不以性，以德；治德不以德，以道」（按此語亦見呂覽貴當篇）。於此所謂道德者，齊俗訓又曰：「率性而行，謂之道；得其天性，謂之德」，則一切有天下有國之道術，皆在由反性而率性。此中所謂「去載」、「不惑於道」者，即不外去爲性之負載，去能「倮性」而「使人性蕪穢」（齊俗訓）之物欲等害性者而已。其意乃歸在正面的率性、循性、全性爲政教之最高準則。此與莊子之唯嘆惜於人之亂其性、失其性、淫其性、殘生傷性之種種反面之現象，而徒作一安性命之情之呼喚，以自寄其一人之意者，大不同其趣；而與昔之儒者：孟子言盡心知性，存心養性，中庸言性德，言率性以修道者，諸正面言心性之善之旨，亦日近矣。淮南子言有天下必不失其國之二段，與大學言欲平天下在治其國一段之別，唯在大學以誠意爲正心之本，淮南則以全性不虧其性爲原心之本。全性、不虧其性，要在去彼爲性中負載蕪穢者，則淮南之全性、不虧其性，即略相當於大學之誠意。其以知道在知性、率性，其語既類中庸之言率性之謂道，其旨亦相當於大學之致知，在知物之本末，而知誠意爲正心之本，正心爲修身之本之教。則淮南子之言，固本道家之說，而轉近儒者之論者也。

至於此淮南子之思想，仍畢竟本在道家之說者，則在其說人性之淸靜恬愉平易等，皆是自人之生命之狀態情調上言之。自儒家義上看，此所謂淸靜平易，仍是自其無擾亂等上，消極的說此性之狀態。故其循性率性全性之言，雖涵積極的正面的循性、率性、全此性之義，而此所循所率所全者，則爲一消極的無擾亂等之生命狀態、生命情調。此便與孟子中庸之說，自始自仁義禮智之心、成己成物之誠上說者，仍有不同。淮南子固不廢仁義禮樂，如人間訓謂「爲本者，仁義也；所以爲末者，法度也。本末，一體也，其兩愛之，一性也」，卽以仁義爲本之言。然淮南子以愛或仁義屬於性，則性之義又卽不同於仁義。故其俶眞訓言「使人民樂其性，卽仁」，修務訓稱「堯舜文王，自正性善，發憤而成仁，隅憑而成義。」此以仁義爲樂「性」，而由性出，非性卽仁義之謂。泰族訓謂「人之性有仁義之資」，卽繼謂「非聖人爲之法度而教導之，則不可使鄕方」。此仁義之資，如荀子所謂仁義法正之質，亦非卽仁義之謂也。故其前文曰：「民有好色之性，故有大婚之禮；有飮食之性，故有之大饗之誼；有喜樂之性，故有鐘鼓莞絃之音；有悲哀之性，故有哀經哭踊之節。」後文又曰：「乃澄列有金木水火土之性，故立父子之親而成家，……以立君臣之義而成國，……以立長幼之禮而成官。」則仁義禮樂，皆外飾於性者也。本經訓又曰：「仁義禮樂，可以救敗，而非通治之至也。謂仁者所以救爭，義者所以救失，禮者所以救淫，樂者所以救憂。」此又謂仁義禮樂之價值，乃爲消極的救敗，故非通治之至。通治之至，乃在下文所謂「神明定於天下，而心反其初心，反其初心，而民性善。」故齊俗訓謂「性失然後貴仁，道（率性而行謂之道）失而後貴義」，則仁義禮樂皆爲第二義以下之事，此與老子失道德而後仁義禮，莊子之天道篇之先明天而道德次之，道德以明，而後有仁義禮樂，皆同是以道家之言道德、率性之義爲第一義之本，而攝取儒家之言爲其第二義之末。至如其本經訓之言「玄知神明，然後知道德之不足爲也，知道德，然後知仁義之不足行也」，則神明居第一義，道德而爲第二義，仁義乃第三義矣。至此訓後文又謂：「至微者，神明弗能爲矣」，則對知微者言，仁義又居第四義矣。至其所謂因民有好色之性、飲食之性，故有大婚之禮，大饗之禮云云，其意蓋亦是唯有此禮，方可救人之淫其性之敗之謂。此則意涵如人無性之淫，則無事於禮樂之義。此則固與儒者如孟子之言禮樂，直接根於人心性之不可已，荀子之以無禮樂之文，性不能自美，皆正面的肯定禮樂之價值者，相異矣。依孟子中庸之言，則仁義與成己成物之仁智等，即心之性；盡心率性，即盡此仁義禮智等心之性。此非淮南子所謂不能率性，乃有仁義之說也。依儒家義，以言仁義禮樂，皆重其率性盡性之正面的意義價值，淮南子則重其救敗之消極之價值。淮南子之率性循性之性，乃以清靜平易爲說。故吾人上文本儒家義，而說其只爲具消極的「不亂」、「不淫」之意義者，淮南子則求積極的率之循之，而若視爲有積極的價值者。此即見其雖攝取儒家重仁義禮樂之旨，而其所立本之性，仍與儒家思想爲二流也。

七　綜論道家型之生命狀態之價值

至於尅就人之得自見自明其清靜恬愉之性，而唯率循此性所成之道家型之生活，畢竟如何眞可說其有客觀之積極的價值，自亦難言。如依荀子之重心知客觀禮義之統類之道而行道之觀點、孟子之重擴充仁義之心以達於天下之觀點、以及由人之溺於嗜欲外馳不返者之觀點，三者以觀，皆可謂其似無價值可言。然實則此問題，亦不如此簡單。此卽因吾人至少可說生命之爲物，原可卽其存在而言其有價值，亦能直接自肯定其存在之價值者。此卽人之所以好生惡死之眞正理由所在。依人之好生惡死，可不論此生爲何狀態之生，有生皆勝於無生。人卽將其一切嗜欲與種種道德文化之理想，刊落淨盡之後，仍有此能自肯而自求存在之一生命之核。故人在對其理想失望，與對嗜欲亦加以厭棄之時，人皆有一求自反於此生命之核之趨向。此有如人之終日工作疲倦之後，恒自向於休息與睡眠。人由睡眠而入黑恬鄉，縱一無所思，一無所求，此中亦有一生命自肯其存在，自玩味其存在之恬愉。此恬愉，自心之底層而發，如人之食色之欲之出自心之底層，其滿足之樂亦來自心之底層。此恬愉，亦可同時存在於其「生命之自向於其壽之性，得其自然之自盡之中。」吾人固不可說，道家所嚮往之清靜恬愉，而有之達生盡壽之境，卽只同於休息睡眠之境；而當說道家所嚮往之清靜恬愉，乃一清明的心靈境界中清靜恬愉，與達生盡壽；此乃不同於一般休息睡眠時人心之散亂與昏沈，恒終歸於不自覺其睡中向壽之性之得盡，與緣是而有之清靜恬愉等者。然吾人至少可說，一般之休息睡眠所達之境，與此自覺的心靈境界，同原自人之收攝一般醒時之嗜欲與外馳之心思而來，亦卽由吾人之生命之「時騁而要其宿」而來。吾人亦可說，人在得休息睡眠時，其朦朧感得之向壽之性之盡，與清靜恬愉，若轉而爲靈台靈府之心之光明或神明之所潤澤，卽皆可化爲一「自覺其達生盡壽」與「自覺其在達生盡壽之途程中，其生命之自然發展，而平流順進中之清靜恬愉」。故此道家所嚮往之境界，與人之休息睡眠中之境，雖二者之高下懸殊，不可道理計，實亦可說其初唯是否有「心靈之自覺」，與「此性之得盡」俱生而俱運之別。由此而吾人可說，人之求自覺的清靜恬愉之境界，與人之休息睡眠中之自返於生命之核，而在朦朧中自肯、自玩味其生命之存在，有一本質上之類似與關聯性。若說此中二者差別之勝義，蓋唯在道家所得之自覺的清靜恬愉之境中，因有一上述之靈臺之心光或神明之潤澤——此尤爲莊子所重，如前所陳——則此人之自然生命之核，亦可因有此心光神明之潤澤，而隨此潤澤以俱化；此生命運行之範圍，亦卽可與此心光所照耀之範圍，同其廣大。如此卽可如淮南子俶眞訓所謂「通性於遼濶」，此所成就者，卽可爲一與天地並生、與萬物爲一之精神生命之運行與發展；人乃可「與天地兮比壽，與日月兮齊光」，而非如休息睡眠只成就一自然生命之延展者矣。人有此精神生命之延展，則人亦可通接於宇宙之精神生命之泉源，或造物者之生命；以使其所自覺之淸靜恬愉，成爲樂不可勝計，而無盡的相續流出之淸靜恬愉。後世道教之求長生，則更欲由實際上之種種鍊養工夫，以使人達此境界者，能實際上永不死亡。人之長生不死而居此境界中者，因有其心光之照耀與潤澤，卽亦仍有其對天地萬物之知，則其生活雖至平至淡，而非全無內容；唯是其對天地萬物之知，乃雖知之而知不外馳，恆能自收攝，以自反自復於其生命之自身。是謂以恬與其知交相養，人之神明自運，而又若愚若昏，如吾人前論莊子所嚮往之生活，固非只爲一耳無聞目無見之生活也。此狀態之精神生命之延展至無疆，固未嘗不可說爲一具最高價値之事。今若說此爲淮南子之率性循性全性之教之極致，則亦未始在實際上不與儒者如孟子之盡心知性而知天，所達之聖而神之境界，有相通共契之處。吾意此卽後之道教之理想。然道家道教所以達此精神生命之狀態，所憑藉之人性觀念，則又可止於人之性壽、人之性爲淸靜恬愉等觀念。此諸觀念，對儒者與嗜欲重之世人，固亦可只具消極義，而若另無積極之意義。故道家之人性思想之理論，與儒家之卽仁義之心性言性之理論，便仍不可同日而語，而唯可視爲沿卽生言性之一路發展以成者也。

第四章　漢魏學者對客觀的人性之分解的說明

一　漢儒之謂人性為一客觀之論題，董仲舒之為成王者之任，而隨名入理以言性之說

吾人於上文，嘗謂秦漢以後之思想，趨向於客觀政教之成就，而人性之問題亦漸轉成一客觀之論題。上二節所述呂覽淮南，已歸政教之本於人性。唯其言仍是散論人性，而未正式視人性為一客觀的論題，以更為之立說。漢儒為之立說者，乃或竟視此性之種種關係，如賈誼新書之以「性」為其說明人生政教之「道德性神明命」六理之一，而論性之狀態與其他五者之關係；及漢儒之本陰陽五行之言論人性與天地之陰陽五行之關係之諸說是也。董仲舒之論性，則既本性之名之定義，辨性之非善；又就人性與陰陽之關係，以分解一整全之人性，為兼具陽善陰惡之性情二者，正同緯書中之分解人性為

性之陽與情之陰二者，以言性善情惡之說。揚雄法言謂人之性善惡混，修其善者爲善人，修其惡者爲惡人，此於人性善惡，則旣分而混之，更混而分之以說。劉子政之不以性善爲陽，情惡爲陰；而以不發、未表現、在內，而名曰性，爲陰；發出、表現、形於外，卽名曰情，爲陽。是亦分解一人性爲內外陰陽之又一論也。此外又或重各個人之性之本質上的善惡品級之分，如王充、荀悅之性有三品九品之言。再推擴爲比較各品類之人之才性之同異離合之論，如鍾會、劉劭之書。凡此等等皆視人性爲一客觀之論題，而就其關係、定義、內容、品類，更爲之分解以立說者也。

漢儒論性諸家中，董仲舒爲一方面志在論性以成就當時之政教，另一方如上文所說將人性分解爲陽善陰惡之和合體，而又初正式視人性爲一客觀之論題，而如上文所說，本性之名之定義以辨性者。其以性爲陽善陰惡之和合體之說，上亦已言其同緯書之言性善情惡，性陽情陰之說。按緯書如孝經鉤命訣謂「情生於陰，欲以時念也；性生於陽，以理也。陽氣者仁，陰氣者貪，故情有利欲，性有仁也。」此蓋漢儒言性情中最盛之一說。說文謂「性，人之陽氣，性善者也。情，人之陰氣，有欲者。」又謂「欲爲貪欲」，蓋卽本此最盛之說，而爲詁訓也。王充論衡本性篇綜董子言性情之大意曰：「董子覽孫孟之書，作情性之說……性生於陽，情生於陰；陰氣鄙，陽氣仁。曰性善者，是見其陽也；謂惡者，是見其陰者也。」是卽緯書與說文言性情之旨也。董子深察名號篇曰：「謂性善者，奈其情何」，又言「情亦性也」；正是自廣義之性，言性中亦有此不善之情也。東漢諸儒會於白虎觀，所論定之白虎通一書，其情性篇，亦歸在於此性善情惡之說。此說之謂人有性情之善惡二者，一方是由綜合先秦之孟荀之說而來，一方亦即純就人之現實的客觀表現，有善惡之兩方面而分類述之之語。更輔以陰陽，言善惡與性情，卽連於氣之觀念以論性，亦漢儒之通說。友人牟宗三先生於才性與玄理一書，嘗取王充用氣爲性之一言，以統漢儒諸家論性之說於一路。下文亦當更論此漢儒之氣之觀念，如何自先秦之氣之觀念發展而來。茲唯先就董子本於性之名之定義以辨性之言，一加分析，以見其論性之觀點態度，一方純爲名理的，一方亦爲意在成就一客觀之政敎者。

董仲舒於深察名號篇論性善之問題，由問性之名之義是否與善之義之相當始；其實性一篇，則首引孔子名不正則言不順之語，謂如以性已善，則「幾乎無敎」，而「不順於爲政之道。」此可見其明視人性問題爲一客觀之論題，並爲成就爲政之道而討論此問題。至其納此問題於深察名號之下而論之，其立論處處重在隨其名以入其理，而自謂是本孔子春秋正名之旨以論性；又處處說明性與政敎之關係；則又可見其隨名理之觀點，乃統率於一建立政敎之觀點之下者。此隨名入理，兼從建立政敎之觀點論性，要爲一論性之一新路。吾人亦宜依此新路，以看董子之論性，方能得其說之價値之所在。此則或爲人所忽。故此下將依其深察名號立言之序，以略析其義。其文之首曰：

「今世闇於性，言之者不同，胡不試反性之名？性之名非生歟？如其生之自然之資謂之性。性者，質也。詰性之質於善之名，能中之歟？既不能中矣，而尙謂之質善，何哉？」

董子謂性之名之所指者，乃生之自然之資或自然之質。告子曰：「生之謂性」，荀子曰：「生之所以然者謂之性」（正名），莊子曰：「性者，生之質也」（庚桑楚），孝經援神契曰：「性者生之質」，白虎通性情篇曰：「性者，生也」，論衡本性篇引劉子政曰：「性，生而然者也」，廣雅釋詁亦曰：「性，質也」。董子蓋以此性之名爲生之質，即天下之公言，故即據此公言，爲其「隨其名以入其理」，以論性之始點。依此性之名爲生之質之義上看，此中初未包涵善之義，又性中既有陰陽貪仁二者之質，便不可定說爲惡，亦不可定說爲善。此生之質所以不能即定說爲善，又可依吾人常用之心之名之涵義中，即包涵人之生之質原不全善之義而說。故深察名號篇曰：「栣衆惡於內，弗使得發於外者，心也。故心之爲名，栣也。人之受氣苟無惡者，心何栣哉？吾以心之名，得人之誠。人之誠，有貪有仁。仁貪之氣，兩在於身。身之名取諸天。天兩有陰陽之施，身亦兩有貪仁之性。」至於人雖能爲善，善固可由生之質而來；然此非生之質即可稱爲善之證。故繼曰：「性比於禾，善比於米。米出禾中，而禾未可全爲米也；善出性中，而性未可全爲善也。善與米，人之所繼天而成於外，非在天所爲之內也。天之所爲，有所至而止。止之於內謂之天性，止之於外謂之人事。事在性外，而性不得不成德。」今按淮南子亦喻性如繭卵，與董仲舒以禾喻性之旨同。此蓋漢人言性之通說也。

此所謂善，乃由生之質之所成。質與其所成者，已自異義，況人之生之質中，亦非全爲善質。生之質由天生，而「止於中」，不同於善之原於「止於外」之人事，而由人之成德來者也。此其分「天生之內」與「人事之外」之異，及性與善德之異，亦畧同荀子分天生人事以論性之旨者也。

董子次又就人民之民之一名之涵義，以見人性之不涵善義。其言曰：「民之號，取之瞑也。使性而已善，則何故以瞑爲號？以霣者言，弗扶將顚陷猖狂，安能善？性有似目，目臥幽而瞑，待覺而後見。當其未見，可謂有見質，而不可謂見。今萬民之性，有其質，而未能覺。譬如瞑者待覺，教之，然後善；當其未覺，可謂有善質，而不可謂善……民之爲言，固猶瞑也；隨其名號，以入其理，則得之矣。……性情相與爲一瞑，情亦性也。謂性已善，奈其情何？故聖人莫謂性善，累其名也。身之有性情也，若天之有陰陽也；言人之質而無其情，猶言天之陽，而無其陰也。窮論者，無時受也。名性不以上，不以下，以其中名之。」（深察名號）

此卽就民之涵義之同於瞑，以還證上言性之只有善之質不當，名性當就其「兼涵善與不善之性與情之質」之中人之性言。是卽就「善之名」並不能「中」於此「人之性之名」，以駁性善之論者也。

復次，董子又謂王者之政教之所以有，亦依人民之已有善質而未能善之故。其言曰：

「天生民，性有善質而未能善，於是爲之立王以善之，此天意也。民受未能善之性於天，而退受成性之教於王，王承天意以成民之性爲任者也。今案其眞質，而謂民性已善者，是失天意，而去王任也。……今萬民之性，待外教然後善，善當與教，不當與性。與性，則多累而不精，自成功而無賢聖。」（深察名號）

此與荀子言性善，則不貴禮義聖王，性惡乃貴禮義聖王同爲善當與政教，不當與性之說也。

董子深察名號篇最後謂善之名有異義，如孟子之說性善，乃善於禽獸之意。然此善當以聖人所謂善爲標準，則一般人之性不得言善。故曰：

「性有善端，動之愛父母，善於禽獸，則謂之善，此孟子之言。循三綱五紀，通八端之理，忠信而博愛，敦厚而好禮，乃可謂善，此聖人之善也。是故孔子曰：善人吾不得而見之。……吾質之命性者，異孟子。孟子下質於禽獸之所爲，故曰性已善；吾上質於聖人之所善，故謂性未善。善過性，聖人過善。」性必待教而後善，善必全而後聖。三名異義，故性不可言善也。

二　隨名入理之思路之局限，與成就政教之目的以外之言性觀點之討論

觀董子之辨性，其特色乃在卽就公認之「心」、「性」、「民」、「王之任」、「聖人所謂善」之名之涵義，及善之涵義，以見此人民之性之不能直說爲善，而只爲一生之質，唯可由王者之政教以使之成善成德者。此其所謂隨其名以入其理之思路，可謂眞正之本名理以爲論，或卽以後魏晉之名理一名之所自始。此乃昔人之所未有。在此思路上，董子之爲論，亦極嚴謹，亦難謂其有何推論上之不當。此中吾人之根本問題，則在人是否於此只須直接隨其名以入其理，卽可解決此人性善惡之問題？

又吾人卽依董子之隨名入理之思路，知性之名不涵善之義後，吾人對性果有何新知可得？又此新知，果有何價値之可言？對何目的，方可言其價値等？亦爲吾人應有之問題。

今若如此問，則將見董子之由隨其名以入其理，所得之理，唯是人所用之諸名之義之同異，其是否在邏輯上必然相涵之理。此實非一名所指之事物之本身之理。一名所指之事物之本身之理，儘有初不包涵於吾人所知之此名之義中者，則試問此中吾人如何可由名以得其理？卽以董子所舉之例言之，吾人今固可由禾之名，以得此「能出米」之義，而謂爲此禾之理。然試思：當吾人初用禾之名，以指所見之禾之時，吾人豈能卽禾之名，以得此「能出米」之理？吾人實唯因後來既知禾之一名所指之禾之一物，自有其出米之理之後，乃於禾之名中，增此一能出米之義。則吾人固是先由物得其理，而後賴之以定吾人所用之名之義，方可更視名之義爲物之理；而固不當直就吾人所知之名之義，以定一名所指之物之理也。故知董子所謂隨名以入理之理，只能是吾人所已知之名之「義之同異」之理，而初非吾人所賴以定此名之義之「物之理」。董子於此未辨，而泛言隨名以入其理；以爲只深察名號，卽可對人性之善惡之問題，得一究竟之解答，卽大誤矣。

由上可知，人性之善惡之問題，並非一般所用之人性一名之所指，是否涵善之義之問題；而當是人性之爲物，是否實具有可說之善之理之問題。此問題之如何解答，卽當視吾人對人性之體驗了解之深度而定，非徒分析一般所謂人性之名之所涵，便能決定者也。

如就董子之說其由心之名涵具袵衆惡於內之義，故知性非善之說而論，則吾人於此當曰：今卽假定心之一名，涵具袵衆惡於內之意義，此所謂者，要不外此心實際上袵衆惡於內之一事實。然此事實之涵義，畢竟如何，其理如何？則正有待於人直對此事實加以體驗思索而了解之。此中正有不同之深度，而非只就此心之名，袵衆惡於內之名，直接分析思索其一般之意義，或就吾人主觀所了解之意義，卽可得者也。

如所謂袵衆惡於內之義，依古註，可涵有自求損抑其惡於內之意，亦可只涵包括其惡於內之義。要之，此爲指一實際上「人心自覺其內部之有惡」之事實。然此事實之涵義，畢竟如何，則明須看吾人如何了解此事實爲定。如吾人豈不可直由心之包括其惡於內之時，有損抑之之意，或不欲使人見之意，以證此心之性乃向於去惡，而實以惡爲耻，以求合乎義乎？董子春秋繁露「身之養重於義」篇，謂「心不得義，不能樂……義者，心之養也。」此亦正涵有心以合義爲性之旨。在此，其他之人固亦可對此「不欲人之見其惡」之事實，另作解釋，謂此不欲人之見其惡，乃出自一欺人之心，此欺人之心卽爲惡；又可謂人之欲損抑其惡，卽證人之本有惡。然此仍原於此其他之人，對同一事實之本身之另一方面之了解，方有此種種之說。此中之爭辯，要非直接起自語言原有之涵義爲何之問題之爭辯，而是起自吾人對名言所指事實之本身之意義或理之了解不同，而有之爭辯。此卽唯待吾人對事實之意義或理之了解，逐步深入，更及於其種種之方面後，方能逐步決定者。固非直求知其名之一般的涵義，卽可加決定者也。

今再就此心之不欲使人見其惡之一事實而論，此事實，旣包括此心對其惡之存在於內之自覺，又包括不欲使人見之意。此不欲使人見，可原於羞恥，亦可是爲欺人。如說其是羞恥，則此羞恥心雖善，然彼旣有惡可羞恥，則非全善可知。如謂爲欺人，則此欺人之念雖是惡，然其所以欲欺人，豈非因其知他人之好善而惡不善？此又豈非因其信他人之心之向善？……循此以思，則知此中言人之善不善，儘可有各方面之觀點、不同深度之層次；而說惡說善，亦可各有其當與不當，當依其方面、點、及層次之爲何而確定者。緣此卽足見人性之善或不善，亦爲一眞實之問題，並可依不同之層次、觀點方面，而各有其確定之義理可說者。先秦諸家之言性，亦卽當自不同之層次觀點等，而有其對此中之義理之發現者。孟荀莊子易傳中庸之言性雖不同，亦各有其所當。若諸家初皆只由性之名之最初之涵義以入理，焉能有此乎？

其次，吾人試問：由董子之辯，謂性只爲生之質，而不涵善義，此果使吾人對性有何新知之可得？此直可謂吾人於此幾全無所得。因只謂性爲生之質，對生之質之內容，乃全無所規定。其中唯一之規定，只是說性是屬於生之質之一面，或屬於生命之潛能，此性只爲其「所成之德，與由政教而成之善」之「質料」之一義。故董子又謂樸質之謂性。此樸質之性中，尙無由之而成之一切，而只爲由之而成之一切之質料。此卽爲吾人由董子之說，所得對性之本身之唯一知識。其次，則爲由董子對此性會加以分解爲仁貪之性情二方面，以與天之陰陽相配合，而可使吾人對此性之有此二面，亦有一知識。然此二單純之知識，尅就其自身而言，則價值至微。則董子爲此言，其目的安在？此二知識之眞正之價值，又何在乎？

吾人於此試思，便知董子之目的，實卽不外如上引之文之說，唯在成就王者之政教，或王者之受命之任。董仲舒著書之根本目標，亦實卽在立此政教，以化民成俗。欲立政教，卽必須肯定此政教之必要，與政教之可行。此卽似必須言無政教之人性之不足，又似必須謂人性之有承受政教之可能者，只爲一原始之樸質。故其實性篇又曰：「聖人之於言，無所茍而已矣。性者，天質之樸也；善者，王教之化也。無其質，則王教不能化；無其王教，則質樸不能善。」其無所茍之言，唯在使政教成爲必要與可能之意，由此卽顯然易見。以彼爲政施教者之目光，看蚩蚩冥冥之待教待化之民，固亦似只爲一樸質，無知未覺，如在睡夢中，待政教以使之覺者。由政教而民乃善，則民亦不能有其成功，而功皆在政教；善亦當與教，不當與性矣。吾人從爲政施教之觀點看民性，本可以如此看。凡欲說明政教之重要，加重王者爲政施教之責任，與使民對王者有尊重之心，而願承受此政教，亦本可以如此說。此亦蓋卽董子之所以如此說也。

然吾人此處如換一觀點，而純從個人之如何成就其道德生活，此道德生活如何可能上看；則吾人卽又可本孟子之思路，而反問：此王者之性是否與人民同？如其亦同，則王者之性亦爲瞑者，誰又覺王者？如謂王者能受命於天而覺，王者之性，又與人民同；則人民應亦能受命於天而覺。人民皆同有覺性，何得謂爲瞑？若性能自覺，又何得只視爲一質樸乎？若謂性雖能自覺，此覺者實是心，然此心仍梏衆惡於內者；則又須知人在其道德生活之進程中，人乃時時以其心自求改其所覺之衆惡，而自惡其惡，而自善其善者；則此衆惡卽在一自化而被自己所否定之歷程中，而善乃在一自生而被自己所肯定之歷程中。此豈不卽證此道德生活中之心，爲善善惡惡，而定向於善者？此定向於善，豈非一當下之絕對之善？此定向於善，固不必卽能實現善之全，而使人成聖人；然自爲使人更近於聖人，以同乎聖人之善者，要不得言其善爲必異於聖人之善者。蓋此定向於善，既能使人近於聖人，近之又近，以至於同，則不得言必異也。如其必異，又何能使人近聖人乎？董仲舒於玉杯篇，亦嘗言：「人受命於天，有善善惡惡之性，可養而不可改，可豫而不可去。」於人副天數又言：「人之受命乎天也，故超然有以倚。」此當亦是董仲舒在其道德生活所自體驗得之語。此善善惡惡之性，又豈能只說爲一質樸之性，或只爲一兼有貪仁之性？此善善惡惡之性，豈非善仁而惡貪，以居於仁貪之上一層次之性？謂貪與陰相當，仁與陽相當，則此性應與董子所謂恆轉陰以成陽之天之元相當。天之元爲絕對善，則此性亦宜爲絕對善矣。然董子之只偶及於人有此善善惡惡之性，而不以之爲其論性之核心，何也？蓋亦唯在其論性所取之觀點，非自人之如何成就其內在的道德生活，卽自此道德生活如何可能上看人性；而唯自如何成就外在的政教之施設之必需上看人性之故耳。若然，則董子與孟子言性之異，乃唯在其看性之觀點之異。此固非直接就性之一名之義，是否涵善之一名之義，便能加以解決者也。至於此中之二觀點，應如何相統率，則又當看道德生活之事與爲政施敎之事，二者孰爲本，何種觀點可包括其他觀點之根據以爲定。依孔孟之正宗儒家義，則固當以道德生活爲本也。此則又須待於吾人思想之更上一層，以對此二事二觀點，更加以反省，乃能知之。然此則非吾人今之所擬論，讀者可自思之。然要亦非學董子之深察名號，卽能得此決定者也。

吾人上文之批評董子之說，乃一方意在爲吾人以前所論之諸說留地位，一方亦在說明董子之論性，亦表現一前所未有之立論之法與新觀點者。此立論之法，在由反省吾人所用之名之義，以求論定一言之是非。此雖不能使人卽知事物之理，至少可使人知於名之涵義之同異，而入於名理。此新觀點又爲自政敎之何以必要上與可能上論性者。此質樸之謂性，生之謂性，性兼有善惡等語，雖未與吾人以多少對性之新知識，然卽此亦已足以爲一政敎之必要與可能，建立一理由。當漢之初建，王者之爲政施敎，正爲一大事，則董子之言之歷史價値，亦至大也。

三　氣分爲陰陽二者之觀念之形成與其涵義

董仲舒之論性，除本於一隨名入理爲政施敎之觀點外，亦本於一客觀宇宙之觀點，乃與其時代之人，同自陰陽與性情之關係上論性。此於上文已及之。陰陽之觀念，爲陰陽家言與易之一書之重要觀念。易之本經雖少用此二字，而易傳則屢及於陰陽。易傳之基本概念固爲乾坤，然亦以乾爲陽德，坤爲陰德，故易傳又謂乾爲陽物、坤爲陰物。漢儒乃更承陰陽家之說，以陰陽攝乾坤；而陰陽爲氣之說，更爲漢儒之所重。此氣之觀念，始於先秦，先秦孟子言「浩然之氣」、「體之充」之氣，皆指人生中之精神性、生命性之氣。莊子之氣，則在內篇仍多指人生中之精神性、生命性之氣。在外篇則多有以氣指一客觀宇宙中流行之氣，而有宇宙論之意義者。漢儒卽連其義以說陰陽家之陰陽，更兼以攝易之乾坤。董子與其他漢儒，以陰陽之氣說人性之新觀點，亦爲昔之所未見者也。

此種本陰陽之氣以言性之觀點，乃先視人爲天地之陰陽之氣之和所生，故人性亦有其陰陽之二面。天有陽以生，有陰以殺，而人性中亦有仁以爲人性之陽，有貪有戾以爲人性之陰。天以生爲本，而恆扶陽而抑陰；其扶陽者天之仁，其抑陰者天之義。則人亦當抑貪戾以成仁義，以德教興仁，以刑政成義；然後天人合德之義，於是乎在。此其爲說，乃與中庸同爲一由天命而人性，而依人性言道言教之說。鄭康成註禮記，亦持其說以註中庸天命之謂性之言，謂卽天之陰陽五行之性之命於人，以成人性。朱子中庸註亦承鄭註，唯更益以陰陽五行之理之言，而視爲陰陽五行之氣之本而已。然中庸篇首之所謂天命，實唯當由其篇末之言盡性，乃得知其實義。又中庸篇首之天命之謂性、率性之謂道二語，亦實未嘗界別天命、人性、政教、爲不同之三層級。然在董子，則既言能立政施教之聖王，異於萬民，又言天之高於君。天之自抑陰而扶陽，又本於天之元之深，而人君則當奉此元之深以爲政。天之氣至高而至廣，人又皆本於天之元氣以有其生。此吾已詳之於原命篇，今不再贅。董子之說，既尊君而屈民，又屈君而尊天；則天命人性與王者之政教，顯然爲上下之三層。於是中庸之卽就「人之修道之誠，以見人之自誠之性、與天命之於穆不已」之天人一貫之說，到此卽開爲一「天命、人性、與王者政教、三者各居其位、以相應而成和」之一客觀的自然世界與人文世界之全體觀。此中「氣」之一概念之應用，亦正有其成就此全體觀之價値在。茲更細論之於下。

原吾人於所對之世界，初唯見爲種種差異之形色性相所合成之全體。然于吾人生命之自生而自成，吾人又初未嘗能自見其形色與性相。當夜深人靜之時，吾之感吾自然生命之存在，可唯由吾呼吸相續不已以知之。呼吸一斷，人命云亡。故以生命之本，在此呼吸之氣，以氣爲體之充或生之充，爲吾生命得存在之根據，蓋極早之人類所自然迸發出之一思想。然吾人之生命，固有其心志。當人之心志之有所感動，而有所嚮往之際，人亦皆可自覺其呼吸，亦因之而易其疾徐與强弱，吾人遂知充此吾人之生之氣、或充此吾人之體之氣，乃恆隨吾人之心志以俱往，並知此志之能率氣。於是此爲心志所率之身之氣，與由此有所嚮往，而生起之一切心之觀念、心之情感等，皆可同視爲此心志之所率，而爲此心志之氣之內容。此心志之氣，卽爲精神性之氣，其涵義固遠較只充生之氣，充體之氣爲廣大而深遠者也。孟子卽循此而由人之心志之配義與道，以言人之志氣之可至大至剛，而塞乎天地。此精神性之氣之爲一統攝性之概念，固由生命之氣之爲一統攝性之概念，以引繹而來者也。

至於此生命之氣之一字之更早之原義，則初又當爲指人所見之雲氣。此卽爲一自然之氣。溯此氣之概念之所由成，則由人之見物（如雲氣）之形相之在變化流行中，遂不本此形相，以謂此物之爲何，乃本此形相之恆在自己超化之歷程中，謂此中所有之物，無一定之形相，唯是一流行的存在，或存在的流行；遂不視同一般有一定形相之物，而只名之爲氣。及乎人之智慧更增，則於一切在流行變化中之物，皆謂其有氣，亦可轉而謂其由氣之凝聚所成。乃於吾人之生命之呼吸之際，所自感其在內鼓動，以成此呼吸之流行者，亦名之爲氣。此蓋卽氣爲生之充、體之充之初義所自出。至於道家之徒，因其善能極自然萬物之流行變化，以觀自然萬物「皆出於機，皆入於機」（莊子至樂），於是漸發展出：視一切萬物皆有氣流行其中，皆由氣所成，而更相化相生之思想。故莊子卽由「臭腐復化爲神奇，神奇復化爲臭腐」，以言「通天下一氣耳」（知北游）。因氣在流行中，恆自超化其形相，故此通天下之一氣，亦爲遍運於天地中，實無形相，而只可視之爲一普遍的「存在的流行」，或普遍的「流行的存在」。此爲一具客觀義的形而上的存在之氣。由此氣之能流行、能遍運，而能變化無方，卽見此氣之道。此道亦正爲莊子之人生所嚮往之道，亦道家所賴以通天人，以游乎天地之一氣之道也。

然人對此爲普遍的存在的流行之道，雖初不可言其一定之形相，然可由其流行變化，以見其往來起伏與節奏。吾人之呼吸，固有往來起伏與節奏，而氣之運行於萬物或凝聚以成物，亦然。此氣之往來起伏與節奏，乃初由一形相之往來起伏於事物之中，或有形相之事物之起伏於世界中，見之。一形相之物之來而起而顯，是爲陽，一形相之物之往而伏而隱，是爲陰。自陰陽二字之字原說，吾人於論易傳一章已言，陽原從日，涵日出之義，陰原爲從云，云卽雲，應涵有雲蔽日之義。日出爲陽，則日所照之山南爲陽，日出時之暖爲陽，而一年氣候暖時之春夏爲陽。春夏之時，物皆生長而出，卽皆自起而自顯。故皆爲陽。反是而日所不照之山之北，日沒之時之寒，氣寒之時之秋冬，秋冬時萬物之收藏而隱伏，卽皆爲陰。故陰陽之分，亦卽有形相之物之隱顯往來起伏之分也。由此而吾人於有形相之物之往來隱顯起伏之狀態，皆可視爲一陰而一陽之狀態。今將此陰陽之觀念更連於氣，則可說此一陰一陽之狀態，由氣之流行使之然。此一陰一陽，亦可說爲此氣之流行之二狀態，或氣之流行之二方式。凡氣之在來而起之狀態方式下，或氣之來者、起者，卽可稱爲陽氣；凡氣之在往而伏之狀態方式下，或氣之往者、伏者，卽可稱爲陰氣。一氣遂得分解爲陰陽二氣以觀之。於是謂天地萬物爲一氣之運之思想，卽化爲天地萬物由陰陽二氣之和所成之思想。今於陰陽二氣，既分爲二之後，再溯此二氣之本於一氣，則此一氣可視爲此二氣之原或元，而元氣爲萬物之氣之原，亦爲陰陽二氣之原之說遂生。至於就此陰陽之氣之分合，以說萬物之往來起伏升降於天地間，與其所以能往來起伏升降之性，及萬物之互爲往來起伏升降等關係，卽漢儒之用心之一大所在也。

四　人性與陰陽善惡及性三品之論

本此陰陽之說以論人性，則人性只能爲一「氣」之性。人之氣之起之升，爲人之生，人之氣之伏之降，爲人之死。此人之由生而死，固由人之氣有陽有陰使之然。人之氣生，而更乃以生其他之人物爲事，以有其仁，亦由人之陽氣使之然。若人之氣生，而只求自遂其生，自貪其生，而可害及其他人物之生，此氣亦稱爲人之陰氣。人之有此陰氣，亦卽人性之戾，之貪。人之氣既有陽有陰，人性必有仁，亦有貪戾，而人性亦卽有善有惡。於其善者，漢人或謂之性，而於其惡者，漢人或謂之情。然董子則又謂「情亦性也」。要之，人之爲人之本然，總有此陰陽、情性、與善惡之二方面。此則由漢人之曠觀天地間之事物，原有此相生以相成，亦可相殺以相尅之性，而本之以自證其人性而來。大率凡物之生，必求自成其生，其自成其生，乃其陰。此欲自成其生，初乃意在自繼其生，亦原於陽，固爲善。由此陰之自承其陽而起處看，正所以成此陽之性，亦未爲不善。此卽易傳言一陰一陽之謂道，乾生坤成之旨。故易傳言陰亦有美，乾坤皆具德也。然人物之求成其生，而只求自成之生，以貪己生而殺他生，則明對他爲不善。是卽見此自成其生之陰中，更具此貪此殺，而有一不善之性。此中，尅就其陽生之性，因此而不能發展爲兼生其他人物之生言，亦見其善之未備。緣此以觀吾人之性，亦實趣向於一更深度之認識，而能見及人性之「始乎陽而卒乎陰」處；「其原雖善，而可轉出一不善，以呈一辯證之現象」處。此則爲漢儒貴陽賤陰，以人性非必善，而兼含善惡之正反兩面之所本。依此說以觀人性之陰一面，則人乃一面求自成其生，而一面排拒其他生之成者。此即所謂人性之私也。說文曰：「自環爲私，背私爲公」。就此人性之自私之狀態或自私之機，而更深觀之，則可見此人性之陰一面之狀態或幾，因其是自顧自己，只環繞此自己，以自降於自己之內者；即具一無底止的只向自己沉入墮落，而封閉於自己，以一往排他，而不惜欲殺害一切其他人物之狀態或幾，而可通於西方基督教所謂原始罪惡，佛家所謂人深心之無明者。此固非董子之言之所及。然此中之用陰之一字，以表人性之此一面，則明涵此義。人性之此一面，亦唯用陰之一名，方可表其暗蔽而自私，而不見有其他人物之狀態或幾。此非泛說之「不善」或「人欲」或「惡」之名之可及者也。

對此人性之善惡，以一陰陽之氣說之之另一價値，卽在此中之氣一名，乃初含動態義者。氣雖有陰陽之別，而陰陽恆可相繼而互轉。由此而性之可轉化之義，亦在說性爲氣之性時，較易顯出。如只說性爲物之性，因物可不含動態，則性可轉化之義不顯。說性爲心之性，因心恆有一定之情意之方向，故卽心言性，或歸於善，或歸于不善，或歸於無善不善，皆可只爲一定之論。然氣之一名，則自始涵具流行變化之義者。故卽氣言性者，雖分氣爲陰陽，謂其一向善而其一向惡，仍恆重其可轉化之義。故董子言人性之有陰一面之不善，乃初自其由陽之所轉出處，看其所自來；亦自其可更有陽氣之生，而再轉化處，以看其所自往。故董子與其他漢儒之有見於人性之陰一面者，亦終未嘗如基督教佛教徒之對之而戰慄；乃仍歸於信人之政教之能化性，以出善而成德。故其說雖謂人性有善惡陰陽兩面或主善惡混，而又非以人性爲包涵絕對相反之善惡二端之說，乃歸於以「生之質」爲性之名之所實指之論。本此氣之能轉化之義，以觀人性之此兩面，及此兩面之可相轉化，則善惡之性之概念之相對，固可相與而俱泯於一「性之爲生之質之概念」中也。

此上所說，乃順董子之自客觀宇宙之觀點，以陰陽之氣說性之價值，而代爲發揮。凡此所陳，亦唯對一自客觀宇宙之觀點而說，方爲有效，而得見其意義與價值之所在。若改而自人在自己之道德生活中，自觀其如何能轉惡成善中，所顯之善善惡惡之性，則此性只可說爲定向於善，其本身亦非更可轉爲善、轉爲惡者。此則當順孟子之意以論性。是乃在董子之思路所及之外，備如前述，今可弗贅。

五　性之品級之觀念之所以立，與王充之即命言性，及純價值義之性

漢儒之言性，大體皆如董仲舒之持一由爲政施教及客觀宇宙之觀點，本陰陽之氣以論人性，並言其爲政教所得而施。緣陰陽之氣之有不同之組合，則人性原可有陰氣重，而更易爲惡者，亦有陽氣重，而更易趨於善者。則人性宜有其品級之差別，非只言其有同類之性一語之所能盡。由此而漢儒乃

有性之三品九品之論。如王充荀悅等之所持。而董子言性有聖人之性，中民之性，斗筲之性，卽已涵此義。唯其言性以中民之性爲準，故未明立三品之說。此三品之說，可遙契於孟子時代人，言人之性有善有不善之說，亦與孔子之分中人、中人以上之上智、中人以下之下愚之言，若相類似者。此說亦似可由人性之爲陰陽二氣之組合，而所具之成份之不同，加以引繹而得者。

然由人性所具之陰陽善惡，有不同之成份，則分人性爲三品，或三三以爲九品可，分人性爲四品五品七品八品，亦未嘗不可。然三品與九品之說，所以爲獨盛者，亦非無其理由。此卽因自客觀上分人性之善惡，雖可分爲無數品，然吾人通常言人之善惡，必有吾人所定之標準。以此標準而觀他人之性，則其善有過於此標準者，亦有不及於此標準者，而人性卽成三品。一品之中更三之，卽成九。然此三品九品之分，亦唯吾人本一標準以客觀的看他人之性時爲然，亦人在爲政施敎而懸一標準，以望人趨赴之時爲然。若人在道德生活中自觀其向善之性，或足爲善之阻礙之惡性而言，則僅可只有一品而無多品。一人固不能自有三品之分。一人唯在將其自己之性客觀化，而依標準與他人比較而觀時，乃可自定其性之屬何品也。然人於此，亦罕有願自定其性爲下品者。是知此性三品之說，唯依漢儒重客觀的觀人，而恆期人之合於一政教之標準時，方得盛行之說。按尚書有「知人曰哲」，知人則能官人之語。大戴禮文王官人篇，言官人當先知人。呂氏春秋亦有論觀人之篇，謂此乃聖王之所以知人而用人。故中國傳統之觀人之論，固與用人官人之意相連而發展。性三品九品之說，終遂漸演爲漢魏之客觀的評量人之品級，而授之以官之九品官人之說，亦非無故而來者也。

漢儒之充量表現一自客觀自然宇宙之觀點，以觀人性，雖持性三品之說，亦與董仲舒同持敎重於性之觀點者，爲王充之卽氣言命，卽命言性之說。至於擴大爲政施敎之觀點，以客觀的依人之品類，而論人物之性者，則爲劉劭。此下當略述此二人如何本其觀點，以論性之思路。

王充於其論衡初稟篇謂「性者，生而然者也」。此與董子言「性、生之質也」，略同其旨。然王充本客觀自然宇宙之觀點以看人性，則特重人本特定的自然之氣以生之義，乃不復重氣之可變性。其故蓋由于其將一人之生命之氣，自始定置於一定之時間空間，或一天星地理之交會而觀之。人之生命卽顯爲在客觀宇宙中，有其時空之定位之自然的存在，以自有其所稟得之特定的自然之氣，而與同在世界之其他人物，有特定的現實及可能之關係者。以此上種種爲一定，人卽有其一定的自然之命運。此命運，初純由其所本之氣所決定。人依其稟氣之强弱、生時天星之交會等，而有其壽命祿命；更依其稟氣之厚薄多少等，而有其善惡賢愚（見率性篇）。此中，以人性之如何，依於其生命之如何，而此氣爲生命之本質，其厚薄多少，卽爲決定人性之或智或愚或善或惡者；而人善惡之性之自身，則不能決定其氣之如何。此遂不同於孟子之心之性之能自率氣之說。在王充，唯氣爲實際有力者。其力亦唯可由其他實際的敎化之力，方能多少加以變化。故王充重敎。王充言由敎率性，卽由敎以變化其氣質之謂。此非如中庸言天命之性，能自率以成道，而修道以成敎。此乃以性外之敎化率性之謂敎也。此其重教化之旨，與董子亦大體不殊。唯董子於人性無三品之分，於教化之效，未嘗加以限定。王充則於人性有三品之分，上品之極善與下品之極惡；皆非教化所能轉移，此則又異於董子。然知人性有非教化之力之所能轉，則爲政者理當于下品之不肖者，但依法以治之；于上品之賢才，則舉薦而用之；固不必盡人而教之。後之荀悅言人之三品九品之分，卽亦言教之有所不能及，亦有不必及者；至魏晉有九品官人之法，而刑名法術之論亦再興矣。然觀王充之視人善惡之品，有純由人之生命所稟得之氣所決定，而不移者；卽更當知其所謂性之善惡之名，唯所以表示此稟得之氣之狀態、活動方向者，如吾於原命篇所說。善惡之名，於此卽只爲此氣之形容辭，而無實質義之可言。夫然，而王充所謂人之善惡之性，卽略同於今所謂價値性之性，與先秦之言性者，其性皆涵能生之義者大不同，而與董子以性爲生之質，能出善德，如禾之能出米，而指一實際存在之說，亦不同者。先秦之所謂性，乃皆可稱爲一內在之存在者，而能爲人之生、心之生之根據者。董子之性指生之質，亦卽可以指人生中之陰陽之氣之存在。董子較信教化之力，則人之善惡宜多可轉，而其性亦有一能生之實質義。然王充之性，可爲決定不移者，則善惡之性之名，便只能爲氣之一狀態與活動方向之價値性的形容辭，無能生之實質義矣。王充論衡實知篇，有「性智開敏，明達六藝」之言。此連性與智以成名，有如其連智愚以言善惡，智主知而不主行，固亦不必連于能生之實質義也。然此視性之善惡爲形容辭，而去其實質義，自爲一言性之新義，而契於後之佛家及今之本西方科學哲學以性相爲性之論者，則其義亦不可忽也。

六　劉劭爲任使衆材，而卽形徵性，論才性之品與逐步客觀化之觀人術

於劉劭人物志，湯用彤先生之魏晉玄學論稿，嘗綜其大意爲八端，言其學術史上之關聯。友人牟宗三先生之玄學與名理，乃詳析其書前數章之大旨及哲學涵義。至對全書文句分別作釋，則友人程兆熊先生亦近有人物志講義一書之著，以便學者。吾今則不擬多涉及此書之內容，而側重在就此書之序言與各章之次第，以說其論性之觀點與思路。

劉劭自序言「聖賢之所美，莫美乎聰明，聰明之貴，莫貴乎知人。知人誠智，則衆材得其序，而庶績之業興矣」。此其論人性，明出自一求客觀的知人，而任使衆材，以成庶績，而興政教之觀點。故其言人之情性，要在就人之客觀之形質，以知人之情，乃首之以九徵，由人形體之五物，或其五行徵象之見於外者，知人內具之五德等，卽以知其質。此九徵者，「平陂之質在於神，明暗之實在於精，勇怯之勢在於筋，彊弱之植在於骨，躁靜之決在於氣，慘懌之情在於色，衰正之形在於儀，態度之動在於容，緩急之狀在於言」。此卽純從人之外在的身體上之表現，以觀其內具之情性之思路，而遙契於孟子偶言及之由人之眸子，以觀人之胸中之正與不正之義。亦略同大戴禮中文王官人篇之觀人

以官人之論，復與王充之緣骨相以知人性之意，不甚相遠者。此卽與孟子之言卽心見性，賴於人之自度其心；荀子之言性惡，乃就其恆與禮義相違以反照出；莊子言性命之情，待人之性修反德而後知；中庸之天命之性，易傳言繼之者善之性，待人之盡性存性而後知者，皆截然不同其思路矣。

劉劭之觀點與其思路，乃外循九徵以觀人之情性，故其論九徵之後，卽次之以體別，以論各類人之才性之得失。其得在是者，則可與爲者在是，其失在是者，則不可與之爲者亦在是。故謂：彊毅之人，剛狠不和，是故可與立法，難以入微；柔順之人，緩心寬斷，是故可與循常，難與權疑等，此皆備詳其書，今不贅述。凡此所言，要不外知人之長短得失，以論我當如何與之相接，以用其長而舍其短之道。劉劭論材性之意，初在知人之材性，以爲用材之所資，其意亦甚明。故其書流業第三，卽進而本人之材性之不同，以論人之流業，以言人之見用於政教之業，乃各有所宜，而互異其流，故有淸節家、法家、術家、國體、器能、臧否、伎倆、智意、文章、儒學、口辯、雄傑諸流業之分。至於其書第四篇材理，則又進而就人之材性之異，而論其所見之理亦有別，乃或爲道理之家，或爲事理之家，或爲義理之家，或爲情理之家。再以人之材性之有九偏之情，而以性犯明；故於理，亦各從其心之所可以爲理，而各有得失。人之於理，亦有似知之而實非知者，乃論七似。緣人於所見之理有別，而人之相辯以求相喻，亦將以九偏之材，有同、有反、有雜，而同則相解，反則相非，雜則相恢；於是人之爲說，則有三失；以言相難，則有六構；而通於天下之理，則有八能。此其所分篇論列，明是依序以進，而客觀的討論不同材性之人如何見理，「如何本理以相論難，以求通理」之歷程中，種種由才性之偏，而引起之障蔽，及此障蔽如何得漸破除之道。此非劉劭自論其所見之道理義理之爲何，而是只言人當如何往觀「他人之如何見理而論理」，亦求見「人之見理」，而論「人之論理」之論也。

至於其書之材能一章，則更就人材之不同，而論其於事之所能爲者之不同，所堪任之國家之責任之不同。利害一篇，則言人業之流，在國家中其窮達用舍之際之順逆利害。接識一篇，則言異材之人，其相接識而相知，亦或易而或難。英雄一篇，則言人才之特出者，聰明秀出謂之英，膽力過人謂之雄。英之智能知，而以明見機，故爲智者所歸往，而能用智者。雄之膽能行，而以力服衆，故爲雄材所推服。英雄者，人之膽識之足以得他人者也。然英能得英，不能得雄，雄能得雄，不能得英。一人之兼爲英雄，乃能得英雄，而成大業。此亦是自客觀之觀點，持英雄與非英雄相較量，英雄與英雄相較量，而論其與政治上成大業之關係之言也。

至於其書第九篇八觀所論者，卽明言吾人之觀人之材性，當自不同之方面，依種種之方式，種種之觀點，以求得人之情性之實，而無疑於似是而非、似非而是者。如觀其奪救，以明間雜，觀其感變，以審常度等。此則劉劭之更進而客觀的討論：吾人觀人所應取之種種可能的方式觀點。至於七繆一篇，則更進而論世人之觀人，恒未得其道，而有七種之謬誤的觀人之方式。效難一篇，則歸於論人之知人之效，有二難：有難知之難，有知之而無由得效之難。此亦卽言人之見知而見用於國家之政教中之難。最後一篇釋爭，則又由人之對其才之是否自矜，是否能讓，人之如何自處其才，以見人之德行之高下。於是吾人卽當觀人之如何自處其才，以觀人之德，而達於觀人之極致。此觀人之道，總而論之，卽由人之形體之九徵，以及於人之性格，人之流業品類，人之如何見理論理，人之對人對物對事之材能，人在世間之用舍順逆，人之是否能得人而役人而爲英雄；進而更自觀其能否用八觀，免七謬以觀人；緣此而並觀「世間之人之難知、與人得效之難」，再觀彼「自知其見知得效之難，而有才者，其人之能否不矜而讓賢等」，以見其人之內心之德。此內心之德，則爲人之所自知，而亦爲我之緣他人之形貌，以知他人之事，最後之所歸止者也。此「始於形體，終於德行」之觀人之材性之歷程，卽一順自外觀人，以達於其底之一歷程。劉劭之人物志，卽緣之以論此人性之表現各方面、各種類、各層次，而成一逐步轉進，以展開此各方面、各種類、各層次之人性表現者。其每篇之持論，雖不必皆與他篇一一相對應；然其各篇之次第間，卽明見一邏輯上之次序，亦代表此客觀的論人性之觀點，次第運行於所觀之人性中之序，讀者可更自察之。人若只截取其言之一段以爲論，則不能見其所言之人性，乃次第展現於其觀人性之觀點之運行之中之人性，初不能離此觀點之運行，而有其意義；其言之範圍，實亦卽爲其觀點之運行所及之所局限者。故吾人亦不能卽其言以謂人性之全幅卽如此，復不能謂此外更無另一觀人性之觀點也。

此上所論，乃重在說明劉劭如何論人物之性情之觀點，與其觀點之如何運行而轉進，而未及其內容。此內容初爲一本於漢儒之陰陽五行之說，以說人之形體德性之人性論。由五行以說人之形體之構造，與基本之德性，漢儒之他家亦多言之，蓋爲當時之一流行之思想。陰陽之觀念如何連於五行之觀念，或如何可由陰陽演出五行之觀念，以說人之形體與基本德行之關係，在當時人應有一共取之思路。茲試緣上文論陰陽之旨，更加以探測而說之。

七　由陰陽至五行之觀念之展成

原彼任何存在之事物，就其存在而說，皆可就其正生，而以生之一言說之。然生之爲生，卽涵求自繼其生之意。自繼其生，卽以其生之得繼之者，而自成其生，以自盡其生之性。故一生與繼之者對言，則前者爲生，後者爲成。生爲陽，則繼陽而成陽者爲陰。於是每一存在或生命之歷程，卽皆可開爲生與成，陽與陰二者相繼，所合成之歷程。然吾人上文，又謂當一物由生而成、由陰而陽之際，卽可有排他害他，以只求自繼其生、只求其自己之成之性。此卽其一對他爲惡，亦其一「不知生他之善」之不善或惡之陰性，如董子之所言及。然此對他爲惡，而不知生他之陰性，仍依於一生命或存在，求自生自成而有，其原仍爲善。此一生命或存在，於其排他害他之事，初不自視爲不善，而亦可自視爲善者。因彼固可自謂：若不排他害他，卽不得自生而自成也。吾人如純自客觀之觀點看，則一切生命或存在，無不由食他物以生以存，卽無不由對他有所刑殺，以生以存。若無此刑殺之事，則無物能生能存。由是而吾人亦卽可說一生命或存在，乃以對其他生命存在有所刑殺，以成其爲生命與存在者。此刑殺，固對被刑殺者爲不善。然對此生命存在自身，則非不善，而恆若自視爲善者。至於吾人如本純客觀觀點，以觀一生命存在對其他存在之刑殺，是否爲善，則吾人標準恆是：若由此刑殺而成就之生命之存在，爲一更充實之生命之存在，此刑殺卽爲善，反之則爲不善。由此而對一更充實之生命之存在言，則由其對次充實之生命之刑殺，以充實其自身，卽爲此更充實之生命，在自繼其生之歷程中，似當有而不可免之惡。此卽一由刑殺以生成，由惡以得善之一事。吾人今卽在一生命自體之存在歷程中，看其細胞之更迭，生理組織之更易，亦可說其舊細胞組織，爲其自己所新生之細胞與組織所刑殺。吾人在思想歷程中，看吾人之以一新觀念代其舊者，亦卽爲一觀念之刑殺。則吾人可說，由刑殺以求一似更充實之全體之生命之存在，乃自一生命之存在之內外而觀，皆同爲當有，而不可免之惡。若吾人於此更視此整個之宇宙之生命存在——或全體之天——爲一大生命存在以觀，則此整個宇宙之大生命存在——或全體之天，因無其他在外之生命存在，爲其所對；則固不能對其他生命存在，有所刑殺。故此整個宇宙之大生命存在，亦無對外之惡，而只有其以今日之生命存在，代替昔日之生命存在之惡。然此惡皆爲使此宇宙得相繼存在，以自成其生生不已者。則此宇宙，乃唯以對自己之刑殺之惡，以成其自己之生生不已之善；此惡，對其自己之生生不已言，亦畢竟非惡者。緣此而觀宇宙之流行，則此流行，卽爲一吾人必須自其全體而肯定之爲善，之一「既生物而成物、又殺物使毀，而更生物成物」之歷程。此卽表現於「其所生之萬物，既各自生而各自成，以相對而存在之後，更互刑互尅，以更有其餘之物與新生之物之存在」之現象。由此而觀此宇宙之流行，卽不能只以一生一成二言說之，而當說之以「同時生起並生之物，兼各使之成，而又使之有相刑殺之事，再使其餘之物或新物得生得成」之語。此中吾人如自一物之生成上看，則一物之生成，尅就其自身而言，固可只以一生一成說之。至就其恆須經一對他之刑殺，或其內部之刑殺，而後得繼其生成言，卽爲「一生、一成、與其他物相對而相望，或自保其內部各部之平衡、而更歷對他之刑殺或內部之刑殺、以得自生而自成」之歷程。在此歷程中，自一生命存在其初有自生自成而言，則皆可說其「自生」爲生，生而「自成」，卽爲生之盛。此爲二階段。其生成而與其他物之生成，相對相望，或其內之各部相對相望，之平衡狀態，又爲其一所經之階段。其對其他刑殺，而使之毀，或由其內部之刑殺，使其內之一部毀，此中由往刑往殺，至刑成殺成，又分爲二階段。此卽合爲五階段，而成五行。至於此刑殺完成之際，亦卽繼此刑殺而始得之生命，由之而生之際。故一生命存在之五行之終，卽其後之生命存在之五行之始。本此五行之歷程，以觀宇宙之生命存在之相續，漢儒卽于一年之春夏秋冬，謂春爲生，夏爲生之盛，夏秋之際爲一生殺之平衡，秋爲刑殺之始，冬爲刑殺之終。此爲天之五行之見於一年中，宇宙之全體生命存在之流行者。對於萬物，則其五行，可兼自其內部與對外之關係上說。自內部說，則一生命存在之一生，其由少而壯而老死，乃依於一內部之生成與刑殺。在每一段落之生命中，其內部生理組織之易舊迎新，亦有其內部之刑殺。至以諸生命存在相望言，則各有對外之刑殺，而亦有對外之相生。於是除內在於一生命存在之五行之流行外，又有諸生命存在間，相望爲相生或相刑殺之五行之流行。此卽不同於天之五行，皆爲其內在之五行者也。

上言整個宇宙之生命存在——或全體之天，只有內在之五行之流行，而將此全體之天中所包含之萬物，相對而觀之，則又相對而有其外在之五行。故自萬物之任一物，對外關係而觀，卽皆有其外在之五行；而尅就其自己之生命存在，爲一由生而壯而老死之歷程而觀，則只有一內在之五行。然吾人今若更進一步，以將一生命存在之內部，亦分爲各部以相對而觀，則此各部亦應相對，而有其外在之五行。如身體之內部之心肝肺等之相生相尅之關係是也。緣是而世界中之任何有組織之全體，皆可有對外之五行，而將其組織分爲各部時，此各部間亦相對而有其外在之五行。至於尅就任一組織自身之全體，而觀其流行，卽只有內在之五行，而亦皆如就天之全體而言，只有一內在之五行者矣。

本上述觀念，以言萬物之五行，初無某一物定屬某一行之義。如謂一物始生爲木，生盛爲火，其生與刑殺之平衡爲土，刑殺始于刑、爲金，刑殺終于殺、爲水。則凡助一物始生者，卽對之爲木，助一物生盛者，卽對之爲火，對一物既無助亦無殺者爲土，刑之者爲金，殺之者爲水。是則萬物儘可互爲金木水火土，而無一物可言定屬於何行。然吾人亦可說，對一定之全體組織之生命存在言，則此全體組織之各部，對此全體組織之貢獻，儘可有或爲助成其生與生盛之用者，或爲供其對外對內之刑殺之用者。如在一國家中所謂司農或司徒之官，在養民教民，即使人民得生而國家亦得以生者。司馬之官在統軍隊，使民力強盛，則爲成就民與國之生之盛者。司寇之官，爲對罪犯用刑者。司空之官在伐木破土，而變化改易自然之狀態，則如對彼自然，加以刑殺者。此中孰爲擔負五行之何一行之任務者，即顯而易別也。如蕭吉五行大義論五行配官職，即多以司農司徒之官爲木，司馬之官爲火，司寇之官爲金，司空之官爲水是也。緣此觀點，以觀吾人身體各部組織之功能，亦可說其中各部，乃或生血、如肝；或使生命運動，而見生命力之盛者，如心；或用在有所排洩，去除汚穢之氣者，如肺；或能爲後起生命之原，而多用之，又可以促生命之衰亡者，如腎中之精血。肝爲木爲春，心爲火爲夏，肺爲金爲秋，腎則能開未來之春木，而其自身則爲冬爲水者也。至於對此五行之氣，所以名之爲金木水火土者，則意其初當是自宇宙之物之全體而言，其中之木，乃自地向上生，故以象徵春之始生之一行；火更向上升，故取以象徵夏之生盛之一行；土之平衡不降不升，即取以象徵春生與秋刑之際之一行；而金之凝聚收斂而沉重，故取以象徵天地在秋時之刑萬物之一行；水更向下自沉如歸向潛隱，故取以象徵天地之在冬時之收藏萬物而殺之一行也。又自此五物之在天地間對人物之作用言，則人與動物，皆必賴植物之木而養，則木爲使人與動物始生者；火之熱或熱力，爲使始生之物生長運動者，故為使物生盛者；金則堅固而能毀他，故人亦恆用金為刑殺之具；而水則為能淹沒衝殺一切，物亦莫之能禦，而又為木所賴之以生者，故水所擔負之任，類似冬之能藏物殺物，而又能起春者也。

吾人方才之所論，非意在說明萬物之分屬五行之說，為確定而不可易。唯在謂於一組織之全體中，吾人如自其中之各部份，對全體或對其他部份所擔負之任務，或為使之始生、或為使之生盛、或為刑之、或為殺之等種種言之，即可將之分屬之於五行。故一物之屬於某一行，乃以其相對之功能而定。在此功能確定之情形下，則一物之屬於某一行，亦即有其確定之意義。然一物相對之功能，畢竟為生為殺等，則不能先知，而有待於人之本觀察與推論以知。故人身之各部，畢竟何者擔負何行之任務，亦儘可有異說。國家中之官吏，畢竟何者擔負何行之任務，亦可有異說。將天地間木火金土水，作五物來看，畢竟何者對整個天地而言，其生之用最大，或其刑殺之用最大，亦可有不同上說之異說。然要之，吾人總可說：一物之存在於天地，必有生之或尅之者，對之分別表現五行之功能，亦總可說一物對其他之物，能分別對之表現五行之功能。即：吾人用五行之範疇以觀物，總為可能者。此則依於任一物之生之歷程，必可分為五行，其相對之關係，亦必有此五者而來。此五行觀念，乃自「物之為一存在，而一存在之必為一由生而成，並歷刑與殺以生成之歷程，及物之相望必有相生或相刑殺之關係」，所演繹以出，而必可應用於存在事物之範疇。由此範疇之應用而得之知識，雖可謬誤，此範疇並不即因之而誤。故漢儒之以五行說萬物之論，雖多牽强不可解，然此五行之觀念，為當時人所共用，亦不爲後之爲說者之所廢，則正由此觀念之本身，有其必然可應用以觀物之意義在之故也。

八　五行與五常及劉劭之卽形知性論試詮

漢儒本此五行之觀念以觀物，於是其觀人之性，亦以五行爲之說。由此而儒家所傳之仁義禮智信之五常之性，皆可分屬之五行，而此義亦爲宋儒如朱子等之所承。吾人於此亦須了解其在何觀點之下，說此仁義禮智信之可分屬於五行。

漢宋儒者將五德與五行相連而論者，大皆以仁爲木德，禮爲火德，義爲金德，智爲水德，信爲土德。蓋遠本騶衍五德之論，而初爲漢儒所承。此中金木水火土，如只視爲人所知之五種物質，則此五德何以能相應於此人之五德，似難得而明。然吾人能知此五行之名，乃表示天地或任何存在事物之生成歷程中之五段落，又是自一物對他物之生刑等功能而說者，則仁義禮智信之分屬五行之理由，卽亦可得而說。如仁之德爲愛物而生人物之德，此亦自昔共認之人之一切道德生活之始德；而木卽原所以表物之始生，及一年之春者。仁爲直表生之德，則稱爲木德固宜。人對人之禮，恆表現爲恭敬人，而如對人加以升舉之情。此內心之仁之形於外，卽人之生之盛，亦卽人之道德生活之盛。恭敬人而升舉之，則如夏之長物，火之升物，則禮爲火德卽可說。仁與禮，卽正面之德之大者。仁而有禮，斯爲君子之盛德。人之能育萬物而興禮樂，則治道之大盛，亦不外乎是。至於義，則對己而言，見於羞惡及自制之情，對外而言，則見於制暴亂以裁萬民。此乃意在去不德者，使「不德之行，不存於內，不德之人與事，不存於外」，之一似消極而以制裁爲事之一德。此人之能爲義而有所制裁，由又其心中有所信守。如先有對仁禮之信守，方能以義制不仁，制無禮。則義之先，應有內心之信德，爲義之發之所自。此信守之德，旣未表現爲愛人利物之仁及恭敬人之禮，又未表現爲「制裁不仁不義」之義之時，卽爲在一陰陽之中和狀態，其德卽同於土德之爲一陰陽之平衡。至于義之旣有所制裁，有所去除，卽有刑殺而爲金德。內去己之不德之行，外去不德之人與事，卽對此視爲不德者之刑殺也。人緣義內去其自己之不德旣盡，則德性之心歸於清明，緣義以外去世間不德之人與事，而遏暴亂之後，則於世界見清平。此清明清平，卽一不德者去盡之狀態，亦卽對不德者之加以刑殺淨盡之狀態。此心之清明之狀態，卽爲道德的智心之本狀；世界之清平，亦是暴亂之不存在之狀態，爲此智心之所見。此緣義而起之智心，達一清明之狀態，或見世界之清平，乃由見其心之所惡者之旣去，以入於無，而此外乃更無所見之境界。此卽如秋盡冬來時之萬物收藏，人於收藏之萬物之更無所見；又如水之下流至極，停滀不動，以歸於澄明時，其中泥沙之一無所有。故以智爲水德，亦卽於此義上可說。至吾人之謂此人之智心，旣能非非，亦能是是；則又見非非而歸清明，尙不足概智心之全。智心應尙有其能由非非而往是其所是一面。當此智心非非而使心歸清明之際，所同時引起之往是其所是之一面，卽應說爲心之嚮其所是，而更求自生之一面。此乃依智心而再起之仁心之表現。如春回大地，原可依冬之盡而同時以起，則謂春在冬中固可，說智心亦兼爲「人嚮其所是而更自生」之仁心之所在亦可。然此非仁智不分，智心不以自歸於求清明，而望見世界之清平爲本性之謂也。

吾人知仁義禮智信之五德，有此可以五行說之之義，則吾人於此仁義禮智信之五德，亦可全不自其具體之內容，及所關聯之具體事物看，而只視仁爲吾人之心或生命中之一生意；禮爲此生意之盛而形於外；信爲此生意之平，而若無所生，亦爲一心意之平，或一平心之生意；義則本此平心之生意，以制裁生意之對若干事物爲過盛，而補其所不足，以求平彼不平而去之者；智則不平者既去後之一清平，而使此生意更得流行者。此卽通宋儒之明言，以就此五德與生意之關係而說者也。

吾人既於此仁義禮智信等，可唯以生意之流行說之，則此道德生活中之仁義等，與吾人之自然生活或自然生命、生理的形體中之生意之流行，卽可亦有一種應合。於是人之自然生活、自然生命、與生理的形體，可以五行說之者，亦可以五常之德說之。此二者間其能同以五行之某一行說之者，其間亦應有相生相連之關係在。此卽爲漢代內經之所以說人之五臟五官等，亦連於五常之性之故。劉劭之論人性，謂由人之表現於形體之外之九徵，卽可知人於五常之性之所偏至或得其中和，亦卽緣是而可說。按其九徵篇首曰：「蓋人物之本，出乎情性，情性之理，甚微而玄。……凡有血氣者，莫不含元一以爲質，稟陰陽以立性，體五行而著形。苟有形質，猶可卽而求之。凡人之質，中和最貴矣。中和之質，必平淡無味，故能調成五材，變化應節。是故觀人察質，必先察其平淡，而後求其聰明。聰明者，陰陽之精。陰陽清和，則中叡外明……自非聖人，莫能兩遂。故明白之士，達動之機，而暗於玄慮；玄慮之人，識靜之原，而困於速捷。猶火日外照，不能內見；金水內暎，不能外光。二者之義，蓋陰陽之別也。若量其材質，稽諸五物，五物之徵，亦各著於厥體矣。其在體也，木骨、金筋、火氣、土肌、水血、五物之象也。五物之實，各有所濟。是故骨植而柔者，謂之弘毅；弘毅也者，仁之質也。氣清而朗者，謂之文理；文理也者，禮之本也。體端而實者，謂之貞固；貞固也者，信之基也。筋勁而精者，謂之勇敢；勇敢也者，義之決也。色平而暢者，謂之通微；通微也者，智之原也。五質恆性，故謂之五常矣。五常之別，列為五德。是故溫直而擾毅，木之德也；剛塞而弘毅，金之德也；愿恭而理敬，水之德也；寬栗而柔立，土之德也；簡暢而明砭，火之德也。雖體變無窮，猶依乎五質。」（註）

此段文乃劉劭論及人性之內容時，對人性之基本認識。此乃全以漢儒之宇宙論中，元氣陰陽五行之論為根據者。其所謂元一之質，即董子所謂為陰陽之所本之元氣之質，而尚無陰陽之分之中和之質也。人之聰明，本此中和之質以有，而為人之陰陽。人之聰明之表現，或為外明，而達動之機，此如天之陽，如火日之外照；或為中叡，而識靜之原，此如天之陰，如金水之內光。陽以外伸而自起為性，陰以內屈而自伏為性。人之外明，即外伸而自起；人之中叡而善反省，即內屈而自伏也。此皆與吾人前論陰陽之義，可相照映而說。至於其下文言五行，則就人之形體之骨筋等，及其連於五常之質如弘毅等五德以說。此五行之觀念，原依物之相對而有其相生相尅，或一物之可分爲諸部份，而有其內在之相生相尅以說者，如前所論。故於可分爲各部以觀之形體，亦可分爲五行說，如前謂五臟可分爲五行以說是也。劉劭以五行言形體，則爲自形體之分爲骨、筋、氣、肌、血五者，而以五行說之，並說此人之五者之形態，與其五常、五質、五德之密切相關連者。由是而可卽人之氣血在體之狀，與人所表現於容儀聲色與精神，合以知其五常五質五德。察其言木骨者，乃自骨之在人身，使人身直立撐開，以生於天地言，故通乎仁之寬弘而剛毅。其謂火氣者，乃自氣之在人，乃使人明朗而簡暢言，故通乎禮。其謂金筋者，乃自筋之在人身，乃所以約束裁制以自精而言，故通乎義。其謂水血者，乃自血之流行通于微細，如水之流行而通微細，以透徹無凝滯言，故通乎智。其謂土肌者，乃自肌肉之充塞連結此身之各部，以使體端以實，如土之充實於事物間言，故通乎有信德者之內所無疑之充實。此其所言者，與吾人今之所釋，是否一一皆確當而必然，或唯堪作此譬喻象徵之辭，或尙非今之所能定。然要之，是因劉劭有見於此五常之德之性，與人之形體中之五者之性，可同本五行觀念以說之，然後方有是說也。此五行之說，固可爲其一客觀的自外由人形貌之表現，以知人性之思想進路之入口處也。今按本五行以論人性觀萬物，漢儒之言甚多。此本五行以觀萬物而論人性之價値，亦實不在諸家五行論之細節之內容，而在此五行之爲依於存在與生命之有其生成等，所必然演繹出，而爲具必然的應用性之一宇宙範疇。此義則漢儒之爲五行論者，亦唯大體同許共認，而未嘗明加論述者。後人徒膠滯於諸家五行論之細節者，或不免歸於迷信與附會之論。此即今文之所以試探此五行之論，所以展成之理由，及何以可本之以說五常五德，並作為通此五德五常與形體之關係之郵，而使人亦得即形以知德之故。吾之所言，雖為古人所未及，然此蓋為使此古人之論，成為可理解所必經之一途，是望學者之善觀而自得之者也。

註：劉劭之五德之名，乃本書經皐陶謨之九德「寬而栗、柔而立、愿而恭、亂而敬、擾而毅、直而溫、簡而廉、剛而塞、彊而義」，而約之以說。今按亂古訓治，治即理，故劉劭易亂而敬為理敬。但今劉劭書之「擾毅」「弘毅」，名義重復。「弘毅」蓋當為「彊義」之誤也

第五章　客觀的人性論之極限與魏晉人之重個性及個性之完成之道

一　個性與品類性，及「放達」、「超拔」之消極的意義

上述董仲舒以降之論人性者，皆明是欲成就爲政施敎之目標，乃論民之有受敎之質，與人之善惡之品級；而及于才性之同異，以爲知人用人之所據；亦皆不離一宇宙論上之陰陽五行之系統以論人性。此中之人性，在根本上爲在種種思想範疇、格套、或品類之概念，所籠罩下之人性。於是人之性乃可分爲三品九品，而有種種之才性流業之別。此中之人性，亦初皆是種種具對政治社會之客觀的功用價值之人性，而非只一具本身價值之個別之人性。至重此個別之人性與其本身價值，則爲魏晉思想之流。個別之人性與其本身之價值，就其爲個別言，乃不可加以定義界說者，亦不能只視爲一品類或

一種類中之一份子；而至多只可自各方面加以描寫、形容、嗟嘆、讚美者。此卽魏晉人言個別之人性者，恆趨於用文學之語言，以言某一特定個人之風度與性情，而罕用表抽象之概念之語言之故也。

此魏晉人以文學性之語言，描寫形容嗟嘆讚美一個別之人性，皆出自一直接面對個人之個性與風度，而有之體驗感受與品鑑。人之所以能直接面對個人而品鑑之，亦猶其能直接面對任何當下所接之事物而品鑑之，乃由於其能自其心知中之一切固定概念中超拔，亦自一切思慮預謀之中超拔。此正爲莊子所謂直接以神遇物之態度。故此魏晉人對人物之品鑑之態度，亦最與莊子精神，能遙相契合。然此「個性」之所以爲「個性」，其本身之涵義爲何，又其連於魏晉人如王弼郭象尚虛無、重獨化之玄學者，畢竟何在，則不易說。今須繞一大灣，涉及題外，先自魏晉時代對人物之品鑑之態度，及如何定一有個性之人之品格高下等問題，次第說來，方能烘託出此中之微悄。

魏晉人之品鑑人物之態度，乃原於其能自漢人所尙之出自品類與功用觀點之範疇、格套、概念中超脫，故其所最能認識了解之人物，亦卽能自禮法規矩，現實之社會政治之一般關係中，超脫而出之人物。因惟此種人物，乃與此種認識了解之態度，最爲相應。由此態度所認識之人物，卽自成一不屬一般社會中任何一定品類之一類。此可姑統名之爲有放達而不羈之風度之品類。如世說新語在任誕、簡傲、棲逸、排調、輕詆等篇所記之人物，固多此類；其德行、文語、文學等篇所記之人物，亦同多有此廣義之風度者。卽如黃叔度之德行「汪汪乎若萬頃之波，澄之不淸，擾之不濁，其器深廣難測量」。此亦原於一高級之放達，有如自莊子之所謂「天放」而「達乎無端之紀」而來，故亦不可羈，而難器測也。

此放達而不羈之人物之成一類，乃由其消極的不屬任一品類以成一類。其個性風度之表現，亦即表現於其自種種一般人物之禮法規矩格套等之解脫超拔之行爲中。然吾人又不能只憑其任何特定之放達不羈之行事，以定之爲某一類之人。阮藉之母死而食酒肉，食盡而嘔血，此可見其不爲世之禮法所羈。然吾人不可因此而界定阮籍爲母死而食酒肉之人，或食盡而能嘔血之人，或爲此類之人中一份子。凡一切放達之人之行事之表現，爲一自某格套規矩中超拔解脫者，亦皆不能依其所賴以成其超拔解脫之行事，以定之爲一品類。如依此而定品，謂此中有不守喪禮之放達之品，有作青白眼視人之品，卽成爲笑談。是見對此「不屬於某一定之品類」之一類之人，亦不能以所以成爲此一類之人之行事，以積極的更爲之分類者也。

然吾人雖不能據此放達不羈之人之行事，以積極的更爲之分類，然此中之人之任何一能自一定之格套超拔之行事，又皆所以表其爲人之個性與特殊之風度者。此中人之任一行事，亦皆爲指向其個性，而爲他人所得憑之以了解欣賞其個性之指標。所謂人有個性，卽指其性非任一種類性之所能概括，其行事恒能不斷超拔世俗之人，在同類情形下之常行與規矩格套之謂。能超拔，則有異乎人，故世說新語文學、言語、品藻諸篇，屢見以「超拔」、「神超」、「超超玄著」爲讚美之辭。反之則爲「竟不異人」（見輕詆），「了不異人意」（見文學篇），「老生之常談」（見規箴篇），乃魏晉人之所嘆息。由是而言，故吾人欲了解人之個性之存在，初雖可從其所具之積極的性質看，自其能有他人之所無，而過人處了解，如世說新語之時言及當時人之善術解、巧藝、名理等者，爲「有蒼生來所無」（見巧藝篇）或某人之性情過人，哀樂過人之類；而進一步，則當自其有個性，能消極的不具他人所具之性質，或其所具之性質中，若無他人之所有，或有之而較他人爲少處去了解。於是觀人之于世俗之常行與規矩格套，而見其若於此有所不及，遂爲吾人更眞切的了解人之個性之存在之路道。個性者，種類性所不能加以規定限定者也。眞有個性之人者，卽恆表現自世俗之常行規矩格套中，遁逸而出之人也。自常行規矩格套中，遁逸而出，謂之有逸氣、有風度。亦卽可謂之有個性之人。個性之爲個，乃在其獨有與唯一。此獨有與唯一，所以爲獨有唯一，唯在人凡以格套規矩加以規定時，彼卽能自遁逸而出，而吾人亦卽唯有沿其自遁逸而出之種種路跡，以想見其個性與風度也。

二　有個性之人其品格之高下之衡定標準

此有個性之人，雖不容人本其行事以定其類，唯許人沿其行事之迹以想見其個性與風度，然此個性與風度，如可想見，則初又不能全無一定之內容，而亦必藉一超拔常行之行事，乃能加以表現者。

於是人之放達不羈，而具個性與風度者，其品格似仍可就其行事，以說其有高下之分。則此品格之高下，畢竟依何而定，此中之品格之概念，其不同於一般所謂人之品類之概念者又何在？亦須有所以說明之。

吾意一眞有個性與風度之人，其品格之高下，可自其有此超拔格套常行之行，是否亦依於其生命所習之格套而生，又其所賴以成其超拔格套常行之行，是否另落入一格套等以定之。此所謂超拔格套常行之行，即如上述之阮籍之飲酒吃肉之類。此乃阮籍所賴之以自見其不屑如當世之君子，只求其行爲之表面合於禮法，而自見其不屬於當世之君子之類，以超拔世之君子之格套常行者。此即表現一眞個性，眞風度。然此時如阮籍之飲酒吃肉，乃由其素性之好酒貪杯，彼乃自順其好酒貪杯之習慣所成之格套，而不守喪禮，此即全不足貴。因其乃自依於其所習之格套，以有此超拔常行之行也。又如今另有一人見阮籍之母死飲酒吃肉，遂意謂名士當如此，而其母死，亦學阮籍之飲酒吃肉，並學其嘔血，此即彼已落入阮籍之行爲之格套，而其行爲亦令人作嘔。凡世之非眞名士，而學名士之風流者，皆同爲似超脫格套，而實自落入另一格套，而成可厭之假名士。故眞名士之風流不可學，眞名士如風之流之行，亦不能爲世人之所效，以相習成風。成風，則人不能流於風之外，以表現其眞個性眞風度矣。即人之獨善某一種術藝，如琴棋書畫，而精絕以至如顧愷之癡絕者，如其習，已成一格套，則其與世說新語之惑溺相距，亦不能以寸。浸至世說新語所謂棲逸之士，如浮慕隱逸之名，或「厲然以獨高爲至」，以處於山林巖穴，亦非眞名士之風流。由此吾人可以會得郭象注逍遙遊謂山林巖穴之士，亦可爲俗中一物之意。山林巖穴之士，本爲不爲世俗之軒冕所羈縻，而表現一眞個性者。然如隱逸已爲世之所尚而相習成風，人浮慕隱逸之名而歸隱，或旣隱居山林巖穴，而「兀然立乎高山之頂，守一家之偏尚」，則其居山林巖穴，卽是俗情。故郭象釋莊子之視許由，亦堯之外臣、俗中一物。然莊子之本意是否如此，則亦有一問題。蓋當許由之世，尙無隱逸之風，許由之不爲堯臣，卽非必出于浮慕隱逸之名，而彼實亦可別無兀然自守之意。卽可儘無俗情。莊子亦卽可是眞正稱道之，而非必意其不如堯之冥迹，如郭象之所釋矣。此中，如更進一步以觀郭象之謂隱逸自高之士，爲俗中一物云云，固所以自見其非此俗中一物之類，而彼亦自居於廟堂，以爲當時之顯要。然其自居於廟堂而爲顯要，是否實初出乎其原希此世俗之榮，則不可知。如其然也，則彼亦先自落於其生命中原來之格套中，方有此轉謂許由爲「俗中一物」之言。則此言雖不俗，而其所以爲此言之動機，則更爲俗中之俗。後世之實希此世俗之榮，而藉此郭象之言自解，而譏隱逸之士爲俗者，其俗又更有甚焉。今觀郭象註莊，唯知有自居山林巖穴，實爲俗中一物者；而未言人有自甘隱逸，亦無兀然自守之情，其拔俗卽眞拔俗者。則郭象亦不免自落其思想所成之一格套中。雖不必爲俗，然要不足言眞名士思想上之風流。若其有之，則於此必不作一概之論。似當更明謂有居山林巖穴而俗者，有居之而不俗者，有居廟堂而俗者，有居廟堂而不俗者。此乃隨人而異，更無定型。唯必於此分作四類，亦又有其俗處，此卽必分品類之俗。則此四句亦不當說，此四句之格套，亦不能落。郭象之不分別說此四句，又或正郭象之不落格套也。今如此輾轉言之，殊無定論可得。然要之，吾人仍可言：人之是否眞不落入俗套，唯當視其在超拔世俗格套之後，是否又落於另一世俗格套或自己所習之格套而定也。

然如何人可有超拔世俗格套之行，而又不落入另一世俗之格套，或自己所習之一格套，此則唯賴其有超拔世俗格套之行之時，彼乃唯以此行爲，作爲消極的超拔于格套外之用，而初不視此行爲有何積極之意義。如定要合於另一事先認定之標準，或求有任何另外之對己之效用，便爲有積極的意義矣。如阮籍之母死而飲酒吃肉，此飲酒吃肉，在此便只唯表現其消極的不甘自同於「當世君子之無性情而虛守禮法」，此外另無任何其他積極的意義。故其飲者實非酒，食者亦非肉。彼之飲食，亦實未嘗知味，此飲酒吃肉，方成爲表現阮籍之眞正不甘同於世之君子之個性者。嵇康臨刑而能奏廣陵散，亦當只唯是表現：其能消極的不爲常人好生惡死之欲望所桎梏，乃到此能不張皇失措，更不念平日言養生之論，無所用于此，故能以不異平日之情懷，於臨刑之際，奏此人間絕響。由此二例，而吾人可說：凡人之眞超拔世俗格套之行，其本身皆同無任何積極的意義，其行自永不宜有習慣之定型；而人之任何行爲，亦皆未嘗不可成爲吾人憑藉之以超拔世俗格套者。如阮籍母死，固可以飲酒吃肉，表現其能超出世俗格套。然若世之名士，皆學其飲酒吃肉，而成世俗格套時，則謹守喪禮，正所以超出此新世俗格套也。嵇康固可彈廣陵散，以見其不爲好生惡死之情之所桎梏。然彼若於臨死之際，忽自感平生唯此好琴之積習未忘，則先自碎其琴，而任人琴俱亡，亦正所以見其生命中之桎梏之解除淨盡者。此卽證明人所賴以超出格套之行，其本身原不必成格套，亦初爲無定型，可只具此消極之意義，別無積極之意義者也。至於人所憑藉以自格套超拔之行，是否眞爲只具此消極之意義者，則當視其有此行時是否初全無所襲取，亦無事先之安排，及是否不見此行之任何效用，而純爲自動自發等，以定之。此自動自發之行，人乃當機而有，以自遁逸於格套之外。彼亦不知其所以然而然，是謂自然。他人卽於此見其眞性情焉，眞個性焉。彼固初無意欲有此自然之行，或欲人之見其有此眞性情眞個性也。若其欲之，則正爲大不自然矣。

三　個性、我性、純浪漫性，以無內容爲其內容，而必歸於體無致虛，所遇而皆見其獨

若知眞有個性之人，其所表現之超格套之行，只有消極的意義，而無積極的意義，則知人之表現眞個性之行，卽初似有一定之內容而終實無一定之內容，而歸在以無內容爲其內容者。眞個性者，人之絕對無二之獨也。此絕對無二之獨，乃由其不入格套而表現。此不入，必歸于一切格套皆不入，此卽無內容。此如我之所以爲我之自身之無內容。謂我如何如何，皆可指我之格套，亦皆我之「如何」，而非我也。故人欲顯此我之所以爲我於世間，亦恆顯爲於世間一切格套皆不受。此卽爲純粹的對世間

之反抗性，以反抗權勢，反抗禮法，反抗一切。此反抗性，亦卽爲一純粹之浪漫性之本質。爲反抗而無所不可：譏彈可，如嵇康；縱欲可，如列子楊朱篇；放浪形骸可，如劉伶；窮途痛哭可，如阮籍；而以謀叛逆見疑，亦正魏晉諸名士之所以多遭殺身之禍也。然此人之一切反抗之行爲，其正面意義，則初惟在顯出其人之我，不受世間之一切。此卽爲浪漫性之本質，亦人之所以表現其我之爲唯一無二於世間之道。人性之此一面，其源亦深邃而不可測者也。

然人之以反抗世間爲表現自我之個性之道者，其反抗之行爲，初必爲一類之行爲；而欲防止此行爲之成一習慣，以重成爲一格套，以桎梏其自我之自身，則彼還須自反抗此行爲之自身。故人之欲由反抗，以表現其我性、個性於世間者，亦恆歸於表現一內在的「自我對自我之行爲之反抗」於「其自我之內」。於是其自己之行爲，亦如在一內在的翻騰跌蕩中，旣逃此之彼，又逃彼而之他，再逃他而或還入此，長以今日之我與昨日之我挑戰。此卽永不能自安之生命，如西方浪漫主義者之常型。于是，人眞欲求自安於其自我個性之表現中，遂唯有更求超出此一切翻騰跌蕩之外。人於此，乃可不作任何對外對內之反抗，而唯以一眞正之棲神玄遠之心，表現其在世俗與自己之一切格套之外之我性、個性。此卽歸於直接以體無致虛，爲表現我之我性、個性、「我之爲一絕對無二」或「我之獨」之一思想形態，而爲魏晉思想之最高嚮慕之所在者也。

此體無致虛以表現我之獨之思想，其進於只以反抗世俗之格套、與自己之格套，以表現我之獨者，則在由此尚不僅可自見其自我之獨，亦可知他人之各爲一獨，萬物之各爲一獨，而無物不獨，無不見有其個性，有其絕對無二之性。此卽不同於以反抗之行爲，表現我之個性或獨者，只能表現我之獨，而不能知人之獨，而恆害及人之獨，或以今日之我之獨，害及昨日之我之獨者。蓋在人以體無致虛表現其獨之時，彼卽能自見其不爲任何格套之所約束，而彼亦無意造格套，以約束天下一切之人物與事物，此卽爲一絕對無爲之心。此絕對無爲之心，不爲一切之障礙，則可任一切事物之往來於其中，而皆得其自在；則一切人物之獨，「一時之標，千載之英」，「樝梨橘柚，各有其美」（世說新語品藻），皆可爲有此體無致虛之心者之所知。此卽能無爲而亦無不爲矣。

此體無致虛之心，所以能知一切人物之獨者，以此體無致虛之心，所遇之當下之境，原無所不獨。吾人於當下所遇之境，所以不視爲獨者，唯以吾欲納之於一類之中，而以思想之格套限定之。此體無致虛之心，初無格套，以限定任何事物，則無納之於一類之中之意。人亦自知其果納之於一類之中，原不能盡此當下所遇者之爲獨。人斷此納之於一類之想，而其所遇者，乃無往不獨矣。

四 當前實境之消極的運用，爲所遇而皆見其獨所以可能之根據

然此中仍有一問題，卽吾人當下所遇之境，畢竟有其內容，而爲實境。若爲實境，則人以虛心遇

之而與之接，此心卽不得更虛，而亦不能同時自見其超出於一切約束規定之外。由此而人於其當前所遇之境，是否能永無思想之格套，加施於其上，亦是一問題。再人之心，總有所思。其思之所成、念之所及者，亦爲一內在的當前所遇之境，呈於心中。此心又如何可兼體無而致虛？豈必需人心之一無所思、一無所念，然後能體無致虛乎？

若吾人對此問題，欲求有一善答，則須知人心之所以能有所遇之境，而仍能體無致虛者，此關鍵仍在吾人於所遇之境，可只念其消極的意義，而不念其積極的意義。則無論此境爲未經思維之感覺所遇之境，或經思維而成，而爲念之所及之境，吾人皆可只體其消極的意義，而不體其積極之意義。此所謂不體其積極的意義，非謂此境無積極之內容之謂，而是謂：在吾知其積極內容時，卽同時對之作一消極的運用之謂。此所謂消極的運用，卽由知此境之「異於其他一切境」，以成就吾人此心之自其他一切境之超拔解脫，以自見其心之獨之謂。溯此事之所以爲可能者，則在吾人當前所遇之境，原爲「非其餘之一切境」之一境。其「非其餘之一切境」，卽其所以成其爲唯一之當前所遇之境，而爲獨者。縱此當下所遇之境，經吾人之思維，以使之成概念所規定之一境，或此當前所遇之境，卽吾人心之思維所成之一極抽象之概念，然吾人仍可說之爲一獨。此只賴吾人之先反省：吾人之當前對此概念之一「遇」之爲獨，便可知此概念之此時之呈現於我，亦爲一空前絕後之事。此概念之呈現於我，能使我超拔於一切其他概念，一切其他之境之外；則此概念，卽有使我心自一切其他概念，及一切其他之境中，超拔解脫之消極的意義。吾人如只體此概念之「消極的使我心得超拔解脫於一切其他之外」之意義，則吾人卽於有此概念之際，同時仍可致虛而體無。吾人於此時，既體此概念之消極的意義，則此概念之積極的內容，雖未嘗不呈現於吾心之前，然此概念可另無積極的意義。此所謂積極的意義，卽「概念之如是，更有其此如是」之意義；所謂積極的內容，卽此概念之如是。吾有概念之如是，而此如是，唯使吾得超拔解脫於其他一切境之外，而未嘗念此如是有此如是之意義，則其有內容，未嘗不同於無內容；而此概念之呈現於吾此時之心，卽凌虛而透明。唯由其使吾心自其餘一切境超拔解脫，而言其爲一獨。是知當下所遇之境，縱爲一概念，而此概念亦未嘗不可與遇會之者，同獨化于玄冥也。

吾人若知人心可於其所遇之境，無不可視爲獨，而體無致虛，則知人之應境，亦不礙其體無致虛。人之欲自體其獨，而表現其眞個性我性者，亦正當能時時應境而見其獨。亦唯能時時應境而見其獨者，能時時有賴以體無致虛之資。此所謂應境而見其獨，其所重者，在體此境之消極的非一切境之意義；亦如上文所言，吾人知一人之有其眞性情、眞個性，在消極的體其不落入格套，非一切格套所能覊縻之風度。彼有眞性情眞個性之人，其所表現之一切超拔於世俗格套之行爲之風度，固皆原只有由其消極的意義以知之，而不能由其行爲外表之自身之積極的意義以知之者也。

五　道家之聖人之嚮往與其非歷史人物性

由吾人上之所論，吾人可說有最高之個性之人，卽能體無致虛，自見其獨，而於其所遇之境，亦無往不見其爲一獨者。體無而不繫，王弼之聖人；游外以弘內，郭象之聖人也。老子言「衆人熙熙，如享太牢，如登春臺，我獨泊兮其未兆」又言「知我者希，則我者貴」；莊子言「見獨而後能無古今」，(大宗師)「獨與天地精神相往來」，(天下)「獨有之人，是謂至貴」(在宥)；而虛無之言，更老莊所同有。唯老子有其所抱之「樸」，而以空虛不毁萬物爲「實」，莊子亦有其蘊積充實於內而不可已以者在。然王弼之體無致虛，則無此「樸」、「實」之意，唯以虛冲爲用；郭象之玄同彼我，亦更內無所藏，唯以應化爲迹。此則皆與老莊，有毫厘之差。在王弼之言中，其體無致虛之意旨重，而一往任物之自然其所然之義，亦乃相隨而至；郭象則又卽物之各「自」之「然」其所然，重觀我與物之「獨」化其所化。此二人亦非無別。然大體言之，則此四人皆有一體無致虛，以自知其「自」與「獨」，觀萬物之自然獨化；而以超拔於一切世俗與自己之格套之外之聖人，爲共同之嚮往也。

今若以此上述之聖人爲標準而言，則一般所謂有個性之人，去此蓋遠。此中人之風格之高下，則一方自當視其所以自世俗格套超拔之行之本身，是否不另落入一格套而定，其愈能不再落入者，其品亦應愈高，此如上所已說。另一方亦似唯有視其所賴以自世俗格套超拔之行爲自身之高下，卽以定其風格之高下。如由縱欲以自禮法解脫者，自不如游於自然之山水，以自禮法解脫者之高。亂殺人以見個性之不羈者，自不如豪俠尚義，以見其個性之不羈者之高。此則須承認吾人所賴以自世俗格套中超拔之行爲本身，亦有高下之次序，然後能說。此定高下次序之標準，則蓋不能由上述之道家義以得之。此標準，應或爲來自儒家之道德標準，或爲一般之行爲之審美標準，或如世俗所承認之其他標準等。混合此其他之標準，以論有個性之人之風格之高下者，亦皆須兼就人之積極的屬於何種類之人之種類性以爲論，而非只就其純粹之個性或純獨性以爲論者。純個性純獨性，乃唯於能超拔任何世俗格套之人物中見之。故此種人物之風格，亦宜唯由其一往超拔世俗格套之行見之。于此，人若能一念而一往超拔，卽一念中可達一至高之標準，而自見其獨，並見其所遇之境，與境中之人物之獨。自此以去，亦無往而不見獨，卽一念達於道家之聖人之境，而人亦不能更自外測其高下。若欲自外測其高下，便只有自上述之人，其是否再另落入一格套中爲定。此中所落入者愈多，其格彌下；旋落旋升，而翻騰不已，自非上格。如只見其一往超拔，而永不見其落，則可謂其格長居在此至高之境。其格之高者，其所表現之行事，亦不必多，儘可一事而已足。如老子之留五千言于世，一任彼後人之逞臆推測，自騎青牛出函谷關而去，遂不知所終；卽亦足表見其格之至高，而更不待乎其他之行事者也。

上言道家之人物，以一超拔而不見其落，如老子之出關一去，不知所終爲上格。吾於此因更聯想及凡中國之道家人物，其傳記，大皆亦不詳其先世、生地、平生踪迹、與生卒年月等。其著作眞僞，亦皆同難考定。老子如是，莊子亦如是。有道家精神之張良與赤松子游，固不知所終，陳摶入華山爲道士後，亦無下文。道家之書籍，如老子莊子之書，以及後來道家著作，今收在道藏中者，亦多難確定其著者之身世與時代。此皆由道家人物，原不在某特定之時空中生活，其行事原以如神龍之見首不見尾，爲上格之故。由此而吾人可謂道家人物，原亦不宜於入史。其書籍亦原非必須考定其時代。蓋必欲本歷史之眼光，以爲之作史，考定其書籍之時代，卽欲以種種時空之概念，種種歷史性之概念，加以規定。此實不免大煞風景之事；亦固與道家人物之精神相違，而爲彼等所絕不願受者也。道家之祖師，世傳爲老子。史記謂老子嘗爲周守藏室之史，而漢志謂道家出於史官。於老子嘗爲史官之事，人固多有疑之者。漢志謂道家深觀成敗興亡，然後淸虛自守，卑弱自持；亦視道家太淺。依吾今之意，謂老子嘗爲史官與否，固均無關大體。要之史記言老子乃棄史官而去者。言其棄史官而去，卽所以見其欲出乎歷史之外，亦欲出乎「爲歷史上之人物」之外矣。司馬遷著老子傳，於其出關後，唯言其莫知所終。於其年歲，忽言百餘歲，忽言二百餘，又謂：或曰太史儋卽老子，或曰非也，而定之以「世莫知其然否」一語。善哉，此「莫知所終」、「世莫知其然否」之語，眞老子之正傳也，亦道家人物傳中同應有之語也。司馬遷之爲良史，亦正在其知有「此出乎歷史之外，而不在一切歷史格套」之人物也。莊子書言老聃死，後之人作老子化胡經者，謂老子出關至印度，而化胡爲淨飯國王子，此皆同爲煞風景之言。唯幸莊子未言老子何年何處死，又言其化胡成佛者，仍不知其後所終耳。魏晉時之王弼、郭象，皆能發揮老莊之義，言體無致虛，以觀萬物之自然與獨化，以求超拔於一切世俗之概念格套之外。然惜二人之一生事蹟，皆赫然具在。此則不如老子莊子之一生之惝恍迷離，更爲道家人物之典型，使後人得時時想見其精神之蕩漾於歷史之外。吾人今亦必須於其一生事蹟之惝恍迷離，「莫知所終」、「世莫知其然否」等，安然順受，更無遺憾，然後方知老莊之所以能爲獨有之人之故也。

六　老子不言性，而王弼言萬物以自然爲性，及郭象註莊之重獨性

吾人於上文言魏晉思想中，所重者在個性、獨性，唯舉魏晉人之風尚，及由王弼郭象之注老莊之宗旨等爲言，而未嘗舉諸家之言性之言爲證。因個性與獨性本身，原不可加以界定，除上文所陳者外，亦無可多說。茲按老子王弼皆言自然。然老子書中，此自然之名只數見，而王弼則隨處及之。又老子書中未明言及性字，而王弼註老子二十八章曰：「萬物以自然爲性」，又註二十六章曰：「不違自然，乃得其性」。此所謂物之自然之性，即物之各自然其所然之個性獨性；而人之能任順物之此

性，又正賴在於人之能體無致虛以合道，然後能容能公，以任順之也。此義在老子固涵有之，然直點出此「自然之性」之名，則亦王弼進於老子者也。

至於郭象則言及自然與獨化之語尤多。茲唯舉郭象註莊子之本文之言性之語，明與莊子本文意相反者二處，以見其重獨性個性之思想趨向，更有甚於莊子者焉。

莊子駢拇：「駢拇枝指，出乎性哉，而侈於德；附贅懸疣，出乎形哉，而侈於性；多方乎仁義而用之者，列於五臟哉，而非道德之正也。」

莊子此段文中，三句相對成文，明是以駢拇枝指，附贅懸疣，與多方乎仁義相比，以言其或爲侈於性，或非道德之正者。侈者，猶言皆對生命之性之自然，爲多餘之物也。然郭象註則曰：「駢與不駢，其於各足，而此獨駢枝，則於衆以爲多，故曰侈耳，而惑者或謂云非性，因欲割而棄之。」

今按當割棄駢枝與否，乃另一問題。然莊子既以駢爲侈，則明視爲多餘而非性，而郭象則謂獨駢爲性，而欲任之，此則唯因郭象尤重物之獨性，方有是言也。

達生：「孔子觀於呂梁，懸水三十仞……見一丈夫游之……孔子從而問焉……請問蹈水有道乎？曰：亡，吾無道。吾始乎故，長乎性，成乎命………吾生於陵而安於陵，故也；長於水而安於水，性也；不知吾所以然而然，命也。」

此段文吾在原命篇嘗引及。此言乃卽就人之所安以爲性，初不重：所安者在水不在水，此性亦非專指一安水之性而言，其意甚明。然郭象則曰：「此章言人有偏能，得其所能而任之，則天下無難矣。」郭象之意，蓋謂生陵安陵，長水安水，卽見人之所偏能，而此所偏能之所在，卽人之故與性之所在。郭象於此憑空插入此「偏能」之觀念，以釋莊子文所謂性之初無偏能之意者，此卽唯因郭象之特重人之特殊性、個性之爲性之故也。

第六章　佛家言性之六義及其與中國傳統言性之異同

一　法與性

印度原始佛家之思想，重人之求自煩惱業障中解脫，而不似婆羅門教之重對梵天之祈禱祭祀，賴其力以求解脫煩惱；亦不如耆那教中之一派之信自然解脫，復不如數論之謂人之神我被縛，乃由於其外之自性。佛家謂人之業障，原由人自作，此解脫亦自力之所能致。循此意言，似宜自始卽謂人有自造其業之性，亦有自業中解脫之性。然釋迦說法，初言四諦，言十二因緣，言八正道，其中皆未用性之一名。四諦卽四眞理，其中苦諦說世間之苦相，集諦說苦之所由集聚而成之因，滅諦說出世間之寂滅相，道諦說拔苦轉業，還至此寂滅之道。故言世間則集爲因，苦爲果；言出世間，則道爲因，滅爲果。然又因有世間之苦集，乃有出世間之滅道，故苦集皆爲因，滅道皆爲果。更分別言之，則苦爲因，集爲因之因；道爲果，則滅爲果之果。此中苦集之歷程，又可分爲十二段，而以十二因緣之流轉說之。滅道之歷程，亦可分爲十二段，而以十二因緣之還滅說之，故有十二因緣之說。至於八正道，則專就道中之八者而說。佛之說法，乃重在說一切有情，依何道以得還滅淸淨之涅槃之果。法之廣義，則包括用以說此有情與其世界之全部名言所及，或任何非名言所及而能爲任何聖或凡之心思行爲之軌持者。故法爲包涵一切之名。然世人之說法，或所傳爲佛所說者，有眞有妄，如何定其人所說者爲眞或妄，則又有法印，爲印證評判所說法之眞妄標準，亦卽今所謂眞理標準也。小乘佛學乃以諸行無常，諸法無我，涅槃寂淨爲三法印，或增有漏皆苦爲四法印。有此法印，以爲印證評判眞理之標準，則人若謂諸行爲常，或有我，或謂涅槃非寂淨，則知其必非佛說，亦非實有是法。按此諸法印中，有漏皆苦卽苦諦；諸行無常與諸法無我，卽以反面語，說一切行，皆由因緣集聚而成，而流轉無常，一切法無主宰之我者。涅槃寂淨卽滅諦。此亦不出四諦之外。然龍樹之大乘佛學，則以法印唯一，卽實相印。凡所說法能契實相者，是爲眞實法。此爲大乘言法印之略不同於小乘者。佛之說法，包括彼由因緣生或不由因緣生之一切諸法。此一切諸法之全體，合名法界。對此法界中之諸法，初不可一一盡說，故分類而說。如釋迦初說法，或說五蘊，或說十二處，或說十八界，卽其分類之較簡者。後如俱舍論之分法爲七十五，或如唯識宗之分法爲百法，則爲較繁者。說法時，對法有種種分類方式不同，而法數不同，乃有種種法數。佛敎經典中，增一阿含經，卽妙善法數。六足論中，舍利子集異門足論，瑜伽師地論，皆謂分法爲一、爲二者，有種種，分法爲三、爲四者有種種，以至分法爲十者有種種（註一）。此卽對各種之分類方式，更依其所分出之法數，再作一分類。法界之一切法，無量無邊，則分類之法，亦未嘗不可無量無邊；而能證知此法界之一切法之實相者，卽爲佛。此中如說到性，則性亦可爲一法，而統於一切法或法界之中。故人亦可不特標出性之概念，而說法卽可概盡佛學之內容。能知法而如法行，則可極至於成佛。觀佛家經論，其言及各種解脫道者，如三十七菩提分之類；言證道所歷之境地者，如唯識之五位，瓔珞之四十二位，楞嚴之五十五位，華嚴之五十二位之類；言修行所證得之果者，如小乘之四果，大乘之菩薩、佛及種種之湼槃等，其言皆不厭其詳，尤可見佛家之善說此由行以證果之法也。

上文已言佛之說法，已包括性於內，不須特加標出。然性爲可說之法，則吾人亦可用性之一名以說法。今觀阿含諸經之中譯本，其用及性之一字者，亦復多重在用性之一名以說法，而初未嘗以性爲單獨之論題，而加以論說。性之一名，初蓋亦只是用以說種種諸法之範疇之一（註二）。印度之他宗如數論等，固嘗單獨建立自性爲一實有者而論之；然此實有之自性，正爲佛家各派所共同否認者也。此就阿含等經之重分別說種種之法而觀之，其思想方式，初乃純爲廣度的隨機遍說。唯就佛教徒之嚮往解脫湼槃之志言，則又自始爲深度的誓願成佛。故佛徒既聞佛種種所說諸法之後，欲不歸於廣度之散漫，以連繫於其深度的誓願之道，卽爲于此依各種分類而分說之法，更言其如何可相攝而論，於是言諸法之相攝，遂爲由小乘毘曇，以及大乘諸論典之主要內容。然法可相攝，則攝之又攝，應可歸約於簡，而以簡攝繁。簡既攝繁，則不同之法，卽有共同之性之可見。如大乘之法相唯識宗之其他經論，先分萬法爲五位百法，再攝五位百法於心法之內，更統諸心法於阿賴耶識，與如來藏藏識等，卽爲攝萬法之繁，以歸之於簡之思路之所成。對此心識，佛家卽皆論及其性。諸大乘經同有以一法攝一切法

註一：瑜伽師地論卷十三——十五，由二種至十種佛教應知處。

註二：如法華經謂唯佛能究竟諸法實相——如是性、如是相、如是體、如是力等十如是。大智度論卷二十七、卷三十二，論一一法之九種或八種相中，卽亦舉性與相、體、力、因、緣等。然卷三十三舉法之七種相中，則又無性相二者，可知性之概念，不較餘等爲重要也。又按翻譯名義集卷五謂「馱摩，秦言法性」。按馱摩應卽 Dharma。此語今之正譯，卽法。則中國所譯爲法性之文，印度亦或只稱爲法也。圭峰華嚴疏鈔卷二十一，於法性三義中第一義曰：「法名差別，依正等法。性乃謂彼法所依體性。」此性之義與法有別，乃後文所謂體性。其第三義曰：一切法以無性爲法性，此指一切法之無自性爲性，此乃後文所謂空性，與法之自身亦有別。然其第二義曰：性以不變爲義，卽此可軌，亦名爲法，此性卽法，故名法性。據此第二義，則法與性固無別也。我因更疑中土所譯佛家經論之以性字爲譯者，在梵文可能多只爲如西文中之語尾——ing 之類，而實非一可單獨加以論列之對象，如中國所謂性者也。

之義。歐陽竟無先生藏要敍中無盡意經敍，謂「般若攝九十三法於般若一法，華嚴攝徧法界法於唯心所造一法，楞伽攝一百八法於唯心所現一法，法華攝三乘諸法於佛之知見一法，涅槃攝無量法於一切衆生皆有佛性一法」。茲姑不及華嚴法華與涅槃諸經，卽就楞伽經與瑜伽宗其他經論、與般若宗經論而觀，前者言心識，固必及於此心識之性。後者之言般若，此般若智慧，乃能照見一切法之實相者。此實相爲空，則般若攝一切法，此空亦攝一切法，故般若宗亦同時以此空爲法性。此空之爲法性，乃就其爲一切諸法之共性共相而言。此諸法之共性共相，可以空說，亦可以清淨、寂滅、涅槃、圓成實性等說之。由此而見佛家於法性，亦有種種說。又法與法性，卽佛之所證，故法性亦卽佛性，而於佛性，亦有種種說。佛爲衆生所成，故依佛性可更說衆生性；而於衆生性，亦有種種說。是見由佛家之說法，而至說法之相攝，以歸向於說心識，說法之實相、說法性、佛性、衆生性，必更重視此性之一名。卽終必歸於如慧遠大乘義章卷一之佛性義中，所謂「諸法無不性」，「據性辨法，無法非性」。此亦正證明佛家之初重說各種法之思路之發展，至於由法之相攝，以見諸法之共同之性，固有漸與中國昔賢重說性之思路相契之道也。

今按中譯楞伽經卷一一切佛語心品，有「集性自性」、「性自性」、「相性自性」、「大種性自性」、「因性自性」、「緣性自性」、「成性自性」七自性之名，而涵義未有確解（**註**）。智者摩訶止觀五上釋法華經如是性曰：「性以據內，總有三義，一不改名性，無行經稱不動性，性卽不改義，又性名性分，種類之義，分分不同，各各不可改；又性是實性，實性卽理性，極實無過，卽佛性異名耳。」慧遠大乘義章卷第一釋佛性，第一釋名，謂性之一名之義有四：「一者種子因本之義；二體義名性；三不改名性；四姓別爲性」，則意義甚明晰。近世太虛法師於其性釋中（全書二），則分佛家之性爲十義：一諸法離言自性：二諸法空理爲性：三諸法之如實相爲性：四心、心所之自性爲性：五各各有情之自體爲性，六諸現行法親能生之種子因爲性：七親能生起無漏佛智之無漏種爲性，卽佛性：八異生之分別二執，所具之二障種子以爲性：九諸法相似不相似之差別分位以爲性，此卽通俗所謂類性，勝論所謂同異性，小乘薩婆多部所謂同分，大乘百法明門論所謂衆同分之分位假法：十指所謬計妄執之一個實在質體以爲性，卽我法實質性。羅時憲先生六祖壇經管見（新亞學術年刊第一期）分別佛家自性義爲六：一數論之物質的本體。二獨立不變之實體。三瑜伽之諸法當前相狀爲自性，如依眼了別色爲眼識之自性，妄情所執妄相，爲遍計所執自性。四與他性相對爲自性，他性作他類解，自性作自類解。五因明中之宗之主辭爲自性。六壇經所謂自性。今按太虛文分性爲十義似太繁，羅文意在釋自性，而自性與性之名義，亦應有異，故善惡染淨之性以及種子等，皆不在其內。又二氏於此

註：按楞伽之七自性中之性自性，略同大乘義章體義名性，及後文第四義之性者。相性自性，蓋略同大乘義章不改爲性之性，及後文第三義之同異性，大種性自性與其餘之性，蓋皆略同大乘義章，第一義之性，及後文第五義之性者。

諸義之性，皆未分別一一釋其哲學意趣之所存。今文則以性之一名，攝自性於其下，而亦析佛家之性之涵義爲六，更略易其名，再加以解釋，以見佛家所謂性之哲學意趣之所存，並便於彰顯其與中國昔所謂性之舊名之涵義之出入之處如下：

二 妄執之自性詮義

（甲）妄執之自性。按太虛法師最後一種，所謂我法實質性，卽執有實我實法之自性，此爲佛家所破之妄執的自性。印度之外道，如數論，更力主宇宙間另有與神我相對之存在的實體，而名之爲自性，或譯爲冥性。依佛家之教，則凡執有任何自身獨立不變之實體，而不待因緣生之實法實我之自性，亦皆同爲執有自性，而爲一妄執。佛家思想以緣生論爲本，故小乘佛學無不破自性。大乘佛學雖言另一義上之自性，然於小乘之破實我實法之自性，亦未有異義。故破實我實法之自性，不許有離因緣而獨立常住之自性，爲佛家大小乘之共許義。然此所謂自性（註一），佛家既視之本非實有，而人意以爲有；卽同於法相唯識宗，所謂只由吾人心識之執取而成之（註二）自性見，則吾人於此當試思何謂自性見，是否實有此自性見，又當親切了解何以佛家必破此人之自性見，方可實契於佛家破自性之義也。

佛家所破之自性見，卽見有一爲人心所對之實我實法，自有、常有、不待任何因緣，而能主宰、有實作用、以生吾人所分別或所意想之物之見。人與一切有情衆生，亦確有此見，深植於其生命之自身，以爲其無量煩惱染汚之本。佛家說法之所以必破此見者，則不特因其爲人之妄執、爲煩惱染汚之本，亦因人若持此見，則一切修道之事無功，人由煩惱染汚，轉依清淨，亦應可不待修道之因緣而自致。佛家之根本精神，卽信修道之有功。人之轉依清淨，必待修道之因緣而成。人若執有此自性，卽與佛家之重視因果，而由因以得果之根本精神相反。上文言耆那教之一派，信自然解脫者，卽有謂人可不待修道，歷若干劫，不待因緣而解脫者。其對梵天祭祀祈禱者，亦信只賴梵天之自力，可不憑任何因緣，以使我得解脫。數論亦以「自性」之縛神我，乃初無因緣而自致；又雖有此縛，而二者之

註一：印順中觀今論四十四頁自性Svabhava，凡諸法體性、法、物、事、有，名異義同，或譯自體、無法、有法、（的）法，或譯無自性（的）性，婆沙七十八，自性有種種異名，如說自性、我、物、自體、相、分、本性，應知亦爾。

註二：攝大乘論卷五，於論大小乘共此無自性之義後，又謂「如執取不有，故許無自性者，此無自性，不共聲聞」。印順性空學探原一八六頁，引此一段文，謂聲聞亦有此義。今無論有無此義，然佛家既以自性爲空，則此所無者，只能爲人之執取而成之自性見。確定其由執取而成，卽攝論所謂大乘之進於一般聲聞之論，而可謂大乘之不共論也。

本體，仍兩不相干者。此卽皆非佛家之所許。因修道方有果，故不能無我自己修道之因緣，以使我解脫；我之被縛，亦應由於我之舊業，決非無此我之舊業而自致；亦非與我初不相干者之自性，能來縛我也。世間之宗教哲學思想，如西方基督教之所謂「上帝」，能於任何時任何地，本其意志以創造任何事物，或不憑任何理由，施恩典于人，以使之得救；以及凡人之執有「宿命」者，謂此「宿命」使人不能有意志之自由，以另造新因；是皆佛家所謂妄執之自性見。而一般人所共有之一妄執，卽爲自執其有一恆常之自我，能離其心色諸法之因緣而自在，所謂「人我執」是也。人之一切我慢、我愛、我貪、我瞋、卽由人我執而生。次則爲執有其他恆常之法之「法我執」或「法執」。觀釋迦之立教，言諸法無我，初仍以吾人生活爲中心，並意在對治當時主實有自我之他派思想，而重在破人我執。故小乘佛學，尙不免留有種種之法我執。然吾人生於今世，順理性思維之次第，則吾意應先自吾人生活中，試先自體驗法執之一名，果何所指。吾今所體驗者是：吾人在日常生活，日常思慮中，凡本吾人之理解，以思維一事物之後，皆可形成一事物或其性質之觀念概念。此觀念概念與其內容，卽皆如爲一定不變，又如不待其他因緣，而自在常在者；吾人於此亦實恆望此概念觀念與其內容，能不待因緣而實現於實際之世界，若只由其自身卽能導致實在事物之出現者。此卽爲吾人「妄執」實法，能不待因緣而生物，或妄執一法有自性」之自性見。觀世間之人，確常於事物得一觀念概念後，卽恆只存此觀念概念于心，以判斷一事物。卽此事物已滅，仍本此觀念概念之存於心，以意其常住不變。人又常夢想或意想其觀念或概念中之事物，能驀然自爾從天而降：或以爲只憑其所意想之觀念、與表達觀念之語言，作咒辭，卽能召致實事。印度哲學之一派，如彌曼差之信聲常，謂語言自身能有實作用，亦卽由此而來。今之科學家哲學家，以抽象觀念爲具體事物者，與一般人之信其所意想之世界，卽眞實之世界者，亦無不原於人之有此自然生起的「以自己之觀念與意想爲實際」之妄執。此亦爲未得見全幅實際世界之眞相之一切人，同不能免者。一般人自謂其已能免者，常正足反證其此類妄執之多且深；乃竟無暇以反省：其初視爲實際者，而後又被其自己更知爲非實際者，已不知多少。又此「以吾人之意想觀念爲實際、或直接有實際能由之而生」之妄執，乃恆與人之意想、觀念，俱起而俱生，而不爲人所自覺。人生之種種癡望、迷戀、貪欲、妄希倖得、與種種顚倒夢想，以及由瞋恨而來之咀咒等，無盡之人生煩惱，亦皆由其初「以實事若可直接由其意想觀念以生」而來。是卽皆本人之有此法我執而來。至於人之自執其自我之爲實常住不變之人我執，則可說亦是一種對吾人自己之一種意想觀念上之妄執，卽法我執之一種；而與吾人之其他法我執，可相互爲用，相互增盛者。故人若非能澈底去除此中與意想觀念俱起俱生之此二妄執之根，亦無人能免於此二妄執與無盡之煩惱者。然則謂破此二妄執、破此有實法實我之自性見，爲一切人生智慧之本可也。

按此佛家所謂妄執的實我實法之自性，與人之意想觀念俱起者，其原乃出於佛家所謂妄想分別心。此心亦實與前所論莊子之所謂向外馳逐之心知，在本質上並無不同。依莊子之敎，人須外于此心知，佛家則須去此分別心之分別所執，此乃佛家與莊子之義可相通者。然莊子之所謂性，則又在此所謂妄想分別心之外。此佛家所謂自性之觀念，不僅莊子未有之，其他道家儒家之言性者，亦未有之。中國先哲言性，無不連於生化之義，卽皆不能視同於一人之意想所執之恆常不變的自性。中國思想家蓋罕如印度人之執有自性者，此亦卽佛家破自性之教，爲中國思想家所易於契入之故。然此固無礙吾人之就如此如此之自性之概念，與破自性之思想而論，謂其非中國之固有，而純爲一自佛家所傳來者也。

三　種姓之性，同異性

（乙）另一由印度傳來之性之觀念，卽種姓之性。此所謂種姓，有其所以成種姓之本性，故今用此一名。法相唯識宗言有情種姓之別，由其所依之本性住種之別。自文化歷史上言之，此一種姓之觀念，初乃原於印度人重階級種姓之別，而用以分人之種別者。然佛家所謂種姓之種別，則其原唯在人本有之心性之種別。故此種姓，同時爲一心性論之概念。此種姓二字，在中國佛經中，亦有逕書爲種性者。茲按唯識述記十三舉種種經論，如瑜伽楞伽等，說一切有情本有五種姓，卽聲聞種姓、獨覺種姓、菩薩種姓、不定種姓、一闡提種姓（註）。依此種姓說，人之修道，是否能得聖果及其所得聖果之種類，乃先天的爲人之本性住種所決定。依此而佛之說法，亦可對不同種姓之衆生而有不同，以有大小乘之分或三乘之分。緣是而更有此三乘是否可歸一乘之問題，三乘是方便說或究竟說之種種問題。對此問題，法相宗主三乘爲究竟，於本性住種謂其可由熏習令增長，如窺基唯識述記卷五十三之論及習所成種。然此習所成種，唯指本性住種之增長而言，非謂能全變此本性住種之謂，故仍有決不能成佛之一闡提種姓。然依天台宗華嚴宗之主三乘歸一，一乘究竟者，則應無此所謂不能成佛之一闡提。法相唯識宗與天台宗，於此爭辯尤烈。在中國先秦思想，無論儒道，皆以聖賢爲人人所能達，而初未有分爲聖人種姓賢人種姓之說。唯漢儒或以聖人爲天生；爲性三品說者，或以人性善惡之品有不可移者。此在思想形態上，則與之相類似。此種姓之性，如下所謂同異性，乃可分爲類別者，即皆可攝於慧遠所謂性別爲性之義之中者也。

（丙）同異性質之性、總別性、種類性。印度勝論原有所謂同異性之一範疇，此乃由吾人思維而知之事物之共同點，或不同點，而稱之爲同性異性，或同相異相。中國佛經中多稱此同相爲共相，異相則爲依於自相而成之別相。同相，又可視爲事物之總相，以與別相分別。總相別相，亦可稱總性別性，如大智度論三十一初釋總性別性，後釋總相別相，即義無大別（**註一**）。瑜伽師地論（**註二**）

註：窺基大乘法苑義林章卷六，更擧諸經有一乘二乘三乘四乘五乘諸說，則亦可有一二三四五各種之種姓之說也。

問：云何性下，卽以自相共相等爲答。此佛家所謂共相共性、自相自性（註三）之分，實無異今所謂共同的性質與差別的性質之分，亦卽佛學所謂平等性與差別性之分。同異之觀念，中國固有之，然謂事物或諸法之同異總別之相爲性，此亦佛學傳入後乃有之新觀念。此同異總別之性相，或今所謂共同的性質，特殊的性質；乃吾人之思維，同時以若干事物爲所對，而對之作比較及抽象的理解後，所抽出；而以之標別事物之同與異，並憑之以形成事物之類與種之概念者。故此同異總別之性，亦可稱爲種類性。如唯識述記卷十六，窺基釋「有漏種子，俱是所緣，此識性攝故」一語，嘗依三義說之。其第三義「謂是性類，其並有漏，以故類同，故不相違背，得爲所緣」。此卽言因種子與識，同屬有漏之類，故稱爲識性所攝。此卽謂類同卽性同之謂也。吾人原對任何事物，皆可就其與他物之種種方面之同異、其所屬之類別，以言其性之如何。如究竟一乘寶性論第三卷，以十義說佛性，一者體，二者因，三者果，四者業，五者相應，六行，七時差別，八遍一切處，九不變，十無差別。慧遠大乘義章第一卷，卽本之而更一一加性字，遂爲十性。此十性，實就佛之爲體、爲因、爲果、其業、其行、其在時間之段落、在空間之處所、與不變及無差別之各方面，言其別於衆生之性相性質也。今由一物，與他物之同異、其所屬類別，所看出之事物的性相性質，卽荀子所謂共名別名之所涵。此同異種類之名，中國亦固早有之，然直名之曰同性異性、共同性質、特殊性質、種類性，則中國昔所未有。中國前所謂性或質，其習用之原始意義，皆指屬於具體存在或生命或人心之一內在之「性」或「質」，而罕指純由吾人之思維，同時以若干事物爲所對，比較其同異類別，而抽出之抽象的性質也。

註一：智論三十一總性者，無常、苦、空，無我；別性者如火熱性、水溼性；總相者如無常等，別相者如地有堅相。問曰：性相有何等異？答：有人言：其實無異，名有差別，說性則爲說相，說相則爲說性。譬如說火性卽是熱相，熱相卽是火性。有人言：性相小有差別，性言其體，相言可識。如釋子受持，禁戒是其性，剃髮割截是其相；近爲性，遠爲相；相不定從身出，性則言其實，如黃色是金相，而內是銅。按此所謂性相之種種差別，人儘可說爲一物之對內、對外、對遠、對近，貌似與眞實之諸相之差別（或諸性之差別），不必說爲性與相之差別也。印順中觀今論第八章，論佛家性相二名，多可互用，又釋大智度論之分別性相，除依遠近、內外、貌似與眞實之外，兼以初後、通別、名實爲分別。初後者，謂習所成者爲性；通別者，謂自相爲性，共相爲相；名實者，離名言意想之法性爲性。按習所成性人各自別，屬後文第四義種子因本之性。是見以通別分性相者，原非正規。自相亦可稱自性，共相亦可稱共性也。以名實分別性相者，亦可以之分別一般之色相與實相，實相固亦離名言意想分別者也。是卽證大智度論所謂性相二名，實皆可互用也。

註二：瑜伽師地論言自相共相語，見卷十三十七頁。

註三：佛家言自性，或爲別異於他，以稱爲自。此所謂自，則尅就其自身而言曰自。如下文第四義中自性之「自」是也。

大乘般若宗所謂空性、法性，實卽由一切法之無自性而顯之共同的空相空性、或無自性性，而又爲一一法之本性、自相、自性之所在者。此俟後文，當更及之。

四　體性、當體、與所依體

（丁）自體或自己爲性。此卽謂一名之所指者之自己或自體，爲性或自性。據丁福保佛學大辭典體字條，梵語Dhatu譯體、界或性。此所謂自體或自相自性，初當卽一文句中之主辭之所指，而可以差別之賓辭說者。如謂聲是無常，此聲一名所指者之自己或其本身，卽可名爲自性或自體（註）。一主辭所指者，可是一實在事物，如「人是動物」中之人；亦可是一性質或相狀，如「白是色」中之白；

註：佛學中所謂體或自體，原不必具一般所謂實事實物之實體義。天台宗釋經，依體、宗、用等諸方面而釋。所謂經體，卽一經之體制。如法華玄義卷一謂體字，訓禮，禮法也。華嚴疏抄卷六「相舉於外，性主於內，體者性相之通稱，若言體者通事通理，若言性者，惟約於理……約性亦體亦性，故事但可稱體」。是見於理、法、性皆可稱之爲體，不必實事實物之有今所謂實體義者，方可稱體也。此卽如中國文中所謂文體，國體、政體，事體皆以體構、體制、理法爲體。緣此而言之「自己」、「自性」，亦卽可就一理、一性之自己而言，則一性質相狀之自己，自亦可稱爲體也。

此蓋卽前文所謂一相狀性質，皆可稱爲自性之故。但此相狀性質之自性，如亦稱之爲自體，則此自體，乃可不對其用而說者。至一主辭所指者，如爲一實在事物，則爲可緣之而有發用發業等事者。此實在事物，對其用而稱體或自體或自性，卽不同於自性自體如白等，可不對其用其業而言者。按成唯識論釋實有之諸心所，恆兼用性業二字相對以釋之。如謂欲之心所，乃「於所樂境，希望爲性，勤依爲業」。此卽言人之欲望，乃以對所樂之境有所望，爲其自體自性；而人之努力卽依之而生，以爲其用。又謂「慢以恃己於他，高舉爲性，能障不慢，生苦爲業」。此卽謂傲慢，乃仗恃自己，而對人高舉，爲其自體自性，並以能障礙不慢、而生苦，爲其用業。此中所謂一心所或一心理活動之體性，卽指此心理活動自己而言，業用卽指由此心理活動，而發出之正面反面之作用而言。依此以言性言體，卽溯業用之所自發而目之之名。此所自發之體之性，卽一心理活動之自己。此自己，如西文所謂Itself，亦卽此心理活動之名之所指；非此心理活動之上之內之另一自我，如西文所謂Self也。對此自我，如視爲常一者，乃唯識宗所謂妄執，而實非有者。此心理活動，如慢如欲等，則爲實有者也。又按此以與業相對之自體爲性，似同中國傳統思想之以情所自發爲性之義。然中國之以情之所自發爲性，此性恆指一內在而隱微之物，非顯著之心理活動。凡顯著之心理活動，依中國傳統思想，似應稱之爲情，或知或意。唯識宗所謂心所，卽皆屬於顯著之知情意之類。然依此唯識宗之性義，則於任何顯著之知之活動、情之活動之自己，卽皆當目之爲性、爲體，由是而生之作用，則爲業。則今說此怒能傷生，此中之怒即體即性，此傷生即其用其業。依此義以說體說性，則一切顯出之一切存在或活動，對其用其業言，即爲其性其體。一切爲因爲果者，尅就其自己之爲因爲果而言，亦皆可稱爲其自體自性。如慧遠大乘義章卷一第二義體義名性下，謂「佛因自體，名爲佛性，謂眞識心；佛果自體，名爲佛性，所謂法身」。此所謂自體，即還指其自己而言。又此自體自己之義，與佛家言當體之義無殊。翻譯名義集謂「發菩提心者須識其體，一者當體，二者所依體；其當體者，悲心、智願心；其所依體者，自性清淨圓明妙心」。任何心之正生，尅就其自身自己自體而言，即爲其當體。與當體自體同義之自性之一名，亦即對任何事物之用與業，而還指其自己之別名，如西文所謂 Itself，此外無他義。此自性之義，亦中國昔所未有，而純爲「性」之一新義也。

（戊）種子與心識之因本或所依體性之性（**註**）。此即慧遠所謂種子因本爲性之義。玆所謂體性之性，非指一物之性質而言，亦非指一物之自己，名之爲體之「當體」；而是就一當下之一相用或當體，而更追溯其潛隱的內在根原，而名之爲性或其所依體；更即此性此體，以爲其用或當體之所依之體。此可攝太虛法師所言之六、七、八三者之以種子爲性者言。按此義之性，乃上一義之性之引申。因吾

註：前頁注所引華嚴疏鈔卷六，「體者性相之通稱，若言體者，通事通理，若言性者，惟約於理」之下，又言「攝境唯心，若約眞心，即通性故，……所入實體，即是性故……」數語，此即謂眞心之爲體，乃通性而言之性體或體性也。

人雖可以一心理活動之自己自體爲性，以爲其作用業用所自發；然吾人如果更追溯此心理活動之本身之所自發，則依唯識宗義，必更追溯至一潛伏之功能或種子。此種子方爲其眞正體性所在。然如吾人對種子所自發，再作追溯，則又當謂此種子乃原自阿賴耶識。由此而阿賴耶識方爲最後之所依體，種子又皆爲此體之用，此識乃最後之性之所在。故窺基於上所引述記十六卷，釋識性攝之第一義曰：「性者體也，體卽本識，種子是用」。近世歐陽竟無先生唯識抉擇談，更謂阿賴耶識，本於一眞法界，故說一眞法界，方是體中之體；賴耶識尙是體中之用，種子則是用中之體，現行則用中之用而已。此乃是更向上追溯，以開體用爲四層之說。依此義以言性與其業，亦應同可開爲四層。而當說一眞法界爲賴耶識之性之所在（**註**）。然此四層之分，皆不外由追溯吾人現有之心理活動之原，而次第上溯之所成。此在印度傳來之佛學，亦有卽以阿賴耶識爲最後之體之說。外此，又有如南北朝時眞諦之於阿賴耶識外，另立第九識菴摩羅識之體者。更有以阿賴耶識爲染汚之如來藏識，唯淸淨之如來藏識，乃眞正之心體，或以如來藏識與阿賴耶識不一不異之如來藏藏識爲體者，如大乘起信論及勝鬘、密嚴、楞伽諸經之所說。中國華嚴宗自澄觀圭峰以降，自稱爲法性宗或性宗。此所謂性，實迥異般若宗之法

註：歐陽竟無先生晚年講唯智學及涅槃學，其大乘華嚴經敍（藏要第三輯經敍）又以此四體用講四涅槃，以自性涅槃爲體中之體，以無餘涅槃爲體中之用，以無住涅槃爲用中體，以菩提爲用中用。依此四體用以言性，又當不同於其舊說。此過涉於專門，非今之所及論。

性之性，爲一切法之共同的空性之性者，而是直指一常住淸淨之心體爲性。如圭峯禪源諸詮集都序卷三，以十義辨空宗與性宗。其第二義心性二名異，第三義性字二體異，卽謂空宗以無性爲性、性宗以靈明常住不空之體爲性，此性體卽心體也。凡此上得名爲體性之性者，雖有種種層次之所指，然皆是由其爲種種當前之相用或當體之所依之實體，而得名者也。

五　價値性與三性

（己）價値性之性。此卽上所引窺基述義，釋種子爲識性攝之第三義。其言曰：「識者性也，若使本識，同無記性，故能緣之」。此謂種子與賴耶，同具無記性，卽同具無善無惡之性，故種子得爲賴耶所緣云云。此無記性或無善無惡之性，與善性惡性，並稱三性。善中又分有漏無漏之別。善與不善，更有種種，此皆非今所及。按此三性乃尅就善、惡、無善無惡三者而名之爲性。此三性，乃可用以分別形容各種心理活動者，如謂貪嗔之性爲不善，信慚愧等爲善，苦樂之本身爲無善無惡是也。稱此善惡等本身爲性，卽今所謂價値性。尅就一心理活動之自身而言其價値性，則善卽善，惡卽惡，而此性卽涵具不可改，而決定之意。此蓋卽大乘義章所謂不改爲性之義之一所涵（註）。按唯識宗論種

註：大乘義章所謂不改爲性，多就因果之一定，或如是因有如是果之定律以言。然亦謂「通說諸法體實不改」爲性。

子之六義，其四曰性決定，謂「隨因力生善惡等功能決定」。此即謂善之種子，決定生善之現行，惡之種子，決定生惡之現行。此非謂種子在其爲種子之階段，已有一般善惡義；若然則與其謂種子與賴耶識不異，賴耶爲無記性之義相違矣。此唯是謂種子所能生之現行之善惡爲決定。是乃明以善惡無記之價値性本身爲性。此性即非指一實在事物，如心理活動與種子等，而唯用以標別此實在事物之價値意義者。溯自釋迦說法，其三法印中之涅槃寂淨，十二因緣中之還滅，皆爲價値義上之無煩惱、無染汚、無流轉之苦之寂淨性、還滅性。緣是而在究竟義上所謂空性、眞如性與佛之涅槃三德、四德，亦無不具一由無反面之煩惱染汚等，而昭顯之價値義。佛家之言性，亦必歸在此義；而非只歸在一知識論上之無妄執，而知眞實等，又非只歸在一存在論上之眞常法性者。然在此究竟義上，知識義、存在義、價値義，三者恆不可分，故佛家之用一名，亦即可兼攝此三義。然此又非謂佛家所歸，不在此價値義之性之謂也。唯因佛家用一名，或即已涵此三義，世乃或偏在餘二義，以了解其所用之名之義，而失此一根本義。即佛徒言佛學，亦不免有此病者。如慧遠大乘義章佛性一章，言性之四義，皆偏就存在論上之體性爲釋，獨不及善惡無記之爲性。唯於法性實際章，乃及此三性之名，更補以「此非體性」一語。然此非體性之性，何獨不列於前，以爲第五義之性乎？按中國先哲言性，實最重性在價値上之善惡等，儒道之所歸在善、在眞、在誠、在至德、或上德、全德，皆有價値義。然中國先哲，又多以性指一有存在論意義之實在，而具實作用者。中國先哲固謂性自具善惡，而用善惡之名以狀「性」，然亦罕謂此善惡等，本身爲「性」自身之又一性，故亦初無別出此價值義之性，爲另一義之性之說。單指善惡無記三者之自身爲三性之說，亦昔所未有。佛家有三性之說，故可言人之心識心所之性，更有其善性、惡性、無記性等。在中國先哲則言性善性惡，而不言此性自更有其惡性、善性，劉蕺山所謂「理無理、性無性」是也。唯王充用性之一名，或唯以指人所稟之氣之狀態方向之不可易者，乃謂此狀態方向之善惡，爲性之善惡（註），則其所謂性，蓋略同佛家所謂三性之性矣。

六　佛家言性之方式與中國先哲言性之方式之比較

上述性之六義，蓋可略盡佛家所謂性之一名之所涵。此六義之性，雖可相攝，如價值義之性，體性之性，亦自可有其同異與種類；種姓之分，亦唯依人之同異種類而生者是也。然此諸「性」本身之義界，仍畢竟不同。今分爲六，已較前引太虛之分爲十者，大爲簡化，但仍較中國傳統思想中所謂性之意義，大爲複雜。此佛家之所以有此種種之性之分，又初實原自一根本之思維方式。此方式，則又由佛家初重說一切法而來。沿說一切法之思路而論性，其起點，即爲佛家思維所對之種種法。此種種法，原爲可一一加以舉述，而客觀的論述者。然吾人所視爲客觀實有之法，可爲本非實有之妄法。如

註：參考前文論王充之性論處。

上所謂第一項之自性，卽爲一妄法。凡人視爲能不待因緣，而能直接由之以生出實在之法，卽皆人所視爲有自性之妄法。此妄法本非實有，而唯是虛妄之主觀的分別心，所執爲實之觀念而已。在此種種之性中，最可稱爲實法者，則首爲有情之種姓之性。此乃依於有情究竟能否成聖，與所成之聖之種類，而將具體有情，分爲各種者。再其次爲吾人所賴以分一切事物爲各種類之同性、異性、同相、異相，而此亦卽爲吾人所本以論述客觀事物之抽象性質，如一般形容辭之所表者也。至於上述之第四義之性，恒爲對業用，而還指其所依之以生者之名。一業用乃初由動辭表之者。業用之所依，則或可爲初由另一動辭表之，而後亦可以名辭表之之一實在或實體。此實在或實體，可爲顯出而正現行者，此仍屬第四義之性。然亦可爲潛隱之種子等，或爲究極義之如來藏等，則當屬第五義之性。至於第六義之性，則爲本此上述之各種性之價值意義，而說其善惡染淨之性。如說色法自身無善惡，心法有善惡，緣妄執而起之心理活動，恆染而不善，不緣之而起者，乃清淨而善是也。此上所說各種之性，蓋皆不外依吾人所視爲客觀實有之法，是否眞有其種與類、同與異、體用、因果與善不善，而次第建立之義。唯此諸義，乃自不同方面建立，故不可加以混淆。此性之一名，有此多義，亦皆當爲之淸晰的加以分辨出者。至於在每一義之性之項下，所以又可以說有種種，如種種之自性執、種種之種類性、同異性、體性、善惡性，則是由一切法之原可有種種，而依之以說者。此中依佛家唯識法相之教，「法法不相知，法法不相到」，而各有其性相；故吾人之知之，則於法法當不使之相亂；吾人論性更亦須自種種義之性，而分別論之。法不相同，性之義不一，則不能以一性爲之說。如慢之心所之性，與忿之心所之性不一，與色法之性更不一；而說一心所，以其種子爲「性」，與說其善惡之「性」，亦非一性。由此論性，雖極其複雜，然人皆可歸至對一一之性之義，有確定之了解。中國先哲之論性，恆視性若爲一。其所論性之意義爲何，常只賴人之將其上下文或全文，參互錯綜，以觀其言之義所輻輳，而求印證於吾人之心與生活經驗，乃能體會及其義之輻輳者在是，其所謂性者亦在是。人既體會及此性之所在，固可更無餘論。如不能體會及此，則人於此便只能有一模糊恍惚之想像。本此模糊恍惚之想像以言性，乃多成混淆不清之論，而性亦若有而若無矣。今佛家之論性雖繁，人如能對其概念，一一加以了解，反較對中國先哲所謂性之概念之了解爲易。此亦不僅在對性之一概念爲然。吾人尚可推擴而說，佛書之經卷雖多，名相雖繁，似極難讀，而循序求之，實亦不難。中國先哲之儒道之書，則文雖較簡，名辭較少，似易讀；而實又非熟玩其言，而前後錯綜參伍以觀之，不能見其義；非循序求之即必可得者，而實更難讀也。

然依唯識法相以言性，其性之義雖有種種，然亦非無一名而涵衆義者，如上引窺基所謂識性攝，即涵三義。又非謂全無一法以攝一切法爲義，亦兼攝一切法之性者，如阿賴耶識，即攝一切法爲義，亦攝一切法之性爲其性是也。人之思想，必求由多而返於一，以爲總持之資，故人亦必求一究竟義上能攝一切法之性之性。由此而佛家之言性之繁，亦終將以中國先哲之言性者，恆歸於一至簡至易之流相交涉。而由中國佛家思想之發展以觀，即見其論性之方式、與其所謂性之內容，固有其與中國傳統思想之言性者，有相通接之路道在也。

此中佛家思想與中國思想，其言性相通接之路道，初表現爲用老莊之思想，以與佛家般若宗所謂性空、空性、一切法之實相、實性或法性之觀念之相通接；次表現爲：由唯識法相之論五種姓、三性與八識之性，轉至天台華嚴之言性具或性起之心，即漸若類似孟學之言本心之性善之旨；三表現爲禪宗之言見自本心自性，見本性自性；若忘此「自性」之一名之原義，初原所以指人之虛妄所執，只爲應加以摒斥者。佛家之言心言性，亦由禪宗之言直指以見本性本心之自性，而益轉近中國傳統思想，重簡易之工夫之旨矣。此皆將于下列諸章，絡續及之。

第七章　般若宗即空言性，與唯識宗即識言性、及即種姓言性

一　般若宗之精神與法性即空性義

按小乘之佛學之求解脫，乃出自一視三界如火宅，而迫切求出離之願望。欲得出離，則待一繼續不斷之堅苦的修道工夫；人之達須陀洹、斯陀含、阿那含、阿羅漢等四果，其中仍有種種之進退歷程。其論此人生與世界之所由成，與種種修道之工夫，亦極其複雜而繁難。此皆意在策勵學者對諦理之思維，並堅固其「千里雖遙、不敢不至」之志願者。此種佛學之精神，在由小乘轉入大乘之成實論、及俱舍論，猶可見之。然人在修道之歷程中，歷經艱難而有所進益之後，人最易發生之病痛，即爲自以爲已有所得，而妄自矜許，此即翻成魔障。大乘般若經之重般若波羅密，而重以智慧深觀無所得之義，即正所以對治此魔障者。小乘佛教，原亦以去除貪瞋癡等之迷執染業，而歸於寂滅寂淨之涅

槃爲事；人之染盡，而空一切煩惱，證寂滅寂淨，亦卽另無所得。故空與無所得，原爲佛教之精神。至大乘般若之教，其進於此義者，則蓋有見於彼修道者，在其工夫歷程中，能漸空煩惱者，或因自謂已能空煩惱，而妄自矜許。此卽一對其已空煩惱之心境，再作回頭之執取。此卽執空，而求得其不可得，而將不免於沉空滯寂之病。大乘般若經與釋般若經之大智度論等經論，雖卷帙浩繁，要不外以大智慧照見此空之亦不可執，此不可得之亦不可得。故其言佛教之布施，卽人縱能在無盡期中，自捨自己所受之無盡之身，如金剛經所謂「以恆河沙等身布施，如是無量百千萬億劫，以身布施」，亦不「住相布施」，不見有自己身可捨，亦不見有所施之人、衆生、及自己布施之事，方爲眞正之布施。修道者於其一切修道之六度萬行，由布施、以至持戒、忍辱、精進、禪定之行，能皆作如此深觀，則修道之事，雖無窮無盡，而同不自見有所得，而仍將自謂無所得，亦不得此無所得。是能空空，而空亦空，是爲般若波羅密。此般若經論之所說，亦正較一般部派佛學之分析種種法數，而比對之以爲論者，更契於釋迦說空無我之本意（**註**）。般若經本此空空之義以言，故於人在修道之六度萬行中，所遇之萬物萬法，皆同說爲空，而其空亦爲空者；以至言涅槃亦不可執爲有，勝於涅槃者亦不可執爲有。故說

註：印順法師性空學探原，溯大乘空宗之根原於四阿含，謂大智度論所謂十八空、如空空等之名，皆原自阿含，以見大乘空宗之興起，正所以返至釋迦之說法之本意。其言可袪一般以大乘非佛說、純爲後起之說之偏。然此固非謂大乘般若之暢發空空等十八空之空，非對小乘爲一佛學之新發展也。

「假令有法勝涅槃者能入，我亦說如幻如化，何況涅槃」。此非謂此萬行萬法與涅槃，如龜毛兔角，或如外道與常情所妄執者之畢竟無有；而是於一切萬行萬法之有，皆當視爲如幻如化之有，而自性空者之謂。萬法萬行之自性空，卽涅槃性也。原彼萬行萬法，皆是因緣生，此乃佛家之通義。然人卽識得此緣生義，不另執有外道所謂自性者，仍可意謂彼由緣所生者，與此能生之緣，終爲有而非空；而部派佛學，亦有於此分析諸法，而歸於主一切有者。然大乘空宗，則謂緣生之義，是一切法皆依緣而有之義。一切法同依緣而有，爲他法之緣者，亦依緣有；則緣生非謂實有能生之諸緣，諸緣亦實無能生之「力」，以生其所生。若有此「力」，則仍同外道之執有一自性矣。若緣無能生之「力」，以生其所生，則所謂緣生，唯是此有，依彼緣之聚，而如是如是現之謂。故凡所謂有，非他生，亦非自生，非自他共生，亦非無因緣而自生（中論）。知凡有者，皆唯是依彼緣之聚，以如此如此現，緣聚方有，緣散則無；則緣聚而有之有，亦不可執爲常有定有；卽雖有而未嘗不空矣。由此以言緣生，卽不礙言空，而人亦可卽緣生以知無「常有」、「定有」可執，而證空。而於一切空，如內心空之內空、外物空之外空、與合此二者之內外空，皆不更執，則稱爲空空。空之所以當空，亦正以緣生之有，雖非常有、定有，而亦非畢竟無之故。由此空空，而十方世界無不空，大智度論稱之爲大空。既空空，而不更執「空」與「諸法之有」之任一偏，以在第一義上，不離諸法之實相，而見諸法實相空，名第一義空。知此空空、大空、第一義空三者，更無有餘不空法，所見既空，見主亦空，是名畢竟空。此畢竟空亦空，乃終成一「空」與「一切法之有」，不相爲礙之中道。人能照見一切法之有與空不相礙，照見一切法之共有此空性，卽能照見一切法共同之眞如、法性、或實際，是故當學此般若波羅密也。此中所謂空性法性等名之所指者，其實卽亦不外此一切諸法之緣生而無有自性。故謂「言諸法無有自性者」，卽「以性空破諸法各各性」（智論五十二）。此諸法之無自性，「諸法之無所有性，是爲諸法自性」（智論五十八）。故諸法卽以無自性爲其自性，而有一無自性相。此「諸法之無自性相，卽畢竟空相，此畢竟空相卽一切法相」（智論五十五），「卽一切法一相，所謂無相」（智論十八）。故此空相法性，亦卽一切諸法之無自性性、無自性相、一相、無相。無相又稱無性、無我性。又此空性法性遍一切法，而可實證，卽一切法之眞如、實際、不變異性。此中諸無自性性、法性、空性、與實相、無性、無我性、眞如、實際等之名，爲同義語（**註一**）。此「一切法性，若有爲法、若無爲法，是性非聲聞、辟支佛作，非佛所作，亦非餘人所作」，是性非由作，亦無自性之可說，「諸法性不可得」，「是性性空」（大智度論三十一十八空，及四十六摩訶衍品），直名性空。故曰：「性空者。名本來常爾，或性自爾」也。至於此似一往言空之教，所以不與佛家之本慈悲以度衆生等無量方便之

註一：大般若經，對此法性有十二名：眞如、法界、法性、不虛妄性、不變異性、平等性、離生性、法定、法住、實際、虛空界、不思議界。對法論有七名：眞如、無我性、空性、無相、實際、勝義、法界。華嚴經迴向品第八依眞如性相說眞如名，則有百名，此爲最多者也。

行，相礙者，則以此空既空，則亦不妨礙憐愍衆生，引導入空之故（**註一**）。至於人欲有證此空之般若波羅密，而知此空性法性，及此空性法性之性亦空等，其究竟義，固在知此證空之般若波羅密，原不容有任何一邊之執着。有不可執，空亦不可執，所謂「般若波羅密，譬如大火炎，四邊不可取」（智論十八）是也。然此般若正爲諸佛母。至於人之學般若，則其初步，當於其次第所知之一一法，一一順之而觀其緣生相、空亦空相、無自性相等。緣是而有三三昧：卽空三昧、無願三昧、無相三昧之正定工夫，以有一切智、道種智、一切種智等（**註二**）。此固非本文之所能及。然要之一切法無量，三昧與三智之工夫無量，所證得見得之空性、法性，亦無量。吾人今既於一切法，可姑加以分類爲說，則於此空性、法性，亦可隨之而分爲多類以說也（**註三**）。

然不管法有多種，依法之種類而立之性，有多種，然吾人依一切法之緣生卽空，由破執而證知之一切法之實際、實相、空性、法性，則徧一切一味，而無二無別。故諸法雖多，法相雖多，而此實相法性，則爲一而非二亦非多，而無多之可說者也。

註一：大智度論七十九雖觀一切空，不捨衆生；雖憐愍衆生，不捨一切空。觀一切法空，空亦空故，故不著空，是故不妨憐愍衆生。雖憐愍衆生，亦不著衆生相，但憐愍衆生，引導入空。是故雖行憐愍而不妨空，雖行空亦不取空相，不妨憐愍心，如日月相須。

註二：近世歐陽竟無先生講般若，純依般若經講三三昧，並論般若學爲唯智學。聲聞能知蘊處界，名一切智。菩薩廣大，三乘道相，無所不學，名道種智。佛一切皆寂，又一切一切，無所不知，名一切種智。菩薩學小，觀空不證，箭箭注栝，直至菩提，是名般若。言一切智智，無量無邊；空無所有，然後能容。一切智智，反正雜處，空無所有，然後無礙。是故應以空爲方便，學一切智智（大般若經第二分序）。又謂「擧足下足，皆爲一切有情，爲一切智智」，「以無相爲相，而徧學一切」，「以無性爲性，而漸次修學」，「以無際空、畢竟空」，「以種種衆多不可思議，甚希奇法」，「安立衆相」，「隨修一法，無作無相，而能一切一切，周徧圓滿」（方便般若序）。「空然後有用，有用然後能行。般若者，用也；用也者，行也」（大般若經第五分序）。「巧妙不可詰者，法界也；巧便不可階者，般若也。以是般若，馭是法界，直上靑冥，行大王路」（大般若經第六分序）。故重方便般若。謂「執一實相，莽莽蕩蕩，日月悠久，幾何其不流於敗種焦芽，沉空滯寂也哉」（方便般若序）。然觀東晉南北朝之般若學，仍以實相般若之問題爲主。當時談空性法性，皆重其體義，而非其用義。歐陽先生之重般若之用義、行義，亦可謂之更超進一步，以般若學通瑜伽學者。然此則非本文所多擬及者也。

註三：大智度論三十八空：諸法無量，空隨法空，則亦無量，何以但說十八空？答：諸法如是，各有定數，以十八種法破，是故理有十八空。此卽謂破執之法可分爲十八，故說十八空。依性空義，此十八空自性亦空，故若另作類分，則亦非必說十八空。如金光明經說八空。歐陽先生藏要敍，謂其亦足攝十八空竟。則再加歸約，或再加開別，依種種分類，以說種種數目之空，固無不可也。

按此佛學之言空性、法性、實際、實相之論，固與中國傳統言性之說異旨。然佛學輸入中國，至東晉而大盛，中國人所以不覺難於接受者，則以有魏晉之玄學，與之互相援引，此乃人所共知。如王弼承老子言，有體無致虛，而任物之自然之性之教；郭象承莊子言，更有觀物之獨化，而玄同彼我，與物無不冥之義。王弼言自然之義，固爲於一一之物，只見其自然而任之，不更問其所以然之義，然亦非必歸於否認物自有其所以然之說。循郭象之言獨化，言吾身之爲獨，吾身所接之物之爲獨，亦意可涵其各有一特殊的所以生成之理之義。故郭象嘗由吾人當前之生，以言其「生之所有者衆」，「理之所存者博」（莊子大宗師注）。此當前之生之所有、與理之所存，即此生之諸因緣也。故王郭雖不重一事一物之因緣之分析，然彼等既言一一之物，各有其自然，各能獨化，即亦未嘗不可意涵其各依特殊因緣以生以成之意。循此思想，亦卽不能拒絕此佛家重析諸緣以明緣生之論。般若宗卽緣生以言空者，言空不礙有，又可與體無致虛之意相印合。故佛學可與當時玄言，相援引以入於中國也。

二　道安言性空，羅什、慧遠言法性義

印度佛學傳入中國之後，初盛者爲大乘般若之教。道安屢講般若經，鳩摩羅什更多譯般若經論，其學亦歸宗在般若。慧遠嘗與羅什問答法性之義，僧肇爲四論，更稱心而談般若義。吉藏謂道安講性

空義（註），餘三人皆亦言及性。然今當並舉其言，以見諸家所謂性，皆與中國先秦兩漢之先哲所謂性之一名，初不同其義，唯沿用一名而已。

吉藏中論疏因緣品，敍道安言性空本無之旨曰：「釋道安本無義，謂無在萬化之前，空爲衆形之始。夫人之所滯，滯在末有；若宅心本無，異想便息。安公本無者，一切諸法，本性空寂，故云本無。此與方等經論，什肇山門義無異也」。按曇濟六家七宗論，以道安爲本無宗，僧叡則稱之爲性空宗。然道安則皆未嘗以之自名。今將問此所謂本性空寂之性，果何所指？

按道安言本無，蓋是「無爲本，有爲末，而在無之本上，無末有之滯；末有之滯，於此皆空寂」之意。若然，則所謂性空，卽應涵：無此或空此「世所執所滯之實有之自性」之意。至於謂此「無此所執所滯」之本性，卽爲空寂，則當是如後之慧遠所謂「無性之性」，乃爲更進一層次之義。然亦可同爲道安言性空本旨之所涵。今按中國先秦兩漢學者之言性，皆非指常人所執所滯之實有或自性，亦不可視爲無與空者。若謂「無此所執所滯」之本性，爲空寂，此空寂之言，乃以遮爲表；亦不同中國先秦兩漢之性之一名，皆直接有所表者。是見僧叡吉藏用以講道安學之「性空」之名，其所涵者，皆一昔所未有之新義也。

註：大智度論中屢及性空之義，如卷三十六，空者性自空，不從因緣生，若從因緣生，則不名性空。又卷九十釋實際品，卽全以釋性空義爲事是也。然道安講性空，在大智度論譯出之前。道安之性空

義，不必卽智論之意也。

然對此本無之說，僧肇不眞空論，則以其爲乃主張「非有無此有，非無無亦無」者，則此實卽上言般若宗之空「有」亦空「空」之旨。唯僧肇意，以爲本無宗只言「無此有」、及「無無」，乃「情尚於無，多觸言以賓無」；未能卽有而無，「卽萬物之自虛」，是未免「假虛而虛物」，尚未契於眞正之非有非無之旨。今按：若僧肇所評爲本無之說者，其中亦包括道安，則此便不同於吉藏之謂：道安之言與僧肇之旨實不異者。然此僧肇與道安之異同，乃別一問題。僧肇固亦未說道安無此「本無」「性空」之義，則謂道安有此義，仍不誤也。

至於羅什之著，今大皆已佚。大藏經卷一八五六鳩摩羅什法師大義上，記慧遠嘗問羅什法性與眞際同異。羅什嘗答曰：「諸法如相，性自爾故。如地堅性，水濕性，火熱性，風動性；火炎上爲事，水流下爲事，風傍行爲事。如是諸法，性性自爾，是名法性。更不求勝事，爾時心定，盡其邊際，是名眞際。……初爲如，中爲法性，後爲眞際。知諸法如如，名如來；正徧知一切法，故名爲佛……諸菩薩……觀諸法實相，爾時名爲如；深觀如故，是變名法性。若坐道場，證於法性，法性變名眞際」。李證剛先生維摩詰經集註卷三弟子品輯僧肇注曰：「如、法性、實際，此三言同一實耳，但用觀有淺深，故別立三名。始見法實，如遠見樹，知定是樹，名如。如是法轉深，如近見樹，知是何木，名爲法性。窮盡法實，如盡知樹根莖枝葉之數，名曰實際。此三未始非樹，因見爲異耳。所說眞法同。此三空也」。僧肇卽本羅什之言作而註，羅什之言則又本於大智度論說如、法性、實際同此一空性之言也（**註**）。

本此所說，如與法性眞際三名之異，唯是依觀行之初、中、終之深度不同而立名。所謂法性者，卽諸法之如是如是之性。所謂諸法之如是如是者，卽由地如其地，堅如其堅，水如其水，溼如其溼……而其中皆無自性自相可得而見。此諸法各各自性自相之空，卽諸法之各各之如，是名爲如；而各各法同爲一空，是爲法性。此法性，不與地性水性等在一層次。此乃正偏知一切法者，於一切法，

註：大智度論三十二卷：諸法如有二種：一者各各相，二者實相。各各相者，如地堅相、水溼相，……空則是地之實相，一切別相皆如是，是名爲如。法性者如前說，各各法空，空有差品，是爲如。同爲一空，是爲法性。……實際者，以法性爲實證，故爲際，……是三，皆是諸法實相異名……實際卽是涅槃……法性者，法名涅槃……法性名爲本分種……如是一切世間法中皆有涅槃性……一切總相、別相，皆歸法性，同爲一相，是名法相。

淨影慧遠大乘義章卷一：對如、法性、實際三門分別，乃通就二諦、唯就眞諦、及就觀入三者，分別此三門。於通就二諦觀此三門中，先明大智度論三十三卷所謂一般事物之九法：如體、相、力、用、因、緣、果、善惡、限礙、開通方便，及所謂下如、中如、上如，以言其法性。更唯就眞諦，及就觀入，以言法性，成種種深入之各層次之論。此非今之所及。然好學者不難次第循其文，以白得其義也。

一一各還之於其本位，所觀之一切法之「一味的共同的空性、法性」。人欲知此法性，則賴人之空其對一切法之種種分別，空其種種自性之妄執者，而後能。此法性，又唯是由正智之無執，所觀得之「諸法皆無自性自相，而同為一空」之空性。是此中之所謂法性、空性，亦全不同中國先秦兩漢之所謂人物之性之有實作用，而由人物之能生處所見之性。依佛家之此義，以言此有體質有實作用之人物之性，如不視為妄執，亦只能屬於下一層次之性，如水之下流，火之炎上，如地堅性、水溼性等，即大智度論三十二所謂「各有各性」之法性。唯有觀各種人物之各如其體質之為體質，各如其所有之作用而有用等，以實各如所如，而更不有分別之妄執者，方能見諸法之法性。此即大智度論所謂別於事法性之實法性（註）。此所謂法性，與中國先哲之所謂性之不同，固亦顯然矣。

又羅什與慧遠書問「既已捨染業，心得善攝不？若得不馳散，深入實相不？畢竟空相中，其心無所樂。若悅禪智慧，是法性無照，虛誑等無實，亦非停心處。仁者所得法，幸願示其要」。此書乃羅什先自道其所得法。湯用彤先生魏晉南北朝佛教史第二冊第十章，引熊先生十力釋法性無照之語曰：「性者體義，法性猶言諸法本體，即斥指本心而目之也」。然循上引羅什之言觀之，羅什所謂法性無照，是否即已直指本心之體，愚尚不能無疑。因如與法性，唯指諸法之如如性，即尚未及於本心義

註：智者摩訶止觀曰，「地持明法性，一事法性，性差別故，二實法性，性眞實故。」慧遠大乘義章言法性，亦分事法性與實法性，此皆同大智度論之分別法性為二也。

也。詳羅什所謂「若悅禪智慧，是法性無照」之文句之義，蓋是言諸法之如如之法性上，本無此禪觀中之照；能知此，則能不躭悅於此禪智慧，亦不停心於此，方能更契入諸法本性空寂之如如法性也。此亦自有其理趣，蓋不必卽以本心之體當之也。

至於慧遠，則據高僧傳卷六，載其有法性論之著，而今佚。高僧傳今唯引其二句曰：「至極以不變爲性，得性以體極爲宗」，湯用彤先生於其魏晉南北朝佛敎史，以體極在冥符不變之性，不變至極之體，卽爲泥洹，以釋慧遠義，蓋未是。今察此二句之文句，所謂不變爲性者，乃對至極，而指其性爲不變，知此不變，卽爲得性，非謂實有不變之性。又體極之體，乃動辭而非名辭，則不能言有一至極不變之體。按湯書亦引慧遠大智度抄序曰：「非有非無之談，有而在有者，有於有者也；無而在無者，無於無者也。有有則非有，無無則非無，何以知其然？無性之性，謂之法性。法性無性，因緣以之生。生緣無自相，雖有而常無，常無非絕有」。此所謂無性之性爲法性，亦當卽「觀諸法之如其所如，對之更無分別之妄執，而知其本性空寂，別無自性，而觀此無自性卽爲其性」之意；蓋非言於諸法之本性空寂外，另有體之可體也。

三　僧肇之物性義，及般若體性義，與老莊之致虛

至於僧肇之四論，其物不遷論言動靜，不眞空論言有無，般若無知論言能證之般若，涅槃無名論

言所證之涅槃，合爲一卽動而靜，卽俗而眞，能證無知、所證無名之四論。其物不遷論，以「近而不知者，其唯物性乎」之一語發端，卽無異自謂其旨在論物性。其般若無知論，又有般若體性眞淨之言。今亦當說其所謂性，與中國傳統思想中所謂性一名之涵義，實迥然不同，而其思想所歸趣之境界，則未嘗不與老莊言有相契之處。下文試稍詳以說之。

上已言中國傳統中之人物之性，乃有實作用而由人物之能生處看之性。此生或指自然生命之生，亦可指人心之生。故性可稱爲生之所以然，生之質，以至可如後儒之稱爲生生之幾，生生之理等。至在僧肇之物不遷論一文，所論物之動靜之性，則純對吾人之知而說者。僧肇此文之宗旨，要在說明常人視物實有動靜之性，爲一虛妄而不實者。故人自以爲能知物性，實未嘗知。此卽純爲一由能知所知之相對關係中，以論物之動靜之性之說，而爲中國昔所從未有之一論物性之方式也。

按中國傳統哲學思想，對動靜之關係，可自二面看，一爲以人之未與物感之寂爲靜，感物而生情爲動；一爲以陽生爲動，陰成爲靜，卽以物之始生，爲動，生而成其爲物，爲靜。此皆自人生實有此內外之相感，物之實有此生成之實事，而言動靜。今僧肇論物之動靜之性問題，則初純爲就吾人知之所對之物，而問其是否眞有此「動靜之相」可說？卽問：吾人於物觀之爲動者，是否亦卽同時觀之爲靜？吾人能否卽動以求靜，以見動靜之不二？此卽初純爲一問「吾人之認識上所見之動靜二相，是否可不見其分別；或於一物之具動相者，亦見其具靜相，以使此二相之分別，得相與而俱泯」之問題。

吾人亦可說：此中之問題，亦即吾人於物所知之動靜二相，或於物所得之動靜二觀念，是否可同時應用於一物之上，而見即動即靜之問題。此問題之本性，實乃人所認知者是否即眞實之問題。此中動靜之觀念之意義，初爲知識論的，而非存在論的。故與存在論上言寂感生成以及體用等，實初不相干者。湯先生書之就其言即動即靜，而視爲即體即用之說，蓋尚未先詳其言所答問題之性質之故也。

依僧肇物不遷論之說，吾人於物之視爲動者，如更易吾人所以觀之觀點以觀之，則皆可說其動而未嘗不靜，即以證「人之即動見靜，而不見有往來動靜之別、今昔之時間之別、與因果之生滅」爲可能者。此固非謂世間無因果之事之相繼以生成，人對物無未感之靜，與感之之動之別之謂。若果然也，則自始無物可感，自始無物之生成變動，更何有於物即動見靜，而動靜一如，以見物之不遷乎？

至於此動靜一如，而泯今昔與生滅之觀念之別，其所以可能者，則在吾人之謂物有動，初乃由見物之有往。然吾人所以見物有往，乃由吾人求昔物於今。此求昔物於今，乃依於吾人接物而知物以後，即留一物之觀念，遂望今仍有此物之存在。此即正爲吾人前所謂人「直接欲由其觀念而致其實在」之妄執。人因恆不離此妄執，故恆求昔於今。因求昔於今，乃見物之有往。人若不求昔於今，或改而觀昔物自在昔，而今物自在今，則可不見物之有往，亦不見物之有來。而不見物之有往來，即不見物之有動相；斯萬物皆若動而靜，似去而留，人可求靜於諸動，即動而不見其動矣。而此留此靜，亦即「不去」、「非動」之別名。非謂人超拔出「去」與「動」之觀念後，有馮友蘭中哲史所謂曾存在者之常在也。蓋此求靜于諸動，初未嘗釋動以求靜，唯旨在見物之「動而不去，靜而不留」；以使物之動靜去留之相，相與爲一而俱泯，人乃可「卽物而眞」耳。至於世人之本此動靜去留二相二觀念之分別以觀物者，唯見物或動而或靜，或去而或留，人心乃迭蕩於二者之間。於是其透過此二者之迭蕩所見之眞實，亦如爲此二者之所分裂；而其一如之眞實，卽未嘗直顯於吾人之前。僧肇卽於此義上，言物性之不爲吾人之所知。則所謂知物性，卽見此物之眞實，在「卽動而知其靜之心之觀慧之下，當下如實呈現，如實而住」之別名。故僧肇謂能卽動求靜，則各性住於一世。此動而常靜之物性，卽物之眞相實相。此物之眞相實相，待吾人之超出「視動靜爲二」之「觀念之對峙」而後顯。此視物爲有動而非靜之觀念，上已言其爲出自人之妄執，則視動靜爲二卽妄執。卽動求靜，則所以去此妄執。去此妄執，而物之實相眞相或物性，爲人所知，亦卽上節之空妄執，以知實相法性之意也。是見其所謂性，與中國儒道二家所謂性，爲用以指一存在論上之人物之生成寂感之性，而非指此所謂知識智慧上所見之物之眞相者，固絕不同其義者也。

上所論僧肇之物不遷論，其思維之方式與其所謂性之意義，乃承佛家般若之教而來。然亦正與老莊之言有相通接之處。老莊固未嘗如僧肇之論人之以物爲動而非靜，乃原於人之求昔于今等；而老莊亦實未嘗謂於物可說之爲動者，兼可說之爲靜。然順莊子之教，則人能與變化同流，人心卽能不滯於「故」。不滯於故，卽自然無執，亦無求昔於今之事；則萬物萬化，吾亦與之萬化，而心與境恆兩兩相孚以俱行，卽亦可順變而不失於變，而「與化爲常」。此境界，實又與僧肇所謂卽動求靜者無別。故僧肇之言與莊子之旨，可相契於言外也。

至於僧肇之不眞空論，言萬物之卽色而空，不有不無，亦類似老子之「建之以常無有」（莊子天下篇論老子語），以及莊子之由無有以達無無之言（知北游）。然僧肇之言萬物之卽色而空，乃自當前所對萬物之非眞有、非眞無而說。所謂眞無者，卽指不待緣而常無自無者，如龜毛兎角之類。則所謂眞有，亦應爲不待緣生而常有自有者。然常人之視物爲眞有，則純爲常人之所執，而實際非眞有者。故僧肇一方由物之待緣而生，以言物之非不從緣起，而非眞有；另一方面亦由物之既能由緣起，而知其非眞無。故邪見之無，常見之有，皆非是。此言乃純從般若三論宗之意講來，而非中國昔人立論所取之思路。僧肇由此而卽當前所對之萬物之自虛，以見萬物之不有不無，亦不同於老子之以先天地之道爲常有常無意。老子言道之常有常無，乃言其爲萬物之自生之體。此體無形象無名，故常無；又恆爲一切有形象有名之物之母，故常有。此其存在之地位，乃相當於佛家追問現行之根原，所建立之種子或阿賴耶識，或一眞法界之地位，否則卽相當於佛家所謂妄執之自性之地位。故此道之常有常無，絕不同於僧肇卽當前之所對之萬物，而言其卽色而空卽物而虛之旨也。至於此僧肇之言與莊子之由無有，以達無無之說之不同，則在莊子之此言，乃直就人心之致虛之工夫，而言其雖能無有，尙須更上一層以無無。此莊子之無有、無無，乃皆純在心之致虛之工夫上說者，便與僧肇之言非有非無，乃自境界上說者不同。然此中僧肇與老莊之言，畢竟又有可相通接者，則在老子之言人知道之自身之常無常有者，亦待於人之致虛守靜，而本常無常有之觀法，以觀其妙與徼。而僧肇之卽萬物之自虛，亦涵「卽萬物之有，而觀其虛或無」之觀法。又循老莊之致虛，而由無有達無無之工夫本身言，人既無有更無無，則人亦能如僧肇之卽色而無所執，不視物爲眞無眞有，而卽色以證空。則莊子之無有無無之工夫，雖非卽萬物而觀其自虛之觀法，亦無假虛以虛物之論，然亦爲一假虛以虛心之工夫。有此工夫者，自亦能卽其心之虛而觀萬物之自虛。此又卽僧肇論有無之旨與莊子之言相通接處也。

至于僧肇之般若無知論，則是直就此能卽動而見靜，卽色而觀空之智慧心或般若自體而說。其要義在說明此般若之聖智，不同於常人之惑智。常人之惑智，恆有所執而有所取，乃取其所知，以成一般之知識，故爲有知。般若聖知，知而不取所知，此知乃位於知識之上，亦不在一般所謂知識之範圍中。般若之知如照，卽照而虛，則不有其照，乃不可以有知名之，亦不可更本吾人之知，以求有得于此般若之知之相。然般若雖不可以知名，復微妙無相，而是虛不失照，照不失虛，應接無窮，而無照功者。此文反覆論辯，曲盡精微，今不詳析。然直就其所指陳之境界言，則照不失虛，虛不失照二言，亦足以盡之。此正同于莊子所謂虛靜之心，爲天地萬物之鑑，而外於一般之心知者。言有繁簡，老莊與佛徒在此境界中之造詣，亦容可有淺深，其意則無別也。至於在僧肇此文中，涉及性之一名者，卽爲其所設第一難中般若體性眞淨一語。其謂般若體性眞淨，卽謂此般若聖智自己之性眞淸淨。此中之清淨，卽無染之善性。般若必有此無染之善性，然後無一般有執有取之惑取之知，乃得謂其無知。故此中之性，唯是如佛家部派佛學中分別論者以降所謂心性本淨之淨性。此純爲一價値義之性。此則不同於莊子所謂性命之情之性，乃指緣虛靜之心而起，而能與萬物相感應之生命性者也。至于僧肇所謂般若智之照，實亦居一般所謂生命與物之相感應之上一層次。生命與物之相感應，乃由寂之感，由靜而動之一歷程。般若智之照，則當說在一切此所感應之事之上，而就此一般所謂由感應而次第呈現於心之前之物相而照之者。此照之體，虛而非實，故不可言因般若智與物相感，而生此照。此般若智之照，亦無待乎感而生；乃卽其虛，以不失其照。故僧肇於此言寂照，而不言寂感，則與易經及宋明儒言寂感，言「寂而常感，感而常寂」者，亦不同其旨。中國思想之言感，初乃皆自二事物或內心與外物相對，而相感通處言。在人之感物之事中，外有所感，內亦有感者。此感者，可只是人之身體之自然生命，亦可是有性爲主於內之人心。然僧肇所謂之般若智，則初不自見有此感者，故只自其虛而照說。乃不須言寂感，而只言寂照。至於宋明儒所謂自心體內部說之內感與寂感之幾，則又可爲不與外物相對之自感自寂。此又當別論。上所論已可見僧肇與莊子及中國固有思想之言心性，雖有相通接處，而亦非謂其心性論，卽全同中國思想之傳統之心性之謂也。

四　唯識宗之三性論與其系統

吾人上來說僧肇之所謂性，乃印度佛學之性，其所謂般若體性之淨乃純粹價值義之性。此所謂性之義，初不與中國思想中所謂心所以生之性，或屬於生命而能感物之性之義相同者。佛學中與此義相通而略同之性，則爲法相唯識宗所謂一業用所自發之原之「體」之「性」，如種子賴耶之性，及種姓之心性之性。法相唯識宗諸經論與湼槃經、大乘起信論，及中國之天台宗華嚴宗所宗之其他經論，皆同爲重一體性義之性者。是皆非僧肇之思想所及之性。翻譯名義集五于維摩詰經言「菩提不可以身得，不可以心得」語下，引僧肇註曰：「無爲之道，豈可以身心得乎。故度一切佛境界經云，菩提者，不可以身覺，不可以心覺。何以故，身是無知，如草木故；心者，虛誑不實故。」其下又云：「然淨名中卻云諸法解脫，當於衆生心行中求之。天台釋云：今觀衆生心行，入本性清淨智，窮衆生心源者，卽顯諸佛解脫之果。」翻譯名義集此言卽無異說明僧肇尙無「卽心源言菩提言佛性」之義，亦未有「卽體性言性」之旨，而與天台等之卽心源言性不同者。此中由唯識法相宗之義，發展至天台華嚴諸宗之言心之體性之思想，其與中國思想之心性論，可比較而論，以見其義之相交涉者實多。此當於後文次第及之。

當清末以來，世之由唯識宗之論，以還顧中國先哲之言性之論者，初或直接自唯識宗之「自性」心心所法及種子之義，以釋中國之先哲所謂性之所指。如章太炎之菿漢微言及國故論衡卷下，卽以易之乾坤爲唯識宗之賴耶識（註一），謂孟荀之性乃我愛我慢之心所；歐陽竟無先生早年之謂孟子之善性爲賴耶之善種子，荀子所言之惡性乃其惡種子，告子之言性無善無不善，乃指無記種子是也。然此皆未免忽視儒家之孟子中庸，皆自始就心之生、心之能自盡其性，以成聖賢處言性。此乃向上向前看性，而不同於唯識宗之論性，乃先就此人生之現實，加以客觀的置定，視爲一現行之世界；而更向後向下反省探索其所自生之體，乃更言及人之轉染依淨之修道程序，以及人之成聖所根據之無漏種者。若吾人今能知此中有一雙方思想上開始之入路之方向之不同，則吾人之觀其會通，便亦宜由兩家之思想之循異途發展而漸相交接處，逐步去看，固不能只直往提取儒佛二家之概念之相類者，以爲直接比論之據也。

據成唯識論，唯識宗之論八識與其五十一心所之性、境、量、所依、所緣及其與種子間之關係，實至繁而至賾。然通貫於此所言之一切中者，則爲遍計所執、依他起、及圓成實之三性、三無性之論。一切染法或不善之心心所之種子現行，皆依於遍計所執。遍計所執卽心之時時處處周遍計度以妄有所執。此諸妄執在人之意識中，卽前文所謂「由心之分別所構想之本非實而視爲實，而意欲不待因緣，卽由之以直接生出實在」之種種虛妄分別之所執，或虛妄觀念，而此觀念卽包涵一有所執取之活動者。至在無意識之境界中，此妄執卽表現爲「若」依一虛妄觀念，而「若」視外在世界必有與此觀念相應之實在，而對之發生一無意識的執取活動（註二）。在此執取活動中，有情衆生一方視世界

註一：按明普眞楞伽科解已早有此說。

之實在爲外在，一方內有觀念，二者相持相對；有情衆生之心識，卽依其觀念，以對世界之實在，有所執取。此中，心識之執取，爲能取，其觀念中之世界之實在，爲所取。是爲二取。此執取活動之自執其能取，爲我執；而執其所取，爲法執。其自執其能取之有意識者，爲分別我執；其無意識而直出自下意識（卽直接出自末那識之執賴耶識）者，爲俱生我執。凡屬有情，無不有執取；凡有執取，其中皆包涵一虛妄觀念，或遍計所執。卽在無意識之執取活動中，亦有此遍計所執。如動物與小孩，初固不知有食物可食，然其飢餓之活動，卽已表示其求食而必欲得食。此其求食而「必欲得食」之活動中，卽有對食物之盲目的執取。此執取中卽包涵對食物之一無意識的分別。此分別，初卽爲一遍計所執。此在唯識家稱之爲無覺遍計（攝大乘論世親釋卷四）。至于此中遍計所執之所以亦可說爲如依一虛妄之觀念而有者，依我之解釋是：此盲目執取中，初實涵有「期必此食物之有」之一盲目的肯定。其必欲得食之活動，亦依此盲目的肯定而來。在此盲目的肯定中，不包涵「食物之得必待因緣」之肯定，而可未嘗不望「此食物之不待因緣而自至。」故此望中，卽包涵有「食物可不待因緣而自至」之

註二：成唯識論述記五十二，謂遍計所執中之所依，卽所妄執之「義、名定相屬。」此語不易解。吾意：不可謂凡由名尋思其一定之義者，皆是執，因名與義原可依約定而有一定關係故。吾意：所謂「執義名相屬」，應是：「由名之實有，而執其義之所指，亦爲實在。」此中「名所表之義」，卽此文所謂觀念。由名表義，而執所指之義皆爲實，卽此文所謂「以觀念爲實在」之謂也。

肯定。此即為一不自覺而無意識之虛妄觀念。此無意識的求食而必欲得食之活動，亦即可視為依此不自覺的虛妄觀念而有者。故可謂此無意識的對食物之執取活動，包涵一無覺之遍計所執。于此須知，謂此中必有一無意識的虛妄觀念之存在，雖無法直指，然可反證。譬如在人之自覺心中，果能無此妄執，則其食欲，初雖仍可盲目的自然發生，然當此「欲」達於其自覺心時，彼如知「達此欲之因緣」尚不具備，彼即不作「期必此食物之有」之肯定，並知其「期必食物之有」之觀念為虛妄。由此而彼即亦可自然止息其欲，或自制其由下意識中繼續湧出之盲目的食欲。是即證明：能知緣生，即可去妄執與緣妄執而起之欲，而超化之；不能知緣生，則有所欲，即期「必足欲物」之有，其欲即不能自止。是又同時反證：凡欲之不能自已者，其中亦必包涵有此不自覺的「期必足欲之物之有」之一肯定或虛妄觀念或遍計所執之存在。於是，謂人生與一切有情之任何盲目而不能自已之衝動，亦皆依於此一類之無意識的虛妄觀念或遍計所執或妄執而來，即可說。此中一切往妄執種種不待緣而有而生之一切我法之實體、及其屬性等（**註**），即總名為遍計所執自性。吾人今觀世間一切人與有情衆生，皆有其自覺的或不自覺的不問因緣之有無，而不能自已之衝動欲望之相繼不斷而生；即可知世間一切人與有情衆生，皆有其種種所自覺的或不自覺的遍計所執為實在者。依唯識家言，則當說此執乃遍存於一

註：成唯識論五十一：由彼虛妄分別，偏計種種所偏計物，謂所妄執蘊處界等，若法若我，自性差別。此所妄執自性差別，總為遍計所執自性。「自性」即主辭所指之實體，「差別」即今所謂屬性也。

切人與有情衆生之染汚性的心心所之活動中，而爲其所具有，故此一切心心所之活動，皆同具遍計所執自性（註一）。然自此遍計所執者之體相之「虛妄不實，畢竟非有，如空華故」言，則唯識論更有其三無性之說，對此遍計所執，說「相無性」，以言此具遍計所執之心心所之活動，其所執爲具實在相者，乃虛而不實。唯具此能執之作用之諸心心所法，則又要爲一實有之事。謂其爲實有之事，亦非謂其能不待因緣而自有，若然，則又成遍計之所執矣。今謂其實有，乃謂爲自待因緣而有，不同虛妄分別所執或遍計所執爲實在者之畢竟不實。虛妄分別所執取者，就其本身言，乃被執取爲不待因緣而有之實在。此被執取爲不待因緣而有之實在，而與此能執之心心所法相對者，方是純粹之虛妄，而實無者。對此純粹之虛妄之實無而言，則凡待因緣而有之心心所法，皆爲實有。此待因緣而有之實有，乃依他而有。他卽因緣也（註二）。而吾人於此心心所法之有，亦卽可由其實爲依他起，而謂其爲具依他起性者。至依三無性之說，則凡依他起者，乃「託衆緣生，無如妄執」遂可立此依他起之「生無性」。然上述之依他起者之有，旣待因緣，非不待因緣而能自有者，亦卽無「能自致其有之自性」，其上亦另無吾人對之之我執法執中所執之一切實我實法者，——無實我卽人無我，無實法卽法無我——然又實有

註一：唯識宗言心所有八，是否八識皆能遍計？唯識家有爭論。但此文不擬及於此類更細密之問題。

註二：述記五十一衆緣所生心心所，體及相見分，有漏無漏，皆因他起。此中見分卽心心所之能知一面，相分卽所知一面，所知中可包涵色法等，則色法之爲依他起，固亦包涵其中也。

此二無我義，二無我相，二無我之實性者。其具此二無我之性，而吾人又能如實證知其二無我性，證知其「實我實法二者皆空」之二空；則吾人緣是而生之一切心心所之活動，即能由去其虛妄之執取，而遠離能取所取之二取之分，以由染汚性轉依清淨性，即由依識而轉爲依智。此轉依之完成，即爲一切染汚的心心所法之全部轉化而捨離，以成就一切清淨的心心所法。此清淨法乃全依對所知之眞實或眞理或眞如之無煩惱染汚的無漏智而起。此中能知之知其所知，初無能所二者之分別，便不同於衆生之執取活動之依識而起者，恆有能取所取，能知所知之分別者。是爲「如實而知眞理或眞如」之無分別的根本智。至于依根本智而有之後得智，則爲無分別的分別智，亦是以無分別爲本。此中，人唯由上述之二空，乃能有根本智，以如實知眞理或眞如，故此眞理或眞如，即二空所顯。此所顯眞理之圓滿成就，而見其爲一切心心所與其所對之一切法之實性，曰圓成實性。此圓成實，即「彼依他上，常離前遍計所執，此空所顯之眞如爲性，或依他起上彼所妄執，我法俱空，此空所顯識等眞性。」故不離一切依他起法。唯尅就圓成實性之無，所妄執之空上說，則當依三無性中之「勝義無性」以說之。然人之能證諸法之眞理或眞如之清淨的無漏智，其本身亦由轉依而得，故亦爲依他起。此與一切染汚的有漏心識法之爲依他起，亦初無別。故亦必由人之見道修道等工夫，爲因緣，然後此無漏智得起，以證此吾人之心心所等一切法之圓成實性，或眞如，或眞理。故此圓成實性，純爲一無爲法；雖爲一切依他起之有漏或無漏的有爲法之所本具，而亦爲依他起之無漏的有爲法之所開顯；然固非同于後之承起信論一路思想之華嚴天台之性宗之徒，謂別有「本覺眞心，始覺顯現，圓滿成就，眞實常住」爲圓成實之說者也（此上言性宗語，據翻譯名義集五）。

此三性之說，乃唯識宗用以說吾人之心心所，亦卽一切心識之活動之性相者。然同一心識之活動，亦可自三方面觀，而見其在不同意義上皆具此三性相；而具任一性相之心識之活動，亦可本其自身之性相，以觀任何其他之心識之活動。如吾人之心識之活動，爲具遍計所執性，而不自知其爲依他起或自計其非依他起者，則其觀一切依他起之心識活動，亦對之作種種遍計，而生種種不正之虛妄之見。卽其于具圓成實性而已轉識成智之聖心，亦可對之作種種遍計妄執（註）；以至對其所遍計而生之妄執之本身，亦未嘗不可更自加以遍計。此爲具遍計執之心識，對具此三性之其他心識之遍計。在此情形下，則此一具遍計執之心識，對具此三性之其他心識，皆只見其由自身遍計所成之遍計相，而皆不能如實知矣。復次，人有依他起之心識活動，而自知其爲依他起者，則其觀其自身與一切具遍計執心識之活動，亦皆見其爲依他起，而具依他起相；卽其觀具圓成實性之聖心，亦將知其依轉識成智之工夫而起，而具此依他起相。此聖心與具遍計執之心識之不同，唯在具遍計執之心識，乃依染業而起，所謂染分依他；而此則依淨業而起，所謂淨分依他也。

註：成唯識論述記五十一，眞如非妄執所緣境，依展轉說，亦所遍計。此卽謂遍計非實能緣彼圓成實，但圓成實亦可間接爲人所遍計，而對之發生計執也。

至於在已轉識成智之聖心，則其觀一切世間具遍計執或不具遍計執之一切染淨心，卽皆一面知其爲依他起，並知其所依之他，或種種因緣；而一面證知此中之實我實法之二空，而本此證二空之心以知之；乃於遍計者如其遍計以知之，於依他者如其依他以知之，於圓成者，如其圓成以知之；則皆如其所如，而見其實際，亦皆見其圓成實相。由此而一切具遍計執之心識與不具遍計執之心識以及其他一切法，對此聖心，亦皆同顯一圓成實相。此聖心於世界與一切有情，乃無往而不見其圓成實相矣。

至於吾人今欲證此聖心所證之圓成實，則須待於吾人之先去其一切遍計所執之一切實我實法之虛妄觀念，此卽如唯識論前二卷所破之外道小乘所執之實我實法之類。然亦不當限於此之所及。如今日之西方哲學宗教中所執之實我實法，亦多同爲虛妄觀念也。次則賴於人之知一切心心所法之現行、種子，以及其他一切法之爲依他起，及其分別的所自起之因緣，如成唯識論中間若干卷之論心所之因緣等。此亦同不當限於此之所及。今人之本近代之心理學生理學，以及各種自然科學社會科學，而知各種法之因緣，亦同可爲使吾人更知此諸法之依他起之義之所資者也。最後，人能眞求知一切法之依他起與所依之他者，又當求證知此一切依他起之法上之實我實法之二者之空，一切法之同具有此二空相。人求證此二空相，卽求所以證圓成實，以同於聖心。此中，人在智慧上之離妄證眞之「知」上之見道的工夫，又須與行爲上之捨染而取淨之「行」上的修道之工夫，相濟爲用。此捨染而取淨之行上工夫，實卽轉捨染汚性之心心所法，以轉得淸淨性之心心所法之工夫。人之染汚性的心心所法，或爲依意識之分別我執而起，明為不善之心心所法，如顯然自害害他之貪嗔癡等。或為非顯然的自害害他，而亦為依於人對於事物之因緣之不知，或無明而起者，此卽如前所謂依無意識之俱生我執而起之自然生命之盲目欲望或盲目心態，如自然的財、食、名、色、睡之欲、以及昏沈、掉舉等，唯識論所謂大隨煩惱之類。人之能轉捨此諸染汚性之心心所，以使之不現者，卽為人之善心所，如信、慚、愧、無嗔、無貪、無癡等之相續表現。因此諸善心所，皆為依於人之能超出其自己之私欲無知，而能自利利他者。故皆非依我執法執而起，而為與空我執法執而證圓成實之聖心，可遙相契應者。然此又非謂吾人通常之善心心所之表現，卽可使人證得圓成實之謂。因此通常之善心心所之善，乃依於賴耶之善種子而生。然在吾人之賴耶中，除善種子外，復有染汚種子。人當前之善心心所之種子之現行，亦並不保證其染汚種子不更繼之而現行。故此善乃可有可無，或有而旋無之善。唯識宗蓋卽依此而謂此一般所表現之善心心所，乃可有漏洩者，而為有漏善。至于能無此漏洩之無漏善，卽應為表現其自身之善，而又必然自續其善，使其善之表現不為任何不善之表現所間，復能使惡種子不現行之善心心所之善。此能表現為具無漏善之心心所之種子，卽無漏種。而人亦唯在其有漏善之現行，能引起其無漏種子之相續現行，以使其不善種子，不得表現，以至永不表現，而被伏被損，損之又損，至於無時；人之心心所之一切表現，乃全成為無漏種之現行。而一切妄執之根，乃可言澈底去除，而實證萬法之圓成實性，卽實證宇宙之眞理或眞如。此中，卽有一至堅苦的由見道與修道相互為用之超凡入聖之歷程。如唯識宗所謂由資糧位，以至加行位、見道位、修道位、究竟位之所述。人歷此五位，以超凡入聖，直至究竟位，而後其一切心心所之活動，皆爲無漏種子之現行，亦即皆成爲相應於一切法之圓成實性或眞如，或眞理，與對之之正智，而起之清淨法流。此心心所之活動，于此即皆爲相應於此正智而起，而表現。即當只名爲智，不可更以普通之心識名之。此時人之第八識心轉成大圓鏡智，第七識心轉成平等性智，第六識心轉成妙觀察智，前五識心轉爲成所作智。此諸智，自其始於證其心識之實性眞如而能所不二，更無分別之一面言，即前文所提及之根本智。自其同時能依此根本智，依無分別而分別，以正遍知世間之衆生之心識與一切其他諸法之分別相，而又能依其緣無漏種而起之無盡善行，以分別利衆生而度衆生言，名後得智。緣根本智後得智，以利度衆生，窮未來際，是爲證佛果者之無盡功德。

吾人上文之論此成唯識論之系統，雖省略甚多。然吾人之言，乃意在指出此系統之血脈精神之所在。此一系統因牽涉者至廣，故人之研治之者，恆苦其名相之繁，而或溺於其名相之鋪陳與瑣屑之問題，而不能自拔。若據吾人上之所論之血脈精神之所在觀之，則此一系統自爲人類思想之一最偉大之成就。故即被之以繁雜之名相，仍不能掩其光輝。此一系統，乃依於一對現實之人生與其所對之世界之全幅境相，及其可能有之超凡入聖之行爲歷程，及所達之聖果，作一窮根究底之反省，而敍述之。其中關於心色諸法之種類，與其相互之因緣關係等之論列，雖儘可容人持異議。然皆無傷於其大體。至尅就其爲本於一純反省之思維方式，以論凡聖之境、行、果言；其思想所屆廣度深度言，亦蓋無世間之學與他派佛學，能有以超過之。對此一派之佛學之論性，如純立於此一反省之態度上看，亦無由得而非議。吾人如循其所示之工夫而行，人亦必能成佛無疑。在此義上，此一系統之思想，即可自足而無待乎其外。人如謂其外更可有其他之佛學派別，而在中國之唯識法相一系之佛學外，所以亦實有異流之思想者，則由于人尙可有此純反省之態度以外之態度，而人亦尙可更自外觀此一偉大思想系統，若尙有不能保證人之必能依之以修行以超凡入聖而來。此固非謂在此一反省之態度下，此系統之自身不能自足之謂也。

五　唯識宗之五種姓之性及其問題

吾人之所謂自外而觀，唯識論之系統若尙不能在理論上保證人必能依之修行，以超凡入聖者，在此一系統所自生之純反省之態度，乃視一切凡聖之行，皆爲此反省之所對者。在此一反省之態度下，人固可對人之能超凡入聖者，如何超凡入聖之工夫歷程，亦窮其性相而反省之敍述之，如唯識論之所爲。然在此反省之態度所對者之中，亦有尙未能超凡入聖之凡人在；而此反省之態度所對之聖果，固亦有種種之不同之聖果，如有成佛者，有成小乘之四果者。今問：吾人如何可說一切人一切衆生，皆必能超凡入聖以達最高之聖果而成佛？則依此反省之態度，所知之世界之現實之如此如此，並不包涵有此保證。依此反省之態度，其所知之現實世界之衆生，既有未入聖者，或入聖而不成佛者，則本此反省之所知，以作推論，亦只能推論出：世間有此具不同之根性之衆生之存在，而不能推論出一切衆生同能成爲最高之聖果，同有證此聖果之成佛根性。由是而此唯識宗對衆生心識性相之分析，卽有對衆生之種姓之問題所主張之衆生種姓不同，而分爲聲聞獨覺、菩薩、佛、一闡提及不定五種姓之說。

表面觀之，唯識論旣嘗述人之如何超凡入聖之五位等歷程，亦應意涵：人以至一切衆生皆同有經此成佛歷程以實入最高之聖境之可能，亦似宜歸至一切衆生同有佛種姓之一乘之論。然此問題，實不如此簡單。因唯識論所述之如何超凡入聖之歷程，可說是就能成佛或已成佛者所經歷程而敍述之之論，此歷程之任一階段，皆由因緣具足而有。故其說不意涵：一切衆生必然同具足此一切因緣，而皆必能有此全部歷程之可經，亦卽不意涵：一切衆生之皆有成佛之無漏種，而必得同一之佛果。因而吾人縱假定一切衆生皆有無漏種，依唯識宗法必待緣而起之敎，此無漏種之必然現行，初亦無任何之保證。如無漏種之現行，必待於有漏善行之引生。此有漏善行，又原於有漏善種之現行。然人之有此有漏善種者，是否必然保證其有漏善種之現行？此已須待於其他之外緣。如人所遇之外緣，皆爲使其不善種子現行之外緣，則其有漏善種卽不得現行。人在無盡期之生命中，固可常遇有善緣，以使其有漏善種現行。然此外緣之是否具足，何時具足，仍爲人所不能必。而卽在引生善種之外緣具足以引生善行之後，如再繼以引生惡種之外緣，則不善之行，仍可相續而生。衆生之善種與惡種之强度，乃各不相同者。則儘可有一衆生，其諸不善種子之强度，乃遠超過其諸善種子；而其所遇諸外緣，其能引生其善種現行，而熏習善種使之增强者，可恆遠少於引生其不善種現行，而熏習惡種，使之增强者；而其諸有漏善行之相續，更不能達到引生無漏種之現行之程度者。則此種衆生，卽根本無成聖之可能者。于是謂有無漏種，亦仍同於無此種者。其有既同於無，然則何不逕謂其本無無漏種？

復次，吾人縱假定一切衆生同有成佛之無漏種，而此無漏種亦得現行，然吾人於此仍可問：此已得現行之無漏種，是否卽能必然相繼現行，以根絕一切不善種之再現行，與一切不善種之自身；以使無漏種全幅現行？依法從緣起之義，此亦當看其不善種，與有漏善種及無漏種之强弱，及引現此三類種之順違諸緣之多少而定。則一衆生，儘可在無盡期中，其無漏種之現行，只至某階段而止，而不能至其極，以全幅現行，如不能有其他之菩薩行或弘願之現行等；則此一衆生，雖可由其無漏種之相續現行至某一階段，而得一聖果，如阿羅漢，卻非必卽能得同於佛之聖果者。於此，彼既不能得佛之聖果，則又何不可說其本無成佛之無漏種？而只有成其他聖果如阿羅漢之無漏種？由此而見，一切衆生自有：「能得聖果與否，及能成何種聖果」之種姓上的分別。此卽唯識宗之所以歸於堅持其五種姓各有其心性之說。此亦窺基之所以必承解深密經之言，以佛之言種姓之別爲佛之眞實說，佛之言一切衆生同一種姓而皆能成聖成佛者，乃爲權說也。

對此種姓之問題，依吾人之意，若本唯識宗之循現實世界實有之事實，而加以反省之態度，以作思維，則種姓之分，蓋爲必然之結論。此卽因吾人前所謂在此現實世界中，實有種種不同而或成佛或不成佛之衆生。故依之而作思維，亦只能推論出：衆生有種姓之不同。故依此唯識論之系統，亦卽不能在理論上保證一切有情之皆必能依之以修行，以超凡入聖，而得最高之成佛聖果；亦使吾人對彼不能成佛之衆生，不免若有憾焉者。然唯識宗於此所賴以維持其種姓之分之又一理論，則又是自衆生界之不可斷說。因若一切衆生，同一佛種姓，而皆能同得一究竟之佛果，則衆生必皆有成佛之一日，而衆生界卽斷盡而空。此卽違於世界之不常不斷之正理。又衆生界若空，則佛之功德無所施，「諸佛之功德，應當有盡，無所度故」，「則違如來功德，常無斷盡」（玄奘譯佛地經論），此乃謂必須有不成佛之衆生，方能使佛之功德無盡。佛之功德若有盡則佛非佛，而無佛能成。故衆生之有不成佛者，正所以使衆生有成佛者。于是有不成佛之衆生之使人不免有憾，又卽所以成就成佛之衆生之得無憾于其成佛之有無盡功德者。此言固極有理趣。然此仍唯是就此世界中，實有成佛與不成佛之衆生之事實，而更爲之說。若純依理講，則何以有的衆生當成佛？有的衆生只爲使成佛者之功德得無盡而存在，乃永不能成佛？此整個言之，仍不能使人無憾而無疑也。然直依唯識宗之就此世界之事實而加以反省之態度看，此外亦另無更使人無憾之思想上之出路。人如欲於此持異議，唯有不依唯識宗之就現有事實而加以反省之思維方式去想，而另依一思維方式去想，乃能於此持異議。此卽可另開出其他之言性之思路，亦開出其他之學術宗派與佛家之其他宗派。然此仍非謂在唯識宗所依以成立之思維方式下，其種姓之分之說爲非是之謂也。

六　種姓論之應用之限度，及依佛心說一乘之義

此其他之思維方式，與唯識家之思維方式，可謂爲最相反者，即爲一學聖者或學佛者之如何思其自心之性之思維方式。今吾人於此可試問，學聖者學佛者，是否眞能自問：此一「其自身之種姓爲如何」之問題，或眞能判斷其屬於某一必不能成聖或成佛之種姓？此處便明見此問題之不能問，問亦不能答，而此一判斷即必不能有。此乃因人在其學佛學聖之途程中時，彼並不能先意想其所屆之結果，即決不能先自知其種姓。彼在學佛學聖之時，乃以聖與佛爲其所志，而自望其能成聖，則彼亦不能先自判斷其必不能成最高之聖。中國思想之孟學一路，即由士之能尙志，人之慕堯舜之一念，以言人皆有可以爲堯舜之性，聖人之與我同類。同類即同種姓，故未有此種姓分別之論也。此中，若謂不管人自知其種姓與否，能自判斷其種姓爲何與否，要之人總有或成聖者，或不成聖者，而所成之聖，亦總有不同，故無論如何此人之種姓仍在。則吾人於此可答曰：據此以謂人有一定之種姓，仍明是先假定其最後之結果已定之說法。然人在學聖途程中，人乃根本不能先假定此結果之已定者，人更不願先自假定其必不能達最高之聖境。故即他人之先假定或肯定其結果之爲如何而告之，彼亦必不肯信受。則此假定或肯定，即對之無意義，而彼亦將反對此一假定或肯定，亦反對人對之作任何定其種姓之判

斷，並反對一切運用種姓之範疇於彼之自身之事。此即同於彼之拒絕種姓論可應用於彼之自身。是即見此衆生有種姓之說，實不能對一一個別之學佛者而說，以爲其內心之所甘受；而只能爲人自外而觀他人與衆生，客觀的將他人或衆生分類，更對此他人或衆生而說者。夫然，此說有效應用之範圍，亦即限在此自外而觀他人或衆生之態度之中。此即無異於謂此種姓之論，非在任何場合皆能有效的應用者。人即未常不可超出此種姓論以論佛法，而另開出其他之衆生心性論與佛性論矣。

吾人今試緣上所說人在學佛學聖之途程中，決不肯自認無成聖成佛之種姓，看其「所以不肯自認」之此一事所依之性，則吾人將可見其唯原於人之實超自覺的自認其有能爲聖成佛之性。此「自認其有此性」之性，即爲一必然善之性，而不同於唯識宗所謂有漏善，亦不同於唯識宗所謂在吾人心識中從未現行之無漏善者。中國孟子之言性善，實即循此類思路而見人之性善者。此處即見唯識宗之論性，與中國孟子一路之言性，乃純屬於異流之思想也。

至於由中國佛學思想之其他宗派思想之發展，能將此方才所說之異流之思想，逐步引進，以與中國孟子一型態之思想相連接者，初爲沿再一思路進行之佛學思想。此一思想可由先試問在佛陀之聖心之自身，如何看一切人與衆生之種姓之一問題，以加以引出。

凡大乘佛學皆以佛之入涅槃非灰身滅智，而仍將求利樂有情，普度衆生，窮未來際者。故唯識宗亦謂佛證圓成實之眞如而有根本智外，更有後得智，以正徧知一切有情之心習而化度之，以對一切衆生表現無邊之利他功德。此中之一問題，是佛對衆生之利他功德，是否眞可容許衆生之終不成佛。誠然，佛若對衆生有利他功德，則必先設定有衆生界，衆生界不能空盡斷滅，然後佛之利他功德有所施。此卽上述唯識法相宗言必有不成佛之衆生之理由。華嚴十地品亦有「若衆生界盡，我願乃盡」，唯「衆生界不可盡」，然後「我此大願善根，無有窮盡。」（按此與菩提流支十地經論卷三之文微異）之言。但此全部衆生界之不容斷滅是一義，是否有一衆生，必不能由佛之化度，使之成佛，又是一義。吾人如對全部衆生界作一反省，固可謂其爲無量，而謂衆生界永不能空盡斷滅；因而世界總有未成佛之衆生，以使佛之利他功德有所施。然此絕非佛之故意留此不成佛之衆生，以使其功德有所施；若然，則此佛乃爲其自己之功德有所施，而留此不成佛之衆生，卽成一大私心，而此佛卽無功德而非佛矣。佛對衆生之最大功德，唯在能化度衆生使自作佛，則絕無故意留此不成佛之衆生之理。謂有佛之化度衆生之事，必有衆生可化度，因而必有未成佛之衆生，此固可說。然此只須衆生界無量卽總有未成佛之衆生。此固不必如唯識家之對特定之一衆生，言其永無佛種而不能成佛也。故吾人今只須試問：依於佛對衆生之利他功德，是否眞可容許一特定衆生之無佛種姓，而永不成佛？若佛對衆生之利他功德，可容許一衆生永不成佛，則此佛之對此衆生之功德與慈悲弘願，豈非有盡而有量？又在佛欲化度無盡衆生之無量的慈悲弘願功德之下，此佛心豈願見一衆生之有永不能成佛之種姓？是否卽以佛之無盡無量的慈悲弘願功德，仍不能使所謂無佛種姓之一闡提成佛，或使聲聞獨覺亦廻小向大，而皆成佛？此處如唯識宗本其種姓之說，固更可答曰：佛之慈悲弘願功德固無盡，佛固願見任一衆生皆得成佛，然衆生之業力亦無盡；又佛之慈悲與弘願功德，雖對於一切衆生平等無差別，然依於衆生之賴耶中種子之情狀之不同，則佛之無量功德對之之效應，仍不同，而佛卽亦不能變化衆生之種姓。衆生之有種姓之別，乃法爾如是，佛正偏知一切法，亦不能壞法爾之如是也。然此中之根本問題，則首在此所謂法爾如是者，是否眞爲一根本不可變之法爾如是。如依佛學一切法畢竟空，而一切由緣起之教，此一切法既爲畢竟空，「一切從緣起」，應卽爲一根本義之法爾如是。若然，則一闡提之種姓應亦畢竟空，而亦應可有佛種以佛之無盡之救度功德爲緣而起，以成正覺；則應亦有同一之佛性，而佛性當亦無聲聞緣覺、菩薩之三乘之別，而唯一佛乘矣。此卽法華經之謂「知法無常性，佛種從緣起，是故說一乘」以明佛之所以立誓願「欲令一切衆，與我等無異」之說也。

法相唯識宗之窺基對此問題，於妙法蓮華經玄贊，又嘗分佛性爲理性之佛性與行性之佛性二義以說之。彼謂「理性遍有」，一闡提所無之佛性唯是行性。其意是一闡提無此行性，故「雖復發心勤行精進，終不能得無上菩提」。然窺基此言豈非同於謂一闡提別有行性不能空？若非別有行性，缺行性唯是顯理性之能力之缺乏，則此能力何以必不可以佛力之加被而生起？豈以佛之無盡的救度功德，仍不能使此行性生起？此豈非違於一切從緣起之根本義？試思：在有無盡的慈悲弘願之佛之聖心中，彼視任一衆生，皆如其一子，而納於其大悲之懷，彼豈眞能安於或忍於「任一衆生只有理性而無行性，而不成佛，或只得一未究竟之佛果」？佛又豈能安於或忍於此一闡提種姓之性之法爾如是？若其不安不忍於此，彼豈能不本其大悲之懷，依此一切從緣起之根本義上之法爾如是，以無盡的方便，造作勝緣，以改變此所謂一闡提之種姓之法爾如是？如此後一法爾，必不能改變；衆生之姓，非佛力之所能起，則吾人仍可有最後之一問：卽佛如亦有「視此一法爾爲不能改變」之一念；此念如何能與直緣佛之慈悲弘願而生之不安不忍，眞正得相容而並存於佛心？佛心既以其慈悲弘願爲本，於任一衆生皆視如一子，而願其皆得一乘之佛果，則佛心之必然不容有此念之在於其中，亦正爲佛心之法爾如是。蓋佛心若容有此念，則佛心亦不能有其法爾如是，而佛亦非佛矣。若吾人今不忍視佛爲非佛，則亦唯有求相應於此佛心之法爾如是，以思此種姓之問題，則人固可超拔唯識論之種姓論，以歸於一切衆生皆能成佛，有同一之佛種姓之說，以於佛學中另開出一衆生心性論與佛性論矣。

註：楞伽經謂捨善根一闡提，以佛威力，故一時善根生。今按：如以佛威力一時能生善根，則長生善根，應亦可能矣。

第八章　佛心與衆生之佛性

一　南北朝之佛性論與涅槃、法華、華嚴對佛性佛心之開示

自佛學入中國後，魏晉初盛般若，重空有之問題，而及于法性，旋卽由法性轉入佛性之問題。按羅什、慧遠已論佛性。吉藏大乘玄論卷三，謂中土釋佛性者有十一家，雖立說不同，然皆同有感於衆生成佛，應有佛性爲根據而起。首倡一切衆生應皆有同一之佛性者，卽羅什門下之道生。讀者可就吉藏之大乘玄論及湯用彤先生魏晉南北朝佛教史中第二分第十六、十七章，論道生及南方涅槃佛性諸說，以略知隋以前之中國佛性論大要。及法相宗興，窺基乃力主五種姓之說。而後來承道生之一路思想，以謂一切衆生皆有同一之佛性，無一闡提，並主聲聞獨覺二乘種姓皆可迴小向大，與菩薩乘同歸一乘之說，以與法相宗辯者，則爲後之天台宗。此中之曲折，至爲繁複。本文於此所擬述者，唯是謂：無論以衆生終當作佛，當得佛果爲佛性；或以衆生能得佛之理、或能得中道眞如之法、或衆生之生命存在、或衆生之本有之心識、爲正因佛性；又無論於正因佛性之外，有無緣因佛性，與了因佛性；在經

歷種種思想上之論辯之後，蓋終當歸於得佛之理與心識及衆生不相離之說，亦歸于一切衆生皆有佛性之說。凡言衆生有佛性者，其本於印度之經典者，皆要在涅槃經與法華經。蓋涅槃經明論佛性，法華經之十如是中亦有如是性之言。涅槃經傳爲佛臨滅度前之所說。此經首述當佛臨滅度時，其諸弟子與世界人等及帝釋諸天等，皆泣不可仰，皆欲留佛住世說法。佛則爲欲示一切無常義，而必滅度，乃更爲說涅槃之常樂我淨義，說佛雖示現滅度，而實常住世間之義。佛既常住世間，其悲願功德自亦常在世間。此與法華經之說佛實常住以度化衆生之旨同。一切衆生既在佛之度化中，即爲在一成佛之歷程中，亦必然應爲有佛性者，自不能有一闡提之存在。法華經更謂釋迦實於無量刧前早已成佛，亦實不滅度，而恆說法華。法華所說之三乘歸一，亦明言此爲開示佛之本懷者。蓋佛之本懷，原爲悲願無盡，則其度化衆生，自亦必使衆生皆達於究竟之佛果，而終不能有三乘之別，以使有衆生停止於二乘而不得究竟；而必然將對一切衆生，皆加以開示，以使之同悟入佛之知見者。此則又必然意涵衆生之本有佛之知見，即本有佛性之義。道生法華經疏即由佛之欲爲衆生開佛知見，以證「衆生本有佛知見分，但爲垢障不現耳。」之義。于此吾人今只須由二經所述，對佛之常住世間與佛之本懷，先有一宗教情操，而順佛心之悲心弘願，以觀佛之必化度衆生，衆生之必在化度之歷程中；則自然能有對一切衆生之佛性之肯定，爲其所以能成佛之理之所在；亦必當肯定衆生之心識，原能證悟此「理」，具此理，以得入於成佛之途。此義則道生之言中已具之。道生言有佛性我。涅槃經如來性品謂我者即是如來藏，而此藏卽衆生之具此理以爲性之心識也。道生解佛性八德曰：「善性者，理妙爲善，反本爲性。」又曰：「涅槃惑滅，得本稱性。」涅槃集解引生公註曰：「眞理自然。」其法華經註又曰：「窮理乃覩(法身)」。則道生言人原有佛性，亦卽言人原能悟彼妙理，或自然之眞理，而窮理以反本滅惑，以證涅槃而成佛之謂。然其義之所本之經，則爲涅槃經與法華經。而道生對二經亦皆有著述。後之天台宗之徒與法相宗辯佛性，所本亦在此二經。吾意此二經之所以爲主有佛性者之所宗，抑尙不在其明討論佛性之問題。如法華經卽實未對佛性問題，有何討論。涅槃經論佛性，亦實未能盡意。此實要在此二經所表現之宗教情操，卽直接啓示一人皆當有佛性之旨；故無待於其他之論證，卽可使有此宗教情操者，直下頓悟此中之「一極之理」或「不分之理」，知「萬法雖異，一如是同」(法華經)。知一如卽知一理一性，而知一切衆生之皆有佛性矣。

至於剋就涅槃經之內容中言佛性者而論，則涅槃經獅子吼品言：「獅子吼者名決定說，一切衆生，悉有佛性……佛性者名第一義空；第一義空名爲智慧。所言空者，不見空與不空。智者見空及與不空，常與無常，苦之與樂，我與無我。空者一切生死，不空者謂大涅槃；乃至無我者，卽是生死，我者謂大涅槃。見一切空，不見不空；乃至見一切無我，不見我者，不名中道。中道者，名爲佛性。以是義故，佛性常恆，無有變易；無明覆故，令諸衆生不能得見。」此所謂第一義空，實歸在知生死之我之空，而知佛性大涅槃之我之不空。如來性品謂「佛性我爲如來藏，如人七寶不出外用，名之爲藏，其人所以藏積此實，爲未來故；……諸佛秘藏，亦復如是，爲未來世。」此卽謂如來藏乃爲當來之佛果作因者。故獅子吼品又言「一切衆生，定得阿耨多羅三藐三菩提，一切衆生未來之世，當有阿耨多羅三藐三菩提，是名佛性。乃至一闡提等，亦有佛性，究竟畢竟者，一切衆生所得一乘。一乘者名爲佛性。」然吾人之所以不能說衆生必有不成佛者，則卽依般若宗義，亦可加以論定。因所謂衆生不是佛者，以衆生有煩惱業障故。然依般若義，此煩惱業障之性畢竟空，則衆生不能只是衆生，而必歸於成佛是佛。此蓋卽凡言衆生有佛性者，恆兼擅般若，如羅什道生皆由般若義入涅槃經之佛性義之故。唯依涅槃經，而言衆生成佛是佛，仍在當來世；則今之衆生所有者，仍可唯是有此佛性我之如來藏。此藏如「七寶不出外用」，此卽「諸佛秘藏，爲未來世」之旨。然衆生旣是皆有佛性，當來世皆能成佛，故理上應無一闡提。唯涅槃經如來性品，又謂「一闡提雖有佛性，而爲無量罪垢所纏，不能得出，如蠶處繭，以是業緣，不能生於菩提妙因」，則亦未嘗否認事實上，可有在無盡期不成佛之一闡提。然此亦無礙其在無盡期之不成佛時，仍有佛性，而理上終無一闡提（註）。夫然，故依涅槃經之言，一切衆生皆有佛性，理上無一闡提，亦未嘗不可認許法相宗之由事實上所言佛性之非有，與事實上之一闡提之存在。上文曾謂法相宗之窺基，卽以一闡提所有之佛性，唯是理性而以少缺行性，說明事實

註：涅槃經迦葉品言：或有佛性，一闡提有，善根人無；或有佛性，善根人有，一闡提無等四句，則原文意晦，各家解釋紛歧，非今所及。

上一闡提之存在，並本此意以疏涅槃經。然前引此經文，謂一切衆生於未來當有菩提，又言究竟畢竟之一乘，則此經固未嘗謂一闡提無行性。當有菩提，卽有行性。則事實上存在之一闡提，縱至于「無盡期」，仍是暫局，無盡期亦終有盡也。故言佛性之有而非無、與無一闡提，終爲此經之本旨。此亦正爲直接依此經所言佛實不滅度而常住世間之本懷，原在度盡一切衆生使當來世作佛，所必立之義也。

除宗法華、涅槃之天台宗外，華嚴宗亦不以法相唯識宗之種姓說爲然。華嚴宗所宗華嚴經所言，更有進於涅槃經者，則在不特言衆生皆有佛性，且依佛心佛眼而觀衆生，謂一切衆生皆具如來智慧，若皆已成佛。如華嚴經出現品謂：「爾時世尊於菩提樹下，初成正覺時，普見一切衆生皆成正覺，乃至見一切衆生皆般涅槃，普見一切衆生貪嗔癡慢諸煩惱中，有如來身智，常無染汚，德利具足，無一衆生而不具如來智慧，但以妄想執着而不證得。」此乃不只謂衆生有佛性，而是謂在佛成正覺時，卽同時見一切衆生佛性如已充量實現，皆成正覺而般涅槃。此乃涅槃法華諸經中尚未有之言。此諸經尚唯言衆生今有佛性如來藏，使其當來成佛，三乘終歸一乘而已。然此華嚴經所言之佛成正覺時所見之如是，亦非吾人所不能理解者。因吾人亦可姑試假定吾人自己立於佛心佛眼之立場，兼本空宗之義，以謂此一切衆生同有此如來智慧也。此卽因衆生今雖尚在迷執之中，然此迷執，皆可以因緣而化，則此迷執性空。見迷執性空，則可不見此衆生之迷執之實有，此所見之衆生，卽迷執空之衆生；而衆生卽當下皆成正覺而般涅槃之衆生，與佛無異，同有此如來智慧矣。

或問吾人立於佛心佛眼之立場，雖可見衆生之迷執性空，然衆生之迷執自在，而不知其迷執性空，又奈何？則須知此仍不礙立於佛心佛眼之立場，所觀衆生之迷執性空。因依佛心佛眼以觀，此衆生之不自知其迷執性空，亦是迷執，此迷執亦空故。佛眼觀衆生，不只從衆生之現實觀。其現實之有迷執，不礙其有佛性，即不礙其終成正覺而般涅槃，爲未來佛，而同於佛。則現在之衆生，即未來佛之因，未來佛即現在之衆生之果。以佛眼觀衆生，知始之必向於終，因之必歸於果；佛乃通此終始因果而觀衆生，則因該果海，果澈因原；即可見衆生之非衆生，而當下與佛無別矣。此方爲佛對衆生之如實智、究竟智。故在佛眼，一切衆生與佛本無差別。「爲佛之因」之衆生，即爲當通其「果之爲佛」以觀之佛也（**註**）。此即較涅槃經所說更進一義，而見在佛心佛眼中之一切衆生，既與佛同此佛性，亦同此一佛心，亦與佛同爲佛；則唯識法相宗之衆生各有種姓，而謂有永不能成佛之衆生，或有無成佛種姓之衆生之說，即無自而立矣。

註：宗密普賢行願品隨疏鈔（華嚴印經會刊行本）二十六頁，因果交澈四句謂：衆生全在佛心中，故即果門攝法無遺。故出現品云：如來成佛正覺時，其身中普見一切衆生，乃至普見一切衆生般涅槃。又佛性論如來藏品云：一切衆生，悉在如來智內，故名爲藏。故云諸佛心內，衆生作佛。此即本文本節所述。至於此外下三句，如第二句佛全在衆生心內，即因門攝法無遺。出現品云：菩薩應知念念常有佛成正覺，何以故，諸佛如來不離此心。以及第三句，因果交澈，隨一成佛，全在二心；第四句，「生全在佛，則同佛非生，佛全在生，則同生非佛；兩相形奪。」皆非今之所及。

然方才所說者唯是言在佛心之立場上，自始由衆生之迷執之無自性，與其畢竟成佛之終，以觀其自始未嘗異於佛。此乃尅就佛心之自證境界而言。至當佛在導衆生以由始至終、由因向果時，佛仍不能對衆生言汝已是佛。不特不能謂汝已是佛，且爲教導衆生，更可加以指斥，謂汝今若是，實永不能成佛之一闡提；或汝今若是，充極其量，只能成聲聞獨覺，今姑教汝以聲聞獨覺之道；或謂汝輩之中，亦有能爲菩薩而成佛者，當行菩薩道。由此而佛之立教，卽可姑說小乘教以及大乘唯識教之言有不同種姓者，以爲權教。華嚴經亦言佛說華嚴時，聲聞如聾如啞。卽亦涵大教非小根所能聞之意。此卽天台華嚴之所以由判教以重肯定小乘教、法相唯識教等之權教之一階段的價值之故。至於在佛家諸經論中賢首以後之華嚴宗，湛然以後之天台宗，所視爲能立於一切衆生同有成佛之心性之立場，而將法相唯識論，引進一層，以再求達圓教之境，而直接教人觀菩提心，卽心之當體，以見其所依體，以求究竟覺之一之重要經論，則爲大乘起信論。

二　無漏種之現行問題與大乘起信論之心真如之所以立，及始覺不異於本覺義

大乘起信論之系統，在開始點先言一心眞如，爲一法界大總相法門體，所謂不生不滅之性，能究竟顯實，具足無漏性功德，從本已來，一切染法不相應者。此卽恒常不變，淨法滿足之眞心。是名自

性清淨無漏之如來藏心。依此心體之覺義，離念而等虛空界，無所不徧法界相，即是如來平等法身。依此法身，說爲本覺。更依此心體之不覺義，方有心生滅及生滅與不生滅和合之阿賴耶識，以及三粗六細等。更由修道起信，乃有始覺，以至覺心源，名究竟覺。此即見自法身以成佛。此一系統，先成立一自性清淨無漏之如來藏心，而以賴耶爲依之以有者，即全不同於唯識論之以賴耶與其有漏無漏種子之次第現行，說明凡之所以爲凡，與超凡入聖，轉識成智之所以可能者。吾意人如欲由唯識宗之思想，轉求契入此一思想，可自一問題說來。即在唯識宗，一切種子之現行，皆有待于外緣。今問：有漏善行與何種外緣俱，方能引生無漏種之現行？三界皆屬有漏，吾人將何處得此無漏者現行之外緣？此即一大問題，蓋爲唯識宗所未能善答，而起信論一流之思想所以不容不立者。茲試就我意，將此中之曲折，次第一說之于下文。

依法相唯識宗之教，成佛之無漏種，決不能由有漏善熏習以成；人之悟入「所應知相」之事，亦非現有之阿賴耶識所攝。故在無著之攝大乘論卷四，謂此悟入，惟賴「多聞熏習，逢事諸佛出現於世，以積諸善根。」成唯識論述記卷十三，所引種子唯新熏家義，則逕謂無漏種純由聞淨法界等流之正法而熏起。此則純以成佛之無漏種，乃由佛所說之正法而自外熏起之說。成唯識論雖破此說，而主本有無漏種，唯由熏習增長。然又謂一般有漏善，只能爲無漏種生長之勝增上緣、唯聞熏習中之無漏性者，與出世法爲正因緣。故述記五十三又謂大乘二種姓，一本性住種姓，二習所成種姓。前者指大乘無漏種，後者卽指「聞法界等流法，聞所成等熏習所成。」要具大乘二種姓，方漸次悟入唯識。此卽無異謂具大乘二種姓之無漏種之熏習增長，唯賴其有無漏性之聞熏習。因佛之言教，皆無漏種之現行，皆淨法界之等流；故吾人聞其言教，使得熏習吾人之無漏種，使之增長。於本性住種姓外，兼有習所成種姓，吾人方有出世心種，得悟唯識正道，而由集福智資糧，歷五位以成佛之事，方成眞實可能。故人若無對佛所說之大乘教之正聞，亦不能有正思與正修。人至多成聲聞獨覺，決不能得大乘聖果也。此宗所宗之瑜伽師地論，亦先聞而後思修。無著世親護法，以至玄奘窺基，一脈相傳，皆重此正聞熏習。其教之重名義之尋思，名相之建立，亦皆本於此。依此義以言，釋迦之成道，亦由其有無量劫來，逢值多佛之多聞熏習而來。然此一理論，實無異將一切後來之佛之成道，歸於其前之佛之先已成道，而唯以其自淨法界等流之言教，以使後來諸求道者，有其正聞，而亦有出世心種。若然，則吾人之不立於一直接依聞起信之宗教立場者，卽不能不問一似愚騃之問題：卽畢竟是否有最先始發出世心以自成道之佛？若言有之，彼應無師，亦爲不待聞其先之佛之言教，以發出世心而成道者。如謂時間無始無終，凡爲始亦爲終；則又何以後必待前？何以後者不能自爲始以承前，而必須待始于前者之導後？如謂時間本爲假法，始終亦是假名，方姑說後必待前；則又何不姑說後自承前？今若只順後之待前處說，則前對其前又爲後，前更待前，相待無已，則終無一佛能成。然依唯識之教，則無漏種子不能由有漏善爲正因以增長，必待其聞由佛之無漏種之現行，而自淨法界等流之言教，乃得增長爲出世心種；則在理論上，必成後後待前前之相待無已，而歸於此可無一佛能成之論。則今之實有佛已成之事，卽翻成不可了解之適然之事實矣。今幸有此事實，故人可聞其言教，亦可聞之而自幸能聞此難聞之佛法，而更深信不疑，以勤思勤修以至成佛。然如無此事實，或有此事實而衆生之障重福薄，不獲聞其言教，或聞之而不知奉行，則亦將永不成佛而已。是見此種謂衆生之無漏種必待聞熏習之爲無漏，然後能增長，成出世心之說，必有某一不妥當之處。然依唯識宗之教，此無漏淨種與一般之有漏善種爲異類，衆生所能自現之有漏善行，只能熏令有漏善種增長，決不能直接熏令無漏種增長。自衆生所有之無漏種之爲種而言，卽非現者；則無漏種無自現之義，亦非能不待熏令增長卽能現者。依自類相熏之義，則能熏令無漏種增長者，卽只能爲其他無漏種之現行，如佛之言教相傳之爲其所承接者。故今循唯識宗之分別有漏種與無漏種爲截然二類，衆生無漏種爲種子非現行，又不能自現之說；則此中之疑難，卽無由得一善答矣。

然上所謂無漏種子者，卽若其能現行，便能更現種相熏，以使人轉識成智，以智證識之實性之眞如，而有一智證眞如之心者。今如假定此智證眞如之心，原能緣吾人之有漏善之積集而自生自現，亦卽同於謂無漏種子之能自增長以自現行。然在法相唯識宗，則雖可許心性本淨，而此所謂心之性，乃指「心空理所顯眞如，眞如是心之眞實性故」（註）。此眞實性、眞如，卽圓成實性，此唯是心之空理

註：唯識述記十三。

所顯，即心識能空諸執障之所顯，或識心轉成智心之所證，而亦即同于此空理。唯識宗又只許有由無漏種子之現行，以有此智證眞如之心，不許人原有一智證眞如心，更不許此心之能自現。故吾人今之心識，雖可依空理以證眞如，然唯在此心，轉識成爲智時，乃有一智證眞如心之眞實存在。必此心既眞實存在，乃有其大用功德。吾人今既未證眞如，則此眞如唯是一空理，固非眞實之存在事物，亦無實作用，更不能自現，以使人之心自轉識成智，有正智以證知之，或使人必實有一智證眞如心；則亦無所謂智證眞如心自生自現之可說也。由此而依唯識法相之論，此智證眞如心，固是證眞如或一切法之圓成實性者，此所證之眞如固爲不生不滅之無爲法；然吾人之心之由轉雜染成淸淨以有此智，則初只能爲依他而起之有爲之事。此所依之他，本於「無漏乃能爲無漏之正因」之說，便必依於對原爲無漏現行所成之聖教之正聞熏習，乃能有其無漏種之現行。則人終不能有無師智、自然智（**註一**），以自呈現其無漏種，以有智證眞如心，而成佛之事矣。此中唯識宗之眞如或圓成實性，只爲一所證之空理，亦即其對吾人所提之問題，終難有善答之故。於此吾人欲跳出唯識宗之理論系統，以使人之自求成佛之事，在理論上眞成爲可能之說，便唯是謂：人之智證眞如之心，爲本有，而亦一能自生自現，以成佛果之心；而其所證之眞如，亦即應爲與證之之心合爲一體；不能只爲萬法之空理，而應同視爲一能生萬法，而有實作用之實體。今將此眞如與證之之心，合爲一體看，此即成華嚴經所謂「無有如外智，無有智外如」之說。今如以「眞如」或「心眞如」，兼名此「眞如」與「能證此眞如之智」、或「智證眞如心」之一整體，則佛之證眞如之根本智之生，即同于此智證眞如心之自生自現，亦即眞如之自生自現；再依唯識宗說，佛智證眞如而有根本智後，即有後得智；而此後得智，乃爲能利樂有情，窮未來際，具無盡功德者，即能生萬法者。則此智證眞如心或此眞如應即一能生萬法之眞如，而爲一具佛之無盡功德之大用之實體，而決非只一空理矣（註二）。此即起信論一流之思想之所由立也。

今吾人若承認佛所證之眞如或「心眞如」爲藏無盡功德之大用而能生萬法者，則吾人今雖未成佛

註一：於釋迦成佛事，湛然止觀輔行傳弘決卷一之一「汎引教驗有師無師。言無師者如大論第二云：「我行無師保，志一無等侶，積一行得佛，自然通其道」，增一十五云，阿若等五人問佛師爲誰？佛答云「我亦無師保，亦復無等侶，獨等無過者，冷而無復溫」，律文大同。邪光經云：「佛無師成道，自悟一切法。」法華經云：「佛智無師智」。言有師即受莂之說，如瑞應云：「至於昔者定光興時，我爲菩薩，名儒童，乃至買華奉定光佛……佛知其意，而讚嘆言：汝無數劫，所學清淨，因記之曰，汝自是後九十一劫……汝當作佛。」」湛然後固未嘗否認釋迦實有師，並謂有師無師，其理不二，然其謂：「在因必藉師保，果滿稱爲獨悟」；即亦意許理論上有此獨悟之可能。然順法相宗之論，則蓋將以此爲理論上之不可能者也。

註二：連眞如之理與證眞如之智說爲一心，或一眞如，或心眞如，此稱爲「理智一如」，乃華嚴天台共同之一根本義之所存，而別於唯識之論者。

而尚有染障，吾之「心眞如」，仍應爲能生萬法，而起無盡功德者；於是所謂含藏染與淨之賴耶識，卽應同時爲一自性清淨之如來藏。吾之心眞如能生萬法，而吾不能證知此能生萬法之心眞如，此卽吾之不覺，所以異於佛之覺。然吾雖不能有佛之覺，吾固終能有佛之覺，以不異於佛。由吾之終能有佛之覺，以觀我今日之無覺；則我今日之無覺，卽同於我之覺，尚未呈現而若無。由此而我不當說我今日之無覺爲眞無覺，而當說我實亦未嘗無覺；此未嘗無之覺，乃我自始所已具。此卽稱爲本覺之如來藏。有此本覺，而我不覺其有本覺，故自謂無覺；亦猶言我不覺其覺，故自謂無覺耳。此不覺其本覺之不覺，卽吾人之無明。此不覺或無明，與「覺」相和合，卽如來藏之所以成爲阿賴耶，亦卽吾人之所以異於佛者。則吾人之所以異於佛者，非無覺與有覺之分；乃人有本覺，而不覺其有此本覺，尚未覺此本覺，以有始覺之故耳。然人之有本覺者，雖可不覺其本覺，亦可覺其本覺。則此本覺之覺，固有此不覺與覺之二可能或二義。此二可能或二義，卽同於依心眞如而有之心生滅門與心眞如門。此本覺之心眞如，依自而有不覺，有無明，有心之生滅；亦能依自而覺，以成始覺，成究竟覺，成佛，而具一切種智。此本覺能自覺而成始覺，故能自證其心眞如之體大、相大、與用大。由此而能發心、由信成就發心，以至解行發心，證發心。此中，外在諸佛菩薩善知識熏習，雖亦爲必須之外緣；成就之發心，亦可爲諸佛菩薩之慈悲所護念，此發心中亦當包括信佛等；然人之能有始覺而成佛，唯直接依於人之原有本覺之心眞如，不與依之而起之心生滅，居一層級；雖爲無明所熏習，仍隨緣而不變其爲一大光明藏之故。此心眞如，卽不同唯識家之無漏善種之爲有漏之不善之所覆藏，若無光明之可見者矣。

華嚴宗之法藏、澄觀、宗密，皆本大乘起信論之觀點，謂唯識宗之眞如，不能隨緣生一切法，以自致人於始覺、究竟覺、圓覺，而謂之爲凝然眞如，而視之爲五教中之始教。華嚴宗自謂其能生萬法以致人於始覺、究竟覺、圓覺之眞如，爲不變而隨緣之眞如。並謂唯承認此眞如之隨緣不變義者，方爲圓教。而此義亦爲天台宗判唯識宗爲通別教而非圓教之理由之一（**註一**）。然近人宗唯識宗之說者，則謂起信論之誤，首在將眞如與正智不分；不知眞如之不生。並謂此以眞如爲能生萬法者，乃同於外道之梵天自性能化生萬物之論。更謂依起信論之說，則本覺既可以不覺而有無明，則在其有始覺之後，應亦可更不覺，再起無明，則人生永無覺期。再或謂依起信論言本覺之不覺，與由自覺成始覺，皆由自不由他，卽皆無因緣，而悖緣生之正理。再或復謂起信論由本覺之不覺而起之無明，更能與其眞如相熏，卽爲染淨相熏，淆亂法相，非熏習正義。此中近人討論亦甚繁，而此中之是非，亦固有其難定者在也（**註二**）。

註一：智旭著大乘起信論裂網疏，則謂唯識宗之眞如，亦有隨緣義。天台之知禮，又主別理隨緣。此乃謂卽說眞如有隨緣義，亦尚可只是別教之理，而不足成圓教。然於眞如之隨緣爲圓教之一必須條件，固無異辭也。

註二：大乘起信論眞僞辨，嘗輯近人討論之文於一輯，可參閱。

三　釋起信論之疑難：自性清淨心之依何而立

吾今以爲欲平此起信論一流之思想與唯識法相之爭，當先知此二者之觀點之異。法相唯識之觀點，乃自始爲一：依反省之態度而類別一切法，以觀其相互關係之觀點。此在無著所傳之瑜伽師地論已然。法相唯識宗之傳承，更可上溯至一切有部之說。世親初學於一切有部，故其承無著而立唯識義，乃尅就衆生心識所表現之現實，視之爲所對，以客觀的反省其性相，及捨染取淨之次第歷程者。本此觀點所取之態度，於染淨，必分別說，於異類之三性，異類之因緣，亦必分別說。此自不能契於起信論一流，本一心眞如以說其生滅門之無明與眞如相熏，而由生滅門可還入眞如門之說。今吾人如對起信論之由心眞如至心生滅之無明與還入心眞如三者，先視作時間上相隔歷之三階段而思之，自亦必視其爲混淆染淨因果之論。然吾人今觀起信論之以心眞如爲如來藏之說，首當知此如來藏之名，乃初出自楞伽、勝鬘等經。起信論之書，則初傳爲馬鳴所著。按馬鳴嘗作佛本行讚經，以讚佛之功德；勝鬘經則先述勝鬘夫人之三弘願，以得正法智爲衆生說之後，佛乃爲開示如來藏，言是佛境界，謂「人於無量煩惱所纏如來之藏，不疑惑者，於出一切煩惱藏之如來法身，亦不疑惑。」楞伽經與勝鬘略同，乃言如來藏名藏識，爲善不善因，而本性清淨，客塵所染，乃有不淨云云。今按此心性本淨，客塵所染而後有不淨之論。部派佛教中之分別論者早已有之。對此一思想之流，如再上追溯其原，則爲釋迦所說三法印中之涅槃寂淨義之所演出。當佛初說法，固可只標示此寂淨之涅槃，爲修道之所證，未必言其卽爲此心之本性。然人在其修道、求道之心中，旣求證此涅槃，則必須同時自信其有能證涅槃之心性。此求證涅槃之心，亦已爲一念之淸淨心，而證涅槃則正可說爲此心之淸淨之全幅呈現。此蓋心性本淨之論所自生。此如孔子之言我欲仁而仁至，卽必引出孟子性善之說也。又本佛之弘願與學佛者之弘願，必願爲衆生說法，以咸使之成佛，則理上必須肯定此一切衆生同有此淸淨心。故勝鬘經先言三弘願，後卽言衆生皆有此如來藏。由此以觀大乘起信論之傳爲作佛本行讚之馬鳴之所著，亦非無故。蓋馬鳴能作佛本行讚，以讚佛之說法度衆生之功德，卽能與佛之度衆生之弘願相契應。而依此義以立言，亦正當說衆生皆能作佛，同有其如來藏也。此與法華經爲開示佛之本懷，方言三乘歸一；涅槃經之因佛見衆生悲泣，方言佛性是常；與華嚴經之說佛自證境界，方言一切衆生無始以來是佛；同爲直依學佛者之求成道之誠，與崇敬佛之誠，並求與佛之度衆生之弘願相契應，以自有其弘願，而後有之思想。本此思想以爲言，則一切衆生有本淨之心性，有佛性，有成佛之如來藏（勝鬘、楞伽），自性淸淨藏、法界藏、法身藏、出世間自性淸淨藏，或自性淸淨心（勝鬘），或如來淸淨藏（密嚴），卽必然爲第一義之語。此第一義之語，乃學者所當直下深信不疑，方能再及其他。大乘起信論之先言有自性淸淨之心眞如，以及楞嚴經之先言一性淨妙明之心、妙淨明體、性淨明體、妙明元心、淨圓眞心、常住眞心、淨覺眞心、眞精妙覺明性、圓融淸淨寶覺；再如圓覺經之先直陳圓覺，正皆同此一路思想，而論義更爲系統化之著也。

對此如來藏自性淸淨心，翻譯名義集以三義釋藏：隱覆名藏、含攝名藏、出生名藏。此乃本世親佛性論所謂隱覆藏、所攝藏、能攝藏之義，而略變其名。此書又本勝鬘經五藏之名以釋如來藏。一爲就其爲當來佛果之因，今尚爲染法所覆，而說之爲在纏如來藏；二爲自其雖在纏，而仍自性淸淨，說爲自性淸淨之如來藏；三爲自其致佛果而出纏，爲果位功德所依，稱法身藏；四爲自其出纏功德之超過二乘菩薩，而名之爲出世間上上藏；五爲自其通因果位，持一切染淨有爲法，含一切恆沙性德，而名法界藏。此五藏之名，實指一物事，而說之之方式不同，遂別爲五。吾人亦實可以此五方式，以說此如來藏爲內在於染，兼善不善因，衆生因；或超越於染而只爲善因佛因，或整個之法界因；亦固可由其原淨以說到其染，或卽其染以指其原淨等也。至于如華嚴疏抄卷十之依佛性論說五藏，謂自一切法不出如來自性，說爲如來藏，以一切聖人四念等正法，皆取此作境，說爲正法藏；以今聖人法於四德，說爲法身藏，則全是自其本淨上，正面說此五藏。凡此等等，固見有種種論說方式之不同。然此中最要之義，是吾人當知：如來藏自性淸淨心，雖爲吾人在修道歷程中最後之所證得者，然吾人之修道既向往此最後之所證，卽必須當下卽自信其能證。自信其能證，卽須自信其有能證之性，亦有證之之心。此心儘可尚未充量呈現，然必須自始卽信其有。此「有」，依今語釋之，卽一形而上之有。此形而上之有，自其爲人所自證說，乃在修道之終。然自其爲修道之所以可能之根據說，則當說其具於修道之始。否則修道之第一步或人之向道求清淨之一念，卽無自而發也。故吾人之思此自性清淨之如來藏，卽當視之爲在人之實際修道歷程之上一層面之形而上之有，而逐步貫徹，以充量實現於此修道歷程中者。吾人如自其尚未充量實現而反觀之，則又可說爲如潛隱於此心之底層深處而深藏者。佛學說此具形而上之有之心，卽多自深藏而內在於此當前之心處說，而罕自其超越于此心之上說。實則此二義皆可說。內在義中，固卽涵尚未實現之超越義也。

在一般之觀念中，一內在而超越之有，卽非實有。故謂人有一清淨心，而言其未呈現，人卽意其在實際上無有。凡取自外觀察或自外反省之態度，將此中現在之實際未有，與其未來之將有，截然而觀時，亦必謂其將來之有，只原自今日之有此可能、或無漏種子。此卽唯識一系之說。然此一系之說，無論如何複雜，最後必歸至：此「可能」或無漏種如何能必然實現之一問題。對此問題不能善答，則他人是否能成佛，我可不知，而我之能成佛之信念，卽亦可動搖，而與佛學之原始精神在自覺覺他咸登佛地之意，卽不免相拂逆。然人在其修道歷程中，直接自觀其工夫之日進者，此中之所發現，又必然爲染漸去而淨日生。此時人所最當直接契入者，乃染之去，與淨之生，恆爲俱時而起之相依之二事，或一事之二面，而非染在前淨在後之二事。若吾人於此先肯定此染在前，而謂其淨心乃伏於其後者，乃唯順此肯定，以觀此淨心之在染之後；則對此淨心，如何能自染後翻出，吾人將以愈注視此染之在淨前，而愈不得其解。然人在修道歷程中，則明有此染去而淨心卽生之事實。則人於此便不能只先往觀此淨之在染之後，更直觀此淨，以分染淨爲二段；而必須直就染去而淨生之爲一事處，以觀此心之染淨。當吾人觀染去而淨生爲一事之時，則此染心與淨心，卽亦不可說爲二心，而當說爲一自捨染而自轉淨之心。此自捨染而自轉淨之一心，自其所捨之染上看，固亦是染心；而自其轉染取淨處看，則見此一心之能自淨其染之性。由此轉染所成之淨心，是否可說唯由此轉所成，或自始爲形而上的存在者，則爲吾人所當細究之一問題。

對上述之問題，如吾人只自外觀察反省，則固可說此淨心爲初非存在。然吾人如就捨染轉淨，乃俱時之一事上看，則吾人可說此淨心之初之不在，唯以此心尙未自捨其染之故。然染捨而淨生，如秤之此低而彼昂，又如花開而蕊現，雲散而日來。此中染之捨，乃一消極的染之由有而無。此自是染之事。染之無，不涵淨心之必有，則淨心之有，不得言唯由捨染之事之所造作。便當說此淨心之有，乃淨心之自生而自現。淨心不能無根而有，此爲「根」之淨心，卽可說爲人所本有。今無論此本有，初爲超越之有或潛藏之有，而要必非無矣。故由染去而淨生，以言淨之繼染而生，緣是以分染淨爲二事，是一思路。而由染去而淨生，乃一事之二面，遂謂此事之所表示者，乃染自捨而淨心自生，染自開而淨心自現，又是一思路。此皆爲可說者。然依前說，則人不能自必、自期其淨心之必繼染而有。依後說，則人可自信其淨心之原有，而能自必、自期其能捨染而取淨，以成道而成佛；而與吾人之必求成佛之志中，所顯之一念之心性之善，可相互證，而人乃更有以自勵其志，以成其自信，緣此自信，卽可更堅其修道之行矣。此卽大乘起信論一流之思想之所自生也。

傳爲慧思著之大乘止觀法門，承大乘起信論之意而作，其第一卷嘗論人之本來之心體中無染、無不覺、無無明之義曰：「若心體有不覺者，聖人證淨心時，應更不覺；凡未證得，應爲覺。既見證者，無有不覺，未證不名爲覺；故定知心體，無有不覺。」此書又謂「覺於淨心」與「淨心自覺」，其義無別。則謂聖人之證淨心者非不覺，卽同於謂淨心之能自覺。說未證於淨心，方名不覺；卽同於說淨心不自覺，方有不覺。我之能覺於淨心，卽所以證我之淨心之能自覺。則謂我覺有淨心，而謂其不能自覺，卽明顯之無義語矣。自覺卽由自而覺，然自覺仍自得緣，固不必避緣生正理也。

四　自性清淨心與生滅無明之關係及心生萬法之「生」義詮釋

至於此中吾人既肯定一心眞如或如來藏或淨心，爲自始具足而本有，如何更緣此以說明此本有之心與染法及無明之相連，何以此心不自始如其本有之清淨，不待修爲卽已成道成佛；則順吾人之一般理智的推論的思維，以思此問題，蓋必不能答。因此所謂本心之淨中，固不涵具染與無明之義。則此本心或如來藏之所以潛藏于兼具染淨之藏識中，心眞如之何以生出心之生滅與無明，誠皆不可解。夫然，而大乘起信論之言由心眞如轉出三細六粗等，以及如楞嚴經之言由性淨妙明之心，而「因明發性，性妄見生，從畢竟無，成究竟有」（卷七言），以有地水火風天地萬物之世界，以至塵勞萬種之說；皆同爲一違悖理智的推論的思維中之理性原則：只許人由同推論出同來，不許由同中推論出異來者。爲法相唯識之論者，習於謹守因明之原則，恆先反省其所把握肯定之事理，再緣之以作推論，亦必以此路之思想，爲違悖推論原則，淆亂法相。吾人今亦以爲如將此起信楞嚴之所言，只作一宇宙論看，乃一絕不可通之論。今謂爲同於外道之一因論者，以梵天上帝，直接演出世界萬物者，亦未嘗不可。然吾人可說：凡此所謂心眞如生萬法一類之論，此所謂生，皆非邏輯上前提生結論之生，亦非如母之生子，其腹中原有子，子由之生出之生。若從此後二義之生著想，則能生世界萬物一切塵勞者，固亦宜爲一如唯識宗之所謂涵藏無限之染淨種子之賴耶識，較爲合理。楞伽經所言之如來藏藏識，初或重在言如來藏之一面。然亦以此經爲所宗之唯識宗，則化其如來藏爲無漏種，而只言藏識，亦大可表示一思想上之發展。因唯此藏識乃能涵藏染淨之一切法之種子，非純淨之如來藏之可比也。純淨之如來藏，唯含藏淨法，其自體只是一心，正有如西方基督教之謂上帝只涵藏萬物之理型，印度教之梵天之含藏生萬物之功能，固皆只爲一至善之純精神之存在，而皆宜不能含藏一切染法之種子於其中也。吾人今如本一尅就現實宇宙之全，而反省其根原之宇宙論的態度以思維，亦實必須逼出一「能藏現實宇宙現有之一切現象之一切功能種子」之一實在，如唯識法相宗之兼具淨染種子之賴耶之類者，方能說明此現實之宇宙何以有淨兼有染之故也。

然吾人於此若根本不自此一宇宙論之態度出發，並本邏輯律令以爲推論；而自另一「向內反省吾人在修道歷程中，此心之如何對所遭遇者」之態度出發；則謂一切染法萬種塵勞，以及整個之天地萬物，皆由一心眞如或淸淨如來藏以生，亦有可說。此所謂生，則爲另一義之生，非邏輯中之前提生結論之生，亦非宇宙論中之「可能」或「潛能」「種子」生其現行或現實之生也。此所謂生之另一義，吾人可說卽：「吾人之修道心之貫徹於其所遭遇之一切之中，以使之呈現於此心之前，而又與此心求轉染而依淨，捨染而取淨，相依而轉」之生。在此，吾人可先試想，吾人在修道歷程中，吾人之修道之心，必有其種種之遭遇。此心所對之一切意念情欲與所接之天地萬物，亦原無非其所遭遇。吾心所遭遇者，原爲吾此心之所覺，或此心之覺性之所貫徹處。吾心之所遭遇者，時有變易，卽此覺性之運於諸變易者之中，一方見有此心之相續生，一方亦見有諸變易者之相續生，爲吾人可順其相續，而加以敍述者。此中，自此相續生者之前後相承上看，吾人固不能本在前者之何若，卽必可推論出其在後者之亦何若，亦不能逕謂在前者爲在後者之種子。然此中，吾人卻可說此相續者之前後相承而生，其生乃心與其所遭遇者之俱起而俱生。此中之心，如眞爲一修道心，則此心與其所遭遇者之關係，則爲一面貫徹其中，一面求轉化此所遭遇者，而亦自轉化其自身之一心。由此轉化之所生，卽應直接說爲此修道心之所生。此皆可爲人所共應許者。然吾人於此再試直接對此一事，更連於吾人上所陳之修道心之成道，卽其本淨之心之自生而自現之義，以更作一思維，而試問：此本淨之心與吾人之有染而具種種塵勞之心，乃何種之關係？今本上之所論，則吾人只能言其爲一「居上下二層，而此本淨之心能轉化此具染與種種塵勞之心，以自呈現」之一關係。此中，如以此本淨之心爲本，則此具染與種種塵勞之心，卽可視如浮於此心之上層之波浪，而爲此心呈現時，將沉沒而自息者；或可視如位居於此心之下層之陰霾，在此心呈現時，卽將如日出而雲散者。此具染與萬種塵勞之心之逐漸息滅，對此本淨之心言，卽其所對「一切染與塵勞，以及與其染或塵勞相連之原來之天地萬物之境」之逐漸息滅。此本淨之心之呈現，與具染而有塵勞之心之息滅，吾人上又言其應爲一事之二面。則吾人豈不可說：出此本心之呈現，卽足致此染與塵勞，及其相連之天地萬物之境之息滅？又豈不可說：卽在其未息滅之際，此塵勞等已爲此心之所遭遇，而爲其所貫澈，所欲加以轉化者？則卽在其未滅之際，吾人又豈不可說：其仍依此心而存在，其未滅，由此心之容許其未滅，容許其暫浮於此心之上層，或暫位居此心之下層，而亦暫支持其存在之故？今尅就其爲此本心之所容許支持以言，豈不可說此種塵勞與其相連之天地萬物之境，亦皆依此心而生？此塵勞等既依此心而生，此心之由修道而捨染取淨，以實現其淨性，而自呈現其爲本淨之心時，又必須化除此塵勞等；則此心卽能生塵勞等萬法，以有其生滅門，而亦能還入心眞如門，由本覺以成始覺者矣。然既成始覺，更無不覺，自不得更由「覺」至「不覺」矣。

　　至此中之心在生滅門，不礙其入眞如門者，亦全在此心之既知其在生滅門之染，而又能捨染以取淨之故。既欲捨「染」，則心固有染；然既能捨染取淨，則心固性淨。心之取淨，卽淨心之自現，則心之染與心之性淨，不相爲礙；與此淨心未呈現時之自在，亦不相爲礙。則此淨心與染，儘可俱存。此俱存，與心之必由去染以自呈現，亦不相爲礙。則心眞如與心生滅之上下層，固可俱有；而此上下層之相貫徹而歸於一，亦應爲可能。此中心之二門之相生，乃純自其可相貫徹而相依，以爲上下層之關係上說者。此二門之關係，是：「人可由此門以還望彼門，而入彼門；人既往入彼門，此門則隱於後，而同於不存；而見得二門可互爲隱現，以相往來」之關係。二門有此關係，則可如自扇香風之以此熏彼，由此門至彼門。此熏習之義自不同唯識宗所言之熏習。此二門之說，蓋非將二門並列，視如互相對立而並在並現於前之說。如二門乃互相對立，並在並現于前者，則人不能往來此二門中，此二門亦不相往來，而不相生。則染淨法固當言不可相亂，亦不可互相熏習矣。然在人之修道歷程中，則當下有此捨染取淨同時並在之一事。在此事中，人乃既出此即入彼，人乃往來於染淨法中，染淨法亦一往而一來；而人亦實以淨心之來，成染心之往。尅就此修道歷程看，人實從未見有染淨二門之並在而並現，此中亦無染淨並在而並現之可能，人於此亦復無暇對此染淨並在，作分別觀其因果之事；則心眞如或淨心之自在，不礙其有染，有染不礙此心眞如或淨心之自在，以還入心眞如門，其義可知矣。人之知此義，唯賴人之直自其修道歷程中，有此捨染取淨之事之心上，如實深觀，方可見得。蓋亦必眞修道者，而又自觀其修道之心者，乃能深契此流之思想。人才生懈怠，或不能尅就其修道之心而自觀，或觀之而又走作，則終不能深契於此義矣。

上述此一義之思想，唯對能自觀其捨染取淨之修道心者，而有意義；故若對只於世界作因緣觀與空觀者，卽皆無意義。只由空觀因緣觀，亦終不能成就上述之此一義。人如將此一義用因緣觀以說之，以成一客觀的宇宙論，謂在無始之時，先有一心眞如、如來藏，或性淨妙明之心，昭然獨在，由此化生萬物；則固亦同於外道之梵天上帝，而爲唯識宗所謂偏計之所執之自性，亦宜其爲唯識宗之所斥；固遠不如唯識宗之立賴耶，以藏萬法之種子，以說明此現實之人生宇宙之所以成者矣。唯大乘起信論，以及楞嚴經、圓覺經之寫作之法，則皆不能使人無此疑。人之學佛者，亦實有視同梵天上帝之說以解之者。實則凡此諸經論所謂心生萬法之生，皆當全部攝入一修道心中所遭遇之萬法，爲此心之修道之歷程所貫澈處，亦卽此本有性淨之心之所貫澈處，去求了解。卽楞嚴經所謂，由一本淨之心而因明發性，性妄見生，以至有地水火風天地萬物之類，皆實當視爲描述此本淨之心之呈現之際，其所次第遭遇，所次第貫澈者之語。否則人讀之未有不成窒礙者。人亦必先能直下自觀其修道之心，見得此本來性淨之心，存於其當下一念求道之誠之中；然後能讀之，而知如何能使此中所言者發生意義之道。是卽此一流之思想，終必發展爲重人之修道之工夫，而又必期于學者之自悟其當下本心之禪宗之故也。上文吾人之不惜覼縷以言者，亦卽在使人知此一流之思想所立之義，皆本由人之念及「佛之開示本懷、佛之自說其內證之境、菩薩之弘願、與人之求遙契於佛之本行，以修道成佛之志」而來；並亦可上溯至部派佛學之心性本淨論，與佛「初說涅槃寂淨，而望人之發心以趣之」之根本精神者。故今亦宜當順此一精神之表現於歷史之線索，加以了解；不可錯用其心，而更循其他思維方式以求解者也。

五　一心之捨染取淨義，及天台之性具染淨與佛性有惡義

由此大乘起信論一流之思想，言一切衆生皆有佛性、佛心、心眞如與本淨之如來藏，而此義又可由人之念及佛所開示之本懷，自觀其修道作佛之志，以直下有所契入。故依此一流之思想以言心，可直重視此吾人當前之意識心，而對此意識心，復不作意識心觀，而卽由之以見其自具之心眞如，自性清淨心或清淨如來藏，以爲其本心。故此一流之思想，不似唯識法相之論，先平列八識，而特重阿賴耶識者。唯識宗雖謂意識爲善惡主，然此意識中，有善心所之表現，亦有不善心所之表現。其分析此各種心所之性相，亦不可不謂細密。然在唯識宗所謂意識中，卻未嘗有一能直以轉一切不善心所，「惡此一切不善心所之表現，以歸向於善，而善此一切善心所之表現之一惡惡善善之心」，可容人之直承之，以轉染取淨者在。唯識宗雖言轉依，然此轉依唯由善心所之表現，既日積月累，則善種子日以熏習而增盛，惡之種子卽日以減損，以言此賴耶之性，乃日轉捨於染而轉依於淨。是謂轉依。故此中實能爲轉依主宰者，乃此意識底層之賴耶。然賴耶既能轉依，此轉依之事應可表現於意識之直接自覺之中，意識中應亦有一面知轉與一面知依之一知在。此知似可以唯識宗所謂勝解與慧等心所當之。然唯識宗謂此勝解與慧之心所，爲無善惡者。此一面能轉染捨染，一面取淨依淨之「知」，則只應說

爲善而非惡者。而自人之沿此「知」，應可去一切不善，生一切善言，則此「知」之相續生之源，自應爲一至善之流行，或本來清淨心之呈現。然唯識家之意識心中，則無此一事物。簡言之，卽無此一「能自向其心眞如或本性清淨之如來藏，以使之呈現」之一自覺的心之活動存在。更未能言：人之能直下自悟此心爲其本心，或此本心之能當下自呈現而自悟矣。反之，人若能於此承認其當下之自覺心，自有一知捨染取淨，而自向於其心眞如，或自性清淨之如來藏，而使之呈現之「知」；或承認此自覺心，能自悟此本心，或此本心能自悟者；卽可不重此自覺的意識心以外之尚有末那、賴耶、五識心等之一面，而將不重此心識之多之一面。因其心所向之心眞如、如來藏爲一，心之求成道成佛，乃成一佛心，非八識心成八個佛心也。此能兼知轉染依淨之一「知」，既通於心之染淨二面；今通過此「知」以觀染，則知染之心，既涵去染之能，此染者之性亦卽通於淨；心又能取淨去染，則淨者應亦通於染。由此而于唯識宗之遍計所執性爲純染，圓成實性爲純淨，依他起者分染淨二分，以使染淨截然不亂，善不善截然不相亂之說；循此一思路以觀之，亦卽將更不謂然矣。在此一思路中，其通染淨以言性者卽天台宗之說。而重通唯識宗之三性以爲一者，則有法藏之論。傳爲天台宗慧思所著之大乘止觀法門，亦有其通三性之說。此後一書傳在宋代乃重自日本取返中國，故湛然未加論及。此書蓋決非慧思所著（註）。何人所著，亦不可知。觀其大旨，乃會通大乘起信論與天台止觀之說以爲論。故亦爲明以後之天台學者如智旭之所宗。此書通染淨之義，又可連於傳爲智者所著之觀音玄義之性具善惡、佛性有惡之說。佛性有惡之說，尤爲湛然知禮以下，視爲天台宗要義所在者。法藏之通三性之論，則意在融通唯識宗之三性之差別。皆爲圓教之說，故並略述之於下。

上節之末言依一心以觀染淨，則染淨之性應相通接。由染之通於淨，故一切衆生皆有佛性，皆有自性清淨之心或如來藏。由淨之通於染，而天台宗，更有性具染淨之說，且歸極其義於佛性之亦不能無惡，而成其佛性有惡之說。言衆生皆有佛性，可由上文所說「人之求成道成佛之志，及依佛之悲願必不忍不安於衆生之不成佛，故必歸于衆生有佛性佛心之義」，以求契入。此尚易爲。謂性具染淨，而言佛性亦有惡，則此爲天台宗一家之說，今欲會其義則較難。然亦非不可解。此中要在天台家所謂性惡，乃又爲另一義之性。此即由法門不改而來之性之義，而亦中國昔之所未有者也。

台家佛性兼具善惡之說，見於傳爲智者說灌頂記觀音玄義，及傳爲慧思作大乘止觀法門。止觀法門謂「一一衆生心體，諸佛心體，本具二性，而無差別之相，一味平等，古今不壞，……悉具染淨二性，法界法爾，未曾不有。但依熏力起用，先後不俱。然其心體二性，實無成壞。是故就性說，故染淨並具。」觀音玄義又逕以佛之性德，有善亦有惡，以與表面斷盡一切善之闡提對言，謂爲皆性具善

註：海潮音三十七卷十二號，有諦觀大乘止觀作者考一文，可供參考。此文疑此書爲唐末天台宗人所著，但所傳此書，乃經日僧重取回中國，亦非不可能。則此書亦可爲較早時期之著。今按此書於遍計所執性仍用分別性之舊譯，阿賴耶用阿梨耶之舊譯，疑著者或在玄奘以前，亦未可知也。

惡者。其言曰：「闡提斷修善盡，但性善在；佛斷修惡盡，但性惡在。問性德善惡，何不可斷？答：性之善惡，但是善惡之法門。性不可改，歷三世無誰能毀。復不可斷壞。譬如魔雖燒經，何能令性善法門盡？縱令佛燒惡譜，亦不令惡法門盡。如秦焚典坑儒，豈能令善惡斷盡耶？」

「問闡提不斷性善，還能令修善起，佛不斷性惡，還令修惡起耶？答：闡提既不達性善，以不達故，還爲善所染，修善得起，廣治諸惡。佛雖不斷性惡，而能達於惡；以達惡故，於惡自在……以自在故，廣用諸惡法門，化度衆生，終日用之，終日不染。……機緣所激，慈力所熏，入阿鼻，同一切惡事化衆生，以有性惡，故名不斷，無復修惡，名不常。若修性俱盡，則是斷，不得爲不斷不常。闡提亦爾，性善不斷，還生善根；如來性惡不斷，還能起惡；雖起於惡，而是解心無染，通達惡際，即是實際。」

後知禮觀音玄義記又釋智者之言法門曰：「法名可軌，軌持自體，不失不壞；復能軌物，而生於解。門者能通，可出可入。諸佛向門而入，則修善滿足，修惡斷盡；闡提背門而出，則修惡滿足，修善斷盡……斷常名，通別人緣理斷九。以定斷九，故昧性惡，名爲斷見；不能忘緣，是以存修惡，名爲常見。斷修存性……。」

此智者與知禮之言性具，佛性不斷惡之旨，可謂明晰。依天台所判之通教別教，如般若法相之諸經論，皆謂佛既成佛，而證眞如，緣正理，即別於十界中其餘九界之衆生與聖者，而斷九界之惡性。天台則謂佛雖斷修惡淨盡，仍能通達於餘九界之一切惡法門。由此而佛與九界衆生，合爲四聖六凡，以有其「如是性」；而一界又攝十界，以有同一之如是性。故「機緣所激，慈力所熏」，佛亦能「以同一切惡事化衆生」，而「不染於惡」。不同於闡提之不斷性善，而還爲善所染，以有其修善。其本此義，以言佛性有惡，明乃純以惡指一可軌之法門之自身而言。此惡之爲可軌之法門，對佛實無起修之任何實作用。故此性亦非能有業用之體性之性，而只爲佛心之所對之一不改之法門，如法性法位之爲常住（註），而爲佛心之所通達透過者。然佛亦正由此而得由佛界以通達於一切衆生之修惡，而可與之同作一惡事，以其慈力遍度衆生者。故依天台之說，佛雖不存修惡而不常，亦能不斷性惡而不斷，則其修善，雖充量體現善之法門；而亦同時以其悲智，通達一切惡法門，而用其事以度衆

註：佛家經論原多言法性、法位爲常住。如楞伽經：「佛出世，若不出世，法住、法位、法界、法性，悉皆常住。」俱舍論卷九：「如來出世，若不出世，如是緣起法性常住。」十地經：「此諸法性若佛出世不出世，常住不異」大智度論卷三十二：「有佛無佛，如法相、法位、常住世間」，卷八十六：「法相、法性、法住、法位、實際、有佛無佛，法性常住名爲淨。」寶雨經卷六：「若諸如來出現於世，如是法界自性常住。」法集經卷三：「一切諸法，不生不滅。」語皆大同小異。可知其爲大小乘共許義。今按智者摩訶止觀卷五辨性之三義，皆要在本不改爲性說。金光明玄義卷上：「佛名爲覺，性名不改。」湛然止觀輔行記卷三，謂「言法性者，亦是諸法具三諦相性，亦性分不改，三諦性具，始終無變。」後知禮論性，尤重此不改義。此不改之性，卽指不改之法門而說也。

生，以見其修善於「對惡之法門之運用之中」；而善惡之性，乃同具於佛，佛修善成而于惡亦通達，不爲善之礙。唯佛眞知惡之可通達，而不爲善之礙，乃能去修惡而全修善。此亦同于謂：唯能知善知惡，知淨知染，而爲善去惡，取淨捨染，而又永不去其善惡染淨之兼知之「知」者，方得成佛之謂。此所謂不斷性惡者，實唯是不斷此所知之惡法門之謂；非謂此「能兼知此善惡法門，而起修善以止修惡之修道之行，所依以自生之體性」爲惡之謂。而吾人前所論，如勝鬘、楞伽、大乘起信論等經論所謂心眞如、淸淨如來藏，則正當由此能起修善而止修惡之心之體性上，加以透入識取者。由此透入識取者如爲善，卽自仍不得爲惡。此中亦更不能于善之外，再進一義也。觀觀音玄義所進之一義，實亦唯自此中佛之知善知惡之「知」之常在，以觀其通達衆生之修惡中之惡法門，而不斷此法門；並不斷對之之知，而能與衆生作外表爲惡之事，以度衆生而已。故此佛性之惡，與大乘起信論等書，所謂本淨之心，實不在一層次。能兼會其義，亦無必然之矛盾也。

至於在大乘止觀法門，其答淨何以能除染之問，則又曰：「染業雖依心性而起，而常違心；淨業依心而起，而常順心。違有滅離之義，故爲淨除；順有相資之能，故能除染。」此文中之所謂心性，乃於其前文所謂法爾之染淨二性之外，更進一步以言心。人謂此書應出於智者之後，或亦可由此以說。此書明以「心」指一本淨之心，方得言染與之相違，淨業與之相順。則此書所說之心，應正是指上節文所謂上一層次之本淨之心，而同於起信論之言者。此書更緣是而論何以一淨心如來藏體，能具染淨二相，染淨二性。其中亦有重重義理，非今所及。要之不外說明一切世間之染淨之業，不礙此本有淨心之體用、始覺不異本覺，是皆見其意在發明大乘起信論之旨者也。

六 大乘止觀法門論與法藏融通三性論

至於對三性之問題，在唯識論之系統，言三性之遍計所執、依他起、與圓成實性，三義乃截然分別者。遍計純染，圓成純淨，依他起，分染淨二分。吾人之心識活動，不離遍計，則皆有染。而證圓成實之根本智與後得智，在唯識宗，二者亦不同其義。然在大乘止觀法門卷三，則於三性用眞實性、依他性、分別性之三名。然其論此三性，則謂三性皆有淨染二分。在眞實性，一以有垢淨之心以爲眞實性，即衆生體實事染之本性，二以無垢淨心以爲眞實性，即是諸佛之體性淨德之本實。在依他性，「淨分依他性者，即本眞如體，具染淨二性之用，但得無漏淨法所熏，故事染之功斯盡，名爲清淨；即復依彼淨業所熏，故性淨之用顯現，故名依他。所現即是所證，三身淨土，一切自利利他之德是也。……染濁依他性者，即彼淨心雖體具違順二用之性，但爲分別性中所有無明染法所熏故，性違之用，依熏變現虛妄等法，所謂流轉生死，輪迴六趣。」性順之用，「雖未爲無漏薰，故淨德不現。但爲諸佛同體智力所護念。故修人天善，遇善知識，漸發道心，即性淨之用也。」在分別性中，「清淨分別性者，即彼清淨依他性法中，所有利他之德，對彼內證無分別智，故悉名分別，所謂一切種智，能知世諦種種差別。……染濁分別性法者，卽彼染濁依他性中，虛妄法內，有於似色、似識、似塵等法，何故皆名爲似，以皆一心依熏所現故，但是心相似法……當起之時，卽不知似塵似色等，是心所作，虛相無實，以不知故，卽妄分別，執虛爲實。以妄執故，境從心轉，皆成實事，卽是今時凡夫所見之事，如此執時，卽念念熏心，還成依他性，於上還執，復成分別性。如是念念虛妄互相生也。」

此大乘止觀法門論之開三性爲六，其中，唯染濁分別性與唯識論之遍計所執相似。在遍計所執中，吾人緣所見之色塵與識，而對之取相，遂以此相爲實有；不知此中唯有種種相，而無吾人所執之實，故只能謂爲似塵、似色、似識。所謂似者，可指其似實塵、似實色、似實識，而非實之義。吾人凡言某物似他物，乃只就其相，不就其實而言。故似某物之物，乃唯有其相而無其實之物。則似塵、似色、似識，卽只有色相、塵相、識相者而已。此相本無實，而人在分別一相時，卽視之爲實，視若在外，視若能常住。此卽佛家所謂妄執之通義。故大乘止觀法門之昏濁分別性，可謂之卽唯識論之遍計執也。然舍此而外，則其所謂眞實性，乃指有垢及無垢之淨心。此與唯識論之圓成實性，唯指吾人之心識，由空我法之執，而證得之一切法之眞如實性或眞理而言者，則全不同其義。此中之無垢淨心，乃略相當於唯識論之四智；有垢淨心，則略相當於藏無漏種之賴耶。然於此賴耶，唯識論唯言其爲無記心，未嘗言爲有垢淨心。依唯識論，有垢則非淨。而止觀法門論，則謂凡夫皆有此有垢之淨心，爲其所具之實性。此書又暢論此凡夫之有垢淨心，與佛之無垢淨心之本爲一統體之淨心，更不同於唯識論衆生各有八識之說。又其言依他起，謂由淨業使淨性顯現，無明染法使染性顯現，皆爲依他起性；此他乃指淨業染法，而性指其眞實性中之染淨之二性。此亦不同於唯識論之依他之他，乃泛指因緣，依他性卽緣生性之說。在唯識宗，凡非虛妄之法，皆有待緣而生之性質，卽曰依他起，非「依染法淨業而染淨之二性起」，方謂依他起也。此止觀法門論所謂染法淨業，實卽心體之染淨二性之表現之用，乃純是承大乘起信論體用之範疇說，全非唯識之旨矣。至於其言清淨分別性，則唯識論中無清淨遍計執之名。如在唯識論名相中，勉求其義之相當者，唯是後得智之名。此智之相，正爲依內證之無分別，而顯分別相者。然此則不屬於唯識論之三性中之遍計分別性者也。

此止觀法門論中之三性，幾全與唯識系統之三性之原義相異，其旨乃在由唯一之自性清淨心，具染淨二性、染淨二業、與染淨二分別，以說三性。此中性在內，業爲內之性之表見於行，分別爲對衆生色塵等之分別相，皆各有其染淨，而統於一心。此卽明爲一意在貫通唯識法相宗之三性之染淨隔別之論，與三性、四智、及根本智後得智之分，而成之一直下澈心性體用，以澈內澈外之系統者也。

七　華嚴之真如隨緣不變義

至華嚴宗之會通三性義，則是就唯識宗所謂三性義而會通之者。其所根據者，則是大乘起信論之眞如不變而隨緣，隨緣而不變之義。如法藏華嚴一乘教義分齊章論三性同異曰：

「眞中二義者，一者不變義，二者隨緣義。依他二義者，一者似有義，二者無性義。所執中二義者，一者情有義，二者理無義。由眞中不變，依他無性，所執理無。由此三義，故三性一際，同無異也。此則不壞末而常本也。經云衆生卽涅槃，不復更滅也。可約眞如隨緣，依他似有，所執情有，由此三義，亦無異也。此卽不動本而常末也。經云法身流轉五道，名曰衆生也。是故眞該妄末，妄澈眞源，性相通融，無障無礙。問：依他似有等，豈同所執是情有？答：由二義故，故無異也。一、以彼所執，執似爲實，故無異法。二、若離所執，似無起故。眞中隨緣，當知亦爾。以無所執，無隨緣故。」

此中所說依他之似有義、無性義，及遍計所執之情有義、理無義，皆本法相宗所說。此中唯一異點，是華嚴宗特重三性相卽之義，依此三性相卽之義，而有眞如之隨緣不變之義。眞如能隨緣不變，乃原自起信論之一心眞如，有不生滅與生滅二門之說，不生滅卽不變，生滅卽隨緣也。然此所謂眞如心能隨緣不變，乃重在謂：能證眞如，而具圓成實性之心，能隨緣以成染淨而不變。此乃重在言眞如之爲運於一切價値上爲相對之染淨中之絕對者；而非只重在言眞如之爲在生滅中之不生滅者，或變中之不變者。按此義，亦非唯識論之所許。因依唯識義，染淨乃相違法故。然法藏則以唯識論之眞如之不兼隨染淨之緣，爲凝然不動之眞如。依法藏於此章所說，「且如圓成（卽具圓成之心）雖復隨緣成於染淨，而恆不失自性淸淨；只由不失自性淸淨，故能隨緣成染淨也。猶如明鏡，現於染淨，雖現染淨，而不失鏡之明淨；只由不失鏡明淨故，方能現染淨之相。以現染淨，知鏡明淨；以鏡明淨，知現染淨。……當知眞如，道理亦爾。非直不動性靜，成於染淨；亦乃由成於染淨，方顯性淨。非直不壞染淨，明於性淨；亦乃由性淨故，方成染淨。」此言眞如與染淨之關係，與大乘止觀法門論言自性清淨心與染淨不相爲礙，其旨不殊。但止觀法門論唯言自性清淨心具染淨性，能修淨而通達於染，故分別爲染法淨業所熏。此同於由鏡之明淨，故現染淨。然染業與心之性相違，能順心之性者，只在淨業；故不言此性淨之心，能直成於染業與淨業之中也。然法藏則兼論眞如心之不動性淨，以成於染淨，此卽不只言性具染淨，且言由淨性以起染起淨，成染成淨，染淨乃皆直接爲一性淨之眞如心之所起所成矣。本于吾人於前節所謂本淨之心之貫澈於其染或塵勞之中，而支持其存在之義；亦原可說此染與塵勞，亦卽由此染或本淨之心，使之存在或成其存在者。成其存在，而又不爲所染，而仍能不變其性淨，遂亦能捨染取淨。法藏之重此不變之一名，卽將眞如心之非無常義，特加昭顯；止觀法門論之自性清淨心之一名，固尙未能昭顯此本心之非無常義也。又此眞如隨緣之義，復可將此心之成染成淨之義，皆特加昭顯。若只說心具染淨二性，卽只顯得此心之兼具染淨之性；則雖曰此心能知修淨而恒下通達於染，亦尙未昭顯一切染業淨業，皆由此一淨心直接所成之義也。

由此眞如心之能兼成此染淨，而兼具不變隨緣義，而染淨業又皆依他起法，則依他起法，卽皆直接爲證圓成實之眞如心之表現，依他起性卽與圓成實性爲不異。遍計者卽執似有之依他爲實，故曰以彼所執，執似有爲實。依他若離遍計，則依他之似有亦不起。是見依他遍計之相依。眞如既隨緣，亦卽與計執俱；以無所計執，則不名隨緣。是知圓成實之眞如心，卽一方爲成依他之染淨法，亦成染中之遍計執者。故眞如隨緣，依他似有，所執情有，三者無異。此卽不動本而常末，本澈于末。眞如之不變，則言其爲其能成依他遍計，而又超乎其上，以不變其自性者。故亦終能本其不變，以知依他之無性（卽性空）所執之理無；而能捨依他之染中之遍計，以見依他之無性而性空，而卽依他以見圓成。是卽由末以上達本，不壞末而常本也。

止觀法門論本其言三性之說，而連於止觀之說者，大要在卽止染以斷修惡，而觀淨以成修善，而歸於其卽止卽觀之說。然華嚴則可謂重在以觀攝止，而有其觀行論。此蓋亦依於眞如能隨緣，及圓成依他遍計三者間，有本末之相貫之故。因本末既相貫，則可卽末觀本。觀染中之遍計理無，卽知無性，而可悟圓成之眞如之實理；而此觀中，卽已攝有止在矣。唯此中微細之別，則今不擬深究。

第九章　華嚴之性起與天台之性具及其相關連之問題

一　綜述中國佛學中言「性」之問題之發展與天台華嚴間之諸問題

歷東晉南北朝至隋唐，中國佛學所討論之問題，與性之一名相關連者，有法性、種姓之性，三性、心識體性、性之善染等問題。般若宗言法性，卽諸法之無自性性；而謂有種姓、心識體性者，則雖遮撥一般之自性，同時建立一勝義之自性。此卽見有不同義之自性之問題。至遍計依他圓成等三性，初乃就一切法之共同的遍計或依他圓成等相而立。故此三性實皆共相，共性；而屬於依他或遍計或圓成之種種法，又各有其殊相、殊性、自相、自性。三性相望，亦各有其自性、自相；而淨染之性相，尤顯然不同。於是此三性是否異而有相通之處，卽成一問題。華嚴宗於此，乃主此三性相卽，為法性宗；而以三性迢然不相卽者，為法相宗。此則為主要連於吾人前所謂同異總別之性及價值性之問題。約而論之，此中種種關連於性一名之問題，皆不出於吾人前所謂性之六義之外。唯此諸義之性，又彼此相連，復與佛學之其他問題相連，故成一錯綜複雜之勢。然觀整個中國佛學教理之發展，則于一切法之差別，在東晉時期之佛學者，已共許爲：可由法性與般若二概念，加以統攝。至於種姓，乃自一有情生命之整體之可能性而說，故種姓之性亦爲一統攝性之概念。衆生種姓之分，爲法相唯識宗所堅持。然天台華嚴則又或由別教一乘，或由同教一乘，謂一切衆生實共一佛種性，以更加以統攝。又唯識宗之於八識差別，三性差別，種現差別，有漏無漏差別，皆分別就其共相自相、共性自性，加以辨析者，在天台華嚴，亦皆以淸淨如來藏，自性淸淨心，法界性起心，心眞如之名，或十界一如，一念三千，一心三觀等教義，加以統攝。于是此心性之一名辭，亦愈至後來之佛學，其涵義愈豐，在諸佛學名相中之地位愈重要。上文所述性之六義中，印度傳來之自性之一義，乃漸全爲心之體性之義所代。至禪宗而其所謂自性，乃直指心性自己，若全忘印度傳來之自性之原始義。此於下一章當更及之。由是可見印度佛學之以法之一名爲主，而以性之一名附屬於下者，經千餘年之中國佛學之發展，乃轉而成以心性爲主，而統攝一切法之佛學教理。此中之故，蓋唯有溯原於中國思想，原有一重心性之傳統，中國學術之原重融通，而不安於徒事分析與排比佈列，乃必向此以略攝廣之途而趨。鳩摩羅什初來中國，卽致憾於此秦人之好略。孰知千餘年之後，此秦人之好略，竟亦能廣攝印度諸宗之教理，經度其中之種種問題，加以判別融通，以向此以心性之一法統攝一切法，而納佛學於中國學術思想之傳統之大流乎？

然此上所謂攝一切法而歸之於心性，唯指中國佛學思想之方向態度，而言其如此。實則天台華嚴之圓教，亦非卽歸於一儱侗顢頇之佛性眞如而止；而人類思想之發展，更終無底於具一合相之一概念之一日。如天台華嚴，雖皆爲圓教，而其所以爲圓教者，亦仍有不同。卽其本宗之諸祖之相繼相承，仍有種種異同，而可見其中思想之發展者。故隋唐迄至宋明，天台華嚴之間，與同宗天台、同宗華嚴者之間，乃仍有種種之相互辯論。其問題之直接關連於心性之一名者，則華嚴宗之法藏澄觀之言性起與天台之言性具，卽不同，而爲一大問題。此一大問題，又關連於佛性是否畢竟有惡之問題，理毒是否卽性惡之問題，復關連於心之體性畢竟自何處見之問題、心性與法性之同異問題、無情者是否有佛性之問題，除心之性具、理具三千諸法外，是否一一具體事、以及色法亦性具三千之問題，當前介爾一念之心性，是否具三千之問題、心之性與佛性衆生性之無差別，自何義上建立等問題。此諸問題，更又關連于圓教之義界之規定、圓教與別教之分別、別理是否隨緣之問題、觀行之工夫應取眞心觀或妄心觀、緣理是否須斷九之問題，以及如何自果上說佛之法、報、化等身之關係、法身是否無色、涅槃三德三障之關係、性與修之縱橫之關係等問題。此諸問題，再關連於某一經論之當判歸何教、爲眞爲僞，如何科判文句、解釋文句之問題。此皆極其複雜，而爲自隋唐以至宋明之天台華嚴之間、與天台宗內部之山家與山外間所爭論者。唯自宋至明之言天台華嚴之教理者，皆有與禪淨律合參，而更歸于重實行之趨向。至明末而佛教之大德，又皆有一任諸宗並存，卽所以爲融通之氣度。且不僅對佛教諸宗取此態度，卽對儒道亦取此態度。而明末之儒者自王龍溪以降，亦多不更闢佛老。故明末之會通三教之論特多，其流風直至於清。於是隋唐至宋一段期間，華嚴天台之爭，天台之山家山外之爭中之種種教理問題，人乃視若皆已經解決，而日漸爲人所遺忘。實則其中亦包涵種種未嘗眞解決之問題。此中諸佛家大德之種種論辯，又儘多能如理而說，以出盡玄微；非僅關涉佛教之自身，而亦關涉具普遍性之宇宙人生之種種根本問題，爲中國思想史中一大寶藏之所在，亦一切窮玄者之所當究澈。以吾之疏陋寡學，及此文題目之所限，固不能盡擧而論之。此下唯當本上文所言之性之名義，略就所見，試論此中關連於心性之諸問題之緣何而起，以及宜如何融通之方向，以便學者於此中之思想，有一逐漸契入之途。

二　華嚴宗之性起義之所以立

吾意天台華嚴言性起性具之異，當溯原於二宗所宗之華嚴法華二經之性質。依華嚴天台之判教，同以華嚴爲佛始說其自證境界、如日初出之始照高山。此卽吉藏所謂根本法輪，而不同于法華之爲佛導三乘歸一之最後說之教，譬如衆流之滙歸大海，如吉藏所謂攝末歸本法輪者。（註一）簡言之，此二者之別，卽一直接說與間接說之差別，或直顯與開顯、流出與會歸之差別。（註二）此二說法之方式，原不相衝突。故兩宗於此共尊二經。兩宗之諸祖師，亦多互相影響而互相尊戴；而二宗之義，亦原可並行不悖。然此中如依華嚴之以佛之自證境界爲本，此所自證者，自唯有一法界性起心或第一義眞心；一切諸法，即莫非在一相攝相入之大緣起中，而依此心而起。此心既淨，則不得說爲染與惡。衆生有染與惡，由其尚未有同于佛之自證之故；如有此自證，則無此染與惡。是此染與惡，即在理上爲畢竟非實而空者。於是其現有之染與惡，亦只爲一依於「此理上之非眞實」而有之事相，亦即緣此理，而宛爾現起之一事。此事之染與惡，如依理而觀，乃畢竟空。此理即其性，此性即能證其空之心之本淨之性。此有染與惡之事，亦依此本淨之心所起。今於一切法界中一切染惡法，皆作如是觀，即見一切染淨善惡之法，皆此心所起，而此心即可名爲自性淸淨之法界性起心，而其所起之一切事之理之性，祇是此心之性，則另無性爲其所自具（註三）。尅就事相以言事相，固有種種，亦有染惡等相。然於此不得言其所依以起之性，亦不得言起。此起乃自事法之依性而起上說，即自事法之以此性，爲其法所具之性，以生起上說（註四），則起當屬於性，爲此性之用。於是一般所謂緣起，其本

註一：吉藏之判敎，尅實言之，固非華嚴天台所能同意。宗密華嚴疏抄，亦嘗非吉藏之言。然大體論之，則吉藏之言，非不可說，故今方便取之以爲論。

註二：續法賢首五敎儀卷四之二，論天台之同敎一乘與華嚴之別敎一乘之五差別，即自直顯與開顯、會歸與流出說來。

註三：法藏華嚴問答：緣起無自性，故起。本具性言起者，即其法性，爲其法具之性，故名起耳。

即在此一性起；一切法之相攝相入，所成之大緣起，即一法界性起心之依法界性，所呈顯之大用矣。此即華嚴宗之所以必言性起，而在性之根本義上，不能言染與惡之故也。

依華嚴宗在性之根本義上，不能言染與惡，故若謂性亦具染惡，即爲只能在第二義上說。至于所以在第二義上可說者，即因此心之性，既能現起染與惡，即可由其能現起，以反溯亦具有此能如是現起染與惡之性。唯除說此心性具有此能現起染與惡性外，同時又當說此心性有轉染起淨，轉惡依善之性。則此心性，即只爲在此第二義上兼具染淨者。此即同於大乘起信論、大乘止觀法門論以一自性清

註四：宗密普賢行願品別行疏抄卷一（華嚴印經會本第七頁）性起者，性即眞界，起即下句萬法。性全體，起爲一切法。法相宗眞如凝然不變，故無此起義。此宗所認眞性，湛然靈明，全體即用，故法爾常爲萬法，法爾常自寂然。世出世間，一切諸法，全是性起；則性外更無別法。所以諸佛與衆生交徹，淨土與穢土融通。法法皆彼此互收，塵塵悉包含世界，相即相入，無礙鎔融，具十玄門，重重無盡，良由全是性起也。依體起用，名爲性起。又十二頁謂華嚴圓宗具別教一乘、同教一乘二義：性起門即別教義、緣起門即同教義。又澄觀華嚴疏抄卷六十二第四頁：總有六義，證成性起：一、若取相說，覽緣出現，故名緣起；從法性生，故名性起。又淨緣起，常順於性，亦名性起。二、法性隨緣，故名性起。三、若以染奪淨，則屬衆生，故唯緣起；今以淨奪染，唯屬諸佛，故名性起。四、從緣無性，方顯性起；又由見緣，推知性起……。」

淨之如來藏心，兼有生滅不生滅二門，而兼具染淨之旨。華嚴宗之澄觀，所以能攝取湛然佛性有惡之思想，於華嚴宗之教之中，其關鍵即在於此。（註一）然此中之性具染淨，既只能限於第二義上說；此性所具之染淨，乃唯依于第一義之性所起之事而立，於是此第二義之性具，仍攝在第一義性起之下，不可持之以倒說第一義之性起。今若不限在第二義，而泛說性具染淨，竟在第一義之佛心，或衆生之心性本身，說其兼具染淨，謂佛性有惡，則非華嚴宗之所許。此即宋之華嚴宗之子璿，所以必以性惡之說爲邪說，謂傳爲智者所作，言佛性有惡之觀音玄義一書，爲僞作之故（註二）；此又即受華嚴宗影響之天台山外派之智圓，雖歸惡之原於人之理性之成毒害用，而仍不說性惡也。

循上所言，吾人可謂華嚴宗之精神，即在扣緊佛在自證境界中，只證此自性清淨之法界性起心，

註一：宗密普賢行願品別行疏抄卷一九十六頁明謂「總攝染淨，歸如來藏」爲終教義，「泯絕染淨」爲頓教義；唯「法界性海圓融，緣起無礙，全眞心現」，乃圓教義云云。據此則華嚴之攝天台佛性有染惡之義，乃以其終教義攝之，固不視爲圓教義也。至於丁氏佛學大辭典引賢首菩提心章具德門中性具善惡法性，實德法爾如是云云，此乃自法性遍善惡說，亦同起信論一心二門之旨，而非即同天台之義者也。

註二：海潮音四十卷十二月號安藤俊雄天台宗實相論，引子璿及普寂從眞之止觀復眞鈔，四教儀集註詮要，皆反對天台性惡之說者；並以觀音玄義，文拙義淺，非智者所著云。

為第一義，以立教。由此而其在觀行工夫上，即必然為由觀諸法之相攝相入之法界緣起，以求直接契入佛所自證之唯一之眞心。此即華嚴之五教中，所以於天台四教之外，別立頓教、其圓教中必包涵頓教義之故。此直接契入之所以可能，則在吾人衆生之眞心，原即佛所證之眞心；心佛衆生，乃三無差別。然此中佛與衆生心之所以無差別，又更宜由佛與衆生心，同以此空寂之靈知為性而見。此空寂之靈知之性，乃吾人當下所具有，亦可當下證知者。此如水之溼性，一觸即得。此即圭峯之所以本神會以靈知為衆妙之門之旨（註一），而重在教人本此靈知，以求直接契入佛之眞心之故。此即直攝禪宗之頓超法門以詮教，而使後之華嚴與禪，更結不解緣之故也。

三　天台宗之性具義之所以立

然在天台所宗之法華，則非佛之自說其內證境界；而是佛所以化導三乘，以同歸一乘之最後說。三乘之所以能同歸一乘，由于在外面看來，分屬三乘之人，實具有同歸一乘之密藏佛性。一切衆生之所以皆能成佛者，亦因其具此密藏之佛性。此佛性未顯，則不能起功德，亦不見其為萬法之所自起，遂必不能於此言性起；而只能言衆生於所具之染惡之性外，兼具淨善之佛性而止（註二）。如佛性為

註一：宗密普賢行願品別行疏抄（華嚴印經會本）九十六頁，又禪源諸詮集都序卷二。

成佛因，亦能成佛果而有無盡功德；即只有如佛之已備辦因以生果者，可說果實已由因起。至若尚未備辦因，但由世間之衆生現有之果，知其有佛性爲因，可修成佛果者，即只能言此果具有其因，不能言因實已起此佛果也。據智顗法華玄義，天台之敎，要在開粗顯妙，由三乘之敎之種種粗，以知一乘之敎之種種妙；亦即由世間種種世法之果相之粗，以知出世因之妙；此又即由種種迷惑之有，以知破此種種迷惑之空；是爲由衆生性中開顯佛性。天台即以止觀爲此開顯之工夫。此止觀之工夫，如智顗摩訶止觀之所陳，要不外本三諦圓融之理，循種種之方便，更次第觀種種陰入、煩惱、疾患業相之境，以上達於觀二乘以及菩薩、佛之境；處處即觀而止，即止而觀，以止觀雙運。此可簡名之爲一「始于觀染，以求除染而轉淨，以成上達」之工夫論。此正依於一「攝末反本，或垂迹反本，開粗顯妙，而由粗入妙，即衆生性，以開顯佛性，以轉凡成聖」之敎理而來。依此敎理而有之工夫論，聖境旣初爲所嚮，性體尙待開顯，固只能視爲所具。其歸於湛然以降之持性具之說，以與華嚴性起之說對勘，亦義有所必至也。

依天台性具之說，吾人衆生即具佛之心性，故六凡道中即具四聖道，衆生界即攝佛界。其所以又言佛界亦攝衆生界，而佛性亦有染有惡者，則亦依於法華之旨原是重在垂迹顯本，以化度在凡之衆生

註二：華嚴五敎儀卷四之二，辨性具性起之別曰：具中無起，蓋內雖全具，外猶未起故。又曰：起必含具，以外全起，內豈不具故。此即上一節所謂依性起之說，可在自其第一義之中，言性具染淨善惡也。

而來。佛既垂迹以化度衆生，則佛界卽徹入衆生界。此一徹入，不只見佛之無量功德，亦見佛界之不徹入衆生界，佛界卽非佛界；又卽見佛不攝受衆生之染惡而化度之，則佛卽非佛。此攝受，依于佛之悲心弘願，乃必不能只爲超越而外在之攝受，必須成爲內在而攝衆生同己之攝受。則衆生界之染惡，便不能不兼存於此佛之心性之內；而佛之化度衆生，亦或不免於與衆生作同一惡事，而同居一惡法門中。佛既與衆生作同一惡事，同居惡法門，而又欲化度衆生，使出於此惡法門之外；則此佛之所修者，又唯是淨而無染之道。於是吾人一方須謂佛性中，兼具此染淨善惡之法門而佛性有惡，一方亦須謂佛之修唯是善。然此二義中，天台特重前義。而吾人衆生之修止觀者，必須知佛之心性之兼具染淨善惡，方不至將佛之所修者全是善，與吾人之不離染者，視如天地懸隔，誤認佛界在己之外；吾人乃可卽吾人之染業惡業之所在，以知佛性之亦在是，而全性以起修。故湛然十不二門指要，五染淨不二門曰，「若識無始卽法性爲無明，故可了今卽無明爲法性」，台家之法性卽佛性也。知此，則人之染業惡業，固現在此，此染性惡性，亦現在此，仍不礙吾人學佛之修善，而更不修惡，遂有天台之所謂圓悟、圓斷、圓修之說。此圓修等與他宗如華嚴之不同，在他宗恆由直證佛心佛性或衆生之眞心眞性，本來無染無惡，以起修。故視第一義之心性，爲純淨無染者。卽唯識宗亦有一義上之心性本淨之說。蓋知本來無染，則可不見染，此卽所以去染。然天台則獨以此心性爲兼具染淨法門。此乃在性上卽具此二法門，不可破、不可斷，而亦本不須破、不須斷。知其本不須斷，而更不求斷，卽可專注目在修上。于是在此修中，人縱居於非道之魔界，亦不見有染法門須捨須斷，是即通達於染，無染待斷；而其修，便唯是悟，而更無所作（註一）。一悟而兼通達善染、則如荆溪所謂，「剎那染體悉淨」。「迷則十界淨穢俱染，悟則十界淨穢俱淨」。一悟而俱淨，此即所以修淨而去染，而由圓悟以成圓斷圓修（註二），以使其修善滿足者也。

吾人若知天台性具染淨之教，亦歸在使人專注目於修，而於修中能觀染事染業之空；即知天台之止觀，所以歸在當前介爾一念之心上用工夫之故。吾人凡夫當前介爾一念之心（註三），固涵染而爲

註一：智者摩訶止觀卷一謂，謂圓頓者，初緣實相造境，即中無不眞實，繫緣法界；一念法界，一色一香，無非中道。己界及衆生界佛界亦然。「陰入皆如，無苦可捨；無明塵勞即菩提，無集可證；邊邪皆中正，無道可修；生死即涅槃，無滅可證」。後四語即無作四諦也。知禮謂唯言性具十界染淨，乃別無可捨、可斷、可修、可證，而可言無作。故其十不二門指要鈔曰：「他宗極圓，祇云性起，不云性具，又不論性具百界，俱論變造諸法，何名無作耶？」

註二：十不二門指要鈔上：「性惡融通寂滅，今既約即論斷，故無可滅；約即論悟，故無可翻。如是方名達於非道，魔界即佛。故圓家論迷悟；但約染淨論之。……諸宗不明性具十界，則無圓斷圓悟之義」。

註三：摩訶止觀卷五，介爾一念之心，即具三千諸法，此介爾一念之心，即爲後天台之所常用之一辭。

一妄心。然人能即此一念之妄心，而依其所具三千諸法，即假即空以觀之，以契歸一即中之中道，即依中、假、空三諦圓融之理以觀之；則「一念空，見具十法界，即是法性」，是即成一不思議境。「此境無明、法性，宛然具足。既是法性，那得不起慈；既是無明，那得不起悲。觀此空，見本性空寂，若虛空」，觀此一念心之「五陰即是涅槃，不可復滅，本無繫縛，即是解脫」（註）；即不待乎人之舍此當前介爾一念之妄心，另觀一離妄之眞心；亦不待人另求直接契入此心之寂滅之靈知，以求一頓超直悟。凡彼欲離此當前一念之妄心觀，以別觀眞心者，乃反見不親切，而如出自一欣羨之情。宋代天台山外諸家，蓋因受華嚴宗之影響，而主張觀眞心。山家之知禮，以爲此乃壞天台一家教法，而力加以破斥。此實有所不得已。山家之所以終被視爲天台之正宗，亦實可當之無愧。即在此山家之能堅持此觀妄心，而反對觀眞心之一點，亦足斷之爲天台之正統也。

四　妄心觀與真心觀，與性起及性具中二性之義之不同

然吾人居於今日，欲自外平論天台華嚴與山家山外之得失，則須知妄心固可觀，亦最宜於當下成觀；然眞心亦非決不可觀。蓋能本三諦圓融之理以觀妄心，而見此妄心之即假即空即中者，即是眞心或眞心之呈現。人心可反緣，則此眞心之呈現，即可轉而爲所觀，如宗密所喜言之珠光照他，還能自

註：並取摩訶觀卷十語。

照是也（註一）。縱謂此中無能所之相對，眞心不可稱爲所觀，然要可自悟。是卽見人非無直接契入眞心之途。則華嚴與禪宗之言頓教與頓悟，亦未爲非是；而山外之唯以眞心爲所觀，此觀之義可同於自悟，則亦無知禮所問：若眞心爲所觀、孰爲能觀之問題。若然，則華嚴天台及天台山家山外之事，卽是兩種觀法之方便，而皆可隨機應用者矣。

至於天台與華嚴，對佛性之染淨善惡之辨，及性起性具之說之所以異，則當追根至於此中性之一名，其所指之別。卽華嚴宗所謂性起之性，乃直指法界性起心之性，而此心性，乃一存在之實體者。如華嚴宗或稱之爲性海圓明，性海具德，卽見此性唯是體性之性。此體性必有其用，故能有所起。此所起者，在衆生界，固兼具染淨善惡，如起信論之言，一心生二門。華嚴之澄觀，固亦明受天台湛然之影響，而用不斷性惡，以言性起之義（註二）。然此實仍是在第二義上說。自淨能奪染上說，則第一義之性或佛性上，仍當泯絕此第二義上之染，以言其眞淨。故謂依佛性論，唯以清淨法界爲法身。然在天台，則謂在第一義上之佛性亦有惡，而天台宗如知禮，卽逕言天台之所以異諸宗，全在此性惡之一義。此便與華嚴宗，似仍有一根本之衝突。然實則亦非必不可銷之衝突。因溯天台所謂性之義，

註一：如宗密普賢行願品別行疏抄卷一，一一九頁，以「卽體之智，還照心體。舉一全收，舉理收智，智非理外；舉智收理，智體卽寂。如一明珠，珠自有光，還能自照」。

註二：如華嚴疏抄卷六十二，八十八頁。

初乃本法華經所謂十如是中之如是性之義而轉出。此所謂如是性，與下文如是相等，乃就十界之種種範疇法相而說。故此性初未必有體義。而觀音玄義、大乘止觀法門論，所謂染淨善惡之性，吾人於上文已言其只是就染淨善惡二法門之不改，而名之爲性。此所謂佛性之兼具染淨善惡，亦唯尅就佛之有此不改法門，以與衆生同作一惡事而言。此中之法門，乃佛所出入，有如房屋之門，中虛而無實，而可供人出入，卽見其非實體。此義同於法之性，實非體性之性之謂。衆生在染惡門中，佛化度衆生，亦在此門中。此門不改，則衆生與佛，同此一染惡之性。此乃離於一切實體實用，而純同於吾人前所謂價値義之性者。就價値義之染淨善惡之性說，吾人固可謂淨終是淨，染終是染，善終是善，惡終是惡，其自性無改，其自身之法門如是卽如是，則佛固不能使之改。佛既可作在此法門中之事，自亦可說佛具此法門以爲性也。

然對天台之所謂性，吾人如以體性之性義衡之，則佛雖與衆生同作一染惡法門之事，其迹同，而其心則不同。佛由修善滿足，所自證之境界，或佛之心性之體中，畢竟全幅是淸淨純善。佛之一切化度之迹上之惡與染，乃皆依此淸淨純善之心性之體，所表現之作用方便；則佛之心性，固不可說有惡與染也。緣是而衆生所具之眞心眞性，若與佛之心性同，其中亦固不可說眞有惡有染也。說有惡有染，唯就此心性之全體大用未彰顯時之事上說。則對無此事之佛上說，或尅就此事所依之「其染惡之畢竟空之理」上說，固不能言有惡有染也。若必說此中仍有惡染，則只能是一虛而無實之法門軌則，謂此爲性，此乃純自此法門軌則之自身之如是如是而不改，以謂之爲性，則雖曰心性，實卽只一般之法性。如知禮金光明玄義所謂「法是軌則，性是不變」之法性，此卽心性卽法性之性，決非指一實有之性體。於此謂性具染淨，亦非謂性體具染淨之謂。若必謂性體具染淨，卽只能如大乘止觀法門論或大乘起信論之由自性淸淨心或心眞如之兼貫澈染淨法，以轉染以成淨處，說此性體在第二義上性具染淨；固終不能在此性體之第一義上，說其兼具染淨善惡也。若然，則天台於此，便仍將認許華嚴在第一義上言佛性眞淨之義矣。故本吾人之意以觀華嚴天台之所言之性，實各是一義，各有所指，而性之是否兼具染淨之說，乃各有所當。天台華嚴之言性，與所立之教，卽是各說一法門，亦各在一法門中出入，若相交涉，而實不相交涉。此亦其所以得並行而不悖之故也。

五　緣理斷九、非情成佛、及別理隨緣諸問題

上述華嚴天台之言性，乃各據一性之義以爲言，固可並行不悖。然因華嚴所重者，在言一佛所自證之法界性起之眞心自性淸淨，以及緣此而有之佛之功德之無盡等；則華嚴宗所嚮往之境界，卽對吾人在凡之心識，多顯一超越之色彩。天台之言佛與衆生之性，同此染惡，則佛與世間衆生，更見其相卽而不離。由是而天台之學者，其能本三諦以觀妄心之眼光，以視人之本華嚴之教理，而作眞心觀之工夫者；卽又可視之爲只緣一佛界之眞心，而斷九界之妄心諸法之染惡者。此卽知禮之責「緣理斷九」

之論所由出。又華嚴宗及天台宗中受華嚴影響之山外，其觀佛與衆生，依緣理斷九之說，乃只見其同此一眞心；則在「心佛衆生，三無差別」之三者中，只有此心爲第一總攝之概念。如華嚴所謂「心如工畫師，能畫諸世間，五蘊悉從生，無法而不造。如心，佛亦爾；如佛，衆生然」。依此義以說佛之具天台所謂三千諸法，與衆生之具三千諸法，卽皆當本於心具三千諸法，而後能立。然依天台山家之教，則重在此「心」之卽存於實際之佛界與衆生界之中，遂不必唯以心爲總攝，而可視心與佛衆生三概念之所以能總攝，乃各自一方面言者；其總攝之效用，亦齊等無高下；而山家乃可責華嚴與山外，尚未能實見此三者之無差別矣（**註一**）。又在華嚴宗，以修之根據，依性而起，性亦卽見於修，此固亦爲性修不二之圓教義。然在華嚴，不謂眞心之性有九界之染惡，性乃純淨善，則在性之自身上，便不能見對此染惡之銷伏義與修治義，因其純淨，在性上更無染惡之可銷伏也。天台則以佛性有此一惡法門，而佛性之善法門，又直對其惡法門以及惡事，顯其銷伏義修治義；然亦終不自此善法門之具此銷伏義、修治義，以言此惡法門之可斷。一切惡法門，在此義上乃永恆不變，而善法門亦永恆地對此惡法門及惡事，以有此銷伏義修治義；（**註二**）而吾人乃可卽在此惡法門修惡事之際，以見有對此惡事惡法門，具此銷伏義修治義之善法門在。於是吾人乃能卽此吾人之染惡事與染惡業之所在，以全

註一：知禮十不二門指要鈔上。

註二：按此當卽當天台之敎通于淨土之懺悔之處。

性起修，卽此「障性中之般若解脫法身之三德」之三障之所在，以開顯性德成修德，而由觀行工夫以實證得此大涅槃之三德，以成佛果矣。又依華嚴宗，以眞心爲法界之大緣起之本。此眞心固能攝一切法，然一般心識與色之法，其地位則不得與眞心並；而在第一義上，遂不得言眞色亦能攝一切法；乃於色法可言其有法性，而不能言其有佛性。于是言佛性，只在有靈知之心能自覺者上言，如草木瓦石，則雖有法性之眞如空性，然不能言其有佛性能成佛（註一）。若在天台，初固亦以觀心爲本，唯言心與佛衆生無差別（註二），不言色與佛衆生無差別，天台所兼宗之涅槃經與大智度論，亦有佛性、法性之別，謂非有情物，如牆壁瓦石等無佛性。順此義，亦宜只許心攝一切法而具三千諸法，或此心之眞如理，能具三千；不宜言色具三千，一切具體事皆具三千。然順天台宗重佛法與世間法相卽之義而發展，乃竟有如湛然之泯除法性與佛性之分，有情與非情之分，所主之無情之草木瓦石，亦有佛性能成佛之說。下此而有如知禮之言心法具三千，色法亦具三千，理具三千，事造亦三千之說。此中法性與佛性之分，有情與非情之分，心色之分，理事之分之所以可加以泯除，而認爲同具三千諸法者，則由吾人之觀行之工夫，原可卽事依理以成觀，可觀心或觀色，亦可觀此色心之不二；而依卽空卽有卽中之三諦圓融之義，以觀色心，固原可見得此色與心之實際無二，一色一香之無非中道也。循此以思，則當衆生成佛之際，卽不可只說衆生之心成佛，其身與土不成佛。衆生之爲衆生，有其依正二報，以有其根身與器界。佛亦有其依正二報，以有其報身與報土。此報身報土與佛之法身不可二，則衆生成佛，卽其依正二報，其根身器界全成佛，其器界中之一切草木瓦石，俱時成爲「與佛之正報法身不二」之「依報之佛土中之草木瓦石」。於是佛之成佛；卽無異草木瓦石皆成佛。乃不容人於此作

註一：華嚴普賢行願品別行疏鈔卷二，九十一頁：「性淨在有情界，卽名佛性；在無情界。卽名法性」。華嚴疏抄卷二十五，四十五頁：「第一義空不在智慧，但名法性：由在智慧，故名佛性。以性從相，則唯衆生得有佛性，有智慧故；牆壁瓦礫，無有智慧，故無佛性。」又卷十五，四十一頁：「人有靈知之覺，今第一義空，與之爲性，故名佛性。非情無覺，但持自體，得稱今眞性，與之爲性，故名法性。……智論在有情數中，名爲佛性；在非情數，名爲法性。唯識亦爲證前。卽第十論云：又自性身，依法性土。雖此身土，體無差別，而屬佛（與）法，性相異故。……此公意云：屬佛是相，屬法是性……。以能依名所依，爲法性身」。此卽兼擧般若唯識，以言一般法性與佛性，乃一屬佛與一屬法而當分者也。又卷三十九，七十七頁，對非情是有否佛性之問題，則較取一融通之見解，而曰：「以性從緣，則情非情異，爲性不殊，如涅槃等。泯緣從性，則非覺不覺，本絕百非，言亡四句。若二性互融，無非覺悟。起信以色法卽智性，說名智身，以智性卽色法，說名智法，說名法身」。今按此中之二性互融，以通情與非情，智與色之言，卽同於湛然之言無情有佛性之旨；然此二性，亦可不融而說；則仍可言情非情異，而可不許無情有佛性也。

註二：此卽上文所引「如心佛亦爾，如佛衆生然」一語之晉譯。

草木瓦石，爲非情之想，亦不容人於佛之報土中之草木瓦石，作未成佛之想（註）。吾人於此，只須兼能攬因果、自他、依正，以觀己心與佛及衆生，知「卽我心、彼彼衆生，一一剎那，無不與彼遮那（佛）果德身心依正，自他互融，互入齊等，我與衆生，皆有此性，故名佛性。其性通達，不於佛之依正中，而生殊見」（語皆見金剛錍）。則于吾人所見之世界中之草木瓦石，固當言其有佛性，而亦當視爲吾人成佛時之依正二報之所在，而與吾人之成佛，一時俱成者也。此無情有性之說，純本吾人衆生與佛之自他、因果、依正不二之義而立，亦本于衆生與佛之心及其依正二報中之色法亦不二之義而立。本此心色不二之義以觀，則心具三千諸法，色法亦具三千諸法：正如在阿彌陀佛之報土，不僅佛能說一切法，林池樹鳥，亦皆能說法也。至於吾人在當前之觀行之工夫上，雖要在現前介爾一念之心上起觀；此乃唯因吾人處下界，多執著色之故。然亦未嘗不可在色法上起觀，如觀「一色一香，無非中道」。至於在上界衆生之多執著心識者，則正當在色法上起觀，則心具三千與色具三千之義，卽皆同不可少而平等不二矣。

凡上所說天台宗後期思想之發展，其反對緣理斷九，重心佛衆生之無差別，言性修不二、無情有性、色法心法同具三千等義，以別於華嚴之重直觀眞心；皆表現天台之重卽具體之世間法以修觀，而開顯佛性之精神。緣是而知禮之發揮智者所傳之衆生卽佛之六卽義，卽特說明此「卽」，乃當體全是

註：湛然金剛錍專論無情有佛性之義。止觀輔行傳弘決卷一之二，亦略言十義以明之。

之「卽」(註一)；而在其心目中之圓教之標準，亦卽較華嚴宗所論，更爲嚴格。今按華嚴宗，圓敎之事事無礙，卽攝終敎之事理無礙義。起信論之謂心眞如爲緣起之法界之萬法之本，卽能隨一切緣起而不變，卽事理無礙之終敎義也。華嚴宗謂圓敎、終敎同有此眞如隨緣不變之義，此卽其異於始敎別敎之眞如之不隨緣者。天台山外亦承受此義，以分辨別敎與圓敎，謂眞如隨緣卽圓敎義。然在山家知禮，則謂只眞如理能隨緣，尚不能稱圓敎，而可只爲別敎。此卽所謂別理隨緣之說也。觀知禮之意，蓋謂只言眞如理隨緣不變，尚只是尅就眞如理自身而生之論。此眞如理，唯佛能自證，則此亦是尅就佛之所證而生之論。今吾人於此，若不能於當下介爾一念之心，觀其性具十界，亦具佛界，與佛所證之眞如理；則此隨緣不變之眞如理，仍爲超越外在，與吾人當下之介爾一念之心，隔別不融，不能在「當下一念之觀一心中得」，卽不能稱爲圓敎。只依此眞如不變隨緣之義，人如不能免於妄心，又不能於此能證眞如之眞心，直下有契入；便亦在觀行上，無下手處。故必須兼許此當下一念妄心，本具足三千性相，百界千如；並卽此妄心之染惡之在惡法門中，而本上所說全性起修之義，以起觀行；乃能卽此妄心之境之假，而觀其卽空卽中，直觀蔽中法性(註二)，以去思議取不思議，達陰境成不思議境，以開顯此法性，卽開顯佛性也。此處乃眞有圓頓止觀之工夫之可說。是見天台山家之所以主別理

註一：十不二門指要鈔卷上：「應知台家明卽，永異諸師。以非二物相合，及非背面相翻，直須當體全是，方名爲卽。」

隨緣，謂華嚴宗以眞如隨緣不隨緣，判圓別之論，爲不然，亦皆由其重當下之「觀行即」之意而來者也。

此文乃就天台思想之發展，其山家對山外之華嚴思想之抉擇，以見天台宗一貫精神，乃在即此世間而開顯出世間之道，以即衆生性而開顯其佛性。此即純爲一垂迹以顯本，攝末而歸本之教法。其一一教理，實亦唯依此觀點，而次第開出建立，以自別於他宗。然此亦非謂其有此諸教理，即必然勝於華嚴宗一籌之謂。因自華嚴經直說佛自證境界者之爲一根本法輪言，即非法華之攝末歸本法輪所能代。依華嚴宗之直接標出一自性清淨之法界性起心爲宗，以統法界之大緣起，亦可自成一法界之緣起觀。華嚴宗固亦非只有教無觀。華嚴宗之法界觀，或不如天台之即介爾一念心之心，以觀其具三千諸法即空即假即中之切摯，足以稱盡精微而道中庸。然華嚴宗本其四法界、十玄、六相之論，以展示「無盡法界，性海圓融，緣起無礙，相即相入」，如因陀羅網重之無際，「微細相容，主伴無盡，十

註二：輔行記二之四：「今觀蔽中法性，但觀貪欲即是法性。法性無性，是故名爲世諦破性，即是性空；此性即法，法體即空，名爲相空……貪欲即是道，恚癡亦復然。若有人分別淫怒癡及道，是人去佛遠，譬如天與地……淫怒癡性，即是解脫，一切塵勞如來種」此天台妄心觀之切摯義，全在直對淫怒癡之妄心，直下以空假中之圓融三諦觀之，而即觀即止，見性解脫。吾人今縱不及道其詳，亦可粗會其爲一不動聲色之霹靂手段，以去思議取不思議者。其中固有大慧存焉者也。

十法門，各攝法界」（註），而依之以成觀；則可以拓學者之心量，以致廣大。由華嚴之教觀以通於禪，以直契一念之中之「昭昭不昧、了了常知」之靈知，則可以導人於極高明。凡此上所述天台宗山家對山外所接受於華嚴教義之料簡，在華嚴宗與山外，亦非必不能答。吾人居千歲後，試推度當時之天台家山外之所以承受此華嚴教義，而主眞心觀，主心法具三千，色法不具三千、等義，亦必有其自信不疑之處。唯其書多散佚，今不得而詳考耳。吾人在今日，如代華嚴宗與山外之人構思，前文已指出眞心非不可觀，卽不可觀，亦可悟之義，又已指出：得稱爲性體之佛性，必以無染惡爲第一義；則吾人今如欲更爲「心具三千色不具三千、無情之物有法性而無佛性，畢竟不如有情者之實能成佛、以及心法爲佛法衆生法之本」，更建立理由，加以說明，亦非不可能之事。順天台之言一心三觀之原始義，亦原非全無向「只許心具三千，將草木瓦石，唯攝在一心中，不更言無情有佛性，只以一眞心爲佛法衆生法之本之山外義」而發展之理由。唯如此則較遠於天台原始之垂迹顯本，攝末歸本，重觀行卽之精神，而天台將失其自家教義，難以自別於華嚴，亦失其若干切摯之教義耳。然吾人如立於天台宗之外，而順華嚴宗之所宗「原是佛自說佛心之自證境界，以立根本法輪之華嚴經」以觀，則在佛自說之佛心之自證境界中，固不宜如天台宗之說佛性有染惡等，亦不宜如天台之言色具三千，更由佛之報身報土，以輾轉說到草木瓦石之成佛也。故依吾人之意，以觀天台宗之教理，仍未必能代替華

註：華嚴疏鈔卷四。

嚴宗之教理。此中大問題，仍在華嚴之法界觀之致廣大極高明之價值，畢竟是否能與天台之止觀之盡精微而道中庸之價值相比。吾意如依哲學與審美之觀點看，則華嚴之通透而上達，蓋非天台所及；若自學聖成佛之工夫看，則華嚴之教，又似不如天台之切摯而警策。然自人之求直契佛所自證境之目標看，則徒觀佛所證之境界之相攝相入，又不如直由一念靈知，以頓悟己心卽佛心，更不重教理之詮說者之直截。然此後者則尤爲禪宗所擅長。華嚴宗與禪宗相接，而眞正之禪者，則又儘可視作華嚴之法界觀之工夫，如法藏之言種種百萬法之相攝相入者，如貧兒之說他人之富貴，畫餅之終不能飽。昔人言不讀華嚴，不識佛家富貴。然識佛家之富貴而仍爲貧兒，則亦未勝于不識。則禪宗之重心悟而棄教觀，卽又可視爲華嚴宗之向上一着。故于此下一章，略說禪宗之見本心、悟本性之法門。

第十章　禪宗與佛學他宗及惠能壇經之自性義與工夫

一　禪宗之向上一着義

吾人於上章之末，言禪宗重心悟而棄教觀，此即不特與華嚴之言法界觀者不同，亦與天台之言止觀者有異。天台華嚴皆依教理以修觀，禪宗則初無華嚴天台之一套教理。天台華嚴之言修觀，至少在初步，須辨別種種能觀心與所觀境，而禪宗則教人直接自悟本心。在此自悟中，無能觀所觀之別，亦無能悟所悟之別。此自悟爲工夫，而此工夫只是一本心之體之自己昭露呈現。此即可將佛家所言之教觀，全攝在一「道在心悟」一語中。然自禪宗之興起之歷史看，則禪宗與佛家諸派之教理，亦非無關係。禪宗之藉教悟宗之事，可言者亦甚多。世傳爲禪宗之初祖達摩，嘗以凝壁住壁觀爲教，亦初由深信含生之倫同一眞性，而由理入；此理爲性淨之理，即爲藉教悟宗者（註）。故達摩嘗以楞伽四卷授

註：湯用彤兩漢魏晉南北朝佛教史七八五頁——七九〇頁，頗述早期禪宗與楞伽般若三論之關係。

學者。世傳爲禪宗二祖之慧可，亦講楞伽經義，攝山講三論之慧布，亦參慧可而得其意。後之牛頭，亦初學三論，世傳爲四祖之道信，亦教人念般若。至於開後世南禪之惠能，據壇經所載，初聞人誦金剛經，其師五祖弘忍卽爲講說者；亦嘗聽印宗法師無盡藏尼講誦涅槃經。今按金剛經言般若義、空義、無所得義，未明言性，涅槃經乃言佛性。惠能之言「明自本心，見自本性……一切萬法，不離自性……何期自性本自清淨，何期自性本不生滅，何期自性本自具足，何期自性本無動搖，何期自性能生萬法」，初蓋由其有所接於此涅槃經一流佛性常住思想而來。若惠能只聞人講誦金剛經無所住而生其心，未必卽能悟此卽佛性之「心之自性」；金剛般若經中，固無此自性之一名也。壇經之般若品，言及佛性，嘗謂「佛性非常非無常，是故不斷，名爲不二……佛性非善非不善，是名不二……不二之性，是名佛性」。今按佛經最多言不二之義者，乃維摩詰經。此所謂佛性非常非無常，則出涅槃經。然壇經之用此一語，又有與涅槃經異義者。卽涅槃經之此一語，乃自二方面說佛性。佛性非常者，非世間之常之謂；非無常者，乃謂一切衆生，同有常樂我淨之佛性之義。涅槃經要在說明後之一義。而壇經則蓋只取此一語，以破二邊之執，故頓漸品惠能又言佛性無常，以破佛性常之執。此卽純爲般若三論之言雙非兩不之旨。其本此旨，以言非善非不善之不二之性，是名佛性，又見其不同於賢首慧思以性淨心兼觀染淨法，卽淨法以知淨心之正面的教法；而爲一意在教人超出染淨善惡之相對，由非善非不善，以求上達此淨心，而亦不見其淨之敎法。壇經所載神秀偈：「身是菩提樹，心如明鏡臺，時時勤拂拭，勿使惹塵埃。」此正是求此心如明鏡之淨而自去其染之教。惠能偈：「菩提本無樹，明鏡亦非臺，本來無一物，何處惹塵埃」。則是不以看心之淨爲教，而純本般若宗之不可得之義，而本之以言：「心之無善惡二者之相對之性，不自視如明鏡之淨，亦不更見有塵埃之染，而超此染淨，於染淨心皆不可得，即所以見此心之性」者。便爲又一創造性的心性之工夫論矣。

由此工夫論，而惠能之言「自性能含萬法是名爲大」之義，遂曰：「若見一切人，惡之與善，盡皆不取不捨，亦不染著，心如虛空，名之爲大」。又言「兀兀不修善，騰騰不造惡，寂寂斷見聞，蕩蕩心無著」。是皆明與昔之佛家之立教者，必言捨染取淨，去惡成善，語言上有所不同。然何以此不見善惡染淨，可爲見本心見本性，以悟心成佛之道，今亦須試加以說明。

按人在捨染取淨去惡成善之時，其心初固皆見有染淨善惡。然捨染取淨之目標，則在無染無惡。當無染無惡之際，自當無染惡可見。至人之取淨爲善之事，依般若之教，則在人既有淨有善之後，亦不當自謂有此善此淨。如其有之，則又成執，生大我慢。故人之修道，理當歸向於超善惡染淨之一境，方爲至善至淨。由此以言心體之善惡染淨，便當說此心體之最上之一性質，即無善無惡，無染無淨，而畢竟空。此即通於般若經之教。依此以言，則對大乘起信論之言自性淸淨心體兼有生滅眞如二門、楞嚴經之謂一自性淸淨妙明心而能有塵勞、天台之言性具染淨、華嚴之謂眞如不變而隨緣成染淨諸義，即皆可不須說。如既說之，亦還當超至此染淨善惡等之上，以求直下與諸宗所說「具染淨成染淨而超染淨」之淨心或心眞如，直接相契，以有此淨心之自覺方可；而既契在淨心，又復不當自謂其所見之心體爲淨。因如自謂其所見爲淨，則不特有淨染相對，而一心分成所見與能見，亦分成能觀與所觀，二者相對，已落二邊。此便卽非眞正之淨心自覺。眞正之淨心自覺首應無此能見所見、能觀所觀之相對。由是而學人之徒自信有淨心在此染淨心之上者，亦卽爲其當前之心與淨心、或能信之心與所信之心，二者尙遙相隔而相對之故。吾人若眞欲自覺自見得此淨心，亦首應無此中之相對相隔，自亦應無此心與此心之淨爲所見。亦必無此所見之「心與淨」，方爲此心之眞正自見自覺，而自悟其心之眞淨之性。夫然，而人眞欲明心見性，成道成佛，便當求直接契入此無染無淨無惡無善之一心境，卽此一心境，以悟此心之性；方能使此心自明，此性自見，是爲明自本心，見自本性，而自悟心以成佛。此中之工夫之要點，純在由一切能觀所觀、染淨、善惡及其他種種相對者之中間，直心上達，以超拔於此一切染淨善惡等相對之外。人在其捨染取淨之一般修道工夫中，亦必須由其所知之染淨，求向上一着，以深觀此能捨染取淨之心，乃以無染無淨之可見爲歸者，方可契入此心此性之無染無淨，無善無惡，而頓超直悟至此第一義之本心本性也。

惠能自謂其敎是爲上上利根人說之頓悟頓修之敎，卽必須上上利根人，乃能受此敎之謂。蓋世俗人，唯溺於染，其心恆外馳而不知返。修道者初唯見染，其所慇懃從事者，亦唯在觀一切染，而一一去之，如在小乘；必再進一步，乃能知向於一切善法。然於此人又或不免自執其所行之善；遂當更上求般若之教，或上探能具染淨成染淨之本心淨心，以超拔於一般所執善惡染淨之上。此中，人之上探此本心淨心，又或視之爲超乎吾人現有之心上者。人於此，如只自下望上，能所相隔，卽仍尚在沉迷，如上文所說。今人若欲自見其塵勞萬種之心，卽此本淨之心，則非此心能直下頓超其塵勞萬種不可。人欲有此頓超，自又須自超其「自下望上，能所相隔，以自觀此淨心態度」而後可。大約當時之神秀一派，卽以觀心之如明鏡之淨爲教法。據神秀下之普寂所傳之禪法，亦卽以「起心看淨」爲宗（註）。然依惠能之教，則此起心看淨，亦還須超拔，因有淨可看，卽落能所二邊，亦如前說。故必再邁過此一看淨之修持工夫，而直不見有此如明鏡之心，亦不見有染淨善惡等。此卽非上上利根者，不能一步越過此層層之一般之修道工夫、與其中之意見執着，以直契此最上一層之工夫也。

二　禪宗之施教方式進於般若經論之處

吾人今若再就印度及中國之佛家之傳統的教法之觀點以觀，便見惠能實開出一佛家施教之新方

註：胡適有新校定的神會和尙遺著兩種一文。（中央研究院歷史語言研究所集刊第二十九本）由此文可知承惠能之神會，如何反對承神秀之普寂之起心看淨之說。如自佛教思想史觀之，普寂神秀之看心之淨，其教理之淵源，應卽大乘起信論以來之自性淸淨心之說，而惠能則能眞知此心之不可爲看之對象者也。

式。此中關鍵，在惠能既能本般若之觀點，以說其前之佛學所重之本心本性，而謂人不當於此見有淨心，以超拔於染淨善惡之外；同時亦用此本心本性自性之名言，將「印度傳來之般若宗之一往遍觀法空之態度，與諸宗對法界八識三身四智所說之種種義諦，以及種種工夫」，一齊收攝於此「自明本心、自見本性、卽心卽佛」之教中，使人可於言下頓悟，而不待外求。由是而惠能之教所表現之精神，卽無異一般若宗之精神與中國以前之重本心性淨之教之一新綜合，其所以能成爲後之中國佛學之主流者，其故蓋亦在此。

印度之般若諸經，固無不重說般若、說空，而重無所得，不可得之義；然觀其論說之方式，則實重在自各方面去說種種法之不可得，說種種之空，與種種觀空之般若。說般若者，固初不自爲此對種種法，作分類之事，此爲其異於法相宗之經論者。然印度他派哲學及法相宗等，原已有其對種種法之分類在此，則說般若者，卽恒須順之，以說其不可得，說其空，以有其種種之般若慧之表現，而有種種之般若可說，種種之「不可得」可說。此說不可得、說空、說般若之言之數，亦在原則上，可與人所能說爲實有之法之數相當，而尚可更多過之者。因人說有一法，此法卽可成執，卽當有一說其空之言，以說其不可得而說其空，以破其執。但此言又可成執，爲防其執，又須兼說其空。于此，說空之言卽已多於說有之言二倍矣。下此以往，若言再成執，則成無窮。由此而吾人可以了解：何以世傳佛說般若二十二年，歷時最久，而今存般若經尚有六百卷之故。此六百卷般若經固多重複之處，然亦多分別各陳一義。吾人今卽不加以全讀，而只就智旭之閱藏知津，對般若經各部之要義之陳述以觀，已可知其中之義諦實豐。龍樹釋般若經之大智度論，其立義又有更豐之處。故眞善說般若者，亦確未嘗不可有無量義可說。佛菩薩以無量壽說之，亦終不可盡。此中之故，全在說般若者，可順世間法執，一一舉出而說之之故。印度言般若之經論，亦確皆是分別就世間計執，一一分別舉出說之，此其卷帙之所以爲繁。卽中國一般人所視爲較簡而勤誦讀之金剛經，今觀其次第由種種境行果之法，一一說其空，卽仍是此路數。至簡者，如心經，仍是自五蘊之色、受、想、行、識，四諦之苦、集、滅、道等，一一說來。凡此等等說空之經論，皆是順應印度人所重之一切法之種種之分類，爲其說空之底據。故吾人可說，印度之佛學中，其正面的依一切法之類別，而分別說其依種種不同之因緣而生者，爲法相唯識宗；而其反面的由一切法之緣生卽空，而仍順一切法之類別之分，以說其所涵之空義者，爲般若宗。此卽空有異輪，而實不異也。

然此一印度經論說空之方式，因其乃順一切法之類別而說，則人之讀之者，卽仍須沿一次第之歷程；而由此所見得之空義，卽初仍不免爲一平舖於一切法之類別之上之種種空義。人緣此所證之空，最後則當爲偏滿法界之大空。至於當人往求知此種種空義或證此偏滿法界之大空時，此種種空義、此大空，卽成人之所求知求證，而今所尙未得知得證，而似在外者。此中，人卽未嘗不可有一對此中之一切法之種種空義之一馳逐，或外求證此大空之一馳逐，此卽又成一最高級之執取。誠然，善言般若者，固可更說空，以更破此馳逐執取。然說般若者所遺之經論，赫然在此，則聞者仍不能不念及此中之種種空義，或有未爲我知者，而視之爲在我之所聞之外，卽仍可生一加以執取之心。此卽般若學者之一大病痛，而可使其永只「口說般若，而實不知般若義」者也。在此處，善說般若者，便不當示人以經論在此，謂汝當勤讀；而當唯以直使學人自去其執，以知一般若義，而有所證於空爲事。如學人不再更執此空，則亦可更不說「空此空之執」之語，以使語又成病。夫然，故眞善說空，而又意在使學者自證般若者，便須先教學者放下一切經卷，亦不須於一時將一學者以後所可有之迷執，前曾有之迷執，一一分類，舉而說之。因此中之說不可盡，而對學者之當前迷執之破除，並無直接之用處；而徒引其心外馳，以瞻前顧往，乃翻自陷於當下未有、而可能有、或昔曾有之迷執之中也。此中所需之使人去執，以知般若義而證空之語，只宜當機對學人之當下之特定所執而說。此說之目標，亦只在使學人當下去其所執，以有其當下之般若慧之呈現。至於當下之特定所執外，學人心中，其前時後時之其他一切執，旣本不在當下，便亦非當下之執。尅就其不在當下而觀，卽不待破而當下實已是空。人果於此能知其不待破而已是空，則只須此當下之特定所執眞能空，亦卽可登大王路，立地證一切法之空，一念直趣佛地，以見性成佛矣。是見善說空、善弘般若教者，最後便必須歸至其一切言說，皆只成爲當機對執而說，不先作空之類分，亦不作般若之類分者。緣是而其說空說般若之言，卽亦勢必歸於無一定之次第，或一定之成型規矩者。其言說旣當機而應，亦才應而卽止。學人若於此有所悟入，則千萬語不爲多，一語一字亦不爲少，而皆可當下圓成具足，無欠無餘。此卽惠能之承般若經之精神，而變其分類而次序說空之方式，所開之一「無類可分，以及無次序可定」之直下教人空一切善惡染淨之種種迷執之施敎之方式也。在此施敎方式下，一切般若經論，以及無量經論之言，皆可由說者之就其當機之所宜，加以自由運用。於是一切經論其立論樹義之方以智者，到此皆可在一自由運用之圓而神之最高般若慧之下；而其中一一之言之意義，亦皆自其在經論之系統中之原來之地位，超拔而出，而可隨不同之機，以顯其無窮之妙用者矣。此則昔之言般若者所未及，而爲由惠能所開之禪宗所達之境。然此又亦正爲順般若宗之精神，至乎其極者，所必至之境也。

然眞欲學者達上來所述之境，而使人當下見此般若，仍必須有若干基本的名言或觀念，作收攝人之一往向外馳逐之心之用；然後人之學佛者，乃不至如唯識法相宗之徒，一往求觀一切法之有；亦不至如一般般若學者之只知分析種種之空義；以自溺於對有對空之種種知見，而自陷於其高級之執取之中。禪宗於此，乃用其前之中國佛學之心性之名言，以爲此收攝心思，以回歸於內，以便實見此般若之用。由此而有自性般若，自性菩提之名，及明心見性，自見佛性，自悟成佛，卽心卽佛之言。然此中所謂性，自性，則又與印度般若經之言法性實性實相者，初不原自同一之思維方式而來，亦初不同其義。惠能之禪宗，本其所承于其前中國佛學所言心性之義，乃更加以融通，而攝入于其新造之用語之中。及至禪宗之用語，爲後世之所習知，此諸名言之原義，乃反爲中國人所忘矣。

依吾人前專論般若宗一章之所論。印度般若宗所謂法性實相，乃指一切法之緣生無我，所顯之空相、空性。此乃尅就一切法，而言其具此空相空性。此一切法中，固包涵心法，心法中又包涵凡夫之心法，如諸煩惱法，以至學聖者之心法，如六度萬行之類。依般若經，此一切法同具此空相、空性，凡夫之煩惱法與學道者之六度萬行，亦無不具此空相空性，以至吾人之觀此一切之觀，亦具此空性空相；種種觀空之觀法，亦具此空性。是爲一切空觀。然無論吾人之一切空觀所觀者如何廣大，此空觀之轉進如何深入，其中要有此中之所觀之法。此空法空相，乃尅就諸法之空相以言其相，而即此相，以言其性，此乃印度般若宗所謂性相之原義。此初與法相唯識宗所謂性，乃由一一法之現行而分類之，並溯其究竟之因等，所立之性，固不同其義；亦與尅就人之修道歷程中，直接內省其所以能修道而成聖成佛之根據之心性，初不同其義。此後一義之心性，如所謂佛性、如來藏、淨心等，皆有其正面之善的意義。此乃因在一般之修道歷程中之人，初重在自去其染與惡，故必須有對其佛性如來藏等之善之正面的肯定與自信，乃能自勵其捨染取淨、爲善去惡之志之故。然在惠能之禪宗，則蓋先承此涅槃經言佛性之思想，又進而知人之另有一「直超於染淨善惡之對待之上，直契其心之淨，亦不自見其心之淨，以自證其心之非染非淨、非善非惡」之一法門。於是對此所謂本心本性，亦直下本般若宗之旨，以言其乃「非善非惡、非淨非染、自性眞空」，以爲其本性。見此本心本性之自性眞空者，乃是般若，于是般若亦本心本性或自性所固有，故名曰本性般若，亦名曰自性菩提；而般若之見本心本性或自性，亦同于此本心本性之自見，亦卽是此本心本性之自呈現。由此而在惠能，般若宗之般若之義，與中國佛學傳統中之心體自性本性之義，其原爲二義者，今卽由「此心體或自性或本性之依般若而不可說之爲淨，不可看之爲淨」，以相融爲一義。於是在般若經論，原用以指一切法之空相空性之名，卽轉而唯用以指吾人之心體本性自性之自身之空性空相，而不重在用以遍指一切法之空相空性矣。此卽惠能之所以能以一本心或本性或自性之名，綰攝以前佛學傳統中之心體自性之義，與般若經論中之空性空相法性之名之義爲一之故也。

三　壇經之攝歸自性之言說

由吾人上來之所說，惠能所開之禪宗，乃順般若宗之精神而至於其極，以表現一自由運用語言，以使人見此般若之施教方式；而此方式卽一頓教法門，以使人自明其心自見其性之超於染淨之上，而知此自性卽般若者。故惠能之教，乃以卽般若之自性，攝般若經論中所謂空性法性之義。由是而進一步，卽爲將佛家諸宗所傳之法界、八識、三身、四智，及一切修行之工夫，皆就學者之所問，而隨機以答，以作人當下明其本心見其自性之用。在此隨機之答中，對此諸名之義，亦卽必將收攝之於吾人之本心自性之內而說之。此則卽就六祖壇經之內容，而略加分析而卽可見者。然此亦非謂惠能之意，在將一切佛家諸宗所傳之名相，皆一一以本心自性之概念爲之說明，以見其皆不離此自性本心，無溢出其外者之謂。若然，則又成印度之唯識法相與般若諸經論之思想形態，非禪宗之思想形態矣。依禪宗以觀，窮一切法之名相而盡論其有與空，固不可能之事，而亦不必要之事。此皆所謂戲論，而無補於教者之當下之說法利生，亦無補於學者之言下得悟者也。此義上已詳之，今可不贅。下文舉壇經之言，亦唯所以證其施教之方式，在處處引歸自性本心而已。

壇經疑問品，人問升西方淨土，惠能謂心淨卽佛土淨，東方人造罪，念佛求生西方：西方人造罪，念佛又生何國？凡愚不識自性，不識身中淨土，願東願西；悟人在處處一般。……世人自色身是城，眼耳鼻舌是門，外有五門，內有意門。心是地，性是王，王居心地上。性在王在，性去王無。性在身心存，性去身心壞。佛向性中作，莫向身外求。自性迷卽衆生，自性覺卽佛。慈悲卽是觀音，喜捨名爲勢至，能淨卽釋迦，平直卽彌陀；人我是須彌，邪心是海水，煩惱是波浪，毒害是惡龍，虛妄是鬼神，塵勞是魚鱉，貪嗔是地獄，愚癡是畜生。善知識，常行十善，天堂便至；除人我，須彌倒；去邪心，海水竭；煩惱無、波浪滅；毒害忘，魚龍絕。自心地上，覺性如來，放大光明，外照六門清淨，能破六欲諸天。自性內照，三毒卽除，地獄等罪，一時消滅；內外明徹，不異西方。不作此修，如何至彼。大衆聞說，了然見性。

此卽對衆人直下告以世界與四聖六凡，卽在此心性之內，心淨卽世界一切土淨之言。

再如壇經懺悔品言「無相懺悔，滅三世罪，令得三業淸淨」，而言其發四弘誓願。乃於佛教大乘之四弘願上，各加以自性，而曰「自性衆生無邊誓願度，自性煩惱無盡誓願斷，自性法門無量誓願學，自性佛道無上誓願成」。由此而言「歸依自性三寶，謂佛者覺也，法者正也，僧者淨也。自心歸依覺。……自心歸依正，……自心歸依淨，……若言歸依佛，佛在何處？若不見佛，憑何所歸？言卻成妄。……於自色身，歸依清淨法身佛；於自色身，歸依圓滿報身佛；於自色身，歸依千百億化身佛。……於自性，萬法皆現……此名清淨法身佛，……回一念善，智慧卽生，此名自性化身佛；法身本具，念念自性自見，卽報身佛」。機緣品又曰：「清淨法身，汝之性也；圓滿報身，汝之智也；千百億化身，汝之行也。若離本性，別說三身，卽是有身無智。若悟三身，無有自性，卽名四智菩提」。下文乃進而釋唯識法相宗之四智曰：一大圓鏡智性清淨，平等性智心無病，妙觀察智見非功，成所作智同圓鏡」。乃歸於一偈曰「三身元我性，四智本心明，身智融無礙，應物任隨形」。

又在付囑品言「三科法門，動用三十六對，……三科者……陰是五陰，入是十二入……界是十八界……一十八界，皆自性起用。自性若邪，起十八邪；自性若正，起十八正」。此卽言五蘊、十二處、十八界，皆不離自性。以此推之，則萬法一切法，皆不離自性矣。

上言惠能于世界、凡、聖、佛之三身四智，一切法界皆歸攝于自性或本性或本心而說。然此自性本性，畢竟爲何物，涅槃寂滅之境畢竟如何？見性成佛，所見者爲何？誰受涅槃樂？則此又不可說。如機緣品「請問如何是某甲本性，大通乃曰：汝見虛空否，對曰見。……曰汝之本性，猶如虛空，了無一物可見，是名正見；無一物可知，是名正知；無有靑黃長短，但見本源淸淨，覺體圓明，卽名見性成佛，亦名如來知見。……師曰彼師所說，猶存見知。……不存一法存無見，大似浮雲遮日面；不知一法守空知，還如太虛生閃電。此之知見瞥然興，錯認何曾解方便？汝當一念自知非，自己靈光常顯現」。此卽謂于本性上，無法可見，亦不能對之存無見而守空知。知此守空知之非，乃現靈光，而可言見本性。則見本性者，乃無所見，亦不見此無所見；而自知其見與無見皆非之謂。此卽純本般若之義，以言本性者也。

又機緣品答志道問何身受寂滅之樂。問曰：「若色身者，色身滅時，四大分散，全然是苦；……若法身寂滅，卽同草木瓦石，誰當受樂？又法性是生滅之體，五蘊是生滅之用，……生則從體起用，滅則攝用歸體。若聽更生，卽有情之類，不斷不滅；若不聽更生，則永歸寂滅，同於無情之物。如是一切諸法，被涅槃之所禁伏，當不得生，何樂之有？師曰：汝是釋子，何習外道斷常邪見，而議最上乘法？……涅槃眞樂，剎那無有生相，剎那無有滅相，更無生滅可滅，是則寂滅現前。當現前時，亦無現前之量，乃謂常樂。此樂無有受者，亦無不受者，……外現衆色緣，一一音聲相，平等如幻夢；不起凡聖見，不作涅槃解，二邊三際斷；常應諸根用，而不起用想；分別一切法，不起分別想。刧火燒海底，風鼓山相擊。眞常寂滅樂，涅槃相如是」。

至於對摩訶般若之爲自性，亦唯有消極之語言可說。自性眞空，而此空亦不可著。如其般若品曰

「摩訶是大，心量廣大，猶如虛空，無有邊岸，亦無方圓大小，亦非青黃赤白，亦無上下長短；亦無瞋無喜，無是無非，無善無惡，無有頭尾，諸佛刹土，盡同虛空。世人妙性本空；無有一法可得，自性眞空，亦復如是。……莫聞吾說空，便卽著空。……世界虛空，能含萬物色緣，日月星宿、山河大地、泉源溪澗、草木叢林、惡人善人、惡法善法、天堂地獄、一切大海須彌諸山，總在空中。世人性空，亦復如是」。此上二段文卽皆言見本性，卽知其「見與無見皆非」之語也。

四　內外二邊不住義

由上所引，可知惠能之敎，乃一面將一切法攝歸心之本性，而敎人自見本性，一面又言，於此心之本性，無所可見，亦無所不可見。涅槃之寂滅中，亦無受寂滅者，不受寂滅者，自性般若如虛空，此虛空亦無空相。此卽一方收攝人心之向外馳逐，以引歸於內，而又言此內之無可住處。有如對人向東行者，謂汝宜東歸，而卽其東歸，又謂此東方無可歸。然此實正爲惠能立敎之精神命脈所在。若於一切法不先攝歸本性，佛學中仍有循法相唯識般若經論而窮其法相，觀其法性之一路。若不謂此心非善惡染淨，佛學仍有自信其眞如心、淨心、如來藏之常，而由止觀之工夫，以求契入之一路。然惠能之禪宗，則在此二者之間另開一路。此乃卽般若以觀「本心之自性」，卽此本心自性以觀一切法之般若。乃於一切法，既引歸見自性；於見自性，又言此中無自性之可見，無涅槃之可受，亦無空之可著。此卽歸於在敎上，對涵一切法之法界，無一套說其緣起法相法性之敎理，對內之心識，亦無一套心識論之敎理；而只有一工夫之指點。此工夫，無其自身之敎理上之一定立腳點，亦不能有其敎理上之一定立腳點。此工夫不能外住法界，亦不內住於自己之心識之內。卽於內外二邊，皆無住處。而其所用以指點工夫之言說，雖可任取之於其他言敎理之宗派，卽皆全只作工夫之指點之用。對住於外者，則以引歸內之語言爲用；對欲住於內者，則以內無住處之語言爲用。故壇經定慧品，惠能自謂其法門乃以「無念爲宗，無相爲體，無住爲本。」按「外離一切相，名爲無相」，此卽重在外「于相而離相」。又曰「於境上心不染曰無念，於自念上常離諸境，不於境上生心。」此所謂無念，則要在使人不於境起念，以生對自性之邪見。故其下文曰：「只緣說見性，迷人於境上有念，念上便起邪見，一切塵勞妄想，從此而生。自性本無一法可得，若有所得，妄說禍福，卽是塵勞邪見。故此法門立無念爲宗。」此言無念之意，在不於自性上，另有一法可得。然此又非沉入空無之謂，故其下文再曰：「無者，無諸塵勞之心；念者，念眞如本性。」此亦非以眞如本性爲所念之謂。故下文更曰：「眞如是念之體，念卽是眞如之用。眞如自性起念，六根雖有見聞覺知，不染萬境，而眞性常自在。」是見此無念之工夫，乃純順「入於本性之眞空，而此空亦不可得，而不可著」以言者也。

至於所謂無住者，則定慧品曰：「念念之中，不思前境，若前念、今念、後念，相續不斷，名爲繫縛。於諸法上念念不住，卽無縛也。」此所謂無住，卽不住於念，而於念無執之謂。此無住，乃偏自念念之不住上說。然念念不住，卽念念外不住境而無相，亦內不住於自性，於自性能無念，而只本眞如自性以起念；則無住之義，可通攝過去、未來、現在之三際之斷，與內外二邊之斷；所謂二邊三際斷也。

吾人如了解此惠能所言之工夫，乃在外無相、內無念，而念念不住，亦不住內外之義；便知其所以不以凝心看淨或空心靜坐不動爲工夫之故。因此後者卽心住於內，求於自性中有一法可得，或著於無記空，並誤以無念爲念無；而不知眞如自性起念之不可無，雖起此念，仍可不念萬境而無住，以念念寂滅；方見眞性之本空也。緣此吾人卽可了解其所言坐禪或定慧之義。其言曰：「此門坐禪，元不著心，亦不著淨，亦不是不動。起心著淨，卻生淨妄，……卻被淨縛……，外離相爲禪，內不亂爲定。」此禪定與慧乃不可分。故曰：「定是慧之體，慧是定之用；卽慧之時定在慧，卽定之時慧在定。定慧如燈光，……燈是光之體，光是燈之用，名雖有二，體唯是一。」此卽謂不可只空心靜坐不動，或著心看淨，離慧以求定；而當卽慧見定；卽定以有慧，如體用之不可離。一般世俗之人，心念外馳，似有慧而無定，則慧歸於狂慧；而修道者則又恒空心靜坐以求定，則定爲沉空。是皆不知定慧不二。唯惠能言定慧不二，則要在對離慧求定者言之。凡人之離慧求定者，卽不知「無念非沉空，空元不可著，眞如自性起念，而念無住，則無縛，而能內自不亂，以有其定」之義者也。

總此惠能之言以觀，則其所言之工夫，亦可以「無住」一語概之。不住內外二邊之法，而念念不住，卽所以成道。故定慧品又曰：「迷人著法相，執一行三昧，直言常坐不動，妄不起，……作此解者，卽同無情，卻是障道因緣。……道須通流，何以卻滯。心不住法，道卽通流。心若住法，名爲自縛。」此道之通流，卽工夫之通流。工夫之通流，唯賴心之不住於內外之法。此道之通流而心不住法，亦可概惠能之言工夫之要旨也。

五　惠能之施教方式與相對語言之相銷

緣此道之通流，而心不住法之義，故惠能所開之禪宗之施教方式，乃重在就人之偏執與住處，因機發藥，而不能有一定之方。然人之偏執，要不外偏在二相對者之一；則能知相對者，卽可知學者之所偏執，而因機發藥。上所謂內外之二邊之見，乃就人所最易執之二邊之見而言。若推廣言之，則二邊之見之相對之語言，亦有種種；而凡人之相對語言，亦皆可引起人二邊之見。按壇經付囑品中言：「三科法門之三十六對，如無情五對，明與暗對，陰與陽對；……法相語言十二對：如有與無對，……色與空對，動與靜對，凡與聖對，僧與俗對；……自性起用十九對：如邪與正對，癡與慧對，亂與定對……，實與虛對……煩惱與菩提對……常與無常對……法身與色身對，化身與報身對……」等。實則世間相對之語言，固亦不限於此之所舉。付囑品所言，乃惠能教人之說法，以不失本宗之道。其根本義，則是「出沒卽離兩邊。說一切法，莫離自性……若解用，卽道貫一切經法……，自性動用，共人言語，外於相離相，內於空離空。若全著相，卽長邪見，若全執空，卽長無明。……但依法修行，無住相法施。……若有人問汝義，問有將無對，問無將有對，問凡以聖對，問聖以凡對；二道相因，生中道義。如一問一對，餘問一依此作，卽不失理也。設有人問，何名爲暗，答云明是因，暗是緣，明沒則暗，以明顯暗，以暗顯明；來去相因，成中道義。」此卽見惠能之教法，乃要在教者之心，恆運於一切相對之兩邊之中，以此顯彼，以彼顯此，於相對見其乃相因而出沒者；出此沒彼，沒彼出此；更遠離二邊，以引學者入中道。此中道卽在「教者當學者沒此而成執時，卽出之；出此而成執時，卽更沒之；而常出常沒，以不出不沒」中見之。故教者之因機施教之言，要在足以與學者之所執，相銷而互泯；乃可以表爲遮，或以遮爲表，或卽遮卽表，或非遮非表；雙照兩邊，以不落兩邊；非四句百非之所能盡，復非離四句、絕百非之所能盡；而一切言說遂皆唯有當機活用。心若不滯，道卽通流，是能道貫一切經法。此亦卽所以使一切經法之言，皆成活句，而非死句，而問答之無窮無盡，乃皆爲自性之動用矣。後來禪宗大德之施教，雖更有種種之方式，固亦皆可以此「出沒卽離兩邊，說一切法，莫離自性……道貫一切經法，自性動用，共人言語，」加以概括者也。

由惠能所開禪宗之對語，乃重出沒卽離兩邊，外於相離相，內於空離空，吾人卽知禪宗之言，必不能組成一套教理，亦不能如一般宗教有一定之信條之故。因其對語之旨，乃正在使此對語自相銷而心意互契，以超出一切語言而歸默。此吾人於原言默中已略及，今須更說者，是此對語在根柢上依於一人之能透至名言之外之一般若慧之呈現。教者無般若慧，則不能知學者之執見之所在而善說；學者無般若慧，則不能知教者之意之所在而善聞。不能善說善聞，則言雖契理不能契機，便爲廢語戲論。唯言能契機，而教者之言乃皆見自本性，學者亦可因之以自見本性。故禪宗雖望人自見本性，然自其施教之重對語而觀，則又全是由教者學者之機感，以使教者學者皆在對語中自見本性。此禪宗之教所循之路道，卽不同於昔之佛家學者，欲由誦經讀論，外窮法相法性，以契萬法之眞如之路道；復不同於聚衆人於一堂中，由高僧大德講經說法，使人各得其解之路道；又不同於一人獨處茅菴、靜修求道之路道；復非純爲一人閉門求頓超直悟之路道；而只宜稱爲一由教者學者之機感之直接相應，以悟道成道之一路道。此則遠原自中國原有一師徒對話之傳統，由孔門問答之所開；亦有一朋友對談之傳統，如魏晉淸談之所啓；方有此禪宗之人由師徒間之機感之相應，以使人悟道成道之一方式。在此機感之相應之中，人之心思之運用，不在己亦不在他，而在己與他之相對之應答之中，以言銷言，以言泯言，而成其相互的心之通流、道之通流，以各自見其本性。此固不同於一般人之談話之散漫無歸，亦不同於西方式學者、宗教家之共討論一論題或教義，以求一結論——卽與柏拉圖式之對話亦有不同，因其仍有一論題，而爲一小規模之討論也。凡討論，有論題，卽以論題爲所對，而意在決定客觀事物之何所是，或客觀的義理之是非。此初非以人與人直接的心之通流爲目的；因其語言之應用，固在說一爲對象之事物或義理，不重在直接表現說者之自己心意也。而中國所重之人與人之對話，則重在人之各由語言以表現其自己心意，而使他人可由其言以知其心意。此乃直接以心之通流爲目的。心之通流，卽吾於中國先哲對言與默之運用一文中所謂心意之交通。大約中國魏晉之淸談，乃重在此心之通流，以更有人格間之互相欣賞。儒家由孔門師弟，以至後之宋明儒者之問答，則皆一方人各自言其心之所自得，一方更欲他人之言有以啓予心，使人與我咸能自成其德。此則重在人格之互相完成。禪宗欲人悟道，亦可謂一求人格完成之事。唯在儒家之問答中，問者恆爲主動；而在禪宗之對語中，則因教者必須針對學者之迷執而破斥之，而教者乃更居主動之地位。此又其不同也。至於禪宗之重言語之相破，並以言語外之棒喝等爲施敎之方便，則吾於中國先哲對言與默之運用一文中，已及其義，今不再贅。

第十一章　由佛再入儒之性論

一　佛家言性思想之限度之討論

方中國魏晉六朝至隋唐佛學大盛之日，中國傳統之儒者，正從事於經註與經疏，其智慧心思之所注，皆惟及於世間禮樂政教，人生日用之常，而不能外是。此與佛教高僧大德之期佛果之究竟，而窮法相之廣大，探心識之精微，極語言之施設與當機立教之妙用者，誠不可以相及。然佛學之言心性，卽其歸極於禪宗教人當下見性成佛者，仍只對人之已發心作佛者，乃有其意義。世人固不能同有此發心，而別有其不可或已之世間事在。卽人之謀所以生存之一切飲食男女之事，亦自有其本身之嚴肅性。又此客觀天地萬物之接於吾人平日之心知者，是否確如佛家之可視爲唯識所現，或只言其具空性、法性或佛性而已足，此在常人固不能無疑。而順佛家言衆生皆有佛性之思想而發展，最後亦必迫至一問題，卽畢竟草木瓦石是否皆有佛性之問題，如前文所提及。如草木瓦石，皆有佛性，草木瓦石亦皆可成佛；則此佛性固是周遍萬物，無乎不在，而一切存在，亦皆可入於涅槃；佛之立教，卽不只爲一般所謂有情衆生而施設，亦爲一切存在而施設，佛家所言之性，亦卽眞可爲一切存在之性。依前文所述，天台宗山家之正義，草木瓦石固同有佛性。禪宗之徒，蓋亦依此而謂「青青翠竹，總是法身；鬱鬱黃花，無非般若。」然此所謂草木瓦石有佛性之理由，不外依於色心原不可二，色法之世界卽心法之所充滿，故於佛之法身，只能作無所不在想；而佛之成佛，卽佛心與佛之色法之世界，頓時俱成，故草木瓦石，亦無不成佛。此固非不可說。如人之一朝而登九五之尊，則其毛髮指甲、冠履衣裳，皆同登九五之尊是也。然此既是依於：佛之世界之所在，一切心色原不可二而說，則吾人於此仍可問：在佛之世界中之草木瓦石之自身，是否眞能各別成佛？若謂草木瓦石之自身，能各別成佛，則草木瓦石初無覺，如何能成佛？而湛然之謂草木瓦石無情，而有佛性，亦實未主張草木瓦石各別成佛之說也（**註**）。然今仍須討論：所提及之此一問題，是否卽無意義？是否因佛之世界所在卽其法身所在，便不當有此問題？吾人將可證其不然。因如尅就佛之世界所在卽佛之法身所在而言，則不特草木瓦石在佛之世界中，一切有情衆生亦在佛之世界中，若謂佛成佛，則此世界中一切物之自身，亦無不成佛；便應言一佛既成，一切有情衆生皆同成佛。誠然，此自佛眼觀，固未嘗不可如此說。如前引華嚴宗之謂當佛成正覺，同時見一切衆生之迷執性空，而皆成正覺是也。然此佛眼之所觀，仍畢竟不同於衆生眼之所觀。依衆生眼觀，固知佛自登正覺，而彼仍在迷，亦不知其迷執空也。然衆生雖在迷，

註：金剛錍設客言：「僕聞之乃謂一草一木、一礫一塵，各一佛性，各一因果，具足緣了（卽緣因佛性與了因佛性），若其然者，僕實不忍。僕乃誤以世所傳習，難仁至理。」可見湛然亦初無一草一木一礫一塵，各別成佛之義也。

因其有覺性，故能轉迷成覺以成佛。於是此衆生之轉迷成覺，便仍當說爲在佛之成佛之事外之事。此事，對各別之衆生自身言，又各爲一眞實可能之事。則吾人於此便當問：於佛之成佛之事外，是否有草木瓦石自身成佛之事，亦爲眞實可能者？今湛然於此，既不承認草木瓦石，能各別成佛，卽無異否認此事之眞實可能，亦卽無異否認草木瓦石自身之能成佛矣。

吾人之所以必討論及此問題之故，乃意在說明世間總可有一：尅就世界中客觀存在之自身，而問其本性之如何之一客觀問題。故人縱能成佛，以至其成佛時同時見其世界中一切人物皆成佛，仍有尅就此諸一切人物之自身，而問其是否各別皆有覺，是否各別能成佛之一客觀問題。由此卽見只論人與其他衆生能成佛之心性，尙未必卽足以窮天地萬物之性；並見除此人與其他衆生求成佛之事外，天地間仍有其他之事之存在，而此事初非皆爲自覺作佛之事者，如草木瓦石自身之存在生長之事是也。更沿此以觀，一切人以外之其他衆生，如禽獸，其現在所作之事，與人類非佛徒所作之事，亦可見其初非皆爲自覺的作佛之事；其作事所依之心性，自亦未必皆爲作佛之心性。誠然，自佛法之一勝義，實可說一切法皆是佛法，一切人所作之世間事，雖不自覺爲依佛法或依作佛心性而作者，實亦不自覺的直接間接是依佛法，亦依作佛心性而作者，佛家固有世間法與出世間法不二之義也。然復須知，如眞順世間法與出世間法不二之義去講，則言世間法而不言出世間法，以致據世間法，而表面呵斥出世間法或佛法，應亦同爲未嘗不可。此卽禪宗之所以自言飢餐渴飲、運水擔柴之事外，別無佛法，而亦可呵佛罵祖也。然若佛徒可呵佛罵祖，仍是佛法，則世間人呵佛罵祖，只言其他一切法，更不言佛法，或浸至只言其他一切法而反對佛法，亦未必卽非佛法也。佛經謂佛說法恆有不可測之密意，唯佛能知，而非世人之所知者。然又焉知世人之立言，無其不可測之密意，非世人之所知，亦非佛徒所知者耶？若然，則尅就吾人今所論之心性問題而言，除佛家所言之作佛之心性之論外，世固可有似無關於作佛之事之心性之論，浸至反對佛家心性論之論，用以說明此世間之人物之所作世間事者，仍當爲眞正之佛徒所視爲佛法之所在者矣。此亦卽在中國固有思想之流中，除佛家精微博大之心性論之外，仍有儒道二家之心性論之流，與之並行，鼎足爲三，雖或相非，而皆天地間所應有，亦大心菩薩所應許者之故也。

二　佛家心性論之原始動機，與中國傳統思想論人性之態度。

吾人上文唯在循佛家思想之言一切法皆佛法之言，以引吾人之目光，至佛家之言之外，而漸注目在中國儒道二家思想之流。至於吾人如眞立腳在中國儒道二家之觀點，居於佛家之外，來看佛家之論心性，則可見佛家之論心性，無論如何精微廣大，要皆仍只爲依佛家之原始動機，欲求出離世間之苦與染業而來。緣此一動機而反觀世間衆生之苦與染業之種種相，而探求其因緣與解脫之道，卽一切佛家之言之所以立。然此世間之所以爲世間，是否只當以苦與染業積聚之地說之，卽成一根本問題之所在。世間若干存在物，如無情之草木瓦石之自身，是否皆能感苦造業，更求覺悟以成佛，上已言其爲一問題。而人以外之有情衆生，雖能感苦，是否皆可如人之造染業；以及一般人之生於斯世，其所實造、能造之染業，是否多於其能造、實造之淨業，亦皆爲問題。此諸問題，固不易解決，今亦暫不論。然既可成爲問題，則吾人固亦可不先判定世間爲苦與染業之積聚之地，自居於一欲出此世間之心境，以對此世間，作此一反省的判斷也。若不先作此一反省的判斷，則吾人之觀世間一切人之性，一切有情與無情物之性時，固可另有其用心之出發點與方向，由此而所見得之心性，亦自不必全同於佛家之所言者矣。

此不對世間先作一反省的判斷，謂之爲苦與染業之集聚之地之一種心境，吾人可說之爲直接面對世界，而與之作一平等的感通之心境。吾人依此心境，以觀世間萬物之性、與吾人之性，儘可先注目於吾人與萬物所同有之自然生命性，如告子、莊子、淮南子等道家之流，與以後之道家之言性命雙修者之言性；亦可先注目在吾人之一切生命及無生之物之共同的所以生之理，如宋儒周程張朱之言性；亦可先注目在人之感孺子入井，感嗟來之食而不食之時，所表現之惻隱羞惡之心情中之仁義之性，如孟子與陸王之言性；亦可注目在人所感之他人與物之個體性、獨性，如魏晉之王弼郭象之言性。凡此諸性論，皆不先視世間爲苦與染業之積聚之地，而亦不先由「問此苦與染業之所以然，與如何超拔出離解脫」之觀點，以觀人與物之性者也。

此種依人之面對世界而與之作平等的感通之心境，而就其所感、能感，及感後之所生者以言性，與佛家思路之不同，吾人可姑舉一例以爲證。如吾人上文言禪宗之施敎方式中，特重機感之相應。此一敎法，初卽直承中國學術傳統原重以人之語言成就人與人之直接感通而來，固非印度之所原有。然此人與人之直接的感通中所表現之心情，依中國儒家義，則明可見有人之仁流行於其中，此仁卽人之性。禪宗之大德之敎訓其徒，亦恆自謂老婆心切，而其徒亦以其師之棒喝，皆所以見其師之慈悲；則其師徒之相感，卽明有仁之流行於其中。然禪宗之人，卻又唯以其機鋒相感，爲使人各自見其本來具有之眞空本性、眞如本性之資，而不直下卽就此相感，以言其性之仁之流行於其中。於此，人之只直指此相感中之仁爲性者，便於世界之染業與苦等，初無一反省的判斷，亦初無自其中出離解脫之意。而彼謂唯其眞空本性，方爲吾人之眞正之本性者，則明本於一「求出離一切苦與染業，解脫一切染淨善惡之執障」，而欲頓超直悟之心。今禪宗唯由人之欲出離解脫之心，以見其眞空本性，於此謂之性，而不肯卽其師徒間之機鋒相感，以見性之仁之流行於其中。是則明見其求見性之用心方式，與儒者之言，固有入路上之不同也。

三　李習之復性書之言復性義，及其言與老釋同異。

當唐代佛學大盛之時，承中國傳統思想之流而言性者，一爲韓愈之原性一文，二爲李翺之復性書三篇。如以韓李之言性之論，與其前之漢儒、後之宋明儒及同時之佛學之論相比，皆不足言有特殊之創發之見。韓愈論性三品之言，與王充論衡本性篇所言者，其旨歸無異，而無其詳密。李翺復性書之論性，亦不逮後之宋明儒者之精微。然李文三篇，在中國思想史上，亦可說有前承漢儒，後啓宋儒之價値。論者謂其文有鄰於佛老者，亦非不可說。蓋復性之名，原帶道家意味。先秦儒者言養性、成性、盡性、化性，漢儒如董仲舒言性非教化不成，楊雄言性善惡混、言修其善者爲善人，皆不言復性。唯易言不遠復，亦未必卽復性之義。莊子乃重教人「性修反德，德至同於初」，使人反其外馳之心知與情欲，而復其自然之性命之情。後淮南之書，亦承之而言反性。魏晉之何晏言聖人無情，王弼亦言性其情。今李翺言滅息妄情，由情復性，以性其情，其用語之類莊子、淮南、何、王之言，不可爲諱。妄情之一名，尤爲佛家喜用之語。如宗密普賢行願品疏鈔謂：「若以情情於性，性則妄動於情；若以性性於情，情則眞靜於性。」卽明以妄情能使性動，而言性其情者。李翺又言「誠而不息則虛，虛而不息則明。」於誠明之際，間之以虛，亦非中庸所原有。虛之名初爲道家所重，而與佛家重空之意可相通。又其旣以誠爲性，以「明」見性，又謂「明所以對昏，昏旣滅，則明亦不立矣。」遂意只言復性之誠而足。此亦非中庸原義。因中庸之明，可不對昏而言，昏不立而明仍可立也。再其言「人之所以惑其性者，情也，情旣昏，性斯匿矣。」謂情能匿性，亦非孟子「乃若其情，可以爲善」之旨。

吾人昔於論禮記之言人情之一節，嘗謂周秦儒學之傳，原是重性情之教。中庸易傳承孟學之傳，皆兼尊人之情性。禮記諸篇亦大皆重以人情言禮樂之本。墨家初尚功利乃兼忽性與情。至於重性而見情之爲害，乃或言無情忘情者，則始自道家。漢儒尊性賤情，乃有性善情惡之論。何晏言聖人無情，王弼言性其情，而佛學傳入後所言之情識、妄情中之「情」字，乃皆涵劣義。習之復性書謂情昏而匿性，乃承此流之義而言，亦甚明顯。自莊子以降言情爲害，至李習之，而言情可匿性，謂「情不作，性斯充矣」，此其所謂情，皆明非指孟子所謂之惻隱羞惡恭敬是非之性情而言，而當是指一「自然生命之情欲，又與一外馳之心知相結合」，而生之一往不返之情欲。此乃一窮之而不能盡之「情欲」，或「性之欲」，則亦誠可如樂記淮南之言其乃可滅天理而爲性害者，或如習之謂其爲能使人溺之而不知其本者，而亦爲人所當無而去之者也。然此固非謂「可由之以見性之惻隱、羞惡」等情，亦當無有之謂；或「有節之自然生命之情欲，如飢欲餐、渴欲飲之情」復當無有之謂。更非謂人之喜怒哀樂好惡可全然無有之謂。莊子內篇德充符載莊子答惠子，謂其「所謂無情」者，乃指「不以好惡內傷其身」者言。則莊子所欲無者，亦只指內傷其身之好惡，非必卽一切好惡哀樂皆當無之謂也。此亦正似習之之言滅息妄情，仍言性可因情而明，承認聖人之有情。唯聖人有情，而無「此可使人溺而不知本」之情耳。然莊子在周代，習之在唐代，咸能深有見於此一種雖初由性生，而可由其往而不返，以與性相對，而反爲之害之情欲，而知於此當用一無情之工夫，則亦固皆有卓識在。不可以其與孟荀等之性情合一之言不相類，而盡斥之者也。

至於習之言「誠而不息則虛，虛而不息則明」，固不同於中庸之誠明並言之旨。謂誠而不息則虛，蓋謂唯誠而不息而後不滯不執，此中固有虛義。虛則能容能照，而有明義。此固非不可說，亦未嘗不可通於佛家所謂不滯不執之義，或空我執法執以去障之旨者。吾人亦可謂此習之之意，或正在說明儒家之誠之不息中，亦攝具道家佛家言虛言空之義，以見儒與佛道之可於此相通；故用此「虛」之一言，間於中庸所謂誠與明之間。至於所謂「明與昏，性本無有，明者所以對昏，昏既滅，則明亦不立矣。」此亦可說類似佛家之「無無明，則般若亦不可得，不修惡而善亦不修」之形態之思想。然此不立者，謂不立其名，固非亡其實；謂既有「明」，即可不再立「明」之名，以免人自居於明，自執其明，固亦有其旨義，而爲後之儒者所當加以應許者也。

四　佛家不立誠爲教之理由之討論，與儒者何以必立誠爲教之故

然習之言性，畢竟有與漢儒之言性情，與道佛二家言心性大不相同者，此即在其通篇乃以誠言性，而言性善，並以至誠無息爲聖德；斯固純本先秦中庸之意而立論。後宋儒之周濂溪、張橫渠，亦更承中庸而以誠爲天道人道之本，以抗佛家之說。今若謂儒佛之教，有毫厘之差，亦可由佛家之未嘗重此誠之概念而見（註）。誠然，佛徒之求法之誠與修道之誠，遠者可無論，近如惠能以及後之禪宗大德之傳法，皆自謂不惜身命，其說法又皆苦口婆心，豈曰無誠？然惠能蓋終不由其實有此不惜身命之

誠，而立誠以爲教，寧自謂其不惜身命，由於見身命之性空；亦蓋不願人之許之以誠，而寧謂此不惜身命之誠之亦不可執，而此誠之性亦空；則儒佛立教之異，仍不得而泯。又人之有不惜身命之誠者，能自謂此誠性亦空，亦固是佛家之大德與大慧。然吾仍有進者，卽人之能有此誠，不自執其誠，而自見其誠之性空固可；但吾人若於他人之以至誠捨身命者，謂此事之所以可能，乃因其身命之性空，於是對他人之此至誠捨身命之事，亦只謂其性空，則大不可。今惠能若自厠身於其弟子之位，以觀其自己之不惜身命，謂此中無誠，或不謂此中有至誠者，亦大不可。是見純就個人之自修而言，謂當於一切見空，於自己之無量功德，亦謂其性空，雖皆無不可，而亦正所以更見其功德之實無量；然就另一

註：佛家之名中，固有誠之一名。圭峯華嚴疏抄，亦嘗引書經「享于克誠」之言，而釋之，然要不重誠之一名。又如翻譯名義集十三引南山之「眞誠出家」，「怖四怨之多苦，歷三界之無常，辭六親之至愛，捨五欲之深著，是名眞出家。」又卷四浮曇末「此六至誠，發三種心，一者誠心，二者深心，三者迴向發願心。」釋以「至之言專，誠之言實」，此乃釋誠心一名者。又淨土宗所宗之觀無量壽經所言：衆生願生者，當發三種心，正卽此三者。然此所釋之誠心，只三心之一，非貫澈始終以至成佛之心也。今查丁福保佛學大辭典中，則唯見誠信一名。是見佛學之在學理上，實不重此誠之概念。然此非謂學佛者其人之不誠。法苑珠林二十七至誠篇謂「難行難忍，能行能忍爲至誠」，佛徒固多能行難行，能忍難忍者也。

忘我的客觀的觀點，而謂人之求佛道之心志與行爲中，或於其他之人之一切爲善去惡，以勉於聖賢之心志行爲中，不見其有誠，或不謂其有誠，則大不可。今若更將人之求佛道，或勉於聖賢之心志行爲中，必有誠之一言，更加擴大而說，則可謂一切人之勉於所事之心志行爲中，皆有誠在。至於自一切人皆有可爲聖賢或求佛道之誠性而觀，更可謂一切人皆以誠爲性。由此再進一步，則亦可謂一切有情皆有誠，正如依佛家義之當言一切有情皆有佛性也。然宋儒如周子、張子，於此乃更推進一步，謂天地萬物皆依此誠道爲本以生，亦依此誠道以爲性。明道伊川朱子，更以理言性，而由此理之必實現於氣言誠，亦言此理之爲實理。此即皆緣李翺之以誠言人性，而更直接於中庸以誠爲天道與人道之本之義，逐步引進而成之說。由是儒者之言性理，乃與佛家之以眞空言法性本性，以眞如爲空理，朱子所謂只有「空理流行」者，（註）顯然異趣。然佛家之徒，明有一修道求法之誠，而不重此誠之概念以說人性與天地萬物之性者，果又何故？

吾人今對上所提之問題，若加深思，便知佛家之用思，雖極其廣大精微，而窮深極遠，然仍有所忽略。此即其終未能尅就其心志行爲在其修道歷程中之有所趨向，而即就此「能趨其所趨，向其所向之相續」之所以可能上，自見其性之誠是也。如以禪宗而言，其謂本性或心體超善惡染淨固是。然惠能又謂，此只能對上上利根人說，此上上利根人，亦須有直心去頓超直悟，方能及此。此中，吾

註：朱子語類六十三。

人便可試問：此直心去中之「直去」，或頓超之「超」中，是否有一性在？此性畢竟爲何？由此「直去」與「超」之所達者，可謂只是一眞空之自性，此所超者、或離之而去者，可說只爲塵勞之萬法。然此「超」、此「直去」，則是一「能趨、能向此眞空自性」之一「能」之性，而非其所向所趨之自性眞空之性。試思，今若無此能「超」、能「直去」之性，則此「超」、此「直去」不得成就，眞空之性亦不得顯。是見此能「超」能「直去」之性，乃一「成此眞空之顯」之性。「成此眞空之顯」之「成」，固非空而爲有；而此「成」，亦卽爲一人之「能自成其證眞空」之性。此「成」之性，卽一性德之誠、或誠性也。禪宗之徒，於此或將說：此能「超」能「直去」之事，乃如唯識宗言轉依，乃才轉染卽依淨、才離此卽達彼、才去凡卽成聖，中間並無停留處，故曰頓超；又此中亦無趨向之一名之可用，更不可言能趨能向之中，另有一「性」在。然吾人以爲此語並不能釋吾人之難。因此中間縱無停留處，仍畢竟有一轉折處。此中之「轉此以見彼」之一「轉」，畢竟不同於「此」與「彼」。能頓超之「超」，亦不同於由「超」之「所達」。此「頓」所以形容「超」，則不能遽謂中無此一「超」爲轉折也；亦如唯識宗之捨染依淨之不能無此一「轉」也。於此若謂此頓超之事，乃一刹那而山河迴異，不同於誠之爲一相續之功；則吾人將謂：卽在人已有頓超直悟以後，禪宗明仍言有修之功夫，以使此自悟之境相續。此相續中，豈非有相續之功？則又焉得無誠？若謂依佛家之空義，此中更不當見有「相續」，此固未嘗不可。然此不見有相續之不可爲無相續之證，亦如禪宗之徒之不惜身命者之不自見其誠，非其無誠之證也。

至於在禪宗以外之其他佛教宗派，則未有不尙相續之修之工夫者，此相續之修之工夫中，必有一誠貫澈，應更無可疑。然此佛教他宗仍不重誠之爲一性者，又何故也？於此，吾人如一加深思，便知佛家在禪宗以外，凡解教理者，其修行之工夫，皆要在依觀以起修起行，佛家之所以不重此「誠」之故，蓋正可於此中求之也。

按佛家所修之觀：或爲一般之因緣觀、空觀、禪定觀、或爲唯識宗之唯識觀、般若宗之中觀、或爲天台宗之止觀、華嚴之法界觀，其中固有種種之不同；然凡由觀以起修、與起行者，乃觀爲先，行爲後。此中之觀，必有所觀之義諦境界，爲其**心**所向。因觀有所向，行乃自繼，以成相續不斷之修。然凡此觀之所對，可爲種種心色之法，卻不能有「誠」之一法，爲觀之所對。至其繼觀而起之相續不斷之行中，則雖實有一誠之貫注，然人在觀有所向時，其繼觀而起之相續不斷之行，卻不能當下卽成爲所觀。當此相續之行，成爲所觀之時，仍應依佛家一般之觀法，視爲一串念念生滅之法，並當視爲亦依衆緣而起，其性本空者。則此中雖可見有此相續不斷之行，而儘可不見有一誠之貫注。則誠之爲能成就此相續不斷之行之一性，卽不得而說矣。然此中之眞問題在：當一切相續不斷之行，在成爲吾人之所觀時，人只見其爲一串生滅法，而不見有一誠之貫注；是否卽足證明此中實可無一誠之貫注，而只爲一串生滅法？此自己之相續不斷之修道之行，豈不可原非只是一串生滅法，而原有一誠之貫注？唯以吾人在反觀時，吾人之行，當下便有一間斷，或吾人之觀之之事，不能一時而畢，必須分成段落；然後乃見此相續之修行，成一串之生滅法乎？此問題或不易答，然吾人於此亦可由觀他人之修道，而能相續不斷者，必不只視之爲一串念念之生滅法，而恆視若其中有一貫之精神、或一精誠之貫注，以證此說之必於理有若干未當之處。

如吾人讀高僧之傳記，見其某年聞人誦佛經，某年出家，某年從某師問道，某年自建茅菴，某年更建道場說法，對徒衆開示，某年捨身圓寂。吾人於此所知者，固只爲一串之生滅之事。然吾人豈能謂其一生之事，只爲一生滅法，而無一貫之精神，不見其一生之有一精誠貫注乎？此必不然矣。誠然，依佛家唯識之教，可說此所謂精誠貫注，卽其轉依之工夫之實際，而卽其「有漏無漏之善種子之不斷化爲現行，現行更熏種子，現現種種，自類相生；於是善種增强，而善行轉勝」之別名。至如依大乘起信論，則可說此精誠之貫注，不外：依自性清淨之心眞如以自發心之別名……。然試問：何以唯識家只以種子爲性，只言種子之生現行，爲此性之呈用，而不就其現現種種，自類相生處，種子成更强之種子，善行成轉勝之善行處；以言此中亦有一生成之性，以使其一生之行，見一精誠之貫注乎？大乘起信論又何不就此依心眞如而發心者，其心之相續而「發」處，見此心眞如之自生自成，於此心之「發」之中，而見有一誠性在乎？則佛家於此之不言此一誠性，又畢竟何故也？

依吾人之意，此中唯一可爲佛家辯解之理由，仍只是此一誠之觀念，對佛家之依觀起行之功大爲無用。因依佛家之教，只須其依觀起行之工夫，能相續不斷，則此中如要說誠，誠亦自在，而不須更立此誠之概念。至尅就人之內心之修持工夫而觀，言誠而念及誠者，固未必能誠，不言誠不念誠者，亦儘可有誠。本依觀起行之義，則觀中所非必須有者，亦可終身不言。則人由觀空因緣等以起行者，儘可不須言此誠。若爲斷疑惑懈怠，則可以「起信」爲功；或如唯識家之只以信或精進或不放逸之心所爲誠，亦已可矣。固不必因人之全部心志行爲中，可有一貫之精神或精誠之貫注，以謂有誠之一法，周遍於此相續之心志行爲中，以爲其一性矣。(註)

在上文吾人既代佛家爲一最後辯解，則吾人之結論爲：純自人之內心之修持工夫上說，吾人於佛

註：吾嘗初疑佛學之不重言誠之故，乃由於中庸言誠，以擇善固執爲義，而固執與妄執爲鄰，爲防濫，故不言誠。又嘗疑佛法說空，亦必以言誠爲妄執，如章太炎薊漢微言，以中庸之言誠爲天之生物之道，乃同大自在之說，而加以斥貶是也。然吾後來之意，則以爲佛家既有其修道之誠，則亦不能離此誠道；其不言及，唯有其觀行之方便上之理由，而無眞實義理上之理由。吾懷此相類之意已二十年。於二十年前，吾嘗作宋明儒學之精神一文，發表於「理想與文化」第九期。其文以言生生不已之幾，爲宋儒之所以別於佛，即所以明此義。當時王恩洋先生及尙在支那內學院之張德鈞先生皆作一長文評斥，以吾意在詆佛學。實則吾乃意在明儒學自有其立根處，而此立根處，亦非佛之所能外，即可見儒佛之通處。今文所論，亦意在於是也。

家之不立誠爲教，不以誠言性，儘可加以應許。然吾人仍須重申：當吾人客觀的觀他人與萬物，或視自己或他人爲萬物之一之時，卻又不能不視其中有一誠之表現在，否則吾人不能有對之之敬誠，而吾人之道德生活，卽勢必有所缺漏。如吾人於高僧大德之一生之事，不見其中有精誠貫注，則吾人對之，卽必不能眞致其敬誠；而吾人若只視其一生之行事，乃一串生滅法，則吾人已有之敬誠，亦勢必全化爲烏有。吾人若更進而將世間一切有道有德之人與常人，其盡心竭力於其所爲之事，只視爲一串生滅法，吾人對之之敬誠，亦同將化爲烏有。反之，若吾人能視一切人之行爲中，其中皆多少有一精誠貫注，或謂一切天地萬物中，皆有一誠道流行，則對一切人與天地萬物，亦皆可有一敬誠矣。李習之言人性之誠，而周濂溪、張橫渠，皆言天道人道之誠，卽皆意在成就此一對一切人與天地萬物之敬誠，爲其別於佛者之所在。茲試更詳佛家所以未能肯許此義，儒者所以必言此義其他理由所在於下。

五　儒者對天地萬物之敬誠與對一切存在之價值之正面的肯定

依佛家義，吾人固當對人有敬誠，且當於人作未來之佛想，以生恭敬之心；推而極之，則於一切衆生，亦可視爲無量劫中之父母，而以恭敬心、慈悲心以遇之。此意亦非不偉大神聖而莊嚴。然試問：吾人對草木瓦石之無情，是否亦當有此敬誠？依佛家義，一一草木瓦石之自身無覺，不能成佛，便理應無對之之敬誠可說。至若吾人謂佛之法身無所不在，則當前之草木瓦石，皆佛之法身之所在，固亦可引起吾人恭敬心。然此仍是恭敬佛，非恭敬此草木瓦石之自身也。尅就草木瓦石之無情而言，依唯識宗義，彼唯是一切有情衆生之阿賴耶識中四大種與色法種子之現行，其本身無獨立於我之心識外之存在意義，便不同於其他衆生之心識，在一義上爲獨立於我之外者，更不能言對之有敬誠矣。然在儒家之思想之傳中，則於一切他人與萬物，皆肯定其一義上對我之個體，爲一客觀之實在，而爲異於我者。異於我而超越於我之上之外，而我又感其超越於我，我卽可亦對之有一敬誠。此卽禮記之樂記之所以言「異則相敬」也。

然佛家之不重人對他人與對無情之天地萬物，皆同有一敬誠者，其理由更有所在。此卽除因佛家視無情物不具心識，兼視一切之他人與天地萬物爲一串生滅法之時，一切皆可不堪敬之外；上文所提及之世間之爲苦與染業之積聚之地，亦爲使世間之成非可敬，而世間衆生只爲可悲憫，而唯待佛菩薩之超渡者。此亦爲歷史上爲儒佛之學者之一所見不同之所在也。

依吾人之意，固可承認人所能爲之不善或所造之染業，實無窮無盡，而其所能導致之世間苦惱，亦無窮無盡。此凡深觀人心知之無窮，其與自然生命之欲望相結合，卽可化出無窮之貪嗔癡等迷執者，皆可知之。此義，在中國亦首發之於道家，而印度傳來之佛家，更能窮極此中之法相而述之。儒者於此亦實未嘗不可在一方面，對道佛於此所言者，全部加以承認。然人以外之自然物，是否亦能造此無窮之染業與不善？或其行爲是否眞有不善？又整個之世間，是否只爲一苦與染業之積聚之地？則此中亦有問題，如上文所已提及。誠然，自然界中有衆生之相殘，並有由相殘而生之種種之苦，此是一事實。此一事實，表示此自然界之總有某一種之不完滿；又表示衆生相互間，彼此皆爲一無明所蔽，而不能相知相親，此卽見衆生之各有其迷執爲障。此義亦當爲大心儒者之所認許。然吾人是否可因此而說：此一切自然界之生命或一切有情衆生，皆唯是依其迷執爲障，以造染業或孽債，而受所造染業之報，以償還孽債爲事者，其存在於此世界之本身，乃無內在之價值者？此卽順佛家之敎義而觀，亦可見其非能作決定說者。

依佛家之敎義，人不當殺生。此不殺生之敎中，實意涵人當尊重愛護衆生之現實生命之義，而此尊重愛護之情中，卽包涵一對「現實生命之存在於此世界」之價值之肯定。謂現實生命不當被殺，同於謂：現實生命當生，此豈非一肯定現實生命之存在於此世界較善於死亡與不生之論？人於此若問：現實生命旣爲染業之積聚，何以不當殺之，而必任其生，殺之又何爲不可？則佛家嘗謂依此而主當殺生者，爲大邪見。何以爲大邪見？則有種種之理由可說。如衆生因造業而受報，以成其此生，則應使之自盡其報，而不當殺之，以使其不得盡受其報。此一說也。又彼雖以受報而生，然我殺之，則我已作殺業，而我將受報，此二說也。再彼雖以造業受報而生，然依我之慈悲心，則不當殺之，殺之則違我之慈悲心，我之慈悲心爲善，則殺生爲不善。此三說也。然此三說中之第一說，謂人當使已生者盡受其報，卽至少涵有受報可輕其業障之義。則由生以得受報，卽仍爲當有而善者。第二說謂我殺生我受惡報，亦直接涵具：生爲善，而生不當殺之義，若生爲絕對之不善，則殺不善卽善，不應受惡報也。第三說乃謂依於我之慈悲心之爲善，故違之則成惡，此義固不直涵生之自身必不可殺，殺生必對之爲惡之意；而唯涵：在慈悲心中，人自以其殺生爲不善之旨。但此後一義仍涵：不殺而「見」生命之存在爲善之「旨」。若見生命之存在之「見」爲善，而無生命之存在，又不成就此「見」；生命之存在，既能成就此「見」，卽仍須肯定其爲善矣。

由上所論，可見佛教不殺生之教，必意涵：對生命存在於此世界之爲善，有一義上之肯定。則吾人於充滿萬物之生命之世界，更應對之有一肯定，而以其存在爲善，便不能只視爲染業之積聚之地矣。

至於吾人如更就一客觀之觀點以論此問題，亦可知衆生之相殘，不必卽爲此世界之絕對之不善。因衆生之相殘，亦皆爲自求其生而相殘。衆生之相殘，對被殘者，雖爲惡事，然對賴能殘他而得生者言，亦未始非善。衆生之相殘，恆爲强者勝弱者。强者之生命力，固大於弱者之生命力，則亦未嘗不可言弱存而强亡之價値，不如强存而弱亡之價値也。若然，則世界之有弱肉强食之事，雖仍見此世界之不完滿，卻不足證自然世界之向惡而趨，而非向善而趨矣。至於吾人如暫不觀此世界中衆生之相殘之一面，而觀世界中之花放鳥啼、山峙川流之萬物並行不悖於天地間之一面，則吾人固可謂當前之天地中，亦有一並育萬物之天道，而萬物亦各有自成其生，而亦互不相害之性在。此道此性，亦卽一普遍的生物成物之誠道，成己亦未嘗不願成物之誠性也。今若本此觀點，以觀天地萬物之生死，亦未嘗不可視其死，皆所以成後起之生，故其死亦如君子之死，只爲終而非爲死；而可以始終生成之概念，代一切之生死與生滅，以至不見有生死與生滅；而此亦未嘗非直接超生死超生滅，而達於佛家所謂不生滅之一道也。人若能取如此之世界觀，而肯定此充滿萬物之世界之存在價値，則此世界亦非只堪動悲憫，而不堪敬愛者矣。是卽中國周秦至漢之儒者之所持，可暫以中庸立誠之教爲其代表，而爲中國人既聞佛教之精微廣大之論之後，宋明儒者更直接承之而重加以發展之思想。然此又非謂佛家之所見到、所重視之世界陰暗一面之全不存在，弱肉强食之世界，爲理所當然、有生滅生死之世界，爲最好之世界、佛家所言之有情之執障與人之貪嗔癡之毒餤可瀰塞於天地，皆全爲廢語之謂。亦非謂「佛家之求根絕世間之弱肉强食，求生命之有無量壽無量光，破一切有情之迷執，以超渡此世界」，非一至極之理想之謂。此中要在知言之各有其分際，各有所當，而自其「當」在何處以思之；人固不可先存門戶之見以徒執一偏以爲說。則吾人自可有更向上一着，於儒佛加以會通之途，而非此書所及者也。

六　周濂溪之立誠之教與李習之復性論之異同

宋明儒之眞能承中庸言誠之旨以發揮儒學者，首當推周濂溪、張橫渠。然上已言李習之已開始以誠言性之說於先，故今宜將其言與周濂溪之言並論，以見濂溪之更進於習之者何在。吾意在復性書中言誠之爲人性，其旨與濂溪，初無大殊別；而於誠之爲天道之一義，則習之實尚未之能及。濂溪乃視誠爲一天道，故能言此天之誠道之表現於使萬物之各自生而自成，以正其性命處，由此以見此誠道之統天之生物之仁與其成物之義。故此天之誠道，卽爲一立體性的貫注於天地萬物，使之由生而成，而樹立於其中之道。故曰「大哉乾元，萬物資始，誠之原也；乾道變化，各正性命，誠斯立焉。」緣此而其言人道，亦有其立誠之義。人之立誠之道，要在人之由思以作睿，而睿作聖。此誠道之在聖，乃自其「靜無而動有，至正而明達」，以有其五常百行，而「仁育萬物，義正萬民」處見，此亦顯爲一立體性之事業者。至李翱之言復性，則其第一篇，首由情昏匿性，「七情循環而交來」，使「性不得充」處說，故以「情不作」爲充性、明性之首務。其第二篇又言：「弗慮弗思，情乃不生」，而以無思爲齋戒。聖人乃有情而無情，其思乃爲無思無慮之思，而可以去情之昏者。故其言工夫，乃先使一般之思慮與情之不作，爲復性之資。至其言已能復性之聖人，則謂其「寂然不動，不往而到，不言而神，不耀而光。」聖人所垂之禮之節、樂之和，皆所以教人忘嗜欲，而歸於「誠而不息則虛，虛而不息則明，明而不息，則照天地而無遺。」「廣大清明，照乎天地」「本性清明，周流六虛」，乃能使「視聽昭昭，而不起於見聞。」至其釋致知格物，則以「物至知知，其心昭昭辨焉，而不應於物」爲說，謂「心不可有須臾之動」爲修道。此爲其說，明重在心之神明不耀不動於外，而能平面的廣度的「廣大清明，而其照無遺」之一面；而非重在其能立體的「建立五常百行，以仁育萬物，義正萬民，而貞定的成就之」之一面；其書固言及聖人之制作，參乎天地，其變化，合乎陰陽，行止語默，無不處於極，以及「無不爲」，「感而遂通」，「贊天地之化育」之語。然此諸語，唯是泛說聖人之所爲之廣大，而未嘗落實在以仁育萬物、義正萬民，使萬物萬民皆歸於貞定之旨，以立誠於聖人之事業之中。故其言誠，乃由無妄以致清明廣大之意多，相續無間以有所生成之意少。此便不同於濂溪言天道之誠之生物成物，歸於使萬一各正，小大有定者矣。總上所言，即見習之對中庸以喜怒哀樂之未發之中，所契者多，而於中庸之生物成物之旨所契者少。此則細反復其全文之三篇，持與中庸及濂溪之言相較，而可見者也。

由習之之重在以清明廣大之義言性之誠，故其工夫只在由無思無慮，以使情不作上。此即所謂「復」之工夫也。情有惑而昏，有溺而陷，昏則不清明，溺則不廣大；今能滅息此情，則廣大清明皆備矣。此亦可稱爲一至簡至易之返情以見性之教。人於情陷溺深者，其思慮心知之明，先隨情以俱往。今言無思無慮，以撤出此思慮於情障之外，而情亦返，心知即頓爾通明。此亦爲人間之一實事。然謂聖人之工夫，惟在返情以復性，則與周子之言相較，便見其未足。蓋人之眞將思慮心知之明，皆陷入於情之中者，亦不數數覯。則撤出此思慮而返情，亦未必即能洞見本心之明。情障去而思慮心知之明，未有以自藎，則無情而仍昏。如頑鈍之人是也。至周子之言，「思曰睿」，則重在人之有一「積極的自求其思之通，而自達其神應」之一面，而此一面亦未嘗不本在無思之誠。此即濂溪之言進於習之者也。

由濂溪之重思通與神應，故亦重觀人之動之幾，能知此「動而未形、有無之間之幾」，以見幾而作，正所以使思能通微。此自更非習之所能及。由此而周子之言性，遂有「誠無爲，幾善惡」之言，其意蓋謂性之剛柔善惡中之別，皆始於幾微之動。其師第七言曰「性者，剛、柔、善、惡、中而已。剛善爲義、爲直、爲斷、爲嚴毅、爲幹固；惡爲猛、爲隘、爲強梁。柔善爲慈，爲順，爲巽；惡爲懦弱，爲無斷，爲邪佞。惟中也者，和也，中節也，天下之達道也，聖人之事也。故聖人立教，俾人自易其惡，自致其中而止矣。」此文之意，非止平列五者爲說。乃是謂剛柔之所以兼有惡，在其不能無偏，故能知致其中而惡亡，而剛柔乃皆以中和爲本，而未嘗不善。此中，善惡之別，在知致其中與否，而知致其中之幾，亦知善惡所始分之幾。故曰幾善惡。而聖人之所以爲聖人，亦正原於其常知有以致其中，乃有知而無不知，是爲知幾。此知幾，爲知動之微、聖學之本，而爲善之原。聖人常致其中，而以其誠自精，乃自然由中以和，神妙萬物，泛應曲當，無不中節；是即本知幾之動之微，以由幽而達明。故曰：「誠精故明，神應故妙，幾微故幽。」是見唯有周子言幾善惡，乃謂當知致中及善惡所自分之幾，方可貫通於其以誠神幾言聖人之旨。後賢或註周子「幾善惡」之言曰：「心之一幾動而善惡二分」（胡五峯），「心之萌動於幾微，直出者爲正、爲天理；旁出者爲邪，爲人欲」（朱子），「以其有無不形，故謂之幾，幾善惡者，非幾即惡」（羅念菴），「幾則通於體用，而寂感一貫」（

王龍溪），「幾本善而善中有惡，言仁義非出於中正，便是幾之惡」（劉蕺山）。此諸言雖各有其旨趣，然以之釋周子之言，則蓋皆未能合周子「剛柔善惡中」之言，以觀其言知致中之幾，知善惡之所以分之幾之旨，則亦未能道出周子何以以誠神幾說聖人之旨也。

七　張橫渠之卽虛以體萬物謂之性，及氣質之性之名之所以立

濂溪之言天道之誠，乃立於一一萬物之各正性命處，言人道之誠，乃立於聖人之志業；而聖人之志業則在以仁育萬物以義正萬民，使萬一各正。是見濂溪所言之誠道雖爲一本，而此一本必表見於萬殊之成就。至於同時而稍晚之張橫渠，其書亦重誠。其反對佛家，亦即意謂佛家之視天地萬物爲幻妄，未能肯定天地萬物之爲客觀的獨立的實在而說。佛家固非視天地萬物如一般之所謂幻妄。如唯識宗亦承認他人之心識，在一義上獨立於我之外，而各變現其山河大地，並亦承認山河大地等色法，自有其各別之種子也。然吾人仍可說：自唯識宗以山河大地，唯是心識所變現言，山河大地，乃無獨立之客觀實在性者。橫渠之思想，則依於一先將天地中之人與萬物平觀，而視爲同原於一本之太和以生，故於人與萬物之各別的實在之性，初步乃在一平面上，俱加以肯定，故曰「天下同謂之性者，如言金性剛、火性熱、牛之性、馬之性，莫非固有」（註），於是我與外之他人與萬物，亦初爲同立於一平面上之各別之個體，初不須就其有情與否，能覺、能成佛與否，以分爲二類。而儒學之傳，亦原未有

一般動物亦能學聖成聖之義，故橫渠之對天地萬物加以劃分，亦唯就人之異於其他萬物以說。此卽在人能有心知之覺，以知其所自生之本之太和或乾坤父母，而爲其孝子，以視民爲吾同胞，物爲吾與，以爲天地立心，爲生民立命。然人雖能爲天地立心，生民立命，亦不能因此而謂天地萬物與生民，皆唯在我一人之心知之中，而否認其客觀實在性也。故依此義以言性，一方面可就我與天地萬物之同源共本之太和，說其中有「散殊可象之氣，依清通不可象之神，而浮沈、升降、動靜相感之性」，以爲其所以生「絪緼相盪，勝負屈伸」之始，而爲萬物之所自化生之本。在另一方面，則亦當由此天道之太和之化生一一個體物，或此一一個體物之受天命而生成，說其各皆有一依其氣之清通之神，以與其他萬物相感，而相施受之性。此中之「施」爲氣之伸，「受」爲氣之屈；伸爲神，屈爲鬼。故動物篇曰：「凡物能交感者，鬼神施受之性也。」此性之所以爲我與一切人及一一之萬物，受天命而生成時，所個別的具有者，亦正以其出於一共本同源之太和之性之故也。故誠明篇曰：「性其總也，性者，萬物之一源，非我之所得而私也。」吾人今見彼無情之萬物，未嘗不能與他物相感，以成變化，而各自生自成，以有其生命之始終；則無情之萬物，無不同有此氣，亦無不同有依此清通之神，以有「與他

註：張伯行編橫渠文集所附性理拾遺語。按：此所謂性之固有，乃泛指一一事物之性相之實在說，與後文所論橫渠之所謂人物之性，皆依於其氣之清通能感上所說者不同。此火之熱，金之剛等，乃依物之能感之性，而見於外之性相之第二義之性，固非橫渠之所重者也。讀下文自知之。

物相感，以相施受，而生種種動靜變化」之性也。性爲物之相感相施受以生種種動靜變化之源，故橫渠於其「性其總也」之語下，又繫以「合兩也」之一言，兩卽動靜，或施受之謂也。

橫渠言性，純就氣依清通之神，而相感處說，故正蒙乾稱篇謂：「感者性之神，性者感之體」，又曰：「妙萬物之謂神，體萬物之謂性」，誠明篇曰：「天所不能已者謂命，不能無感者謂性」。如人之受氣於天而不已其受，以成此人之生，爲命，則此命卽表現於人所受之氣中。然此氣依清通之神，以與他物相感之性，則又超溢乎吾人所受之氣之外。故誠明篇又曰：「命行乎氣之內，性通乎氣之外。」性通乎氣之外，卽依於神之通乎氣之外。唯因依清通之神，而與他物相感應之性，通乎氣外；方能妙萬物，而體萬物，以與他物相感應也。故神化篇曰：「性性爲能存神……存神然後妙應物之感。」此「與萬物之感應」，依於「氣之清通」，卽依於「氣之虛」，「氣之無」。故乾稱篇又曰：「性通極於無」。然氣依其虛、或無，以有感，亦不能不有感；感而體萬物，則虛而未嘗不實。故誠明篇又曰：「不能無感者謂性」，「未嘗無之謂體，體之謂性」，又曰：「至誠，天性也。」合而言之曰：「通有無虛實者，性也」（乾稱篇）。又誠明篇曰：「盡性，然後知生無所得，死無所喪。」此亦依於性之通於有無虛實，然後可謂無得無喪也。

於此人如問：一人或一物之能依其氣之清通，而與他物相感之性，畢竟其範圍有多大？則此當答曰：尅就由氣之清通，卽可與一切其他之氣相感處說，則任一物皆可說有「能與其他一切物相感，而更攝入於其自己，或以其自己遇之、會之，而體合之」之一性。故橫渠謂「體萬物之謂性」。此體萬物之謂性，乃一物之「一」，攝其他之「萬」之性。此有似華嚴宗所謂一能攝一切之性。在濂溪之系統中，有一太極之誠，立於萬物之各自正命處，然未嘗言萬物之間，皆原有一依其氣之清通，以相體合之一性。此中便只有「一本散為萬殊、而立於萬殊中」之一度向，而無「萬殊間，亦彼此能依其氣之清通，而互體，以使萬物相保合，為一太和」之一度向。此即橫渠言性與天道之進於濂溪者也。

由人與物，皆原於一本之太和，而有依其氣之清通，以體萬物之性，故人即緣此而可本其心知之明，以窮萬物之理，以知萬物而成萬物，自明而誠，以自盡其性。故誠明篇曰：「自明誠，由窮理以盡性也。」此性之盡，惟見於此心知之明，能知萬物而成萬物。故曰「心能盡性，人能弘道也；性不知撿其心，非道弘人也。」人能盡性而自明而誠，以知物成物，「立必俱立，知必周知，愛必兼愛，成不獨成」（誠明）；則人道之立誠，同於天道之生萬物、成萬物之誠，而更可「自誠明，由盡性以窮理」。故曰「天人合一存乎誠也」。此即將中庸與周子所重之誠道之義，亦包涵於其思想系統之中；而張子亦同可說誠道之為一貫天人之道，或言人之依氣之清通，而體萬物之性中，亦有一生物成物之誠之性在。今將此生物成物之性，分別為二者而觀，亦即為仁義之性。人之就所知所明之萬物之分別的得生得成之理，而本仁義之誠，以生之成之，亦即人之窮理盡性，而達於此性所本之一原，以成性至命而成聖也（本文釋橫渠言性之旨，與朱子直本伊川性即理之義以釋正蒙者不同。讀者察之）

然人中有能窮理、盡性、至命，以成聖，而至誠無息，與天合德，以生物成物，而爲天地立心，生民立命者。人中亦有不知學聖人者，或學之而不能成聖者。至於人外之萬物，更不足以言與人同有此心知之明，以知其他之萬物等。此又何故？此則唯原自此人物等，雖亦有其氣之淸通，以體萬物爲性，而其淸通之量，乃至小至微，故不能實盡萬物而體之。此卽謂：人與萬物之性之雖同，而其量則有異，故其由體物、而感物、而知物之心知之明，皆不同。夫然，而人與人，人與萬物，卽有種種層級之差別。此差別，卽其氣質之差別。言氣之質者，猶言氣之質凝。氣之質凝多者，則其氣之淸通所及之範圍小；質凝少，則氣之淸通所及之範圍大。是爲橫渠所謂性之通蔽開塞之別。此所謂質凝，亦實卽由見人與萬物之氣之淸通所及之範圍，似有終不能更加以擴大之處；便反照出此中之氣，若爲一硬質，而能自礙、亦礙他者。於是橫渠有此氣質之性之名。氣質之性者，卽在氣質中之性，卽尅就「氣質之依其淸通之量之有限」，而有之「體萬物之能之有限」，而言其性。依「體萬物之謂性」之言，若此體萬物之性，一無障礙，則將無一物之不體，此卽天地之性。天地萬物聚散於太和，亦卽聚散於太虛，而太虛爲天地之性。天地之太虛，固能無物不體也。聖人之本此天地之性而盡之，固亦能無一物之不體也。然在一般之人與萬物，則其體萬物之性之表現，便總似於其存在、或生命、或氣之內部，有一不能化之硬塊質凝在，而其性亦卽爲一在氣質中之性，當稱爲氣質之性，非天地之性矣。人之欲同於天地與聖人者，則須自變化其氣質，卽變化其生命、或存在、或氣中之硬塊質凝。必至此硬塊質凝，化除淨盡，此氣方成一清通無凝之氣，凡有所感，皆能體之，而以心知之明遇之，進而生之成之，而對之自盡其仁義之誠，人乃可以希賢而入聖矣。此中希賢入聖之工夫之所重者，乃在自變化其氣質，而去其凝此氣之清通者。能使其氣之清通至極，即能有心知之明，與仁義之誠，而能無一物之不體。此所謂無一物之不體，非自其外而觀，見一一物皆能為其所知所成，如上帝之全知全能，天地之能生一切萬物之謂。而是自其內部之清通看，於其所感所遇者，皆能體之，而無內部之凝，即為能體萬物，而能自盡其性矣。故我之成為聖人，乃即就我之為一有限之個體，只稟得此天地之有限之氣之所能為。因我只須能去此氣中之一切質凝，而感物能清通無凝，即已超出我之氣之有限，而無「限」，以與天地合德矣。

由上可知，張橫渠之論人性，其始乃自人之為萬物之一，而依其氣中之清通，以能體萬物而謂之性。依氣之清通，而內無質凝，故感物而能應；中無所阻，其應亦無方，此之謂神。其應物而生變化，亦外無所滯，隨物曲成，此之謂化。唯聖人能極仁義，以極神化。敦乎仁者，生化無窮，即非定體之所能限，故曰「仁敦化而無體」。精乎義者，應無不宜，即非方所之能域，故曰：「義入神而無方」。然任何人之依其氣之清通，而能體物之性之表現處，亦即其神之所在，其體物而能由行為以生之變化，亦即其化之所在。(**註**)此中所謂體物之「體」，乃體合、體會之體，故為一動辭。故此謂體物之謂性，不同唯識宗所謂一法之自生之體，如種子之謂性；亦不同於天台、華嚴諸宗所謂一切染淨所自發之心體之謂性，或人之所以有成佛之事之所本之如來藏、佛性、眞如心之謂性；此亦復不同於一種類之共同性相之謂性。凡此等等，皆初由人之反溯諸法之所自生、或分其類別所成之性之概念。此橫渠所謂體萬物之謂性，乃就一人物之能往體萬物之「能」，而謂之性。此乃一向前看其能往體物，而見之性；而此往體，亦初未定其所體之物，爲何種類之物者。尅就此往體物之性言，其中初無一定之內容，而唯是依氣之清通而虛，以往體「萬物之實」之性。此往體，卽依此氣之清通而後可能。此氣爲實，此清通則爲一虛。以虛能體實，此卽氣之「實」，亦天地之「實」、天地之德之所在，故曰「天地以虛爲德，至無者，虛也；虛者，天地之祖」。又曰：「太虛者，天之實也，心之實也」。（張伯行編橫渠文集卷十語錄）尅就此虛之爲虛而觀，亦可謂之空無所有。此虛之概念，則初爲道家所重；後人謂橫渠喜言虛，乃鄰於佛老，此亦非必不可說。然橫渠之虛之不同於佛家之空者，則在佛家之空，乃謂空諸妄執之意。人對空亦可妄執，故空亦當空，而空後更無所得。若言一切實法之所以生，則空宗雖謂「有『空』故，一切法得成」，然亦主緣生。唯以緣生者，皆無自體自性，緣生者皆性空，亦依性空而緣生；故只言「有空故，一切法得成」，未嘗謂空能生萬法也。萬法依空而緣生，此「空」亦遍爲萬法之實相實性，然此亦非謂空爲萬法中之一一法所分別具有，而存於其內部者之謂

註：宋元學案豫章學案，謂延平言：昔聞之羅先生云橫渠教人，令人留意神化二字。張子神化之義，後爲王船山所發揮。今皆不能詳也。

。橫渠之謂氣之清通，氣之虛，則大可謂爲本於一天之太虛，而爲一一之氣所分別具有，而存於其內部者。氣實，而即本其內部之虛，以往體合其他之實，以相感應而生變化。此變化之產生，方相當於佛家所見之緣生。此氣之虛而能體物，則當說爲緣生之所以可能之根據。依橫渠意以推論，則吾人如謂世間實有由衆緣和合而生之事物，則此衆緣，應各爲一氣之實；而此和合，即氣之實之依其虛，而相體合，以相感應之謂。故此氣之依其虛或清通而體物，乃第一義之性。橫渠曰：「合虛與氣有性之名。」氣依虛方能體物，故此虛乃一有用之虛，物乃具之，而依之以相感應，而有其生變化之實事者。此即不同於般若宗所謂遍在之「空」，對物之本身無實作用者。至於佛家所謂證空之菩提心，誠亦可依其證空而能繁興大用，然此亦不同於橫渠所視爲內在於一切萬物之實中之虛，對物之有實作用也。思之可知。

由上文所論，故知橫渠之依此氣之實中之虛，以言其有能體物之性，此虛即不能作佛家之空解。吾人如謂其原自中國莊子內篇人間世言氣能虛而待物之義，則有可說。然莊子於此，只言人之氣能虛而待物，未嘗言一切萬物之氣，皆能虛而待物，且能依其虛以往體物。莊子外篇合萬物爲一氣之化所成；陰陽家與漢儒，又分一氣爲陰陽，更爲五行，而由陰陽五行之氣之流行，以言天地之時序，萬物之生成，並以人物皆以氣爲其生之質。然亦皆未言及一一散殊之氣之實中，有一虛，有一清通，並即此氣之能依虛與清通，以體物處，言氣之性。漢儒依五行之氣之別，以言人之生之質，並即生之質言人之性，於是人性便有種種複雜之情形可說。然橫渠所謂依虛以體物之性，則初只是一單純的往體萬物之性，唯此方爲天地之性或聖人所自盡之性。聖人能盡此性，其生物成物之德，又可直贊天地之化育。由是而言人性之種種複雜情形，卽皆非自此天地之性上說，而只爲自其所謂氣質之性上說者，亦卽連於此天地之性之表現之種種滯凝上說者。故此氣質之性，實爲由此天地之性之表現之限制上，所反照出的，而只爲「氣質中之性」。非同於漢儒之所謂性，乃直接依氣質之有陰陽五行之分，氣質之本身之有複雜之情形而建立，以見人之有不同生之質者，卽有不同之性之說矣。唯此漢儒之言性，方眞可謂言氣質自身之性，而爲道地的氣質之性也。橫渠之言，卽實已大進乎此。不僅其天地之性進乎此；卽其言氣質之性，而謂其依於天地之性而有、並可變化，以返於天地之性，亦進乎此。是學者不可不深察而明辨者也。

橫渠之所謂依氣之虛與清通，而能體物處，所言之性，其自身固爲一至單純之「往體物」之性。然人由往體物而表現爲心知之明、對物之禮敬，以及生物成物之志行，則又可分別以仁義禮智等說之，而有所謂仁義禮智之性。此諸仁義禮智之性，亦皆可納之於人依其氣之虛往體物，以生之神應變化歷程中，卽人之精神生命之氣之神化歷程中——或人之道德修養歷程中——以指其屬於此氣之神化歷程之何段落、何方面，而可說此一切性皆氣之性，而未嘗虛懸。然此氣之性，乃當自其往體萬物，以成其神應變化處見之，或自此氣對其他萬物之關係與態度，乃時向於與物感通處見之。遂不可將之黏附於氣上，以視爲此氣之屬性，或自此氣所成之生命之質中以見之。如漢儒之說也。簡言之，即此性當由「此氣之依其虛，以超拔於其氣之實，以往體萬物之氣之實」見之。此「性」、此「往體」之自身，乃一氣之用。此用乃向於他。此向於他之本身，又只是一理。順此理，以知萬物之所然之理，則爲窮理。唯向他窮理，乃能自盡此向於他，以往體之性。故此性，乃一氣之向他、向上、而向前之性。唯可由觀氣之伸長升起處，體會得之。此非是由「反溯推求一已成事物之所以然，或所自發之體」而見得之性，而是「前觀一事物之順其氣之所往所之，將即他物之所然者而體之」以再回頭見得之性也。

八　略釋邵康節以物觀物爲性之義

如吾人了解橫渠之性，乃依氣之清通而往體物之性，此體物，乃將順物之所然，而體之者，吾人即可了解邵康節之即就人之能以物觀物，以見人性所在之論所自生。邵康節嘗謂「以我觀物，情也；以物觀物，性也。情昏而暗，性公而明」。今問：何以可說以物觀物爲性？以物觀物乃觀物，與人之性何干？然實則所謂以物觀物，即就物之所然，而觀其所然，而然其所然之意。此能就物之所然，而觀其所然，而然其然，自可說爲出於我之性；而此能就物之所然而觀其所然，則固始自吾人之就物之所然，而體之也。邵康節雖年早於橫渠，亦未嘗師橫渠，然順橫渠所謂體物之謂性之義，亦即可引出

「就物之所然，而觀其所然，以爲其所然」爲性之義。順物所然而體之觀之以道，而性乃「道之形體」矣。

邵康節以物觀物爲性之說，乃由順人之「能體物，而然物之所以然」，以見得之人性。人因有此性，而人之心乃能遍就物之所然，而客觀的觀之。由此而人卽能超出其私情之限制，而其心乃公而明。於是，邵康節有其觀物、觀象、觀歷史之變，所成之一套宇宙論與歷史哲學，合以爲其皇極經世之易學。邵康節所謂以物觀物之性，亦表現於「對一切物之象之觀」之中，而遍運於一切所觀之物之象之上，而不滯於任何所觀之物之象之中者。今就此性之表現之不滯，而能遍運言，卽可稱爲神。故邵康節亦卽神以言性。然此性、此神，雖遍運於一切所觀之物之象之上，而就其一時所觀之物之象而言，則此爲就物之如其物，象之如其象而觀之者。此中又可見物之各定，象之各定。由此而可言有一客觀的知識之成就。人之求能於物如其物、於象如其象而觀之，以有客觀之知識，亦卽所以使人超拔於其主觀自我之昏暗之私情，以見其性之公而明，以入於聖人之途者。此卽爲張橫渠以外之另一形態之思想。在此思想中，以性情相對較，謂二者一公一私、一明一暗，大有類於李翺之言。然李翺以爲人欲復性，唯賴無思無慮，而滅息其情，而使心之神明，不耀不動於外，以物至而後知知，爲格物。康節則以順性而充其以物觀物之心知，使其神運於一所觀之物之象之中，正所以自拔於情之昏暗之道。此則意在順性以伸此心知之思慮爲事，以觀物爲格物，以使人自然自拔於其情之昏暗之外；而非同於李翺之求事先無思慮，以滅息其情，唯待物之至而後知知，以恆得自保其心之淸明廣大之論矣。

第十二章　二程之即生道言性與即理言性

一　性與生命之道路

宋明理學家中周濂溪、張橫渠以及邵康節之天道人性之論，雖不同，然同自人性之其欲於物有所生、以有所成，或能往體物而不遺、或往以物觀物、而神運於萬物等處以言人性。此人性雖屬於人之個體，此個體固初只爲天地萬物之一；然此人性，同時亦爲使人超拔其個體，以及於他人與天地萬物，而可導人成聖，而與天地合德者。此中之性，乃一將人向上提升，以達高明，自內開拓，以致廣大之一理想原則，而非一說明人生之現實之因果之一現實原則。人之盡此性之意義與價值，應純自此性之爲人之得有其道路，以導人由卑下以向上提升，以達高明；由狹小以自內開拓，以致廣大，並有其所生所成處看。人於此若只回頭看此性之何所是，則亦可不見其豐富之內容，而若只爲一空虛之原則。有如人只面對任何之道路而觀，皆可覺其空虛無物。唯有緣此道路，以前行遙望，然後見此道路，乃可引人以無遠弗屆，而瞻顧四方者。故此性必須由人盡之之工夫，或此性之自盡於人之工夫中，乃見其價值與意義。人之能見及此性之自盡於其工夫之中者，此性亦卽恆顯爲在前爲導之一道、一理。而尅就一道、一理之在前爲導，而尙未爲我所行踐言，此道、此理，卽爲純形而上，亦尙未全實現於我之生命之氣之中者，而凡吾人未能盡之性，亦皆可說爲尙未全實現於我之生命之氣中者。由此卽開出明道伊川之以性卽理、性卽道，而不以此性此道皆屬於已成之氣之一新路之思想。今吾人於此須注意者，是依此一新路之思想，以謂性卽道、性卽理，初非是視此人性爲一客觀的天道之一表現，如周濂溪、張橫渠之思路；而是自始直就人生命之所以能由卑下而高明，由狹小而廣大，此中應有一道一理，內在於此生命之中，而引導之以上升，而使其內部日趨於擴大者，爲其生命之性。此性之必有，亦卽由人之生命之實往上升，而自擴大處，可自加以證實。凡人之不自謂其生命上升擴大，已至乎其極者，卽證明其生命，尙有更上升更擴大之道路可走，而此道路已先在於此。此道路爲我之所能行，卽見我有能行之性。此道路，雖可視爲我之心思之所對，若爲客觀；而其內容又不外乎我之性，卽同於此性，而內在於我之生命者。此中之性，只是一生命之上升而擴大之性，卽一生而又生，以成其生之充實之性。故此性，亦只是生生之理、生生之道。然人有此生生之理、生生之道，以爲其性，則其生命之沿其心思之所及，以求上升擴大，卽可至於對此心思所及之天地萬物之所在，亦皆視爲我之生命之所在。而此性、此理、此道，遂爲一使我之生命，通於天地萬物之生命，而見其爲一體，使我之生命成聖人之生命者。此性、此道、此理，亦卽不能說爲我所私有；而當說爲我之生命與天地萬物之生命之共同的生生之道、生生之理，或所謂天道、天理，亦我之所以能與萬物一體而與聖人同類之性理矣。

二　明道之通生之道與神氣言性義

以上所言之此道，即理、即性之義，乃二程思想之同處。唯明道謂「天理二字，是自家體貼出來」（二程外書十二），更能扣緊吾人生命之生，以見此理、此道之即性，與氣與神之不離。而伊川則特重指出性即理之義，及理與氣之或不相即，而爲二之義；而二家之學，遂不同耳。所謂明道扣緊吾人生命之生，以見此理即性而與氣與神不離者，此可由明道之喜言生之謂性，又喜言生道、生理，並言：「若道外尋性，性外尋道，便不是聖賢論」；「性即氣，氣即性」、「氣外無神，神外無氣」等，（註）以證之。明道之所謂生之謂性之語，似同告子生之謂性之言，而實不同；亦與漢儒以生之質言性大異。大率一般所謂生之一名，或指已成之一生命之個體，如佛家衆生之生。此爲一名辭，乃與性之名義無關者。生之一名與性有關者，或爲就一生命之狀態，而名之爲其性，如就牛之有牛之狀，而名爲牛性，馬之有馬之狀，而名爲馬性——此爲一形容辭之性。緣此而謂一生命之有某狀態，原於其生命之有某一內質，使之有某狀態，此即爲一生之質之性。此即漢儒所說。至於告子之所謂生之謂

註：第一語第二語皆見朱子所編二程遺書卷一。第三語見遺書第十一。

性，蓋亦初就生之狀態或生之質上言；並以一生命之爲保存其自身之狀態，兼延其自身之狀態於後代之食色之欲，爲一生命之根本之性。故曰「食色性也」。然明道所謂生之謂性，則初不連於一生命之狀態內質上說，而是即就人物之生，而謂之爲性。然此又非自此生之所生出者上說，復非自此生之事上說，而是即此「生」之自身而謂之曰性。亦即就將此「生」之自身，當作「人物之存在所循之道路、或一道、一理」看，而謂之曰性。此性即道即理。故此與橫渠就氣之虛，而能體物感物上，說此氣之有性者，仍有毫厘之別。蓋橫渠所謂體物感物之性，初尚是往反溯生物之生之所以然；方見得乃由於其所以成之氣，有此「能體物感物之以虛涵實」之性。明道之所謂生之謂性，則初乃直對此生之理、之道，而謂之曰性。此理、此道，雖不離已成之事物或氣，而爲此氣之「去生」之理；然亦不能說此「去生」，即在已成事物或氣之中，而爲附屬於此已成事物或氣者。因已成之事物或氣之去生他物，此已成之事物或氣，同時即自己有一變化、或自化。旣自化，即不能爲此「去生」之所附屬也。復次，此「去生」，亦不附屬於其所生之物，因此「去生」，乃先其所生者。此「去生」，只是一創造原理，即只是一生之理。此理只是一能然、或當然、或必然、或自然，而非一實然的已生或已有之物。然一切實然之物，皆依此理而生，亦復皆更能去生，以有所生，故此理又爲物之性。然尅就此生之理之自身，說物之性，則又不須連於物之狀態，或其所生之物之狀態上說。由此而一切物之相繼，即可說爲一純一的生之性、生之理之所貫徹；而見此性、此理之爲一生生不息之性之理。於是一切物皆同此一理、一性，同循之以爲其生命前行之路道，以爲一生之道；於此又卽可見萬物之同源於一理、一道，同出於一本，而爲一體。此卽明道之所以言「所以謂一體者，皆有此理，只爲從那裏來，生則一時生，皆完此理也。」

上所及之理之能然、當然、必然、自然義，當略釋所本。按陳安卿嘗問朱子（見朱子大全卷五十七），「理有能然、必然、當然、自然」。朱子答曰：「此意甚備，但要見所當然，是切要處。」要之理，是指一去有所然，以有所生，而非指已有之實然，此爲宋明儒凡言理者之公義。此四義中，大約在明道則由自然之道中卽見當然之理；伊川則偏自以當然言自然之理；朱子則由當然、自然義，以重說事物之分別的能然與必然義。如以今語釋之：「自然」似本體論之自己如此如此地去然；「當然」似道德論上之當如此如此去然；「能然」似宇宙論上之就存在事物，而言其能如此如此地去然；「必然」似就理之自然、當然、能然者，而更就其反面之不可能處，說其只可如此如此地去然，而不得不如此如此地去然，以成爲實然者。此似一邏輯知識論之概念。然此理之「自然」、「當然」、「能然」、「必然」之本義，則皆在實然之事物之上一層次，而言其去然卽去生，當然則是四義中之切要處。此二者必須熟習在心，否則於宋明儒學之言，必觸處成滯，而下文亦無法講矣。

識得上文所謂一物依理而生，卽依理而去然去生之義，卽知此理卽一物之去然去生，以能有其所生之性。然此理此性之表現於去然去生，在明道之意，又非只孤立表現爲一抽象普遍而浮現於物之上層的生相；而是表現於其具體特殊，而落實地與天地中其他之物相感而有應之事中。因必有此感應之事，方實有所生也。此感應之事，即此性此理之表現為生之事。故此性此理亦即感應之理；而離此感應之理，亦無生之理。明道亦極重此天下之物無獨必有對，以相感應之事，乃至於中夜思之，而手舞足蹈（註一）。此感應之事之即生之事，原為中國傳統思想所同重。然欲眞識得此感應之理即吾人所具之生之性之理，則只泛觀萬物之相感應，尚不切；只觀其他人與物之相感應，亦不切。此亦必須直落實到吾人之一己，而觀此一己之如何與其他之天地萬物相感，然後能深切著明其義。此正明道之言所已及。吾人今果依明道之言，而純在吾人一己，如何與天地萬物相感應，以求知吾人所具之性之理，便可見得（註二）：吾人之一己，在與其他天地萬物之感應中，乃一方有吾人自己之心之生而內感

註一：遺書二下，二先生語：「天地間只有個感與應而已，更有甚事。」朱子近思錄定為明道語。又遺書十一：「天地萬物之理，無獨必有對，皆自然而然，非有安排也。每中夜以思，不知手之舞之，足之蹈之。」此有對，即成此感應者也。

註二：二程遺書十一。按此感應之義，首發於明道。伊川易傳卷三，咸卦九四，發明感通義，頗精詳，然其旨皆原自明道也。

註三：二程言感之第一義是內感，如遺書卷十五謂「感而遂通，則只是內感。」朱子語類九十五釋之曰：「如一動一靜，只是一物先後自相感」。人之自己之心之生，其先後自相感，皆內感也。

（註三），同時有此所感之天地萬物之生於吾人之心，及緣「吾人對天地萬物之所爲之事」之「生」，而亦有之「天地萬物之變化」或「生」。此中所見者，正是己之去感去應，與所感所應之天地萬物之一種「生則一時生」之關係。由此以觀此生之理、生之性，便唯有說此生之理、生之性，在己亦在物，在內亦在外；是己之理亦是天之理；是己之性如此，亦天之命我如此。人在天地間，感天地萬物，而應之以己之生，時時皆可見得其乃「受天地之中以生」，而具此生之理爲性，亦見天之命我以此性。故明道曰：「民受天地之中以生，天命之謂性也。」

據上所言，明道所謂生之理、生之性，乃一方合內外之物我，一方徹上之天命與下之人性者。故此性此理，果如聖人之繼續不已的呈現於吾人生命之中，則人與天地萬物相感應之事，卽爲變化無方，而其生物成物之事業，亦爲繼續不已，徹始徹終，而無窮無盡者。而此事之爲可能，卽又更反證出：此性此理之「實爲一合內外、徹上下、而亦貫徹始終」之生生不息之理，亦卽導吾人之生命以日進無疆之一大而無外，亦與物無對之一絕對之道。明道所謂「無始無終，亦無因甚有，亦無因甚無，亦無有處有，亦無無處無」之一自有而更無原因、無乎不在之道是也（註一）。此中，就人與物相感應，而渾然與物同體，不見物與我之爲二，而一齊生言，名爲「仁」；就此感應之變化無方，而妙用不測言，名曰「神」；就此生物之事，及其中我之生命之氣，與所感之物之氣之流行不已言，名曰「易」（註二）；就此理、此性、此道，於以得見其爲物之所自生之本言，名曰「元」。此元之爲物所自生，即物之善之本源，故即善之長也（註三）。至於自物之亦具此道、此元，以爲其性，又自爲元，以自有其生物之道言，則爲繼此「元之善」而有之繼之者之「善」。萬物之「相繼不已，本此元以生，而更生物」之生生不已之事，即爲一善之相繼而不窮。吾人之「自求盡己性，而與天地萬物相感應，以合內外而求仁，以有其生物成物」之事業，即皆所以使此善充滿於「我與天地萬物之內外」與「我之生物成物之事業之相續不已」之中者也。

註一：遺書十二無始無終一段語，全文爲：「一陰一陽之謂道，自然之道也。繼之者善也，出道則有用。元者，善之長也。成之者卻只是性……如此則亦無始亦無終，亦無因甚有，亦無因甚無；亦無有處有，亦無無處無。」合全文以觀，此乃言此絕對而自有遍在之道，必由陰陽感應之用而見，亦必成於性。即見其非如西方之上帝之可爲一「在陰陽感應之先，自無中創造世界者之初爲一寡頭的上帝，而無原因以自有」者也。

註二：遺書十一：「生生之謂易，生生之用，則神也。」此言易即神。遺書卷一，二先生語：「上天之載，無聲無臭，其體則謂之易，其理則謂之道，其用則謂之神，其命於人則謂之性，率性則謂之道。」宋元學案定爲明道語。此即通易、神、性、道以爲言也。

註三：遺書二：「元者，善之長也，成之者，卻只是各正性命也。」此言就元爲萬物之源，而言其爲善之長。遺書十一：「天地之大德曰生，天地絪縕，萬物化醇，生之謂性，萬物之生意最可觀。此元者，善之長也，斯所謂仁也。人與天地，一物也。」此則通天地大德、人性、萬物之性之見於其生意、元與善以言也。

明道之此卽生之理而言性之論，其通道、氣、神、易、元之觀念，以成一合內外、徹上下、貫始終之圓教，乃意在發明萬物之一本之性。至人之所賴以知此一本之性者，則又當落實在人之一己之自識其如何與天地萬物相感應或感通之道，而於此中識仁而定性。明道卽由仁者之「渾然與物同體」，聖人之「廓然而大公，物來而順應」，以知此一本之性之爲相繼不已之善之源。此識仁與定性，乃明道之工夫論，亦卽所以見此一本之性者。此當別詳，今不更贅。至於對人與物之性之不同，在明道之意，則是自物之不能如人無所不感通，而有種種之消極的限制上說。故謂物之氣昏，而不如人之能推，卽不如人之氣之淸而有感斯應。明道言牛之性、馬之性，與人之性之不同，特就馬不能做牛的性，牛不能做馬的性上說；而於人則特言其「在天地間與萬物同流，天幾時分得出是人是物」說（註）。此卽見明道所言之人物之氣之差別，乃純自人與物，對此一本之生之理之性，是否能充量表現，所反照而

註：二程遺書二上，二先生語：「告子云生之謂性則可，凡天地所生之物須是謂之性。皆謂之性則可，於中卻須分別牛之性馬之性。是他便只道一般。……天降是於下，萬物流行，各正性命者，是所謂性也；循其性而不失，是所謂道也……。循性者，馬則爲馬之性，又不做牛底性；牛則爲牛之性，又不爲馬底性……人在天地之間，與萬物同流，天幾時分別出是人是物。」此段文以「生之謂性」之性，爲萬物所同具，卽一本之性。此乃明道義。若在伊川，則「生之謂性」之性，乃指氣質之性矣。此二人用名之不同也。可看下文論伊川一節。

看出者。觀明道之言，固未嘗不重正面的說人物之氣質之種種之不同也。

三　善惡皆天理義釋滯

依明道之言，此一本之生之理之性，爲一切善之元。然明道常言「善惡皆天理」（遺書二上，又十一），又言「聖人卽天地，天地豈嘗有心揀別善惡，一切涵蓋覆載」（遺書一上）。又遺書一上，所載生之謂性一節，乃記明道言性之語最長者，亦謂「人生氣稟，理有善惡，善固性也，然惡亦不可不謂之性也。」故朱子謂其言「似有惡性相似」（朱子語類六十五）。此皆若與明道之言一本之性之理者不合，而初不能使人無疑。朱子更言「理有善惡，但不甚妥」（語類九十七）。朱子於此乃終於謂此生之謂性一段文之性字，有不同之二義：謂「善固性，惡亦不可不謂之性」之性，爲氣稟之性。此卽謂明道言「生之謂性」之性，亦連氣言，而爲氣稟之性。至於人生而靜以上之性，乃天道之性、卽義理之性云云（註一）。然此與本文謂明道之生之謂性之性卽理卽道之言不合。今循吾人之解釋，則此中之疑，亦實不難答。此要在知明道此所謂善惡皆天理等言，皆非依於一靜態的觀善惡爲二理二性而說，而正是意在動態的觀此善惡二者之實原於一本。因一切惡，初只是過不及（註二），卽皆可由人之返於中正以得化除者。既可化除，則終不離乎一本，而皆可說爲天理或性之一階段之表現。其生之謂性一段文中，言人生而靜以上不容說，而卽生以言性，卽表示其說性依於一動態觀。此卽生以言性，自不能離此生命之氣以言，故下有氣卽性，性卽氣之語。卽者，不離而相卽之謂也。至再下一段謂「人生氣稟，理有善惡，然不是性中元有此兩物相對而生。」卽明謂善惡非靜態的相對，以存於性中之物，而是由性或理之不離氣稟而表現時方有者。蓋如氣稟淸，則性得表現，卽有善；氣稟濁，則性不得表現，其表現或偏而不全，以有過或不及，便有惡。此中之善惡，皆由對照性而言，亦皆依性而有。善固爲性之表現。惡原於過不及，過者過於性之一偏，不及者不及於其他之一偏；過者之所過，其內容亦原於性；其不及，則氣之昏，使性於此不得表現，亦只對照性之全，而名爲不及也。故此明道所謂「善固性，惡亦不可不謂之性也」，卽猶言善固因性之故，而得爲善，惡亦因性之故而謂

註一：朱子語類九十五對生之謂性一段，問答甚繁。其釋生之謂性，屢謂只有生字，便帶卻氣質，故生之謂性，卽連氣稟說。然只此性，乃可說者；人生而靜以上之性，只是理或天道，故不容說。朱子又謂「不容說之性，正是本然之性，性之本體」云云。此無異謂程明道於此文只說到氣質之性，未及於本然之性。然程子所謂不容說者，亦可是其不說爲性之所在，並非必程子心中尙另有一「生之謂性之上」之性在也。明道之所謂生之謂性，雖是卽生卽氣稟以說性，而卻非尅就氣稟以言之氣質之性，而正爲一貫於氣稟及氣之卽理卽道之性也。本文卽循此義以釋明道之言，其詳或尙須將明道朱子之言合看，再加疏解。

註二：遺書二上，天下善惡皆天理，謂之惡者本非惡，但過不及便如此。

爲惡也。但人性既在表現歷程中，亦卽在一生之相繼之歷程中。在此生之相繼之歷程中看性（註），則善固可繼之以過與不及而有惡，過不及之惡，亦可返於中而得化除，以更得繼之以善，如水之流行之可由清而濁，亦可由濁而淸也。水之由濁而淸，並「不是將清來換卻濁，亦不是取出濁來置在一隅，」因清濁實同此水，水在流行中，原自能由濁而淸；卽以喻無論氣質之昏與明，皆同此性，而氣質之昏蔽，亦原可自開通而變化，以復於淸明，以使其生之相繼，皆爲善之流行也。水可復淸，卽喻水原以淸爲性；人可變化氣質，以歸於有善無惡，卽證性原善。故曰：「水之淸，則性善之謂也。」其文乃更重牒「不是善與惡，在性中爲兩物相對，各自出來」之語。此整個之論，卽純爲自一動態觀，以說此生之性之表現流行，並由此中之氣稟之濁凝之可化，以言此性之原能自淸，卽原能表現流行，以見其本有之善者。

知此明道言性，乃依一動態觀，以觀一性所表現之善惡之二態，此二態乃可變化者；則知此二態之相對之關係，乃一互爲消長增減之相對關係。故二程遺書十一記明道語謂：「萬物莫不有對，一陰一陽，一善一惡；陽長則陰消，善增則惡減。」程子於此結以「斯理也，皆天理」之言，卽無異謂人之天理或性，乃卽在此陽長陰消，善增惡減中，實現其自己者。然陽長而善增之極，唯見繼之之善，

註：此繼之者善也，朱子謂與易傳之義不同曰：「易所謂繼之者善也，在性之先。此所引繼之者善也，在性之後」（語類卷九十五）。所謂在性之後，卽由性之表現於相繼歷程而說之性也。

而更無惡，卽又見其初之二者之相對，終不成相對；而此相對只爲一絕對之天理之實現其自身，所經歷之一階段。但此所經歷之一階段，有此相對之善惡，又畢竟依於此天理之要實現其自身而有。故善惡皆依於天理，皆爲此天理所有之表現，而善惡亦皆屬此天理或性上之事，故皆屬性。唯依此以說，而後惡與善，同不能在天理與性之外，另有根源，以爲天理或性外之二相對者。是見明道之善惡皆天理、皆性之言，正所以彰此天理或性之絕對無二之義，亦所以完成上一段所釋之「此道與物無對」之旨者。吾人固不可孤提此一語，以謂程子之果又有一善惡爲二性二理之論也。若孤提之以言，則不特明與其言善惡非二物相對之言矛盾，使此全文成不可理解，而與明道其他之言，亦皆不可相通矣。

四　伊川「性卽理」涵義申釋，及氣質之性與義理之性之分別

至於伊川之學，則更能於人所知之當然之理與行爲實踐之距離，特作一反省，遂知理氣之爲二，及理之超越而尊嚴，恆常而貞定者。此理之所在，又卽一切人同具之性之所在。故伊川曰：「性卽是理，則於堯舜以至途人，一也」（遺書十八）。性理既超越而尊嚴，而人之盡性踐理之道德生活，卽彰其嚴肅性。此吾已於原太極一文中論之，今不多贅。吾今當補陳者，唯是此性卽理之義，雖實已涵具於明道生之謂性、性卽道卽天理之思想中，然明道之言此義，乃初將道、理、性，連於吾人生命之氣、神等，以相卽而說。此中之性、道與理，既皆原連於吾人生命之氣；則言性卽道卽天理，亦自然之結論。

然伊川既別理於生命之氣，使理氣如相懸隔，而更要說此理之卽吾人生命之性，以見此懸隔之統一，則學者非有一思想上之自下至上之躍起者，未易悟此義。伊川此言，亦別有一劃時代之意義，其爲朱子所盛稱，亦非無故（**註**）。茲就此與明道所言之理、道、性、氣、神之名，相較而論：理恆爲人之所知所對，初是客觀義重者，而性之爲人所內具，則初是主觀義重者。如以理與道相較，道爲人之所行，則尚連於主觀。以理比神，神用於外，又爲連及於客觀者。明道之善合內外而爲言，亦正由其能卽道以言理，卽神以言性之故。伊川則偏在卽理以言道，又並不如明道之卽神以言性，於是通內外主客之懸距，乃全賴性卽理一義之建立。觀於中國之以前思想史：如魏晉王弼、郭象之言理，皆自客觀義言；漢儒之視性，爲人所內具之生之質，則自主觀義言；佛學之言理法界者，自客觀義言；言性者，自主觀義言。在一般之觀念，更多以理爲客觀者，乃天下之所共知之大公而普遍者；而性則爲主觀者，乃一人之內具私有而特殊者。人既視理爲客觀、性爲主觀，而凡人之離性以言理者，其所謂理，乃外在而非內在，恆傾向於說所知之自然之理、或超越之玄理。至於離理以言性者，則其所謂性，乃或私曲而幽隱，恆傾向於言個人內具之氣質。在人之道德生活中，凡不知此性之卽理，而以理制性者，則其理，恆只尊而不親，其性亦卷曲而不伸，人乃恆疑於其性之善；凡不知理之卽性，而任

註：語類九十五：朱子於明道取告子「生之謂性」之言，視爲「認告子語脈不著」，而於伊川「性卽理也」，則曰：「豈不是見得明，眞有功於聖門。」此外朱子稱及伊川此語尚多，不必一一引也。

性以爲道者，則其性，乃雖親而不可尊，於理則悖之而遠離，人乃更違善而近惡。唯知性即理，乃能知天下之大公之理，即一人之所自有，而客觀普遍者，即在此主觀特殊者之中。緣是而吾人之踐彼天下之公理，即所以盡我一人之性。踐理即所以伸性，伸性無待於悖理；乃能即理之所在，以觀性之所在。然後見凡理之所通達，皆吾性之所通達；所知所對之理之廣大，即性之廣大；理之超越而高明，即性之自超越而自高明。則理尊而性亦尊。又人果能即性之所在，觀理之所在，則性在吾之生命，理亦在吾之生命，則昭然之天理，即吾生命之所內具，吾人之性，乃自似幽而明，似隱而彰，則性切而理亦切，性親而理亦親。性與理既皆尊而皆親，則知理之爲善，即知性之爲善，乃更不疑乎性之善；而順理以爲性者，則性盡而善盡，近性即所以遠惡。如以今語釋之，此中之理，如吾人之客觀而超越之理想，性如吾人今日之所謂生命之性。人孰不知其所向之客觀而超越之理想爲善？今謂此人之所向之此理想之所在，即此性之所在，或此理想原爲內具於吾人之生命中，以爲其性，亦由此生命而發出者；人尙孰能疑於其生命之性之善，而不以此理想之實現，即吾之生命之性之實現乎？而此即人之理想之善或理善，以言性善之義，亦可先引伊川一段語以證之。

二程遺書二十二：「性即理也，所謂理性是也。天下之理，原有所自，未有不善。發而中節，則無往而不善，發而不中節，然後爲不善。凡言善惡，皆先善而後惡；言吉凶，皆先吉而後凶；言是非，皆先是而後非。」此即伊川由理善以言性善之明文。蓋理爲人所視爲當然，即原爲人所共肯可，而視爲善者。人之發而中節，合於此理，卽其發亦善。至其不中節不合理者，亦是對此理而爲不善，唯以人先肯可此理，乃有所謂不合理之不善。如人之先有所謂吉者，乃有不合此吉者，而謂之凶；先有所謂是者，而後有不合此是者之非。故先必有此理之被肯可，而視爲善，乃有不合理之惡。而人之眞正之性，正當自有其所肯可之理上看，則此理善，卽人性善也。至所謂人之惡者，唯由人之行自不合於肯可之理，而未自盡其性以說。此則屬於「人自己對其所肯可之理或性，加以表現實踐」之能力問題，卽人之氣質之性之問題，或人之性之如何連於其氣質，此性如何在其氣質中表現之問題，亦卽下文所謂氣質之性之問題。固不關此第一義之卽理想性之性者也。

然恆人之所難，卻正在：卽其客觀而超越的諸理想、或所肯可之理之所在，直下視其爲吾人生命之性之所在，總意此理想或理，既爲超越客觀，便爲外在虛懸，以至宛若如夢如幻；乃以吾人之生命之性另有所向，而與之成對峙；世乃罕能自信其眞正之理想、或所肯可之理之所在，卽其眞性之所在者。此不特在世俗凡情爲如此，卽東西之哲人、宗教家之能思造淵微者，亦恆難於此義，透徹了悟，直下承擔，更不復疑。如彼西哲以理想界、價值界、或天國、上帝之超然於人性之上者，或謂人性唯具原始罪惡，或唯是一自然之衝動，原不內具理想，只能在外加以約束規範者，固皆不能知此理想或理所在，卽生命之性所在之思想之流。卽中國傳統思想中，由告子、荀子、至董仲舒、王充、劉劭之傳，凡只就生命之現實與氣質以言性，而視「禮義爲聖王所制、天所定命、風習所成、以爲自外化性之用」者；以及佛學中之不知人之成佛之理想所在，卽人之佛性所在，亦眞正之人之人性所在，而疑於人之同有一佛性，而另有不能成佛之衆生性，爲其眞性所在者，莫不皆同此一流之思想。是皆未能卽人之理想或所肯可之理之所在，以爲人之生命之性之所在，而不知伊川所謂性卽理之深旨者也。

由上可知，伊川言此性卽理，卽無異謂吾人之理想或所肯可之理之所在，無論其所及者如何高明廣大，以至無限量，其爲吾人之生命之嚮往，卽無非吾人之性之所在。天下實無性外之理想或理，亦無爲理想或理所在，而居性外之物，乃見此理此性之至大，而實無限量（註）。至於此中尅就吾人之生命之現實言，固只是一有限量的氣之流行，而自具形質者。漢儒之卽氣質以言生之義，亦爲伊川所承。然此氣可通以理，而此氣之流行之能有所向，卽已見其具「能有所向之理，而已通於理」。此具理而通於理，卽此生命之氣所以能流行之性。故不可以氣爲性，而唯可卽氣之所以流行之理以言性，

註：二程遺書二十五伊川語：「道孰爲大？性爲大。千里之遠，數千歲之日，其所動靜起居，隨若亡矣。然時而思之，則千里之遠，在於目前；數千歲之久，無異數日之近。人之性則亦大矣。」遺書十八問：「心之妙用有限量否？曰：自是人有限量，以有限之形，有限之氣，苟不通之以道，安得無限量？心卽性也，在天爲命，在人爲性，論其所主爲心，其實只是一個道。苟能通之以道，又豈有限量？天下更無性外之物，若云有限量，除是性外有物始得。」此皆就心之思或理想或道理之所在、與所通者之大與無限量，以見此心之所在、性之所在之大與無限量之言也。

故曰性卽理也。言性卽理，而「生命之氣」之性，既在理不在氣；人乃知以氣從理，以理率氣；則理高明而氣亦高明，理廣大而氣亦廣大。吾人有限的生命之氣，由通之以理之無限量，以擴大超升，而吾人超凡入聖之途，於是乎在。今如只言理氣之異義而爲二，而不言理之卽性，人仍可只對理氣二者之關係，作客觀外在之理解，若無關於吾人生命之超凡入聖之事。人乃或只謂唯於彼已呈顯於心目之前之理想，方是理；而不知：卽尚未呈顯於心目之前，而凡理之所通者，皆是理；凡吾人所可能發出之眞理想，皆是吾人內部所具之理想；此內部所具之理想，未呈顯而先在，皆吾人之未顯之性。必言此性之卽理，人乃知天下有未顯而已爲吾人所具之性之理，此性理方爲已呈顯之理想之本源之所在。而彼所已呈顯之理想，尚只是此隱微之本源之體之用之一端耳。夫然，故人當有某理想之呈顯時，固當自此用之一端，以更通之以理，擴充其理想，以求知此隱微之體之全，與用之全。然卽在人尚未知所以自定其理想，如尚未有此用之一端時，人亦當知此時此心之沖漠無朕，而實萬象森然已備，此寂然不動之性理之體之全，自在其中。其未感而「未應不是先，已應不是後」，因其感而應，亦只是依此內具之寂然不動之理之感而遂通，未嘗外於此理，以有此感通之能也。凡此感通，皆是「內感」以外通。所謂內感者，乃自家之「能感」自相感，而生生不息。能感不息，方能外通，以有通外之感。若非先有此性理之內具，使內感不息，亦無「內感」以通外，亦無「更升起呈顯自覺的理想，於心目之前」之事也。而通常所謂未應未感，亦只是對「當有此感此應」之超自覺的內具的理想或性理之尚未形於心氣，而稱之爲未應未感。此卽朱子之所以更緣此以謂「未應固是先，卻是後來事；已應固是後，卻是先有此理」。（語類九十六）蓋未應已應，同依此當然的性理之先有而有，亦依其先有而立名，則唯此性理爲眞正之先。此性理，卽一純形而上之先；而已應未應，皆同自心氣上言，其自身固自有先後，然對此性理言，則同爲居後者。是卽朱子之理先氣後之說之所本也。

伊川言性卽理，此性理，無論是否呈顯爲吾人心目之前之理想，或只爲一內具的理想或性理，卽無論人之是否能有感而應，其爲理則無二。然凡已呈顯出的感應之事，皆爲用，皆必依此隱微之寂然之性理之體而有。又當其旣有，則體在用中，微在顯中，是謂體用一源，顯微無間。故此性卽理之義立，一方可見天下一切普遍客觀之理想，卽吾人之主觀特殊生命之理想之所在；一方亦見未呈顯而能呈顯於吾人心目之前之理想，亦莫不自始爲吾人之所內具之理想或性理；然後吾人於性理之全，乃見其爲「百理俱備，平鋪放着」，而爲「吾人之此生命之氣之流行，得擴大超升，以使吾人成賢成聖之事，得以可能」之充足的理由或內在的根據之所在也。故此伊川言性卽理之旨，不僅所以縮理於性，使人能以理觀性，以性觀理；尤意在卽理之爲客觀而有自在自存之義，以言吾人之此性理之顯微體用之無二，不以未顯未應而減，亦不以旣顯於感應之中而增；乃永恆貞定的浩浩不窮，以爲吾人之生命之氣之流行，得擴大超升，以成聖成賢之性理，而卻非吾人成賢成聖之工夫之所造作者（**註**）。此其立義之有進於先儒，正其所以爲朱子答徐子融書所稱爲「自古無人敢道」，「顚撲不破」（語類五十九），「千萬世說性之根基」（語類九十三）之故也。

由伊川所言之性理，爲「體用一源、顯微無間」，不以已應未應而增減，乃沖漠無朕之中，而萬象森然已備者；故剋就此理此性言，便只是爲一純義理，而此性亦卽一純粹的義理之性。此純粹義理之性，自其爲純義理而被視爲吾人主觀之生命之流行之路道言，曰道；自其賦於人，以對吾人之生有所命，而其本源又超越吾人現有之生命言，曰命；自其非我所得而私，亦非人所造作，而原爲自己如此如此然而言，曰天；自其具於吾人之生之內部，而表現形著言，曰心；自其形著於心，而更接於物，以有種種人之活動言，曰情。此數者初無別體，而原只一性理，極高明而亦極平易，亦更別無奇異之可說也。故遺書二十五曰：「稱性之善謂之道，道與性一也。……性之本謂之命，性之自然者謂之天，自性之有形者謂之心，自性有動者謂之情。凡此數者，皆一也。聖人因事制名，故不同如此；後之學者，隨文析義，而求奇異之說，而聖人之意遠矣。」

對此義之性，爲與一般之所謂性，互相分別，伊川又稱之爲「性之本」、或「極本窮源之性」，此爲伊川所最重之性之義。唯此性在其表現形著而爲心、與動而爲情處，同時連於一「去表現形著此性，以有其情」之氣質。今將此性理連於所稟之氣質之剛柔强弱而言，亦卽將此性連於吾人之生命之氣之實

註：張橫渠以性爲氣之虛而能感之性，必實有感通工夫「存虛明順變化」以「成性」，故有「纖惡必除，善斯成性」之言。然伊川則明進乎此義矣。

現此理想之能力而言者；則伊川稱爲氣質之性。此二性之分，與橫渠之分天地之性與氣質之性略同。緣是而伊川論昔賢言性之說，遂以孟子言性善者，乃「性之本」或「極本窮源之性」（註一）。至於孔子之言「性相近」（註二），告子及諸言「生之謂性」者，則爲論其所稟（註三）。伊川之謂生之謂性，乃訓氣質上之所稟受言。此其與明道所謂生之謂性，實卽生之理、生之道而謂之性者，乃對同此生之謂性之語，作不同之解釋。簡言之：卽明道所謂生之謂性，正是伊川所謂義理之性、性之本、極本窮原之性；而伊川所謂生之謂性之性，則乃是此義理之性連於氣質之稟受言，所成之氣質之性也。觀明道之未及於此後一義之生之謂性，卽見明道之亦未如伊川之重此二性之分。然伊川之分此二性，初亦唯由其對當然之性理與實現之氣之能力之不同，而有之種種之距離，有更多之反省而來。伊川固與明道同謂義理之性爲人性之本，唯由觀人之同欲實現義理，而其力有剛柔緩急，乃於此言氣質之差別。伊川似非單就此剛柔緩急之相，名爲性。而是在人之同欲實現義理上，說同一之義理之性，而就剛柔緩急爲踐理之力，說氣質之性。此乃以義理之性言人共同之性，以氣質之性言人之盡此性之能力之種別。以今語釋之，義理之性，猶言：人與人共同的生命之理想性；氣質之性，猶言：此各人之生命之種種現實狀態與其理想性。則義理之性乃類之概念，而氣質之性，則將此類概念之所指，隸於各種氣質之中，而成之種概念也。程子言「論性而不及氣，則不備；論氣不及性，則不明」（註四）。「明」固當明其所以同，「備」固當備其所以異也。唯欲兼說人性之所同，與其盡性之能力之所以異，乃有此二性之說。此固非謂人有二性，以相對爲二物之意。則謂伊川之言於明道之言有所進可，謂有所違則不可。明道之連生於氣以言性，而言生之謂性，其義雖與伊川不同，亦非只有伊川所謂氣質之性之謂。否則明道之說，將全無異於伊川心中之告子之說；而循伊川之論，人之變化其氣質之性之偏蔽，以從義理，乃從其外之另一性，亦無殊告子之義外之論矣。

註一：全書卷三：若乃孟子之言善者，乃極本窮源之性。

註二：遺書十九：性相近也，此言所稟之性，不是言性之本，孟子所言便是性之本。

註三：全書二十四：生之謂性與天命之性同乎？曰：性字不可一概而論。生之謂性正訓所稟受，天命之謂性，此言性之理也。今曰天性柔緩，天性剛急，俗言天成，皆生來如此，訓所稟受也。又全書十八：凡言性處，須看他立意如何？且如言人性善，性之本也；生之謂性，論其所稟也。孔子言性相近，性一何以言相近？曰：此只是言氣質之性，如俗言性緩急之類，性安有緩急？此言性者，生之謂性。又問上智下愚是性否？曰：此是才。若論其本性，豈言相近？只論其所稟也。二程遺書二十四：文集五，與呂大臨辨謂犬牛人就其性本同，但限於形，故不可更。如隙中日光，方圓不移，其光一也。性所稟各異，（如人有人之性，物有物之性，牛有牛之性，馬有馬之性），故生之謂性，告子以爲一，孟子以爲非也。按告子之言生之謂性，未必爲以牛之性、馬之性、人之性爲一；程子視之爲非一，即其重氣質之性之差別故也。

註四：二程遺書六：二先生語，未定明道或伊川說。朱子語類卷五十九，謂爲伊川說，則更近是。

第十三章　朱子之理氣心性論

一　生之理貫眾理義與朱子之太極之理之全之超越義

朱子言性理之論，多本於伊川，而又重氣，此蓋兼本諸橫渠重氣之旨而來。謂朱子之思想，即一理氣二元論之系統，此言不必盡當。因朱子雖以理氣爲二，謂理氣二者「推之於前，而不見其始之合。」（太極圖說第三節註）然又以理爲氣之所以生之本源，則理爲元而氣非元。而朱子雖以理氣爲二，亦有理氣不離而相保合之義。（此皆詳之於原太極一文）故上所引之後一語又曰：「行之於後而不見其終之離」，則理氣亦二而一者。然吾人卻亦可說，在朱子之思想系統中，確有將此一理氣所合成之宇宙與人生，自上下內外之各方面，加以展開之說。此首爲將伊川之性即理之義展開爲：「統眾理於一理」之太極之理之全之超越而自存；次爲就此理之全之不皆爲人物所能實現，以言理之全之世界，與人物之氣之世界相懸距；三爲就人物之氣之分別各有其所表現之分殊之理，以言人物之性之差別；四爲既將此理氣合成之世界加以展開，乃更以心爲綰合理與氣，人與天地萬物之上下內外者；五爲將此心之功能展開爲未發之性、與已發之情、才、志、意、欲等各方面而說；六爲自此一心之或覺於理而上通於天，或覺於欲而下溺於物，展開爲人心道心之別及天理人欲之別，更以人心聽命於道心，以存天理而去人欲，為學聖之功；七為其言學聖之工夫，亦展開為動靜內外，齊頭並進之主敬、涵養、省察、致知格物等各方面而說。凡此等等，朱子皆欲一一使其「名義界分，各有歸著，然後於中自然有貫通處」。象山嘗病朱子之學之支離，「其條畫足以自信，其習熟足以自安」。朱子為學，則意謂「渾然無所不具之中，精粗、本末、賓主、內外，蓋有不可毫厘差者。……文理密察，縷析條分，而初不害其本體之渾然」，「雖曰貫通，而渾然之中，所謂粲然，初未嘗亂」，而務為「枝枝相對，葉葉相當」之論。朱子弟子則謂朱子於學，「莫不析之極其精而不亂，然後合之盡其大而無餘」(註)。此數言之旨，未嘗不同。此中，朱子之由性理以通太極之理，即朱子之學之由伊川之學以通濂溪者；由理氣之距離，而更及於氣之實現理與心之統性情，即朱子之學之更通於橫渠者；其言天理、人欲之別，人心、道心之別，及主敬、涵養、省察、致知之工夫，則又多本諸二程之教為說。朱子會通綜合此諸義，以註四書五經與昔先聖賢之言，而其學問規模之廣大弘濶，遂為秦漢而還所未有。但吾人今唯將順前文所述之理學思想之應有之發展，姑將此七義中前六義，其如何引生，所本之問題之線索，試為說以通之，以便學者於其所言之義，可自求一加以湊泊之徑路。至於其言工夫與其人性論之關

註：所引第一語見朱子大全卷四十二答吳晦叔書；第二語見象山全集卷一與曾宅之書；第三語見朱子大全卷三十三答呂伯恭書；第四語見朱子語類，卷六十二論中庸綱領。他處亦嘗屢言之；第五語為第一語之下二句；第六語見黃勉齋朱子行狀。

係，則將別陳於原德性工夫論一文。

吾人上所論諸宋代理學家之言性，初皆可稱之為一純一之性。說其為純一，乃或就其原於純一之天道之誠，而成為內在於己之生物成物之性說（如濂溪之性）；或就其為人依其氣之清通以體物不遺之性說（如橫渠之性）；或就其為成就人之以物觀物之性說（如康節之性）；或就其為我之生命之流行開拓，以與天地萬物為一體之道之理說（如明道之性，此亦為伊川所承）。然緣此最後之說，而更尅就人之心思所知或求知之道之理而觀，則其中又明有種種，此則非諸儒之言性言理言道之根本義所在。然諸儒於此理此道之有種種，亦實加以意許；否則窮理、論道、行道，只須一二言而已足，一了而百了，何須說此許多。然人心思所知之當然之理有種種，如人之職事之有種種（註），如何可與一道一理一性之言，不相違悖，則須先會得諸儒之言一道一理一性之意，乃能明白。吾意此當順上來論明道伊川之言之意以說。此即吾人之心思所知或求知之理，雖有種種，然此種種，要為同一之「能虛而清通，明達於外」之純一的心思之所知；亦即皆由此一純一之心思，加以呈現，而實現於吾人之前者。此所知者之呈現而實現於吾人之前，即由吾人之生命之向前流行，而自擴大開拓，以呈現而實現於吾人之生命之中。然我之生命之所以能向前流行，則依於我自己之性之實現。此實現於我生命中當然之理，甚切。

註：朱子恆喻人之心思如官人，當然之理之性為職事（朱子語類卷五及他處皆及之）。此喻顯性理之為

之種種所知之理，又由我之性之實現而實現；則種種之理雖不同，然其「所依以實現於我之心思與生命」之理，便只是一純一之生之理、生之道、生之性。當吾人之此生之理實現之時，即同時連帶有此種種其他所知之理，逐漸實現於吾人之生命之中，以成為此生命之內容。由是而可說此生之理，乃統此心思所知之理；而此一切心思所知之理，亦即皆可視為此一理之內容。吾人於此一理，亦可就其所包涵之內容而說之有種種。如明道之謂「天下之理」，伊川之說「百理俱在」是也。若然，則吾人之窮理、論道、行道，便自有許多事在；乃可今日格一物、明日格一物，今日知一理、明日知一理，而格物窮理之事，亦有種種之方面矣。然此固無礙此能格物窮理之心知之純一，此心思之在吾人之生命中。此生命之能相續格物窮理，唯依於此生命之有此純一的自超升擴大之生之理，方使一切格物窮理之事，成為可能；並使由此所知之一切理，得一統攝之地也。

吾人如知為吾人之性之「生之理」，可以統攝種種之理，以為其內容，則吾人更可問：畢竟吾人之性理中所具之理有多少？則吾人當說自性理之為理看，其所具之理，應為無窮無盡。因所謂理皆為吾人心思之所知或所求知者。而尅就此心思之正在「求知而自開拓其知」之歷程中言，無論其所知已有多少，彼將不為此已有之所知之所限制，而可更有所知。故無論世間之理有多少，此心知如順其求知之性而極之，皆此心思所能知，而終不能溢出此「求知而能開拓其知」之心思之所能統攝者之外；亦即不能溢出於此心思之「能自超升擴大之理之性」之外，或此心思所在之「吾人生命之性之理」之外。若然，則吾人之性理，卽爲一能統攝天下之無窮無盡之理；而吾人所具之性理，亦爲百理皆備，或具足衆理，而元無少欠者矣。此義實乃順「性卽理」之思想，所必然發展出者。伊川已較明道更喜言理，亦更重分別的格物窮理，而重理之多。朱子則更承之而發展，明顯的說出：「一理渾然」者，卽具「萬理粲然」者於其中，人心能「備衆理而應萬事」，「學者且要去萬理中，千頭萬緒都理會，四面湊合來，自見得是一理矣」（語類百一七）。

然此中另有一面之問題，卽爲人心旣具無窮無盡之理以爲性，何以其心思所知之理，又如此其有限？人之能如聖賢之天理純全者，何以又如此其少？芸芸萬物，如鳥獸草木，水火土石之倫，更不能如人之知種種之理，尤不能如聖賢之知萬物之本於一理？此卽見理固重要，而理之實際實現於人之心知、與萬物之存在或生命之中，尤爲重要。此實際之實現之事，固須依於此能實現之理，然只有此能實現之理，仍不能爲此「實際地實現之事之有」之充足條件。此另一條件，卽爲有精神之氣、生命之氣、物質之氣，簡言之曰氣，以實際地實現理。此卽朱子之於晚年所確定之「理爲形而上之道，生物之本，氣爲形而下之器，生物之具」之論。在此有理有氣之宇宙中（註一），此氣之相續流行而相續生，固由於氣之「有能生其繼起之氣」之理，以爲氣之本。而有繼起之氣，卽有此生氣之理之實現於氣，以爲其安頓處（註二）。由生之理之實現，亦連帶有此生之理所統攝之衆理之實現。然何以一般人之生命或任一存在之物，其現有之生之理，不能使其後之氣相續生，以至無疆，以使其所統攝之一切理，亦皆全部實現？此中，吾人自理上觀，則理既能實現於現有之氣，依生之理亦應有未來之氣之生，則其何以不相續引生未來之無盡之氣，以使任何一物與一切人之生命存在，皆日益擴大超升，咸歸於如聖人之天理純全，萬物皆備，則不可解。此不可解，亦同於無理可說。然此亦不關乎理之自身之事。理之自身，亦絕不能涵有「其自身之不能實現」之理。因如理自涵有不能實現之理，則人心思之知理，人之行爲之踐理，皆不可能。人之心思之求知理，行爲之求踐理，固必須預先設定此理之可知可行，而可實現。故自理上觀，任何之理皆決不能更自涵有一「不能實現於氣」之理。其不能實現於氣，亦卽不能更有一理可說，爲其不實現於氣之理。夫然，而理之不實現於氣，亦不礙此理之爲

註一：按朱子早年之註張橫渠、周濂溪書，固已早及於理氣之問題。然其論學書札，多論心性工夫。晚年與蔡季通論人心道心，乃連理氣以爲論。王懋竑朱子年譜記朱子六十一歲，朱子答黃道夫，乃明言「天地之間，有理有氣。理也者，形而上之道也，生物之本也；氣也者，形而下之器也，生物之具也。是以人物之生，必稟此理，然後有性；必稟此氣，然後有形。雖不外乎一身，然其道器之間，不可亂也。」後人所編朱子語類首卷自理氣論起，蓋亦正因其晚年與學生問答，其重點在是之故也。

註二：朱子大全五十八答楊志仁：「有此理方有此氣，既有此氣，此理方有安頓處」。此二語爲朱子全部理氣論之中心。

至尊而無上，更不礙此理之超越而自存。緣是而縱彼現有之天地萬物與其氣，皆暫一齊灰飛煙滅，更無一人之心能知此理、行此理，此理之自爲一「淨潔空濶之世界」也如故。唯依朱子之有理必有氣之義，則在此一天地已毀之後，氣又必有再依理而生者，自將再有天地。本此以推之於天地未生之時，亦應先有此天地之所以生之理，而此天地之前，亦應更有其前之天地嘗毀壞來。然天地雖有成毀，此理則永無成毀。今撇開相繼成毀之天地不言，便唯見此理之爲相繼而成毀之一切天地之所自生。此理爲一切天地所自生之理，亦天地中一切萬物之所自生之理，復卽我之所以生之理，卽我之性。然尅就我與萬物及天地之不存，而此理仍可說自在言，則此理固不能專屬諸現有之天地，亦更不能說之爲某人某物之性理，乃亦不須說其爲我之性，而儘可說之爲超越於一切天地萬物之上之絕對之理之自身。至尅就人物而說其性理，則應只在此理之實現於人物之氣，而爲其氣之理之際說。詳言之，卽必依此絕對之理，而有種種之實現此理之氣之流行後，乃可依於此諸氣之流行中，皆有此理之分別實現於其中，以對此諸氣之流行，分別名之爲一一存在之物，更總名之曰萬物；然後可說萬物皆有其性理，萬物之各正性命。此卽朱子之所以必有一形而上的絕對之理之論，並依此理之「可不爲人物所實現，或超越於一切天地萬物之上」；而以此理，釋濂溪所謂在陰陽之上之太極，而謂太極爲理，並謂太極之理爲人物之性理之所從出也。

由朱子之所謂理，不以未有加以實現之氣而不存，故朱子能由人心之具衆理以爲其性，進以言太極之總天地萬物之理，爲人之所以得具衆理以爲其性之本。然人心雖具此太極之理以爲性，此理又可不實現於氣，則人心卽亦不能自保證其心思之必然相續，其生命之必然相續，以知此理而行之。人愈自理上看，愈見得此理之自在，此理之尊嚴高卓，而廣大悉備，亦愈見得其皆實現於氣之無必然之保證。於此卽見理氣之相懸。此理之全，固無必不能實現於氣之理，亦無「必使氣全幅加以實現」之理，因此皆氣上事，非理上事。誠然，任何特定之氣，皆依理而生。自氣之生之源說，氣上事卽理上事。然當氣之依理而生，以自成其爲氣時，自其成爲如此之氣，而只實現如此之理，更不實現其他之理言，卻只是氣上事，非理上事，亦非其氣之理所能過問者。於此，朱子之或說「氣强理弱」，雖言未妥善，意則可解（**註**）。人固不可以此責理，或謂理別有其「必不能實現於氣之理」也。吾人於此中可確定者，唯在：理之全之太極中之理，總應有「必能實現於氣」者，亦應有「不必實現於氣，而只『可』實現於「氣」者。今謂理有「必」實現於氣，或「可」實現於氣云云，亦不須說是因爲

註：朱子語類四：「氣雖是理之所生。然旣生出，則理管他不得。如這個理寓於氣了，日用間運用，都由這個氣，只是氣强理弱。」此言不盡妥善者，因强弱皆氣上之概念。然朱子意蓋唯是謂：氣依理生，如何之氣中卽只有如何之理，更不能通其他之理，便只有此氣裏其中之理以流行，乃或悖於其他之理或太極之理之全。故姑說爲氣强理弱。實則此只是已有之氣所實現之理，有一限制，不能對其他之理亦並加以實現而已。

理尚自有一「可或必實現於氣」之理。因所謂「必」或「可」實現於氣者，卽謂氣有生之理，依此生之理，而必有或可有氣，繼之以生之謂。此言所指之實事，唯是：依「現有之氣之生」之理，而可有或實有氣生以從之之謂。氣從理生，是之謂理生氣，卽見此理爲生之理。不須更說此生之理，更有一可生氣之理，或必生氣之理也。若如此說，則人可言：理所有之此「生氣之理」，仍是理非氣，便應更有其「可」或「必」生氣之理。遂犯無窮過。而氣亦永不能從理生，理亦永不能生氣矣。

吾人上所謂太極之理之全之中之理，應有必能實現於氣者，有不必而可能實現於氣者。吾人此言之意是：若吾人所謂之理，乃指「能貫萬理」之「生之理」，或太極陰陽動靜之理之自身，而暫離其所貫之其他之衆理而言，則當前之氣之有此生之理，其後自必有一氣之生，此理卽爲必能實現於氣者。又當此理實現於氣時，亦必有其所貫之萬理中之一理或若干理，得隨之以實現於氣，以成世界中某種之事物。此卽自理而觀，天地雖毀而必相繼以有天地，「自未始有物之前，以至人物消盡之後，終則復始，始復有終」（朱子大全卷七十讀大紀）之故。然此一時所生之氣，何以不能盡顯此生之理所能貫之萬理？或此萬理中之其他之理，何以竟無相應之氣以實現之，則畢竟無理之可說。又此萬理中畢竟是某一理或某若干理，隨此生之理之實現，而連帶實現，亦非此某一理或某若干理之自身所能決定。由是而對所謂萬理中之任一特定之理言，是否有能實現之相應之氣，卽爲不定者。或待其他條件——如其前、其外之有他理之實現於氣爲前因——方能決定者。故尅就此特定之理自身言，此相應之氣卽爲可有可無者。故吾人依朱子之說，以總天地萬物而觀之之時，雖可謂天地無無氣之時，亦無理不生氣之時，然此言，乃唯「對此生之理之自身，視爲一必生氣之理，並必有其所貫萬理中之一理或若干理，隨之以實現於氣，以成世界之事物時」，方可如此說。至於對此「生之理」所貫之萬理中之各一特定之理之自身而言，則有理固可無氣，理固不涵相應之氣之必有，自亦不涵其必無，則不可說之爲必生氣之理，只可說之爲「可有相應之氣生」之理，姑簡名之爲「可生氣之理」。此處亦不須說「理」之可生氣者，其自身更有一「可生氣之理」，以使之成爲可生氣者。因此將犯無窮過，如上所說。實則所謂理之可生氣者，卽「理或有相應之氣以實現之或無此氣」之別名，而非有他也。

二　萬物所具之理氣之定限，與人之氣質之性之差別

吾人如知理有必生氣者，則知理與氣之不相離，天地萬物之必有。吾人如知理又有可生氣而不必生氣者，則知盡天下之氣，亦終不能盡實現天下之理之全，或太極之理之全。此乃一現有之世界中之最頑梗，而只可說其如是如是，而更無理可說之一事實。此事實之全所展示者，則爲：太極之理雖無所不備，而依彼亦必有天地萬物之氣之生。然此天地萬物之氣，則只能實現此理之全之中之若干，而不能盡加以實現者。以至在一義上可說：聖人於此理之全亦不能盡實現之。聖人之天理純全，亦唯自其生命中無障礙此理之實現處而言，此固爲使聖人可與天合德者。然此亦非謂聖人能盡知萬物萬事之

自然、實然、能然與當然之理，完成一切當有之生物成物之行爲，使一切事物之理皆得實現之謂也。此卽中庸之所以言「雖聖人有所不能焉」（註）。實則不只聖人有所不能盡，天地亦有所不能盡，上帝亦有所不能盡。因天地尚有其未來，上帝尚有其未完之事業，此皆依理而能有、當有，而天地與上帝，尚未實有氣以實現之，而其能有、當有之理，已未嘗不先自昭垂者也。此卽中庸之所以言天地之大，猶有所憾；易傳之言天地之不與聖人同憂，仍終於未濟之故；亦卽西方之上帝猶須化身爲人，以上十字架受苦難；中國詩經之上天亦時或有「方艱」之日之故也。循此以觀，則見此宇宙之太極之理之「沖漠無朕，而無形無影」之一理之全之世界，乃永大於一切現有之天地萬物，一切存在之氣中所已實現之理者。此理與此氣，亦永不能免於一義上之上下懸距者。至於吾人自現有之天地萬物中之一一個體人物而觀，則更爲唯見其所實現之理之各不相同，各有所不能實現之理，而皆各只能實現其定限之理者。此其所以各只能去實現定限之理，在一般科學之論，恆溯其故於其前因或外因。此卽成就一般之科學知識。然因復有因，此中唯有無窮之追溯。人在此追溯中，其每一步之所得者，唯是一物所實現之定限之理，與其前其外之物所實現之定限之理之相關共變。然於特定之一物，及爲其前因外

註：朱子嘗謂「一個書不讀，這裏便缺此一書之理，一件事不做，便缺一件事之理；大而天地陰陽，細而昆蟲草木，皆當理會。一物不理會，這裏便缺此一物之理」（語類百一七）。此言本意固在勉學者不可不窮理，然誠欲於一切事物之理，皆無所不知，固聖人有所不能盡也。

因之一一特定之物，所以只各各如此如此，以分別實現其定限之理，則仍不能直下有一究竟之說明。此直下究竟之說明，唯在說：天地間窮古及今，遍滿世界之一一各別之物，如一一分而觀之，乃各緣其能實現理之氣之種種限制，便自有種種之氣之流行不同，及其所實現於「理之全」中之理之不同，而亦有其消極的未能實現之理；而一一分別之物，卽各有其所只能實現之定限之理，以成其爲一一各別之物。朱子答黃商伯（大全卷四十六）謂「論萬物之一源，則理同而氣異；觀萬物之異體，則氣猶相近，而理絕不同。」此謂萬物一源之理同，是指此太極之理之全，卽爲萬物之共同所以生之一源。本此一源而生萬物，卽見「天命流行，只說當是一般。」唯以萬物之氣之異，而各有其限制，所實現於理之全之中之理之不同，以有其消極的未能實現之理，方有此萬物之別，故曰理同而氣異。然在此萬物之氣既已分別實現其定限之理，而萬物得「各正性命」以成就之後，再就此定限之理之積極的內容之爲「理之全」中之若干理，而視其爲積極的標別「特定之物之所以爲特定之物」之「特定內容」者以觀之，則萬物之異，唯在其實際所實現之特定之理之異，而不在其皆同有一能實現理之「氣之流行」。尅就其皆有此氣之流行以觀，實亦不見其不同（註一），故曰「氣猶相近」（註二）。實則於此匪特氣猶相近，卽謂其在有此氣之流行一點上，全相同亦可也。

由朱子既言萬物之氣所能實現之理，各有其限制，而分得於此理之全者，互相殊異；故其言人性，亦承橫渠、伊川之言氣質之性之說，謂人之性不離氣質。按二程雖言氣質之性，然亦直自人之性理即天理，即天所命於人處，以觀人性。二程遺書言「民受天地之中以生，天命之謂性也。」（遺書十一）即謂民直受天地之中以生，爲天命之性。此語或明道所說，然伊川亦未必有異義。朱子承張程之言氣質之性之說，則更重在透過人所稟之氣質，以觀人所受於天之理以爲其性者。故其中庸注，釋天命之性，即以「氣成形而理亦賦焉」爲言。此明見其與二程之異。朱子之意，蓋謂性乃自人物受生以後說。在人物未受生前，此性即理，此理「在天則曰命，不可說是性。」必人物受此理「生物得始來，方名曰性。」（語類五）故此性理之在人物，自始即「與氣質相滾，而同在此。」然人物之受此理，乃氣成形而理具其中，「方此理始具於形氣之中，而謂之性。」（語類九十五）「成之者性，則此理各有個安頓處，故爲人爲物，或昏或明，方是定。若是未有形質，便是天地之理，如何把做人物之性得？」（語類七十四）理具在形氣爲性，乃屢稱邵子言性者道之形體。然依人之氣質，以觀性理

註一：語類卷四論人與萬物之氣之同，乃自人與萬物皆能知覺運動說，此乃限在人與動物之同處說，尙非人與一切萬物之共同處也。

註二：於此說氣猶相近，或氣全同可，說理氣皆異，亦未嘗不可。如全書六十一答嚴時亨：「人與物性之異，固由氣稟之不同，而所賦之理，固亦有異。」只看依何觀點說耳。大率朱子早年之說，多承程子，而言萬物之理同，其不同在氣。如全書三十九答徐元聘中之所說。其後則言：氣有純駁，理有偏全，歸在氣異理異。則他人亦未嘗不可自其理氣之同者，而言理同氣同也。

之在人，人於理或易知易行，或難知難行，即見其氣質之有清濁之別、昏明之別、知愚之別；又人於理，或於動靜陰陽相對之理，皆能兼備，以得其正，或不無偏至，又見其氣質之有偏正之別（註）。人於見理以後，或即能依此理，而終身行之，遂有相續不斷之氣，依此理以生，或行之而時有間斷，其相續之氣，依之而生者，時或斷而不知續。於是見人氣質，尚有厚薄强弱之別。人之氣質之强且厚者，其知理而行也力，而不免於過；其氣弱而薄者，其知理而行也輕，而恆見其不及。亦見有厚薄强弱之別。又彼氣質之强弱厚薄與清濁偏正相連，其義又各有其別。氣清且正則愈强愈厚，而其知其行多合乎天理；氣偏且濁而愈强愈厚，其知其行，乃多出於物欲。故清濁偏正，乃「性質」（Quality）之概念，為善、不善之所由分；而厚薄强弱，乃度量（Quantity and degree）之概念，與善者相連，則隨之善，與不善者相連，則隨之不善。此外，如人之見一理而行之或更無雜念之起，或則恆有雜念混入，是又見氣質之純雜之別。此人之種種氣質之差別，皆可依其人之存在的生命及心之氣，與其所知所行之理之種種關係以言者。而為朱子言人性之所特重。蓋人之學聖之事，固當一面須就氣質之所長，加以發展，一面亦須就氣質之所短，加以變化；人一日未至聖人，於氣質之性，則一日不得不加以正視也。

註：朱子語類九十八謂橫渠言「凡物莫不有性，由通蔽開塞，所以有人物之別，蔽有厚薄，故有智愚

之別」，不如呂與叔言「蔽有淺深，故爲昏明，蔽有開塞，故有人物」之分別得分曉。又朱子大全六十二答李晦叔「淸濁偏正等說，乃本正蒙中語，而呂博士中庸說，又推而明之，然亦是人物賢智、愚不肖，相對而分言之，卽如此。若大槪而論，則人淸而物濁，人正而物偏（此卽本節下一段所論）。又細別之，則智乃淸之淸，賢乃正之正；愚乃淸之濁，不肖乃正之偏。而橫渠所謂物近人之性者，濁之淸者也。物欲淺深厚薄，乃通爲衆人之性。」（按此物欲之淺深厚薄，乃自其氣質之淺深厚薄言者）。依此朱子言此蔽有淺深之四句，當初出自呂與叔，然程氏經說及張子全書性理拾遺，亦同見有此四句。按經說之中庸說，朱子亦謂與叔所著，則所謂程氏經說，猶程門經說，此言固本諸與叔；而性理拾遺，則後人更將與叔本張子之意而有之言，編入張子之書也。

三　人與萬物之性之差別

朱子不特重人氣質之性之差別，亦喜言人與萬物之氣質之性之差別。按人與禽獸之不同，明道唯籠統就物之氣昏說。伊川則言之較多。然二程皆重在言人物之生，原完備此理，以言人物之一本。朱子受李延平之敎，而延平告之以「理不患其不一，所難者在分殊」，乃更言人物之性之種種層次上之同而異之處。如朱子答徐子融書謂「人物所稟，形氣不同，故其心有明暗之殊，而性有全不全之異耳。……若所謂仁，則是性中四德之首，……然唯人心至靈，故能全此四德，而發爲四端。物則氣偏駁，而心昏蔽，固有所不能全矣。然其父子之相親，君臣之相統，閒亦有僅存而不昧者。然欲其克己復禮以爲仁，善善惡惡以爲義，則有所不能矣。然又不可謂無是性也。若生物之無知覺者，則又其形氣偏中之偏，雖若不可復論仁義禮智之彷彿，然亦不可謂無是性也。……卽知天下無無性之物，除是無物，方無此性，……卽如來諭：木燒爲灰，灰陰爲土，……既有灰土之氣，卽有灰土之性，安得謂枯槁無性也。」（大全五十八答徐子融）此乃明謂人得理之全，動物或得其偏，生物之無知覺者，更爲偏中之偏（**註**）。然卽下至灰土枯槁，亦皆無不各有其性。此中，人與萬物之不同，要在人固有其氣質之昏蔽與偏至，然人皆能自開其昏蔽，則通於明；亦能知自去其氣質之偏，則偏而未嘗不全；物不能自開其昏蔽，則其氣偏而塞。所謂「昏暗者可使之明，而塞者不可使之通也。」（語類四）然尅就物之偏之微通處，物之父子相親、君臣相統，如「虎狼之仁、豺獺之祭、蜂蟻之義，卻只通這些子，譬如一隙之光」而言，「卻專」（語類四）。人心無所不通，卻「事事理會」，反或「泛泛而易昏」（語類四）。朱子之此言略同程子之言「禽獸亦有羞惡之心」，又言「人雖是靈，卻斲喪處多」（皆見二程遺書二下）。是見程朱亦謂人物之性，互有得失。至於物之無知覺者，如草木，則固連此禽獸

註：朱子又嘗將人與動植比觀謂：「本乎天者親上，本乎地者親下，人頭向上，所以最靈；草木頭向下，所以最無知；禽獸之頭橫了，所以無知；猿猴稍靈，爲他頭有時也似人稍向上。」（語類九十八）。

所偏之一德亦無。然「草木之向陽處便生，向陰處便憔悴，他有個好惡在裏」，其「一般生意，亦可默見。」又植物雖無知覺，然其質卻堅久難壞。（語見性理大全卷二十九所引）則植物亦有長於動物之處。至於彼全然無情之枯槁灰土，雖卽此生意亦無可見，然朱子嘗言「謂之無生理則不可」，（語類四）故亦有性。如木燒爲灰無生意，然「燒甚麼不則是甚麼」（語類四），卽見其亦有理有性。蓋此朽木之燒甚麼只是甚麼之「甚麼」，卽爲朽木所具之一特殊形式之理；其是甚麼總是甚麼，便見其能自持其爲甚麼，自具其所以得存在之生理。總而言之：則「天之生物，有血氣知覺者，人獸是也。有無血氣知覺，而但有生氣者，草木是也。有生氣已絕，而但有形色臭味者，枯槁是也。是雖其分之殊，而其理則未嘗不同。但以其分殊，則其理之在是者，不能不異」（大全五十九答徐方叔）（註）。此生理卽太極之生之理，此「甚麼」之本身，卽此生之理所貫之萬理之一，而同屬於太極之理之全者。是見此太極之理，實於人與動物、枯槁之物，無不貫徹。此中人與人、人與物、物與物之差別，乃唯由其氣對理之全之所能表現者之差別，方見理之在是者不能不異，以成人與萬物之分殊。合此理與氣，以論人與萬物之性之理，而於其中見一由偏至全，由昏至明，由塞至通之層級之不同；則爲朱

註：朱子語類六十一，盡心章僩錄，以「草木腐敗之物爲有知覺」。又語類卷六十僩錄：「如一盆花，得些水澆灌，便敷榮，若摧抑他便枯悴，謂之無知覺可乎？」此是從植物之能感應說。故以大黃喫着便會瀉，附子喫着會熱爲例。此是別一義，亦非不可說者也。

子論性理之言之所特及，而爲以前之儒者所未及者也。

四　朱子之人物之差別觀與東西哲學中其他之說之比較

如將上述之朱子之人物之差別觀，與東西思想中其他之說，比較而論，則此朱子之人與萬物之差別觀，似卽一人物之層級觀。此層級觀在希臘柏拉圖、亞里士多德以降，至今之哲學思想中，亦多有之。然西方哲學之說此人與萬物之性之層級，其形成之所以然，則恆歸於人與萬物各有其不同種類之形式之理。或謂上帝之造萬物，其心中卽原有一層級的世界之基型，以使人與萬物，各形成其種類，而合以見一高下之層級。在印度之思想，則以任一有情之生命，在無盡之輪迴中，原有化生爲六道有情，以及超凡入聖之可能，故其暫所體現之任何生命形式，皆原爲其生命所內具。至其今之所以只顯此一形式，而非其他，則有一消極的無明原則，以說明此生命形式之限制。此二者，各爲一偉大之玄想。今觀朱子之以人物之氣之昏暗偏塞等，說物之不及人，人之不如聖，亦卽以氣爲一「消極的說明人物之主觀的限制」之原則。唯此氣在生生不息中，則又有對其已有之限制之自己超越，此則原於天理之貫注於氣，或天命之流行不息，以使氣生生不息之故。然無論氣如何生生不息，而尅就一階段之氣而觀，其爲一限制原則也如故。至於就客觀的天理之全，或所謂太極之理之全而言，則朱子一方說之爲人物自身所內具以爲其性理者；一方亦說之爲超越於一切人與萬物之上，以自貫徹於人與萬物之氣之流行中，以成一天命流行，而生此人物者。然依此天命之流行以生人物，則又初非一依預定之一層級之基型，以生出各種類之人物。此天命之流行，乃為一整體的理之全之流行，對一切人物，初為平等，而無心於加以分別者。由是而此「人物之分別」之所以形成，即為依於其氣質之有昏明、通蔽、開塞，若對此「理之全」加以一劃分或割截，方自成其為只表現如何如何之理，以成為某一種一類之人物者。此即較近於印度思想之以一切可能之生命形式，原為當前之任一有情生命之所內具，唯以無明之限制，方不得全部加以表現，而只能表現某一生命形式之說；而較遠於西方思想之以人物之性，乃先天的為其所屬之種類之形式，或上帝心中之層級的世界之基型，所預定之說者。至於朱子之說較印度思想為勝者，則在依印度思想，以說一有情之內具一切可能之生命形式，並由輪迴以次第加以實現，尚易言之成理；然如何可說草木瓦石，亦具一切生命形式，而能輪迴，則較難。印度思想亦明承認有無情物。對此無情物之性之理，勢當依另一不同之原則，而別為之說。是即未能以一原則，貫徹的說明人與萬物之所以差別之故。至於朱子之以一氣質之昏明通塞之差別之原則，說明一切人物之差別，則與西方思想之以層級的基型之表現於各種類之存在事物，皆較能自成一貫之說明。然吾今無意於此討論此三說之是非。茲唯舉之以使學者可相觀而善。又此三者，雖為說不同，然皆同先注目在人物之種類之差別、個性之差別，而有之論，亦皆可引人對各具體之生命或存在之性相，作分別之研究與了解者。此在西方，即由此引致對各種無生物、生物、人類之科學的研究；在印度，即由此引致對有情生命內具之潛意識、超越意識境界之探索；在朱子，則由此引致其重「卽凡天下之物，莫不因其已知之理而益窮之」之格物窮理之論。朱子之言固可通之於西方所謂科學之硏究，亦未嘗不可通至印度思想所重之內具之潛意識等之硏究者。蓋人之氣質之性之領域，自其恆爲人之所不自覺而言，亦實卽整個屬於潛意識之領域者也。

吾人以上討論朱子之重卽氣質之差別，以觀人性與物性之別，遂附帶將其說與西方印度思想，加以比較，或離題過遠。然吾人之目標，唯在由此以見朱子思想之此一面之重要。由朱子思想之能及此一面，再合其言「理之全」或太極之全之超越於氣以觀，則見朱子之思想實如吾人前所說，乃將一理氣之和所成之世界，而更自上、下、內、外、四方加以展開者。此中所謂「上」，爲萬物一本之「理之全」或太極之全之廣大，而人可由其超越在上，以見其尊嚴與高明者；此中之所謂「下」，爲理之實現於氣所成之人與萬物之性之種種差別分殊，而人可由其實際，以觀其富有與廣大者；此中所謂「內」，爲人之氣質中之理性之通於太極之理者，人於此可見性理之精微者；此中所謂「外」，爲人之氣之接於天地萬物之氣，而有其情與知，人更可卽其物而行其情，更窮其理以致其知，於此可見日用常行之中庸。至於能綰攝此上下內外之理氣，以通此宇宙人生爲一，則爲吾人之「心」。朱子實亦較其先之宋儒更重此心之統攝理氣之義者。唯以朱子既將此宇宙人生之理氣之和，自上、下、內、外、四方加以展開；故其雖以心爲統攝之具，此心亦將隨其所統攝之理氣，以展現出其涵義與功能之各方面，而亦可自開爲人心道心之別矣。此將於下文次第及之。

五　朱子之以心爲統攝之概念、及心之涵義

尅就朱子之言人心之性理之論而言，因朱子知此人之性理乃上通太極之理之全者，故不能不重此性理之內在而超越於吾人現實之生命與心之義。此所謂超越，乃自其先於一切實現之之事，爲吾人所當實現，而又不能爲吾人之現有之心之氣，與有此心之現有生命之氣，所全幅加以實現而言。今觀吾人生命之年壽之有盡，吾人之心之氣之依於此吾人之生命，則「此理之不能全幅實現」之義，亦有不能逃者。尅就此理或此「形而上者」之形於「形而下」之事看，此卽天理之全之顯於無盡之氣，以成一天命之流行而生物之事。此天理之全，自其廣大悉備，爲萬物所同循之以生者言，曰天道；自此天命之流行言，曰易；自此流行之不息於已生之物，而恆更有「能有所生」之用言，曰神。此中，乃以「易」之一概念，統「道」與「神」。此「易」或此天命之流行而生物，原可說爲天地之生物之心之所在；但天之生物，只是一理之直呈顯於氣，初未有思慮安排，而亦爲超思慮安排者。故此天地之心，不同於人心，而爲一超此思慮安排之心或「無心之心」；亦可不說其有心者。然在人分上，則人顯然自知其有一能知覺、能思慮安排之心。此人之一切去知覺、去思慮安排，一般說是因人心要實現其理想，此亦卽實無異於「理要實現於氣」之謂。人之實現理於氣，賴於人心之內外之感通，正如天

之生物之依於陰陽之感通（**註**）。故在天，可以無心之心而成化之「易」，爲統攝理氣之概念；在人則當以心爲統攝理氣之概念。心正爲一面內具理，而一面能求表現此理於氣者。此內具之理，在人在心，卽名曰性。此相當於在天所言之道；此理之表現於氣，以應萬事萬物，曰情，此相當於天之神，而此心則相當於天之易，亦相當於天之無心之心。故朱子嘗釋程子之言曰：「其體則謂之易，在人則心也；其理則謂之道，在人則性也；其用則謂之神，在人則情也。」（語類九十五）此由在天或在人之道與理、神與情之義之分別，而將在天之無心之心，與在人之心加以分別，並在人心之中，分內具之性理，與應物之情，卽朱子對心之義之第一步加以展開也。

此人心之分爲內具理爲性，外顯理於情之二面，而以心爲之統之說，乃本諸橫渠心統性情之言；亦本諸程子：「心有指體而言者，寂然不動是也；有指用而言者，感而遂通是也」之語。然察程子此言之本旨，其所謂寂然不動之體，初蓋是尅就性理之沖漠無朕，而爲此心之內容，遂指目以爲心之體。此理卽在心之已發之動用之中，而貫徹於此動用中，以爲其骨幹，而爲其體。依此，則心與性理，似應是一。然伊川嘗言心唯是已發，似有性理之自身是未發之意，而涵心性爲二之旨。朱子初嘗本「性爲未發，心爲已發」以開心性爲二，後來又從心之自身之兼有未發之寂之靜一面，而合動靜、寂感以爲一心之自身之體用二面。則其言與「性爲未發，心爲已發」之說，又不同。而於二程之以心爲性之

註：語類卷六十五：「易中只說陰陽變易而已；…在人言之，其體謂之心。…心只是動靜感應而已。」

動之發之言，謂「直理會不得」；乃以心爲主，以統性情（註一）。而其所以有此以心爲主之說，乃緣於程門以下對工夫問題之討論，所逐步逼出，後當於原德性工夫之文中，再詳辨之。吾今之及此，唯在指出朱子對心之自身之有此一更加展開的說明，遂唯本「心體之寂」一面，言其內具性理於其自身，而以心之用之感一面，言此性理之表現於氣，而見於情；於是性情二者之有隱顯內外之相對者，乃全賴此心兼有寂感二面，以爲之統。此心之所以兼有寂感二面，而能統攝此性理，與其表現於氣之情之二者之故，則又原自此心之虛靈不昧，以「內主乎性，外主乎情」（註二），亦爲此一身之主。蓋心之虛靈不昧卽貫幽明、通有無（註三），通無形有形二義，亦通未發之寂與已發之感二義。虛言其無形，心卽以其無形之虛，而寂然不動，以上通於內具之無形之理；更以其靈，以感而遂通，更不滯於所感之物，而得顯其內具之生生不息之理之全，而不陷於一偏；復以其不昧，使其相續感物，而有相續之明照之及於物與物之理；並使此心內具之生生不息之性理，亦得相續明通於外，而無始終內外之阻隔。此中後一是消極說，前二是積極說。前二中，第一之虛是靜態地說，第二之靈是動態地說；第一又是直就心之相以說其用，第二則是就心之用以說其相。此中之要點，唯在心之爲「貫幽明、通有無」者。因心有其虛一面、無一面、無形一面，乃能寂然不動而內具理；而心又以其靈，乃能感而遂通，而有其由無而有、由無形而有形之一面，以使理表現於氣。故心乃以其未發之寂，上通內通於性理，而主乎性；以其已發之感，外通、下通於氣，而主乎情。性之見乎情，卽理之形於氣，卽吾人之依理以有其身體之行爲。故心主乎性情，卽主乎此身，而心主此身，以在此腔子裏，卽心主性情而統性情、統理氣。然將心與理氣三者比觀，則心不如性理之純是無形，亦不如氣之純是形。故又謂「心比性微有迹，比氣自然又靈」。至於朱子之言心爲氣之靈、氣之精爽，則是就心之連於氣，而附心於氣以說

註一：語類五十九：「明道曰：稟於天爲性，感爲情，動爲心。伊川則又曰：自性之有形者謂之心，自性之動者謂之情。則情與心皆性之所發。如伊川所言，卻是性統心情者也。自性之有形者謂之心，某直理會他不得。以知此語是門人記錄之誤也。」由此一段，卽見明道、伊川皆尙偏以心偏屬動發，尙未如朱子之本張橫渠心統性情之旨，以一心兼動靜、寂感、已發未發而說之者也。

註二：全書四十二答胡廣仲：「未發而知覺不昧，此非心之主乎性者乎，已發而品節不差，此非心之主乎情者乎。心字貫幽明、通上下，無所不在，不可以方體論也」。

註三：朱子全書五朱子道延平語，而朱子後屢及之。至對心之界說，則朱子或謂「虛靈不昧，具衆理而應萬事。」（大學明德章注）「人之神明所以具衆理而應萬事」。（孟子盡心章注）又或謂「心之知覺，卽所以具此理而行此情。」（大全五十五答潘謙之）此是皆自心之具衆理是性，應萬事是情，而虛靈知覺或「氣之虛靈，則與形器渣滓正作對，而主身應物」處說著也。（答林德久大全六十一）。又曰：「心之爲物，至廣至靈，神妙不測，常爲一身之主，以提萬事之綱。」意亦無殊。（大全十四甲寅行宮奏劄）

者。自客觀的宇宙論之觀點看，人之心固必連於其自身之表現於氣者以言，則此語亦可說。然如純自心性論之觀點言，此語亦不須說；如要說此語，則至少須與心者「理之所會之地。」（語類卷五）合說方備。而說心之「能覺者氣之靈，所覺者心之理」，亦較只說心爲氣之靈、氣之精爽爲周備。至於由「心爲理之所會之地」，「心能覺理」之義，而純從心性論之觀點，以看此中之心與理之俱呈俱現，則亦可不說心爲能覺、理爲所覺；而儘可以滿心而發者皆是理，或心卽天理之昭明靈覺，而言心卽理。此卽可成陸王之義。然朱子於此蓋亦有意焉，而未能及。此則又由其宇宙論之觀點，以說心爲氣之靈之觀點凝之。循其宇宙論之觀點看心，則心未表現於氣，卽可說無心。卽他人之心之表現於氣者，吾人自外而觀，亦可說只有一他人之性理之流行於其氣，而可說其無心。此正如吾人之言宇宙之易道，可說其無心而成化也。然純自心性論之觀點上看，心未表現於氣，其虛靈不昧之能覺之體仍在，便不須連氣而說。於此如只內觀此虛靈不昧之體所具之性理，與此能覺之靈之俱呈俱現，則儘可見心與理之形而上的合一，以爲一本心；如吾於太極一文之所論。而依此本心之爲心理合一之義，以觀宇宙萬物之依天理之流行於氣而有，亦卽可說此天理與一天心合一，則亦可確立天地之實有一超思慮之天心，爲吾人之「宇宙卽吾心」之本心；而不可只說之爲一無心而成化者，或只有一無心之心也。此卽本於心性論上之內觀，再推而上之，以統宇宙論上之外觀之說，而爲陸王之心卽理之說之所歸。然在朱子思想，則其於心性論上雖亦有此一內觀，而未能充其義，以統其宇宙論之外觀；乃或反而以宇宙論上之外觀所成之心爲氣之靈之說，混淆於其心性論上之內觀初所見之心，乃以「理爲所覺」，爲「理之所會之地」，其「自理說心之義」，遂不能更循此內觀，深入向上，以與陸王同歸矣。然此亦非朱子全無此內觀之說之謂。故吾人今如尅就朱子之在心性論上所有之內觀而說，則固可不說心爲氣之靈、氣之精爽，而只須說「心爲內具理而通於理，更表現之於外，以通於氣」而已足。此亦正爲相應於心統性情、寂感、內外，而言之語。而所謂心之主宰運用義，亦唯由此，方見其實義。蓋所謂心之主宰運用，應指心之能使理呈現或不呈現，並使人之身之氣生起或不生起而言。理之自然流行於氣，氣之自然表現理，是一自然之變化，或自然之易，不是心。心之主宰運用，唯在：「氣既有而能使之無，或未有而使之生；或於理之表現者之偏而失正，而能矯其偏失，以復其全正」等上見之。此卽同於謂：心之主宰運用，乃在對氣之有無之主宰，理之偏全之運用上見之。故「心本應爲居氣之上一層次，以承上之理，而實現之於下之氣」之一轉捩開闔之樞紐。亦唯如此，然後可言心之爲主性情、統性情、或率性以生情者。此則觀朱子之言心之主宰運用，固明涵具此義。由此以言心，雖不必卽引至陸王之心卽理之義，然亦不必涵心只是一氣之靈之說，而見此心之固有其獨立意義在也。

此心之獨立意義，一卽前所謂之虛靈不昧義，另一卽緣此而有之主宰運用義，此上文皆已及。若更分別言之，則虛靈不昧義，乃要在言心之爲一能覺能知；主宰運用義，乃要在言心之爲一能行。心能知能覺，而感物，以有所知，而成知覺。既對物有知覺，而心乃有應物之行，以表現其性理。此心之行，首爲依其性理之原有所向，與所感之物之現有所是，二者相接，便有其相順或相違之關係，而此心遂有其好惡喜怒哀樂之情。故情卽心之理或性之直接表現，而更還向物而生起者。心之感物，初依於物之來感吾心之性理，此卽「由外而內以成吾人之知」之歷程；而心之感物而應之以情，性理遂表現於情，卽爲一「由內而外以成吾人之行」之歷程。心之虛靈不昧，要在其具性理，以有此知；此心之主宰運用，要在其能表現性理，而行此情。心始於知，終於行，以感於內而發於外。卽足以見此心之內外間之無阻隔。此又正原於心之虛靈不昧。此卽朱子之分心性情爲三，各有其獨立意義，而又未嘗不相依爲用，以成一心統性情之整體者也。

六　心之諸功能

至於朱子之言一般所謂心之其他功能，如志、意、欲、才等之分別，則爲將心開爲內在之未發之性，與見於外之已發之情之二面後，再就心之緣已發之情，而有之活動之種種方面而說。此爲對心與情之概念，再作進一步之開展所成之諸概念。故謂「志、意都屬情，情原較大。」（語類五）志之一名，在朱子訓爲心之所之。此所謂心之所之，卽指心之生情，而情之相續，如有所往，而心亦有所往之別名。此所往，不只涵有對外在所感之事物而往之義。因人之志恆是欲實現一理想於事物，故此往乃直向一理想而往，或向心所欲實現之性理而往之義。志可說爲心之自動的升向其理想或性理之活動，乃由情之所生起，亦由情之能自動之一面，所開出之活動。至於意，則朱子謂意爲心之所發，又謂意有主向。其與情之分別，是情爲性之發於心，卽性之直接表現或自然表現於心；而意爲心之所發，則要在言其經心之一自覺的主宰運用而發。故謂：「如愛那物是情，去愛那物是意。」於此卽見意乃主宰此情、運用此情者，此卽見有心之自覺的主宰運用在。至於意與志之分別，則朱子嘗本橫渠「志公而意私」之說謂「意是百般計較，是志之經營來往的，是那志的腳」。又謂：「志是公開主張地，意是潛行間發地；志如伐，意如侵。」（皆見語類五）此上之前一語，卽謂意爲在志求實現之歷程中，所經之種種意念上的打算安排的階段。故志顯然爲導在前，諸意念乃隱然隨行於後。故曰：「志如公然在此，意爲尾隨潛行。」（語類五）「志便淸，意便濁；志便剛，意便柔；志有主作意思，意有潛竊意思。」（語類九十八）以今語言之，卽「意」爲「志」所貫徹之「複雜多歧的心之發之歷程」。此歷程之所以有，則當說由心對事物之理，有多方面的次第認識之故，亦由心之性理原所包涵之分殊的衆理，亦在次第中表現於心之故也。

至於欲，則初當是心之志意之欲實現其自己；此實現，恆爲一事物之成就。則欲卽可直接以事物之成就爲目標，此是內在於志中之欲。然人心亦可直接欲得一事物，更不顧經志意之努力。然所欲者，要必連於好惡等情。欲依情生，而可直接以一已成就之事物爲對象，而欲之。此中之欲，必連此對象，方稱爲欲，乃與情之可只連於心以說者，其義不同。朱子謂：「心如水，性猶水之靜，情則水之流，欲則水之波瀾。」（語類五）水之波瀾，由水之觸物而起，正如欲之由心之撲着事物爲對象而後起者也。由情而生欲，此心卽直接以事物爲對象而欲之。當此心依於一個體之形氣起念，並只視其他人物亦只爲具形氣之物時，則此心更或一往向物而逐取，遂只知玩人玩物，乃或違其性中之天理，而化出所謂物欲與人欲。而人此時之心，亦乃若全失本有之道心，以至沉陷於物中以物化。此於下文論人欲處，當再詳及此人欲之所自生。

以欲與志相較，志所向者恆在理，欲所向者恆在物。理在上而物在下，故志恒對理，而向上升起，欲恆對物，向下沈陷。故朱子或謂欲如水之流，而恆至汜濫（語類五）。至於以人之「意」與「志」相較，則意初雖恆依志而起，然其經營來往，恆是在已成之衆多事物上着念，以成其經營來往。故意若離其所依之善志而起者，卽恆散落在種種所欲得之已成事物之上，而連於物欲，易落於私。此卽朱子之所以或言志公意私也。

至於所謂才，伊川已言「才出於氣，氣清則才清，氣濁則才濁。」（遺書第二十二上）又曰「才稟於氣。」（遺書卷十八）朱子嘗謂伊川之言與孟子所謂才皆善而出於性之旨不同。（語類五十九）並進而言「才是心之力，是有氣力去做底。」（語類五）「一般能爲謂之才」，「才是能去恁地做底。」（語類五十九）是見「才」卽心之能統率氣，以實現其理想或性理之力。故又謂「才字是就理義說。」（語類五十九），此心之統率氣，以實現其理想或性理之力，卽心之氣之「由情、志、意、欲而實現性理」之力，故謂「才是有氣力去做底」。此力有大小，卽見其所能實現之性理有多少。如朱子謂「惻隱有懇切者，有不懇切者，則是才之不同。」「才如水之氣力，其流有緩有急，卽是才也。」才力有大小多少，卽爲一量的概念，而此才亦可說卽心所統率之「實現理之能量」。「人能盡其才，則仁至義盡，如謂盡惻隱之才，必當博施濟衆；盡羞惡之才，必當至一介不取。」（語類卷五十九）然依於人之性之不能離氣質之限制，而事實上人之才，乃有種種之不同。此則可依伊川之「氣清則才清，氣濁則才濁」以說。（註一）吾人謂心能統性、情，以及志、意、欲等，然所統之「性之實現於情志等者」之量之大小多少，亦卽依其才之大小多少，以定其外限。故才之一概念亦卽依於氣之力，以自外統括「心之實現性之理之全體於情志之氣之量」之一概念也。至於人之寤、寐、鬼神、魂魄（註二）等，亦皆可連心之動靜、心氣之往來，及其與身體之關係，以加以界定。今皆從略。讀者可自參考其書。

在心之性與情、才、意、志、欲之中，自以內在之性理爲主。朱子於此性理，又恆稱爲衆理、百

註一：語類五十九，朱子論才，謂當兼孟子伊川說方備。則朱子與孟子伊川又微有所不同。朱子之說，卽將才視爲一面出於心性，一面出於氣，而連此二者之概念也。

註二：朱子此外更或由心之是否接物，是否有思，而言心之動靜。如其全書五十七答陳安卿謂「寤寐、心之動靜也；有思無思者，又動中之動靜也；有夢無夢者，又靜中之動靜也。」

理、萬理。就其理之大者而說之，則朱子恆說其爲具四德，卽仁義禮智之性理。此四德之統於仁，亦由仁以開出，當於下節再及於「其表現於人之氣，爲愛恭宜別之情，以與天之元亨利貞之道之表現於春夏秋冬之氣者相照映」諸義。至在所謂情中，如仁之見於愛，義之見於宜，禮之見於恭，智之見於別等四端之情；則此皆直接稱性而生之道德的情。此外則又有所謂七情，卽喜、怒、哀、樂、愛、惡、欲等之七情。朱子對此二情之義，雖偶或加以配應而說（**註**），然又謂其難分。其歸旨蓋當在以七情與四端之情各爲一類。故亦嘗謂「四端之情爲理之發，七情爲氣之發。」（語類卷五十三人皆有不忍人之心章廣錄）此「四端之情」與「七情之情」之同異關係，原是一可討論之問題。韓國之朱子學者，於此卽討論甚繁。中國明末之劉蕺山卽通二情之義而說仁義禮智卽喜怒哀樂。然蕺山所謂情，初指一在中而未表現之情言，乃別是一義。其旨趣所在，後當及之。若就一般所謂表現於外之喜怒哀樂等而言，則吾人今於此亦可姑以二義，代朱子說明其與四端之情不同之理由。一義是同一之仁愛之性情，或同一惻隱之心，儘可表現爲喜怒哀樂不同之情。如人之愛人者，見所愛之人則喜，見有害之者則怒，見其被害而死則哀，見害之者之去，或起死回生則樂；是卽可證同一之仁愛之性情或惻隱之

註：如朱子語類卷八十七義剛錄劉炘父問七情分配，曰：「喜怒愛惡是仁義，哀懼主禮，欲屬水、屬智，且麤恁地說，但也難分。」又同卷賀孫錄一段，又謂「哀懼從惻隱發」則朱子此言與上說自相矛盾。此段文最後又言：「七情不可分配四端。」則歸在二情之不同其義也。

心，可在不同場合，分段表現爲喜怒哀樂之四情。二義是愛恭宜別之情，一般皆視爲善，故朱子謂爲理之發。而喜怒哀樂，則一般皆視爲有發而中節與不中節，或善與不善之別者。於此同爲喜怒哀樂，其善不善之所以不同，在理；所以同爲喜怒哀樂則在氣。故朱子謂之氣之發也。依此二義，如愛恭宜別之情，稱爲性情，則喜怒哀樂之情，便宜稱爲感情。唯朱子於此又未明分別立此二名耳。今分別此二情之義，則如喜怒哀樂之感情之中節者，卽兼爲合理，亦爲性之直接的表現之性情；則不中節之喜怒哀樂之發，應別有其天理外之根源。此在朱子，卽以原於人欲之私爲言。人之喜怒哀樂之感情，亦實有以其人欲之私爲根據，致所發乃不合於正者。然人何以有此人欲之私，則又當溯源於人之心。此爲人欲之私所緣之以起之心，自應不同於能直接表現性理或天理於性情之心，或天理純全之心。由此而朱子於人之心，乃又分爲道心與人心，而一心亦可開爲二心矣。

凡上之所述，可見朱子之思想，如何依其理氣之論，而將人心展開爲種種之方面而說，以成其上下內外四方無所不備之系統。然此上所言，又尚不外一朱子心性論之概念間架的舖陳，可以見朱子之思想所及之平面的廣度，尙不足以見朱子思想之深度與精密度。欲見朱子思想之深度與精密度，尙須由朱子心性論與工夫論之關聯處，更牽連其餘諸家思想而討論之。此較爲複雜，當俟另文專論原德性工夫時再及之。至於雖牽連及他人之說，而只就朱子思想本身之發展上看，卽可知其定論所在，而又較上文所及之更深入之二問題，則是嘗與張南軒反覆論辯之仁之問題與人心道心之問題。玆分別略說之於下：

七　仁之界說，其前後、內外、上下、與本末

關於仁之一問題，自昔儒者所言已多。除孔子只言爲仁之方，無對仁之定義式之言外；孟子嘗言「仁者人也」，又言「仁者愛人」；墨經亦言「仁，體愛也」；莊子謂「愛人利物之謂仁」；韓非言「仁者中心欣然愛人也」；樂記以「中心物愷，兼愛無私」爲仁；董仲舒謂以仁愛人；鄭康成自人相偶訓仁；韓愈謂博愛之謂仁。大體言之，於仁爲愛人之意，初爲儒家與諸家共許。然在程明道識仁篇，則言「仁者渾然與物同體，義、禮、智、信，皆仁也」，又謂「醫書以手足痿痺爲不仁，此言最善名狀。仁者以天地萬物爲一體，莫非己也。認得爲己，何所不至。若不有諸己，自與己不相干。如手足不仁，氣已不貫，皆不屬己，故博施濟衆，乃聖人之功。仁至難言，故曰己欲立而立人，己欲達而達人，能近取譬，可謂仁之方也已。欲令如是觀仁，可以得仁之體。」（註）明道又謂「切脈最可體

註：二程遺書二上，近思錄及宋元學案皆引此語。遺書卷四另有一段，蓋同一語之別一記。其言曰：

「若夫至仁，則天地爲一身，而天地之間，品物萬形，爲四肢百體。夫人豈有視四肢百體而不愛者哉。聖人，仁之至也，獨能體是心而已。……醫書有以手足風頑，謂之四肢不仁，爲其疾痛，不以累其心故也，夫手足在我，而疾痛不與知焉，非不仁而何？」

仁」，（遺書三）「醫家以不識痛癢謂之不仁；人以不知覺不識義理爲不仁，譬最近。」此卽不直接以愛言仁，而以直下識得天地萬物之生命之爲一己之生命，如一氣之貫於一體之四肢，無麻木痿痺之感，爲識仁之體；乃大不同於前此之以愛言仁之說。至於伊川則更謂「心譬如穀種，生之性，乃仁也。」（遺書卷十八）又謂「仁之道，要之只消道一公字；公只是仁之理，不可將公叫做仁；公而以人體之故爲仁，只爲公則物我兼照，故仁；所以能恕，所以能愛；恕則仁之施，愛則仁之用也。」（遺書十五）合伊川之言以觀，則其意蓋謂人能體此「公」而無私，則能本其生之性，以物我兼照，是卽爲仁。此言物我兼照，生之性爲仁，略同明道之言生之謂性，而卽生命之相感通言性之旨；亦不殊明道以與物同體言仁之旨。唯明道言與物同體爲仁，乃自仁之心境之狀態說，而伊川乃謂公爲仁之理，則猶言「公」爲所以得此仁之方、之理，其本旨固無大別也。

二程以「公而與物一體」之生之性爲仁，而手足痿痺爲不仁；楊龜山亦由疾痛之感，言以天地萬物爲一體，爲仁體。呂與叔克己銘謂「凡厥有生，均氣同體，胡爲不仁？……皇皇四達，洞然八荒，皆在我闥，孰曰天下，不歸吾仁？癢痾疾痛，舉切吾身，一日至之，莫非吾事。」謝上蔡則進而以知覺爲仁，謂「今人身體麻痺，不知痛癢，謂之不仁；可種而生者謂之仁，言有生之意。」（語錄）皆緣明道伊川之言之旨，而略變其義，要皆不外自仁者以物同體，或由同體之感而有之疾痛痛癢相關之知覺上，指點仁體之所在，以使人識仁（註一）。此與二程之言仁，同爲所以導學者之識仁而爲仁之言，初非意在為仁之一名之所指，求一精切之定義也。後之胡五峯著知言，乃較重在對一一之性理之名言，為之作一較精切之定義，以仁為人心之當循之道，而有「仁者心之道」之一言。朱子則正承此「知言」之意，而重對種種心、性、德、道之名言之界說，乃對二程以下之言仁者，皆有所疑，而有其仁說之著。此則大不同於二程、游、楊等之言仁，乃「意在示學者以識仁為仁之方，其言仁之意義，皆只為指示的；非兼意在對仁加以定義界說者」矣。

然尅就朱子之言仁之界說而論，其所以必變二程以下之說識仁之方之言，亦有其工夫論上之理由。當在原德性工夫文中，另及之，茲暫略。尅就仁之界說而論，朱子之仁說之言，亦確有其精切之處，吾人須加以承認。依朱子之意，以公言仁之語所說者，唯是仁之前事。人無私則公，公則仁之性依之以現，然非無私或公之自身即是仁。此中由無私而公則仁，尚須另有一物始得（註二）。此即仁之心性之自身。朱子言「無私以間之則公，公則仁。譬如水，若些子礙，便成兩截；須是打併了障塞，

註一：「心不在焉，視而不見，聽而不聞，食而不知其味，不見不聞不知味，便是不仁；但存如見大賓，如承大祭底心在，便是識痛癢。」（宋元學案上蔡學案）

註二：朱子語類卷六，卷九十五，討論公與仁關係處。朱子全書五十八答楊仲思，陳器之書，皆辨公與仁之別。但語類卷九十五道夫錄有一條言：「公不是仁，公而無私便是仁。」此仍當是謂公而無私，則能仁，非即以此公而無私便是仁之謂。若然，則與他處之言皆不合矣。

便滔滔流去。」此卽謂無私而公，如水之去障塞，而打併在一起。然此中須另外有水，在此流。此水乃比喻此仁之心性之表現爲愛，若只言「公，則無情」，兼言「仁，則有愛」，「公字屬理，仁字屬人。」（註一）伊川謂「公而以人體之」爲仁，自亦必有一心性去體公，而後公。伊川亦有生之性爲仁之言。此卽朱子於伊川之言較契合之故。然朱子亦謂「公而以人體之之言，微有病。」（註二）蓋此言畢竟未指此仁之源，及其必見於愛之義也。

至於對天地萬物爲一體或物我一體之言，則朱子嘗謂此爲仁之後事，爲仁之果，又謂此是言仁之量。卽謂此只是言人之行仁充量之結果，而仍非仁之本身或仁之本質，尤不可謂必先知物我一體或一理，乃有仁，以倒因爲果，成義外之論也（註三）。

至於對上蔡之以知覺訓仁者，則朱子以爲此乃就仁之包乎智言（註四）。此不必爲上蔡之本旨。今順朱子意看，則其意蓋是謂：當人有仁之表現而及於事物時，對事物固有知覺，對其自身之仁之表現，亦有一自覺，而知其爲是，並知反此之不仁爲非。此卽見其心之能覺理，而具智之德。然仁之表現之本身，則初不從智始，亦不可逕以知覺言仁。在朱子之意蓋謂，說仁應尅就仁之本身與其原始的表現處看，不應自其前事後事看，亦不應不自其最後之表現之智上看，乃能對仁有一精切的定義。此其用意，固未嘗不是也。

至於胡五峯之謂「仁者心之道」之一語，朱子初與張欽夫書嘗取其言，而謂「仁者心之道，敬者註一：朱子文集五十八答楊仲思。

註二：所謂有病者，觀語類九十五，此語之全段文自明，今從略。

註三：朱子語類五十三，只是一箇人，也自有這惻隱。若見人我一理，而後有之，便是兩人相夾在這裏，方有惻隱，則是仁在外，非由內也。今按鄭康成以人相偶爲仁，或一切只自仁爲二人之訓詁，而由人與人之外在的社會關係言仁之說，正皆以仁在外非由內之說也。

註四：朱子語類卷百零一論謝顯道及卷二十孝弟也者，其爲仁之本歟章，皆有二段辨上蔡以知覺言仁之說。又朱子大全三十二答張欽夫論仁說，謂「仁者心有知覺則可，謂心有知覺謂之仁，則不可。蓋仁者心有知覺，乃以知包四者之用，猶言仁者知所羞惡辭讓云爾。」又卷四答游誠之「仁自是愛之體，覺自是知之用，界分脈絡，自不相關。但仁統四德，故仁者無不知覺耳。」又卷四十二答胡廣仲，「上蔡之言知覺，謂識痛癢，能酬酢，乃心之用，智之端也。」可見朱子處處以上蔡之以知覺言仁，爲以智之端言仁。然上蔡所謂知，亦可不只是智。如朱子語類卷五十九載「問知是心之神明，似與四端所謂智不同」，曰「此知之義又大。」則朱子亦承認此一廣義之知。然此廣義之同於神明之知，仍與仁不同。故語類六十八謂「仁是有滋味底物事，做知覺時，知覺卻是無滋味的物事。」此所謂知覺無滋味，卽謂智之能覺仁，其義之同於知覺或神明者，其本身亦只是一純形式之知覺或神明，別無其他內容，故謂之無滋味也。

心之貞。」然其著仁說，仍改而說仁者心之德，不說仁者心之道。此則蓋由道之一名，乃就心之由內達外之表現上說，而非直就心之內部，或此表現之本源處說。朱子之所以改取仁者心之德之言，即意在就此心之表現之內部之本源處說仁也。

朱子之不契於其前諸賢之說仁，在諸賢之未扣緊仁之表現之內部的本源處說仁，其仁說則扣緊此義而說，故逕說仁者心之德、愛之理。此仁之爲心之德、愛之理，又一方與天地之生物之心之德之理相應，而同爲一生物之理。此天之生物之理在人，即人之生之性。故朱子之此言與伊川之以生之性言仁之旨合。此仁之在人心，又包仁義禮智之四端，其表現爲愛恭宜別之四情中，則惻隱之心，又無不貫，此亦正如天之生物之心中元之爲德，能統元亨利貞之四德；而其表現於四時之氣者，其春生之氣無不通。此即成一通貫天人、情性、本末，而使之亦枝枝相對，葉葉相當，以言仁之思想系統；而又可綜合昔之儒者以愛言仁，與近賢言仁之旨於其中，其用意之精切，固亦有進於先儒者。茲引其說仁之前一段之言於下，再略釋之。

「天地以生物爲心者也，而人物之生，又各得夫天地之心以爲心者也。故語心之德，雖其總攝貫通，無所不備，然一言以蔽之：則曰仁而已矣。……蓋天地之心，其德有四：曰元亨利貞；而元無不統；其運行焉則爲春夏秋冬之序，而春生之氣所無不通。故人之爲心，其德亦有四：曰仁義禮智；而仁無不包；其發用焉，則爲愛恭宜別之情，而惻隱之心無所不貫。……仁之爲道，乃天地生物之心，即物而在。情之未發，而此體已具；情之既發，而其用不窮……，曰克己復禮爲仁，言能克去己私，復乎天理，則此心之體無不在，而此心之用無不行也。又曰居處恭，執事敬，與人忠，則亦所以存此心也；又曰事親孝，事兄弟，及物恕，則亦所以行此心也；又曰求仁得仁，則以讓國而逃，諫伐而餓，爲能不失乎此心也；又曰殺身成仁，則以欲甚於生，惡甚於死，而能不害乎此心也。此心何心也？在天地則坱然生物之心，在人則温然愛人利物之心；包四德而貫四端者也。」

此朱子論仁之言，宜順其所言之序，更逆囘之以觀，方更得其深義。自朱子之言必克去己私，然後仁之理見，而「此體渾然，此用昭著」。（註）即涵攝伊川以無私而公爲仁之前事之旨；謂存此心而與人忠，行此心而及物恕，亦程子恕爲仁之施之旨；及物既恕，即視物我如一，而明道仁者與物爲一體之旨，亦可涵於其中。然必言不失乎此心，不害乎此心之寧逃餓而殺身，則所以見「仁者之未必能功成事就於外，而唯所以不失不害此心於內之旨；而言仁唯當扣緊此心之德之理以言之旨亦見矣。

朱子就仁之體用之表現上說，謂人之無己私，乃仁之前事；即謂人之無己私，只是仁之表現之主觀上之一消極的條件。而萬物之在前，而被我之所知覺，則爲仁之表現之客觀上之積極的條件。於此，吾人如欲由及物之恕，而與物同體，以有所謂仁之後事，必須有一仁之表現之本身，緣我之主觀

註：大全卷三十二答張欽夫論仁說曰：「仁乃性之德而愛之本，但或蔽於有我之私，則不能盡其體用之妙。唯克己復禮，廓然大公，然後此體渾然，此用昭著。」

上之無私，以次第貫通於我對物之知覺之中。否則由此公而無私之知覺所得之物我之一體，將無異於一太空之包萬物以爲一，卽全與人之道德實踐爲不相干者。此則尚不如以愛言仁者之本此愛之情，由我之愛物而通物，尚有一正面的實踐工夫歷程中之物事在也。然朱子更別仁於愛之情，而以仁爲愛之情之本，仁只是心之德，亦心之理。又以此愛之情，更下貫於恭宜別之情，方底於智與對物之知覺。朱子更上溯仁之本於天地之生物之心。此則將仁之內外上下本末之意義，皆加以展開，而又足以攝昔人之以愛言仁，近賢之以知覺、無私而公、及與萬物一體之感，言仁之義者矣。

朱子別仁於愛之情，而以仁爲心之德、愛之理，卽謂仁之自身在愛之情之表現之上一層次。仁之自身，只是一超越於感物之實然之事或情之上一層次之當然之理。此理卽心之性理，亦心之性德。此性理性德，又原於天命之理，卽天理之在吾人者。此天之理，只是一生物之理，此仁之理亦只是一生物之理。自朱子之宇宙論言，所謂天地之心，乃表現於天地之氣之依此生物之理而流行以生物上；人之心則當自人之生命之氣，依此仁之理而流行，以愛人利物上說。此中之心，乃一理氣之中介之概念，亦一統攝之概念。此文尤重在以天地之心之一名，統天地之生物之理，與此理之流行於天地之氣二者，以言其以生物爲心。又以人之心之名，統攝人之心之具此仁理爲性德，及此理之流行於吾人生命之氣而爲情，乃言其以愛人利物爲心。故此仁說之根底，仍連於其理氣之論。此理氣論之精義，一在無其氣而理已先在。故人雖無愛之表現，而能愛之仁之理已在。此乃所以保持此仁之理之超越性，此義不須多說。二是此仁之表現乃初表現爲對其他之人物之愛，此中須先肯定我與其他人物之分別。然此中之愛，依於我之克去己私，而流行及物，以通我與萬物爲一。而此通，是依一次序而通，亦卽依於氣之流行次序而通。如天之生物之依本末次序而生。天之生物之本末次序是由春而夏、而秋、而冬，人之愛人利物之本末，亦由愛、而恭、而宜、而別。此天之生物之事與人之愛人利物之事，皆一次序之歷程；而此天之生物與人之愛人利物之德，亦卽可開爲四者去看。故一元可開爲元亨利貞，一仁可開爲仁義禮智。四德之在人，初步只是人自去己私，以向他而愛，此是仁之直接表現；次則對所愛者自身之一尊重恭敬，是爲禮之表現；再次則爲就所愛者之爲如何，而知愛之之道，以何者爲宜而正當，是爲義之表現；最後則爲依此宜而正當之道，使事物亦得其宜，而有正當之成就，以貞定爲一存在；而吾人之心亦知其如此如此地成就而存在，而亦得貞定其自己。此卽爲智之表現。此中仁開爲四德，而由四德之表現於愛恭宜別之情，方完成此仁之表現。故此整個之愛人利物之情，必落實到一一具體之人物之愛利。具體之人物無窮，則此仁之表現於愛人利物之情之事，亦無窮。故可言此仁之體無不包，此愛人利物之惻隱之心無不貫。此仁之心亦「卽物而在」，「其用不窮」。然此中對一一人物分別的愛之利之之情之事，又一一皆須依愛恭宜別之序，以行其情而成其事。此卽須與窮理致知之事相連。又愛人利物之事之落實處，在一一之人物；故必有對一一之人物，加以分別。此卽不能只以「公而無私」「與天地萬物爲一體」或籠統之「痛癢相關」之知覺言，加以總包者。此處只能言：人時時愛，卽時時有及物之恕等。人時時依一公而無私之心，及推己及物之恕，以視物我如一；卽時時有一渾然與物同體，而時時於所愛利之人物，有分別的痛癢相關之知覺耳。凡此等等，皆見朱子言仁，實不同於其前儒者之言仁者之只爲就事指點，各舉一方面而說；若作仁之界說看，皆不免渾淪籠統之弊者。朱子於仁，乃就其前事爲公，後事爲與物同體；內爲心之知覺之性，外形於知覺物而生之情；上通於天，下貫於人；本在己之一理，末散而爲由愛恭宜別愛人利物之萬事，而加以界說。此連仁之前後、內外、上下、本末以論仁，固有其精切細密之旨，存在於其中也。此外朱子於仁義禮智之四性德等，尚有其分別之論述，以見其何以又皆統於仁。此皆具詳其書，今不贅述。

八　人心道心之開合

至於人心道心之問題，則蓋爲朱子晚年屢加論述之問題，乃就其仁說中之問題，而更進一步，加以開出者。依其仁說，人之心，初只以仁爲心之德，則人只有一仁心。此一心乃具性理或天理，而亦能表現爲愛人利物之情，而卽具成己成物之道之心。然此尚非朱子所謂道心。朱子所謂道心，乃由人之表現其心之四德而成，亦卽心之天理性理，實際實現或表現於心而成。此卽不同於統言人有具性理之心。此道心待於人之實克去己私，以實表現心之四德而成；則尚未去己私之心，卽非道心。此非道之心，就其亦可克去己私以成道心言，或就其己私可不妨礙道心之呈現言，便又是另一意義之心。此一意義之心，如其已私足以妨礙道心之呈現，而又不能自克，更是一意義之心。於是人之一心之呈現，即可自其已實現表現其性理者，而名之爲道心；就其可實現表現道，或其已私不妨礙道心之呈現者，而名爲人心；就其人心之已私之足以妨碍道心之呈現者言，稱其私爲私欲，或不善之人欲，而此心即爲一具不善之人欲或私欲之心。由此而一心即可開爲二心或三心以說。人之欲表現實現其仁之性理或天理，即須本此仁說中所言克去已私之意，以化除具私欲之人心，以使不善之人欲淨盡。而對可實現道之人心，則當使之聽命於道心，或化同於道心。然此中之「尚非道心而又不妨礙道心」之人心，是否眞有一積極內容，而自有其獨立意義之可說，則是一問題。如此心無其積極之內容、獨立之意義，則開一心爲道心人心二者，即無其根據，更不可開爲三心。如其有積極之內容可說，其與天之生物之生生之理，是何關係？又此人心中如何可有一妨礙此人心之合道，而爲道心呈現之阻礙者之私欲之起，以使此人心成具不善之人欲之人心？再此具不善之人欲之人心既起，如何使道心得再現？或如何使吾人之性理天理，得自然眞現於人心以表現於情？此人聽命道心，化同於道心，須待何工夫？再則一心既可開爲二者或三者，如何可說是一心？則此中有種種之問題。於本章中，除關於工夫之問題，今暫不及論外，須知即對此人心道心之界說，朱子前後之言，亦有不一致者。茲先說朱子對此人心道心之界說，前後之見解之變遷，然後更純理論的說明朱子之開道心人心與具不善之人欲之人心爲三，確有其根據；更說明此不善之人欲與人之道心正相對反，乃人所必當化除，而亦必能化除者，以結束本章。

朱子之言人心道心人欲之問題，韓國朱學者韓元震朱書同異考，嘗謂其前後有四說。玆本其言，更加以引申而論之。大率朱子初以「人心爲私欲，道心爲天理」（答張敬夫書），「梏於形體之私爲人心」（大全三十六答陳同甫），「人心之危者，人欲之萌也；道心之微者，天理之奧也」（大全六十觀心說）；此與程子「人心，私欲也；道心，正心也」（二程遺書十九），「人心惟危，人欲也；道心惟微，天理也」（同上十一），其旨略同。此皆以人心之義同於人之不善之私欲。至於其答呂子約書，謂「操舍存亡，雖是人心之危；然只操之而存，則道心之微，便亦在此」，此則以由人心之操而存，卽見道心之微。故答許順之書，又謂「操而存者爲道心，捨而亡者爲人心」（大全三十九）。此中，人於此人心，一加操存，道心卽在，則此人心，亦卽未嘗不可通於道或天理者；然亦尚未改其人心道心相爲對反之意也。至在其與蔡季通書（大全四十四）則又謂「人之生，性與氣合而已……性主乎理而無形，氣主乎形而有質。以其主理而無形，故公而無不善；以其主形而有質，故私而或不善。以其公而善，故其發皆天理之所行；以其私而或不善也，故其發皆人欲之所作。……然但謂之一心，……固未嘗直以形氣之發，盡爲不善，而不容其有清明純粹之時，……但此旣屬乎形氣之偶然，則亦但能不隔乎理，而助其發揮耳。不可便認以爲道心也。」此則以人心非卽不善，其本雖在形氣，然其淸明純粹，亦能不隔乎理，則無復人心與道心相對反之意。朱子後與鄭子上書，則又謂其與李通書，語尚未瑩；然亦未視爲非，並謂「此心之靈，覺於理也，道心也；覺於欲者，人心也。」此似爲其最後之論。而其鄭重寫作之中庸序，亦緣此而作；今觀語類七十八辨尚書中人心道心之義，即多本于其最後之定論。其中庸序曰：「心之虛靈知覺，一而已矣。而以爲有人心道心之異者，則以其或生於形氣之私，或原於性命之正，而所以爲知覺者不同，故或危殆而不安，或微妙而難見。然人莫不有是形，故雖上智不能無人心；亦莫不有是性，故雖下愚不能無道心。……必使道心常爲一身之主，而人心每聽命焉。」此即自一虛靈明覺之心，或原性命之正，而覺於理爲道心；或原於形氣之私，而覺於欲者爲人心。語類七十八佐錄，又謂：「道心是知覺道理底，人心是知覺得聲色臭味底」；再方子錄謂「形骸上起底見識，便是人心；義理上起底見識，便是道心。」此即謂人心乃由形氣起見而知覺形氣者也。此中之「形氣之私」與「知覺形氣」，即初無邪惡之義，亦不同於與天理相對反之人欲。此所謂「覺於欲」「知覺形氣」，即自此人心之知覺運動之「於聲色臭味之形氣有所向者」而言。則其清明純粹者，自亦可不隔乎天理。此與其早年之言「自其所營爲謀慮言，即謂之人心」（註）之一語，亦相合。因營爲謀慮，只是一人心之欲有所向之活動，其本身雖不必是覺於道者，然亦可合道，

註：朱子大全三十三：「遺書言人心私欲、道心天理，熹疑私欲字太重。心一也，自其天理備具，隨處發見而言，則謂之道心；自其有所營爲謀慮言，則謂之人心。」則此時朱子已不謂人心皆爲不善之私欲矣。

則亦無與天理爲相反之人欲之義者也。總此上所述以觀，是見在朱子之學之所歸，其所謂道心、人心，及與道心爲對反之不善之人欲，明爲三義；而其中之人心，則尅就其本身言，乃雖有危亦可合道，而爲可善可惡之中性者也。

所謂朱子之開一心爲道心、人心、不善之人欲爲三，確有其根據者，玆可先試就人之「知有飲食男女之欲，而有求其生存，延其生存於後代之欲」之知覺運動而論。此中，人既自知其有知覺運動，便不能不說是有一心。然此心又明異於自覺的依仁義禮智之性理或道，而生惻隱羞惡辭讓是非之情、或朱子所謂具愛恭宜別之情之心（**註**）。此依於自求生延生之欲，而知覺運動，以及營爲謀慮之心，亦有其喜怒哀樂等，卽此心亦有情與意等。人亦未嘗不可卽其知求生延生，能知覺運動之處，以說人之性。如告子所謂「生之謂性」「食色性也」之說是也。若然，則此心之此性、此情、此意，應亦不同仁義禮智之性等，而別爲一種。然此心與其性情意等，又未可說卽爲不善。因此由知覺運動，以自求生延生之心，依朱子之形上學言，卽亦同依於太極之生生之理、生生之道而有。此生生之理、生生之道，卽天之生物之理之道，初非不善，則此心亦非卽必不善也。吾人之自求生與延生於後代之事，亦至少可在吾人立於一天之立場以觀時，視爲一善之流行之所在者也。

註：語類卷六十二：「人心道心，一個生於血氣，一個生於義理。」又卷七十八：「飢寒痛癢，此人心也；惻隱、羞惡、是非、辭讓，此道心也。」

此種人之自求生與延生而能知覺運動之心，雖亦爲依於一天之生之理之道之善而有，而可依天之立場，以說爲一善之流行之所在者。然此又畢竟不同於人之自覺的依仁義禮智之性，而生之惻隱羞惡辭讓是非之情之善。此後者中之仁等之性，固亦可說其本源亦是一生生之天理。然此生生之天理，於此乃內在於心，而爲其所自覺的表現於其情之中者。此便不同於吾人之知有飲食男女之欲之心，其所本之生之理或生之道，只爲「超自覺的貫於人之生命中，以驅率吾人生命前進，使其自求生而延生於後代之欲之情」之不能自已者。人如只有此後一心，人卽既無異於禽獸。人必兼有自覺其內具天理而依以生情之心，人方有異於禽獸。人亦唯由此以有其自覺的德行之善，以成人格本身之內在之善；而非只是有一「自一客觀之天的立場可視爲善」之「具情欲之心」而已者也。則此二心之所發，雖同爲善；其所以爲善之意義，則有二種，而畢竟不同者也。

至於除人之緣飲食男女之欲，而有之知覺運動，以及營爲謀慮之外，人尙有其他對物之知覺運動，營爲謀慮，亦非眞覺依於理而發，而又初爲依於吾人之形氣與萬物之形氣相感，而自然發生之生命性活動。如人游於自然界中，隨意之見色聞聲，而對所感事物之好奇求知之活動之類。凡此諸活動之所以生，自天而觀，亦依於生生之理；而自人而觀，則人亦初不自覺其當然之理，而初非依一自覺其合理之心而發者。然此諸活動，亦同可不隔乎理，而能接受當然之理之爲之主，並可助「理」之發揮者。卽吾人出自道心之活動，朱子亦嘗謂「但有一毫把捉的意思，雖云本爲道心之發，然終未離人心。」（大全四十二答吳晦叔）其意蓋謂出自道心之活動，亦表現於氣與形，故可為人心之所把捉。此把捉之結果，固可導致種種人欲之不善——如佔有、矜驕等——而與其他之人欲之不善，固無不同。然此把捉之初幾，則未必即一不善之人欲，而儘可只是一中性的知「此道心所表現之形之氣」之人心而已。

由上可知朱子之分心為人心道心二者，乃確有其所據，因此二心之意義確不同。道心於此理有自覺，此固為自人與自天而觀時，皆為善者。人心則無對此理之自覺，而有其所向之欲，然亦依於天之生生之理而有，亦不必違理而可不隔乎理，並助理之發揮者。故自天而觀，固當謂其善；自人而觀，亦不必為惡而可為善者。由是以分此心為二，亦即可更緣之以說明違天理之不善之人欲之起源。此不善之人欲，不能依道心以起，即只能說直接依於人心而起。其所以起之幾亦至微，而初又正不外：人之具形氣以生，而對有形氣者，其人心恆自然有一知；繼之而對若干有形氣之物，有所偏向與所欲，再繼之而有此欲之相續生，而相續求遂。此所成就者，即人之具此形氣之特殊的個體的生命，與繼此個體而有之後代之個體的生命。緣此而人對有形氣者之知與欲，所依於天之生之理之道，亦即限制於此對有形氣者之知與欲之中，以流行。此即為朱子所謂出於形氣之私之人心。此出於私者，如不與出於道心所發之情志等相悖，而為此道心所主宰以聽命於道心，則固善，亦為上智之所不能免。然此出於私之人心，亦儘可自求發展，以一往下流，而陷落於所知所欲之若干特定之具形氣之物之中。此即有一離於道而違悖天理之可能。此即爲由人心以成不善之人欲之始。而此人欲之正式表現，首即表現爲人之只從其形氣之私起念，而對其他人物之生，漠然無感；於其他人物之生與己之生，同本於一天之生道而生，更無所知；乃不能自覺此生道，即我之性理所在，並自覺的求盡此性理，以愛人利物爲事。於是其於其他人物，雖亦未嘗無知覺，亦未嘗不對之運動，然此所知覺者，與對之運動者，亦唯是他人之形氣之外面的表現，實未嘗知覺他人之形氣之內在的生命；而亦未嘗對此生命之存在，眞有所感知。由此而再進一步，則其對他人物之形氣，皆欲取之爲我之用，而視之同於其他一切可爲足我之欲之一只具形氣之工具；於是玩物喪志，玩人喪德，無所不至。此即人之滅天理而窮人欲，而人之無窮罪惡所自生。然此中人若無人心之知覺，與緣之而起之營爲謀慮，只有一如禽獸之求生延生之欲，固無此所謂罪惡。因人之視人如物而玩之，亦正待人之有此人心之知覺營爲謀慮等，而後可能。故此人欲之罪惡所根，不可說只在人與禽獸同之食色之欲，而實亦在此人與禽獸異之人心。自此人心所包涵之知覺之一部份言，與道心中之知覺之一部份，固無別。然道心中除此一部份外，尚有所知覺之道或天理之內在於其中。而此人心中，則無此道之內在於其中；而只有一出於形氣之私之欲，如自後面來推動指揮主宰此知覺，以及營爲謀慮等之進行。於是此人心，即可爲此人欲所推動、指揮、主宰，以單獨進行發展，而昧其道心，以至全違道心，而有化出無窮之不善人欲之事矣。然此人心若不如此以單獨進行發展，而能如上文所說，雖有知有欲，而同時不昧其道心，而聽命於道心；則人心亦非惡，而固爲上智所不能無。是又見此人心之尅就其自身言，初爲可善可惡，而爲中性的。其與道心之異，卽中性的可善可惡，與善之異。然學者首須於此「兩者交界處理會」（語類七十八）。至尅就實際之人心言，如其不覺於理，以聽命於道心，化同於道心（註一），又必以其覺於欲，而歸於單獨發展其欲，以離道違道。故此人心又非眞能自持其獨立存在，以自持其爲一無善無惡之心者。由此而在實際上之人心，卽或向上而聽命或化同於道心，或向下淪爲具不善之人欲之心，又終無中立之可能。此卽仍通於朱子早年所謂一心操則存其道心，舍則亡其道心，而淪於不善之人欲之心之旨。由此而所謂三心，卽仍歸於二心。然此二者，旣一善一惡，互相對反（註二），「此勝則彼退，彼勝則此退，無中立不進退之理」（語類十三）。二相對反之心不容並存，則實際上人所有之心，又仍只是一心而已矣。此卽朱子之所以明言三心，而又亟稱陸象山之人心道心只言一心之說之故也（註三）。

註一：語類卷六：「自人心而收之，則是道心；自道心而放之，便是人心。人心與道心爲一時，恰似無了那人心相似，……道心都發見在人心。」文集五十一答黃子耕：「蓋以道心爲主，則人心亦化爲道心矣。」此卽本文所謂「化同」也。

註二：此「對反」是自第二義上說。在第一義上自只有天理而無人欲。大全七十三知言疑義：「天理者，莫知其所始，其在人則生而存之矣；人欲則梏於形、雜於氣、狃於習、亂於情，而後有者也。」

註三：如語類卷七十八，稱陸子靜非有兩個心之說。又卷百二十六謂：「陸子靜只是一心，一邊屬人心，一邊屬道心，」他處尙屢見稱述陸子此說之言。

由上所論，故知朱子之說，乃將一心開爲道心、人心與具不善之人欲之心三者。而在實際上人所現有之心上看，人心中不善之人欲肆，則道心必日亡，人心聽命於道心，而化同於道心，必求淨去此不善之人欲，而歸於一道心。溯吾人之生，原依道依理而生。生在，此道、此理卽在。此見天命之不已。故人只須卽此「現有之具人欲之心」，加以上提，以覺於道，卽有道心可聽命，而可使人心得化同於道心。此具不善之人欲之心，雖現有，然此心必可去。其所以必可去者，因此具不善之人欲之心，乃純爲後起，而實自始未嘗直接有根於天命天理者。天命我以虛靈知覺之心，此心固一面通於天理，亦連於我之形氣之求生之欲等者。然由此心之通於天理，而覺天理以成道心，固自覺的具內在之善；人之求生之欲，對天爲善，此中亦初未有人欲之不善。人欲乃起於人心之知覺運動之只順形氣之欲，以單獨進行而來，此乃第二義以下之事。人心之知覺運動，只順形氣之欲，以單獨進行，而不能覺乎理，以聽命於道心，以化同於道心，此可說原於吾人之氣質之昏蔽，方不能覺乎理。然此氣質之昏蔽，只使人不能覺於理，亦尚不直接產生不善之人欲，故只可說爲不善之遠源。如直說一切不善之所自生，則唯在人心之因不覺乎理，而更順形氣之私以單獨進行，而下流，以違於天理之際。此事卽純爲後起，而無根於天命天理者。以其無根，故此心亦終可覺於理，道心亦終可以操而存也。至道心之所以必可操而存者，則因此不善之人欲，既原於人心之下流而後起，則見此道或天理，原位於不善之人欲之上一層次。人之不善之人欲，不直接以此道或天理爲根而生，則亦固不能阻止此人心之上達於道，以使道心操而存也。此卽朱子之言下愚不能無道心也。知人之道心之必可操而存，與此人心之私欲之爲後起，則亦知此私欲之必可除去矣。

又此道心必可操而存之義，亦可自不善之私欲，原亦依於人心而有，亦卽原依於一虛靈知覺而有之義以說。人無心之知覺，以玩物玩人，固無不善之私欲，則此私欲正依此知覺而有。然此心之知覺之所以可能，卽依於心之虛靈。心不虛則不能攝物以有知，心不靈則不能既知物而更有所知。故能知覺之心，其體必虛靈。然心既虛靈，卽能超出於所知之人物之上之外，亦可超於玩人玩物之不善之私欲之外，以覺於天理，而存其道心。故由心之爲虛靈而能知覺之義，亦卽可反證人之道心之必可操而存。不善之人欲，無人心則無所自生，人心無虛靈知覺，亦不成人心。然人心既有虛靈知覺，又可超私欲而存其道心。此卽同於謂有不善之人欲者，卽必然能有道心。有道心而使道心常爲主，又必能去一切不善之人欲。此卽又同於謂：有不善之人欲者，必能自去此不善之人欲。再卽同於謂：此不善之人欲之自身，原自有其可去之理，或由存在以歸於不存在之理。此理之實現，卽天理之流行，不善之人欲之淨盡也。至於實成就此天理之流行、不善之人欲之淨盡者，卽聖賢之學問工夫也。

朱子之以人心可下流，以有人欲之不善，頗似漢儒董子之言人性之有依陰氣而有欲者；朱子之言人心之可上聽命於道心，又如董子之言人性之有依陽氣而具之善。其言不善之人欲，以道心之操而存，卽可化可去，又如董子之言人心之能奉天道，而扶陽抑陰，以去惡而爲善。此中之大不相同，則在董子以陰陽之氣言性，而不知以理與道言性。道家重道，而魏晉玄學言玄理與名理，皆不知扣緊理或道以言性。此以理或道言性之流，乃宋儒自周張二程以來所開，朱子之所承，而大進於魏晉兩漢學者之處，固非董子之所及。董子亦不知以虛靈知覺言心，更不知人之不善之情欲，亦由人對此虛靈知覺之一種運用而成，而此虛靈知覺，乃依於人心而通於道心者。由朱子之說，人之不善之人欲與道心，此二者，同依於一虛靈知覺而有，故不善之人欲可化之理，卽在此人欲之自身之中；然後去不善成善，乃有一眞實之必然可能之根據。（註）故此朱子之中庸序中之分人心道心爲二之義，固不可忽。而其開始一語：「心之虛靈知覺，一而已矣」之言，亦爲「人心可通於道，道心不可終昧，不善之人欲必可淨盡」之關鍵語，以使其既開心爲人心道心二者，而又未嘗不統之於一心者也。

按此心爲虛靈知覺之一義，初導源於莊子、荀子，而魏晉思想之言體無致虛，與佛家之言空，以及主宰之以靈昭不昧之知言心，皆在義理上爲一線索之思想。在宋儒，則張橫渠謂合性與知覺有心之名，並以「虛而能體萬物」，爲人之氣之性，又以知覺而不存象，以溢乎耳目之外之心，爲大心。此皆爲朱子以虛靈知覺或虛靈不昧言心之近宗。然朱子之言此心所具之性，則要在承二程性卽生生之理之義，如上所說。此性之見於情，爲此理之表現於氣。朱子之重人物之氣質差別，則又實上接漢儒之

註：此根據或只是必須條件，尙非充足條件。充足條件爲虛靈明覺與天理合一之形而上的本心。朱子有此義而未透，象山則能透識此義，詳辨亦在原德性工夫之一文。

以氣言性之旨。緣是而朱子言聖賢之學問工夫，卽要在使此心恆知覺不昧，以涵養性理於未發；而當此心之已發，則學問工夫在一方致此心之知，以外窮物理，而卽物窮理，以自明其性理，再一方以此涵養得之性理之心，省察其意念之是非，以自正位居體，而主宰運用此身之氣，並於此言誠意正心修身之功。又一方則是本吾人所窮得之天地萬物之理，而知吾人所以裁成輔相之之道，以顯爲齊家治國平天下之業。是爲盡己性、而盡人性、盡物性，成己、成物而成聖之實事。此則還契於中庸大學論孟之聖教。於是，凡此自漢以後言氣言心之虛靈知覺，與言性理之論，在朱子皆以之爲弘揚此聖教之用，以使之聽命於聖教，以化同於聖教；如使人心之聽命於道心，以化同於道心。嗚呼偉矣。

第十四章　象山、慈湖至陽明之即心性工夫，以言心性本體義

一　象山以朱子之學之所歸趣，爲學者之立志之始向，與其對心性論之態度

前數章述周張程朱之心性論，於其言德性工夫者，多略而不論。蓋於此二者，在諸家猶多分別說之。自象山、慈湖以降，由白沙、陽明至王學各派，以及東林學派及劉蕺山，則於心性論與工夫論，乃更罕作分別說。大率皆謂離心性上之覺悟別無工夫，而離此覺悟工夫，亦不能言心性之何若。而此諸家之言心性工夫，皆恆指歸在一語。此亦始自象山。蓋象山之學卽不外辨志、辨義利（註），以自發明其心卽理之本心，故人謂其除先立乎其大者一句，全無伎倆，而象山聞之曰：「誠然」（全集三十四）。

註：文集三十四卷語錄陳正己問傅子淵：象山教人何先？對曰：辨志；正己復問曰：何辨？對曰：義利之辨。象山訪朱子所講者，卽義利之辨；；象山之闢佛，亦自此說。此是象山之學之澈始澈終之核心所在也。

朱子亦嘗謂：「江西諸人之學只要約……臨事盡是鑿空杜撰」（語類卷百二十）。然象山則自言其正未嘗杜撰立說以多生枝節。象山固自言「在人情事勢物理上做工夫」。亦固非不承認人之思想可有種種義理之可見。故亦嘗謂：「天下之理，若以吾平生所經歷者言之，眞所謂伐南山之竹，不足以受我辭」；又謂：「千古聖賢，若同堂合席，必無盡合之理。」然在根本上則象山謂「其會歸一」，只是「此心此理，萬世一揆」（**註一**）。其書隨處言「此心之靈，此理之明」，「人心至靈，此理至明，人皆有是心，心皆具是理」，「此心此理，昭然宇宙之間，此眞吾所固有」；又言「此心炯然，此理坦然，物各付物，會其有極。此理此道，本非崎嶇曲折，人只須直道而行，則至健、至嚴，自不費力。」至於卽此一「大綱提掇來，更細細理會去」（**註二**），此則存乎學者之其人。象山固無意於一一義理，細爲分別講說，如朱子之教之於天道之理氣、人道之心性與內外工夫上，開出種種方面，種種層次之義理，以立爲種種條目學規也（**註三**）。然朱子之教，雖立有種種之條目學規，就其歸趣而

註一：見文集三十四語錄。又二十二雜說：聖人並世而生，同堂而學，同朝而用，其氣稟德性，所造所養，亦豈能盡同？至其同者，則禹益湯武同也。又謂自古聖賢，發明此理，不必盡同。如夫子所言，有文王周公之所未言；孟子所言，有夫子之所未言。理之無窮如此。

註二：第一語見文集卷七與詹子南，第二語見卷二十二語錄，第三語見卷十三與李信仲書，第四語見卷一與趙汝謙，第五語見卷三十五語錄。

註三：文集三十四語錄謂象山平時未嘗立學規，但就本上理會，有本自然有末。

言，亦不外使此心不善之人欲淨盡，而天理純全，人心化同於道心，此身通體是一道心主宰，以成己成物。有如上章之末所說者。此亦正不外乎求達於心與理一，而此心即此理之一境，則亦未嘗不可一言以盡之。朱子所以說種種複雜的義理，乃由其先將天、人、性、命，作客觀的分解，開為種種方面而說，此即連於其艱苦的學聖歷程中所經歷之複雜工夫。然尅就朱子之學之所歸趣嚮往而言，則亦未嘗不在此至純一而至簡易之「心無非理、即心即理」之境。如吾人前論朱子言道心時之所已及。故吾人今論象山之學，亦可說其不外就此朱子所歸趣嚮往之至純一至簡易者，直下加以標出，以為學者當下所立之志之始向，而即以此「志向之定立」為根本之工夫。則朱子之所歸所終，即象山教人為學之始，而朱子所言一切複雜的義理與工夫，亦即可攝在一簡易直截之工夫下，而由此開始一點定立之志向之「逐步實現，所加以貫澈，以歸純一」者。固可不必一一舉之而盡論之於先，如朱子之立為種種之條目學規矣。

觀象山之全集所載，大均為其書札及語錄。此蓋由其深感於「千五百年之間」學者「蠹食蛆長於經傳文字之間者，何可勝道，方今熟爛敗壞」（卷一與姪孫濬），故無意於註疏論著之事，而唯於書札問答中直對人而自抒胸臆；開口見膽。觀其書札，其與人論事理、談學問，皆篤實懇切而樸實，其言簡而文溫而理，無意露精彩，更無意「同律度量衡，以齊一天下」（註一）。然觀其語錄中問答之辭，則又直截了當，鞭辟策勵之意至切，而亦更意在使學者當下有所感奮興起，似立談之頃，即欲學者見得此本心之卽理，自知其一念思誠，姑不問大小廣狹淺深，卽未嘗不同於聖人（註二），以自立其志之始向。而其全集三十五與李伯敏一段話，尤可爲代表。其言曰：「請尊兄卽今自立，正坐拱手，收拾精神，自作主宰，萬物皆備於我，有何欠闕；當惻隱時自然惻隱，當羞惡時自然羞惡，當寬裕溫柔時自然寬裕溫柔，當發強剛毅時自然發強剛毅。」又曰：「某平日與兄說話，從天而下，從肝肺中流出，是自家有底物事，……古之學者爲己，所以自昭其明德，今之學者只用心於枝葉，……孟子云，盡其心

註一：全集三十三，象山行狀謂象山言天下唯有兩途：一途樸實，一途議論。象山固尙樸實者也。又卷一與曾宅之引中庸君子之道，淡而不厭，簡而文，溫而理，道無奇特，乃人心所共有，天下所共由，天下之在我久矣，特達自立，誰得而禦。」又卷三與曹立之「雖天予之聖亦非有天下之理，皆已盡明，而無復可明之理，……人各有能有不能，有明有不明，……比來言論果決，……方將同律度量衡，以齊一天下，……當小心退遜，以聽他日之進。」又全集三十五「若是聖人，亦逞一些子精彩不得。」又「道理皆眼前道理，聖人田地亦只是眼前道理。」

註二：象山除言四海與古今聖人之心同理同之語（見全集卷二十二及卷三十六象山行狀；但二者文句略異），人所共知外，其他如卷十三與郭邦逸書及卷二十二雜說等，皆言此意。卷六與傅聖謨言此人與聖人同處之不可不識曰：「今之學者豈皆不誠？不知思誠時，所得所中者，與聖人同乎不同？若其果同，則是濫觴與溟渤皆水也；則大小、廣狹、淺深之辨，亦自不害其爲同，第未知所謂同者，其果同乎？故嘗謂其不同處，古人分明說定，等級差次不可淆亂，亦不難曉亦無可疑，獨其所謂同者，須要眞實分明，見得是同乃可。」

者知其性，知其性則知天矣。心只是一個心，某之心，吾友之心，上而千百載聖賢之心，下而千百載復有一聖賢，其心亦只如此。心之體甚大，若能盡我之心，便與天同……伯敏云：如何是盡心？性、才、心、情，如何分別？先生云：如吾友此言又是枝葉。雖然此非吾友之過，蓋舉世之弊。今之學者讀書只是解字，更不求血脈，且如情、性、心、才，都只是一般物事。……若理會得自家實處，他日自明，……只是要盡去爲心之累者……就心上理會。俗諺云：癡人面前說不得夢，又曰獅子咬人，狂狗逐塊，以土打獅子便徑來咬人，若打狂狗，只去理會土。聖賢急於教人，故以情、以性、以心、以才說與人，如何泥得？若老兄與別人說，定說如何樣是心，如何樣是性、情與才，如此分明說得好，剗地不干我事，須是血脈骨髓，理會實處始得。……又問養氣一段，先生云：此尤當求血脈，只要理會我善養吾浩然之氣，當吾友適意時，別事不理會時，便是浩然，養而無害，則塞乎天地之間」。此外，文集三十五又載，象山云：人須是閑時大綱思量，宇宙之間，如此廣闊，吾身立於其中，須大做一個人。文子云：某嘗思量我是一個人，豈可不爲人，卻爲草木禽獸。先生云：如此便又細了，只要大綱思。且如天命之謂性，天之所以命我者，不殊乎天，須是放教規模廣大，若尋常思量得，臨事時自省力，不到得被陷溺了」。再文集三十六載：「先生言萬物森然於方寸之間，滿心而發，充塞宇宙，無非此理。孟子就四端指示人，豈是人心只有這四端而已。又就乍見孺子入井，皆有怵惕惻隱之心一端指示人，又得此心昭然，但能充此心足矣。乃論誠者自誠也，而道自道也，誠者物之終始云云，天地之道，可一言而盡也。汝耳自聰，目自明，事父自能孝，事兄自能弟；本無缺少，不必他求，在乎自立而已。」又文集三十五語錄：「自立自重，不可隨人腳跟，學人言語。」「道遍滿天下，無些小空闕，四端萬善，皆天之所予，不勞人粧點，但是人自有病與間隔了。」（全集卷三十五）文集三十四語錄又曰：「此理在宇宙間，何嘗有所礙，是你自沈埋、自蔽蒙，陰陰地在個陷穽中，更不知所謂高遠地。要決裂破陷穽，窺測破網羅，須思量天之所以與我是甚的？」「廓然、昭然、坦然、廣居、正位、大道、安宅、正路，是甚次第？卻反曠而弗居，舍而弗由。哀哉！」「只是附物，原非自立，若某不識一個字，亦須還我堂堂地一個人。」「吾於踐履未能純一，纔自警策，便與天地相似。」此皆可視爲答李伯敏一段話之註解者也。

上所引語錄中語，較其一般書札中之言，更見象山當面對人講學之直截簡易之態度；而其所望於學者，亦唯在其「自得、自成、自道，不倚師友載籍」（文集三十五語錄）之意，亦躍然如見。此中象山之自道卽講學，講學皆自道；講己之心，卽人之心，卽聖賢之心，卽天地之心，講理當如此，卽心本如此，講心如此，卽性如此，情如此，才如此。便不須如朱子之分別心、性、情、才，以解字義。此卽理會實處根本，理會學問之血脈骨髓。此實處，不外收拾精神，自作主宰，則能一念自警策，便與天地相似。常思量放敎規模廣大，則宇宙內事卽己分內事，己分內事卽宇宙內事。此便是提起大綱以爲人。如此爲人，並非與草木禽獸比較而說，才涉比較，便已落在與草木禽獸相對，故又細了。則朱子之比較人物之性之種種差別，比較人之氣質之種種差別，以及比較種種內外工夫之次第歷程，皆落第二義以下，非學者初當用心之處矣。蓋凡用心而落在「自己與己外之一切」之比較上，則此心由直與天地相似以降落而下，失其大者，而非先立乎其大者也。夫然而朱子之一切對理氣心性內外工夫之精微細密之論，在此象山之簡易高明之教下，皆成閑議論，故朱子語類百二十四卷載人謂陸子靜不喜人說性也。吾人今日若眞能湊泊上象山之爲學工夫，於此朱子之所言，亦本可視爲閑議論。朱子之一切之言，其所歸趣，亦原只在成心與理一之聖賢，唯言工夫則儘有次第，而尤喜教人讀書。然象山則直下教人知「心與理一之聖賢」，爲與我同類，由此自知其「此心此理塞宇宙，古先聖賢常在目前。」（文集十二與張輔之）是卽以朱子之學之歸趣之所在，爲學者立志之始向，而卽持此志以親師取友，共期在爲聖賢。則朱子所言之次第工夫，固亦非必先知者也。

按象山言於古聖賢常在目前，乃其實感如是，如其自言謂：「吾於孔子弟子，方且師仰敬畏，未嘗不惕焉愧畏而師承之。」（卷三與張輔之）象山亦最喜教人親師取友，謂「親師取友，心亦無有窮已」。（卷三與黃元吉）又稱楊子雲「務學不如求師」，及韓愈「古之學者必有師」之言。（卷四與符舜功）其書札語錄中，隨處言及師友之義。此皆要在使學者以具體之人爲範，而自求有以屬其心。朱子亦嘗稱道從象山游者，多能自尊德性；又謂象山精神能感發人（語類百二十四）；復謂明道說話，自是感發人，近世所見會說話、說得響、令人感動者，無如陸子靜。（語類九十五）子靜之精神緊峭，其說分明能變化人，使人日異而晡不同。」(語類百二十二)遙想陸子之教，重直接感發人之風，此其與朱子教人重在讀書格物窮理之爲一間接之教法，固明爲二型也。

二　象山對一心分天理人欲之反對，及其言一心之升降

上言象山之教，要在使學者能直下先立乎其大者，自網羅陷穽種種限隔中拔起，以廓然、昭然、坦然，更不有所依附；而自親師取友，尚友古先聖賢，以見得聖賢之「心與理合一」之心，卽己之「心與理合一」之心。故學者果能立其大者，則「一是皆卽是，一明皆卽明」，「蕩其私曲，天自大，地自廣，日月自昭明，人之生也直，豈不快哉，豈不快哉。」「居廣居、立正位、行大道」(註一)，而我卽可「堂堂地做個人矣。」而此中所謂足爲人心之「網羅陷穽」「限隔」者，在象山之意，則一爲意見，一爲物欲(註二)；而意見蔽錮之難去，則尤深於物欲，此則象山之所特見。一般所謂人欲，皆不外物欲。象山則初不以人欲爲蔽理溺心之唯一禍首；而對天理人欲之一問題，在象山觀之，人若先無意見之蔽錮，便能自此物欲之限隔中拔起；便儘可更不見有天理人欲之相對，而只見得此心

註一：象山全集上一段語，見文集卷三十五語錄，下一段語見卷三十四與包詳道。

註二：如卷一與趙汝謙書及與鄧文範，皆謂：「愚不肖者不及焉，則蔽於物欲而失其本心；賢者智者過之，則蔽於意見而失其本心。」其他處言意見之蔽錮之語亦甚多。

此理之「遍滿天下，無些小空闕。」更無限隔之者。故象山之書中屢言天理人欲，道心人心之分爲未當。此一分別之所以爲未當，尙非爲一純理論之問題，或對此諸名之義界之規定之問題；而是：如天理人欲成相對並存之二事，則人心縱然一念警策，與天地相似，仍上有天理在此心之上，或下有人欲存此心之底，則此心終不得與理爲一，乃不免自與理成相對或與欲成相對。此一相對之感，卽足以致此心之再落於細小，而使象山之簡易直截之工夫成不可能。此蓋卽象山之所以於其他心性之問題，都無所辨析，而對此一問題，則嘗略加辨析也。

象山全集三十五載象山曰：「人心，人僞也；道心，天理也。非是。人心只是說大凡人之心。惟微是精微，纔粗便不精微。謂人慾天理非是。人亦有善有惡，天亦有善有惡，（日月蝕惡星之類）豈可以善皆歸之天，惡皆歸之人，此說出於樂記，此說不是聖人之言。」同卷又載：「天理人欲之分，論極有病，自禮記有此言，而後人襲之。記曰：人生而靜，天之性也；感於物而動，性之欲也。若是，則動亦是，靜亦是，豈有天理物欲之分；若不是，則靜亦不是，豈有動靜之間哉？」

「天理人欲之言，亦自不是至論。若天是理、人是欲，則是天人不同矣。此其原蓋出於老氏……樂記之言，亦根於老氏……，且如專言靜是天性，則動獨不是天性耶？書云：人心惟危，道心惟微，解者多指人心爲人欲，道心爲天理，此說非是。心一也，人安有二心。自人而言，則曰惟危，自道而言，則曰惟微；罔念作狂，克念作聖，非危乎？無聲無臭，無形無體，非微乎？因言莊子云：眇乎小哉，以屬諸

人，謷乎大哉，獨游於天；又曰：天道之與人道也相遠矣。是分明裂天人而爲二也。」（全集三十四）

依此象山所辨，其根本義正在心卽理。理卽天理，而人之本心卽天理、卽道、卽性，則天理與人心，不能成相對。此性非只是靜，而亦是動，故亦不能以靜是性，而謂動卽不是性。而所謂人心之危，今本象山之他處之言，合而觀之，則要不外自此心可自限隔宇宙，而自小，以一念汩沒上說。心汩於物，卽此文所謂罔念。由此一念之迷罔，而自降落、陷溺、沉霾、汩沒於物，則有物欲之生。至若陷落在已成之知見，則應名意見。象山所謂物欲意見之生，卽相當於朱子所謂不善之人欲之起。象山固亦言人當有自意見與物欲求自拔起之自作主宰之工夫，此與朱子之言去不善之人欲之旨，實亦無別。此中，象山所重者在視心之降落與拔起，只是一心之向上向下之歷程中之事。此心之沉陷限隔於其心之所着，卽成物欲意見。自其中拔起，而不自限隔，以見其心之無限隔，而「無聲無臭」，並知此無限隔之心，卽吾人之本心，卽能自明、自立、自主之道心；自此心之有沉陷限隔之危，而待乎人之自警策，方得免於此危言，「其得其失，莫非自我」（全集三十三）言，則曰人心。此卽明與朱子之將一心分爲道心、人心、與不善之人欲三者之言異。然朱子所謂道心、人心，亦同爲一虛靈知覺之心。此虛靈知覺之心有道爲知覺之內容，便是道心；若只依形而上之道或理而有其知覺運動營爲謀慮，而未自覺此道此理以爲其內容，則爲人心。人心之爲其個體之形氣之求生或延生之欲等所主宰驅迫，浸至違於此道此理，而玩物喪志，玩人喪德，曰不善之人欲。此人欲，吾人上章言其乃人心之虛靈知覺陷落於具形氣之物之所致，亦由此心之自限於物之所致。則此朱子所謂人欲，亦不能外於象山所謂沉陷限隔，而別有根原。故朱子亦常言天理人欲之分，唯是一心之操存舍亡之分，亦嘗屢稱許象山之謂只有一心之言（語類一二四）。「說人心混混未別，亦不妨」（語類七十八）。此中，朱子與象山毫厘之異，蓋唯在朱子不直下說此具不善之人欲，原於一整個之本心自己之沉陷而致，而於其所謂道心，又不說爲吾人之所本有；而只說依於一中性之虛靈明覺心之有道爲內容與否，乃或上升以合於道，或下降以陷於物，以開爲道心與具不善之人欲之心。至於就此虛靈明覺之心之知覺運動之本身而言，卽稱人心。此便與「象山之自此一本心之自降陷，以言物欲意見之起；自此一本心之自升起，以言其拔於物欲意見之外；又自此本心之可降陷，以言其爲有危之人心者」，唯有毫厘之別。此中之要點，唯在象山說本心，卽連於其中之道之理而說，故此一本心，亦卽道心，而爲人所本有。此心之沈陷，卽無異此整個之心之沈陷，而此心之起，亦是此整個心之全起。然在朱子，則人心雖可沈陷離道，而道並不隨心以俱陷；又心之由陷而起，亦未必卽能全上合於道，故重其間次第之工夫。而朱子之教，乃可說爲漸教。依象山之教，則人自發明其本心，此道此理卽俱時而見，則爲一頓教。而循象山之言，以論朱子所謂存天理去人欲之工夫，亦卽唯要在自見其有「此心卽理、卽道」之本心。此心能自陷，自亦能自起，此中不須更溯其原因於外。蓋自此整個之心之如是升起，如是降陷而觀，亦畢竟更無外在之原因之可得。今知其無外在之原因可得，知此降陷在己，升起亦在己，卽知此己之一心，亦原不以降陷而眞不存在，而亦原是能自升起者。人今自覺此心之存在，自覺其能自升起，亦卽「此心之自顯其存在，於此自覺中，以得實自升起」之工夫之所在。本心明，而所謂不善之人欲或物欲意見自去，人心之危亦去。則發明本心、識得本心一語，便可以盡聖賢之學。更不必再如朱子之以「去人欲」、「使人心聽命道心」、「存天理」之三言並說，而分別各有其工夫論者矣。

關於象山發明本心之工夫之涵義之說明，後當於原德性工夫一文中再及。此上唯將象山簡易之教之宗趣，一加標出而已。

三　由楊慈湖之心之精神義、陳白沙之覺義，至王陽明之良知義之心學之發展

至於象山以後此一流之思想之發展，則首爲象山弟子楊慈湖之於先聖大訓中，隨處以「心之精神是謂聖」一語釋孔子之言，並由此精神之無所不運，觀天地之變化卽吾心之變化，以言「己易」，而知此己易，亦卽所以爲學聖之工夫。楊慈湖之自大戴禮提出心之精神是謂聖一語，亦初由象山之亦喜用精神之一名而來。象山言本心之自明、自立、自作主宰，全賴一「收拾精神，使心不可汩一事，以自立心……，如是有精神」，而更提起「此精神，居廣居，立正位，行大道」，卽以證「人精神千種萬般，夫道一而已矣。」此將精神全繫在心之自身之向上拔起與道上說，亦爲象山慈湖與朱子之言不

同之一大端（註）。蓋宋學之初起，原重於此神之一概念，周濂溪言「性焉安焉之謂聖」……，「充周不可窮之謂神」，「動而無動，靜而無靜」為神，又曰「誠神幾曰聖人」。此神乃連聖人之誠之運用上說，而直接為一聖德之表現。至張橫渠，乃以神分別連於天地之化與聖人之德上說。聖人之氣至清而應物無方，固因其能「精義以入神」，而天地萬物之依其氣之清通處，而相感相應，以成其變化，亦同依於一「神之不測」，而神之觀念乃連於氣。邵康節亦兼於心之出入、有無、動靜之間，及天地萬物之自相出入於有無動靜之間，言神。明道曰：「其體則謂之易，其理則謂之道，其用則謂之神」；又曰：「生生之謂易，生生之用，則神也。」（遺書十一）「窮神知化，化之妙者，則神也」，「惟神也，故不疾而速，不行而至。神無速，亦無至。須如是言者，不如是，則不足以形容故也。」（遺書十一）此皆直接連於易之生生之道之理，以言其用為神。這理為天道天理，亦人性所在之一本，故此神用，乃在我、兼在物，而合內外者，而神與性連，亦與由內達外之氣連。此神既直說為道之用，則其與氣之相連，應為神通過氣而表現之意，非神隸屬於氣之謂。二程遺書十一所載明道語有「聖人之神化，上下與天地同流者也。」又載明道言鬼神之為德也一段語。遺書卷七言「玩心神明，上下同

註：朱子亦嘗言「收拾精神」，其意偏在凝聚精神以主敬；象山則意在由此以言自作主宰，故又言「自出精神與他批判，不要與他牽絆。」（全集卷六與吳仲詩）「振迅精神，從實端的自省。」（卷六與吳伯顒）「聚精會神」（卷十二與趙然道），「一有緩懈，一有凝滯，則精神立見」（卷十二與趙永道），皆自向上拔起處言精神之語，非可如陳清瀾學蔀通辨之只以養神之義釋之者也。

流」；卷十五「道無精粗」，下文又言「物形有大小精粗，神無精粗」，「所存主處便是神」。卷十一言「聖人神化，上下與天地同流」。蓋皆明道語。此同以神明與心或德或道連說。明道最喜言易傳「聖人以此齋戒以神明其德」之一語，此語亦實涵義無窮。至於在伊川，則其言窮理格物，乃方以智之工夫，而所得之物之理，乃定而有常，非變化無方者。又其言主敬，乃主一無適之工夫。遂於神之妙用不測，謂只能在聖人之大而化之之德上言，不能在學者分上言。故伊川文集卷五記其答橫渠書，疑橫渠言學者養氣之功「遽及於神」之說。伊川意謂：學者之事，在以心之思慮，使氣完理正，理正而「不私之至，則神」、「養氣至此猶遠，不可驟同語。」是在伊川，神純是聖人之「大而化之理與己一」後事（遺書十五），非在學者分上言者。伊川重在教學者。緣是而神之概念，在伊川遂遠不如心之思慮與理或性等之重要。然伊川嘗言「以形體言之謂之天，以主宰言之謂之帝，以功用言之謂之鬼神，以妙用言之謂之神，以性情言之謂之乾。」（遺書二十二上伊川語）此中之神之義，通於天之形體，與氣自不離，卻不只是隸屬在氣上說。因此神之義亦通於帝、鬼神、性情、乾，而性與乾則純是理也。至於在朱子，則當其釋周子及明道之言神時，未嘗不知神不只屬於陰陽之氣，而直連理或道以言神（**註**）。亦嘗答杜仁仲書（大全卷六十二）謂：「以神卽是理，神字全作氣看，二說皆非是。」然

註：語類九十四，通書動靜章：理則神而莫測，方其動時，未嘗不靜。神不屬陰不屬陽，神超然形器之表，貫動靜而言。又解明道其理則謂之道，其用則謂之神。曰：以能闔闢變化之理則謂之道，**其功用處則謂之神。皆未嘗連氣以言神也。**

觀其自立論時，其一般之說，則偏在由氣言神，而特有契於橫渠之言鬼神爲二氣之良能，謂其更善於伊川之以鬼神爲造化之迹之說（註）。朱子乃明言氣之精英者爲神。（語類卷一）其注中庸鬼神之爲德，亦特引禮記「其氣發揚於上，爲昭明、焄蒿、悽愴，此百物之精也，神之著也。」並確定謂鬼神「莫非陰陽合散之所爲」，而將神或鬼神之意義，定限在形而下之氣之一邊。故謂「精神魂魄，有知有覺者，皆氣之所爲也，……鬼神便是精神魂魄，……皆非性之謂也。」（答廖子晦書）又語類九十五謂「神是心之靈妙處」，「氣之精妙處」，「到神，氣又是粗了」，然「亦只是形而下者」云云。朱子語類中有論鬼神一部，其中恆用及精神二字，皆指死者之氣或生者可與死者相感之氣而言。故在朱子言中之神，幾全失自明道伊川以降，即一理一道之生生之用、說神；即心之妙用之周流，以見神及「神與性，元不相離」之旨者。由是而朱子言一切工夫，亦恆落實在知理、踐理之一一知行之事上，無所謂純屬於一心自身之運用上之工夫，如明道所謂「玩心神明」，「自神明其德」之工夫矣。朱子於孟子盡心章所謂「君子之所存者神」，固亦嘗本程子語而注曰：「心所存主處，便神妙不測。」然若心只爲氣之靈，則此神妙莫測，亦只自氣上說者矣。然在象山，則其所謂本心之自明自立，乃尅就此本心對其自身之運用而言，而於此本心，亦不依氣之靈而說。其所謂收拾精神，即精神之自己收拾，亦是此心之自己收拾，以拔乎物欲等之上之別名。象山於神字上，更加一精字。精字有精一義、凝聚

註：語類六十五「程子之說固好，但渾淪在這裏；張子之說，分明便見個陰陽在。」

義，亦原有收拾義。便不似神字之只表不測無方者之易於散漫，亦易落在氣之流行上看，以附屬於氣者。此象山所喜用精神之一名，亦即更宜於表狀「此心之自己收攝凝聚、自作主宰，以精一其自己，而其運用又無方而不測」之一名。象山之此意，即慈湖之謂此精神即心之精神，而以「心之精神是謂聖」，爲其論學之宗旨之所由出。自慈湖之明用此「心之精神」之語，遂將橫渠、康節以來所言之神，顯然歸攝在心之主體上說，而更無泛濫散落在氣上說之虞。而慈湖之言心之精神是謂聖，亦無異對濂溪之自聖德上說神之旨，加以翻轉，以接象山自心上說聖之旨；更自此心之精神上說聖，而聖即成心之精神之充量實現之別名。夫然，而凡有心之精神者，皆可成聖，「能自知其心之精神，即所以成聖」之義，即由此言而彰。此即所以接象山之旨者也。後之陽明以良知之流行爲氣，凝聚爲精，妙用爲神，言心之良知是謂聖（書魏師孟卷），則慈湖之言之進一步，更將朱子視爲神所屬之氣，與精及神並稱，而皆還之於此心者也。

慈湖旣言心之精神是謂聖，故作復齋象山二先生祠記（象山全集三十六）曰「道心大同，人自區別，人心自善，人心至靈，人心自明，人心即神，人心即道，人心之廣大無際，變通無方，……倏焉而至千里之外，又倏焉而窮九霄之上，不疾而速，不行而至，非神乎？不與天地同乎？」此言二陸先生之學，亦即自道其所學。此心之靈之明之神，其變通無方，即可與其所接天地之物之變通無方，同其廣大。則天地之物之變通無方，即皆在此心之神之中，亦在此心之靈之明之道之中，更無內外疆界可說。夫然，而可言「此心無體，淸明無際，本與天地同，範圍無內外，發育無疆界。」（絕四記），「吾性澄然淸明而非物，吾性洞然無際而非量，天者吾性中之象，地者吾性中之形。故曰在天成象，在地成形，皆我之所爲也。混融無內外，貫通無異殊。」「天地我之天地，變化我之變化。」（己易）此慈湖所以言「易者己也，非有他也。」此慈湖之「己易」之說，不外發明象山所謂「宇宙卽吾心，吾心卽宇宙」，「吾知此理卽乾，行此理則坤」之旨。（象山全集三十四）然慈湖己易之言此天地之變化，與吾心之變化爲一（註），乃是廣度的說，延展的說，亦散開的說。便不同於象山之言此語，乃要在人直下提昇其精神，以會得「宇宙卽吾心」之一整全之意，而自其所溺者中拔起，更奮發植立，乃爲强度的說，凝聚的說，總攝的說者。慈湖之如此廣度說己易，亦同時包涵一「人對其心量之廣大，作一自己觀照、自己玩味、自己欣賞」，而帶美學情調，並以此情調爲一修養工夫之底據。然象山則未有此種對心量之廣大之自己觀照等之言，而只要人直下提昇其精神，以得一整全的宇宙卽吾心之意，則純爲一使人心自警策之純道德性之語言。此皆其機甚微而差別甚大者也。

慈湖既以人之自觀其心量之廣大之美學情調，爲一修養工夫之底據；而此一觀照，欲求其順適，則須擺掉一切，不見此外一切。人乃不特當無「與之相對可使其心陷溺之人欲」可見，卽可爲人欲孳

註：王龍溪語錄卷五謂象山言：「我不說一，楊敬仲常說一，此便是障。」或此乃象山與慈湖之一不同耶？

生之所據之「意」，亦所不當有。故曰：「人心自明，人心自靈，微生意焉，故蔽之而有必焉，故蔽之而有固焉，故蔽之而有我焉。」人之必、固、我之私，恒為常言之私欲，此人所共知。然其根源、則在此心之於其清明廣大之中，有一微起微止之意。此一微起微止之意，即人心之自限於一方向之開始。當此心之自限於一方向而成必、固、我，即象山所謂人之限隔宇宙，而自入於網羅陷穽之中。故慈湖發明孔子毋意之教，以不起意為宗，亦即使人自拔於象山所謂「限隔」之一根本工夫，而亦緣象山之言，更有所進之一義也。

至於明代同此一途之思想，則誠如黃梨洲所謂「自白沙而始明，自陽明而始大。」白沙之學之別於象山、慈湖者，初在由「捐耳目、去心智，浩歌長林、孤嘯絕島」，放下一切，從事靜坐，而見「吾心之體，隱然呈露，常若有物，日用間種種應酬，隨吾所欲，如馬之御銜勒。」故主由「靜中以養出端倪。」（**註**）王龍溪語錄卷七謂「端即善端之端，倪即天倪之倪」是也。此端倪之名，兼通孟莊儒道之義。然以白沙之言而觀，則此端倪，即此心體之呈露而為自然之覺之端始。此心體之覺，不同於伊川朱子之心之知，乃以理為所對，亦不同於謝上蔡之覺，乃尅就生命痛癢相關之感上言者。白沙言此心體之覺，能將「上下四方、往古來今、一時穿紐、一時收拾，微塵六合、瞬息千古」，

註：朱子語類卷百三謂：「南軒說端倪兩字極好，此兩字卻自人欲中出來。」則言端倪，不自白沙始也。

正如象山之言「宇宙卽吾心，吾心卽宇宙」。白沙言「才一覺則我大而物小，物有盡而我無窮。」亦如象山之言「才一警策，便與天地相似。」然此白沙之言此一覺，而同時見得我之大與無窮，乃重在由此覺以涵蓋天地萬物之變化，而順應其變化，以與俱無窮，此卽更契合於楊慈湖之觀玩「己易」之旨。又由白沙之「有此覺，以與天地萬物之變化無窮之意」說來，則亦涵以己之生生之幾，與萬物之生生之幾，自然應會，以俱生俱化之旨，有類明道之言觀萬物生意之趣。此中亦別有一種美學情調。白沙言：「天地我立，萬化我出，隨時隨地，無不是這個充塞。」又言「色色信他本來，何用爾手勞足攘，舞雩三三兩兩，正在勿忘勿助之間。」卽亦不離一美學情調。唯此是一當下隨機自得之美學情調。言「色色任他本來，勿忘勿助，未嘗致力，而應用不遺。」亦類明道所謂「胸中無一事，浩然與天地同流」，此卽梨洲之所以雖謂白沙能「以四方上下、往古來今、穿紐湊合，爲一匡廓，以日用常行分殊爲功用」，而仍是「以虛爲基本，以靜爲門戶。」則白沙之美學情調，又不同於慈湖之「觀玩天地之變化，視皆我之所爲，以自玩味其心量之大」之美學情調，未能更收攝於虛靜之中者。後之羅念菴盛稱白沙致虛靜之說爲千古獨見（明儒學案念菴學案與吳疎山），則此義固白沙之基本也。

慈湖與白沙之學，皆有自得之樂，言不起意，與靜中養端倪之工夫，亦有鞭辟近裏之義。然皆高明之趣多，而艱難之感少，其言皆不足以勵學者之志，而不宜於立教。白沙門人湛甘泉，乃本白沙與湛民澤偶及之「日用間隨處體認天理」，而以之標宗，乃志在講學立教。昔羅豫章教李延平默坐澄心體認天理，工夫偏於靜，今益以「隨處」二字，則工夫無間動靜。隨處體認得天理而涵養之，勿忘勿助，以知行並進，即處處皆求有以自得，而契於白沙之旨。然天理一辭，則又所以樹「正當」、「中正」之則。心能隨處體認天理，即見「心也者，包乎天地萬物之外，而貫乎天地萬物之中」。心固無外，於甘泉之「隨心、隨意、隨身、隨家、隨國、隨天下，隨處體認其理」，陽明責以求於外，甘泉固可不受。甘泉之不以陽明之致良知之教爲然，乃以學者於天理「體察未到，將誤認於理欲之間，遂以爲眞知」，亦未爲不是。然「隨處」之言，雖周遍而無不攝，仍爲賁度的而非高度的。甘泉只教人隨處體認天理，而未教人自體認其「已體認得天理之心知」。果是如何心知。此體認得天理之心知，若不更自體認，則或可當所謂「勿助」，然未必能「勿忘」也。今若人能還自體認「其體認得天理之心」，則自是更上一層樓。而此心知，正陽明所謂具天理之昭明靈覺之良知之靈丹一粒也。人能知此良知而致之，則甘泉所謂體認得天理，以知行並進，即亦在致此良知以即知即行之事之中矣。蓋致此良知於事事物物，即更體認得「所已體認之天理於事事物物中」，是亦即涵甘泉所謂隨處體認之天理之義也。此即陽明之進於甘泉。以陽明之學觀甘泉，雖言心包天地萬物，心貫天地萬物，而能本此心隨處即物而體認其天理；然尚未能體認其「體認得天理」之心，是心即理之心，即尚未眞見自家主宰，而仍是求理於此一「心即理之心」之外，亦未出程朱所言格物窮理之義之外。此即梨洲之謂甘泉仍爲舊說所拘也。甘泉弟子洪覺山謂體認天理，當是不離根之體認，乃避去隨處二字。又其弟子唐一菴，亦改而以討眞心標宗。是見其門下已感甘泉隨處體認天理之言，未免大而未當，缺一心上之歸根處。至餘如王湛之辯格物等，自可另文疏導，今暫不及。

陽明之良知天理之昭明靈覺，乃合心與理而言。此與象山之合「此心之靈」與「此理之明」，爲一心卽理之本心之言，大體無異。然知之一名，一般用以指心之用；而本心之一名，則一般用於以尅指能自作主宰之心之自體。故象山之發明心卽理之本心，重在教人自見其心體，以自立自樹，而陽明之言良知之昭明靈覺，卽重在此良知之對其所知而表現之運用。此良知之所知，在陽明非單純之外物，而爲吾人對物之事或吾人對物之意念。良知乃知此意念之善惡，同時而有對此善惡意念之好惡，緣此好善惡惡，以有爲善去惡之行。由此而致良知之工夫，卽爲一純道德性的，精切而篤實的，卽知卽行之工夫。此中，良知之知，以善惡之意念爲所對，便非如慈湖之言不起意之敎，只以除去意爲事者。然知善惡之意，而濟之以好惡，卽以此良知之好惡，主宰意念之存亡，便非任意念之遷流，而心無所主者。但此良知之主宰，旣表現在對善惡之意念之好惡上，卽又略不同象山言本心之自作主宰。象山言本心之自作主宰，乃意在使此心自立自樹，自物欲意見之陷溺、網羅中超拔而起。「苟此心之存，則此理自明；當惻隱處自惻隱，當羞惡、當辭遜，是非在前，自能辨之。……所謂溥博淵泉，而時出之。」（全集三十四）故能「滿心而發，充塞宇宙，無非此理。」此象山之言本心之自作主宰，並不表示此心之將其所發者，攝還於心，重加以主宰。然陽明之言致良知，則包涵此一「心對其所發之意念，更自知而自好惡，使此心對其所發者之意，攝還於己，重加以主宰」之義。此即致良知中之自誠其意之工夫。依象山之教，自作主宰，即滿心而發，無非是理，自然者即當然，此固爲一最簡易直截之頓教。人若眞能使本心洞明，則發者皆善，亦可除滿心而發之外，無須對此所發者，再辨別其是非善惡，重加以主宰之功。陽明之致良知之工夫至乎其極，亦能若是。然吾人非聖賢，則此心之所發者，儘可有人欲之夾雜其中，此朱子所以不信已發者之皆正，而必繼以事後之省察之工夫，事前涵養之工夫之故(註)。於此，吾人便須更使此吾人之本心之明，隨所發之意，以與之俱往，即隨而辨其是非善惡，而好善惡惡，是是非非。此即致此本心之明，於意念之善惡之好惡之中。亦即陽明所謂致良知之工夫。是即較象山之言，又更深透一層，而工夫亦更精切篤實一層。如粗淺言之，則象山於其滿心而發者可直下自信而更不疑，而陽明之言吾人之致良知，則是謂人於其心之所發，須更隨其所發，以隨時有一自加以精一之工夫。「今日良知見在如此，則隨今日所知擴充到底；明日良知又有開悟，便從明日所知擴充到底，如此方是精一的工夫。」(傳習錄卷下)此即無異將朱子所重之省察之教，更攝在象山之發明本心，以事涵養之教中，方成此致良知之說。至其又不同於朱子者，則在朱子之言省察，只以天理爲對照之標準，而依陽明之致良知之教，則謂「心之本體，即天理也，天理之昭明靈覺，即

註：參考另一文原德性工夫，論朱子言工夫處，讀者如欲眞了解下文所述陽明言已發未發之精義者，皆宜先讀此另一文。

良知也。」故此天理之呈現，自始即呈現於一昭明靈覺之心之中。此中對照之標準，即當說是此「即心即理之心體或良知之呈現」；而致良知之工夫，即此心體之呈現而更自起用。又在朱子，雖不只如程子之以性爲未發，且以心有其未發之一面，並以涵養之工夫爲與此心之未發一面相應者；然於省察，則純視爲已發。若在陽明，則省察雖爲已發，然省察乃依良知或心體爲對照，亦此心體之用。此心體在省察時，即自呈於此省察之用之中，故省察雖爲已發而不離未發，已發同時是未發。故在陽明之省察中，亦有未發之存養在。而自另一面看，一般所謂未發，不過指吾人之心暫未有感物之事而言。然在此心體良知未感物時，其能善善惡惡，而是是非非之明自在，亦恆自戒愼恐懼；則未發而亦未嘗不發。此未發中之戒愼恐懼，恆自戒愼其善惡之念之發，自恐懼其所發之陷於非是，此即無異一事先之省察，或超越的內在之省察，而非只是一靜態的涵養之事。凡此等等，固皆緣於陽明之能將心之動與靜、已發與未發通而觀之之故。然朱子雖重涵養未發之心體以立本，亦嘗極論戒謹恐懼於將發未發之際，「以爲學者切要工夫」（語類卷百十三）。此於其中庸註及語類中論中庸處，及晚年訓門人書中，最可見之。故尅就工夫上言，陽明之重戒愼恐懼，實大類乎朱子。而朱子之以戒謹恐懼，爲通未發已發者，亦無異於陽明（**註**）。唯陽明將此戒謹恐懼，純隸屬在良知之知上說，而知即本心之發用，此則可說是遙承象山之即在本心之發用中，見此本心之體之精神而來。至於其異於象山之敎者，則唯在象山之發明本心，唯是一心之自體之正面之自明；而陽明之良知，則更重此心之自體之彰其用。

於「對意念之善惡是非」之明之知，而又好善惡惡，爲善去惡，雙管齊下，以反其反而正其正，以致此良知，而貫徹於爲善去惡之篤行工夫耳。

四　陽明四句教與其心性工夫論之關係

陽明之致良知之教，以意念或事爲物，以正其意念之不正者以歸於正，爲格物致良知，其旨吾已詳之於原致知格物篇。至其言良知之兼已發未發，未發時恆自戒愼恐懼之言，則須至劉蕺山於知中點出「意」爲之主，乃能暢通其義。今不能多及。本文論陽明之言心性，復不擬多解釋陽明如何將心性

註：語類九二，已發未發，不必太泥。只是既涵養又省察，無時不涵養省察。若戒懼不睹不聞，便是通貫動靜。又文集四十八答呂子約亦以戒謹通已發未發，唯中庸注曰「至戒懼而約之，以至至靜之中，無所偏倚。」似以戒懼之功，歸在不睹不聞之未發。然謂約之乃歸至靜，則戒懼固非純是靜也。又文集七十二張無垢中庸解，謂「未發以前，天理渾然，戒愼恐懼，則既發矣。」又似以戒愼恐懼，偏在已發。然此所謂既發，亦可只自其通於已發，異於純未發而言，則亦不必違於其兼通未發之旨也。其中庸注愼獨則曰「獨者，人所不知，而已所獨知之地也……，跡雖未形，幾則已動。」劉蕺山蓋謂已動，卽仍屬已發邊，故謂朱子乃以心之所發言。然既曰迹「未形」則亦屬未發也。唯文集五十三答胡季隨書，於季隨以戒懼專屬於「涵養於未發」之說，又稱之爲甚善。蓋亦姑加稱許，或朱子於此時尙未有定論也。

情意知等名，通釋為一之言。如陽明嘗謂「性一而已，仁義禮智，性之性也；聰明睿智，性之質也；喜怒哀樂，性之情也；私欲客氣，性之蔽也。」（傳習錄）「自其理之凝聚而言，謂之性；自其凝聚之主宰而言，謂之心；自其主宰之發動而言，謂之意；自其發動之明覺而言，謂之知。」（答羅整菴書）今皆不多加解釋。蓋此皆不過謂心、性、情、意、知在存在上互相關聯以為一體，亦初不能將朱子所言之諸名所指之分別義界，加以抹殺。只謂此等等，在存在上互相關聯為一體，亦不難解，學者皆可自思而自得之。下文唯擬順陽明言心之體為至善，而又言其為無善無惡之一重要問題，一繹其義，以見陽明言心性之根本旨歸之所在。

此上一所提之問題之所以重要，是因陽明之言心體之為無善無惡，似同告子之說，其用語亦近禪宗。此乃晚明之東林學派及劉蕺山，所同加以反對者。然黃梨洲明儒學案，則謂陽明之言無善無惡，唯是言無善念、惡念，實則陽明只言心體之至善云云，以釋學者之惑。梨洲之言固是，然語焉未詳。吾今將一細說明陽明之意與告子及禪宗之不同，並試言何以至善與無善無惡，皆可同用以說一良知之心體之故。

按此中告子之言性，明與陽明之言異者，在告子言性無善無不善，其意在言自然生命之性之無善無惡。而陽明於性，嘗謂心之體，性也，性卽天理；而天理昭明靈覺卽是良知。故此心之體之性，卽良知之天理。此精神生活道德生活所根之性，與告子之自然生命之性，明不相同。至於陽明之言無善無惡爲心之體，固與禪宗相似。然禪宗之爲此言，乃望人直下頓超於一般染淨善惡之對待之上，以直下悟得此自性般若、本性菩提之謂。此亦明與陽明之用語有別。本此四句教，傳習錄下明儒學案浙中學案及龍溪語錄，皆載陽明嘗自言有二種教法，可由此中開出。其中之一種卽是本此第一句之無善無惡，以言意、知、物，皆無善無惡，以接利根人之教法云云。然據錢德洪王陽明年譜所記，則陽明實只一種教法。吾意錢記應更爲近眞。卽陽明果有此二種教法，亦應自一根本意旨而開出。而由此四句教之一貫說來，應可見其根本意旨之所在。則吾人仍不可單提此中之首句爲說，應連下三句，以見其根本意旨之所在。此下三句，固皆未嘗教人以悟此無善無惡之心體爲事，而唯是教人以知善知惡，而爲善去惡之致知格物工夫；則其根本意旨，固明與禪宗之直下教人不思善不思惡者，不同其路數也。唯四句中下三句，既教人以知善知惡、爲善去惡之工夫；而只由「無善無惡心之體」之言，又明不能導引一知善知惡、爲善去惡之工夫。陽明於他處固又嘗言「無善無惡理之靜……卽至善。」然只說一至善之理之靜，亦似仍不能直接導出此一工夫。則吾人固當於此四句教，求有一切合之解釋，方可見此四句根本意旨之所存也。

依吾人之意，吾人如欲於此求得一切合之解釋，仍當謂此中所謂無善無惡之心之體或理之靜，初乃由人之既能知善知惡，而有爲善去惡之工夫之後，所反證而得者；略如吾人前論禪宗時之所說。蓋人既知惡而去惡之後，則惡固不存；知善而爲善之後，亦不當有「自以爲善之念。」是不動矜持之氣而只「循理」，而心止於善之理之際，固可無善無惡之可得。由此更反觀吾人之所以能有此為善去惡，而歸於無善無惡之工夫，其所依之體，即亦當視為在究竟義上乃一無善無惡之心之體或理之靜矣。亦唯以此心體在究竟義上為一無善無惡，然後此心體之感物而應，乃先無一定之善，為其所執，成象山所謂意見定本，反以窒塞此心體良知之虛靈之用（註）。此固亦原類似禪宗之歸在本心本性之無善無惡，以「使心不住法，道即通流」，故陽明亦嘗稱金剛經無所住而生其心之言也。

至於欲細說此中陽明與禪宗之不同，則仍在吾人前所說：陽明雖謂此心體可以無善無惡說之，然初未嘗教人以不思善、不思惡、以悟此心體之無善無惡為事，而仍教人知善知惡以為善去惡為工夫，

註：陽明弟子錢德洪嘗辯陽明之所以言至善即無善無惡之旨曰：「至善之體，虛靈也，猶目之明，耳之聰也。虛靈之體，不可先有乎善，猶明之不可先有乎色，聰之不可先有乎聲也。……今之論至善者，乃索之於事事物物之中，以先求其所謂定理者，以為應物宰物之則，是虛靈之內，先有乎善也。虛靈之內，先有乎善，……而窒其虛靈之體，非至善之謂矣。……雖至善之念，先橫於中，積而不化，已落將迎意必之私而非時止時行之用矣。故先師曰：無善無惡心之體，是對後世格物窮理之學，為先有乎善者，立言也。」（復楊斛山）此語蓋得陽明言無善無惡之本旨。然吾意則以為此未發時之為無善無惡，亦正由知善知惡為善去惡後之亦歸在無善無惡之所證實。否則此四句教中之下三句為無意義矣。此詳在下文。

故有此下之三句。此陽明之意是：無善無惡雖爲心之體，然意之動仍有善有惡；如禪宗之徒，已悟其無善無惡無染無淨之心體者，其意念之動，仍有善有惡，有染有淨是也。則此仍須有「爲善去惡」之工夫以當之。如惠能之壇經之亦言平時之淨心及爲善之工夫是也。然人既有此平時之爲善去惡之事，此事之所以可能，則由於此所謂無善無惡之心體，同時爲一知善知惡、好善惡惡爲善去惡，以貫澈於善惡之中，而爲其主宰者。合而言之，卽此陽明之無善無惡之良知心體，乃能知善知惡、好善惡惡、而爲善去惡，以達於至善無惡；更能忘此善而自證其「無善無惡，卽至善」之心體。然禪宗之言中，則不見有此一貫澈於一切動起之意念之善惡之中，而好善惡惡、爲善去惡，方自證其無善無惡之心體。在禪宗欲人悟其無善無惡之本心本性，恆要人在其尙無善惡意念之動起之際下工夫，如壇經所謂「兀兀不修善，騰騰不造惡，寂寂斷見聞，蕩蕩心無着」，「不思善，不思惡」之工夫是也。否則當於其意念之起者，更無之而無念，或有之而於境無相，以使念無，而歸在不住於念，而無住；唯無住，然後能見得此無善無惡之本心本性。故惠能之工夫，最重無住，如吾人前之所論。然人之是否皆只在無善惡之意念之動起處下工夫，或有之而任其不住，卽足自見其本心本性，則爲禪宗之言是否具足之一關鍵，亦陽明之教與禪宗之教之一分水嶺之所在。

依禪宗之意，一切惡與染，皆由於執着與心之有所住，則心之無所住，自無惡無染，此似不成問題。然心中旣有一惡與染之意念之起，則只不更住於其上，並不能使此惡與染念不更起，如唯識宗之言種子習氣仍在是也。則此處言不住之工夫，卽斷然不足。人於此蓋當：卽在此惡與染念已過去，不為心之所住時，更反顧反省其踪迹，以實知其爲非、爲惡，而求根絕之、化掉之，方見吾人之工夫之切實。此則於佛教之他宗，另有其種種觀行之工夫。依陽明之教，則至少對一般學者，言人之致良知，必須念念存天理、去人欲。（註一）自去人欲方面言，人須搜尋病根或心中賊之所在，而去除之，剿滅之；在存天理之方面，亦當依其所知之善，而卽知卽行，以完成其爲善之功。此便明非在善惡念未起之先用工夫，或當其旣起，卽以不住爲工夫之說，而大不同於禪。禪之不住，可爲一使新染、新執着不再起之道，而非必卽從根化除舊染、舊習之道也。不住者，使人對染惡，不更由住而增，亦使於善，不更執之以生染惡之道，而非使其善必得相續以完成其爲善之道也。

陽明之教人致良知，重點在四句教之下三句，以教人於善惡意念起處，卽知其善惡，以爲善去惡爲工夫。能眞知而篤行是之謂誠；故陽明重眞誠惻怛。（註二）此與中庸孟子之意無殊。人若能眞誠惻怛，以致其知善知惡之良知，而誠其好善惡惡之意，以成其爲善去惡之行，則善日以長，而惡日以

註一：傳習錄上所記陽明語，卽處處以存天理去人欲爲言，並明答陸澄省察克治之功當如治盜賊，有個掃除廓淸之意，搜尋病根加以拔去。其傳習錄中下卷則此類語較少，此則陽明自身之學所操益熟，所得益化之故。然四句中之知善知惡爲善去惡，固仍涵此意也。

註二：答聶文蔚書「良知只是一個天理，自然明覺發見處，只是一個眞誠惻怛，便是他本體。」

消。此良知亦將能自見其惡之在日以消之中，善之在日以長之中，而自證其良知之至善而無惡。於此若言此至善卽無善無惡，則無惡是實際，無善則爲良知之不自有其善而再生一善念之謂。此應爲二層次之言。（註）合以見良知之不可爲善惡之概念所判斷之一對象，而只爲能知善知惡爲善去惡之超越的主體。然在後一層次上，良知之不自有其善，及良知之由知善知惡爲善去惡而成爲一切被判斷爲善者之「源」，又實更所以見良知之至善者也。此卽陽明之既言心之本體爲無善無惡，又以至善爲心之本體，合而說之故。此至善之名則禪宗所無。禪宗亦未嘗由心體自性之能自視無惡亦無善，以言此心體之兼爲一至善之心體也。

五　良知之無善無惡與至善

陽明之由良知之知善知惡、好善惡惡，而爲善去惡，以言良知之至善之義，其更有進於先儒之說

註：傳習錄下黃以方問陽明謂：「惡念既去，又要存個善念。如日光之中，更添一燈」。又謂「心體上不可一念留滯，不但是私念，便好的念，亦着不得些子，如眼中放些金屑」。前一喻謂已無惡，不可如燈之自照，而自以爲善，以添善念；後一喻亦先言無惡念，後言無善念。則見此無善惡，乃先無惡而後無善，此二者固不在一層次。此無善，乃善而不自有其善之善，故謂爲善之至者也。

者，則在先儒之由心之善以見性之善，如孟子之說者，皆唯由正面說性善。凡正面說性善者，乃只就其善端，表現處而言之，即不能必其無不善端之表現，而亦可有非善非不善之表現。故荀子亦可由人之有惡之表現，以言性惡；揚雄更兼由性之兼有善惡之表現，以言善惡混；告子亦可自人之初無一定之善與一定之惡，而言無善無惡；董仲舒復可自人初未有善惡之表現，而可兼有善惡之表現，謂性只爲一生之質，爲人之善惡所自而生是也。董仲舒固亦嘗言人有善善惡惡之性，又言心能衽衆惡，然亦未嘗由此以言心以善善惡惡爲性，而仍歸在人性爲陽善陰惡之和合體之說。在此人性爲善惡混之諸說既起之後，而欲確證人心之性善，便只有一方承認心之兼有善端與不善端之表現，同時指出此心在另一方，又能在上一層次，自善其善兼惡其惡，方見此心之性之畢竟唯向在善。若只如孟子之唯就心之有善端之表現，以及由禮義之善能悅心，見心之能自善其善而安於善；而未言此心之能反其反面之不善之表現，能自見其所安之不在不善，其所向乃在自去其不善以止於善；則尚不足以確證性善也。此在先儒之言中，唯大學之言誠意之工夫與中庸之言自誠自成之性德中，方見人有此「如好好色、如惡惡臭」，以好善惡惡，而戒愼恐懼，以免於不善之心性。然大學之明文所及，唯只說工夫；中庸之明文所及，只言性德，又皆尚未明言此工夫乃本於性德之在心，則意雖無缺，而言有所憾；是於「心之性之爲能自善其善、自惡其惡，以自見其所止、所向，唯在至善」之一義，尚未能一論論定。故上文所提及之漢以後之儒者雜善惡以言性之論，仍紛紛而出。及宋儒崛起，明道伊川乃以理善言性善。理之所在自當是是非非；性之所在，自然善善惡惡。二程之論遂得超拔於漢儒言性之論之外，而將漢儒所言之性，一舉而歸之於氣質之性，謂爲不足以言此第一義之義理之性者。朱子承程子以理善言性善，其書亦屢言人有善善惡惡之性，並力辯人欲之不善者之不出於性。其於性之善，固亦深信而不疑。然朱子只以此性爲心體所內具之理，而未能以此性卽此「本心之體，在其所自呈之善善惡惡之用中」之所直接展示。朱子所謂心，以虛靈明覺之義爲本。此虛靈明覺之心，可顯理而爲道心，亦可不顯理而爲人心，與具不善之人欲之心。則此心之本身，並非必然能自呈其善善惡惡之用，而由此以直接展示其善善惡惡爲性者。於是朱子於「心之本身」之性之善，又反不能如孟子之作決定說。象山乃確立心卽理之義，由滿心而發之心之用中見此心之理。然又未嘗直就此本心之兼善善惡惡之用，以見此心之能反反而正正、唯定向乎善之至善之性。而此義則由於陽明之以良知卽心之本體，而後大發明之。陽明之所以能發明此義，則又由其良知之知善知惡，同時能好善惡惡，卽自然見得此良知之有此善善惡惡、反反正正，而唯定向在善之至善之性。此心之良知，對善惡之於知中，同時有對善惡之好惡之情在。必具此情，方實有此知。（**註**）故吾人可卽此情以觀其知，然後此良知之性之爲善善惡惡，而定向於至

註：陽明之此義，亦可謂遠原於象山。朱子語類卷一二四，君子喻於義，小人喻於利，……伊川云：惟其深喻，所以篤好，子靜必要好後方喻，……看來人之於義利，喻而好者多。若全不曉，又安能好？然好之必喻矣。畢竟伊川占得多。此可見程陸之異，而朱子則爲折衷之論，更近伊川者也。

善者，乃必然而無疑，而性善之義，乃可一論而論定。此則先儒所未及者也。對此良知之知之涵好惡之義，下文更略說明之。

按一般所謂好惡，皆以一特定之事物，爲好惡之所對。然吾人之所以好惡某特定之事物，初亦唯由其感此事物之某一種價值意義。此價值意義，可爲此事物對我之個人之生命之利或害之工具的意義，亦可爲一事物之本身之道德上之善不善之意義。而當吾人之意念爲吾人之所面對，而加以感知之時，則此意念之道德上的善不善之意義，亦卽爲我所感知，而我之好其具善的意義而惡其具不善之意義之情，卽緣之而起。此所謂善卽合理之謂，不善卽不合理之謂。人有此好合理而惡不合理之情，卽見吾人之心之性理，原爲一能去不合理而成合理之理，亦卽一善善惡惡而止於至善之性理。此性理爲善善惡惡者，朱子固亦言之。然朱子於理外尚有氣，性外尚有情，而氣之昏蔽又可使此性理不顯於情，亦使此善善惡惡之性不顯。於是顯性卽全賴於心上之工夫。如心上之工夫又依於氣，則性理離氣，卽終不能自顯，而此心卽只爲一不能呈用之心體。緣是而朱子亦卽不能自信其心之性理之原能顯，此心體之原自能呈用，更不能以此自信之本身爲工夫，以邁進於聖賢之途。具如吾人於原德性工夫一文評論朱子時之所辨。此朱子之論之所以於此有所不及之故，則又可追原於其未能在第一步卽透過此好善惡惡之情，以見此心之性理之原爲「能去其不合理之表現以成合理」之理。如不合理之表現原於氣之昏蔽，合理原於氣之清明，變化氣質之昏蔽以自致於氣之清明者，由於心之工夫或心之用；

則此心之性理，卽爲「通過此心之變化其氣質之昏蔽，自致其氣之清明之用或工夫而見得」之性理，亦卽此心之用或工夫中所呈現之性理。而此一性理，卽爲貫澈於氣質之中，而眞實的主宰之，並爲此心之體用之全中之性理，而非氣質之昏蔽之所能蔽者。然朱子則終未能進至此一義，若依陽明之言，則此心體良知之性理，自始卽爲一通過此好善惡惡之情而見，亦卽通過好合理而惡不合理之情而見之性理。而此性理亦卽自始爲一「好合理而惡不合理」之理，同時亦爲一「貫澈於氣質之中而眞實的主宰之以自變化其氣質者，而自致其氣之清明之善善惡惡而至善」的心之性理。此心之性理果見於好善惡惡之情中，見於對氣質之昏蔽之變化中，見於清明之氣之流行中，則全情皆性，全氣是理，而氣皆無不善。人今能眞知此義，而至信得及此心之性理或心之體之至善，卽可以此自信之本身爲工夫，以邁進於聖賢之途矣。

吾人若知上所謂心之體之性理之至善，應由心之情、心之工夫、心之用之好善惡惡以識得，則知陽明之所以言此心之體用之關係爲「卽體而言用在體，卽用而言體在用」之關係之故。「卽用而言體在用」者，由用識體，卽情見性，卽氣見心之理之謂也；「卽體而言用在體」者，此用皆體之所呈，而皆在體中，情皆在性中，氣皆在心之理之貫徹中，卽此心之理自流行之謂也。陽明之此二語與壇經載惠能之言定慧曰「卽慧之時定在慧，卽定之時慧在定」，句法相同；而傳習錄上又明載陽明之謂定卽心之本體，則似不能謂陽明非依壇經之句法，以言其良知心體與其用之知善知惡、爲善去惡之關係。（註）然此中二家之言，仍有其不同。此卽在惠能所謂定卽心之體，乃直就心體之無善無惡，不爲善惡所染而言，故謂之定。惠能之所謂慧，乃照境而能外無相、內無念，念起亦能不住於念之般若慧。此慧不同於唯識宗所謂能簡擇善惡之心所之「慧」，乃唯是此無善無染之心之體之定之用。然陽明所謂心體之用，其表現於知善知惡好善惡惡之用或工夫，則純以簡擇善惡爲性。此簡擇，又不同於唯識宗之慧心所，雖能簡擇善惡，而其本身又爲「初無一定之善惡性」之一思辨之能力者。此良知之簡擇，乃直依於一至善之良知天理，由知善知惡、好善惡惡，以簡擇於善惡之間，而爲善去惡，以貫澈實現此良知天理之至善爲歸者。此實現，卽所謂致良知之事也。此致良知之事，又不同於禪宗之所謂運用般若慧之工夫，唯以照境而無相、無念、無住爲事者之順適而單行。此乃是一由對一般之善惡之好惡，而善善惡不善之雙管齊下，以歸於一至善之實現之工夫。由是而此工夫所依之心體，或能以此工夫爲用之心體，卽非是：只依其不爲善惡所染以有其定者；乃是：依其能自貫澈於知善知惡之知、好善惡惡之情、爲善去惡之行之中，而能貫澈實現其自性，以有其定者。此卽要在定於有善有惡之意

註：傳習錄卷上侃問先儒以心之靜爲體，心之動爲用如何？先生曰：心不可以動靜爲體用。動靜，時也。卽體而言用在體，卽用而言體在用，是謂體用一原。又傳習錄下陽明與王汝中談佛家實相幻相，陽明嘗言：「有心俱是實，無心俱是幻；無心俱是實，有心俱是幻」。王汝中謂前二語是本體上說工夫，後二語是從工夫說本體。此與上段文可互證。卽體而言用在體，卽全用在體，故外此實無心用，但心用宛然；故有心爲實相，無心爲幻相也。卽用而言體在用，卽全體在用，外此實無心體，但心體宛然，故無心爲實相，有心爲幻相也。此皆明用禪語，不必諱，而亦不違儒家之義者也。

念之心之動之後，而非是定於有善有惡之意念之動之前。此一心體，亦卽一能包容善惡意念之動，而更由「好善惡惡以歸於定」之心體。便不同於惠能之心體，要在「以無善無惡爲體，而直接表現於其無念、無相、無住之般若慧之用中」之心體矣。

六　陽明學之三變與四句教

依陽明之以心之體卽良知，良知卽天理之昭明靈覺，而此體之呈用於爲善去惡之中，亦卽其呈用於：「自貫徹其天理而使之流行，以去除一切不善之人欲」之中，則天理人欲，固亦可相對而說。陽明之設敎，初亦恆以存天理、去人欲並言，頗似朱子之言天理流行、人欲淨盡之旨，而不同於象山之不喜將天理人欲對言者。然陽明所謂良知天理之流行，必兼表現爲善善惡惡，於善善上見良知天理對其自身之肯定，而於惡惡上見對「違此天理者」之否定；則不善之人欲又實不可與天理爲相對，而在天理既流行之後，亦必撤消此天理人欲之相對，以歸於唯有一「卽天理之昭明靈覺、卽良知」之絕對的心體。王龍溪滁陽會語錢緒山陽明文序說明儒學案皆謂陽明之敎有三變。明儒學案據龍溪說謂：初「以默坐澄心爲學的，有未發之中，始能有已發之和，視聽言動，大率以收斂爲主，（註）發散是不

註：大約傳習錄第一卷以收斂涵養爲主之言較多，故陸澄記曰「專涵養者，日見其不足，專識見者，日見其有餘。日見有餘者日不足，不足者，日有餘矣。」又多言良知是未發之中之旨。中卷則多言致良知以是是非非之旨，言卽存養卽省察。下卷則較多「時時知是知非，時時無是無非」之言矣。

得已事」；此正與朱子之重涵養本原之工夫相近。此一工夫，卽意在存天理以去人欲。第二變乃指陽明「居江右以後，專提致良知三字，默不假坐，心不待澄，不習不慮，出之自有天則。蓋良知卽是未發之中，此知之前更無未發；良知卽是已發之和，此知之後，更無已發。此知自能收斂，不須更主於收斂；此知自能發散，不須更期於發散。收斂者感之體，靜而動也；發散者寂之用，動而靜也。知之眞切篤實處是行，行之明覺精察處是知。」此爲陽明自立其致良知之敎之階段。在此階段，不重收斂以存天理；而由良知之自致其知，依其本身之天則天理，以表現流行爲知善知惡、知是知非、而好善惡惡、爲善去惡之知與行。是爲已發之和，而爲感之用、爲發散、爲靜而動。此已發之和卽此未發之中之表現，而不離此未發之中。故曰「未發在已發之中，已發之中未嘗別有未發者在；已發在未發之中，而未發之中未嘗別有已發者存。」（答陸原靜書）於是一切感之用，卽寂之體之用，發散與動，卽能自收斂而靜者之發散與動；故能感而寂、動而靜、發散而自收斂。此中由良知之知善知惡、好善惡惡之用，卽已見此良知之體之表現爲存天理去人欲，亦已見此良知之體之超於此天理人欲之相對之上，故能承體起用以知善知惡、好善惡惡，以有其已發之和而不離未發之中——卽不離此良知天理之心體之絕對。至於陽明之敎之第三變則是「時時知是知非，時時無是無非，開口卽得本心，更無一假借湊泊，如赤日當空，萬象畢照。」則是謂人欲之惡者、非者，才表現卽爲此良知之所非、所惡而化除；而合天理之善者、是者，才表現，良知亦卽知其是，其善，而不自以「爲善」。故能時時知是知非，時時無是無非，卽時時見得性體之萬古常發常不發，如鐘之未扣時原是驚天動地，已扣時原是寂天寞地。（傳習錄卷下）人於此乃唯見一超是非超善惡而無善無惡又爲至善之一絕對心體之呈現流行於所感之天地萬物之中，如赤日之照萬象。此則爲「人欲旣淨盡，而不見此人欲之淨盡；天理旣流行，亦不見有此天理之流行；至善而不見有善，乃只有此無善無惡之良知心體之明，如萬古一日」之境界。此固可說爲高於朱子之念念不忘人欲與天理之相對之境界，亦大進於其早年之唯意在以收斂求契於未發之中，而存天理以去人欲之一階段之學，並有進於梨洲所言居江右時之只言一良知之自收斂自發散，以統已發與未發者。在此一境界中，時時知是知非而時時無是無非，常發常不發，開口卽得本心，更無一假借湊泊，如赤日當空，萬象畢照；亦卽大同於象山言「滿心而發，無非是理」之境。然象山言此心具四端萬善，而不言其超善惡，以爲一無善無惡之至善；則又不如陽明之言乃透過意有善惡心超善惡之義，以言此心之至善義。然陽明之所以能至於此，又正由其言學聖工夫自始爲：一面存天理，一面去人欲，一面知善好善，一面知惡惡惡之一致良知之工夫；亦自始爲正反兩面雙管齊下之工夫之故也。此則正有類於朱子之存養本心之明與省察天理人欲之分，二者之並用；而不同於象山之重「一念自沉陷限隔中拔起，以直升而上達」之工夫者。至陽明之別於朱子，則當說在其能緣象山之心卽理之教，以先立此卽天理之昭明靈覺、卽良知之心體，以爲其「雙管齊下，而一面存養天理以知是，一面省察以知是而亦知非」之所本。於是存養省察二工夫，在陽明乃得打併歸一。由此以觀，則陽明之學亦朱陸之學之綜合，陽明之學存，而朱陸之言，益見其皆不可廢。陽明雖言心體之無善無惡，然此無善無惡之心體卽至善，且必先有此知善知惡、好善惡惡、爲善去惡，以貫徹入善惡之內之工夫；或緣存天理去人欲之工夫，至乎其極，然後有此一言之可說。則此固大不同於告子之以自然生命爲無善無惡之言；亦不同於禪宗之直下由心之無念無住，以超於善惡之念，契入心體之無善無惡之迥脫，若可離四句教之後三句以爲工夫者矣。

此上本陽明之四句教與體用之相卽之義，論陽明之學，吾人所著重者，是四句之第一句，須透過後三句而了解，方見其體用合一之旨。此中如尅就陽明自己學問之發展言，則觀傳習錄上所載陽明之早年之教，初在將朱子以下之存養與省察之工夫並用而觀其通，謂「存養是無事時省察，省察是有事時存養。」同時卽將似向外之致知、格物、明善、窮理、道問學、博文、惟精；皆作爲內在之誠意、修身、盡性、尊德性、約禮、惟一之工夫（註）。由此方有其知行合一之說。此時陽明亦較重收攝靜養之工夫，亦屢言去人欲、存天理、以持志如心痛，此卽重在凝聚靜斂之工夫。如上所謂第一階段之學是也。至於將存養省察之二工夫，知上之工夫與行上之工夫，打併歸一上看，此卽無異將朱子所開

註：傳習錄，唯一是惟精的主意，惟精是唯一的工夫。……博學、審問、愼思、明辨、篤行者，皆所以爲惟精而求唯一也。他如博文卽約禮之功，格物致知者卽誠意之功，道問學卽尊德性之功，明善卽誠身之功，，無二說也。

為知行二面、內外二面之致知格物與省察存養，打併歸一。同時將朱子之道問學之工夫本身，視作陸象山之尊德性的工夫之工夫。此時陽明雖言心卽理，亦皆自卽心求理，為一學者最切近之工夫上說。此時之工夫，其歸在存天理、去人欲，卽重四句教中之第四句為善去惡。至於上所謂陽明之學之第二階段，重在明未發之中，與已發之和之不二；此中卽是本體，此和卽是工夫。此時乃以致良知三字，代替「知行合一」、惟精惟一之合一等言。良知為心卽理之心體，致知卽為工夫。而此致良知之旨亦與象山之發明本心之言，最為相近。此時之陽明之學，亦可說重在四句教中之第三句知善知惡是良知。至於陽明之學之最後一階段：開口卽得本心，時時知是知非，時時無是無非，則可說是以當下之心體之自見卽是工夫。此心體知是知非，而又無是無非，卽知善知惡，而又無善無惡，則是重在四句教中之第一句。然此陽明之學，雖於各時期各有偏重，又陽明在說四句教時，開口雖說的第一句，而自其成學施教之歷程而觀，則當是以第四句為基，再至第三句第二句，乃見得第一句。而吾人欲了解陽明之學之全體與四句教之全幅意旨，亦正當透過後三句，以了解第一句，則不特陽明之學之三階段，皆涵於此四句教中，而陽明之如何先將朱陸之工夫論打併歸一，再歸於本體工夫之打併歸一，以融貫朱陸之學之學術史的意義，亦可見矣（註）。

註：黃梨洲答董吳仲書謂良知卽未發之中。而於四句教承蕺山意謂非陽明學之本。近人徐世昌編清儒學案卷二，全錄此一書。本文意則以四句教不悖「良知是未發之中」之說，亦與梨洲所謂王學三變之旨可相通。然梨洲南雷文定，不再收此書。今亦未暇細辨此書之得失也。

第十五章　陽明學派及東林學派對「至善」及「無善無惡」之重辨與劉蕺山之言心性之本體工夫義

一　王學精神與雙江、念菴之由歸寂以通感之教

吾人於上章雖力辯陽明與惠能之異，然陽明在儒學史中之地位，亦較象山更近於惠能。佛教中自惠能而不重經論之註解，除指點學者以自見本心自證本性工夫之言之外，另無獨立之說法相、說法性、言識、言心之宇宙論本體論或知識論之哲學。由此而後起之禪宗大德於各經論，亦皆自由運用，隨機取義，以為問答之資。故禪宗五宗，雖各有宗旨，然吾人殊難只就其所留下之語錄，一一本佛家經論中之名義，加以分別說明。儒學之傳，自象山言不註六經，即不同朱子之重經論之註解。象山發明「心即理」之本心，即是工夫，乃無獨立於工夫論外之心性論，自亦無朱子一套分別言理氣之本體論宇宙論之系統，以及朱子一套格物窮理之知識論。陽明更言此本心之體即良知，致良知即良知之自致，而明言即本體即工夫，亦更無致良知工夫外之心性本體論。陽明又言「悟後六經無一字，靜餘孤

月湛心明。」其講大學古本與徵引聖言，已重得其言外之義，不拘於古訓。而王門之諸子，更紛紛以己意釋大學之心、意、知、物之名，更顯然爲本一六經註我之態度，除自道其於良知心體之所見，與緣之而有之工夫之外，另無獨立之本體論、宇宙論、知識論之可說。王學之諸派之盛，其精神意趣之不盡同，亦如禪宗之五宗之盛，而宗旨不盡同。今之難用儒家之名言，一一淸晰指出王學諸派之不同所在，亦如禪宗之五宗宗旨之難以佛家教理之名相，加以論述。然禪宗之五宗宗風之異，不在於佛心佛性所見不同，而純在教法。又多反面立言，故更難本心性論之觀念以分別。而王學之諸派之異，則尚可說由於其對良知心體之所見不同，而工夫乃緣之而異，又多是自正面立言，故尚較易本心性論之觀念，加以分別耳。

大率王門六派中，江右、浙中、泰州，各爲一路，而宗旨互有出入，而與陽明之所已言者，亦有不同。此蓋皆由陽明所謂致良知之工夫中，原可有之一問題而引起。因陽明之言良知能知善知惡，雖無問題；然良知之如何順其知善知惡之知，以達於實爲善去惡，而實致其良知，則有一問題。此卽因吾人之心中，既有善惡意念之不斷生起，吾人如一一皆隨其生起，而知之以致良知；則意念之生起無窮，吾人之良知之知之，便亦可成一無盡之隨逐。於是良知之知，乃似永落於意念之生起之後一着，亦卽永不能眞澈上澈下，以使此良知爲此意念之生起之主宰；亦不能使此良知有一「知善知惡、卽必能好善惡惡、而爲善去惡」之自信。緣是而亦不能使此良知，自信其依自身之光明，所發出之是是非非，不爲種種潛伏之不善之意念所汚染，或下淪爲個人之意見，或出自個人之私欲者。由此而王門之江右一派，如聶雙江作困辯錄謂「若於念慮事爲之著於所謂善惡者，而用吾之知，縱使知之，其於義襲何異」。於是轉而言：致知者當「求其眞純湛一之體而致之」，「必充滿其虛靈本體之量。」（寄王龍溪）此卽明不以知善知惡爲致良知之工夫，而以先求此虛靈之良知之本體，能充滿其量於吾心爲先務也。此本體自虛靈，亦自寂，未發而「炯然在中，寂然不動，此定體也。」（答歐陽南野）故又名不睹不聞之寂體，亦本寂之良知，又卽是「性」，故曰「寂、性也」。此寂體「主宰乎感應變化，而感應變化，乃吾寂體之標末耳。故不能卽感應變化之知致之，亦不能以知發爲良知，而忘其發之所自也。」是則在雙江之意，欲求此未發之寂體，必超拔於吾人一般向外之感應，以求此主於內之寂體甚明。而欲求得此寂體，則思慮無所用，故謂「才涉思慮，便是憧憧，至入於私意。」而唯當放下一切思慮，以歸於此寂體。能歸於此寂體，「寂然不動，中涵太虛，然後千變萬化，皆由此出。」而後有發而中節之和。故曰「歸寂以通天下之感，致虛以立天下之有，主靜以該天下之動。」此其爲說，乃以「致良知者，只養這個純一的本體，本體復，則萬物備，先師之良知是未發之中，……此是傳習錄中正法眼藏」，是明以致良知爲「致中」，見良知之體；而非以順此良知之知善知惡、好善惡惡之用，以及於爲善去惡，爲致良知，而實有不同於吾人前所論陽明之學。梨洲謂雙江之學近陽明在南中時，以默坐澄心爲學的，以收斂爲主之旨。此則陽明早年之學，固非陽明之定論也。然雙江之學，乃由感於當時之以知善知惡爲良知，恆以知之發爲良知，不見良知之本原而來；則雙江之言，又自別有其眞知灼見，固非只以維持陽明初年舊說爲事者也。

雙江之言歸寂之說，當時陽明之徒，疑者甚衆，然終爲羅念菴所深契，以雙江言爲霹靂手段，而念菴論學之旨，亦同雙江。念菴夏游記謂「陽明之學爲聖學無疑，而速亡未至究竟。」又謂「知善知惡卽是良知，依此行之，卽是致知。予嘗從此用力，竟無所入。」此則無異不以陽明言「知善知惡是良知」之言爲然。念菴又言「良知者，言乎不學不慮，自然之明覺，蓋卽至善之謂也。」「吾心之善，吾知之；吾心之惡，吾亦知之，不可謂非知也。善惡交雜，無主於中，則謂知本常明，不可也。」「知善知惡之知，隨出隨泯，特一時之發見焉耳。一時之發見，未可盡指爲本體，則自然之明覺，固當反求其根源。故必有收攝保聚之功，以爲充達長養之地。」足見念菴之意，亦在由知善知惡之良知之用，翻上一層以求自然明覺之良知之本體。此便唯賴於收攝保聚，至於「枯槁寂寞，一切退聽，天理迥然。」（寄謝高泉）而後知「自其後念之未生，而吾之寂然者未始不存，謂之感前有寂可也；自其今念之已行，而吾寂然未始不存，謂之感中有寂可也。」「感有時而萬殊，寂然者爲一。」（答陳明水）此寂之所在，爲「知之所以良」之源頭，應卽雙江之寂體，亦卽良知或心之本體所在。故又謂「言心有定體，寂然不動者是也。」（同上）然念菴後於讀困辨錄抄序，又於雙江之言寂體有所疑，謂「寂無體，不可見，……收攝斂聚，可以言靜，而不可謂爲寂然之體，……心無時，亦無體，執見而後有可指也。」此即謂此心固寂，然不可言更自見其寂；不自見其寂，故體之名，亦不可立。此心之寂，固非不發，乃自其「發而不出位者言之，謂之寂。」自其「常寂而通微者言之，謂之發。」此心自發、自通微、而不出位，故自有一純內在的工夫。此心乃自洗、自藏密，其曰「易言洗心，非爲有染著；易言藏密，非爲有滲漏。」（答唐一菴）即說此洗心藏密之工夫，並非意在對治染著與滲漏。無染著而自洗，無滲漏而自藏，正是此心之不出位之自發、自通微之內在的工夫，於此方見眞寂端倪。故念菴更言人於此眞寂端倪，果然察識，自能「隨動隨靜，無有出入，不與世界物事相對待；不倚自己知見，作主宰；不著道理名目生證解；不藉言語發揮添精神」，而超於對世界事物之意念、一般之知識、意見、名目、言語之意念之外，以成其收攝保聚之功。人有此工夫「當極靜時，恍然覺吾此心，中虛無物，旁通無窮，有如長空雲氣流行，無有止極，有如大海魚龍變化，無有間隔。無內外可指，無動靜可分，上下四方，往古來今，渾成一片；所謂無在而無不在，吾之一身，乃其發竅，固非形質所能限也。是故縱吾之目，而天地不滿於吾視；傾吾之耳，而天地不出於吾聽；冥吾之心，而天地不逃于吾思。古人往矣，其精神所極，即吾之精神，未嘗往也；否則聞其行事，而能憬然憤然矣乎？四海遠矣，其疾痛相關，未嘗遠也；否則聞其患難，而能惻然衋然矣乎？是故感於親而親焉，吾無分於親也；有分於吾與親，斯不親矣。感於民而仁焉，吾無分於民也；有分於吾與民，斯不仁矣。感於物而愛焉，吾無分於物也，有分於吾與物，斯不愛矣。是乃得之於天者固然，如是而後可以配天地。

故曰仁者渾然與物同體。同體也者，謂在我者，亦卽在物，合吾與物，同爲一體，則前所謂虛寂而能貫通，渾上下四方，往古來今，內外動靜而一之者也。」此言乃念菴自言其由收攝保聚之功至極，所證之此寂然不動之心體，自具感而遂通之用者。人能收攝保聚，以證此心體，而緣心體以自呈其無限之感通之用；卽由一般之善惡之意念之超拔，以自見心體之良知之恆能自致而流行無礙，更可無慮及意見私欲之夾雜於中；亦所以免於「人之良知之對善念惡念之隨逐無已，以翻成漏洩，而終不能爲此諸意念之主宰」之害者也。

二　王龍溪之先天心體上立根之學，與見本體卽工夫之教

至於浙中王龍溪，則不以江右之歸寂主靜之說爲然。江右歸寂主靜以復本體，近似陽明初年教法與白沙之重致虛；遠則類濂溪之主靜、豫章延平之默坐澄心。而龍溪則遙契慈湖不起意之旨，又不似慈湖之以不起意之心，現玩己易；乃以不起意而不歷階級，以直下悟得此超動靜之先天心體爲宗。此則更近乎禪宗之頓教耳。

龍溪之言此先天心體或良知本體最重要之一義，乃承陽明所謂無善無惡心之體之一語，而特重此心體良知之超乎善惡之上之旨；而於良知之良之一字，亦視爲剩語，或逕以知或知體代之，「以主宰言謂之心，以虛靈言謂之知，原非二物。」（龍華會記）龍溪又深言此知體與識及意之分別。其言及此

者。散見其書，要義不外其意識解所謂：「夫心本寂然，意則其應感之迹；知本渾然，識則其分別之影。萬欲起於意，萬緣起於知；意勝則心劣，識顯則知隱。故聖學之要，莫先於絕意去識。絕意，非無意也；去識，非無識也。意統於心，心爲之主，則意爲誠意，非意象之紛紜矣；識根於知，知爲之主，則識爲默識，非識神之恍惚矣。」（語錄卷八）此外龍溪又謂：「知無起滅，識有能所；知無方體，識有分別。變識爲知，識乃知之用；認識爲知，識乃知之賊。」（語錄卷三）又言「意者寂感所乘之機」，並與上所言相發明。此其辨識與知，正鄰於佛家之辨「分別識」與「無分別智」。謂識當根於智，卽欲以無分別智統分別識。其辨意與心，而謂當絕意以使意統於心，則有類於慈湖言絕意之旨。故龍溪特有契於慈湖。（語錄卷五慈湖精舍會語一文可見）意象卽意念，則絕意又似禪宗之無念。意識固原爲心知之應感之用，然當心知之應感，而滯於其所應感之迹，則心失其寂，而成識神之恍惚，以有意象之紛紜。於是識顯知隱，意勝心劣；乃或「離心起意」，則萬欲緣此意象之紛紜而起。故必心之應感，不滯於其迹，宛若絕意去識，然後統意於心，而意乃誠，識統於知，而後可以言致其知也。

由此龍溪之辨心與識與意之別，對紛紜之意象意念，必當使之無，亦卽人之往來於心之諸善惡之意念，亦當使之無。然此中之化意爲心之應感之用，以使意統於心而誠意，雖是一工夫，卻是已落在意念之後之第二義的工夫。故龍溪以誠意爲後天之學。第一義之工夫，應在自正其應感之心上用，此方爲先天正心之學。在誠意之學，有意待誠，而意有善惡，亦當知其善惡，以好善惡惡。然在先天正心之學中，則此心自始能應感而無迹，初無善惡意念之形成，而只為一超於善惡意念之上之無善無惡之心體之呈現。此以良知心體為無善無惡之言，吾人前已謂其本為陽明之教，原非不可說。由良知心體之知善知惡而好善惡惡、為善去惡，使惡既去，而善亦不自以為善，固可立此義。由此良知心體之知善知惡之知，原在此所知之善惡之上以觀，此知原自虛靈，無定本定理之善，先橫於中，成眼中金屑者，亦可立此義。龍溪之言心體之無善無惡，則復自善惡之意念之紛紜，原依於心之化為識，而離心起意以有；則尅在心體上看，卽原來着不得識字、意字，自當直說之為超善惡，說其為無善無惡之至善者，而人亦卽可直以契此心體為工夫。契此心體之工夫，卽此心體之呈現，而自正位居體於一般意念之上一層次，卽自然無意念之紛紜之起。是此正心之學，其不在意上立根，正所以有其自然的誠意之功者。故曰「一切世情嗜欲，皆從意生，若能在此先天心體上立根，則意所動自無不善，世情嗜欲，自無所容，致知功用，自然易簡省力。若在後天之意上立根，未免有世情嗜欲之雜，轉覺繁難。」（龍溪語錄卷一）是見龍溪乃由「別意於心，心之在善惡意念之上一層次」，以言：「心之無善無惡之至善」，及「在心上立根之學，乃在意上立根之上一層次」者。此卽與陽明之未嘗如此別意於心者不同，亦異於陽明之言「無善無惡心之體」，而不凝其言「此心之用之必須通過對善惡之意之知，而好之惡之以流行，亦未嘗於致知誠意之學外，別立正心之學」者矣。

此龍溪所言之先天正心之學，只是使此心體呈現，非謂「要去正心」。故曰：「心體本正，纔正心便有正心之病；纔要正心，便是已發之意。」（語錄卷六致知議辯）又曰「須知未發之功，卻在發上用；先天之功，卻在後天上用。……前謂未發之功，只在發上用者，非謂矯飾於喜怒之末，徒以制之於外。節是天則，卽所謂未發之中也。中節云者，循其天則不過也。養於未發之豫，先天之學是矣。後天而奉天時者，乘天時行，人力不得而與。曰奉、曰乘，正是養之之功。」（同上）此卽言在後天之發上所用之工夫，卽不外以循未發之天則，而奉之爲工夫。卽奉此先天之心之本體，而流行以發，卽是後天工夫，而工夫卽不外「合本體之工夫」，亦卽此本體之自見，又卽此本體之自用，而自呈現、自保任。故曰「眞見得本體之貞明，而行持保任，工夫自不容已。」（答吳悟齋）此以見本體卽工夫，便不同於江右之雙江、念菴之必先歸於未發寂體，以起工夫者。雙江念菴之言歸寂，在欲自拔於意念之憧憧往來者之外，固與龍溪實無不同。然龍溪則以「良知卽是未發之中，卽是已發之和，是千聖斬關第一義。若良知之前，別求未發，則是二乘沉空之學；若良知之後，別求已發，卽世儒依識之學，或攝感以歸寂，或緣寂以起感，受症雖若不同，其爲未得良知之宗，則一也。」（卷六致知議略）此卽謂如世儒之依識固不可，謂別有未發之良知之寂體而求之，便無異「疑致知不足以盡聖學之蘊」。（語錄辨聶雙江之言）亦是冒過當下現成之良知之用，而不免沉空。（註）故其答念菴書謂雙江念菴之「收斂握固，便有樞可執，未免猶落內外二見；纔有執着，終成管帶，便是放失之因。」其意蓋謂只

註：龍溪語錄卷三沉空者，二乘之學也；溺境者，世俗之學也。

此有「未發寂體而求歸之」之一念，便是別求，而分「所求」與「求」爲內外二者。此一分內外，更向未發之寂體而求歸，便是對此寂體，加以管帶，而不免自窒此體之發用，故又爲放失之因。則要見心體良知，便須直下卽見得爲其卽寂卽感、卽體卽用、卽本體卽工夫、卽主宰卽流行、卽未發之中、卽已發之和者，然後能「見體而工夫自不容已」，更無管帶滯塞而至放失之病。是方爲先天正心之學。在此先天正心之學中，此心體良知，原不落善惡意念；故此心體良知之主宰，自見於其流行與用或工夫中，儘可不表現爲一般所謂知善知惡、好善惡惡、爲善去惡之事，而仍有其本自然之明覺之寂而能感，以成其流行或用或工夫之事在。此心體良知之「自然之明覺，卽寂而感行焉，寂非內也；卽感而寂存焉，感非外也。動而未形，有無之間者，幾也。……此幾無內外，無寂感，無起無不起，乃性命經綸之本，常體不易，應變不窮。譬之天樞居所而四時自運、七政自齊，未嘗有所動也。此幾之前，更無收斂；此幾之後，更無發散。蓋常體不易，卽所以收斂，感而寂也；應變無方，卽所以爲發散，寂而感也。恆寂恆感，造化之所以恆久不已。若此幾之前，更加收斂，卽滯，謂之沉空；此幾之後，更加發散，卽流，謂之溺境。沉與溺，雖所趨不同，其爲未得生機一也。」（卷三汪子晤言）在良知心體之自然之覺中，無善惡念之可知、可好、可惡，而恆寂恆感，生幾自在；卽主宰，亦卽流行，不須更着善惡之字；則此知是無善無惡之知，心是無善無惡之心，由心而動之意，是無善無惡之意，知所對之物，亦是無善無惡之物；而亦別無致知善知惡之知，誠好善惡惡之意，而爲爲善去惡之格物之工夫可說也。緣此而陽明所言之四句教卽可統於「見此無善無惡之心之體，以自有其無善無惡之知之用」之一語，亦已可矣。此心體既自有知之用，而亦卽全體在此知之用中，卽用卽體，用外無體。龍溪乃或合稱此心與知名曰一點靈明。此靈明之恆寂恆感，「譬之空谷之聲，自無生有，一呼卽應，一應卽止；前無所來，後無所去。無古今、無內外，炯然獨存，萬化自此而出。」（語錄卷七斗山書院會語）是謂現成的「當下本體，如空中鳥跡，水中月影，若有若無，若沉若浮，擬議卽乖，趨向轉背，神機妙應，當體本空。」以言此心體良知之無善無惡、卽有卽空、卽體卽用，則其與老莊言道之常無常有，禪宗以不思善、不思惡爲工夫，以見自本心明自本性者之異，固亦微矣。（註）

龍溪嘗本陽明三間屋之喩，謂良知之學，範圍三教之宗。其言曰：「二氏之學與吾儒異，然與吾儒並傳不廢，蓋亦有道焉。佛氏從父母交媾時提出，故曰父母未生前，一絲不掛，而其事曰明心見性。道家從出胎時提出，故曰囟地一聲，泰山失足，一靈眞性既立，而胎息已忘，而其事曰修心煉性。吾儒卻從孩提提出，故曰孩提知愛知敬，不學不慮，曰大人不失其赤子之心，而其事曰存心養性。夫以未生時看心，是佛氏頓超之學；以出胎時看心，是道家煉精氣神，以求還虛之學。良知兩字，範圍三教之宗。良知凝聚爲精，流行爲氣，妙用爲神，無三可住；良知卽虛，無一可還。此所以爲聖人之學。」（語錄卷七）本良知之教「不求養生，而所養在其中，是之謂至德。……不求脫離，而自無生

註：龍溪語錄卷三明稱惠能不思善不思惡，又不斷百思想，此上乘之學不二法門也。

死可出，是之謂大易。……良知兩字，卽性卽命，卽寂卽感，至虛而實，至無而有，千聖至此，騁不得一些精彩；活佛活老子，至此弄不得一些伎倆。」（卷四東游會語）龍溪以一念靈明言良知，而歸在以良知範圍三教，以儒家之存心養性，攝佛之明心見性，道之修心煉性；正宛若華嚴宗之圭峯，以一念靈知言心，而作原人論，合儒道之人天教與佛家之出世教，而通之以層次。龍溪又本一念靈明言佛家超三界之義曰：「三界亦是假名，總歸一心。心忘念慮卽超欲界；心忘境緣，卽超色界；心不着空，卽超無色界。」（語錄卷六）忘念慮者，不離心起意也；忘境緣者，不以有能所之識爲知也。不着空者，良知妙用常存生幾不息也。圭峯禪源諸詮集都序以解悟證悟辨禪，龍溪更言徹悟曰：「從知解而得者謂之解悟……從靜中而得者謂之證悟；從人事練習而得者，忘言忘境，觸處逢源，愈搖蕩，愈凝寂，始謂之徹悟。徹悟於人事之搖蕩之中。二氏得之而絕念，吾儒得之而通感。」（語錄卷六）通感而眞無一法可捨，此儒者之所以超三界，而又能眞成就世間法也。以徹悟者之一念靈明，觀世出世間，則龍溪言「天積氣耳，地積塊耳，千聖過影耳。一念靈明，從混沌立根基，從此生天生地，生人生物，是謂大生廣生，生生而未嘗息。」（語錄卷七）則範圍三教，卽範圍天地之化而不過也。黃梨洲明儒學案，於龍溪範圍三教之言，皆不徵引，乃意在別儒與二氏。然緣陽明之誠意之學之發展，而出此龍溪正心之學，此正心之學，固原可有範圍三教之義。陽明之學與禪之不同，前已辨之。則由陽明發展爲龍溪之學，旣義有所必然，龍溪自仍屬儒宗。龍溪語錄卷七載：「或曰議陽明之學，亦從葱嶺借路過來，是否？先生曰：非也，非惟吾儒不借禪家之路，禪家亦不借禪家之路。昔香巖童子問潙山西來意。潙山曰：我說是我的，不干汝事。終不加答。後因擊作證悟，始禮謝禪師。當時若與說破，豈有今日？故曰丈夫自有冲天志，不向如來行處行。………虛寂之旨，……儒得之以爲儒，禪得之以爲禪，固非有所借而慕，亦非有所託而逃也。」龍溪自是以虛寂範圍三教，未言二教範圍良知之虛寂，則後之排龍溪於儒學之外者，何哉？

三　泰州學派安身之教之卽生言心

至於泰州一派，則大皆重將心與生命一貫而說之，而尤重德與樂不二之旨。陽明亦嘗言樂爲心之本體，此乃自良知之原爲不安於不善，而安於善，亦卽原爲安於其自身之天理，而安於其自體，而樂其自體者說。然人之良知之心之自安自樂，亦卽吾人之生命之全體之本性之安樂，人能自致其良知，而見得此良知之心之自安而自樂者，同時亦當有其生命自身之樂。此一生命爲吾人自身之生命，亦爲一與天地萬物之生命相通以爲一之生命。因吾人之良知之靈明，爲天地萬物之靈明，則吾人自身之眞生命，亦卽能以此良知之靈明，照澈天地萬物之生命，而與之相通爲一之生命也。此吾人之眞生命，通於天地萬物之生命，卽通於自然之生命。然此通於自然之生命，又非只自其通於「自然界中現有之相對峙爲各別之個體」之自然生命而言之，此乃要在自其能通於自然之生命之生生不窮者而言之。則吾人之此眞生命之活動，亦有自然生命之自然的生生不窮之義，復有其不涉安排、不經思慮，而自然、自發、自動之性質。此一眞生命之眞生活，則正爲泰州學派之所嚮往。故王心齋首倡安身爲本，而以齊家治國平天下爲末，以論物有本末之義，而自成其格物說；並謂能安身而安心者方爲至上，安身卽安頓此生命也。又嘗作學樂歌謂：人心本自樂，唯以私欲自縛而不自覺；而人由良知之自覺，以去其私欲之學，則還能自得其樂，而亦自樂其此學云云。心齋之重此吾人生命之安頓，與由良知自覺之學所得之樂，其意實甚顯然。其子東崖，更重自得而自然之生活。故曰：「鳥啼花落，山峙川流，飢餐渴飲，夏葛冬裘，至道無餘蘊矣。充拓得開，則天地變化、草木蕃；充拓不去，則天地閉、賢人隱。」泰州之門之有樵夫、陶匠、田父同游，亦皆正由其學、其教，原重通於實際生活之故。其傳至於顏山農、何心隱、羅近溪、李卓吾，其講學皆赤手搏龍蛇，不離生活，患難死生，亦能直下承擔。羅近溪之講學，尤重合生與覺、合「心與己之生、天地之生」，以言仁體，而亦深知人心之一般念慮之可厭，而以人之由學慮，而再復於不學不慮之赤子（註），正所以成其爲聖人。乃由捧茶童子之恭敬，亦可見道。此其爲教，同以超拔於吾人一般之憧憧之念爲首務，而不重陽明之良知之知善知惡之義；亦不以在善惡念上之省察，而存善去惡，存天理去人欲之工夫爲重者。蓋徒事於知善知惡或省察，皆尙

註：王龍溪言：「終日學，只是復他不學之體；終日慮，只是復他不慮之體。」（語錄卷六）此與近溪言不學不慮之旨亦近。然近溪舉赤子爲說，則重在赤子之生命中之不學不慮。

未出於道德上之善惡之思慮計較安排之外者也。近溪合生與覺以言良知之卽仁體，故重在卽人之赤子之心，日用常行中，指點此不學不慮之仁體。人果識得此仁體，則明覺在是，生命亦在是；心在是，己之生與天地之生，皆在是；私欲自銷，光景自除，不假人造之思爲，而人之視聽言動，自然合乎天則，爲乾知坤能之直接表現；則聖境匪遙，觸目皆道，而乾知坤能皆不外此仁體，誠所謂「天德出寧而造作俱廢」矣。關於近溪之學，吾前已有文評述之（民主評論五卷五期），玆唯言其與念菴龍溪同不重以知善知惡、爲善去惡爲致良知之工夫，而同重在直契一超思慮計較安排之本體爲工夫之意如上。

四　東林學派之性善義

陽明學派言心體之寂，至江右之雙江念菴，而極其精微；言心之卽寂卽感，至龍溪而通透無礙；卽生與心言仁，至近溪而圓熟渾化。然於言心性之善，則諸家之高明，亦或不免有智者過之之處。諸家固皆言至善，卽龍溪亦然。然諸家皆以善惡之念之憧憧往來爲大忌，亦以知善知惡、好善惡惡之工夫爲第二義。第一義乃超善惡之意念之上之「寂體」、「一念靈明」或「乾知坤能」之澈悟。在此第一義上，龍溪言此靈明無善無惡卽至善，蓋意謂善與惡乃相對待者。「性有所感，善惡始分；……本來面目，有何善惡可思得。」（語錄卷五與陽和張子問答）故以善惡之辨屬第二義。在第一義之靈明上，則當說「性本無惡，善亦不可得而名。」（同上答中淮吳子問）「人心無一物，原是空空之體。」（龍溪語錄卷三）至於江右之雙江念菴之言寂體，泰州心齋之言樂，與近溪之言乾知坤能，雖不似龍溪之重在說其爲無善無惡，然亦可不對之說「善」「惡」二字。而泰州之傳至周海門著聖學宗傳，由伏羲孔子直述至近溪，以立此陸王之學之道統，則又大倡心性無善無惡之論。凡此以性爲無善無惡之說，非不能極高明。蓋至善之極，不與惡對，善自可不立；至善之極，無善可善，善亦可不立。孔子曰：予欲無言。則言語道斷，心行處絕，亦儒佛共有。既曰無言，善於何有？則只以空空與虛寂說性，固無不可。然今復須知：若本「無言」以言至善無善，則至虛亦無「虛」，至寂亦無「寂」，空空亦無「空」，至善無善亦無「至善無善」。若在第一義上說無善無惡，而仍存虛寂之名，則情之所尙，仍在虛寂，而吝在以善爲名。則今仍當問：此虛寂畢竟是善否？如其是善，則善仍爲第一義；如其非善，則尊虛寂爲第一義，又何爲者？又在世俗名言中，此之無善無惡之名，所指實多；若謂未見有善惡，皆是無善無惡，皆是至善，則恣情縱欲之人，亦可自謂未見有善惡，而皆可自視其行事爲無善無惡，而爲至善之流行；則聖凡一味，修爲盡廢，狂肆之弊，其何能免？故在晚明之評論王學之言，所爭乃在此一善字。蓋自羅整菴，已疑陽明之合良知之知與天理爲一之說，意謂良知之明覺只是心，而不同於天理之性。湛甘泉標出體認天理，疑陽明之致良知格物之說，而亦屢以天理之「正當」「中正」之義爲言；蓋亦意謂陽明未能重此天理之善。陽明言良知天理，固正因其有見於心與天理之合一，亦未嘗不重此性理之至善。然陽明畢竟有以無善無惡釋至善之語，而甘泉之傳，於此蓋終不釋然。故當王學之流，至於周海門，大倡性之無善無惡之說之時，而甘泉三傳之許敬菴，乃明標性善義，以與海門有九難九解之辯。許敬菴與李見羅相善，見羅更明以止至善與修身標宗，主攝知歸止，「不能止則修，修所以歸止」，而攻陽明之以知爲宗，實不知性之善云云。李見羅又與東林學派高攀龍交，而高攀龍與顧憲成亦同有疑於陽明未識性善之義，尤反對其並世如周海門等之言無善無惡之論。憲成嘗謂「論本體只是性善二字，論工夫只是小心二字。」高攀龍謂「格物，格至善也，以善爲宗，不以知爲宗。」此東林學派之「小心格物以去狂肆之知，宗性善以矯無善無惡之論」，皆意在正王學之重「知」而不重「善」之弊者也。

然東林之言性善格物，實亦透過王門之論而後爲言，其中亦不無創見卓識。如顧憲成謂「近世言無善無惡……只是不著於善耳。余竊以爲經言無方無體，是恐著了方體也；言無聲無臭，是恐著了聲臭也；言不識不知，是恐著了識知也。何者？善之心，原是超出方體聲臭識知之外也。至於善，則是心之本色，說恁著不著？如明是目之本色，還說得個不著於明？聰是耳之本色，還說得個不著於聰否？又如孝子還可說莫著於孝否？……昔陽明遭寧藩之變，日夕念其親不置，門人曰：得無著相？陽明曰：此相如何不著？斯言可以破之矣。又曰喜怒哀樂之未發謂之中，是所空者，喜怒哀樂也，非善也。上天之載，無聲無臭，是所空者，聲臭也，非善也。善者內之不落喜怒哀樂，外之不落聲臭，本至實，亦至空也。又欲從而空之，將無架屋上之屋、疊牀上之牀耶？或謂性體虛明湛寂，善不得而名之，以善名性，淺之乎視性矣。竊意善者萬德之總名，虛明湛寂，皆善之別名（註）。名曰清虛湛一則得，名曰善則不得，十與二五，有以異乎？將無淺之乎視善矣。陽明曰四無之說，爲上根人立教；四有之說，爲中根以下人立教。縱曰爲善去惡之功，自初學至聖人，究竟無盡，彼直見以爲權教，非實教也，其誰肯聽？……惟其執上一語，雖不忽下一語而不可得。至於忽下一語，其上語雖欲不弊，不可得也。」

顧氏言方體、聲臭、識知、喜怒哀樂，無一可着，無不可空，亦意在言性體之有虛明湛寂之義，王門之高明之言，亦未有過於此。然又謂善非所著，唯是心之本色，則重善之旨，皎然明白。今試觀彼東林之士，以冷風熱血，洗滌乾坤，殺身成仁，舍身取義，若非能空生死，焉能至此！然空生死以成其善，則善畢竟不空。而所謂心之虛明湛寂，亦是一善，則二名自應俱存。唯虛明湛寂，又不足以盡善，聰明忠孝，固皆同爲善，則善大於虛明湛寂。虛明湛寂，唯上智之所至，聰明忠孝，則中下之資之所共有。今如只上希虛明湛寂，謂爲無善無惡，則中下之資之人之宗善，便未能爲究竟，只上希無善無惡而不宗善，則虛明湛寂之善，未必可得；而託諸無善無惡，以成狂肆之弊，卽不可免。今若

註：按龍溪語錄卷三宛陵觀復樓晤言曰：善者，虛明湛然之恒體也，……利者，晦濁黯然之客形也。今謂虛明湛然，只是一種善，而爲善之別名，其意固不同於龍溪也。

直下宗善，則上中下之三根，無不普被矣。今日宗善，善固至實，然亦未嘗礙念念只有善者之能空一切存在事物，不著於一切方體、聲臭與喜怒哀樂。蓋善原爲一純粹之價値性之名。此與一切存在事物之名，初不同其類。是乃可橫貫於此一切存在事物之名之所指之中，亦初不爲此中之任一名之特定所指之所限者。故此中之任一名之特定所指雖空，而善自不空，而此任一之名之特定所指，固皆有其善不善之辨。卽曰空一切以成虛明湛寂，虛明湛寂仍在此善之項下。此卽善之所以至實。而爲高攀龍所以言「一點至善、是眞宰處」之言之所由立也。

高攀龍之言，其透闢多有過於憲成者。彼嘗謂陽明之所謂無善，第曰無善念云爾。黃梨洲亦嘗言「陽明之無善無惡，只是無善惡念。」然若無善只是無善念，固「非眞無善也。」故高氏謂陽明之以善爲念，乃「自吾性感動而後有；……吾所謂善，元也。萬物之所資始而資生也。」無善則萬物不得資始而資生，是善爲物之存在之性，在念之先而已有者也。故又謂：「無善之說，不足以亂性，而足以亂教。」性元自善，在念起之先，無善之說，在念起之後，焉得而亂之？然謂之足以亂教者，則以「無善之說，教人不著於善，而著於無。著善則拘，著無則蕩，……一著也。……今懼其著，至夷善於惡而無之，人遂將視善如惡而去之，大亂之道也。故曰足以亂教。古之聖賢曰止善、曰明善、曰擇善、曰積善，蓋懇懇焉。今以無之一字，掃而空之，非不教爲善也，旣無之矣，又使爲之，是無食而使食也。」（方本菴性善繹序）

然則於著善則拘之病又奈何，則高氏意聖人之教，自有使人有善而無著之道。此卽在「使人格物，物格而善明。」至其可以使人有善而無著者，則由高氏言格物之義，雖似重申程朱之義，而又轉進一層。在程朱之義，格物爲卽物窮理，物實而理亦實。此中，若人更執理爲善而着之，則不能不拘；若視物爲外而窮之，則不免於喪己。陽明言心卽理，卽所以去視物爲外之弊，言無善念，卽所以去着善之拘之弊。然高氏則意謂由物格以明善，正所以使人有善而無著者。此則由於其於格物之別有一新觀點。其言曰：

「伊川曰在物爲理、處物爲義。此二語關涉不小，了此卽了聖人艮止心法。胡廬山以爲心卽理也，舍心而求諸物，遺內而徇外，舍本而逐末也。嗚呼，天下豈有心外之物哉？當其寂也，心爲在物之理，義之藏於無朕也；當其感也，心爲處物之義，理之呈於各當也。心爲在物之理，故萬象森羅，心皆與物爲體；心爲處物之義，故一靈變化，物皆與心爲用。體用一源，不可得而二也。物顯乎心，心妙乎物；妙物之心，無物於心；無物於心，而後能物物。故君子不從心以爲理，但循物而爲義。……八元當舉，當舉之理在八元，當舉而舉之，義也。四凶當罪，當罪之理在四凶，當罪而罪之，義也。此之謂因物付物，……內外兩忘，澄然無事也。」（理義說）

「聖人之學，物還其則，而我無與焉。萬變在人，實無一事，無之極也。……是故以理爲主，順而因之而不有者，吾之所謂無也；以理爲障，逆而掃之而不有者，彼之所謂無也。」（許敬菴語要序）

高氏之言之別於伊川者，在於伊川之在物爲理、處物爲義之言上加一心字。蓋義者，我如何處物之當然之則也。此則在心。然我有如何處物之則，則物亦有如何被處之理。此「則」爲在心之義，亦卽在物之理。故曰「心在物爲理」。陽明固嘗言心在物則爲理（傳習錄下），則陽明之旨，高氏未嘗違。然此心若不格物，卽物而知其當如何被處之理，則雖曰物與心未嘗不同，然此時心與理俱寂，吾之義藏於無眹者，尚未得而明。必格其物，而卽物以知其當如何被處之理，而後此心由寂而感，理乃呈於心，而後義能循物，物亦乃實與心爲用。理固在物而亦呈於心，義則循物，而因物以付之，則行義旣畢，而內外兩忘，物還其則，而我無與，是無之極也。此中之理義俱盡，卽止於至善，「內外兩忘，無之極也」，則於善又未嘗著。不著善，正所以止於至善，斯有善而無著矣。然人若不知「心在物爲理」，不由格物，以使理呈於心，而以義循物，徒從心以爲理；則於此心中之理義，將不免視之爲我有，不能內外兩忘，亦不免於有著；若求不著，則唯有倂此理義而無之，卽必歸無善。人乃不能於理義俱盡，更有善而無著矣。此蓋高氏之重申程朱格物之旨，而又兼存王學言無著之義，而成其以善爲宗之教者也。

上述之高、顧之言，皆明以「言空」、「言無」、「言無著」者，亦不能廢以善爲宗。以善爲宗，卽明善，明善卽知性。此善乃萬德之總名，亦人生之一切活動之所能同具。而人生之一切活動，雖曰以心爲主，而心自主乎身，心性之一切表現，亦不離乎氣質，則氣質之性亦當無不善。故高攀龍嘗以氣質之性與天地之性雖可分為二，亦可混而一；而東林學派之孫淇澳等，更力主性即氣質之性，性善即此氣質之性善。按明代之學者之宗朱者，如薛瑄、曹月川、汪石潭、羅整菴等，於朱子理氣為二之說，皆不謂然，而主離氣無理。王陽明以良知之流行為氣，王龍溪言性為氣質之精華（龍溪語錄卷一），亦皆意謂心性不離氣質。至楊晉菴，更進而力辯性即氣質之性，別無義理之性。其言與孫淇澳同旨。楊晉菴以至孫淇澳之言性即氣質之性，又初皆非淆亂性與氣質之二名，不承認人之有義理為性之謂；而唯是謂：此義理既為性，則此義理即為氣質之所以為氣質之性而在氣質中。知此義理此性在氣質中，而不離氣質，則謂性善，即人之天生之氣質，其性為善之謂。此人之氣質之善，初乃指：人依其不同之氣質，而與其他人物相接，所共同表現於其自然發出之惻隱羞惡等中之心性之善，而為人所共認者而言。自此而言，則人之氣質雖有異，而其性之為善，則相近而亦相同。故孫淇澳曰：「如水有萬脈，流性則同；山形萬狀，止性終同。」（東林學案二）然後儒或以氣質之異，而疑其性之善之同，乃外氣質而言性。既外氣質以言性，而又見人之習之有不善，遂以氣質為不善矣；不知「如生意是性，生意默默流行，便是氣；生意顯然成像，便是質。如何曰性好，氣質不好？故所謂善反者，只見吾性之善而反之，方是知性。」（同上）吾人試觀，彼凡主無善無惡之說者，大皆就此心體知體之能超乎善惡念之外，以言此性為無善無惡。然人之善惡之念，乃人向內反省，方見其憧憧往來於胸中者。此意念，固可以超拔，以證悟一超善惡以上之境。然人在未有其反省所得之善惡念之先，人尚有直接依其氣質與其外人物相接時，即直接表現於惻隱羞惡等中之心性之善，如上所說。人有此善，乃有善念，人念違此善，乃有惡念。則此人之直接依其氣質所表現之心性之善，乃原始義之性善；固非此一切玄遠通透之言無善無惡之心體知體之論，所能加以跨越而否認者也。則孫淇澳等之就此人之依其氣質與其他人物相接時之直接表現，以言氣質之性之善，雖似降一層以觀人性，而亦正所以立人性之善於不拔之地者也。

五　蕺山之卽心與情言性、與卽意之定向乎善，以通心之已發未發之工夫

劉蕺山之言性，亦不以義理之性與氣質之性為二。故曰：「人心卽道心之本心，義理之性卽氣質之本性。」又曰：「性卽理，理卽氣質之理，豈可曰義理之理乎？」謂性為氣質之性，「是就氣質之中指點義理者，非氣質卽為性也。」此義理此性，乃為主乎此氣質，而能變化之者。謂性為氣質之性，非以氣質為主體，而仍是以性為主體。必言氣質之性者，其旨正在說此性之體之「無時不能自呈其用於變化氣質之偏蔽，以成一元氣之周流之中。」緣性不離氣質，而蕺山亦反對一切離心言性、離情見性之說，而恆卽心卽情以言性。故曰「仁非他也，惻隱之心是；義非他也，羞惡之心是；禮非他也，卽辭讓之心是；智非他也，卽是非之心是。」又言「惻隱之心，喜之變也；羞惡之心，怒之變

也；辭讓之心，樂之變也；是非之心，哀之變也。」此以惻隱、羞惡、辭讓、是非，卽喜、怒、哀、樂之變，更爲蕺山之創說。蓋其所謂喜、怒、哀、樂，初非一般所謂表現於外之喜怒哀樂，而爲天道之元亨利貞運於於穆，而內在於人心者。「維天之命，一氣流行，自喜而樂，自樂而怒，自怒而哀，自哀而復喜。」此卽由元而亨、而利、而貞，更貞下起元之事。昔朱子嘗以天之元亨利貞之四德，配人之仁義禮智之四德。仁義禮智爲內在於人心之性理，則元亨利貞自亦內在於人心。今蕺山更言四德卽四端之情，卽喜怒哀樂。則此心中不僅具本然之天性，亦具本然之天情，以爲此心之德。而此天情之具於心而自運，又卽天道之元亨利貞運於於穆，以誠通而誠復，是謂之中；其見於外，則謂之和。中則內自具此誠復而誠通，乃「似無而非無」；和則外見此誠通而誠復，乃「有而不滯於有。」故曰：「當寂然不動之時，人之喜怒哀樂四德自在，未始淪於無，及其感而遂通之際，　此四德亦未始滯於有。」故中庸所謂喜怒哀樂之未發之中與已發之和，亦相卽而不二，不可視爲內外對立之名；實乃內外相生，由中而和，以見於外，「旣見於外，復反於中」，而「中」爲大本天樞；以使「一元生意，流行不息」者。蕺山依此以言性之善之第一義，亦直接自內在於此心之此天情之自運而言。故曰「子思從喜怒哀樂之中、和，指點天命之性，……分明天地一元流行氣象，所謂不識不知，順帝之則，全不涉人分上，此言性之第一義也。」其次則當自本於中而形於和，以發爲惻隱、羞惡、辭讓、是非之人道邊事上看性之善，更不自善念上說。此下當及之。

本上所說，蕺山論人之修養工夫，乃以誠意爲宗。此其所謂意，全不同於慈湖陽明龍溪所謂意念之意。此意乃內在的存主於吾人之心之中，以使此心之天情之運，周流不息，誠通誠復，其發於外皆本於中而形爲和，恆知定向乎善而無移；有如心中之定盤針，「淵然在中，動而未嘗動，靜而未嘗靜」者。此以意非意念而爲存主於心中者之說，前亦有之。如江右之王塘南已謂「動靜者，念也；意者，生生之密機」，「性之用爲神，神密密常生謂之意；性爲乾，而意爲坤；有意則漸著而爲念。」此乃以意貫乎性、神與念之間，而非念者。泰州學派又有王一菴謂「心虛靈而善應，意有定向而中涵。」其旨要在言意之主宰乎心，「不著四邊，不賴倚靠」，乃以意非心之所發，而爲心之所存。然蕺山之所謂意，則既爲存主於心中，亦爲使心之所發，恆知定向乎善者，如心中之定盤針（註）。故此意亦卽吾人之自然表現的知愛知敬之善中之「知」之所依，亦吾人之知善念知惡念之「知」之所依。人之知愛知敬，愛敬發乎自然，亦人之自然之定向乎善之事。在此知愛知敬之中，此知隨愛敬而起，而知卽在此愛敬之中；愛敬純爲善，此知亦只是善而無不善。此知愛知敬之善，雖不同於上文所謂第一義之善之純爲內在之一元生意流行之善，然自其爲直接依於意之定向於善，而自然發出者言，

註：按龍溪語錄卷六，亦言「人人自有良知，如定盤針，針針相對，謂之至善，少有過與不及，便謂之惡。」此與蕺山之言固異。然蕺山所謂定盤針，，亦正不外於龍溪所謂良知之能針與針相對應處，見得一貫乎此針針之中之至善之針，而爲良知之主者。是蕺山之學與龍溪之王學，亦只有毫厘之別，而未嘗不可通也。讀者可自思之。

亦爲不與不善相對之絕對，而此知，亦卽同於此惻隱恭敬之心之情之自身中之自知。至於在知善惡之知中，則此知初在善惡念之外，乃一面知善，一面知惡，而同時好善惡惡者。此亦陽明之所已言。然蕺山之進於陽明者，則在言此好善惡惡，乃依於此良知中之意，而爲「覺有主」之主。此意之一面好善，一面惡惡，乃好必於善，惡必於惡。「好必於善，如好好色，斷斷乎於此；惡必於惡，如惡惡臭，斷斷乎不於彼。」必於此而必不於彼，乃正見其存主之誠處，「故好惡相反而相成，兩用而止一幾」。由此「意之好惡一機而互見」，不同於起念之好惡之「兩在而異情」。蕺山卽以意爲良知之心之主宰，亦卽心體中看出之性體，故又曰「意爲心之體」；並由此意之於善必好、於惡必惡、恆定向乎善，以言性之至善，及其爲物之不貳，故名獨或獨體。此亦略如王一菴之以意爲獨。唯一菴尚未重此獨之必顯爲好善惡惡之旨，而蕺山則曰：「性光呈露，善必好，惡必惡，破此兩關，乃呈至善，故謂之獨。」此恆定向乎善之意，存主於「知善知惡之良知」之心，以於善必好，於惡必惡，以發爲好善惡惡，卽能自見於流行之中。故此「獨」，爲常存者，亦常發；爲主宰者，亦時在流行中。人於此更當知者，卽是縱在無善惡念之相對見於前時，此有意爲存主之心，仍爲常存常發，爲主宰而自流行，以生生不息者。此時，雖無善不善之念在前，而此心之定向乎善之生生之意，亦自爲存主於中。此意中自有知，以知善不善之幾於念起之先，以自爲戒愼，正見得此意之爲一絕對自作主宰之獨體。此獨體之自作主宰，卽見於其如是如是之自戒愼中，而不待於所戒愼主宰之善惡念之起，方見其能自作主宰也。此自作主宰，卽意之自誠，而自致中以致和之事。吾人唯眞識得此意之在善惡念未起之先，能自誠而能自致中以致和，乃有靜存此本體，以爲工夫之誠意之學。此靜存之工夫，卽主敬。此靜存、主敬，卽攝動察與窮理。故曰「人心道心，只是一心，氣質義理，只是一性。識得心一性一，則工夫亦一。靜存之外，更無動察，主敬之外，更無窮理；其究也，本體與工夫亦一，此愼獨之說也。」此中所謂靜存工夫，其妙用所存，全在人於此可不待不善之念或私欲之起，才繼以知之，以惡惡而去惡；而是先知戒愼之於獨知獨覺之中，故曰「知在善不善之先，故能使善端充長而惡自不起。」此方是「由誠而明，便佔先手」此乃不同於「由明而誠尙得急着」者，更不同於「離誠言明終落後着」者。是方爲眞正之愼獨工夫。此愼獨之工夫，要在能「纔動於中，卽發於外，發於外卽無事矣，是謂動極而靜；才發於外，卽止於中，止於中則有本矣，是謂靜極而動。」一動一靜，生意周流而心無倚著，則致中卽致和矣。蓋溯一切私欲及不善之念之所自起，其初皆只是其發之有所過不及，而過不及之始，則只原於一念之偏倚。此「有偏倚之一念」，其義至微。蕺山嘗曰：「今心爲念，念，心之餘氣也。」蓋人應感於物，卽有氣之動，於此如才發於外，卽止於中，一應卽止，則氣復歸靜，更無餘氣之留。然人應於物之後，恆不能一應卽止，而不免有餘氣之留。此餘氣既留，卽足更滯其以後當有之發，而使之亦不能纔動於中，卽發於外。動者不發，又成餘氣。餘氣爲滯，卽偏至之氣，而人不能致中；不能致中，亦不能致和。故必化念還心，去其餘氣，才內動卽發乎外而無事，才發卽止乎中而反本；然後一動一靜，恆無事而亦恆不離其本之在中。斯乃致中卽致和，主宰不失，得見「一元之氣，流行不息，粹然至善」；而倚著之念，偏至之氣才起，卽爲此獨知獨覺之所知，而「自然消融」。夫然，而人之接於物而生之心情，乃自然皆爲知愛知敬一類之惻隱羞惡辭讓是非之純粹正面的絕對善；非只如知善知惡、好善惡惡、爲善去惡中所成之善，乃由去相對之惡而得之相對善者矣。

本上所論，故蕺山於陽明之四句教之說，亦視爲尙未能鞭辟近裏。故易之「有善有惡者心之動，好善惡惡者意之靜，知善知惡者是良知，有善無惡者是物則」之四句。此四句之要義，乃以一般所自覺之有善有惡之心之動，爲最低之一層面，而高一層面之知善知惡之知，又藏於更高一層面之好善惡惡之意之中。至此意之好善惡惡，則本於意中自具有善無惡、而體物不遺之物則，以爲其天理或性；故意能爲心之主，而於此有善有惡之心之動，能知好其善，惡其不善，以定向乎善。此意之好善惡惡，兩用而一幾，以恆定向乎善，卽見此意之靜。就此能知善知惡之知中所藏之意之定向乎善以觀，卽同時見得具物則以爲性，而藏知以爲用之意之至善。此意卽獨體，亦卽心之眞體也。今觀蕺山之旨，蓋以一般之工夫，乃於此心有善惡念之動之後，方加以省察，以知善知惡，而爲善去惡，其工夫之層次最低。更高一層之工夫，卽觀諸意念未起時之未發氣象，以存養於善惡念未起之先，此卽延平之說。朱子則言存養省察，雙管齊下。陽明更由人之能知善知惡、而兼好善惡惡，自見有一良知之主宰，以言良知。蕺山意謂依此良知之教，人恆隨善惡念之起，以致其良知，此良知乃對善惡念如落後一着之「監察官」，欲就善惡念之起，而一往不返之勢，「逆收之，以還之天理之正則。」故以爲此乃不免於使「心之於性，先自相讎，非精一之學」，「起一善念，吾從而知之。知之後，如何頓放此念？若頓放不妥吾恐其剜肉成瘡；起一惡念，吾從而知之，知之後，如何銷化此念？若銷化不去，吾恐其養虎遺患，總爲多此一起。」故一具更勝義之工夫，蓋卽爲求直下超拔此善惡念，以契良知本體之工夫。此卽江右之所以求未發之寂體於已發之感之先；龍溪之所以要直悟無善無惡之心體；泰州近溪之所以倡「不學不慮以爲知」。其旨皆同在直下超拔於善惡念之上者。然欲超拔此善惡念，而以無善無惡爲歸，則是「蕩之以玄虛」；不知卽在無善念惡念之起之地，此好善惡惡之意之靜，自在其中，自具體物不遺，有善無惡之物則；或者乃謂此處更無靜存之工夫可用，則又將不免「蕩之以情識」，而肆無忌憚矣。須知在此善惡念未起之時，吾人之意之恆自戒愼恐懼，以自愼其獨，卽表現此意之自爲主宰以流行。此中雖無善念可好，無惡念可惡；然才動於中，卽發於外；才發於外，卽止乎中；才有一念之餘氣，卽知化念還心，銷其積滯。「天命流行，物與無妄」，「還他本位」，「不許亂動一毫手脚」，則此自愼其獨之靜存之中，已涵動察，而在工夫亦卽除「靜存之外，更無動察」。蓋在此自愼其獨之靜存之中，能於「不善之所自來之一念之餘氣」，才起卽加以銷化，便使所發皆善，是卽好善惡惡，於善惡念之未起之先，而已含一最原始義之動察也。如今謂善念與惡念爲相對，則善念之善，爲相對善。至於正知善知惡而好善惡惡時之良知，固爲統善惡之相對而轉惡成善之絕對善。

然雖曰絕對，仍與所統之相對爲相對，便仍非至善。而在此蕺山所謂靜存之工夫所呈之本體之善，則爲「尚未有相對之善惡可統」之絕對的或眞正的絕對善，方爲至善。此一攝動察之靜存工夫，非省察已發之後，非觀未發氣象之說，非涵養省察並行，非致良知之好惡於善惡念之已生之後，亦非超善惡念，以只求契於無善無惡之心體者，不免歸於蕩之以玄虛與情識；而是靜存彼先儒所謂未發者，而見「此所謂未發者實卽常存而常發，恆自定向乎善之本體」，卽以是爲工夫者。此方爲立於眞正之絕對的至善之地之本源上的第一義之工夫。由此工夫，而當人感物而應物時，此絕對善之本體之流行，亦直接表現於絕對善的對物之惻隱羞惡辭讓是非，與一切發而皆中節之喜怒哀樂之流行動用之中；而人之明覺之知則在此惻隱等中行，如孩童之知愛知敬之知，乃恆在愛敬之中，而未嘗外溢於此流行動用之外，亦不冒起於此流行動用之上，而唯以自內照明此流行動用爲事，而後能全知在德。是爲蕺山言知藏於意之極旨，而爲先儒之所未能及者也。

按此蕺山所言之誠意之工夫，固可說是居於陽明所言之知善念惡念，而好善惡惡之良知之上一層面，而本此工夫，以見得之本體之善以言性善，亦卽爲眞正絕對之善，而更無一毫之可疑之性善。然此實又與陽明言良知之恆戒愼恐懼，而不睹不聞以生生不息之旨相通。陽明之謂良知於不睹不聞中，恆自戒愼恐懼。對此戒愼恐懼，吾於前論陽明之學時，曾名之曰超越的內在省察。此乃屬於良知之本體之自身，而爲其善惡念未起之時，所自具之一戒愼其善惡念之發，而恐懼其發之陷於非是之一本體上的工夫。則蕺山之功，便唯在於此良知之戒愼恐懼中，更見此意之自誠而恆定向乎善，以常存常發，以爲此良知之體，而謂此知乃藏於意者而已。此卽蕺山之所以於陽明之言良知，多有所疑，而亦謂「乃信陽明先生所謂戒愼恐懼是本體之說，非虛語也。」又自謂其言以誠意爲本，乃「陽明本旨」之故也。

又蕺山有三原之文：一原心、二原性、三原學；後二文歸在不可外心言性言理，外心言學，由學以使「氣血皆化爲性」，而千古傳心之統，可歸爲一。其中言仁義禮智之心，卽喜怒哀樂之變之旨，上已及之。至其原心一文，多連屬諸心性之名，而爲之界說。今錄其大體於下：

「生氣宅於虛，故靈，而心其統也，生生之主也；其常醒而不昧者，思也，心之官也。致思而得者，慮也，慮之盡，覺也。思而有見焉，識也。注識而流，想也。因感而動，念也。動之微而有主者，意也。心官之眞宅也。主而不遷者，志也。生機之自然不容已者，欲也。欲而縱，過也。甚焉，惡也。而其無過不及者，理也。其理則謂之性、謂之命、謂之天也。其著於欲者謂之情，交而不可窮也。其效情而出，充周不可窮者，才也。或相什佰，氣與質也。而其爲虛而靈者，萬古一日也。效靈於氣者，神也；效靈於質者，鬼也。又合言之，來而伸者神也；往而屈者，鬼也。心之神，其爲是乎？……約言之，則曰，心之官則思也。故善求心者莫先於識官；官在則理明，氣治而神乃尊。自心學不明，學者往往以想爲思，因以念爲慮；及其變也，以欲拒理，以情偶性，以性偶心，以氣質之性分義理之性，而方寸爲之四裂。」

學者細觀此文，卽可以知蕺山之所以「通心、思、慮、覺、識、想、念、意、志、欲、過、惡、理、命、天、情、才、氣、質、鬼、神」之名義而貫之以說，並反對一切「以理欲相拒、情與性、性與心、氣質之性與義理之性，相對成偶之說」之旨，不擬更作釋矣。

第十六章　王船山以降之卽「氣質」、「才」、「習」、「情」、「欲」以言性義

一　王船山之道、善、性三者之大小義

宋明儒學之言心性之精微與高明，至蕺山而鞭辟入裏，披露至盡；故謂此心此性，在人爲人極之所以立，亦卽能「通天地萬物以爲一心」，「非一膜所得而囿」者；而尅就其通天地萬物爲一心言，亦更別無此心之本體之可覓。此心有此性此理，卻別無此性之所以有之性，此理之所以有之理。故蕺山更謂「性無性」、「理無理」。而另轉一方向之思想，卽爲如黃梨洲明儒學案序之言：「盈天地皆心也……心無本體，工夫所至，卽其本體」之說；轉而重觀天地萬物之變，人事歷史之變，建制立法，以明外王之道之學。此卽開爲梨洲之史學與經世之學。當時之顧亭林，則又病其時言心性者之不學無術，而主以行己有耻一語，括修己之道，並以博學於文，爲治人之資；以矯談心性者之空疏之弊，而救之以言三代之治體與天下郡國利病之實學。此如循梨洲之言以觀之，則此心之工夫所至，旣皆心之本體之所至，則此實學之工夫之所在，亦皆此心之本體之所在，而亦可攝之於心性之學之中。

然在亭林則初無此意，其思想之來源，尙遙承朱子之教，其博學於文，蓋類同於朱子之卽凡天下之物，莫不因其已知之理而益窮之之事。後之淸代學者，乃或謂宋明儒之心性之學，爲全然無用，而對此心性與天地萬物之關係，恒視如相對之二者；於此心性，多連於吾人一身之氣質、血氣以觀之，如顏元戴震之說是也。當明淸之際，能上承宋明儒學之問題，反對王學之流，亦不以朱子之論爲已足，而上承張橫渠之卽氣言心性之思路，又對心性之廣大精微有所見，而能自樹新義，以補宋明儒之所不足者，則王船山是也。

對於王船山之言心性，吾於二十年前嘗作王船山之性與天道論（學原一卷二至四期）、及王船山之人道論（學原三卷第二期）二文，論其言「道大而善小、善大而性小」，「不以氣質之偏爲不善」，「尊生而重情才」，「人之不善，唯原於流乎情、交乎才者之不正，而不在氣質或氣質之性之本身」，「命日降而性日生」，以及「人之精神大往大來於天地，以死而不亡」之諸義。此皆似與程朱陸王之言不同。然吾今將說明凡此船山所立之新義，皆由於其重在本客觀之觀點，以觀理或道之相繼的表現流行於人與天地萬物之氣中而來。此與程朱陸王之自另一觀點所立之義，亦無必然之衝突。船山之所以重此理之相繼的表現流行於氣，則由其學之上承橫渠之學之精神，而又特有得於易教之故。其言易道之別於先儒者，要在以太極只爲一陰陽之渾合，力主乾坤之並建，以言宇宙人生歷史之日新而富有之變。緣是而其命日降、性日生之說，乃得以立，而更有其人之精神之死而不亡之義。此卽本節及下二節當更略加解釋者也。

按易傳言一陰一陽之謂道，繼之者善也，成之者性也。此雖似分三層次說，然義亦可相貫，三者應原無孰大孰小之可說。宋明儒之就吾人生命中之道善性三者之關係，而向內反省以觀之者，大皆謂道或理之所在，卽善之所在，亦性之所在。如程朱之卽理之善以言性善，陸象山之以言心卽理，而具四端萬善，王陽明之言良知卽天理卽至善是也。然吾人如純本一客觀之觀點，先將吾人之自己與萬物平等觀，而尅就現有之一人一物，所能客觀表現之理，而言其所具之性，則吾人固有理由說此性所及之範圍，不如現有之天地之氣之流行變化之中所表現之善，所及之範圍之大，更不如此天地之氣之流行變化，「所以得成爲可能」之理之道之大。蓋現有之天地之流行變化之氣，乃順道與理，而繼續開拓者，而此現有天地之氣，則又尚不足以盡此道此理，而表現之。程朱於此可言理先而氣後，則船山自可言道大而氣小也。又自客觀之觀點言善，則未有表現，不足以言善，而天地之善卽亦只當自其表現於流行之氣上者說。故道大而善小也。至於將天地之氣之全之流行，所表現之善，與得於天地之氣之一分，而成之人物之氣，所表現之善相較，則固亦可說前者大而後者小，而人物之氣所表現之善，原於其性，則天地之善之全，又大於人物之性之善，可言天地之善，亦大於性矣。然船山之此義，亦唯對一客觀的「觀一個體之人物之性、天地之氣之流行中之善、及此善之所以成之理或道三者之關係」之觀點，而後可說。若在人主觀的向內反省其生命中道、善、性之如何相關時，則人固仍可緣程朱陸王之論，自謂其性之所在，卽當然之理、當行之道所在，故率性之謂道也。率性而表現此理於氣之流行，卽善，亦卽修道之事善。然若氣之流行表現此理此性爲善，則此理此性之自能表現於氣，亦先自是善。若然，則對此道、性、善之關係，當如朱子說「在天地言，善在先，性在後，是以發出來，方生人物」；而「在人言，性在先，善在後。」（**註**）此卽謂天地生人物以道，而有其善，人物乃有其性；則天地依道而有之善，固先於人物之性，亦可說大於人物之性。然人物既有性，而性顯其善，乃有修道之事，則善在性後，亦在性中；依性之善而修道之事善，而道應卽在此性之善中。依此後義而性包括善，善包括道，則不可於此分大小，亦未嘗不可說性大善小，善大道小矣。此中人所取之二觀點之別，蓋略類邏輯中所謂對一概念之可分別就外延與內涵二者而觀之別。如自外延觀，一概念之外延之較大者，自其內涵觀，則又包括於內涵大之概念之中，而反若較小。故在外延觀，可說生物大於人，人大於中國人；而自內涵觀，則生物之概念在人中，人之概念在中國人之中，而中國人之概念之內涵，乃大於人，更大於生物是也。自外延觀，卽客觀的觀一概念之所指之範圍之大小；自內涵觀，卽自內反省一概念內部所具之意義之大小。此正如客觀的觀道、善、性三者，與自內反省此三者，其大小之所以不同。船山本前一觀點，而謂道大善小，善大性小，固與程朱陸王自後一觀點，言道與善皆內原於性，無此所謂大小之言，可併行不悖者。至船山之所以未嘗由性之具善、善之具道，

註：朱子語類卷五淳錄，又卷九十五論程子與易傳言繼善各是一義處，亦有此義。

而言性大於善，善大於道者，則唯由其限大小之名於外延之意義之故。然彼亦未嘗不承認此不同觀點之存在，故謂「大者博而不親，小者專而致精」，以謂道大善大，而不如性之所涵者之專精。然此小者之所以專而致精，亦正以其能自內涵具彼大者而專之精之也。今觀船山於讀四書大全說等，言人之率性修道之功，亦未嘗不本於此性之內原涵具善與道以立論，則亦當未嘗不可應許此另一義上之性大而善小、善大而道小之說，或更不於此分大小也。唯船山爲矯宋明儒者之偏於本向內反省之態度以立言者，乃重取客觀的觀點，以觀此性在天地間之地位，故有此道大善小，善大性小之論耳。固非其說既立而程朱陸王之義可廢之謂也。

二　船山之尊生尊氣與尊情才義

至於船山之不以氣質之偏剛偏柔爲不善，亦原於其重取客觀的觀點，以觀人所具之性之表現之故。重此表現，則舍氣適足以孤性，性善卽氣之性善。氣之表現性之善，縱有所偏，既是表現，則已有善，表現而偏，能反之於中正，固所以見性道之全；然縱以偏繼偏，只須其表現，能相續不斷，亦見善之流行。船山所謂「以陽繼陽而剛不餒，以陰繼陰而柔不孤」是也。此船山之言，與昔之宋明儒者喜言中正中和，若只以中正中和之表現爲善者，亦可謂大有不同。然昔之宋明儒者之此類之言，乃意在樹立聖人之大中至正之道，以爲標準與極則。宋明儒之論聖賢氣象，固亦未嘗不謂有陰陽剛柔之偏至者與中正者之別，如明道之言顏子如景風慶雲，孟子如泰山巖巖；伊川言顏子春生，孟子秋殺；

上蔡言顏子似弱，孟子似强，卽皆意謂孟子顏淵二賢之各有氣象之偏，未能如孔子之爲元氣之氣象，而大中至正也，然此又何害於二賢之賢？細考宋明儒之所以尙中和中正，若有惡於氣質之偏者，唯在由此偏可致蔽塞，以成種種生命流行之阻滯與窒礙。然若人之偏剛偏柔者，其剛柔之表現，皆合乎理，則雖偏亦未必成蔽塞。剛能相繼以成至健，柔能相繼以成至順，則此中自有生命之流行無礙，亦正所以成彼剛柔之德者。此亦正當爲宋明諸儒之所應許。唯船山因其更重人之性之道之表現於氣之流行之相繼，故亦更能言一切偏至之善德。善德之成，其要點唯在性道之表現於氣之無蔽塞、無滯礙、而生生不息。故匪特至剛至柔皆至德，浸至剛柔之氣之錯綜而表現，如適得其時與位，而合乎天理，亦無非善德。此卽易經之所以不只於乾剛坤柔上言德行，亦於乾坤相錯綜所成之六十二卦皆言德行之故。船山蓋亦由其得於易教者深，方能不就此人之氣質之有偏，而疑其性之德之善也。

至於船山之尊生而重情才之表現，亦由其重性之客觀的表現於氣之流行而來，此尤顯而易見。因吾人之生，卽一氣之流行之歷程，情原卽性理之表現於氣之別名，才卽氣能表現性理之別名。此爲宋明儒共許之通義。宋明儒皆言以理率吾人生命之氣，亦決無存心忽視此人之才情之事。然人之生命之情才之表現，或流於人欲，若不先尊理而尊心，則又無以去人欲而復天理。程朱陸王卽意在樹立一尊理尊心之教。然尊理尊心，而或忘此理此心之必表現生命之氣，以成情才，則實際上又不免歸於對情才之忽視。故船山繼尊理尊心而言尊生，更尊此理之表現於生命之氣之情才。生命之氣之流行，固宜求其充盈盛大，沛然莫禦，然後天理或性乃得其充量之表現。船山遂謂聖人必氣盛而情亦盛，德優而才亦優。此卽不同於宋明儒之言聖之只在其德之純者。言聖人之所以爲聖人，只在德之純者，乃自「氣質」之「性質」上說。而以聖人當情才亦茂者，則兼自此德之表現於氣之「量度」上說。質固當求純，而量亦當求大，則二言未始相悖。然必質先求純，然後其量之大者，皆見善之充擴。否則才情之盛者，唯是一霸氣之縱橫，則亦不可入於堯舜之道。此卽必先有程朱陸王之尚德之敎，樹立於先，方宜有此船山之尚情才之論，繼之於後。然尚德之敎既立，則自亦當更言如何使此德有充量之表現，則亦不能不有此船山之尚情才之論。此中先後賢者所言之輕重之不同，正所以成其爲一聖敎之相繼，以成此儒學之發展者也。

由船山之於先儒之尊理尊心之外，更尊生尊氣之流行所成之情才，故船山說此惡之源，乃不特不在理、不在心、不在氣質，亦不在情才，而在情才之流之交。此卽謂：惡乃唯存在於一人之情才之表現，與其他人物之情才之表現之相交接，而或相與阻滯之「關係」上，亦卽其所謂人之陰陽之氣之變合之差。如吾人論王船山之文所已詳及。依船山之言，惡唯存於此「關係」，而去惡之道，亦要在化除此人與人之情才之「關係」。然此關係，既爲人心之所知，而人心亦能自反省及此關係，乃由人自己之情才之如何流行之所致；則人固亦可自知其情才之流行之有不當；並知凡此不當，而仍自流行不能自已者，卽一違天理之人欲；而當求有以自去其人欲，而有正心誠意以修德之工夫。船山之善言此工夫，亦無大殊於程朱諸儒。然船山之說此惡之地位，唯在人之情才之流，積習難返，更交激互蕩，以致相阻滯之際，使不如先儒之推惡之原於氣質之性。此正有如說水之波濤洶湧至於覆舟，唯在其異流之水勢既成，而更相阻滯激蕩之際，而不推之於此異流之所自生之源。此即更所以證：此惡之無根於吾人之生命之原始，亦唯足致吾人「生命之諸活動之流行之互相阻滯」者，方得稱爲惡；則尊生之義，即更由茲以更顯矣。

察此船山之唯在情才之流之交上，說惡之地位之說，固與程朱由氣質之性，言不善之源者異。然程朱之此說，乃自人之氣質有待於開通變化，否則將致性理之蔽塞，而有不善之生以說。此義實亦非船山之言之所能廢。蓋人之情才之表現之相交接，而相阻滯激蕩，即已可說是因人之氣質尚未能淸通而開明，以使其情才之表現交光互照，以相應成和之故。凡一切求彼人己之情才之流相應成和以去惡之事，亦莫不可視爲人之所以開通其氣質，變化其氣質之事。船山固亦承橫渠之教，以言變化氣質也。若更細察船山之意，其異於先儒言氣質之性爲不善之源之說者，則蓋仍在船山之言善惡，皆自性或理或道之客觀表現上說。船山於天道之善，在天道之見於氣之流行上說，故謂道大善小；於人道之善，在性之由氣質而表現說，故重氣質、尊生、而尚情才。其於惡，唯在此人己之諸情才之流之積習已成，致相阻滯，不能相應成和處說；即不在未有情才之先說。情才原於性理之表現於氣，氣固或未能自開通而不表現理。然此「不表現」，只就其本身言，亦不是惡。唯此氣既表現理以成情才，情才之流行，有其方式，而此方式或特定化、機械化，以使氣成爲習氣，而後來之情才之表現，更夾雜此已往之積習以俱流；氣乃不免於錮蔽而自塞，遂與天地間其他人物之氣之表現流行——卽其他人物之情才之表現，互相阻滯，乃有惡。則此惡便不可溯源於元始之氣之自身，而唯當溯源於成情才之氣之表現流行方式之特定化、機械化所成之習氣。習氣成而當下之氣之流行，不能表現其當表現者，方見有氣之蔽塞阻滯，而爲其與其他之氣相阻滯而致惡之源；固不可以此惡，推諸氣之表現流行之自身；更不可推諸氣或氣質之自身也。船山於此，固自有其卓見在，而有所進於先儒。然吾人亦仍未嘗不可說：此氣之表現流行上，總有一化爲習氣，以致蔽塞之幾，而有待於吾人之開通於幾先。則此氣質之未開通，仍間接爲不善之源。是船山之義立，先儒之言亦不可廢。唯船山之言善，可使吾人更注目在此氣之表現流行，隨處可夾雜習氣，而生蔽塞，以成不善之一點；人亦更當知：卽就吾人當下之氣之表現流行處，以當下免於習氣所生之蔽塞，而開通之於幾先，以與客觀之他人或其情才之流行，其亦當有而爲善者，及天地萬物之氣之表現之流行，隨處求相應成和，爲修德之工夫之本耳。

三　船山之易教與大往大來義

吾人以上論船山之言心性之諸新義之異於先儒者，皆未嘗不各有其所當，而可並存不悖，亦卽是本船山之講學之旨，以使諸先儒之敎與船山之敎，得相應成和，而共一聖敎之流行者。此船山之諸新義，如謂道大善小、善大性小、尊生、重情才、不以惡歸罪於氣質或氣質之性，同皆由於船山之更重本一客觀的觀點，以觀「道或理之繼續的表現流行於氣中之種種涵義」，然後加以建立者。船山之此一觀點，近承橫渠之教而遠本於易教。其所進於橫渠者，則在橫渠猶是得於中庸者多，得於易教尚不如船山之多。橫渠之由氣之虛而能體萬物處言性，此性爲氣之能感之所以然，其本身尚爲一未表現者。而船山之所謂性，則尅就「天道之流行於氣以有善，更底於人物之成處」，言人物之具性。此中人物爲一實有，則性亦爲實有。此實有之性，不離氣，故天道相繼表現流行於氣，而天命日降；人之性亦不斷表現流行於氣，其性亦日生。此天命與氣及性，皆同在一相繼的表現流行，或創造之歷程中之義，則橫渠之所未詳。橫渠與程朱之言性，皆自萬物之同源共本上說，而船山言性則兼在人物之氣之流行本身上，說其隨流行以日生。至船山之能言此義，則純由其特有得於易教，而亦更有其乾坤並建之說之故，方能成立此命日降而性日生之說，以及人之氣之大往大來於天地中，以死而不亡之說也。此亦皆同原於其重「客觀的觀理之相繼的表現流行於氣」之態度而有之思想。茲特詳之於下。

關於船山所得易教之所在，吾人可說凡本文第三篇論易傳時，所謂：由有德行者神之知來、知之藏往，以原始要終，以見「陰陽之相合」，「天地之日新與富有」，「萬物之往來之相生相涵，往者之性見於其迎來，而直貫於來者之中」，以見乾坤之不二等諸義，蓋皆爲船山之所承。而船山之言之進於漢宋諸儒之言易者，則在其不以太極爲至高之一理或元氣，而以太極爲陰陽之渾合，而主吾人方才所提及之乾坤並建之義，以說理氣之關係。其意是謂二氣雖渾合爲太極，然不可視此二氣爲一氣之所分，或一理之所生。船山之旨，乃重在言乾坤陰陽之恆久不息的相對而相涵，以流行表現，即以說理之相繼的表現流行於氣之事，而緣是以暢發宇宙人生之日新而富有，以成一相續之歷史之一面。故船山之學，歸在論史。按易傳未明言陰陽是氣，亦未明將乾坤之道隸屬於二氣。船山則承漢以來之說，將乾坤之道隸在陰陽二氣之流行中，以爲其道其德，而更重在說此乾坤爲不離此氣之理。此二氣之流行，固原依其有此乾坤之德之道之理；然此德此道此理，亦順此氣而流行。故氣既流行，則其理亦非皆如故，萬物萬器，既各有創新，非同舊有，則其道亦不能守故轍，而必隨之以新；而此整個天地之乾坤之道，實亦未嘗不挾其中之萬物之新、萬物之道之新，而亦更新。故此船山以乾坤並建，言天地萬物之日新而富有之要義，乃不僅意在謂此全部之已成之天地萬物必迎來，以有天地萬物之繼續新生以順往；而是來者既來，其道亦新，以使此天地萬物與其道，咸更歸於富有；於是其再迎來者之道，又不同於其所以自來之道。此方足以眞說明宇宙之歷史之變。緣此以觀天地萬物之日新而富有與往來之不窮，更當知一切新生與方來者之繼已成已往者而生，不僅是順往而使之成，亦兼是自成爲往者之所得寄；乃使往者得更生於來者之中，以隨來者之日新，而日新，而來者亦以是方得更成其富有。來者自求所以繼往，而往者亦自寄於來者，如乾之既繼坤以更起，而坤亦自寄於新起之乾。日新富有，相依而進，日生者日成，日成者亦日生，但有新新，都無故故，方可見此天地之盛德大業也。

天地陰陽之氣曰陰陽，其理其道，曰乾坤。乾坤卽天地陰陽之道之理之性，其見於氣曰情。簡言之，乾坤卽天地之性情。人受天地之陰陽而生，曰命；人有命則有其性情，故性情卽人生之乾坤。天地之道既日新富有，相依而進，日生者日成，日成者亦日生；故人在其生命之歷程中，其一生之事，前前後後，相依無間，以日生而日成，而其德其道其性情，亦日生而日成。此卽上文所提及之性日生之義。更溯此性之原於天之降命，則其性既日生而日成，天之降命而賦人物以此性，亦非一賦而不移；而是在人之性之日生日成之中，時降新命於其生，此卽上文所提及之命日降。性日生、命日降，原爲一事而二面，而此一事則正所以成此人生之日新富有之相依而進者也。

人之性命日生日成，其日新富有，相依而進，故船山又有死而不亡之義。船山謂人亡之後，其氣或精神，非一逝而不還，恆能出幽以入明，而感格其子孫；聖賢英烈之逝，卽以其精神，公之來世與羣生。此吾亦已略及之於原命之文。今更及者，是人之所以非一往而永逝，而必有死而不亡者存，不特在彼「能往」者自身，應亦「能來」，以自見其往來之不窮；而亦在人物之相繼而生於世，其前之啓後，後之承前，以使命日降而性日生之事之中，卽蘊涵此前者之往，必非一逝而不還之義。蓋前啓後與後承前，乃一事之兩面。來者果不以前者之已往，而不承前；則前者亦將不以其已往，而不啓後。人之亡也，生者未嘗不欲繼其志，是卽後來者之不以先死者之往而不承前之證。來者之承前，卽來者之向往者之志而往，以繼往。來者既必求繼往，而向往者往，往者自亦卽必雖往而仍向來者來。此正依於上所陳：「來者之求繼往，與往者之自寄於來；乾之更繼坤而起，與坤之自寄於乾；日新與富有，二者原相依而進」之義。故吾人今只須「不直自來者中之無往者，以觀往者，亦不直自往者之無來者，以觀來者；而唯自來者之原自往者來，而今亦向往者往」，以知此往來之相依，則亦能知往者之必向來者來矣。人之繼往者之志述往者之事，及對往者之祭祀之誠敬，既是以生者還向死者往，則死者亦自必緣是，而亦向生者來。謂死者斷滅無有，唯是依於人之只求見往者於來者中而不得，方謂其斷滅無有，此外更無其他意義。吾人今不直求往者於來者之中，亦不直求來者於往者之中；而唯求往者於其「爲來者之所繼」之中，則知：來者既有此往者爲「所繼」，此往者卽無所遁於此「爲來者之所繼」之外，以另有所往，而唯有自寄於來者之中；吾人自亦能更求來者於其「爲往者之所寄」之中，以知來者存而往者亦非一逝而不還矣。夫然，故人在繼志述事與祭祀中，生者之一念之誠，既唯念在此先死而往者，以爲其所繼。此先死而往者，亦卽不能不爲此生者所繼，而自遁於生者之外，而必將自寄於此「誠欲繼之之此生者」之中。是謂求死者於死者所寄之生者之中，則生者存，而死者亦皆洋洋乎如在其上，如在其左右之鬼神，實未嘗亡者矣。凡人之有至性至情，而能對死者致繼志述事與祭祀之誠者，蓋必能有日見得此中之理之無可逃，而義之所必至。是乃迥異於西方之言靈魂不朽之論，惟自此靈魂之定常不變之體性以立論之乾枯而無情味者也。船山之言，合而觀之，實具見此義。故不揣固陋，更試爲之發揮其微旨如此。觀先儒如朱子之既由祭祀以言鬼神之感通，既散之氣應能聚，而又疑其終

歸散，不能一論論定者，皆由其尚未能眞見及此中之往者來者、生者死者，相依爲命之義者也。(註)

今再試探彼先儒如朱子等之所以不能眞見及此中之往者來者之相依爲命，蓋亦可說唯由其尚不免求往者於來者、求來者於往者，以觀此中之往來者之關係之故。此一求往者於來者，或求來者於往者，乃由人之先分來者往者爲二，而其心思又更往來其間，以上下求索，未嘗能直下觀彼往者來者，其並在一流行中所表現之相繼相寄之關係，以觀此流行之實際。故亦未能自往者之爲來者之所繼，以觀往者之必爲此「所繼」，而自寄於「往者之繼之」之中之義。此又當溯源於先儒如朱子者之未能知乾坤之並建，故不能知陰陽二氣之相渾合以流行使然。吾今更通觀船山之言，以略釋船山所以重乾坤並建之旨於下。

船山所謂乾坤並建之義，乃謂此天地之健皆存乎順，天地之順皆存乎健；天地之陽皆存乎陰，天地之陰皆存乎陽；由陰陽二氣之相渾合而流行，亦卽見乾坤之相保合於一太極；卻另無所謂混一之太極之常，以爲一陰陽乾坤銷歸於一之地。蓋若果有此陰陽乾坤銷歸於一之地，此中之乾坤陰陽既相銷而相泯，則將不能說明此天地萬物之何以生生不已，而來必繼往、往必自寄於來之義。若來者不繼往，往者不自寄於來，則於宇宙人生之日新而富有之易義，未有眞正之說明。然世人既公認：宇宙人生之歷史中，其「往者之爲嘗有」，乃永不能使之無者，又承認此宇宙人生之歷史之全之內容，乃日

註：關於朱子之鬼神論義旨所存，當別爲文述之。

歸於豐富，新生之事物、其所背負之歷史事物，亦日積月累，而益富厚者；則謂此宇宙人生非日新而富有者，亦不可能。今眞欲說明此日新而富有之義，便宜歸在此乾坤並建，乾繼坤，坤亦自寄於乾之說。乾繼坤，而坤德亦日以新；坤更寄於乾，而乾德亦日以富。此中乾之繼乎坤，即來者之繼往；坤之寄於乾，即往者之寄於來。來者之繼往，即往者之開來，而迎來者以使之生；往者之寄於來者，亦即來者之旣送往，而亦迎往以相與成。由此往來之相繼相寄，相開相送而相迎，以有此天地萬物之生成，則天地之氣有生成之相續，而非生滅之相續；而人物之精神之氣、生命之氣、物質之氣，皆同有往來而無斷滅，死乃爲生之大造（周易外傳旡妄）矣。船山之此言，雖不必當歸於天地之氣無新增之義；然要可言天地之氣，非一往卽一逝而無餘者。程朱之言氣依理生，而新新不窮之義，船山固未必能廢；然程朱之言往者之氣，一逝即無餘，要未能見往者之能自寄於來者之義者。漢儒雖言陰陽之氣相生，而對此陰陽之氣之相繼的表現流行，而使宇宙日新富有，有新新而無故故之義，蓋仍未之能識。漢儒如董仲舒，亦仍以爲陰陽之氣不得兩起，而喜以陰陽之生尅消息，說四時之氣之變化，一年而後復其故。此則皆未嘗見及陰陽旣相繼而相寄，即亦未嘗不可相與而並在，與此陰陽乾坤之德，乃時在日新中，一切生人之命之性之德之道，亦時在日新之中，以益歸於富有之實義者也。

四　顏習齋之卽氣質與習言性、及戴東原以血氣心知言性、與焦循之以旁通情言性

顏習齋之言性，主要見於其存性篇。彼初自二氣四德化生萬物，以說人性之源，並繪圖以表此二氣四德之間之錯綜變化之複雜關係，兼以見其所生之人物之氣質之不齊。此其系統，實近乎漢儒之陰陽五行之論。然其言四德以代五行，則表示一更重氣之德之論。由此而其言人性，雖重氣質，然實重在此氣質之具性以為德。其反對宋學者，要在以宋儒皆重靜而輕動，重內而輕外，重心而忽身，務窮理而忽實事，重明善復初，而忽習與性成。其原皆在離氣質以言性，謂義理之性善，而以氣質之性為不善。習齋則力辯性即氣質之性而俱善，與王廷相、孫淇澳、劉蕺山、王船山之謂性皆氣質之性同旨。唯孫淇澳、劉蕺山雖謂性為氣質之性，然二人皆重在實現此氣質之性於吾人之氣質之中，由踐形以成就吾人之道德人格。夫然，而人之成仁取義以捐軀，亦即所以盡此氣質之性之所以為氣質之性。故尚氣節而重忠烈。船山之重氣質之性，則要在言人之氣質之偏剛偏柔所成之德，皆各有其可貴，而不以先儒之只尚中和之德為然。船山又以沿氣質而有之才，其本身亦為可貴，故人之只德優而才不優者，不如才德兼優者。此則蓋因唯有才乃能成就客觀之事業之故（註）。是即不同於宋儒之重德不重才，亦不同於陽明以聖人之所以為聖人，在其質之純而不在其質之量，如金質之純不關於其量之為九千鎰或一萬鎰之類。至於顏習齋之重氣質之性，則要在言無論人之氣質如何不齊，其智愚等才之有大小，然要皆善，而亦皆可用之以有其身體之動作行為，以成於習、而形為事。故人果皆能篤行，

註：拙著王船山之人道論（學原三卷第二期）。

而合以成事業，則亦不需計較其才之大小，而相忘其才之大小，於其俱習而俱行之中。習齋重身體之動作行爲，使身體之眼耳手足，皆有以盡其用，則其尊身之意尤顯。身體之動作行爲，必與物相接，乃能成其禮樂射御書數之事，則於天下之自然物、文物，亦自當同加以尊重。唯人能扞格此類之物，方爲格物。此習齋尊身而亦尊物以切實用之旨，顯然易見。唯其謂宋儒之言心性，必歸於務內輕外，重心輕身，而唯以靜坐讀書爲事，則蓋未必然。因宋儒亦謂此心性爲主乎身之氣質者，則亦可言一切身體行爲之踐此心性，以與天下之物相接，以成事業，皆所以盡心盡性也。宋儒之重靜坐讀書，實宋儒之實際上所習者在是，非謂緣其重心性之教，人只當以靜坐讀書爲事也。朱子嘗教學者「接四方之賢士，察四方之事情，覽山川之形勢，觀古今興亡治亂得失之迹。……自古無不曉事的聖賢，亦無不通變的聖賢，亦無關門獨坐的聖賢。……聖賢無所不通，無所不能。……且如禮樂射御書數，許多周旋升降文章品節。……又如律麻刑法天文地理軍旅官職之類，都要理會。」（語類一一三）朱子亦嘗斥半日靜坐之工夫爲非。是見顏習齋之厭棄當時學宋儒之學者，徒事靜坐讀書，並溯其風之開自程朱之「半日讀書，半日靜坐」之說，因以反對程朱之心性之說；實亦由其末流之弊，以罪責其本源之說；而「非卽其本以言其末之或尚有不足」之平情之論也。吾人今只須誠順宋儒以心爲主乎身，而能應萬物成萬事之義以引而申之，則亦未嘗不可導至習齋之說；以謂學者之只習於靜坐讀書者，尚不足言使此心爲主乎此身者也。若然，則習齋亦不必言「必破一分程朱，乃入一分孔孟」矣。然此亦非謂習齋之特重此具氣質之身體之行爲，以格天下之自然物、文物，及尚習尚動之言，與即此氣質之運用以盡性之言，乃無功於世道者之謂。此則待吾人之善知其言與宋儒之所言之分際，而知有以併存之者也。

戴東原、焦循之同於習齋者，在不離氣質以言性；而異於習齋者，則在二氏更詳論「理義」非「得於天而具於心」，而唯是生生之條理。此吾已述之於原理與原太極之文。至東原言性之具體內容，則要在本禮運人有血氣心知之性之言，以謂「血氣心知者，性之實體也」（孟子字義疏證天道條）。人有血氣而有欲，有心知而有覺。其言曰：「人與物同有欲，欲也者，性之事也；人與物同有覺，覺也者，性之能也。欲不失之私則仁，覺不失之蔽則智；仁且智，性之德也」（原善中）。其所謂血氣與欲，即指人具自然之生命之身體之欲；所謂心知與覺，即又指人之所以能使其欲不私，並能自求其知之不蔽，以成其仁智，合於義理，而全其性之德者。此併「身體之生命之欲」與「能合於理義之心知」二者以言人性，亦與朱子之合人心道心，以言心之旨相類似。因朱子之人心，即包括具自然生命之食色之欲之心而言之者也。宋明儒凡言生者，亦皆重人之有此自然生命，則戴氏之重此血氣之性，亦非宋儒皆不重血氣之證。唯朱子之言人心道心，重言其爲居上下二層次者；而宋明儒之言生者，亦重在此生中之所表現之理或心性。戴氏之言血氣心知，則以血氣與心知，爲平列之兩面，以並屬於一整個之人者。人內本其血氣，以成其生生，而外有心知，以知在外之物理，並接於天地中其他人物之生；遂能本其血氣所發之情欲，更以情絜情、以欲度欲，而知他人之生、知他人之情欲；人乃知所以遂人之欲，而同人之情。能同人之欲之情，卽得其理。故人之心知，乃內本於己之血氣，外接於他人之血氣，與種種之物理，而與之同在一平面上，而非超越於此血氣之上，與此血氣成上下二層者也。則戴氏之言，固亦有一實義。然吾人復須知，在吾人之道德生活之反省之中，此心知又必自反省其依血氣所發之一切行爲之是非，此心知乃必爲居於血氣之上層者。人本其心知所知之義理，以衡斷所接之人物之是非之時，此心知仍必然爲居於其所衡斷之人物之上層者。又人在面對天下事物而求其理時，人若知：此「理」不只限在此血氣之身當前所對之事物之中，亦貫於古今天下之一切同類事物之時，則知：此心知亦必居於所對之事物之上一層面，方能見及此一事物之理之可旁通貫攝其他一切同類之事物，而此理卽亦爲居於此一切事物之上層者。尅就此心知與其所知之理，乃在當前所對之事物之上層而說，則此心知，卽亦有一能超拔於我個人之血氣以外以上之意義，而此心知所見之理，亦卽有一可離此當前事物而自在之意義。由此便可推至：此理之可離任何特定之事物而自在天壤間之意義。則宋儒固可謂此心知與理，居於血氣與事物之上，而分爲二層；以說此心知與理，不與居其下層者，同其存在之地位與有無之命運，並說此心知之知此天下萬物之公理，如直接得此理於天而具之於心者矣。今果得宋儒之言之所以立之旨，固不可如東原之盡舉而廢之也。

然東原之評宋儒之言雖多有未當，此亦非「尅就人在日常生活與其他人物相接之時而言，人之心知與血氣之不在一平面以互爲內外，而相依爲一體」之謂。戴氏之言，指出在人之日常生活中，其接人物，乃內以其血氣爲本，而外運其心知，亦可謂能補宋明儒之言之未備。此於吾人之血氣與心知及所接人物三者，皆視爲位居一平面，而「以己之欲度人之欲，以己之情絜人之情，以冀得人之相與之理」之態度，亦正可使人平情應物，而不致「以理已全具足於心，乃高舉其心知，以超冒於其所接之人物之上，以成一天下之大傲慢者」。戴東原答彭允初書，謂「言性之自足者，必自大」。此雖未識宋明儒所謂吾性自足者，唯是一性理上之自足，非人自謂已能實現其性理之全，而在現實上自足自大。然戴氏之言此，亦未嘗不足資爲宋儒之學者之警惕。爲宋儒之學者，在其自作反省之工夫時，雖本無妨自覺其心知之在其一切血氣之上，其閒居而評斷人物之是非之時，亦固可以道自任，而唯本此理，定天下人物之是非。然當其應事接物之時，若因思及其心之性理之自足，更一念顚倒，亦可化出一現實上之自足自大，而自視其心與其人，若高居所接之其他一切人物之上者；緣是而或不免自封於其當前已知之理，執一廢百，而成意見。或者乃更堅執其意見，鼓盪其血氣，以成意氣；乃以理責人，以理殺人，而荼毒天下生靈之流弊，即有不可勝言者。此則皆緣於不知其在個人之反省中，所呈現之「居於一切所對事物、及自身之血氣之上層之心」，一落到與其他人物正面相接時，便須卽渾忘其性理之自足與其所已知之理，以由上層落下，使此心知內在於身體之血氣之中，而更不冒溢於此血氣之上。此卽極高明者之所以於平居對人應事之際，仍須道中庸，而自視不異於常人；乃能與常人同本此血氣之身，而運其心知以接物；於物之理，不敢以意見爲評斷；於人之情欲，亦更不執意見爲苛責，而後方可言君子之溫良恭讓之懿德。此則東原之言，未嘗不可爲主宋儒之學者之諍友，而其言亦有足資爲宋儒之學者之反省者在也。

至於焦循之論性，則大體皆本東原之言血氣心知之義，而又逕以飲食男女爲人性之大端。故其於孟子正義告子章食色性也，註曰「飲食男女，人之大欲存焉。欲在是，性卽在是。人之性如是，物之性亦如是」。然又謂「人與物之別，唯在人有心知，知欲之限而不踰，知有五倫以相親相治」，此人與物之異，又本於「禽獸之情，不能旁通」，「人之情則能旁通」，其「情之陰則受治於性之陽」，是「性之神明……使之善」（告子章句非才之罪也註）。故唯人性爲善。而孟子之言性善，亦唯指人爲說。遂不同於程朱之以理釋性者，謂萬物之同有是性，禽獸蜂蟻，亦有其一隙之仁義之論。又焦循於此人性之善，旣唯自人之情之能旁通處說；而由此情之不斷旁通所成之德，卽爲原於後天之學者。故由此而致之善，亦皆由於學。焦循與東原亦皆同重自此人之後天之學，以言人禽之異與人性之善，而不自人本來已完全具足之形而上之理性，以言人性之善。此類之言，屢見二氏之書。按昔荀子以人之善待於學，故言性惡，董子以人待教而善，故言性非善。而戴東原、焦循，則由人之能學以言性善。同重此一學，而有此三型人性論之異者，亦唯是觀點之異耳。

按焦循人情能旁通之說，乃本於易傳「旁通情也」之言。彼旣本此觀念，以之註孟子，又以釋易之全經，而作易通釋等言易之三書；並於論語通釋中，以通情釋孔子之仁與一貫之道，可知此爲其思想之中心。其重情之旁通，乃謂卽情可以見性，由此而足矯漢儒以來之學者之賤情貴性之弊。吾於原心一文，亦嘗論先秦孟子之學，本為卽情卽心言性者。第三章論禮記一節，亦嘗辯此卽情言性，乃先秦儒學之本旨；而禮運樂記之言禮樂，尤重本乎人情。然荀子之言禮及禮記中如坊記與後儒之言禮，乃或只重禮為人之情欲之約束防閑之一義，而世之尙禮法者，乃或不近乎人情。漢晉之學者，更本情惡之論以絀情；佛家與宋明儒之言心性，亦賤情識與情欲。此其所賤之情，雖皆有所特指，然要皆未能兼對人情之貴者，亦鄭重以言之。則將無以導天下人之正常之生命情感，使之咸得抒發而暢流，是固當更補之以重情之論。此在宋明以來之學者，固亦多有卽情見性之言；而王船山更大倡尊情之論。然習齋則重身體力行而忽情；東原雖言同人之情、遂人之欲，而其為學重在知，乃於旁通人情以自求光大而成德之旨，未能備足。焦循則庶幾乎於此意。顧其雖嚮往於禮記之卽人情言禮樂、及易之「旁通情也」之旨，而又徒知疏通文句以為之證，故言多拘礙而不切摯。此卽尙不如船山之能以其深閎之識，磅礴之氣，以發揮氣質之用、性情之德，於事功之樹立、與詩禮樂之教化者也（註）。

五　總述宋明清之心性論之發展

吾人今試更回顧此整個之宋明清之言心性思想潮流之發展，則當謂此一思想潮流，乃開自周濂溪張橫渠之重視「此客觀存在之宇宙之眞實、人物之性之眞實、自然生命之流行，原有天之誠道立於其

註：拙著王船山之文化論（學原三卷一期）。

中、而生民之命，人亦當有以立之之道」而來。將此思想，與其前之佛家思想，對較關聯而論，則此一思想之潮流，又如原自「爲中國佛家思想之所歸」之「能涵天蓋地或涵蓋乾坤之自性清淨之如來藏心」，再自己超越，以吐出此天地或乾坤，視爲客觀存在，而更求客觀的建立人道於其中而來。緣此而周張之外之邵子，更言以物觀物，而兼觀萬物之象數與歷史之變。此皆爲中庸所謂「致廣大」之功。至明道方轉而卽吾人之生而謂之性，伊川更卽性以言理，此則初意在顯此能自立於天地間之人道之尊。緣是而朱子一方將宇宙人生之理氣性情，自上下內外，加以展開而說，一方更言人心之能通理氣、統性情，綰合上下內外，以爲其樞紐。象山再言此心之卽宇宙，而此心之至尊而無上之義亦見。象山之言乃由致廣大，而亦更上達以「極高明」。楊慈湖又進以言天地之變化，皆吾精神之所運，亦卽一心之變化，以言己易。陳白沙亦言才一覺卽物小而我大，物有盡而我無窮。陽明崛起，而言良知爲吾心之靈明，卽天地萬物之靈明，而良知之知善知惡，爲善去惡，以裁成萬物，卽所以生天生地。此則更以一心、覺、良知，涵蓋乾坤之說。龍溪更超此良知所知之善惡，以達於無善無惡而至善之一念靈明，於混沌中立根基，外示塵勞，心游邃古。雙江念菴直契未發之寂體，依寂通感，旁通無窮。心齋卽身卽生言學，至近溪更卽乾知坤能言仁體。皆是言心性至極高明之境。東林之言一點至善爲眞宰，此體愈窮愈微，蕺山之以人之意根之爲獨體，如天樞爲于於穆，則由言心之高明，更於此心求「極精微」，以更無餘蘊。而此皆同爲意在由尊心以尊人也。

及乎梨洲船山以降之學者，更由此明儒之通天地爲一之心，再自超拔之，以觀客觀之天地之化古今之變；則如儒學之自其心學之流中，更自放出此心，以曠觀世界；乃皆善言治道，以成就禮樂文化之事業，以爲萬世開太平、爲生民立命。此則出於尊人類之歷史文化之相續不斷，望人之生命之代代相繼於無疆之志，而緣是以尊氣質、尊生、尊情才，並尊此生與情才所化成之人文，既皆由船山暢言之；則船山之學，可謂由明人心性之學之高明精微，而更還求於「致廣大」，如吾人前論船山之所及。至彼顏習齋、戴東原、焦循之言，則弘濶不足與船山比。習齋意在務當世之所急，而期在當身之實用，未能如船山梨洲之兼志在通古今之變。然其重習行而切事務，則可謂能不務高明廣大，而銳志以求「道中庸」。戴東原、焦循以心知不離血氣情欲，而重同民之欲遂人之情，亦皆循此道中庸之意而來。然納諸於周張所開之近代儒學之大流以觀，則順其初之重在此客觀宇宙中立人道之志，而尊理、尊心、尊獨體之思想之發展，亦非至「此並人之氣質、生命、情才、身體與一般人之情欲，而俱尊之之思想」不止。若不尊此氣質生命以及於一般人之情欲，要不可言人之成其客觀之事業，以立人道於世間。此必見諸事業，志伊尹之所志，固周濂溪所已言之於先者也。今就此清儒之能兼尊此等等，以完成此一大流言，則此諸家之言雖平實而缺精彩；然能補先儒之高明之所不及，亦即自有高明；能舍精微以言粗迹，則粗中亦自有其精微；能不外務廣大，而歸於切實之日用常行，以道中庸，亦未嘗不知廣大。此則非尅就一二人之言以絜長度短之論，而是通此一大流之思想以觀之論。是清儒之志亦未可厚非。此中，顏李之業無成，戴焦與其他清儒之功，徒見於考據註疏之事，則可謂能如中庸之所謂「温故」，而戴焦亦兼治西來之天算曆法之學，則意亦未嘗不在「知新」。下此之公羊家之流，則兼欲由温故以開來世，則顧王黃之志之所遺。清末之人，乃更務於知新，以變法而革命。此皆見乎行而形乎事，亦賴人之情欲之鼓舞而後能爲。然天下皆尚在行與事，而於人之心性情欲之本源之反省，乃未之能及。情欲興，而卽人之情欲之所以爲情欲，乃俱以忘；而中國千年來之心性情欲之思想之流亦斷。晚清乃有如章太炎、歐陽竟無諸先生之重拾唯識法相之墜緒，以言性之說。當代又有本西方心理學與哲學神學，以釋中國先哲所謂人性之言。此則異流之思想相雜以爲論，更未能相觀而善，其言遂多混淆失實者矣。

大約凡此本印度佛學及西方科學哲學爲底據，以釋中國先哲之言性者，除恒不免依於不同觀點而言之各種類各層次之性，加以混淆之外，又恒不免先高自位置，而將中國先哲所言之性，位之於一較低之層次。如章太炎、歐陽竟無諸先生初年之以善惡心所言孟荀之性，以中庸易傳之誠與乾坤爲妄執之自性或末那、賴耶之類。不知自孟子之所謂性、中庸易傳之所謂誠與乾坤，以及宋明儒所謂本心性理，其本源純屬清淨，乃與佛之眞如涅槃如來藏等在一層次。故歐陽先生晚年亦悔其舊說，終謂中庸之天，無異佛家之一眞法界矣。至於本西方傳來之思想等以論中國言性之論者，則又或以此性卽心理學上之本能動機之類，人類學上之人與其他動物不同之種類性之類。初不知中國先哲之言人性，並非只徒視人性爲一客觀所對，以言其種類性；而是兼本種種不同之觀點，以言人之面對天地萬物與其理想，而與天地萬物亦相感應，所表現之種種心靈生命生活之路向，以言人性。其義理之所極，則在言人性通於天道天理與一切善之源之至善，與聖賢之所以爲聖賢之性。故此所謂性，對西方之學言，卽與西方理想主義哲學中所謂道德理性、道德意志、超越自我、超越意識；西方宗教神學所謂神性或超性之性，居一層次。彼西來之傳教士，以中國先哲之人性，爲一其所謂自然性，及彼本心理學人類學，以言性之無善無惡，或只具若干先天本能氣質欲望者，蓋皆只及於告子與荀子所言之自然生命之性一層次。至學者之由人之性格之形態與人在社會關係中之交互反應之形態，以言人性者，又只及於漢魏人言人在政教關係中所表現之才性之一層次。是皆咸與儒佛道言性之勝義，相距甚遠。然五四以來之言中國思想者，亦竟多只知重申顏戴一流之論，而儒佛道言性之勝義，乃日以晦闇而不明，皆宛若歸於無義矣。此則不可不博觀深究先哲所謂性之一名之諸義，與其義之自何觀點而立，其所謂性乃屬何一類，居何層次之性，又此諸義之相沿引生以發展出之迹相如何；然後有如實之了解，而可容吾人之作進一步之發揮之資。吾人居於今日，欲自面對宇宙與吾人之理想，以自成爲一人，求自盡己心，以自知己性，亦當以誠敬心，面對此宇宙之綠野神州中之先哲，而知其言心言性之爲如何，以爲吾人之一事。此又卽中庸所謂「敦厚以崇禮」之實學也。茲更本上文所論，舍其精神血脈，就其粗迹，而將性之一名宜有之諸義，及中國先哲言性之發展，扼要歸約，以爲最後一章，以便初學之有所持循，並結束本書。

第十七章　總論性之諸義及言性之諸觀點，與中國言性思想之發展

一　性之諸義與言性之諸觀點

本吾人上之所論，足見中國昔賢所謂性之涵義，實極為複雜而多歧。今先撇開昔賢之說，而唯純理論的分析此「性」之一名之諸義，蓋至少有下列數者：

一、性指吾人直對一人或事物而觀看之或反省之時，所知所見之性相或性質；此性相性質，初乃人或事物之現在所實表現，而為我所知所見者。此可稱為「現實性」、「外表性」或「外性」。

二、由吾人所見所知之人或事物之性相、性質，為人或事物所表現，吾人遂思及此人或事物在不為吾人所知時，亦當有此性質性相。進而思及此性質性相，乃附屬於人或事物之自身，為人或事物之所以為人或事物之內容、或內在的規定、或內在的潛能或可能、本質（Essence）、或所蘊，以至雖不表現而仍在者。此可稱為「本質性」、「可能性」或「內性」。

三、吾人既知人或事物之內性本質，再還觀其表現之性相，卽以後者之所以有，乃依於前者；而人或事物之本質，遂可視爲因、爲體；其表現之性相，可視爲果、爲用。由此而凡一人或一事物之所自生之因或究竟因，皆可稱爲一人或一事物之體，亦一人或一事物之所以然之性之所在。凡此向人或事物之後面的因去觀看思慮，而發現之體性，亦可稱爲「後性」；或吾人追溯事物之所以然，至於其初所發現之「初性」。

四、就人或事物之體、及人或事物本身，而觀其所致之果、或所呈之用、或其活動後所終止歸宿之處之所然，而以之爲人或事物之性之所在。此可稱爲「由此人或事物之體之前面之果之用」，以視爲此體之性之所在，故仍可稱爲體性。但此乃向前面、向後來終止處之所然，加以觀看思慮之所得，可逕名之「前性」或「終性」。

五、尅就人或事物之本質，而觀其有一趨向於表現之幾，或觀一潛隱之本質之原有一化爲現實、或現實化之理，乃以「現在之人或事物之由其體性、與現在之如此然」，而正趨向於一將如彼「然」之「幾」或「理」，而謂之性。此可稱爲一始終內外之交之中性，貫乎人或事物之已生者與未生者之當前的「生生之性。」

此五性，乃尅就一人或一事物之五方面而言之性。至將一人或一事物與其他人或事物，相連而觀，則一人或一事物與其他同類之人或事物，所共表現之性相，是爲種類性。一人或一事物所表現之異乎其他人或他事物，或表現其爲一絕對無二之個體之特殊個別之性，是爲個性。一人或一事物，除能與其他人或他事物有同類之關係外，復能與其他人、或他事物、或其自己，發生種種關係。而將一人或一事物之性，抽象而觀時，亦可發現此性與其他之性、或與其自身之種種關係。此皆可統稱爲關係性。由此人或事物間、與其各種之性間，有種種關係，進而觀其相生或相滅、相成或相反、相順或相違，卽可發見上述之一人或一事物及其性，對他對己對事物、或對一定之理想而言之利或害、善或不善、眞實或不眞實、美或醜之性，此爲價值性。此上爲將人或事物與性，相對而觀時，所發現之相對性。

又凡上所謂對他對己而說之性，亦可改而不對他不對己，而直自其自身以說，則與相對性相對者，爲絕對性。如吾人可先說人之愛人利物之性，使其他人物生成，亦使其得自盡之以成聖成賢，是爲對他之善，或對己之善。然人亦可以此能對他對己而生之善，皆屬於此性之自身，則此善，卽所以目此性，而爲絕對之善性矣。至於二事物間之關係性，初固唯見於此二事物相關係所合成之全體中。然尅就其中之任一事物之「在此全體中」而觀，卽皆自有一「在此全體中」之性，亦卽自有此「與其他之物相關係」之性，而此性卽爲屬於其自身之絕對性。至於一事物或一性對其自身之關係性，則此關係性乃屬於此「能自對其自身」之自身之全體，卽仍可視爲屬於此自身之全體之絕對性。此外，一事物之屬於一類而表現之類性，亦可由「一事物之有此與其他同類事物爲同類」之一特種關係，而將此類性本身，屬於一個體，則類性皆成爲個體之性，如謂我有「爲人類之一」之性；而此個體之性，亦可不對其他個體或其自己以說，則皆成爲一屬於個體之絕對性矣。此義思之可知。

至於吾人所賴以知事物之種種性之憑藉，則係於吾人種種之觀看、思慮、反省之態度。此可爲一直接的向外觀看之態度，由此以直接發現一一人或事物之特殊個別性相。二爲由此向外觀看所得，進而思慮反省其共同性相、關係性、或尋求其內在之本質、前因後果、體用，此可統爲一向外之思省態度。三爲直接的向內觀看、或反省之態度，由此以知我當下知情意等心理活動之性相。四爲由此直接反省所得，而進以思慮反省我之心理活動之前因與後果、體與用等，此爲向內之思省態度。五爲初用向內反省，以自體會得其內心之趨向與生幾等，更即以向外觀看所得者，爲之印證；或由向外觀看，而想見一趨向、生機之潛移默運於事物之前後之際，更即以向內之反省，爲之印證。此爲求向內反省與向外觀看二者互證之態度。凡此諸向外觀看向內反省之態度等，又可爲純知的靜態的反省觀看，此乃不須通過我之實現理想之意志行爲者；亦可爲通過我之此意志行爲，以作之動態的觀看反省。如由我對他人與自然物之行爲，以知他人與萬物之性，由我對自己之道德修養以知我之性等。又此動態的觀看反省，亦可及於吾人所假想之「吾人之行爲在其達最終之理想時，此他人與事物或自己之性之究竟，當爲如何、必爲如何、而實爲如何」。此外，吾人之向外觀看他人之性，亦可包括：觀看他人之如何觀看我，或他人之如何觀看他人；而我亦可由此他人如何觀看我與他人，以知他人之性。又由向內反省之態度而自知我之性之如何後，我亦可進而反省他人之如何反省，而知他人之如何自知其性等。

於是同用一向外觀看或向內反省之態度，其所達之「深度」即有種種之不同。而此外觀反省二態度之運用，其所及之範圍之大小，又原有其「廣度」。此二態度之或表現爲靜態與動態的，而自持其爲靜態的動態的之或久或暫，即其悠久之程度或「久度」。由此二態度之運用之深度、廣度與久度，再濟以人之心思之明或昏，而人由此所知者，乃或粗而或精，或疏而或密，而有種種精密之度。此二態度之相互錯綜爲用，所成之態度，如以動觀靜，以靜觀動，或以內觀外，以外觀內；更歸於使內外動靜之所觀，咸得互證，以便與上所謂內外前後之交之中性，更相應合等，又皆有種種之不同。此即知人論性之所以難，而有種種不同深淺高下之論，乃相懸不可道里計；而古今東西之言性者，所以複雜多歧，人不易觀其會通者也。

然在此一切複雜多歧之言性之諸論之中，吾人仍可由人之十目所視、十手所指之大處，以知古今論性之言之所會聚之地，與所自出發之觀點之大者。此則不外或爲由向外觀看思省，以知人與萬物在自然或社會所表現之共性、種類性、及個性、關係性；或爲向外思省而知之人與萬物，所同本或同歸之形上的最初最始之一因、或最終果之體性、或形上的實體性；或爲由向內觀看思省而知之吾人之當前有欲有求之自然生命之性，與有情有識而念慮紛如之情識心之性，更求知其實際結果及原因之體性；或爲向內思省而知之吾人之心靈生命所嚮往、而欲實現、欲歸止之人生理想性；而即此理想性，以言人之生命與心之最初或最終之體性與價值性。分別由此四方面出發之言性之論，則恆須通過一內外先後之交之性，卽吾人前所謂「趨向」或「幾」之性，以爲轉向其他之觀點之中樞。此五性，卽吾人今可憑之以觀中國先哲言性之思想之流變者也。

二　告孟莊荀之四基型

大率中國思想最初所發現之人性，乃由一向內反省之觀點，而發現之具自然之生命欲望或情欲之性，如詩書左傳國語中所謂性，卽初不出此義。告子所謂生之謂性與食色之欲並言，亦卽指此自然之生命之性。孟子之言人之性不同於禽獸之性，雖初亦似爲從自然中看人之種類性之觀點，然其言性之善，則直自人心之惻隱羞惡之情中之趨向於、或嚮往於仁義等之實現處、或此心之生處，以言之。此卽一自人心之趨向與嚮往其道德理想，以看此心之性之善之態度。此性之善在孟子卽人之終能成堯舜之聖賢之根據。故孟子之言性，乃由吾人上所謂趨向之性，以通於有成始成終之道德生活之聖賢之性者。至於莊子則由向內反省，而有見於人之一般之心知之運用，恆使人失其性命之情，而欲復其性命之情；故不以此心爲性，亦不以此義之心爲最高義之靈台靈府之心。至其所謂自然生命之性，則非只一自然生命之欲，而爲可與其靈府靈台之心俱運，以游於天地之變化，而與萬物之生命之生息相通者，人乃亦可由向外觀看萬物之生命之性，以自知其性。此卽別於告子之以生言性，而其所謂心，亦不同於孟子之爲一純道德心，而當稱之爲一能與天地萬物並生之虛靈明覺心。至於荀子，則更向內反省及人之自然生命之情欲之趨向於惡，以言性惡，而化莊子之虛靈明覺心，爲一當其虛壹而靜而有大淸明時，能兼知爲人倫之統、人文之類之道之全，而古今一度，以成就歷史文化之相續之心。吾人嘗名之爲統類心，或歷史文化心。吾人亦可由其向外觀看歷史文化之統類，以自識其有此知統類之道之心。此心果能知統類之道之全，而依之以行，則此心爲道心。勉求上達於道心，未之能及，而不免危慄之感者爲人心。荀子言人心之有危，亦可不知道不行道，略似莊子言人心之有險、有心厲、有賊心者。此告、孟、莊、荀四家之論，亦卽中國最早言心性之四基本形態。此中之「心」：有其性善者，如孟子之道德心；有非善而須更加超化者，如莊子所謂一般之人心；有超善惡者，如莊子所謂靈府靈臺之心；有可善可惡者，如荀子所謂能知道行道，而亦未嘗不可不知道不行道之心。此中之性：有單純的自然生命之欲望之性，而可善可惡者，如告子之所謂生之謂性；有自然生命之欲望之性，而趨向於與心所知之道相違反，亦卽趨向於惡，以與善相違者，如荀子之所謂性；又有由自然生命之通之以心之神明，則與天地萬物並生而俱適，亦超於狹義之道德上之善惡外之性，如莊子之所謂性；再有尅就道德心之生而言其善之性，如孟子之所謂心之性。此中心性各有四種，亦卽後之心性論之基本觀念之所本者也。

三　四基型之言性之綜貫形態

此先秦之四家之言性，蓋初不相師，而各自獨立創發之思想。後人對之加以綜合而泛泛言之者，則爲禮記禮運所謂人有血氣心知之性。此言卽將人之生命性與心知性，皆包括於性中。樂記謂人生而靜，爲天之性，靜爲超善惡；而其所謂天之性，卽後文之天理，則又應爲善。由性以有欲以至人化物，又有不善。是爲對人性之善不善及超善惡，分別從上與下，源與流之不同層次上說，而加以綜合所成之論。至於能在眞實義上，求貫通綜合此上之四型之言性者，則應爲承孟子言心性而來之中庸易傳之言性。中庸未嘗言心，而其言由擇善固執，而本三達德，行五達道，以成己成物之事，實皆賴乎心之誠明。然誠明之功，要在自盡其性，而明卽心知，故不言心而只言性。此中庸之教之要義，在由擇善固執，以使一切一般所謂不善之心與生命之活動，皆由人之「誠之」工夫，以歸於化除。人之誠之之工夫，正由自率其性以自盡其性而來。盡性而無不善，則見一切不善之非性，而足以銷化荀子言性惡之義。人能盡性而無不善，卽聖人之不思而中，不勉而得，以上達天德之無聲無臭之境。此與莊子所謂「入於靈府」、「入於天」、「與天地精神相往來」、「與造物者游」，雖不必全同其義，而其爲超一般思慮心知，更不見有善惡之相對之境則同。中庸言盡己之性，則能盡人性、物性，以上達天德，而贊天地之化育，則又見此性爲吾人之生命之性，而亦通乎萬物之生命之性，與天地之化育之德、生物之道者。此卽足證此吾人之性，卽天之所命，亦卽天之生物之道之在於我者。此性根本上爲我之道德生活所以可能之性，卽孟子義；亦爲天降於我之此自然生命中之性，卽未嘗不具告子以自然生命言性之旨；又爲與萬物之生命、天地之化育相通之性，卽足以包攝莊子「性修反德，……與天地爲合」「周盡一體，……性也」，以游於「變化之途」之旨。然中庸謂人盡己之此性，卽兼能盡人性、盡物性，以成己成物，如天道之兼生物與成物，皆本於一誠；唯天下之「至誠」而後能化，又化必歸於育。則純爲儒者之傳，而非莊子之所有者也。

至於易傳之所以亦爲一綜合之論者，則以易傳之言「繼之者善也，成之者性也」，「成性存存，道義之門」，其本在孟子性善之傳，正與中庸同。而繼之之善，原於一陰一陽之天道，而易傳於天道，嘗言何思何慮，卽天道爲超於思慮中之善惡之上之境。易文言言「大哉乾元，萬物資始……乾道變化，各正性命」，此性命卽自然萬物之性命，亦卽指一切自然之生命。以天道觀人，人亦初爲萬物之一，而有其自然之生命者。然人之自然生命中，又卽原具德性。人能神明其德，而可窮理盡性以至於命，與天地合其德：則人之自然生命同時亦爲一道德生命、精神生命也。

至於易傳與中庸之不同，則在中庸雖言天命之謂性，亦言天道人道，同本於一誠，然重點乃放在「人之如何自己率性修道、盡性，以成聖，而上達天德，亦見聖道之同於天道」之主觀內在的工夫中之一大段事上。而易傳之重點，則放在：「人之運其神明之知，以客觀的仰觀俯察一變化之道之瀰淪天地，而神明之知，存乎其人之德行」上，則玩易亦君子之事，而窮理卽所以盡性以至於命。既知天地變化之道，而更進退存亡不失其正，卽聖人之所以裁成天地之道、輔相天地之宜，亦人道之所以配天道地道，以成三才，而盡性至命之功業之所在。然此在易傳屬第二義，其與中庸之重點放在先自率性求盡性，以歸於上達天德、天道者，固不同也。故中庸、易傳雖同爲合內外、徹上下之圓教，然於上下內外之先後輕重之間，仍有異也。

四　秦漢以降至魏晉之種類性、關係性、與個性

秦漢以降，本儒家道家重性之旨，而視性爲客觀的政教之準則者，有呂覽淮南，此卽開漢魏學者之客觀的人性論之始。此客觀的人性論，大皆初依於向外觀看人性之現實的表現而成。董仲舒爲成就政教之可能與必要，而以人性爲「天質之樸」，然於此天質之樸，則又分解爲陰陽善惡之性情而說。揚雄、劉向，亦同有對人性之分解的說明。漢儒凡以陰陽五行之說言人性者，皆同以人類爲自然界之萬物之一類，而可以同一之陰陽之氣，五行之質，爲其因本者，乃多以「生之質」之言，爲性之定義。至於後此如王充、荀悅之性三品、九品之說，則是自此生之質所內具之善惡之成份，以分人爲上中下之等類。此中之王充，因其以氣說命，以命定性；性之善惡只爲一始向，待命而後成者；故有一善惡本身之價值性之觀念之暗示。而魏之劉劭，則進而本觀人之才性，以定人之品類之觀點，以論人之種種才性，在各種相關之情形下之種種表現，與其對社會政治之功用價值之所在。其論又可說爲將人從自然萬物之環境中拔出，而重在觀人在社會文化環境中，如何表現其性者。然此漢儒之說，其初意皆在成就客觀之政教，而亦皆同爲將人性客觀化，就其體質種類關係而觀，所成之性論也。

魏晉人之重個性、重獨性之思想，則爲人在社會文化環境中，更求拔出，而求自別於社會中之一切其他之人，以回到其自己之思想；亦爲人之由客觀的社會文化世界，再回到個人主觀內在的世界之思想。由此而人乃自內反省以發現其個性、獨性，而終於發現此個性、獨性之本質，即能體無，而一方超拔一切，一方涵容一切，以即一一所遇之物，而觀其自然自生而獨化之論。此中人固自見其獨，亦見萬物之無所不獨。而此時之王弼、郭象，所以狀此一心境之爲超善惡之上者，則其言正與莊子之言靈台靈府天君者同；而有異於漢儒之「以性爲內具善惡，對政教之成就言，又只爲一若無善無惡之樸質」者。然莊子乃於其所謂靈台靈府天君上，言人之見獨，而不於所接之物之自生、自然、獨化上言獨，則莊子於客觀義的由萬物之自然自生獨化而有之個性，尚未能如王弼、郭象之更能重視也。

此上所述中國傳統論性之思想之發展，在先秦，所重者是由人之內在的反省之觀點，以發見之自然生命性、道德的善心善性、不善心不善性、及超善惡之心性等。至兩漢，而逐漸轉爲取向外觀看之客觀的觀點，以觀人性，亦更重人性之分解的說明；乃論及人之善惡之成份、品級，人在種種關係中所表現之才性、及其種類、與才性之價值性、以及自此「種類」「關係」超拔而生之個性等。然此皆又仍兼重在由吾人之心性或生命之能有所趨向嚮往，其對吾人所趨向嚮往之道德文化理想之爲逆爲順，或才性對客觀政教之成就上之功用上言性。即兼重吾人所謂自一事物之前性或一人物之「向其前、向其終，以生，以發展，以有所實現之趨向、或生幾」上，觀性；而非徒「由向後追溯一人物之現實的生理心理活動所自發之原因、實體、或潛伏而未實現之本質」，以觀性者也。

五　佛家之向內思省追溯所見得之性：所執之自性、空性或「無自性」性、體性與佛性；及佛家言性之善惡之四型

上文言由中國傳統思想，不重向後追溯所得之原因實體及潛伏之本質以觀性；然印度之論性，則正是初本於一自「事物之潛伏而未實現之本質」，或「最初之原因本體」以觀性者。印度哲學中所流行之「自性」之一觀念，即一潛伏而未實現之一本質之觀念。唯此觀念，則首為佛家所否認。探此觀念之起源，亦實初由吾人所觀得之事物之表面之性相，抽象而形成一觀念之後，再推之於事物之內部或後面，以形成者。此自性觀念本由吾人所構成，只依心而有；而人妄以之為實在、常住者、並妄以為緣此自性，即有實在事物之生；乃不知：任何事物之生，皆待其他事物為緣。事物之緣聚為生者，無不緣散而滅，更無常住者。故此自性之觀念，只為一妄執。佛家之般若宗即為破此自性之觀念最澈底者；乃由緣生以講空，而空亦不能成所執，亦非自性，故謂空亦空。般若宗之所謂法性空性，即以無自性為義，亦即一切法之無自性性。萬法之空性法性，既即萬法之無自性性；此性之義乃對任何法，皆只有遮義而無表義。唯因其可對一切法而說，故有一普遍的遮義。吾人亦可說一切法皆有此空性。而所謂一切法皆有空性者，亦即於一切法，吾人皆不能對之執有自性，此自性之觀念，對之皆不

能用，吾人皆當在其前，見此自性之觀念之虛妄，而實去此虛妄，以成吾人之般若智而已。故此空性法性之名，雖可遍用於萬法，而亦可稱一切法之共同之類性。然又不同於一般之類性，因其無積極之內容，而只有一消極的「無妄執之自性」之內容。此內容，又唯爲般若智之所證得；亦實卽般若智既去其一切之妄執自性之後，「其自身之無此自性之相」，反照映於其「所照之一切法之上之無自性」，而非能離此般若智以言者也。

由上可知，佛家般若宗所謂法性空性，乃一特殊義之性，因其爲似屬於客觀一切法，又實不能在一切法中，得其存在之地位；只依於主觀方面之般若智中之無此妄執之自性，而反照映於此客觀之一切法之上之無自性性也。至於眞正由客觀的觀一切心色諸法之「當前所表現之相狀、性相、性質、關係等，尅就其自己之如是如是，以思省其對自身而爲如是如是，以謂其各有一義上之自性外，更由是以反溯其原因、或「所依以生之體以言性」者，乃唯識法相宗之流。依此宗，諸法之性相，或同或不同，卽可以加以類分。諸法所依以生而爲其體爲其性之所在者，亦有各種類之不同。又體又有體，體性亦有不同深度之體性；愈具深度之體性，卽愈爲潛隱而未現實者——如賴耶識，其體之用，卽最潛隱而不易見者。此外，尙有諸法之關係性，如其他種種之因緣性。又有諸法之價值性，如善惡染淨等。此乃可依諸法之有種種之類，而各有其體用，與種種直接或間接、同時或異時、爲主或爲輔之因緣關係，而或相生或相滅等處，加以說明者。此卽唯識法相宗所以於性相、體性、類性、關係性、價値性等諸類之性，所論皆備之故也。

般若、法相唯識，爲純印度之佛學，經鳩摩羅什、眞諦、玄奘之傳譯，僧肇、窺基等之弘揚，其根本精神亦未大異。故僧肇之所謂性，亦同般若宗之法性空性，而無中國傳統之生之義，亦不涵有所趨向嚮往之義。僧肇所謂住於一世之性，實只爲一性相之性。在中國佛學中，唯大乘起信論及天台華嚴之流，能本印度華嚴、涅槃、法華之自「學佛之終極理想或最後果、成佛所以可能之心性根據」，以發展出種種以佛性、自性清淨心、清淨如來藏心或心眞如，爲吾人之心識之體，或究竟因所在之論。此由人學佛時之前面之最終理想在成佛，以觀人之自始具此佛性、自性清淨心等心之觀點，則與中國傳統思想之由趨向嚮往以看性之路數爲近，而此一流之佛學之所以更能生根於中國，其故亦在此。

大約在印度之小乘佛學，因勤求出離，乃以現實人生爲流轉之染法，而人之五蘊之性皆染，即皆不善。唯識法相宗則以種子有善惡染淨，而賴耶識之自身則又無善無惡，此即以無善無惡者涵淨染善惡之性之論也。涅槃華嚴二經，直就佛性佛心以言人可成佛之性，則爲純善者。大乘起信論本自性清淨之一心，以生二門而具染淨，則是以淨心而攝染淨善惡者。至天台宗則由此以言性具善惡染淨，以言佛性有惡者。華嚴宗言眞如隨緣不變，則更重此眞如之淨，乃雖表現爲染淨，然實不染，而未嘗不淨者也。至禪宗之言一自性本心而無善無惡，非染非淨，則是由心性之淨，以更及於其超染淨善惡，而無染無淨、無善無惡者也。是見佛學中亦有言性惡、無善無不善、性善、超善惡之四型。其歸趣之別有所在，涵義之另有特殊之處，固不礙其與前此之中國思想之言性之亦有此四型者相類也。

六　宋儒言性之觀點態度與佛家之不同，及周程之觀點

由李翺至宋儒之周濂溪，重提出中庸誠之觀念，以為天人之道與人及萬物之性之本。周濂溪之言由太極之動靜，而有陰陽五行，以化生萬物；及橫渠之由太和之道以生人物，則根本為易經之路數，而攝中庸之義於其中。邵康節之觀象數，亦為易學之精神。然周、張、邵之言人性，同重此性之為一能生而能成，以有所實現之性，此即一直接由其前面之用，以見得之人性。此非如佛家之唯識宗之由向後追溯人之現實之活動所自生之因，以見得之種子賴耶之類，而較近於大乘起信論等所謂：能由本覺以顯現為始覺之心眞如、自性清淨之如來藏之類。其不同，唯在彼所謂心眞如、自性清淨之如來藏，唯能由其自己之實現，而使人成佛更度衆生者；而周、張、邵所謂能實現之性，則一方可使人成聖成賢，一方亦可實現於「客觀的成就其他之人與自然界之萬物之事業」，或實現為一「以物觀物之心」；以使物亦得實現其性，而呈現於吾人之以物觀物之心之前而已。

至於程明道之以卽生而謂之性，言人與萬物「生則一時生，皆完此理」，乃由渾然與物同體之仁，以識「此道之與物無對」，則此乃初自人之能渾化「其自身與萬物之為不同類而有之分別」處說。此乃擴大一人之生命之個體，而如以全宇宙為一個體者。其定性書之旨，言聖人以心體萬物而

無心，以其情順萬事而無情。此與王弼之聖人之有哀樂以應物，又能體沖和以通無者，其相去只在一間。明道之聖人之喜怒，依理之是非，以物之當喜而喜、當怒而怒，故喜怒不繫於心；而王弼之聖人則唯賴其神明茂，而體沖和以通無，以不傷於哀樂。王弼之聖人，無明道所謂「仁者之生物之意，渾然與物同體之感」，王弼亦未能如明道之言，視天地萬物與我皆同此一生生之道、生生之性也。此明道之通我與天地萬物爲一體，以見其同此生生之道生生之性之言，除包涵中庸之言誠，以「合內外」之意，亦與大學之敎，重「通內部知意心與外之家國天下爲一」之旨，遙相契應。故程子由重中庸而兼重大學。伊川承明道而由重誠以重敬，兼以致知窮理爲工夫，而謂性卽理。伊川言此性之爲理，以明客觀普遍之大公之理，卽吾人主觀特殊之生命之氣之流行之性。則理不外於性，性亦不外理，而內盡己性、外窮物理爲一事。此正所以申明道之言合內外之旨。此中之理乃當然之義理、理想，而此義理、理想之所在，卽性之所在。故順理想而有知與行，卽窮理以盡性之事。此性此理，爲一有其前面之變化或動用者，非如一般所謂爲所對之事物性質性相之爲一定不易；亦非只由反溯當前事物之原因，或所自生之體，方加以建立者；而是由吾人內心之自體貼得確有此性此理，具有導吾人之知行之動用，而後方亦說其爲寂然不動、感而遂通之心之體者也。

七　朱子之觀點，與陸王之承孟學傳統及清儒之觀點

至於朱子之言性卽理，乃承於伊川；而其言理卽太極，則通於濂溪；言心統性情，則本於橫渠。性以通於太極之理，而益見其尊嚴。性具於心而見於情。心虛靈不昧，具衆理爲性而以情應萬事；其知乃能卽凡天下之物莫不因其已知之理，而益窮之，以至乎其極；其行則足以成物、修身、齊家、治國以平天下。是見此心，其性理、其情、其知、其行之廣大。至其言此心之善，則是由「性卽理，理善而性善」以說，此乃本於伊川。然其意亦在通於孟子。至於其以心外窮理，而重心之知物理；並以心之本身只爲一虛靈之知覺，可盡性合道以成道心，亦可不盡性合道而止於爲人心或流於人欲；則其論又畧有似於荀卿之言心。朱子之思想之方式，旣不同於周、張、邵之由外觀宇宙以觀人，亦不似明道之直下渾合內外以爲一，復不似伊川之言性卽理以窮理卽盡性，而貫內外爲一；而是重在於天道人道之上下內外之各方面，皆一一加以展開而說，此乃兼求儘量運用向內反省與向外觀看之二態度，以言心性，而有之思想也。

然與朱子並世之象山，則直接依內在之自省自悟，而言心卽理。此則更同於孟子之卽心言性。象山之以孟子之先立乎其大者爲教，亦足見其對孟子最能相契。慈湖卽心之精神之運以見易，白沙言端倪之覺。至陽明之承象山而言致良知，以好善惡惡，則又是攝大學之誠意之敎，於此本心之良知天理之

實現歷程之中。此皆可謂孟學之流。在陽明學派中，雙江、念菴反求心之寂體，龍溪即一念靈明以悟即本體即工夫，近溪言不學不慮之天德：此皆意在超拔於一般善惡念慮之上。此諸賢之言，乃類於中庸之以不思不勉言聖人之達天德；易傳之以天下何思何慮，言天地之道；亦似莊子之言靈台靈府之位在一切思慮之上；並與禪宗之以心體自性爲無念無相、無善無惡之旨，同爲在一層面上之說法。而觀近溪之識仁體於「此心與己之生及天地之生」，三者之合一之中，以見乾知坤能，皆不外此仁體，而達天德，則又近契明道以渾然與物同體言仁之旨，遙通於中庸盡己性以盡物性，以贊天地之化育之旨，並以此心之「知」，契合於易道中之「乾知」、以此心之「能」，契合於易道中之「坤能」之說也。

至於東林學派劉蕺山之再即氣質以言性，似漢儒即氣言生之質、生之性，而實大不同。蓋漢儒即氣言生之質即生之性，非待外來之敎化，即不能自善，因其只是氣，只是質也。東林蕺山言性只有氣質之性，則此性乃是理，而此理仍爲定向乎善者。故此性在氣中，固自善；即其所在之氣質，亦與此性之善俱善。故此只有氣質之性之說，初非意在納性於氣質之中，以泯其善，而正是由此氣質中之有此性，以廣見此性之善於此氣質之中。而蕺山尤善言此性體或意之自爲主於一元之氣之自無而有，自有而無之周流不息之中；故亦能自變化其氣質之粗，以成此至善之流行。則此性之在氣質之中，未嘗不奧密而深隱，亦超乎一般所謂氣質之上者也。

自象山陽明以下之言性之說，皆是人直接內部反省其道德的心性而生之說，無論如象山之直下發明一與理爲一之本心，慈湖之言「心之精神是謂聖」、白沙之言「靜中養出之端倪」、陽明之言致良知、雙江念菴之言寂體、龍溪之言一念靈明、近溪之卽生言仁以達天德、與蕺山言意根之至善，皆初是由人在道德生活之自反省其正呈現之道德心、道德意志或道德生活之內容、初幾、歸向而立之論也。

明末之王船山，則規模弘濶似朱子，而亦兼取內在的反省與客觀的觀看之態度，以論天人心性與歷史文化之道。而其重命日降，性日生之義，則更爲能極中國思想之重向前面看生命心性之意義者。至於尅就其反對明儒之只知重內心之反省處看，則其思想態度爲由內觀，以轉向外觀自然之化與社會歷史之變者；而其精神，則近承橫渠爲生民立命之言，遙契於易傳之以繼言善之旨，而更重慧命之相續無間，以廣天地而立人極者。至顏習齋之重氣質之性與身體之習，戴東原之以血氣心知爲性，皆是通心與自然生命以言性之路數。唯習齋更重身體之動，而東原則較重心知之能靜察外在事物之條理，二人一重行、一重知爲異耳。戴東原之重以心知觀外在事物之條理，既與考據訓詁聲音之學之流相接，而與西來之科學精神更相契應。此亦卽民國以後提倡科學者、或善言考據之學中科學方法者，恆喜東原之學之故也。

吾人上循歷史之次序，以綜述中國先哲言性之思想之變遷，亦當略及今日流行之性之一名之義。此則當囘到本文第一章首之所言，卽今中國流行之性之義，大皆本於一客觀的觀點所言之人物之性。

質性相。此乃由向外觀看而繼之以思省之態度所發現，如上所謂由向外觀看之態度所知之外性。及緣此外性，而知之人物之「本質性」、「可能性」。至將人物相連而觀，則今人又重在知人物之種類性，及其在種種相對的關係中所有之關係性。此乃一方緣自佛學中所重之性相因緣性等觀念，已融入中國思想之故，一方亦由西方之科學哲學之觀點，原著重向外觀看人物之現象、性相、性質，並求對人物之未來加以預測，以便加以利用，遂亦重對人物作種種類別之類分，與其可能性之思索，及種種關係之研究之故。然於中國之佛家所謂遍於一切法相之空相空性，以及儒家、道家、佛家純緣向內之反省之態度，通過我之動態的意志行為，而識得之內在的理想性及體性，以及本文所謂居內外前後之交之中性之生幾等；則今之為西方科學哲學宗教之學者，蓋知之者甚尠。即有類似之觀念，亦初不名之為人物之性，而只視之為上帝性、神性之類。此乃由世之分裂天人，不能降神明以內在於人物而來。凡此所及，皆非一二語所能盡。然要之，可見今日一般流行之言性之義之局限，未足以通全幅中國先哲言性之思想之廣大、高明與精微，而此正為種種混淆之論所自起者也。吾今之對各種言性之思想，一一加以分疏，而不另為之綜合；蓋亦重在先去此種種混淆之論，以免其相蔽相障之害；並見其在不同之觀點下，皆各有千秋；小德川流，大德敦化，儘可並行不悖，方見此中之思想天地之廣大。庶幾會而通之，存乎其人，而人亦皆可各自求有以達於高明與精微也。

附編・原德性工夫　朱陸異同探源（上）

——程陸之傳及程朱之傳與工夫問題——

一　朱陸異同之問題

朱陸異同爲中國儒學八百年來之一大公案。朱陸在世時，呂祖謙即以二家之言有異，而約爲鵝湖之會。據史所載，其異點初在朱子以道問學爲先，而象山則以尊德性爲本。世或由此以泛說二賢之別在此，然實不甚切。近人或竟謂朱子之學，要在由道問學以開清人考據之學，及近世之重科學知識，則離題愈遠。按鵝湖會後，朱子與項平父書謂：「子靜所說是尊德性事，而熹平日所論，却是道問學上多了，今當反身用力，去短集長，庶幾不墮一邊。」則朱子固無專主道問學之意也。象山集載門人謂朱子重道問學，而象山謂：不知尊德性，焉有所謂道問學？然儒者又焉有不尊德性者？朱子固重溫故知新，博學多聞，然觀其書札語錄，大皆以心性工夫與友生相勉，其所尊在德性，志在爲聖賢，又復何疑。象山嘗以伊川及朱子持敬之說爲杜撰，又以朱子之學「揣量摸寫之工，依仿假借之似，其條畫足以自信，其習熟足以自安。」謂爲朱子之大病，（象山全集卷一答曾宅之及卷三十四）又嘗與門人步月而嘆，謂朱子如「泰山喬嶽，只可惜學不見道，枉費精神，遂自躭擱」。（全集三十四）是皆自朱子于德性之工夫有所未濟說，亦未嘗泛說朱子不知尊德性也。朱子于象山，嘗謂其爲「十分好人」「八字着足」「于心地工夫，不爲無見。」（皆見語類卷百二四）則亦固尊象山之能尊德性也。朱子又謂：「子靜門人類能卓然自立；相見之次，便毅然有不可犯之色。」（語類卷百十三）則見朱子兼尊象山門人之能尊德性也。至朱子之所以不契于象山之學者，則固嘗謂「子靜千般萬般病，在不知氣禀之雜。」故謂其工夫，乃未必不出于人欲之私云云。（語類卷一二三）然此亦是自象山之尊德性之工夫，尙不足以變化氣質，而去人欲以說。朱子之偶及于象山之不讀書、不務窮理，亦只意謂其缺此道問學之功，則于德性有虧，非謂朱子徒以道問學望于象山也。象山自言「于人情事勢物理上做工夫」（象山全集三十四）又言「自古聖賢發明此理，不必盡同……理之無窮如此」（象山全集三十四），亦非不知格物窮理之義也。自二賢一生之學而觀之，其早年鵝湖之會中，于尊德性道問學之間，畧有輕重先後之別，不能即說爲根本之不同甚明。而朱子與象山在世時講學終未能相契，其書札往還與告門人之語，或致相斥如異端者，乃在二家之所以言尊德性之工夫之異，隨處可證。後之王陽明近象山，其所以不契于朱子之學者，亦要在對朱子于存養省察與格物窮理，及知與行之工夫，加以並列之說，不以爲然，未可緣之以學至于聖人；乃疑朱子之學之不免分心與理爲二，其格物窮理之言，不免流于認理爲外，而較契于象山之心即理之說。是見在陽明已知朱陸之異，不在尊德性與否，而在所以尊德性之工夫與對心理之是一是二之根本見解之異同上。然陽明又爲朱子晚年定論，謂朱子晚年之學，未嘗不以心與理爲一，而卽心以知理，亦類同于象山發明本心及其致良知之說。是則謂朱陸始異而終同，若前此程篁墩道一編所論。其時羅整菴，則謂陽明取以證其說者，如朱子答何叔京之書之類，正出于朱子之早年。整菴著困知記又謂佛家之所以異于儒，在知心而不知性，則象山陽明只言發明本心致良知，皆知心而不知性者。于是唯有程朱之兼言心與性理者，方爲儒學之正傳矣。整菴與陽明之宗主不同，然其以朱陸之異在心與性之問題則一。下此以往，凡主程朱者，皆謂陸王之重心，爲不知格物窮理而鄰于禪。如陳清瀾學蔀通辨，論朱陸早同晚異，陸學唯重養神，張武承王學質疑，亦疑陽明言非實理也。王學之流，則又皆明主心與理一。周海門編聖學宗傳于朱子之一章，亦多選取朱子之言心與理一，而卽心卽理之言，以見朱子之未嘗有異于陸王。則言朱陸之異同，當在此心與性理之問題上措思，固陽明以降宗朱子與宗陸王者共許之義也。錢賓四先生中國近三百年學術史，于李穆堂一章，提及穆堂著朱子晚年全論，取朱子五十歲後書札三百五十餘條，又言朱止泉著朱子未發涵養辨，皆謂朱子之未嘗不先尊德性、務涵養而重踐履，而合乎陸子。此二書愚皆愧未及見，錢先生書又未詳及其內容，亦未知其于此心與性理之問題，如何看法。唯竊謂今若果只言朱子未嘗不尊德性務涵養，則此本可不成問題。朱子之言涵養，嘗經思想上之曲折，其言涵養之歸趣，與陸子未必同。今如緣二賢皆重涵養，謂朱陸本無異同，則又將何以解于朱陸在世時論學所以不相契之故？又何以解于後世之宗朱或陸者，其學風所以不同之故？以此言會通朱陸，抑亦過于輕易。唯吾既未見二家書，亦不能更作評論以自蹈輕易之失耳。

吾今此文所欲論者，是朱陸自有同異。此同異固不在一主尊德性一主道問學，二家固同主尊德性也。此同異亦初不在二賢之嘗形而上學地討論心與理之是否一，而初唯在二賢之所以尊德性而學聖賢之工夫上。對此心與理之問題，彼程朱之徒，謂陸王之學，只知心之虛靈知覺而不知性理者，固全然爲誤解；而陽明以降之學者，謂朱子以心與理爲二，而主格物窮理爲義外之論，亦要看如何說。朱子固亦嘗以佛爲以心與理爲二，吾儒以心與理爲一；又謂象山不重格物窮理，爲視理爲外，乃義外之論矣。實則求心之合乎理，以使心與理一，亦程朱陸王共許之義。心不與理一，則心爲非理之心，而不免于人欲之私。必心與理一，然後可以入于聖賢之途，儒者于此固無異辭也。今謂象山以心與理爲一，乃要在自象山之視「滿心而發，無非是理」，而教人自發明此即理即心之本心上說。朱子果有以心與理爲二之言，則初是自人之現有之心，因有氣稟物欲之雜，而恒不合理；故當先尊此理，先有自去其氣稟物欲之雜之工夫，方能達于心與理一上說。此工夫所達之心與理一，是否即此心與理合一之本心之呈現，而外無其他，又在此現有之心尚未能達心與理一之情形下，是否此心與理一之本心未嘗不在，固可爲朱陸之異同之所在。然此異同，亦屬于第二義。在第一義上，朱陸之異，乃在象山之言工夫，要在教人直下就此心之所發之即理者，而直下自信自肯，以自發明其本心。而朱子則意謂人既有氣稟物欲之雜，則當有一套內外夾持以去雜成純之工夫，若直下言自覺自察識其心之本體，則所用之工夫，將不免與氣質之昏蔽，夾雜俱流。此在後文皆當詳說。是見此心理之是否一之問題，如只孤提而純理論的說，尙是朱陸異同之第二義而非第一義也。

吾人謂朱陸異同之第一義在二賢之工夫論，唯在此工夫論之有此異同，而朱陸乃有互相稱許之言，亦不免于相非。至在朱子晚年之言論，如王懋竑朱子年譜所輯，其非議陸子之言尤多。朱子旣注濂溪橫渠之書，又編二程遺書，而其言主敬致知之工夫，又皆承于伊川，乃于二程之學，表彰不遺餘力；而象山則言伊川錮蔽深。後世遂以朱子爲周張二程之正傳。守程朱門戶之見者，更咸視象山爲異端。然象山亦嘗稱明道，又象山之學雖自言得自孟子，若于其先之宋儒無所承襲；然其發明「此心即理之本心」之工夫之教，以及緣是而有「宇宙即吾心，吾心即宇宙」，「以己之此心此理，通四海古今之聖賢之心」等言，在其前宋代之諸理學家之言中，亦多有類似者。明道、伊川、上蔡、龜山、五峰之言，固皆有足爲象山之先河者在。而朱子之不契于象山一型之教，亦不由對象山而始。實則朱子早對明道伊川以及上蔡龜山五峰之言之類似者，皆先已有所致疑。朱子之大不契于象山之言，亦由來者漸。其以象山爲近禪，而舉其闢佛之言以責象山，亦正如其所先已致疑于明道以下諸賢之論。朱子蓋早已意謂其前諸賢之以直下識仁、或察識本心爲工夫者，皆不知人之氣稟物欲之雜，而其工夫乃皆不能無弊者。由是而後，朱子有其涵養主敬，致知格物窮理爲先，而以察識省察爲後之工夫論，以救其弊。然朱子則未知其所言之工夫論，亦不能無弊；復未知欲救一切工夫之弊，則正有待于象山所謂自信其本心，而發明其本心之工夫。又朱子之主敬涵養致知之工夫，雖本于伊川，其所欲涵養之心體，則又實並不全同于伊川所言之心體，而轉近乎與伊川問答之呂與叔與象山所言之心體。至于朱子之言涵養心體之論，所以不同于伊川，又由朱子對程門自龜山、豫章、延平傳來之言涵養工夫之論，與五峰之言察識之工夫論，困心衡慮，歷經曲折，而後自定其說。由是而吾人欲論朱陸之異同，必須上溯二家之淵源，以見其同原于二程之學，而所承之方面，有相異之處，則有程朱之傳，亦當有程陸之傳；又當溯朱子之言工夫所以不同于象山，其淵源于程門以降諸賢所論之工夫問題，及朱子所歷經之曲折而後定者，果何所在。故吾人之下文，將首述二程以降諸賢之言，足以為象山之說之先河者，次當述朱子之所以疑于此足為象山之言之先河之說之故，純在朱子之意其未能針對此人之氣稟物欲之雜，然後可進而言朱子之所以不滿于象山之只言發明本心之工夫之故。吾即緣此以更進而詳評朱子對象山之言不免有誤解，與朱子所言之工夫論亦不能無弊。再繼以言欲去一切聖賢工夫之弊，正有賴于人之自信得及如象山所言之本心。最後則就朱子所言本心之體之別于伊川，轉近于象山之處，以言循朱子之學再進一步，即同于象山之教，而見二賢之論，正有一自然會通之途。故于此二家之言，不待于吾人之謂其無異，亦不待吾人之強求其同，更不待吾人之自外立說，將二家之言，各取一端，截長補短，為之綜合。此則吾人之此文所欲次第申論者也。

吾之所以寫此一文之因緣，由吾確信宋明儒之學，同為尊德性之學，諸大儒無不歸在踐履，吾人學之，亦當歸在是。然就諸儒所以成其踐履之義理而論，則誠如象山所言，千古聖賢，同堂共席，亦無盡合之理。然吾又確信殊塗自有同歸，百慮終當一致，方見天下無二道、聖人無兩心，則朱陸二賢之言，自應有通處。故吾于八百年來一切和會朱陸之論，對其用心，皆未嘗視之爲非。唯意謂會通之不以其道，則亦徒增轇轕。大率昔之爲會通之論者，皆自二賢之成學後之定論處用心，而未自二賢之學所以成之經過，所感之問題，與其成學之歷史上的、理論上的淵源所自上用心，則會通之也難。程朱陸王之徒，其門戶既立，通之尤難。吾今之所爲，意謂陸子亦有其先河于二程以降之傳，朱子正大有疑于明道伊川以來之論，而有轉近陸子之義；皆非故爲翻案之論，唯在先破此門戶之見。吾下文之論此，則初是順二賢之言之歷史上的理論上的淵源所自，就此中之問題之綫索與其曲折，而疏通證明之，志在使二賢之言，彼我皆得，兩情俱暢。其態度與方法，自謂差勝昔之自二賢成學後之定論，再求爲之會通之難行者。吾于此文之意，懷之有年，然此中義理疑似，誠如朱子所喜言之在毫厘間，亦不易論，而當今之世，抑尙不足以語此，宜先及其徑且易者，故未遑論述。近因讀吾友牟宗三先生辯胡子知言疑義及論朱陸之辯二文。前文就朱子于五峯之學之疑，解紛釋滯，以見五峯之學，有以自立。後文就朱陸之論辯，一一爲之疏通；而非徒事于排比文句，以爲和會。其意乃在明象山學方爲上承孟子之正傳。吾于斯義，亦素未有疑。因牟先生文之觸發，更查考文籍，寫爲此文。吾文所言，較爲平易，學者可循序契入。又吾于朱子所以疑於五峯象山之言之故，亦更順朱子之心而代爲說明，然後及于象山之高明，與朱子爲學轉近象山之所在，以見二賢之通郵。則吾文又較多若干翻折，更不免朱子所謂援引推說太多，正意反成汩沒之病。然欲窮其理致，兼取徵信，又勢不獲已。是則望讀者耐心賜覽而明教之爲幸。

二　辨程陸之傳

吾今首將說者，是象山之學固自謂讀孟子而自得，然自思想史之發展上，觀其與朱子之學之差異之根源，則當如前文所說：二家之思想之淵源，皆當同溯至二程，唯所承之方面則有別。後世唯以程朱並稱，而不以程陸並稱，蓋由于朱學之大盛，而宗朱之學者，又皆學術統緒之歷史意識甚強，並皆知其學統之如何承周張二程而來之故。然象山一路學者，開口自見本心，則此一歷史意識，大皆較淡，故亦未能對其思想之淵源，有一較淸楚之自覺，或亦知之而故不言，以免學者之只多此一閒見之知，口耳之學。然今吾人在此八百年之後，對此二系思想之源流，重加以探索，則又固可于昔賢所未能自覺，或知而不言之處，再加一探源反溯之功，而明白提出以說之也。

吾今所以證象山之學導源于二程者，首擬指出象山之言「心即理，以己之心接千百世之上之下之聖賢之心」，據黃梨洲宋元學案、周海門聖學宗傳、孫奇逢理學宗傳、劉蕺山人譜雜記，皆載明道對神宗有同類語。曰：「先賢後聖，若合符節，非傳聖人之道，傳聖人之心；非傳聖人之心，傳己之心也。己之心又無異聖人之心，廣大無垠，萬善皆備。」此即與象山言「心即理」、「四端萬善皆備」之語，幾全無異。然朱子所編二程遺書，未嘗載此語。二程遺書中，明道文集卷二，載明道所奏疏，唯言及「治天下者必先立其志，必以堯舜之心自任，然後爲能充其道……推之以及四海，擇同心一德之臣，與之共成天下之務。」又謂「所謂定志者，一心誠意擇善而固執之也」云云，亦不見上引一段語。然朱子文集七十記疑又載此段語，謂見諸雜書，更加批駁，以爲「務爲高遠，而實無用之地」云云。朱子蓋以此而不編入遺書耶？又承錢賓四先生面告：宋元學案震澤學案王信伯奏語同此。乃查朱子記疑所引及文亦有見震澤學案者，則此語或初出自信伯。然今即據上所引明道告神宗之言，既以立志定志爲先，又謂必先以堯舜之心自任，然後能充其道，擇四海之同心一德之臣爲輔；則亦未嘗不隱涵通古今四海之賢聖之心之旨。二程遺書卷七又嘗言「堯舜知他幾千年，其心至今在。」朱子語類九十七並爲之釋曰：「此是心之理，今則昭昭在面前。」按伊川易傳卷一同人卦曰：「聖人視億兆之心猶一心者，通于理而已。」則程子固有以一理通古聖之心與億兆之心之說也。至于明道之言：「仁則天地爲一身，而天地之間，品物萬形，爲四肢百體。聖人仁之至也，獨能體是心而已。」又于識仁篇言：「仁者渾然與物同體……，識得此理，以誠敬存之而已，不須防檢，不須窮索」。此亦正同于象山以「宇宙卽吾心，吾心即宇宙；宇宙內事即己分內事，己分內事即宇宙內事」之旨。謂識得此理，只須以誠敬存之，不待防檢窮索，即無異謂除存養此理之外，可更不須省察；亦同象山之言「滿心而發，充塞宇宙，無非此理」、「當惻隱自然惻隱，當羞惡自然羞惡」之旨。此皆是謂在此第一義之工夫上，只須正面的直接承担此心此理，更無其他曲折，或與人欲私欲雜念相對而有之工夫可說；亦皆與孟子即就人之四端之發，而加以存養擴充之工夫，同爲一直感直達之明善誠身之工夫也。

此中明道之學與象山之言之唯一異點，蓋在明道之言心，乃與其所謂性、命、道、氣、神等，渾同而說；而未如象山之言心之直標出本心，並扣緊此本心之自作主宰義以言工夫。明道對心與性與氣等概念，未嘗能如後之學者，明加以分別，並以此心之仁之性，即在：「人之自識其自己之生與萬物之生，同源共本于一生生之天道、天理、天命之流行處見之」。此己與萬物之生之變化流行，皆爲一氣之流行；故性與道與理與天命之流行，皆貫乎此氣；而此心之仁，亦貫乎此氣。在明道此一處處渾融貫通而說之圓教中，心之一名尙無一凸顯之意義。此中之識仁之道，在直觀己之生意與萬物之生意之相通，直觀天地之生物氣象，或直觀天地萬物之爲莫非己體。此尙是橫面的「自去己私，以合此內外，即以充擴其內」之工夫；而不同于象山之言，重在「自明本心，而自作主宰，以奮發植立者」之爲一縱面的自立工夫者也。由于明道之橫面的包攝充擴之工夫，表現在以天地萬物與己爲一體，及此仁之道、生之道或性之貫乎氣一面，而不能離物與氣以言；故明道亦同時注意及吾人之氣稟，對此仁此道之表現，可爲一種限制阻礙之義。而伊川則更重「由此現實的氣質與當然的義理之相懸距而生」之種種工夫之問題。此即漸開另一思想之線索，而使明道之思想，並不直接發展爲象山之學，而發展爲伊川之學，以爲朱子之學之淵源者也。

在人之學聖賢之工夫中，恒見有一氣質與義理之相懸距，此乃一事實。凡吾人于當然之義理不能知，不能行之處，更一加反省，則人皆可知其氣質之中，有一種昏蔽存焉。此中，如人之氣清而才亦清者，如天資高之明道，或自覺其氣質中之昏蔽較少，可較不感此中之問題之嚴重。然在一般學者，其資質才力較不及者，則如何去此氣質之昏蔽，即爲一學聖賢之工夫中之最根本之問題。凡欲以聖賢之道敎一般學者，亦須特別注意此一問題。伊川之天資蓋不如明道，而又以尊嚴師道爲己任，于是對此如何使人自去其昏蔽，乃另開出一更精切之工夫。此即伊川之「涵養須用敬，進學在致知」之教。此伊川所言之涵養致知之工夫，實較明道之「直以誠敬存此理」之內外合一的工夫，更落實一層，以針對氣質之昏蔽，而開出之工夫。敬之工夫，爲主一無適，此要在使心自己凝聚；致知之工夫，則要在用此心知之明，以即物窮理，而以通達此心知之明于外。言主敬致知，皆是要自己之心，對其自身，作一主宰運用之工夫。此更不同于明道所言之「直下識得渾然與物同體之仁」之順適。此種由心對其自身之主宰運用，以主敬與致知，亦即此心之自求去其氣質之昏蔽，以使當然之義理或性理，得眞正繼續呈現于此心知之明，而內外並進，以夾持爲用的工夫。此工夫路子，與明道有異，亦非象山之所契。故象山謂讀伊川言，若傷我者；又謂「伊川蔽錮深，不如明道之通疏」。然于此尅就伊川之敎中，重此心之對其自身主宰運用義言，與象山之重此心之自作主宰義，亦實無分別。象山之「心與理一」，「己之心即千古聖賢之心」，「宇宙即吾心，吾心即宇宙」語言中，所表之心之廣大與高明義，固可溯源于明道，而象山之言此心之自作主宰義，則雖未嘗自謂承伊川而爲言，然吾人仍可說伊川之言是其先導也。

今按朱子記疑中謂見一書記：「昔嘗問伊川做得到後，還要涵養否？伊川曰：做得到後，更說甚涵養？盡心知性，知之至也。知之至，則心即性、性即天，天即性、性即心，所以生天生地，化育萬物；其次在欲存心養性以事天。」朱子下文謂：「此程子之言，乃聖人之事，非爲衆人而設。」又謂「心即性、性即天，天即性、性即心之語，無倫理。」然實則伊川之自「性之本言天、性之有形者言心」（註一），已具心之與天不離之旨。而伊川言：「心，生道也。」（遺書二十一）「心也，性也，天也，非有異也。」（遺書二十五）亦具心即道即性即天之旨（註二）。則遺書五二先生語「心具天

註一：朱子大全卷七十記疑中于伊川性之有形者謂之心一語，謂「不知有形，合如何說」，又語類七十五謨錄更謂是門人記錄之誤。實則此應不難解。形即表現，即言心爲性之表現耳。伊川于心性，不如朱子之以理氣分別，故可直以心爲性之表現也。

註二：朱子語類卷六十一謂「伊川云盡心然後知性，此大不然。盡字大，知字零星」若未知性，便要盡心，則懸空無下手處；惟就知性上積累將去，自然盡心。伊川言盡心正是從大處着工夫。此乃與朱子以格物窮理爲知性之積累工夫、盡心爲最後效驗之說不同；而較近于象山重盡心之旨者也。

德，心有不盡處，便是天德處未能盡」，亦可爲伊川所說也（註）。至于聖人之事當爲學者立志所始向，正明道伊川所常言。象山之言「心即理即性」、「宇宙即吾心」，正是以天與心性爲相即之進一義。象山之以學者立志，當求己之心與聖人之心同然處，即以聖人之事原當爲學者立志之所始向而來者也。唯伊川此段之言，與朱子之落脚義不合，故朱子必疑而去之耳。

今如要說象山與伊川之異，則仍在伊川特有見于此性理之形于心，即同時連于人之氣質，而氣質之昏，可蔽此性理，故此性理之明，全賴上述之此心之主敬致知，以去除氣質之昏蔽之工夫。否則此在中之性理雖爲大本，而未必能形于心、見于「和」，以成達道；則此性理便只超越于現有之心氣之上，亦如只爲一未發而冲漠無朕，寂然不動者；則性理之未發與現有心氣之已發，即不能無距離。如何使此大本之中，形爲達道之和，在程門之後學中，乃引起種種之問題。由此而導至朱子之學，此當俟後論。至象山之學之無此一套問題，則原自其不似伊川與朱子之重如何對治氣質之昏蔽之故。于此，象山之所重者，寧是自伊川所謂自性之有形者曰心之言，以見心之所在即性之所在，乃視「理與

註：按在伊川，心與理實未如朱子之明加分別。如朱子語類九十七謂「伊川實理者，實見得是，實見得非。」朱子以實理與實見不同，而疑爲記錄之誤。然如將心與理合言，則實理之爲實，正可說原于心之實見；無心之實見，則固不可言實理也。

心一」之聖人之心，即吾人之本心。于伊川所謂「人不能會心與理之爲一」（註），依象山之旨以言，唯由人之未自明其本心之故，而工夫亦即在此本心之自明；而不在：持敬格物致知，以自去其氣質之昏蔽，使此心之已發之和，合于未發之中之性理，以達于「心與理一」矣。依此象山義，人能自明其本心，則心在是，性理亦在是。性理既形于心，心爲已發，性理亦隨心之發而俱發；便不得以「心爲已發，性爲未發；心爲感而遂通，性理仍只爲寂然不動」；而應視此心理二者，乃俱動而俱發者矣。故象山謂滿心而發，無非此理也。依照象山義，即在此人之本心之自明，尚未能自充其量，以全體呈現時，其尚未充量呈現之本心之明，仍是能發，而此心之性理，亦是一能發，而不可只稱爲未發，更不可說其爲永無所謂發，亦不可只以冲漠無朕，寂然不動說之者也。然伊川既謂「性之有形曰心」，性既形，形即發動，則其所謂性理寂然不動者，初當如原性篇所謂乃自此性理之爲心之內容處說。自此性理之爲心之內容處說，其是如此即如此，而自然其所然，當然其所然，即是不動。而所謂未發，亦可只指其未充量發而言，而仍實是一能發也。若然，則伊川與象山之言，亦未嘗不可相通。唯伊川明言所及，又似「未發」即「無所謂發，寂然不動即不發，以爲一超越而純內在之性理」。在人有氣質之昏蔽之情形下，看此性理，蓋本當如此說。沿此而言工夫，即落在如何使現有之已發之心，與此未發性理，得遙相契合上。朱子之工夫論，亦沿此問題而來。則皆與象山發明本心，以使心理俱發之旨不

註：二程遺書卷五「理與心一，而人不能會之爲一。」

同。然此非伊川言「心者性之有形」之言，與象山之言無相通處之謂也。

在程門之學者中，楊龜山承明道「仁者渾然與物同體」之言，而更由人之疾痛相感，標出「與天地萬物爲一」，爲仁體之論。（註）謝上蔡則由明道之手足痿痺爲不仁之言，以謂不痲木之知覺爲仁。此所謂知覺，應非一般之認識上的知覺事物之如何如何之知覺，亦非仁之表現完成後，自覺其是是而非非之智，此應爲一在仁之表現中，生命與生命痛癢相關之「感知」。仁者之生命與萬物一體，即有與萬物之生命痛癢相關之感知。此亦實爲狀此仁體之呈現于吾人生命中之極親切指點之語。朱子所謂仁者之溫然愛人利物之心或及物恕之心，亦應自始有此一與人物相感應而視如一體之感知，內在其中，否則此心亦自始不能有也。象山言宇宙內事即己分內事之語時，亦固包涵有對宇宙內事之痛癢相關之感知，方能視爲分內事也。則龜山上蔡之言，皆當爲象山所應許。上蔡又嘗言心有知覺：「心者何也？仁是已；仁者何也？活者爲仁，死爲者不仁。」復言人當識其心，即指識此活的仁心。上蔡更

註：龜山語錄三：孟子以惻隱之心爲仁之端，平居但以此體究，久久自見。……因問尋常如何說隱……夫如有隱憂，勤恤民隱，皆疾痛之謂也。曰孺子將入井而人見之者，必有惻隱之心，疾痛非在己也，而爲之疾痛何也？……若體究此理，知其所從來，則仁之道不遠矣。……余從容答曰：萬物與我爲一，其仁之體乎？曰然。又：未言盡心，須先理會心是何物。心之爲物，明白洞達，廣大靜一，若體得了然分明，然後可言盡。未理會得心，盡個甚？

以此心之常惺惺，爲敬之實功。則上蔡亦非只知心之知覺之用者。此與象山言發明本心，實相差無幾。唯象山之發明本心，重此心之自樹立而自明其本有之心體一面，而龜山之以與天地萬物爲一體爲仁體，則未扣緊此心說；在上蔡之言中，于此心體之能自立自明自主之義，尚未如象山言之顯耳。朱子謂謝上蔡之學，一轉爲張子韶，再轉爲陸子靜。子韶之學如何茲不論，然謂象山與上蔡有相契處，固可說，而謂其言與龜山有相契處，亦可說也。

宋元學案震澤學案述王信伯之學，而陸象山嘗從信伯游。除本節初所引傳心之語，宋元學案等書視爲明道語者，或初由信伯言之之外，其語錄言：「浩然之氣，洞達無間，豈止塞乎天地，盡心知性以知天，則不須存養。」「問如何是萬物皆備于我？先生正容曰：萬物皆備于我。某于言下有省。」宋元學案敘錄謂信伯之學頗啓象山之萌芽。今按信伯之以不答爲答，近禪家伎倆。然其果以直下識得萬物皆備爲教，固孟子意，亦象山講學之旨，謂之爲足啓象山之學者，自學術史言之，亦可說也。

三　胡五峯之識心之說爲象山言發明本心之先河

私淑二程之胡安國，嘗與上蔡交游。朱子語類引及其春秋傳「元年之元者，仁也；仁，人心也」之言。其子五峰，更嘗見龜山。五峰作知言，宋元學案稱其學以致知爲始，窮理爲要，不迷本心。其書有不起不滅心之體（註一）之言，更多有以此心體統攝「仁、覺、性、情、命、道」而說之之旨。知言謂「仁者心之道」，「仁者天地之心也」（知言卷一）「知天之道必先識心，識心之道必先識心之性情」。（知言卷五）通此數言以觀，可見五峰以仁是心之道、心之性情，亦即天地之心之道。此自天地之心之道上說仁，畧不同于龜山之以「天地萬物爲一體」之仁體之言，未扣緊在心上說，而不免如朱子所謂視物爲己之病者；亦畧不同于上蔡之以心對物之知覺上言仁，不免使此仁與所知覺之物，相夾雜者。至于其又謂「心無不在，本天道變化，與世俗酬酢，參天地，備萬物，人之爲道，至大也。」（註二）「天下有三大，言大本，一心也」。（知言卷五）「心也者，知天地，宰萬物，以成性者也。」又言「氣之流行，性爲之主；性之流行，心爲之主。」（知言卷三）「心純則性定而氣定。」（知言卷二）「未發只可言性，已發乃可言心。」「聖人指明其體曰性，指明其用曰心；性不能動，動則心矣。」「有而不能無者，性之謂歟！宰物不死者，心之謂歟！」（知言卷四）又曰「性立天下之有」

註一：朱子大全四十二答石子重「胡文定言不起不滅心之體，方起方滅心之用，能常操而存，一日之間，百起百滅，而心固自若」。自是好語，但讀者當知所謂不起不滅，非是塊然不動之知覺也，又非百起百滅之中，別有一物不起不滅也。朱子大全四十五答廖子晦，亦引龜山此一段語之一部份，而疑之。

註二：復性書院重刊胡子知言六卷，將凡朱子知言疑義中所有者皆不載，而附朱子知言疑義于後。此文所引，除註明知言卷數者，皆見朱子知言疑義。

〔知言卷上〕「心無生死。」觀此五峰之言，乃明以心爲形而上的普遍而永恒之一流行之體，而大同于象山之所謂宇宙即吾心，吾心即宇宙之言。此中五峰之謂未發只可言性，已發乃可言心，顯然兼繼承程子之謂「心之性爲寂然不動」與「心爲已發」之旨。此意是謂性如不表現而不形，即可只是未發，但一表現，即形爲心；此亦即心之自循其道，以自生發，而爲心之已發。此所謂心之已發，同于心之呈現，故無論在事物思慮之交，或無思無爲之際，但有此心之呈現，即是發。故感而遂通，亦不礙其寂然不動，如在聖人。此所謂心之呈現，即性之表現、性之形。性雖自始爲「有而不無」者，亦「天地鬼神之奧」，然有其表現，即不能不動，方自見其有而不無。此表現而相續自見其有，即其形爲心。此是由性說到心。至于由心以反觀性，則性之如何流行，或心如何形此性，又視此心之如何生發其自己而定。故性之流行，心爲之主，而性亦由心而成。至由性之流行與吾人之身及萬物之關係上看此性，則此性又爲表現于吾人之心身之氣之流行，以及于此心身所感應之萬物之形氣之流行者，故又曰「氣之流行，性爲之主」。此中，心主性而性主氣，心乃居于一切有形有氣者上一層次，與形氣不直接相關者。故凡直接用以說形氣之言，即不可直接用以說心。形氣可說有生死，吾人亦可說形氣之生死，亦即性在形氣上之流行或不流行之別名。然心如尚居于性之上一層次，故生死之言，即不可用之于心。故曰「心宰物而不死、心無生死」也。

今按此五峰之言「心無生死」，正爲眞識得仁爲心之道者，所必至之一義。因仁既爲心之道，則心之自循其道，以自成其性之事，皆爲超越于其一己之形氣之外之事。循此道，而心之用之所通者，亦非已成之萬物之形氣之所能限；則此心固當不隨其一己之形氣，與所通之萬物之形氣之存亡而存亡，亦不隨其生死而生死。此中，人之所難，唯在即此心之道，以觀心之所以爲心。大率凡人皆不免即形氣觀此心，乃恒于此無生死之心，問其在人死後之安在。然眞能自此心之道以觀心之所以爲心，而根絕以形觀心之觀點者，則固可不問人死以後其心安在。因即在人未死之前，其心亦非即在其身體之形氣中，而已超出此身體之形氣，初不即在此形氣中，而唯以此形氣，爲其所成之性之所主宰而流行之所矣。

此五峰之言心無生死，與明道伊川之言相較而論，則明道已謂佛家自生死起念爲自私。伊川更謂儒者只見理之是非，不見有生死。此亦非謂以見理之是非作解脫生死之用。故伊川臨沒，或曰「平生學底正要今日用」？伊川曰「須要用便不是」。（遺書二十一）即謂其生平之學，只求見理之是非，亦非爲求其在臨終時，自生死之觀念解脫之用也。此固見伊川一生之用心，始終如一，只求見理，未嘗爲生死而錯用心。然人于此仍可問：畢竟此伊川之用心，是否有生死？或此從未見有生死，從未爲生死錯用心，一生只見理者，其心是否有生死？或只是其所見之理，方爲無所謂隱顯存亡與生死者乎？伊川于此，似只言及此理之「不爲桀亡，不爲堯存」，無隱顯存亡之別，而未言此見理之心無生死。然人于此果依理而思，則理無存亡生死，此能見理之心，亦應同爲無存亡生死者。此即五峰之言心無生死之義，正爲承伊川之言而可引生出之義也。

然五峰雖言心無生死，又未嘗只以觀此一無生死之心、或證此一超生死之心爲學。乃歸在本此一超生死無生死之心，更以之主宰性之流行，並使性之流行見于氣之流行，以宰萬物而成性爲學。觀五峰意，性雖爲未發，然心之主宰性之流行，則性即發于情，故又謂「好惡，性也」。此好惡可爲直依心之道之仁而好惡，則爲「君子之好惡以道」。好惡以道，是爲天理。但人心未嘗不可暫不依道以好惡，而依一己之私以好惡，則爲「小人之好惡以欲」。好惡以欲，是爲人欲。前者爲善，後者爲惡，乃有善惡之相對，人亦當即于此有一察識工夫，以察乎此天理人欲之分，以自去其依一己之好惡，而自順其依道之好惡。然後本此依道而有之正當的好惡之情與才之流行，以宰萬物而成性。此所成之性，自其未爲心所成時言，原爲一未發，而不與惡爲相對，亦無所謂善，是一超善惡之性。故五峰又謂孟子言性善，乃讚嘆之辭，實則此未發之性，乃超于惡亦超于善之上；一般所謂善，唯是心之自體之發其主宰之用，以成性以後之事耳。此心之主宰「性」，在性成之先，則固當在善之先，而此心之性亦在善之先也。

此五峰之思想所言之「無生死」之心，乃在人之一切由好惡而有善惡之表現之上，而又貫徹于此一切表現中，以自轉其「好惡以己」爲「好惡以道」之心，明爲一能自呈其用，亦能自主宰其用之一形而上的本心。至于在聖人，其好惡皆道，而心自循其道，以感而遂通，無生死生滅，以寂然不動，此即一「即道即心，即心即理」之心。此正較二程楊謝所言，更能與象山所謂能自明自立而即心即理之本心相近。五峰之兄胡明仲（註一），更明謂「理之所在，先聖後聖，其心一也」，「聖人之心即是理，理即是心，一以貫之，莫能障者。」（註二）則與象山言心即理之語句全同。象山與明仲之言仍畧異者，則在象山乃兼以吾人之本心，即同于聖人之心，而亦爲即心即理者。象山言與五峰畧異者，則在象山言滿心而發無非此理，即心與性理俱生俱發之謂，如上論伊川處所已及。而五峰之心以成性之說，則循伊川所傳之性爲未發之說而來。性爲未發，不能自發，故唯賴心之主宰運用以成之，以使之見乎情，此皆只爲心之發之事。然如吾人不先說性爲未發，而直以此性即理，亦即道，謂心之依其道而發，即依性依理而發；則心與性理俱發，而同于象山之言。若然則心之主性之流行，即性之流行之自見于心，不必如五峰之更言心主性。如要說心主性，亦可說性爲主于心。蓋心之主宰運用，乃一生生之歷程。此一生生之歷程，即依一生生之理、生生之性之主乎心而有者，則性亦主心也。若謂此生生之理、生生之性，未嘗主心，則心之主宰流行，又如何可能？如心主性，性亦主心，則不如只說一「即性即心」之心之自主而流行，亦「即心即理」之心之自主而流行，則全同象山之心即理而自作主宰之說矣。唯五峰之言，則于此猶一間未達。然此亦非謂象山之言，非不可說爲五峰之思想有通處

註一：五峰對其兄之學，有所不滿，然在此語上，應相共契也。

註二：宋元學案衡麓學案。

之謂也。

四　朱子工夫論之傳承

吾人以上所言，在說明象山以前，由明道伊川至龜山上蔡以至胡五峰，原有一下接于象山之學脈。上節所引二程遺書二十五二先生語，有「理與心一，而人不能會之爲一。」此語謂爲明道說或伊川說皆可。明道伊川固皆望人直往會得此理與心一，而象山之宗旨，亦不外乎是。故今無論象山自覺及此否，其學皆實際上可說爲承此一學脈而發展。至于朱子之學脈，則雖亦自二程傳來，並與楊、謝、胡之言有相交涉之處。然其所承于二程等者，又另有其不同之方面。此可說不是承于二程之言「心之以性理爲其內容、心與理之一」之一方面，而是承二程之言「心性理之關連于氣質之昏蔽，而心與性理不一」之一方面。故亦不是直承于二程、楊、謝、胡等之言誠、敬、識仁、識心之正面的上達工夫之一方面，而是直承于二程、楊、謝、胡等之言氣稟之當變化、已私之當克、人欲之須去之「反此爲反面者」之下學工夫之一方面。故朱子首于明道之正面教學者須識仁、龜山循明道之旨，言與天地萬物爲一體及識仁之言，併以之爲太高而不切，兼有弊在；並對伊川心爲已發，胡五峰之緣是而言之直自發處之好惡上察識而存養，以及五峯之知言之「心無生死」、「以心成性」，而欲人直接識得此心之體之識心、觀心、求心之說，同所不契，且更提出種種疑義。朱子于五峰之言識心，及以直下先立其大者，而發明本心爲教之象山之學，尤不以爲然。今考朱子之所以對其前諸賢之說之所以致疑，與對象山之學之所以反對，雖似有各方面之理由，然通此各方面之理由而觀，則不外依朱子之意，此諸賢之言工夫，皆唯在吾人心之發用上，從事察識等工夫，而忽吾人之心之發用，恒不能無氣稟物欲之雜之一方面；乃未知于如何對治此雜處，建立一由下學以自然上達之工夫。人之沿此用功者，乃不免與氣稟物欲夾雜俱流，泥沙並下，終成狂肆，流弊無窮矣。

按朱子對于學聖工夫之一問題，平生用力至爲艱苦，實嘗歷經曲折，乃有其定論。蓋其初嘗聞其師李延平觀未發氣象之說而不契，又見伊川有善觀者于已發觀之之言，初亦嘗主性爲未發、心爲已發，于心之發見處，以提撕猛省爲工夫。並由張南軒以知胡五峰「先察識而後存養」之旨，以得其印證。然終則自深悔其言，乃于凡只就心之發用處下工夫之言，皆以爲有弊。其悔後之所悟，則在識得吾人之原有一「未發而知覺不昧」之心體，而以在此處之涵養主敬爲根本工夫，以存此心體，而免于氣稟物欲之雜，使「吾心湛然，而天理粲然」；更濟之以格物窮理致知之功，而以此所知之理，爲一切省察正心誠意之工夫之準則；乃還契合于伊川涵養須用敬、進學在致知二者，爲「體用本末，無不該備」之說。（王懋竑、朱子年譜卷一下）此涵養主敬，在朱子又初爲致知之本，應屬第一義，致知以窮理屬第二義，而其前諸儒所謂察識之功，在朱子，乃應位居第三矣。觀朱子所言之涵養主敬與窮理致知之工夫，其精切之義之所存，亦初純在對治此氣稟物欲之雜。此雜爲反面者，此諸工夫，雖皆各有其正面的意義，然朱子之用之，則初意在反此「反面者」，以使正面之天理，得眞實呈現于此心，更無一絲一毫之夾雜，亦使此心之天理流行，而人欲淨盡。遂與其前諸賢以及並世之象山，重直接識得一正面之仁體或心體，或自明其本心，爲「依正以成正」之純正面工夫者，成不同之二型。今吾人若能識得朱子之工夫論，意在對治氣稟物欲之雜，則于所以疑于其前諸賢之言及對象山之論，即亦皆可先加以一眞正同情的了解。及此了解既畢，則朱子之言之限制處亦見。然後吾人可再來重看龜山、上蔡，以及五峰、象山之言察識與發明本心之工夫，何以又得免于朱子所言之弊害之故；則朱子之工夫論，與象山之工夫論，如何得其貫通之途，亦漸可見矣。

此下一節當先舉證以說明朱子之所以疑于明道、伊川、龜山、上蔡、五峰、象山之言，乃皆緣于朱子意謂此諸賢未能注意及人之氣稟物欲之雜之一問題之故，而朱子之重涵養主敬與致知窮理，其初意乃在對治此氣稟物欲之雜，亦當隨文論及。

五　朱子對明道龜山上蔡言仁之疑義

茲先以朱子之所以致疑于明道識仁，及楊龜山、謝上蔡言仁之旨而論。除朱子以與天地萬物爲一體之言，乃言仁之量，又謂以覺訓仁乃以智爲仁，于仁之本義不切合，吾于原性文中已述及之外；其言之評論及此二說者，大皆歸旨在說明本此二說以爲工夫之弊。茲試將朱子之言畧加分析，便知朱子之言此工夫之弊，又皆是自人有氣稟物欲之雜上說來者也。

如以朱子對明道之言而論，朱子固嘗以明道之言，「初看便好，久看愈好」；又言明道才高。然言才高即已是自氣質說。高者之言，不必對才低者亦有用。故朱子又謂明道之言亦太高。于仁者以天地萬物爲一體之言，在程門諸賢皆奉爲歸的者，朱子則謂「其言太廣，學者難入」，「太深無捉摸處」（語類九十五）又謂求之不得其道，即「莽莽蕩蕩無交涉矣」。（註）朱子此類之言，亦實未嘗不是。因學者才力不逮，多有氣稟之拘、物欲之弊，此言固可對之可只爲一超越而外在之莽莽蕩蕩的「大的氣象」，而與其自己生命無交涉也。朱子仁說又謂以與物同體爲仁者，其弊將至于「含糊昏緩，無警切之功」，而不免「認物爲己」。何以與物同體爲仁，其弊便至于此？此自不是自聖人之以中國爲一人、天下爲一家之心境上說，而是自學者分上說。蓋在學者分上說，其心中本無此一大的仁之量；今

註：朱子大全三十二答張敬夫問曰：「滿腔子是惻隱之心。此是就人身上指出此理充塞處，最爲親切。若于此見得，即萬物一體，更無內外之別。若見不得，却去腔子外尋不見，即莽莽蕩蕩無交涉矣。陳經正云：我見天地萬物皆我之性，不知我身之所以爲我矣。伊川先生曰：它人食飽，公無餒乎？正是說破此病。知言亦云，釋氏知虛空沙界爲己身，而不敬其父母所生之身，亦是說此病也。」朱子語類卷二十謨錄一段，詳說不先自愛之理上識仁，「便將天地萬物同體爲仁，却轉無交涉」之義。又卷四十一謂呂與叔「以己既不立，物我並觀，則雖天下之大莫不皆在吾仁之中，」乃「因佛家說一般大話，他便做這般底話去敵他」云云。

要其勉強想像此一大的氣象，此即一心氣之膨漲而鬆散。此時學者之氣質之昏蔽，物欲之夾雜仍在，則此心氣之膨漲，與昏蔽相俱，而物欲又驅此心，以向天地萬物而馳散；則含糊昏緩認物爲己之弊，即勢所不能免矣。

再如朱子對謝上蔡以覺言仁之說，則其仁說嘗謂其使人張皇迫躁而無沉潛之味，其弊至于認欲爲理。何以以覺言仁便有此弊？如以此覺爲智說，則智者固不必有此弊也。此弊亦是學者之弊。學者何以有此弊？此蓋因依上蔡以覺訓仁之說，乃要人于人與人之痛癢相關之知覺中，識得此仁。此亦原于明道以手足痿痺爲不仁之旨，並與楊龜山于痛疾或民隱處識物我一體之意相通。然于此具體的痛癢相關之知覺中識仁；此知覺自身，初不包涵理之是非之辨，而知覺恒連于氣，故朱子謂上蔡以知覺言仁，「若不究見源本，却是不見理，只說得氣。」（語類卷三十三）而此知覺中，便可夾雜物欲之私，不免認欲爲理矣。至于張皇迫躁之弊，則當是自人之不能無氣質之昏蔽而來。蓋覺知之事，原待乎心之清明，如清明在躬，自然寬裕有餘，若有氣之昏蔽在心，而清明不濟，則張皇迫躁以求覺，又在所不免矣。據語類所記，朱子又意謂上蔡以覺訓仁，乃將仁之理攙和在具體之覺中，看爲「活物」，而學者乃不免「却別將此個意思，去覺那活物，則方寸紛擾。」（語類百零一）是亦無異于謂以覺求覺，必致內在的紛擾。朱子後之反對五峯在具體之覺中識仁，反對禪學、象山一切識心之說，皆由疑上蔡之以覺言仁之說，爲以覺求覺，必致紛擾而來。其何以必致紛擾，則後文再說。

朱子之仁說，以與物同體及以知覺言仁之說爲有弊，其改而以「心之德、愛之理」言仁，則可謂無此種種之弊者。因仁旣爲心之德，愛之理，自初爲超于物欲氣禀之雜之外者。然仁之理如何表現于愛之情，其發而爲愛之情，如何皆能中節，則朱子仁說中只見有「克去己私」一語。此克去己私一語，亦針對私而說者。至于如何使仁之理之發而皆中節，則此文並未論及，而爲其工夫論中之一問題，即如何使現有之心之已發，契合于未發之性理，而致中以致和之問題。朱子實先對此問題，已有定見，乃繼而作此仁說。朱子之對未發已發之定見，則今又當由程門以下，對工夫問題之討論次第說來。

六　程門之工夫問題及延平之觀未發

大約自明道以其天資之高，學養之粹，指出聖人之心普萬物而無私，仁者之渾然與物同體；後之學者即嚮慕于此境。伊川承明道而言「百理俱在，平舖放着」、「性即理」、「冲漠無朕之中，而萬象森然以備」，以說聖人之心之寂然不動、感而遂通，其心之所發者之無不中節；而後之學者即更欲求有一當下之工夫可用，以使其心之所發，亦能中節，以識得此心之仁體，而直契于聖人之心。由二程以降，諸儒者之言之異，皆不在此一究極之理想上，而唯在工夫之討論上。上述之龜山、上蔡就疾痛民隱知覺識仁，皆是即生活中之事上識仁之工夫。然識仁只是知一大本，如何使人行于達道，使發者皆中節而合乎中，則問題又進了一步。對此問題，人如只于其已發處，知有過不及，而自求合乎中，乃一般之省察克治之功，此尙只及此問題之淺的一面。此問題之深的一面，則爲關連于所謂未發之中之問題，如呂與叔、蘇季明與伊川所討論者。此一未發之中之問題，吾意在根柢上初乃一「如何在人之意念行爲未發之先，用一工夫，使所發意念行爲，皆自然中節，如聖人之從容中道」之問題。因性即道即理之義，旣由明道、伊川而立，則學者之意念行爲之發，自理上看，原亦未嘗不能如聖人之發而中節，恰到好處。因在理上看，本來是「即事即物，無不有個恰好底道理」……程子所謂「以道言之，無時而不中」是也。此理旣即吾人之性，則吾人之意念及行爲之發，固亦當原能「無時而不中」也。然此在道理上性理上看，當無時而不中者，何以自事實上看，有時而中、有時而不中？何以自性理上看，人所當能，而實際上又不能表現于其心之所發，使其一一皆中節？則此問題全在人之工夫。此一工夫之一問題，自橫渠、明道、伊川以來，原有一思想線索：即視此人之所發，其所以不中節，原于氣質之昏蔽，及有私欲亂之；而對治之工夫，即在求去此氣稟物欲之雜。此一工夫之在發後用者，即上所言之對其發之過不及者，加以省察克治，而自求合乎中之功。此乃自昔儒者之公言。然自濂溪、橫渠、明道、伊川以降，言此省察克治之工夫，則皆是要人在念慮之微之幾上用工夫，自導其過不及之心氣之始動、生命之氣之始動，以返諸正。此一在念慮之微之幾上、心氣之始動上，用工夫，已較一般省察克治，恒在情欲已肆，行事已成後，再加以強制者，其效爲深切。然此省察克治，仍畢竟是在念慮已發，心氣已動後用。只依此言修養之功，即仍非正本清源，以使所發者直下無過不及，自始無氣稟物欲之雜之道。又凡人尚須從事省察克治之功者，即其尚未達于聖人之不思而中、不勉而得、從容中道之境之證。聖人之從容中道者，乃其心之所發，自始即循理而發，由中至外，直道而行。如濂溪所謂「靜虛動直」，「靜無而動有，至正而明達」，橫渠所謂「聖人之動，無非至德」，「有感無隱」（正蒙天道），明道所謂「聖人之言，冲和之氣也，貫澈上下。」（遺書十一）伊川所謂「不勉而中，即常中；不思而得，即常得，……自在道上行。」（遺書十五）此皆同謂聖人之「從容中道」，「直道而行」，更不待曲折之工夫。一般人在念慮行爲已發後之省察克治，即皆曲折之工夫，而非所以直契于聖人之境，而自求其所發，如聖人之直發而中節之工夫也。然學者既原非聖人，如何能有一工夫，使此由未發至發、由中至外，亦爲直道而行，更無曲折，即一至難之問題。對此一問題不能善答，聖人即終有不可學之處，仍將或不免歸于漢儒以聖人爲天降之說。濂溪、橫渠與明道，皆言聖人可學而至，而伊川更言「生而知之，固不待學，然聖人必須學。」（遺書十九伊川語）聖人必學而至，而此學又必須學到「不思而中、不勉而得、自然中節，更不學不慮」，便是一至切近、至深遠，至莊嚴而亦至難答之問題。乃整個宋明儒者共同之問題，而亦貫于宋明理學思想史之發展中者。對此問題，人即心知其答，言之亦難盡善，而聞者亦不必相契。于是而有種種問、種種答。伊川對此問題，或已心知其答，然就其對學者所答之語言上看，則伊川之答，亦明未能盡善。蓋伊川之言只及于「聖人之發而中節，乃依于其中之性理，雖未發而寂然不動，亦原能感而遂通」。此言自善。然于學者之如何能有「如聖人之寂然不動，感而遂通」之工夫，則伊川之言，即有使人難明者。學者要如聖人之感而遂通，無不中節而常中，必須其未感未發時之性理之在其心，亦同于聖人，然後可發而中節而常中，以常在道上。然在人未感未發時，對此性理之在其心，似無工夫可用。因此性理之在心，而又初無過不及、無時而不中。即此「中」原在，自不待求；又此「中」既未發，亦無「中」可求。故伊川答蘇季明之問，首言不能于未發前求「中」。人于此如求「思」此「中」，「思」便仍屬已發。故謂「善觀者唯于已發之際觀之」，此亦同于謂未發不可思，亦不當觀而不可求。此發此思，皆屬于動。伊川嘗謂知覺亦是動，又言先儒以靜見天地之心爲非是，蓋不知「動之端，乃天地之心也。」（伊川易傳卷二復卦，又遺書十八答蘇季明）是見伊川以于此未發之性理，實無工夫可用也。然對此一：「如何使學者之在中而原無時不中之性理」，能表現爲「中節之發以成爲聖人」（註）之一問題，又仍應有一

註：此語中有三個中字，有三義：一是自性理之未發在心中說。朱子答林澤之（大全卷四十三）所謂只喜怒哀樂不發，便是中是也。此「在中」之「中」，是自存在地位說。二是自此在中之性理全體之「無過不及亦無所偏倚」而稱爲「中」，此中是伊川與呂與叔書所謂「用以狀性之體段」者。朱子承之，謂「中不可直謂之性」，而非呂之「以中爲性」之說。此「中」只是一價值義之狀辭，而用於性理之全體自身者。此即朱子答林澤之書所謂：「未發之中，以全體而言也。」三是中節之中，即表現爲合理之「發」之中。此合理之發，即朱子此書所謂「時中之中，以當然而言也。」此時中即和。有此和則在中之性理，亦表現於其中。故伊川謂「和」則「中」在此中，此和即中節。此中節之中，乃對「發」之合理之狀辭。至於伊川所謂中在和「中」之中字，則又是自第一義之「在中」之意言，此三義須分別清楚。而隨文領取。

工夫，伊川乃于此言「于喜怒哀樂未發時，涵養便是」。何謂涵養？伊川言「涵養須用敬」，又謂「不愧屋漏，是持養氣象」。此同于明道所謂：「敬而無失，便是喜怒哀樂未發之謂中。」總此所言以觀，則此伊川所謂涵養之工夫，似只在「持敬而無失，以應合于在中而未發之性理」上。此持敬而無失之工夫，似仍屬于心之思，心之已發上之工夫。此亦不悖乎其言心皆已發之旨。然于此吾人却不能不有一問題，即：如心皆已發，敬而無失之功，只是應合此在中而未發之性理，則此應合，便只是以已發「遙契未發」，而非「直契未發」之一當下之應合。又此敬而不失，只表示一消極的不違理，便亦只是一消極的應合。然只由此消極的遙契的現前所有之一應合，如何可眞包涵得此性理，培養得此性理，以使之能繼續的、直接的、積極的表現于中節之「發」之中？仍是一問題也。

對上述之問題，人之工夫如要鞭辟近裡，明似待于此心之積極的或正面的求直接契入未發之性理之自身，然後能使此性理緣此契入之工夫，以有其積極的繼續表現于中節之發之事。故後此之楊龜山、羅豫章，至李延平，即更發展出一觀未發氣象之說。此說蓋合伊川所謂「喜怒哀樂未發時，涵養便是」，及蘇季明所謂「靜時自有一般氣象」二言之意，而更直以「觀未發氣象」，爲伊川所謂涵養，或代伊川所謂涵養，所成之說。朱子對此說，于其與何叔京書嘗謂：「人之于靜中體認大本，未發時氣象分明，即處事應物，自然中節，此乃龜山門下相傳指訣」云云。蓋延平嘗自謂觀未發氣象之言，本之羅豫章，而龜山嘗謂「于未發之際，體所謂中。」（朱子大全四十三答林擇之）故朱子謂爲龜山門下相傳之口訣也。然朱子斷自龜山，即見此初非伊川之教。而龜山之言體所謂中，如何體法，其意亦不明。而豫章之告延平此言，亦未必如延平之以此爲根本工夫，則謂此爲延平之說亦可。今按延平此說，蓋明有進于伊川之言。此因伊川之未發，只指性理，對此未發之性理，應無觀等工夫可用；伊川亦明謂：「善觀者于已發之際觀之」，未言觀此未發氣象也。吾意延平所謂觀未發氣象之工夫之所以立，蓋即因其欲求直接契入未發之性理之自身。此工夫之實際，蓋不外自收斂吾人之心之發，以還向于其所自來之未發，即觀其氣象；冀由通此一未發已發之隔，而開此未發之性理之呈現之幾；則可「實見是理」，「卓然見其爲一物，而不違乎心目之間」(宋元學案豫章學案附延平答問)而其後之發，自亦易自然中節矣。然在此工夫之實際上，人所爲者，唯要在收歛或靜歛其心之發，以還向于未發，固亦不必有特定之物或理爲所觀，此所觀者可只此渾然的未發氣象。然觀得此未發氣象，則此觀之之心，即無偏倚，而開得此性理之呈現之幾，並使發而中節之事，成爲可能，而此亦確是一新工夫論也。

七　胡五峯之重已發上之察識與朱子對未發問題所經之曲折

至于對胡五峰之思想，則上章已言其以性爲未發之體，心即性之形、性之用，而心之涵性，乃如用之涵體。此以心涵性之心體，唯在聖人分上，乃感而遂通，而又寂然不動者。此蓋因在聖人分上，其發乃無不中節，即心即道之故。至在衆人，則與聖人雖同有此未發之性，而其發，則不能眞感而遂通，復寂然不動。（註一）故五峰以寂然不動，非狀性之辭，而爲狀心之辭（註二）。聖人之所以爲聖人，不在其感而遂通，而在其感中亦恒寂然不動。人欲求達聖人之心之寂然不動之境，亦不待反求之于未發之性理，故觀未發之性理，亦不能爲工夫。工夫唯有在心上用。吾人之心之所發，雖不能皆中節，感而遂通，又寂然不動；然要有其發而中節處，容吾人之加以省察，以自求自識其感而寂之心體。此其爲教，乃純本伊川所謂善觀者就「已發」而觀之之旨而來。然其以寂然不動狀心，而不以之狀性，則大有別于伊川之以寂然不動狀性者。五峰以察識爲先而後存養，亦不同伊川言涵養工夫之

註一：朱子語類九十五「南軒言喜怒哀樂之中，衆人之常性；寂然不動者，聖人之道心」。此正承五峰之說。朱子下文謂「某看來，寂然不動，衆人皆有是心；至感而遂通，惟聖人能之，是則朱子與胡氏之說之不同也。

註二：宋元學案五峰學案答曾吉甫謂「未發只可言性，已發乃可言心，故伊川云中者所以狀性之體段，而不可以狀心之體段。心之體段難言，無思也，無爲也，寂然不動，感而遂通天下之故，聖人之所獨。若楊尹二先生以未發爲寂然不動，是聖人亦感物而動，與衆人何異？至尹先生又以未發爲眞心，然則聖人立天下之大業，成絕俗之至行，舉非眞心耶？故某嘗以爲喜怒哀樂未發，同此大本，雖庸與聖無異，而無思無爲，寂然不動，乃指易而言，易則發矣。故無思無爲寂然不動，聖人之所獨」。此見五峰之以寂然不動言聖人之心之發。聖人之所以爲聖人不在性，而在此心之發，則學者學聖工夫，亦自常在發處用矣。

要，唯在敬而無失者之消極。五峰所謂察識，要在對現有之心之發處，作正面的自覺反省。此一反省，初步自包括對心之發之正者不正者二端之省察。然觀過可以知仁，則即在吾人對發之不正者之省察之中，亦可反照出心之正面之「發」處，而對此心之正面之發處，加以自覺，以「操而存之，存而養之，養而充之，以至于大，大而不已，與天同矣」，「本天道變化，與世俗酬酢」則感而遂通，亦寂然不動，與聖人同其心體之呈現矣。此即先察識而後存養之工夫，與由龜山以至延平之觀未發之中，由靜斂已發以還向于未發，而重在涵養者明為兩途。朱子之工夫論，初嘗徘徊此二者間，歷經曲折，而後成者。而朱子于此二者，終皆不契，則細察其故，又皆由其不忘此中工夫之弊，而此弊又皆由人之不能無氣稟物欲之雜而來者也。

按朱子答林擇之書，嘗言于延平之說，所以不同，遂不復致思，而自嘆其辜負此翁（大全四十三）（註）當延平在世，朱子已欲將觀未發氣象之說，與已發處察識而存養之說，合而為一。此即無異欲

註：朱子答呂士瞻書（大全卷四十六）：「舉程子涵養於未發之前則可，求中於未發之前不可，李先生當日功用，未知於此兩句為如何，後學未敢輕議，但當只以程先生之語為正」。則朱子固明於延平之說，疑其非是。語類卷百三：「李先生當時說學，已有許多意思，只為說敬字不分明，所以許多特無捉摸處。」又語類九十六嘗謂：「驗乎未發之前，不得其道，則流於空。」今按王懋竑朱子年譜考異卷一三十歲及卷三五十九歲，記朱子與延平之同異甚詳。

會通延平與由其友張南軒所聞于胡五峰之說。如延平答朱子書言：「來諭言仁是心之正理，如胎有包涵，其中之生氣，無不純備，流動生發，自然之機，無頃刻停息，憤盈發洩，觸處貫通；體用相循，初無間斷，此意推擴得好。」（**註**）此所述朱子書中之意，與朱子初答張欽夫所言畧同。朱子又答張欽夫書曰：「所謂凡感之而通、觸之而覺，蓋有渾然全體、應物而不窮者，是乃天命流行，生生不息之機，雖萬起萬滅，其寂然之本體，未嘗不寂然也，所謂未發，如是而已。夫豈別有一物，限于一時、拘于一處，而可以謂之中哉。天理本眞，隨處發見。雖汨于物欲，流蕩之中，而其良心萌蘖，亦未嘗不因事而見，學者于是致察而操存之，則庶乎可以貫乎大本達道之全體，而復其初矣。」次書又謂「自今觀之，只一念間已具此體用，發者方往，而未發者方來，了無間斷割截處……龜山所謂學者于喜怒哀樂未發之際，以心驗之，則中之體自見，亦未爲盡善。大抵此事渾然無分段時節先後之可言。今著一時字際字，便是病痛……。」再一書義承前書曰「通天下只是一箇天機活物，流行發用，無間不息，據其已發而指其未發者，則已發者人心，未發者皆其性也，亦無一物而不備矣。夫豈別有一物，拘于一時，限于一處，而名之哉。即夫日用之間，渾然全體，如川流之不息、天運之不窮耳。此所以體用精粗動靜本末無一毫之間，而鳶飛魚躍，觸處朗然也。存者存此而已，養者養此而已。」據此以觀，此一階段之朱子之思想，乃一面承認伊川至延平所謂未發者之在中之義，亦有伊川所謂心爲

註：此朱子與延平書不見朱子大全，今所引者，見胡廣所編性理全書。

已發，而時時發之旨，再有明道所謂渾然一體者，無時不流行于此之發中之旨。此其所見，已大進于龜山所傳，于一時一際，別觀未發之說。謂「一念之間已具此體用，發者方往，而未發方來，了無間斷」，「發者是心，未發者皆性」，即謂：人可自當下一念之心之發以見性，亦舍此心之發處無以見性，更無用工處。故朱子此時亦謂，「若不察于良心發見處，則渺渺茫茫無用工處」。此即可通于五峰之察其良心之萌蘖而操存之之旨，即五峰之由察識而存養之說。此其所悟，亦可謂能貫通二程以來已發未發之隔，于一念之間，即知所用工之處，「可以貫乎大本達道之全體而復其初」矣。然朱子又終悔其當時之說者，又何也？

朱子對其說之悔悟，見于答張敬夫又一書。（**註**）其言曰：「日前所見，累書所陳，只是儱侗見得大本達道底影像，却于致中和一句，全不曾思議。蓋只見得個直截根源、傾湫倒海底氣象。日間但覺爲大化所驅。如在洪濤巨浪之中，不容少頃停泊……以故應事接物處，但覺粗厲勇果，倍增于前，而寬裕雍容之氣，畧無毫髮。而今而後，乃知浩浩大化之中，一家自有一個安宅，正是自家安身立命主宰知覺處，所以立大本行達道之樞要。」觀此朱子之悔悟之言，其自謂前日儱侗見得一大本達

註：朱子大全卷三十二，編此書于上段所引「通天下」一書之後。王懋竑從之，而以通天下一書代表朱子後來之見。然細察朱子文集之通天下一書中所謂前書，正指上頁所引「所謂凡感之而通……」一書，而內容亦與之相近。至於此書首用「累書所陳」之句，又以主宰知覺處爲安宅，即不復只重心之發用，而亦更近其最後所歸之以「思慮未萌、知覺不昧」言心之未發之體之旨。固宜爲後出也。

道之影像，則于「未發之體之大本」，「已發之用之達道」二者之間，當有一通處，非其所悔悟之核心。此核心乃在其前書于致中和一句未嘗致思。此即全是一工夫上之問題。所謂致中和之問題，在當時即：如何致「未發之在中而無偏倚」之性理，以見于「發而中節」之「發」之一問題。依此一問題，人便不能直下緣未發之體之生生不已之機，而任其不容已地發；而應在未發已發之間，有一斷制，即：在未發上應有一事先之工夫。否則所發者，即只是隨氣之鼓動而發，不免挾湫海之泥沙以俱傾，隨氣質之粗猛以俱行，無寬裕雍容之氣象矣。此中之病根所在，則亦正不外人原有氣稟物欲之雜于氣之鼓動之中，與天命流行，生生不息之機，可俱起俱行；故不于已發未發間，有一斷制，于未發處無一工夫，必不能保其發之不雜不偏也。按朱子後與林擇之書（大全四十三）嘗言「事物未至，固已紛綸膠擾，未發之時，既無以致夫所謂中；而其發必乖，又無以致乎所謂和。」則人欲致中而致和，必須于事物未至時，先有以自去其緣于氣稟物欲之雜而來之紛綸膠擾，然後可以言發而不乖之和亦明矣。此則正爲朱子之悔悟之核心所在也。

朱子悔悟後與欽夫書，言浩浩大化之中，有主宰知覺處爲安宅。然此主宰知覺處是否即指宋元學案所定爲中和說三，所謂「思慮未萌，知覺不昧，一性渾然，道義全具」之心體，亦是一問題。按朱子後來答石子重書（大全四十二）「謂大化之中有個安宅，此立語固有病，然當時意思，卻是要得見自家主宰，所謂大化，須就此識得，然後鳶飛魚躍，觸處洞然。但泛然指天指地，便是安宅，安宅便是大化，却顢頇𩎓侗，非聖人求仁之學也。」此書自言其當時意思，却是要見得自家之主宰知覺處，此即不以大化爲主，而以主宰知覺處爲主；即已趣向在：一不爲大化所濫之心體爲安宅，而有進于其前之即渾然全體之大化爲安宅者。大約在其與欽夫書，雖言大化中有安宅，即安宅以識大化，而二者之間，仍未簡別開，故曰有病。必至中和說三明白分開動與靜，寂然與感通，未發與已發；于未發只言一「思慮未萌、知覺不昧、一性渾然、道義全具」之心體，方爲眞正之不爲大化所濫之安宅，而爲朱子之歸宗義也。

原德性工夫　朱陸異同探源（中）

——朱子工夫論辨析——

一　朱子言心之未發，及呂與叔之言心，與相應之涵養工夫

此上所提及之朱子所歸宗之義，如純理論地說，要在由此以肯定人心之有寂然不動，靜而未發之心體，乃不如伊川五峰所言之全是已發，亦不如五峰之「以聖與庸之所同在未發，無思無爲、寂然不動，而又感而遂通，乃聖人之所獨」之說。朱子乃視此寂然不動，亦即吾人之未發之心體，而與聖人同有者。此即更將未發與寂然不動二者，再合而爲一，而轉類于伊川之言。其與伊川不同者，則在朱子于此所謂未發之性，亦不只視爲一不發或未嘗發，而明言其爲此心體之內容。程子所謂直以狀性之德性之體段之「中」，（遺書未發問答）朱子固亦承之以狀性理之「渾然在中，亭亭當當」，「未感于物，未有倚著一偏之患，亦未有過不及之差之體段。」（大全四十三答林澤之）然此狀性理之體段之「中」，已不復只是直狀性理之自身，而是狀一「屬于心之性理」或「心之性理」之體段。朱子仁說之所以說仁爲愛之理、心之德，亦正依此心體涵性德之義，然後能說。本此心涵性德之旨說未發，則

所謂未發，只是心未嘗有接物之思慮之謂，而非耳無聞，目無見（註一），心也俱無之謂。故依朱子意，于伊川所謂「靜中有物始得」（註二）之此「物」所指，應亦非只是一性理，而是一「思慮未萌、知覺不昧之心體」。此正同呂與叔所指爲中與未發之「昭昭自在」之心體或本心。（註三）而朱子于答呂子約書（大全四十七）乃明點出：「心之有知、目之有見、耳之有聞」之一等時節，以與「心之有思、耳之有聽、目之有視」之一等時節，相簡別。前者爲未發，後者爲已發，即皆是在有心處，分別未發與已發。即已大不同于伊川五峰之只以未發已發分別心性之言者，而與叔之言，則正爲朱子言心體之近宗，黃梨州宋元學案于與叔學案謂：「朱子于程門中，最取先生」，非妄說也。

關于已發、思、與動之三名之涵義，在伊川五峰，蓋與朱子不同。朱子已發未發說，亦嘗謂「程子之已發，指心體流行而言，非指事物思慮之交」，又謂「伊川所謂動，只似活字。」（語類九十六）而程子所謂思，亦或只如孟子之言「心之官則思」之思，則朱子所謂知，亦即相當于伊川所謂思。伊川所謂「心有指體而言者，寂然不動者是也。」此所謂心之「體」之本意，蓋只指此未發之性理；而心之自身，則指緣此性理而發用，以感而遂通處說。故凡心之有思有知，皆是發、皆是動，而此心之發之動中，即有此性理之內容，表現于此動此發之中。則亦是心涵性理以爲一。于是伊川所謂心，亦可只有如朱子所謂之「心體之流行」，或「知覺不昧」之狀態，並無所謂「思慮之發」者。若以上之解釋爲是，則亦可調和伊川與朱子之異。觀程子言主敬涵養之旨，亦實與朱子之言主敬涵養之旨無別。故朱子于伊川之言主敬涵養者，亦從未有疑也。又若以上之解釋爲是，亦可多少調和朱子與五峰之異，因五峯之所謂「心爲已發，動則心」，此發此動之原始義，亦即心體流行或心之能表現此性，或形此性言，非必指事物思慮之交之發也。

註一：大全三十答張欽夫「問者謂當中之時，耳目無所見聞，答語殊不痛快。」語類九十六「謂耳無聞、目無見之說，亦不甚曉。」皆朱子不以伊川言在中者爲所不見之說爲然之證也。語類九十四謂伊川解艮其背爲「止於所不見，」此所謂不見，蓋即指在中之性理而言，而朱子謂「如此說費力」，而謂「止只是所當止」，亦即見朱子乃以「止於不見而在中之性理之說」，爲不然也。

註二：對伊川所謂耳無聞、目無見之靜中有物始得，朱子初亦嘗以此靜中之物爲太極或理（語類九十六洽錄），或見聞之理（九十六去僞錄）；繼又謂其即指知覺，如鏡中之光明（九十六文蔚錄）。此蓋隨朱子之所悟，而前後之解釋不同。依伊川本旨，則當謂直指性理爲是。伊川答語中固有見聞之理之一名也。若謂之爲指心體之流行，則是朱子以其後來之見，釋伊川之意也。

註三：朱子固嘗辯呂與叔以中之一名指性，及以赤子之心爲未發之非，（語類九十七）然於呂氏之「未發前之心體昭昭自在」之旨，則實加以承認，故謂「呂說大概亦是」。又二程遺書程氏經說卷八，有中庸解一篇，據朱子語類卷六十二及九十七，謂聞之龜山，此文實是呂與叔所著，而此文則爲朱子所稱。今按此文即以未發爲本心，本心無過不及爲言。此文所謂本心，亦即其與伊川問答，所謂「昭昭自在」之心也。語類九十七又謂陸子靜力主此文爲眞明道之書，朱子謂「某所聞甚的，自有源流，非預說也。」看來朱子確有據而說。然象山所以爭此文是明道著者，亦正因此文言本心正與象山之旨合之故。朱陸同契於呂與叔之言心體，而朱陸之通郵，亦在此與叔之學，此世之所忽也，觀本文下篇自明。

上段文依朱子與伊川五峯三賢用名之異，以調和三賢之說。此只是一就三賢之言之密義上作一調和。若就三賢之明顯的立義用名上看，則依朱子之立義用名爲標準，便仍當說伊川與五峯，未嘗能辨別心在事物之交之思慮、與心體流行或心自身之知覺不昧，其二者之不同；若于此二者，皆同稱之爲動爲發，則有用名不清之失。緣此用名之失，即勢必對心在事物之交之思慮上之工夫，與存此心之知覺不昧之工夫，亦缺少了一辨別。缺此辨別，則涵養致知之功，亦可相混濫，而二者輕重先後，亦不明。故五峯乃以察識爲致知，並主先察識而後存養；唯存養之功，至于與天同大，乃能有聖人之感而遂通，寂然不動之心體之呈現。然朱子則必辨此二者之別，並以吾人有此未發之心體流行，即見其寂而能感；而工夫之本，則在自覺吾人之有此心體，而涵養之。至于五峯言已發後之察識之事，固於伊川之論有所進。然依朱子之立義用名，仍當說伊川五峯只以心爲已發之言，爲有所未足，而五峯之已發後之察識，乃第二義以下之事也。故朱子已發未發之說一文，調和其與伊川之異之言，仍不如其與湖南諸公論中和書，逕謂此心爲已發，乃伊川爲說之誤，較爲直截了當也。但此書中，又言伊川自以爲未當而改之，此則仍是曲爲調停之論。朱子之謂伊川已改其說，其證據亦不充分。又更不如吾人之逕言朱子之言心有未發而又寂而能感之言，已有所進于伊川五峯只以心爲已發之言，爲合乎事實也。

然朱子之言有此未發而昭昭自在之心體，其要義不只是純理論的講心有如此如此之一面，其意乃在由此即可開出一工夫論，以免于氣禀物欲之雜。因依此心之有此未發之體，此心體中原有一性渾然之不偏體段在，則存得此心，人即可免于一氣質之偏。此心爲知覺不昧者，則存得此心，便可免于氣質之昏。又此心中尙無接物之思慮，則此中亦無人欲，故存得此心，亦免于人欲之雜。于是，主敬涵養之工夫，在朱子即皆所以存得此心。由是而學聖之工夫，即非如蘇季明之如何去思一未發之中；亦非如呂與叔之于「赤子之心之發而未遠乎中」上求中；再非如李延平之靜歛已發之心，以觀未發之氣象；復非如五峯之即心之所發，而察識其心之道之性，由已發透入未發而存之；而是：即以此現有之「未有思慮，而知覺不昧，一性渾然，道義全具之心體」之自存，爲一切工夫之本。依此工夫，人不須離心以求未發，觀未發氣象，故非溺于虛靜；又非只在發處察識，故不隨于動。此靜中之工夫，確乎有心體之昭昭自在，可緣之以感物有思慮，故靜而能動，亦動而能靜；寂自能感，亦感而能寂。此即朱子之所以進于伊川之只觀已發，不免于「反鑑」之弊者。（**註**）然其精切之義之存在，則又不在有此一知覺不昧之心之本身，而在此心能長保此知覺不昧，則人得自拔于其氣質之昏蔽與物欲之雜之外，使在中而無偏倚之性理，更能呈現，以發而中節，則得漸契于聖人之不思而中，不勉而得之境

註：語類六二：「楊呂諸公求之於喜怒哀樂之未發，伊川又說於已發處觀，如此則全無未發時放下底。今且四平着地，放下要得平帖，湛然無一毫思慮，及至事物來時，隨宜應接，當喜則喜，當怒則怒。喜怒哀樂過了，此心湛然者，還是未發之一般。方是兩下工夫，若只於已發處觀，則發了又去尋已發，展轉了一層，却是反鑑。」

矣。此中，朱子言根本工夫之要點，在對性理本身無工夫可用，對心之本身亦無工夫可用，工夫只在「如何使此心爲一能呈現性理，以有其中節之發」。此卽不外在由主敬涵養，以使吾心湛然精明，不爲氣稟物欲所雜，使渾然之性理，粲然于中；而更輔以格物窮理之事，以使此心恒得超于物欲氣稟之上，而唯向在理，藉外窮物理之學，以更明性理而已。（註）本此朱子之工夫論，以觀彼求當下之心之外之未發，或在已發後察識者，則開始點已離心之本位，不能無偏，而氣質之偏蔽，亦將隨之而至。至于在接物而有思慮之發處察識者，依朱子觀之，此發處卽原有氣稟物欲之雜，與之俱行；察識本身爲一發，則同不能免于此雜，亦不能免于此察識之不精。更緣人之察識，又可使人把捉其心之私欲，緣之以起。此卽朱子之所以終必大反五峯以察識爲本，再事存養之學，與一切由心之所發以識心，更反求心體之論者也。

二　胡五峯言察識之精切義與其「卽心以成性」之統體的歷程之說

此下將及朱子對胡五峯言察識之說之評論，以見朱子之所以有反對五峯之論，純由鑒于人心之所發，不能無氣稟物欲之雜，而五峯之言，在朱子視之乃未嘗眞注意及此雜之一問題者，放五峯亦未知

註：大全八十「理雖在我，而或蔽於氣稟物欲之私，則不能以自見；學雖在外，然皆所以講乎理之實；及其浹洽貫通而自得之，則又初無內外精粗之間也。」（稽古閣記）此卽藉外窮物理之學，以內明性理之旨也。

在察識之外，重對治此雜之涵養主敬及致知窮理工夫也。

玆按胡五峯言察識，正上承明道、龜山、上蔡、重識仁之旨而來，而其言又更爲精切。如以識仁之一問題而論，明道龜山之以識得我與天地萬物同體之義爲言，或可謂對一般學者爲太高，無捉摸處而不切。然五峯于此，則有指點人如何反省以從事此察識，而切合學者之當下工夫之論。如知言載彪居正問：「萬物與我爲一，可以爲仁之體乎？曰，子以六尺之軀，如何能與萬物爲一？曰身不能與萬物爲一，心則能矣。曰人心有百病一死，天下之物有一變萬生，子若何而能與之爲一？居正竦然而去。他日，某問曰：人之所以不仁，則以放其良心也。以放心求心可乎？曰齊王見牛而不忍殺，此良心之苗裔，因私欲之間而見者也。一有見焉，操而存之，存而養之，養而充之，以至于大，大而不已，與此天同矣。此心在人，其發見之端不同，要在識之而已。」（宋元學案五峯學案）

按此段文之前一部份，即謂天地萬物爲一體之言，學者或難湊泊。然下一部份，即指出人總有與物相感，而見其仁之流露處，便可于此察識，而自覺之，更加存養，即是一當下工夫開始處。由此存養擴充，以極其量，即可心與天合。此即明較明道、龜山言之渾淪者，更切于學者之用功，而無朱子所言之「太高」，學者無從捉摸之病者。又上蔡以知覺爲仁，朱子以爲或不免認欲爲理之弊。因知覺爲心之所發，乃連于具體事物者，而人之物欲或私欲，即可與原于仁而起之知覺，互相夾雜。然上引一段語，五峰乃要人于私欲之間，見良心苗裔，即要人于私欲中揀別出良心，故五峰又有「天理人欲，同體而異用，同行而異情，進修君子，宜深別焉」之語。五峰之爲此一言，亦是有見于人之自謂出于天理者，或不免夾雜有人欲行于其中，乃與純出于天理者，行同而異情。故當自察識其動機之出于天理或人欲。此即意正在醫治人之認欲爲理之病。朱子亦嘗謂「胡子之言，蓋欲于天理中揀別得人欲，于人欲中揀別得天理，其意甚切。」此外五峰又有觀過知仁之說，亦即欲由人之自觀其過，而由其知過之心，以自知其仁。此乃更于「知過、知人欲之心」之上，識得仁或天理之一近思之方，其意亦甚精切。然朱子之終不契于五峰之言察識及言心性等者何也。吾人如細觀朱子之所以疑于知言之旨，其中有似純屬于對心、性、情、天理、人欲等名義之界說者，但歸根則在朱子之以察識之工夫爲有弊，亦不足爲本源上之工夫；而此弊則又皆由人之不免于氣稟物欲之雜，而察識之工夫又不足以救此弊而來者也。茲分言此二者于下：

所謂關于心性情等之名義之問題，即依朱子之意，性或天理，可稱爲體。性理爲決定是善，心則統性與情，而爲氣之靈。才、欲、則後于情而有。人欲則由人心昧于天理、或心之不存天理而起，故直接無根于天理之善。此諸名之義，皆各有分界，不可相亂，亦不能直下皆一以貫之而說。然在五峰之意，則以心體之一名，兼涵心之道與性，及心之知或覺；人欲與合天理之行，即同此一心之所發，天理與人欲二者之差別，在一是依「仁者心之道」以好惡而發，一依己私以好惡而發。此差別在心之好惡之情所依者之爲道或爲己私之不同，故亦可連貫一心而說。又在五峰意，心之性必由心而形，而表現于「好惡以道」之情。唯在人好惡以道時，此性乃得表現而完成，故此好惡亦即性。然人眞欲好惡以道，使其情與行皆合天理，自必當對「好惡以己私」之「人欲」加以省察而去之，而對其爲天理者，則當識得而存之，此即心之察識。此心之察識，亦即「心之對其所發，更加以主宰，以成其性」之一統體的歷程中之最重要之事。在此統體的歷程中，「本天道變化，與世俗酬酢，參天地，備萬物」，亦有其才、有其術。此中雖無私的人欲，亦有本其合天理之欲，以求主宰所接萬物之事。此才、此術、此欲、以及心之知天地宰萬物之事，亦同爲包涵于此心之成性之統體的歷程中者。由是而五峯有「聖人不病才、不棄術、不絕欲」之言，又有言「心者知天地，宰萬物以成性」之語。此中，當心之表現爲天理人欲之相對之階段，雖明有善惡之相對；然自此心體上看，却初無此相對。又自此心之能在二者間加以深別，以去其人欲之私，使其情、其欲、其才、其術，皆爲天理之所貫澈流行言，亦無此善惡之相對。此蓋即五峯以心之性非「與惡相對之善」之可名，乃謂性善爲讚嘆之辭之本旨。然此心性無善惡，天理人欲，同體異用，及心以成性之說，則同非朱子之所許。蓋朱子依其心性情才欲諸概念之分別，先界定性理爲善，心爲統性情，性情有別，而才欲又後于情而有，人欲乃欲之一種，非直根于心體；則固不能應許此心性無善惡，心以成性，天理人欲同體異用之言。故朱子亦嘗逕以「名言之失」評五峯也。（註）

註：朱子疑胡五峯之言，主要見大全七十三知言疑義、又大全卷三十五答劉子澄、卷四十二答胡廣仲、卷四十六答胡伯逢、及語類卷百零一評胡五峯處。

三　五峯言名義之失，與對治氣稟之雜之工夫問題

然吾人于此如更自深處，追問朱子之所以疑于五峯之言之故，則根柢唯在朱子之不許人之本此一「直上直下之即心以成性之統體的歷程」，以言學者之聖賢工夫。對此一歷程，應先可分爲段落，以看心之性之如何，心之是否成性，天理人欲之如何由好惡以分；而後存理去欲之工夫當何處下手，可得而定。依朱子之義以討論此諸問題，則在心之性之上看，不可言心無善惡；心之是否成性，當看此心是何心，心非必然成性；而心之爲何心，關鍵又在心所連之氣稟；其發之好惡之爲天理或人欲之所以分，關鍵亦在此氣稟。依朱子觀之，五峯于此等等，皆未能識，故只知以察識爲工夫，而未知涵養爲工夫之本。朱子之所以必反對五峯以性無善惡，心以成性，天理人欲同體之說，亦正在五峯之未知此氣稟問題之重要，故不能于此有一相應之工夫；而朱子之能知涵養工夫之重要，亦正在其能知氣稟之連于心性之故也。茲更稍詳之于下：

按朱子之所以反對五峯之心性無善惡之說者，此即因就心之體上看，或就心與其性之本身關係看；吾人皆不能籠統合心性爲一體；而說此二者之關係，又皆不可離人之氣質以言。自心所具之性理言，此爲一善之標準之所在，而其本身亦只爲善者。此性理之善，固初不與人欲之惡爲相對，然不得因其可超于與惡之相對之上，而謂不可以善名之。因其自身雖不與人欲之惡對，然世間既有人欲之

惡，與此性理之表現所成之善，相反相違以相對；則此性理之善，亦有與人欲之惡，爲相對之義，即必當有善之名，以別之，並表此性之本無有惡之善；不能如五峰之以性爲「天地鬼神之奧」，便不可以善名之，而謂此善爲讚嘆之辭，性本無善惡也。依朱子意此性之表現，與性理之自身，「雖有未發已發之不同，然其所謂善者，則血脈貫通」，（全書四十六答胡伯逢）故朱子答胡廣仲又曰：「天理固無對，然既有人欲，即天理便不得不與人欲爲消長；善亦本無對，然既有惡，即善便不得不與惡爲盛衰。……但其初則有善而無惡，有天命而無人欲耳。……孟子道性善只如此說，蓋謂天命不囿于物可也，以爲不囿于善，則非天之所以爲天矣。謂惡不可以言性可也，以爲善不足以言性，則不知善之所自本矣。謂性之爲善，未有惡之可對則可，謂終無對則不可。蓋性一而已，既曰無有不善，則此性之中無復有惡與善爲對，不待言而可知矣。若乃善之所以得名，是乃對惡而言，其曰性善，是乃所以別天理于人欲也，……今謂別有無對之善，此又熹之所疑者也。」（全書卷四十二）至于就此中之心言，心能呈現表現或實現此性理，則爲道心，此心亦只善而無惡。若心之動，違于此道，則爲不善之人欲之心。亦不能言心無善惡。至尅就具虛靈明覺之人心之本身而言，固可謂無善惡。然此人心，在實際上，不上合于天理，即下順于人欲。實際上之心，固仍或善或惡。而此中之關鍵，則在此心之必連氣而說。氣有昏明之別，則心之發，即有違理順理之別。言性無善惡，而兼謂心無善惡，即忘却心之既具此性理、而其所連之氣又有昏明之別。忘却氣之昏明，則亦將忘却所以直接致其明而去其昏之涵養工夫。此即心性無善惡之論，在朱子必視為不可行者也。

知心之具此理，而氣有昏明，心之發有善惡之別；則于心之是否能成性之問題，亦不能一語直說。此「成」如是創成之意，則性理為心所原具，固非心之所創成。五峰謂性為「有而不無」，亦無由心所創成之意也。五峰所謂心之成性，蓋因性乃由心而形著于外，由心而呈現、表現、或實現之義。若然，則在朱子觀之，于性之是否由心而呈現，亦將依心之氣之昏明而定，亦即待于所以致其明，而去其昏之一涵養工夫之有無淺深而定，非此心必能成性，亦非直率此心，便能成性也。今泛說心能成性，則可使人于心之所發者，無論其是依于氣之昏者或明者而發，皆視為可加以直率者，而又將不免忽此一心之未發之際之涵養工夫矣。

至于天理人欲，同體異用之說，謂同一心體之好惡之情，其依于道以生者為天理，其依己私以生者，即為人欲。此在朱子，乃視為直將已發之天理人欲，並平等歸諸一心體之所發之說；此一心體，將兼為此天理之善，與人欲之惡之本源，則心體亦將為善惡雜糅，而兼為人欲窠子矣。此中朱子之評論，固不免于五峰有誤解。因五峰固可說：唯仁為心之道，惟合乎天理之情，乃直承心體而有；人欲之好惡，則此心體之流行之落入己私而有；固非將二者平等的歸源于一心體，為一心體之二幾（**註**）之論也。然五峰即作此辨解，以朱子義觀之，其同體之言，仍有病在。此即五峰之忽畧心之道之呈于心

註：朱子大全五十九答趙致道有圖說明胡氏善惡二幾之失。

之用，必以心之氣爲媒介，而非一由心體而直呈爲用之事。因有此氣爲媒，即有氣之昏明。氣必清明，而後心之發皆合乎天理；氣有昏蔽，則天理不顯于心，而心乃或自陷于形氣之私，以成人欲。人于此，若不知心體之呈用，必連于氣之昏明以言，則不知天理人欲之所以分之關鍵，原不在已發之好惡上言，亦不在心體所具之性理上言，而在此心氣之昏明之能否實現性理上言。故不可以已發者兼有天理之善與人欲之惡之相對，而謂能發此二者之此心體之性，超于此善惡之相對之上，而爲無善無惡；亦不可對此已發之二者之或善或惡，並歸之于能發之之心體，以疑此心體所具之性理之善。當知在此心體之所具上看，「當然之理，人合恁地便是體，故仁義禮智爲體」（**註**），此體上便實只有天理之善，更無人欲之惡與相對，所謂「豎起來看皆善，橫看後一截方有惡」（語類九四）是也。今不知此義，亦即不知使此「渾然之性理，得粲然于心」之涵養工夫，方爲一切工夫之本。于是五峰之此說，若不淪于只觀此心體之超善惡之一種觀心之論，即將歸至：于已發而異用之天理人欲上，更下察識之工夫。此即皆不能于如何使渾然之性理，得粲然于心之問題上着眼；亦不能知：去氣質昏蔽之涵養工夫之切要。此專務言察識之工夫，尤爲朱子所致憾于五峰者。由察識以識心觀心，亦爲可緣重察識而生之弊，乃朱子言之累累者。然此察識與識心觀心之工夫，其弊之所自起，皆由其缺乏平時一段對治氣質之昏蔽之涵養工夫，而人之氣稟物欲之雜，乃隨其所用之工夫以俱流矣。此下再分別評之。

註：語類卷百零一評論胡五峰之學處，方子錄。

四　朱子論只重察識工夫之弊

觀朱子書信中對五峰所傳之重察識，並于察識中，就所識得之合天理者而存養之之論，致疑之點甚多。大要言之，朱子之意是謂：察識之工夫，只及于已發之動，而未及于未發之靜，而「心體通有無，賅動靜，故工夫亦通有無，賅動靜方無滲漏」（大全卷四十三答林澤之）；于此，若只「以察識端倪爲下手處，缺却平日涵養工夫，則意趣偏于動，無復深潛純一之味，而其發之言語事爲之間，亦常躁迫浮露，無有聖賢氣象」（全書六十七已發未發說）此即工夫之有偏，而德性亦有偏，乃不免于氣象之偏，遂不能矯氣質之偏也。若于靜中之未發上無工夫，必待「發而後察，察而後存，則工夫不至者多矣」。「蓋發處固當察識，但人自有未發時，此處便只合存，豈可待發而後察，察而後存耶？」（全書三十六答張敬夫）此即謂要有深潛純一之味，使工夫綿密，必于靜中有涵養主敬工夫。然此尚只是以涵養補察識之不足之言。至于涵養主敬之工夫，所以當爲察識之本者，則以先無涵養主敬之工夫，只言隨事察識，就其「善端之已萌」者，「有所覺知」，以「自得施功」；則不知人未先有存養之功夫，不能有此自得，亦不能有深義之覺知（註）；則其察識亦必不精，更不能保其察識之無

註：大全四十六答胡伯逢即重在以此言察識之非學者所能先事，故於此書中引明道之「人之制怒須先能忘其怒，方能觀理之是非」爲說，人必於觀理之是非，先有一段功夫，地位已高，才能有「此深一義覺知」，「不應無故而自覺」云云。

差謬。故朱子與張敬夫書下文更謂：「初不曾存養，便欲隨事察識，竊恐浩浩茫茫，無下手處，而毫厘之差，千里之謬，將有不可勝言者。」又答胡廣仲（大全四十二）曰：「須是平日有涵養之功，臨事才能識得，若茫然都無主宰，事至然後安排，則已緩而不及于事矣」，故必「未接物時，便有敬以主乎其中，然後事至物來，善端昭著，而所以察之者益精爾。」朱子言在隨事省察，求有所覺知之前，必先有一段涵養主敬，而後方有深義之覺知，善端昭著；即意謂：必涵養主敬，以使心恒虛靈不昧，而後義理昭著，方能察識不謬，而有深義之覺知。是見在朱子涵養主敬之工夫，正即人于未發之際，所以謀自去其氣質之昏蔽之功夫也。

朱子所謂人在未應事接物時之主敬涵養功夫，儘可卑之無甚高論，初不外于「整齊嚴肅、嚴威儼恪、動容貌、整思慮、正衣冠、尊瞻視」，（**註一**）以至灑掃應對進退等所謂小學之功。然此小學之功，正為大學之格物、致知、正心、誠意之本。故謂「誠欲因夫小學之成，以進乎大學之始，則非涵養踐履之有素，亦豈居然以夫雜亂紛糾之心，而格物以致其知哉。」此小學主敬涵養之功，固成童之所當先備，然亦學者一日所不能廢，而當時時以之為主者。（**註二**）此小學主敬涵養之功，不同于察

註一：語類十二。

註二：又朱子大全四十二答吳晦叔，「敬為小學，今者未嘗一日從事於小學，而日必先致其知，然後敬有所施，則未知其以何為主而言格物，以致其知也。」

識以及一切格物、致知、正心、誠意之功者，在其爲先自覺的，亦爲超自覺的工夫。此乃傳統儒者所謂禮樂之教之精義所存。二程更以主敬涵養，即所以致此心之簡靜、清明、高遠，以使理自然明之道。（註）然世之學者于思辨察識上用工夫者，其最難之事，即是由其自覺反省的工夫中，再翻出，以肯定此一先自覺或超自覺的工夫，爲自覺的工夫之本。此一工夫之所以當爲本，正在吾人之先自覺的自然生命中，原有一依于氣質物欲而生之墮性。人之心靈之清明，首賴于此心之有主乎此身之一面，以種種規矩約束此身一面，方能使此心惺惺了了。此種種規矩，有其機械的形式性，然其意義，則純是消極的爲對治氣質物欲之機械的形式而有，其目標只在呈現心靈之清明，使渾然之天理，得粲然于中，則非可訶責。朱子重此先自覺超自覺的工夫，爲一切自覺的格物、致知、窮理、正心、誠意工夫之本，乃意在：面對人之氣禀物欲之雜，而求有以磨鍊銷化之之道，而由下學以期上達。此中不能不謂有一極篤實精切而莊嚴之旨在。緣此以觀只重察識工夫者，唯于心在應事接物之「發」時，方加察識，並于此「覺而操之之際，或指其覺者，便以爲存」，即明爲：前面間却一段主敬工夫；而亦于所以「接之之道，不復致力」；則勢必「一日之間，存者無幾何，而亡者什八九矣。」（全書四

註：二程遺書卷十五「敬以直內，有主于內則虛⋯此道最是簡，最是易，又省工夫」。卷六「涵養到着落處，養心便到清明高遠」。卷十五「一者無他，只是整齊嚴肅，則心便一。一則自是無非僻之奸。此意但涵養久，則天理自然明。」「敬則自虛靜，不可把虛靜喚做敬，人居敬則自然行簡」（遺書十五）

十三答林擇之）至于對五峰之言「就本心發見處察而存之」，可至「與天同大」之言，則朱子知言疑義嘗曰：「今日已放之心，不可操而復存者，置不復問，乃俟異時見其發于他處，而後從而操之，則所操者亦發用之端耳。于其本源全體，未嘗有一日涵養之功，便欲擴而充之與天同大，愚竊恐其無是理也。」（大全七十三）是又見朱子之持敬涵養之工夫，乃純重在將今日已放之心，先收歸自己。放心不返，則氣稟物欲之拘仍在；則即有此心之發用之端，亦只此端之偶見，固難必其可擴充至與天同大矣。

朱子之工夫論，當其反對五峰、南軒之以察識爲本之說時，乃以涵養主敬之小學工夫是第一義，上已詳言之，此即如伊川之言：「入道莫若敬，敬以直內。」至于大學之格物致知以窮理，應是緣敬而來之第二義之工夫（註一）上文亦提及，此正如伊川言：「未有能致知而不在敬者」。至于就臨事時意念之發，從事省察或察識，以是是非非，而免于自欺，得自誠其意，自正其心，以應事物，則應是第三義之工夫，（註二）此如二程之言：「義以方外」。將三者相較而論，前二者皆平日之工夫。其

註一：朱子晚年較不堅持第一第二義之先後，見本文下篇第二節。

註二：此三者中第二者直接對外，間接對內，一與三者直接對內，而有一動一靜，一有事一無事之不同。論程子養觀說：「靜中之知覺，復之所以見天地之心也；隨事觀省，是乃所謂動上求靜，艮之所以止其所也。」（全書六十七）又與胡季隨書言「涵養者，本謂無事之時，常有存主也。省察於將發之際，謂謹於念慮之始萌也；省察於已發之後，謂審之於言動之後也。」（全書五十三）此則又開省察爲二：一在將發，一者已發，然要皆發上之事也。

中之第一，乃直接對治氣稟物欲之雜，以使心湛然清明，足以見理者；第二之格物致知窮理，則意在使心由知物之理，而超拔于物之形氣之上一層次；同時藉理以使其自心，得自位于氣稟物欲之雜之上一層次，而更以此理為其第三義之察識、誠意、正心之所據。此三義工夫，固皆朱子所不廢。然此中之第三義必本乎第二義與第一義，其理由全在第一、二義之能直接針對氣稟物欲。如其言「此心此理，雖本完具，却為氣稟，不能無偏，倘不講明體察，極精極密，往往隨其所偏，墮于物欲之私，而不自知。是以聖賢教人，雖以恭敬持守為先，而于其中，又必使人即事即物，考古驗今，體會推尋，內外參合。蓋必如此，然後見得此心之眞，此理之正。」（答項平父大全五十四）此言第三義當兼以第一第二義為本也。朱子又謂：「當知凡一物有一理，須先明，然後心之所發，輕重長短，各有準則……若不于此先致其知，但見所以為心，識所以為心，泛然無所準則，所存所察，亦何自而中理乎？」（大全三十答張欽夫）此言第三義當以第二義為本也。「近世之識心者，其靜也，初無持養之功，及其動也，又無體驗之實，但于流行發見處，認得頃刻間正當的意思，便以為本心之物，不過如此，如此擎拳作弄，做天來大事，不知此只是此心之用耳。此事一過，此用便息，豈有據頃刻間意思，便能使天下事事物物，無不得其當之理耶！」（答方賓王大全五十六）此即言無持養或涵養與體驗致知，而徒以察識得此心；則其發出之正當者，終不得保存，亦不能應物而皆得其當，以合其正則也。

五　識心之說與氣稟物欲之雜

然朱子之不契于五峰以降重察識之論之理由，除以此非第一義之工夫外，彼復意言察識者，非以「識得事之理、心之理，而更存養之」爲工夫；乃是直接以心爲所對，欲求直接沿心之發用，以見得此心之體爲工夫。以此心識心，以心覺心，以心觀心，求心體，更爲朱子之大忌。朱子意禪學之精神即如是，其疑于胡五峰之察識者亦在是。而其後之攻陸象山，則更純因朱子斷定其學近禪之故也。關于朱子之所以闢禪學與疑五峰攻象山之理由，初看是在說禪之于四端五典之理，不能該備，說心外無法，而實心外有法，（大全卷三十答張敬夫）說象山不務窮理，言察識者不知以窮理爲先；進一步看，則在朱子謂此以心觀心、覺心、識心之說，皆是在心之一時所發之用下工夫，便有裂心爲二之病；再進一步看，則此中有一心之自己把捉，所造成之紛拏迫切，使工夫不能成就；而自最深處看，則此以心識心、觀心、覺心，而加以把捉之者，乃是一私欲；若以此爲工夫，又必不免任氣稟夾雜，一任俱流，如泥沙並下，終成一大狂肆。此中姑不論朱子之疑于五峰而反對禪與象山之處，是否得諸家之眞，然要之其所以反對之故，亦唯在朱子之意此一類工夫中有私欲在，而于氣稟之雜之問題，未嘗正視而已。茲試稍詳以說明之于下：

按朱子早年著觀心說，即意佛家爲主以心觀心者。而朱子于此文中反對觀心之理由，是說心乃「人之所以主乎身，一而不二者也，爲主而不爲客，命物而不命于物者也。故以心觀物，則物之理得。…聖人之學，非塊然兀坐，以守其烱然不用之知覺」；亦實不能更「有物以反觀乎心，或此心之外復有一心，以管乎此心。」又謂此「以心使心，如口齕口，如目視目，其機危而迫，其途險而塞，其理虛，其勢逆。」此即是自心之爲主而不爲客，心之一而不二之義，言彼主觀心者，無異使一心自裂爲二，如「以此一物操彼一物，如鬭之相捽而不舍。」（大全四十七答呂子約）「心有二主，自相攫拏。」（大全五十四答項平父）。此亦即自「勉求觀心使心，無異心之自退自逆，以自迫，而終自塞其心之觀理之用，使理虛」；以言此觀心爲心之自障，而亦障理。朱子于此，尚未嘗言及以心觀心者，果有何所得；更未及于此以心觀心者乃出于私欲之義也。

大約在朱子乃先意佛氏之說爲以心觀心，而本此意以觀胡五峰及他人凡不以涵養主敬致知窮理工夫爲先，而言察識者，即意其說，皆同此一類。故其答張敬夫書（大全三十一）謂「不知以敬爲主，而欲存心，則不免將一個心把捉一個心，外面未有一事時，裏面已是三頭兩緒，不勝其擾擾矣，就使實能把捉得住，只此已是大病，況未必眞能捉得住乎？儒釋之異，亦只于此便分了。如云常見此心光爍爍地，便有兩個主宰了，不知光者是眞心乎，見者是眞心乎？」此即明謂凡不以敬爲主，而言存心者，皆是欲把捉其心之類，而同于佛者。此即包涵五峰之察識之說在內。（註一）　唯此所引朱子之言：此心把捉自己，不必能得，徒生擾擾；亦尚只是自此工夫之不能成就上說　。此外朱子所言同類語如：「以心察心，煩擾益甚，」（答張欽夫）「以覺求心，以覺用心，紛拏迫切。」（答游誠之）「今乃欲于此頃刻之存，遽加察識，以求其寂然者，則吾恐夫寂然之體，未必可識，而所謂察識，乃所以速其遷動，而流于紛擾急迫之中也。」（大全四十七答呂子約）「只要想象認得此個精靈……若日一面充擴，一面體認，則是一心兩用，亦不勝其擾擾矣。」（大全六十四答或人）「這天理說得蕩漾，似一塊水銀，滾來滾去，捉那不著。」（語類百十七義剛錄）「又如水不沿流溯源，合下便要尋其源，鑿來鑿去，終是鑿不著。」（同上）「陸子靜學者欲執喜怒哀樂未發之中，不知如何執得那裏來」（語類百二四）「心不能自把捉，自是如此。蓋心便能把自家，自家却如何把捉得他？」（語類一二〇）皆是言欲由察識心之一時之表現，以求得一寂然之心體或天理之自身，終不可得。然亦尚未及于以心觀心者，果何所得，而謂其出于私欲也。

然朱子雖謂由心之一時之用，求見心之寂然之體，乃不可能之事，而見此心之光影，則在朱子又非以為不可能。如上述之見此心之光爍爍地，或「閃閃爍爍在那裏」，「光輝輝地在那裏。」（註二）

註一：大全四十二答石子重「今人著察識字，便有尋求捕捉之意，與聖賢所謂操存主宰之味不同，此毫厘間，須看得破。不爾，則流於釋氏之說矣。胡氏之書，未免此弊也。」「若欲以所發之心，別求心之本體，則無此理矣，此胡氏觀過知仁之說，所以為不可行也。」（大全四十六答黃商伯）

註二：朱子年譜論學切要語卷二。又語類百十三，義剛錄。

在朱子則又嘗謂之爲「回頭向壁間，窺取一霎時間己心光影，便爲天命之體也。」（大全卷五十答潘文叔）「恍惚些間，見得些心性影子。却不會仔細見得其眞實性，所以都不見裏面許多道理耳。」（大全五十三答胡季隨）「用心太過，意慮泯絕，恍惚之間，瞥見心性之影象耳。」（大全四十五答廖子晦）此即觀心者之所得也。

然此由心之用，而把捉此心，或于此心見一些光影，或見其光爍爍在那裏，不見其中許多道理，畢竟又有何要不得？則追根到底，朱子所言者，正不外說此是一私欲，人不能緣此以去其氣禀之雜而已。何以知朱子乃意此識心、觀心、覺心之說，出自人之私欲，然後反對此說？此可首由吾于原性一文論朱子之道心人心私欲處見之。朱子嘗言：「雖云出自道心，但微有一毫把捉的意思，即未離人心之境；……動以人，即有妄，非私欲而何？自然從容中道，方能是道心。」朱子又言「說識字即有尋求捕捉的意思。」（上頁注引）朱子所謂由「識心」而有一切紛拏迫切，三頭兩緒之感，亦正由此中有一捕捉，而又不能遽得，然後產生者也。此外，朱子又謂佛家之求一死而不亡者，即「于自己身上，認得一個精神魂魄，有知有覺之物，便目爲己性，把持作弄，到死不肯放舍，謂之死而不亡。是乃私意之尤。……改名換姓，自生自死，則是天地性中，別有若干人物之性，性各有界限不相交，更不由天地陰陽造化。」（大全卷四十一答連嵩卿）「豈曰一受其成形，則此性遂爲吾有，雖死猶不滅，截然自爲一物，藏于寂體之中……」「聖賢之所謂歸全安死，亦曰無失乎所以受乎天之理，則可以無愧而死耳。」（大全四十五答廖子晦）「非以實有物，可奉持而歸之，然後吾之不斷不滅等，得以晏然安處于冥漠之中也。」（同上）又曰：「釋氏之不見天理，而專認心爲主宰，故不免流于自私。」（答張欽夫大全三十）「釋氏……欲空妄心見性，惟恐其死而失之，非自私自利而何？」（大全四十三，答李伯諫）由此諸語，足見朱子乃意謂人之求把持此人之精神知覺，求其死而不亡，即是私欲。則一切在人之識心求心之工夫中，對自心之把捉捕捉之意，在朱子自必視爲出自私欲。朱子之所以反對此等識心之說，亦唯因其意謂此中人有私欲之雜，亦明矣。大率，在朱子之意是：凡言識心者，重在識心，而不重由涵養工夫，以使心足以見理，更由格物以窮理，即無異視理爲外，而不求知，便同于告子外義之論（註），而人亦不能升至氣稟物欲之雜之上一層次；于是氣稟物欲之雜，即與此識心之工夫，夾雜俱流。故曰：「古之學者，所貴乎存心者，蓋將推此以窮天下之理；然今之所識心者，乃欲恃此而外天下之理。是以古人知益崇而論益卑，今人則論益高，而狂妄恣睢也愈甚；則于義理之精微，氣質之偏蔽皆所不察，而其發之暴悍狂率，無所不至；其所慨然自任，以爲義之所在者，或未必不出于人欲之私。」（大全五十六，答方賓王）

由此上所引朱子之言，可見在朱子之意，此識心之敎，即未嘗正面求對治此氣稟物欲之雜者；故

註：朱子語類五十二德明錄「告子外義，外之而不求……只就心上理會……子靜不讀書，不求義理，只靜坐澄心，却似告子之外義。」

依之爲學，其心之所發，即不免于不合理。朱子之反對象山，則亦歸根在謂：「其千般萬般病，只在不知氣禀物欲之雜。」又或謂其「雖說心與理一，而不察乎氣禀物欲之私，其發多不合理。」再或謂其「于義理之精微、氣質之偏蔽，皆所不察」，勢必「若得一個心，萬法流出，都無許多事」（皆見語類一二四），則「將一切麤惡的氣，都把做心之妙理，則其所慨然自任者，未必不出于人欲之私也。」（答項平父大全卷五十四）朱子又謂「只用窮一個大處，則其他一切皆通。……爲此說者，謂是天理，不知却是人欲。」（語類十八）「子靜……于心地工夫，不爲無所見，但使欲恃此凌跨古今，更不下窮理細密工夫，卒并與其所得者而失之，人欲橫流，不自知覺。」（大全卷五十六答趙子欽）「使人顚狂粗率，日用常行之處，反不得其所安也。」（大全五十三答胡季隨）是皆見朱子之所以不契于象山之只重識得一心之教者，唯是意其忽畧去除氣禀物欲之雜之細密工夫，乃自恃而自足，即自淪于人欲之私而已。

吾人以上順朱子之本意，說其所以疑于龜山上蔡之識仁之教及五峰之言察識，以及其所以反對佛家與陸象山之說，在根本上只有一個理由，即依朱子看來，此諸說皆忽視人之原始的氣禀物欲之雜，可與心之發用俱流之一問題，而其言其學，乃皆不能無弊。其弊之大者，即爲如佛之求守此知覺精神，以冀死而不亡之一私，如象山之只任一心之發，而歸于顚狂粗率。而其責象山之不務窮理，禪宗之心外有法，不能于四端五典，莫不該備，尙是其言之外表之一層。在根柢上是朱子之以心之直接求自識其心，即是把捉之私，只重識心，必忽過與此心發用俱流之種種夾雜。朱子所以必務窮理與涵養本源之工夫，即在其以唯有此工夫，方可對治此雜，使此心清明，義理昭著，然後可據理以為察識其心之所資。決不宜直下先言察識之工夫，而招致把捉其心之私欲之起，更忽此氣稟物欲之雜之種種弊害。此即朱子之所以反對言察識為本、及五峰、禪宗、與象山之言之故也。

六　辨朱子所言察識之弊之不必然性

上文所述朱子在工夫論上，對其前諸賢及象山與禪宗之評論，唯是順朱子之意而說。此下則當進而討論其所評論者之是非與局限，並一討論朱陸之學如何可得其會通之郵。此中，吾首當畧及朱子評論佛學、禪宗、象山及五峯之言心，未能相應而說之處。如朱子之意象山為禪學，並意想此禪學佛學之精神，即在把捉得一心之知覺精神，便與象山之學、禪學、佛學之本來面目，明顯不相應。根據吾于原性一文所述，佛學禪宗固言觀心，然觀心須知心之實性之清淨，心之空性，而把捉心執着心，正佛家之所破。今以把捉此心責佛學與禪宗，彼必不受也。又視佛學之超生死，為只對現有之知覺精神，加以把持捉弄，到死不放，冀其死而不亡，以存于冥漠之中，則佛家當謂：此正吾所破之常我執也。至于以此責象山，更不相應，因象山正亦嘗以佛之只求一人之超生死者為自私也。（**註**）今按象

註：象山以義利辨儒佛，朱子語類十七德明錄，及語類百二十四當錄中，皆言及之。唯朱子以象山所言，尚是第二義；其第一義，乃在：佛說萬理皆空，儒則萬理皆實耳。

山之發明本心，乃發明一心即理之心。言發明此心，固亦許有窮理之事，前述象山之言，已可為證。象山言發明本心，亦從無見此心如光爍爍之言，並嘗以告子之硬把捉為戒（文集卷三十五，語錄李伯敏錄）。象山又告學者「見有神明在上，在左右，乃是妄見。此見不息，善何以明？」（象山全集卷四）是見象山固未有對其一人之知覺精神，加以把持捉弄，冀其死而不亡也。至于善言察識之胡五峰，固有心無生死之言，然此無生死之心，乃在所發之知覺精神之上一層次，乃指以仁為心之道，亦具此仁之理之本心，非一人之知覺精神之謂也。朱子之言聖賢只求無愧此理之義，即象山辨義利，只見義不見利之旨，亦五峰之言心只求盡道以成性之旨。至于此只求無愧此理，而自求盡道之心，是否必亦有生死，正亦難言。吾人于本文上篇已說其正當為無生死者，而朱子于此，亦實未能作究竟說。朱子答何叔京書，首亦言「所謂天地之性即天之性，豈有死而遽亡之理，此理亦未為非」。如順此義下去，則性理既不亡，聖人之心與性理合者，自亦當死而不亡。而人果有一具理而能盡道以成性之本心，亦正當皆同此無生死，而鬼神亦可謂實有也。無生死、超生死之義，亦儒佛之所可共有，亦未必皆可廢者。吾於原性一文論王船山處已及此問題，並嘗一提及朱子于此問題之未有定論，亦此當另文更加以指證說明，今不贅。唯朱子之言，對佛家五峰及象山之評論，雖未必與諸家之言之本旨相應，然當時之學者，蓋亦或不免求「必先有一見處，然後有以造乎平易」，（大全三十答汪尚書）欲由「遽時察識，以存其寂然之體」，「意日用之間，別有一物，光輝閃爍，動蕩流轉……乃向無形象處，東撈西摸，捕風繫影，用意愈深，而去道愈遠」。（答廖子晦書）或求「廓然之一悟」一「迥然超絕者」；（大全卷三十答汪尙書）以至由心識心之工夫，而「怳忽之間，見得一光輝輝之物事」或「一光景」者。朱子之早年，自謂見一大本達道之影像，亦此類也。則朱子之言，亦非無的而發。朱子之謂此亦爲一種人欲之私，更謂徒教人察識心者，亦可引致人之此私。是皆未嘗非一精切之見。大約人在對于世間名利私欲淨盡之後，人反而專在自己之心性上，用工夫時，人即原可循其平日向外攀緣逐取之物欲，所養成之心習，轉而求把捉執持此心性之自身。此乃人之私欲之最後一關，實亦不易破除。其所以難破除，在此一私欲之初起，只是一人心自然有之一回頭之自覺，人初儘可不自覺其是一把捉之私。大約此回頭之自覺，在自事物拔起之外，更過了一分，便成把捉之私。朱子語類卷二十謂上蔡說仁曰：「試察吾事親從兄時，此心如何」。卷三五曰：「前面方推這心去事親，隨手又便去尋摸取這個仁；前面方推此心去事兄，隨手又使一心去尋摸取這個義，是二心也。」此摸取仁義于後，而不見此當事親從兄之理于前，直以此心順此理而行，便是由回頭自覺，而淪于把捉之私之始幾。世之學者蓋罕能知此義。朱子則深有見于是，其所以斥責一切識心之論，與孟子說心以來而有之一切「求心之病」（語類十九）（**註**），蓋皆意在于是。而由人之回頭自覺，向後尋摸，至于「見得」一心之虛靈知覺之光景後，更自宅其心于其中，把捉所見，又足自怡悅；則其破除尤難。至于學者之本來未有回

註：語類十九論語不說心，只說實事，孟子說心，後來遂有求心之病。

頭之自覺，以有所「見得」者，亦恒不免于自期其能于此先有所「見」，以爲其工夫之欛柄。然在朱子看來，凡此一切先求有所「見」，待有所「見」，然後下工夫之一念，已是一把捉之私。蓋德性之工夫，原不能有待。謂必先有所「見」，然後有以造乎平易，以及謂必「發而後察，察而後存」，在朱子觀之，即皆爲有待。未得此所待而欲求之，即是去把捉之私。又人偶有見處，縱是實見，若便生自負之心，以爲自家之欛柄足恃，乃當下直情逕行，如王學之末流，此又是把捉舊日見處之私。若依朱子之意，則人亦不當待有見處或對舊日見處，而對之有任何把捉之私；而當知當下未應事接物時之主敬涵養，下至正衣冠、尊瞻視，即是一最切實之工夫。而隨事格物窮理，亦是工夫。用此諸工夫，要在時時見得當然之「道理在面前……立即見其參于前，在輿則見其倚于衡，皆是見得理，此不成有一塊物事光輝輝地在這裏。」此諸工夫亦皆實是能去氣稟物欲之雜之事。于此，人眞下工夫一分，即必然有一分去氣稟物欲之效，而可使人于察識時，自然察識益精，以自有其見處者。然凡此所謂見處，自其爲一時之所有言，亦只是一時之見。人之此見，乃此心之用；此用亦可「一過便息」。如禪宗之開悟，悟後之境，亦不能長保；又如學者之一時憤悱，亦不必能長保，即其明證。故一切工夫，仍要退而在平時之日用尋常之主敬涵養、隨事格物上用，方能隨時有以去其氣稟物欲之雜，以使人之臨事察識，自然益精。則人之欲其察識之精，而求有見處者，亦當承認此朱子所言之二工夫之重要。循此以觀朱子之教，則其疑于以察識爲本之教，而意其不足，而謂人不當重此有見處，而易之以涵養主敬，致知窮理之教，則其言固又明有所進于昔賢。此又正由朱子知人之「待察識以施功」，其中即有一病痛；並知先有此涵養致知窮理之工夫，乃所以使人免于氣稟物欲之雜，以成此察識之精者之故。然凡此等等，又正可合以見朱子之察識之精，故能察識及：「氣稟物欲之雜于一般之察識中」，亦察識及：「察識之待于涵養主敬、致知窮理之處」；方有此以涵養爲本，窮理爲次，察識爲三之三義之工夫論也。由此觀之，則吾人眞重察識，亦當循朱子之此察識之精處，以了解其言之切義之所存，而吾人對朱子之所言者之正面價値，固亦當全盤加以肯定也。

七　辨察識之工夫之獨立性

然吾人欲曲盡此中之理蘊，則又當更即循吾人方才所言之朱子之察識，能察識及本身之弊害等處，以更了解察識之所以爲察識之性質。朱子之能察識及「察識自身之可有其夾雜與病痛、或弊害」；則凡人之察識，固亦應皆能察識其察識自身之弊害。此即同于謂人之察識本身，儘可有不同之層次，而可自己批評其自身，然後察識之弊害，乃爲察識之所能自見。但如察識之弊害，亦可由察識而自見，則察識即非必然有此弊害。朱子謂因人有氣稟物欲，故有涵養與致知窮理之功者，其察識必益精，此吾人固無異辭。然是否無事先之涵養主敬、致知窮理，則其察識之本身，即必然爲氣稟物欲之所雜，則是一眞實問題之所在。今吾人若眞承認：察識亦能察識及其自身之所雜，則此察識，即明可居于其所雜者之上一層次，而可超于此所雜之上以自運行，而無朱子所言之弊害者。若然，則謂必待識而後存固不可，然謂必待涵養窮理，而後人乃能從事察識，以免于氣稟物欲之雜，亦同不可。吾人觀朱子後來之論，雖在義理次序上，似仍以涵養主敬爲本，然在用工夫次第上，則漸不主一定之先後。前文註所已引及之語類卷一一五，謂「涵養、體認、致知、力行四者，本不可有先後，又不可無先後，當以涵養爲本」。此後一語即自義理次第說涵養爲本，前一語即自工夫次第言其無先後也。朱子又或謂「痛理會一番」，「須先致知而後涵養」，「理不明，持守也是空」。（均見于語類卷九）「義理不明、如何踐履」（語類卷九），則是以致知窮理爲先矣。故又謂「須先涵養清明，然後能格物……亦不必專執此說」，（語類十八）「某向時亦曾說未有事時涵養，到得有事，却將此去應物，却成兩截事」。（同上）總之「未發已發，不必太泥，只是旣涵養，又省察，無時不涵養，無事不省察。不曾涵養，亦當有省察。不可道我無涵養工夫，後于已發處更不管他。今言涵養，則曰不先知理義底涵養不得；言省察則曰無涵養，省察不得。二者相捱，却成躭擱。」（語類六二）依此朱子後來之論，則涵養省察之工夫，固可相輔爲用，亦可各獨立進行。果可獨立進行，則亦未嘗不可獨立進行而無弊。而五峰之特重察識，則亦應無不可。察識之工夫本身，是否可單獨進行無弊害，關鍵亦儘可不在其前之涵養窮理之工夫有無，而可只在此察識之本身之性質，如吾人方才所言，此察識之是否能運行于其所夾雜之氣稟物欲之上一層次。如察識之運于此上一層次，乃可能之事，如朱子之察識及察識之弊害，即是其例。則察識固自可爲一獨立工夫也。此中吾人不須主張察識之必無弊害，只須主張察識可無弊害，即已足夠建立察識之可爲一獨立進行之工夫。在下文，吾當更言前于朱子之諸賢，其言識仁與省察工夫，如善解其意而用之，即皆可無朱子所說之弊，而學者之特重察識之工夫，亦即未嘗不可。次當論：如只從工夫之弊害上說，則朱子之涵養主敬與致知窮理之工夫，亦未嘗不可無弊。涵養主敬，致知窮理與察識之工夫，在其皆可有弊、亦可無弊上說，其地位亦原平等。然此一切工夫之弊之根源，又皆不在此一切工夫論之本身，而在學者之對之之誤解與不善用之之故。今若只自學者誤解與不善用上說，世間亦無不弊之工夫。然人之求去除此三工夫之弊，更有一根本之工夫，此即爲自昔儒者與朱子、象山所同重之「誠」、「實」或「自信」之根本工夫。若人能識得此根本工夫，則于象山之依本心之自明或發明，以言立志自信，即可見其實義。又朱子于此本心之存在，則在其心性論上與直相應于此心性之工夫論上，亦未嘗不加以肯定。唯在其宇宙論與一般之工夫論上，又不能于此加以肯定。故于此吾人唯有順朱子之心性論，與直契于其心性論之工夫論之路數，以求一會通朱陸之郵。此爲吾人可逐步求得者。此下即擬將此三者，更一一分別說明之如下：

所謂朱子所言察識之弊害，可有而不必有者，即吾人之用察識之工夫時，儘可不先說「要待察識有見處，然後能造乎平易」等。吾人之用此工夫，儘可在事先無「欲把捉一見處」之私，更無別求一寂然之體，或見一光爍爍之本心之意，則亦無一欲把捉己心之私。吾人之察識，儘可是即事而用工夫，然又非即事察事，亦非即事察心，而是即事察心之理之所存，並順此理以生其心。由此中有心之順理以生，即使吾人之心，直接居于具體事物之上一層次，亦使吾人之心居于氣禀物欲之雜之上一層次，便可免于朱子所言之察識之弊害。此中之識之一字，亦决不涵捕捉之義。朱子之謂識字即涵捕捉之義，亦明非其前之宋儒用此一字之通義。此字之義，在宋儒自明道言識仁以降，蓋皆當順孔子所謂默識之識去了解。（註一）孔子之默識，正當爲一無言之自識，而自順理以生其心者，固非往識事一物、一對象、而涵把捉或捕捉意味之認識也。明道言識仁，明是謂于渾然與物同體之心境中，求識得此仁之理。（註二）今若吾人緣此義去看上蔡、龜山、五峰所謂識仁或識心之道之義，而循其本意，在教人識事之理與心之理，去作工夫，即皆可使人直接超拔于氣禀物欲之雜，居于其上之一層次，而可無朱子所言之弊害矣。

譬如以龜山之就人之疾痛相感以言萬物與我爲一之仁體，及上蔡之就痛癢相關之知覺爲仁之言而

註一：語類一一八謂體認自家心是甚。纔識得，不操而自存。又語類一二一對心體只是要認識他，則朱子用識字亦有默識之一義也。

註二：以此例明道所謂學者先有知識，亦即此意。上蔡、龜山以及五峰之察識之識，皆緣此而來。朱子大全四十二答胡廣仲謂「明道所謂先有知識，只爲知邪正、識趨向耳，未便爲知之至也。」實則此明道所謂知識，固非朱子心中之知之至，然亦非抽象的知正邪趨向，而正是即具體事物而識其理之謂也。

論；此皆顯然出于明道「仁者渾然與物同體」，其心「廓然大公」，及其以痲木爲不仁之旨，與伊川之「人能至公便是仁」之旨。（二程語錄可學錄）凡此所謂物我一體、公、及知覺之概念，如視作仁之定義看，蓋皆不如朱子定仁爲心之德、愛之理之精切。朱子謂其皆不足以訓仁是也。然如吾人只視此諸言，爲指示人以識仁之方看，則未必有朱子所言之弊害。朱子之視此諸言爲可有弊害者，蓋在此中由心之公而及之「天地」、「己與萬物」及「痛癢之知覺之所覺」等，皆分別爲具體事物。吾人如著念于此諸具體事物，又生心動念，不能無氣稟物欲之雜，則此諸言即可引致吾人上文所言之種種弊患。朱子之意，固未嘗不是。然吾人今只另下一轉語，即若吾人是由此以反識「吾心之所以能若是」之仁之理，則此全部弊患，即皆可無有。于是此中之諸言，是否皆爲仁之一名切合的訓詁，亦無大關係。如「人與人之痛癢相關之知覺」，或「以物我爲一體」與「心之公」，此三名固不同其所指，或亦皆不如「愛之理」一名所指者之精切；然而皆不礙吾人可緣之識得在其名之所指中，有一愛之理或仁之理之存乎其中。仁之理爲超乎氣稟物欲之雜之上之外者，此原爲朱子所承認。則人心之識此理，即當下可使其心超乎其氣稟物欲之雜之上。人之識其理，當下即是一使之超乎其氣質之昏或氣稟物欲之雜之上之工夫。則此即事察識，知其心之理，而存養之，豈非一「雖未嘗意在求去氣稟物欲之雜，而自然去此氣稟物欲之雜」之一純正面的工夫乎？此一即事察識，以知其心之理，而存養之工夫，在胡五峯所舉之孟子書所載，齊宣王由見牛而生不忍之心之例，尤爲親切。齊宣王見牛不忍，乃其已往所經之事，而孟子即告之自反省：在其有此事時，其心之爲一如何之心。齊宣王亦終知此乃一不忍之心。孟子即告以當本此不忍之心，以推及于民。此處，齊宣王誠順此「對其自己已表現之不忍之心，所察識而得」之「不忍之理」加以存養，以擴充其不忍之心，此即齊宣王所以入于聖賢之途甚明（註）。然則由察識而存養之工夫，正是孟子之工夫。孟子未嘗言朱子之一套之如何涵養得知覺不昧之主敬工夫，亦未嘗言先致知窮理之工夫，而恒唯隨處教人自反，求其心之所存而擴充之。此由察識以存養之工夫，正爲孟學之正傳，而原在儒家之思想史中，爲一可獨立進行之一套工夫亦明矣。

此由察識而存養之工夫，其所以可爲一獨立進行之工夫，在察識而得其心之理，更存養之，即所以使人順理以生其心，以超于氣稟物欲之雜之上一層次。此察識而存養之工夫之切實義，在就此心此理之已呈現處，而順其呈現，以下工夫。此乃不同于在致知窮理之工夫中，其理尚未知，亦不同于涵養主敬之工夫，只所以致心之清明，使足見理者。朱子重此後二工夫，乃謂理之呈現于心，須以此二工夫爲事先之準備，其目標固仍在理之呈現于心。今在理已呈現于心處，從事察識，其由察識所透入者，正是朱子欲由涵養主敬致知窮理之工夫中以使之呈現之理。此察識之工夫，依上文所說初屬第三義。然此工夫中所見之理，則不屬第三義，而即朱子之本心中所具之理，亦主敬致知之工夫所欲呈現

註：語類十八德明錄：「齊宣王因見牛而發不忍之心，此蓋端緒也。便就此擴充，直到無一物不被，方是致與格」則朱子固有此意也。

之理，而爲其第一義、第二義之工夫之目標所在者。此察識之工夫，乃直接以理之呈現于心者爲所識，便應爲第一義。而朱子所謂第一義、第二義工夫，乃爲助成此理之呈現于心而有，則亦可說爲第二義以下之事矣。至于由察識而存養，乃順理之呈現于心，而更致其相續之「呈現」或「現」，以逐步擴大。此即是「現」「現」相生，如前「現」不差，後「現」自亦不差。此中，後現不須把捉前現，而前現亦自爲後現之所依，以相續生，則泉源混混，不捨晝夜，其流行即可達沛然莫禦之境矣。至于在此流行中之氣稟物欲之夾雜，人固不能自保證其必無。然此心之存養而擴充，既在氣稟物欲之上一層次進行，而心之理，日隨此心之充擴而日現；則人應亦可益能自照見其夾雜，而察識自能益精，克治之功亦日勤；如清流日升，而昏濁日沈，清流向于前，則昏濁落于後。若然，則謂此由察識而存養之工夫，不能單獨進行，以使氣稟物欲之雜，自然得其化除之道，亦非也。人于此若必疑其察識之或有差，乃併其不差者，而不加以存養，唯退而從事朱子所謂涵養主敬之功、格物窮理之事；則此亦正可爲一工夫之懈怠。　如清水既流，乃自窒其流，謂俟吾將此水全澄清，然後可流，豈不翻成工夫之懈怠？此如當齊宣王之已自識其「見牛而欲以羊易之之心，爲一不忍之心」，而正欲順之以充達之，以保民而王之際；孟子又立即告之以此保民而王之心中，可能有氣稟物欲之雜，當暫停此心，以從事涵養致知；此何異斷此宣王向道之幾乎？誠然，當宣王已知存養其保民而王之心之後，孟子固亦可如朱子之更教之以平時涵養致知，以去其夾雜。又若宣王無孟子之指點，不知于何處識得其心之合理者而存養之時，亦可先姑教以涵養主敬與致知窮理之功，以俟其于他日有此一心之發，而自識自存。宣王亦不當謂待我有識處、見處，然後有工夫可用。此即朱子之補此二段工夫之切實處。朱子之反對必待有見處，然後有平易工夫可用，反對待發而後察，察而後存，其旨固吾人前文之所亦嘗代爲發揮者也。然在人有可察識處，乃不識之而存之，謂人當先自疑其有夾雜，以退而從事涵養致知，則朱子亦未嘗能爲此言。蓋人若因不能自保證其發之不差，與識之不誤，乃恒自疑其發之有夾雜，遂謂必先退而從事于涵養致知；則須知此涵養致知之工夫，何時能完滿，使發皆無差，察皆無謬，亦非吾人之所知。朱子謂：「若必待發而後察，察而後存，則工夫之不至者多矣。」此言固善。然人亦可言：若人必待涵養致知，工夫完滿而後發，發而後察，則終身亦無敢發敢察之日矣。此即朱子之所以亦終必歸于謂「涵養省察，不可二者相捱，却成躭擱」，不可道「我無涵養則省察不得」也。然若無涵養仍可省察得，則如五峰之特重此察識之工夫，固非必不可，而亦非必然有弊者矣。

八　辨朱子所言之主敬致知之工夫，亦可有弊，並論無必然不弊之工夫

至于言此諸工夫之弊，則察識之弊，在識之不精而不見及其氣稟物欲之雜，以及欲把捉此心等，朱子已言之甚備。吾文上節亦只辨解察識之以心之理爲所識，更存養之，而順理以生其心，則亦可無

弊；而未嘗謂察識必可無弊。故吾人于朱子之察識可有之弊，亦可全部加以承認。然朱子所補之涵養致知之功，是否即必無弊，此亦同是一問題。吾意是此涵養致知之工夫之是否有弊，亦當視吾人之以何心情，從事涵養致知，及涵養致知之所得者爲何以爲定。此同于謂察識之是否無弊，當視所識得爲何，識後如何用工夫以爲定也。

茲先以主敬涵養之工夫而論。朱子于此工夫，重在日常生活上用。如其答林擇之書謂「程子言敬，必以正衣冠、尊瞻視爲先」云云。吾人于此須知，若吾人是賴此等事，以自使淸明在躬、志氣如神，或心常自醒覺，此固可去氣質之昏蔽。然人于此如着念在此動容貌、齊顏色之一定習慣之養成，以正其衣冠、尊其瞻視于他人之前，則此亦未嘗非出于氣禀物欲之私，而同于荀子所斥之子張氏之賤儒者。又人之由整齊嚴肅以主敬者，亦未嘗無陷于拘束矜持之病。朱子亦嘗論：此病由于乃「將此敬別作一物，又以一心守之」而來，「若知敬字只是自心當體便是，則自無此病矣」云云（註）。又嘗謂不格物，「只一個持敬，也易做得病，……亦易以昏困。」（語類卷十八）「常要提撕，令胸次湛然分明，若只塊然獨坐，守着個敬，却又昏了。」（語類一一四）又辨死敬活敬之分。（語類十二）今按此人之主敬，可有將敬別當作一物成死敬之弊，亦正如朱子之謂言察識者，其以一心察識一心，便

註：大全卷五十三答胡季隨。按持敬易犯矜持之病，二程早已言之。如二程遺書三，記明道言不可矜持太過，伊川又言忘敬而後無不敬是也。

有使此心「迭相窺看」，「外面未有一物，裏面已三頭兩緒」之弊，相類似；亦與由察識而欲識心之本體，于心外見一心光爍爍地之弊，相類似，而亦皆同有一把捉之私。然人之能知此皆爲私，又正緣于人之察識。人之以一心察識得一心之爲私，而于一心中，自分主客，亦非不可說。朱子晚年，亦固自言「知得不是的心便是主，那不是的心便是客。」（註一） 朱子又言以前者爲主以治後者之客，則亦意許一心察識一心，非皆出于把捉之私矣。朱子既不以人之主敬之可有弊，而能知此弊者乃是人之察識，遂謂主敬之功可廢，謂人當先有察識而後能涵養；然則固亦不能以察識之有弊，遂謂必先涵養而後能察識矣。

至如朱子之言格物窮理以致知，必理明知至，而後可言深義之覺知或察識，否則未易言自得之功（註二），又不免有「好徑欲速」、「過高」之病。此言固亦是。然是否格物窮理以致知之言，即無其他之弊，亦是一問題。如以陸王之觀點言，則人之格物窮理以致知，即可視物爲外，視理爲外，人乃逐物、逐心外之理而不知返。此雖非即朱子之教之本旨，然受朱子之教之學者，固嘗有此弊矣。又朱子之言格物窮理以致知，是否即無過高之弊，亦甚難言。如朱子謂必「即凡天下之物，莫不因已知之理，而一一窮之，以求至乎其極，至衆物之表裏精粗無不到，然後吾心之全體大用無不明；爲格物窮

註一：朱子語類卷十七僩錄

註二：大全卷四十六答胡伯逢。前已舉其義於上章第八節註。

理以致知之功，有此功然後可從事省察之誠意正心之事」云云。在陽明觀之，則此乃聖人：「盡心知性，生知安行之事，非初學所能得。」（傳習錄上）陽明遂謂此朱子所言之工夫，遠不如其致良知之工夫，唯要人「就其所知之意念之善而存之，所知之意念之惡而去之者」之易知易行。此陽明所謂致良知之工夫，正類似朱子所謂「覺知」或察識之功。則畢竟言覺知或察識，與言格物窮理，孰爲過高，亦看此二名所指之工夫之境地而定，初不能有預斷之結論可得。是見朱子之言，必以吾心之全體大用無不明，爲致知格物之功，亦未嘗無過高之弊也。依陽明以觀朱子之意，實無異欲人于其致知格物工夫中，即做得聖人之事，而其心意之發，更無差誤；此正可使人在所言之誠意正心中，無實工夫可用。則陽明如謂此乃好徑欲速，又何爲不可乎？

然如理而論，則一切所謂過高之言，是否有弊，實又皆不定。如言之過高，而唯啓學者好徑欲速之心，固爲一弊。然必以過高之言爲有弊，而務說切近之言，亦未始無弊。孟子時人固嘗以孟子之言「道則高矣，美矣，宜若登天然，勢不可及矣。」然孟子答以「大匠不爲拙工改易繩墨」，則義之所在，理之所在，卑近者固不必推之使高使遠，高遠者亦不可必抑之以成卑近。人慕高遠而好徑欲速，與貪切近而安于卑瑣，二者厥弊唯均。然此弊害之起，又不在言之高遠，亦不在言之切近，而在學者之聞其言者，如何會其意而用其心。如聞高遠之言，而求自拔于卑瑣，聞切近之言，而自勉于循序以進，則厥德允攸；而高遠之言，切近之言，又皆可無弊。則必尚高遠而輕切近之言，與尚切近而廢高遠之言，則又同皆不能無偏，而有弊矣。然尅實言之，則此一切言之弊，仍皆只是原于學者之不善會其意，而未能善用其心而來。對善會其意善用其心者，則又不只高遠之言，切近之言皆無弊。即鑑于學者之尚高遠而輕切近，乃姑爲切近之言，而暫廢高遠之說，如朱子之力戒高遠之言之類，對之亦無弊，因其可知朱子之意在教學者之循序以進也。同時于朱子所疑爲過高遠之言，如明道象山之論，對之亦無弊，因其知其意在使之自拔于卑瑣也。此之謂善會言之意也。反之，如不善會言之意，不知所以善用其心，則天下亦實無不弊之言。人之不善會意、不善用心，其歸根唯在朱子所謂人之不能無氣稟物欲之雜，乃連此雜以知言，而後天下之言乃無不弊。欲知言而忘其言之弊，亦唯有不連此言與人之氣稟物欲之雜，相關聯而生之弊，以知言，而唯就言之本身之正面意義以知言而已矣。此即吾人之所以于朱子之言，可全幅加以承認，而仍不疑于龜山、上蔡、五峰之察識之本旨，而可兼存其言之故也。

原德性工夫　朱陸異同探源（下）

——朱陸工夫論之會通——

一　辨誠信之工夫與本心之二義

吾人上文謂天下無不弊之言，而一切言工夫之言，無論言省察、涵養、言致知窮理，又無論其言之對學者爲高遠，或切近，學者如不善會其意，不善用其心，則皆無不弊。然此其咎責，唯在學者之氣稟物欲之雜于其心，而不在此言。蓋凡此工夫，原皆所以直接間接去此氣稟物欲之雜，而言之之後，聞者乃或更又濟以氣稟物欲之雜，以誤用工夫，則天下事無可奈何者，亦見天下之言之效，必有時而窮者。然天下之言之效，必有時而窮，而人之實際用工夫之事，則亦並不以此言之效之窮而亦窮。人之實際用工夫，而欲免于聞言而誤用工夫之弊者，則此中固亦有一工夫。此即「將一一所言之工夫，離言以歸實，務求其工夫之本身，如何得相續，不以氣稟物欲之雜，而誤用此工夫，以致弊害之起」之工夫。此一工夫，即一切工夫之運用之根本工夫。此根本工夫無他，即朱子與象山所同皆言及之誠或信或實之工夫而已矣。

此求誠或信實之一工夫之所以爲根本，在一切工夫之所以有弊，皆緣于其有不實或間斷之處而來。如以察識之工夫而言，察識此心，而至于欲把捉此心，則此工夫有弊。然此弊何由生？是則唯由此時人雖由察識，以求識其心之理，尚未能即實循此理以生其心而來。人不實循此心之理，以生其心，而把捉其自己之心之自私之欲乃起。而此自私之欲之起，亦即此理之不實有于心也。又如以涵養主敬之工夫而言，如人之整容貌、齊顏色，不以之爲「清明在躬，志氣如神」之資，遂轉而着念在容貌顏色之本身，以求尊其瞻視于他人之前，則是此心之清明之沉墜于容貌、顏色之整齊之中，而自間斷其清明矣。更如涵養主敬，而視敬如一物，以把持之，則是此心之自離于敬之外，而自外還求把持此敬，使心與敬間，生罅隙，而相間斷矣。再如格物窮理，而視物爲外、視理爲外，乃向之追逐，成逐外之病；亦由心先沉陷于物，乃意彼物,外于我身,復意我之心,乃只在此身之軀殼中。身物既相外，人于此乃不知「即物窮理，是此心之順物以知理，亦通達乎物以知理，此中物與理乃隨心而俱現，即外即內」之義，遂有此逐外之病。然此逐外之病，由于此心先外陷于物，再回顧此心，如只在此身之軀殼中，以使身物相外而來。亦即同于謂其由吾人之「順物以通達乎物」之窮理工夫之間斷而來。由此以觀，則知此上所述一切工夫之弊，皆由工夫之間斷，有所不實，然後依于氣禀物欲之雜之種種弊害，隨之以起。一切工夫，原皆所以直接間接去心之弊患，弊患不同，則工夫原非一端。如執一工夫，以去不同之弊患，則工夫自可有弊。然只執一工夫，不知隨心之弊患之不同，而以之相輔爲用，致以所執之一工夫，爲其他當有之工夫之礙，亦是使工夫成虛而不實，自生間斷者。若人之工夫，能處處皆實而無間斷，則一切工夫之弊，亦即無起之可能。故此使工夫皆實而無間，即一切工夫之運用之根本工夫之所在也。

此使一切工夫相續無間而皆實之工夫，即孟子所謂思誠之工夫，或「有諸己之謂信」之工夫；中庸所謂誠之之工夫。程子之言誠敬，亦謂「敬則無間斷。體物而不可遺者，誠敬而已矣……純則無間斷」。（遺書十一）又言「學者須自信」（遺書十八）。朱子常言誠為實理、信亦為理之實有諸己、謂「實則無間斷，聖賢教人只是要救一個間斷」（語類一二一）。又謂誠乃通天人而言，信則人所為之實（語類卷六）云云。象山言「千虛不博一實。吾平生學問無他，只是一實。」（文集三十四）而隨處言「實理、實事、實德、實行」（註）。朱子謂必理見于心氣之流行，事物之流行而後實。象山亦謂必心與理一，而後誠而後實。二賢于此，亦原無異說也。

然此求誠求實之工夫，乃意在使吾人之工夫能相續無間，而不雜于弊害，亦即求其工夫之純一而不已。然此純一不已，又如何眞實可能？則人儘可謂：當下暫得之純一不已，並不保證未來之純一不已，則相續者終可斷，不雜者終可雜。人于此如念其可斷，則此念即可使之斷；如念其可雜，則此念已為雜念。吾人亦不能保證此當下已有之雜念，不更生于來日，使此來日之工夫，亦時斷而時雜。由

註：象山全集卷一與曾宅之：「心，一心也；理，一理也。至當歸一，精義無二。……萬物皆備於我矣，反身而誠，樂莫大焉。此吾之本心也。……古人自得之，故有其實，言理則是實理，言事則是實事，德則實德，行則實行。吾與晦翁書所謂古人質實，不尚智巧，言論未詳，事實先著。……以其事實覺事實。」

實際上看，人在工夫歷程中，固亦時斷時雜也。此即必須賴于吾人于其斷時雜時，或知其可斷可雜時，同時更有一自信：即雖斷而吾仍能使之續，雖雜而吾仍能使之純。或于當下立一志曰：今既續，如再有斷，吾必更使之續；今既純，如再有雜，吾必更使之純。亦可曰：今既續，吾唯求使之如其續；今既純，吾唯求使之如其純。然人此志之能立，正本于吾人之自信能使之續，使之純；而人能立志，亦增吾人之自信其能。此立志以定其趨向，學者之當有一自信，乃儒者之公言，亦朱子之所重。**（註）**胡五峯嘗言：「立志以定其本，居敬以持其志；志立乎事物之表，敬行乎事物之內」。朱子亦嘗稱其語（語類卷十八僩錄）。朱子晚年又嘗謂「從前朋友來此，某將謂不遠千里而來，須知個趣向，只是隨分爲他說箇爲學大概。看來都不得力。今日思之，學者須以立志爲本。」（語類一一八）然只以趣向爲志，似不夠份量。觀朱子于五峯所謂「志立乎事物之表」之一義，亦實未能如象山之重視。象山之言立志與自信，則可謂皆立之于事物之表，而不如朱子之重敬，乃重其「行于事物之內」者。吾人今亦可言：人若不能本自信以立志于事物之表，以超于事物之上而拔起，則人對其當前之工夫之可斷可雜，或暫斷暫雜，即不能有一工夫，以再續之而去其雜，則工夫之繼續成純，即勢必終有不可能者在矣。

註：如語類十五不可做，決定是不做，心下自肯自信得及；語類十八志不立，又如何去學，又如何去致知格物中做得事；語類卷八及卷百十三至百二十一訓門人語中，言立志者尤多，不必一一引也。

然人于此又或謂：人欲求去此間斷與雜，不須有一立乎事物之表之志與自信，而只須有一隨順事物而加以一回頭之自覺，即可去此間斷與雜。如當吾人知工夫之斷時，既知其斷，即已續；當吾人知此工夫之雜時，既知其雜，即已求純。如朱子之謂知心之已放，即收其放心，「知其放而欲求之，則不放矣」；「纔覺間斷，便是相續處」之言是也（註一）依此說則一切工夫，唯在現在，而不須更念及未來之可斷、可雜，亦可不須有一超乎事物之上之志之立與自信，預爲杜絕其雜其斷之計，以思出其位，而馳心于當下工夫之外，亦不必更論有心之本體（註二）。此義自亦甚精闢，然亦有輕率之處。因人之知其心放者，未必知其心放者有多少；知其工夫之斷與雜者，亦不必知其斷處與雜處之全

註一：大全四十八答呂子約，「讀胡子知言答或人，以放心求放心之問，怪其覼縷，散漫不切，當代之下轉語，……知其放而欲求之，則不放矣」。又語類卷五十九「心不待宛轉尋求，即覺其失，覺處即心，何更求爲？自此更求，自然愈失。但要知常惺惺爾，則自然光明不待把捉，此外在釋孟子操則存，舍則亡」，及求放心章，論及此意者甚多。

註二：語類卷五十九端蒙錄謂操則存，舍則亡，泛言人心如此，……亦不必要於此論心之本體也。又當錄及去僞錄言范淳夫之女，謂心無有出入。伊川謂此女雖不識孟子，却識得心。然朱子於此二段文，明主人心自是有出入，而不以伊川意爲然。亦即不欲於此論及心之本體，更不言有心之本體，足以爲工夫之所據也。

體。則知處不放，其餘仍放；知處已續，不知處仍斷；知處不雜，其餘仍雜。又人之知其心之放者，亦不必即能收；知其斷者，亦不必皆能續；知其雜者，亦不必皆能使之成純。則見：由知放以至全收，由知斷以至全續，由知雜以至全純，仍待一相續不斷之工夫。此工夫不能再雜。此相續不斷之工夫，蓋非日月至焉之事，而爲一生之事，更不能言由當下之一回頭自覺之功而皆辦。此回頭之自覺，能徹上不必能徹下，能徹後不必能徹前。徹下徹前，以實成此相續之工夫，必待「于肯定此心之未來之可斷可雜處，更建立一自信與志願」，以相續之功，杜絕其未來之可斷可雜之機。此立志與自信，既在今日，亦即一當下之事。此立志與自信，乃以此當下之心，涵攝彼未來，包括彼未來，使未來之可斷可雜之機，即由當下之此心之立志與自信，加以化除，使不得更有斷有雜，以凝全功。此固非思出其位，馳心于當下之工夫之外，而正所以見此當下之工夫之純一充實，然後能滿溢于一般所謂現在之外，以涵攝包括彼未來，而防弊于機先者也。

吾人如知吾人之立志而自信，求其工夫之相續不雜，而純一不已之「思誠」、「誠之」之工夫，即爲吾人當下之一工夫，而意在涵攝包括未來于其內者；則此「思誠」、「誠之」工夫，即爲一自「保養灌溉其一切工夫，而加以順成」之一絕對無外之工夫，亦爲一切工夫之能繼續運用，所依之根本工夫。吾人之所以能有此工夫，又原于吾人之心之有此性，有此理。則此心此理即應爲一絕對無外之心之理，而吾人亦當自發明此心、此理，不能說此外有聖人之心之理，乃異于我者，遂不反求諸己，而往求諸「己以外」之聖人。吾人眞能保養灌溉此一切工夫，至于相續不已，則吾人自己之心即聖人之心，蓋聖人之心即用此諸工夫之心之理之充量實現所成故，而其理亦即吾人之用此諸工夫之心之理故。吾人亦不能說外有天地之心之理，異于我；以依儒者相傳之共許之義，天地之德　，亦只在其生物不測，而純一不已故。則我與聖人與天地，雖可說異，其心與理，則同此純一不已之誠，唯或至或不至而已。吾人如知吾人之此能立志自信，以求其工夫之純一不已之此心此理，同于聖人與天地；而此立志與自信，乃爲一切聖賢工夫者之所不能廢，則亦非朱子之所言之工夫所能廢。而朱子既亦望學者之工夫，能相續不雜，以至于聖人之純一不已，亦理當教學者直下自信其心與理之未嘗不同于聖人與天地。此中之異，唯在聖人與天地，其心恆如其理，而能充量實現其理，吾人學者則雖立志，自信其能不斷不雜，又或不免于斷與雜；即似免于斷與雜，亦不能不思不勉，而從容中道，自然純一不已，不免有防斷防雜之心。此即見吾人之此心之光明，尙不能充普，而自疑之陰影仍在，便終不是聖人。此「不是」不是「全不是」，只不是「全是」。即吾人現有之此心與心之理，尙未全然冥合；則由勉強之功，以更發明此心此理，乃吾人學者之分內事。朱子與象山，亦同未敢自謂其當前之此心，便已與心之理，全然冥合，而同于聖人。然二賢之所志，又唯在求此全然冥合。則對此心與此理之關係，及其存在地位，當如何去講，又爲二賢思想之異同之關鍵所在矣。

此中如依象山之說，吾人之此心與此理之所以能全合，以得同于聖人，乃以吾人之本心即理之故，或吾人之心，本求能自依于理，以自盡其爲一合理之心。由此而象山之發明此心此理，即發明：本心之即理。所謂本心即理者，即謂吾人之心，所以有不合理者；唯以自限隔、自沉霾、而不免有病、或障蔽未剝落故。則障蔽剝落盡，而此心明（註一），發者無非是理，此即心之本來、或本心矣。故吾人之此心，原即本心，原爲一與理全合之本心。其有不合理，唯由病與障蔽，尚未剝落而已。即吾人現有之心，所以有異于本心，乃在外有所加。而工夫遂唯在減此外加，而復此本心之明。此一義也。至于所謂心本求能自依其理，以自盡其爲合理之心者，則是謂此心原能自依其理，以生生而日新，如一本之原能生生，而枝葉茂暢，枝葉既茂，而其本亦日榮；又如原泉不息，而充沛流行，放乎四海，以喻此心之日充日明而日新（註二），理亦日充實于此心。此又一義也。依前義，則工夫皆不外日減，以復本上之高明，以鞭辟而入裏，而未嘗有所增（註三）；依後義，則工夫乃順本而日積日

註一：人心有病，須是剝落得一番，即一番淸明。（全集三十九）千古聖賢，自去人病，如何增損得道？

註二：象山全集卷一與邵叔誼：「由萌蘗之生，而至於枝葉扶疏；由原泉混混，而放乎四海，豈二物哉。」此外卷十二與趙然道書亦同此旨。象山言日新語：如全集卷五與高應朝書：「根本苟立，保養不替，自然日新。」言日充日明語：見卷五與舒元賓書。又如卷六與傅子淵書：「大端旣明，趨向旣定，則德當日新，業當日富」；及象山與朱子和答詩「涓流滴到滄溟水，拳石崇成泰華岑。」亦同此旨。

註三：後之學者，如江右、東林、蕺山，皆意在復本，以減爲工夫。然減得不盡之時，還望此心之高明，則此高明，又轉爲深隱。至如慈湖、龍溪，則意在順本，而披開枝葉；而光輝之日新，乃只爲一現成之靈明。此二派之分，皆由對象山之二義，各有所偏重之所致也。

進，日著日盛，日廣日大（**註一**）。此二義，在象山之言中皆有之，合之則可喻如「取日虞淵，洗光咸池」。（**註二**）清洗所以復其光，光輝原自能日新，即所以喻：此理之未嘗溢于本心，而唯內在于此心之中。復則心與理俱復，新則心與理俱新。此二義初不相違，似相異而未嘗不相成。如只言復不言新，則復皆復故，心無生理；縱本心完備，亦爲頑物。如新皆憑空另起，則起無所本，虛脫成二，心即斷裂，亦無生理。故必復而能新，新不異故，方見生理。其所以能復，正在其能新，亦爲復而新，如日自生光而光自洗。其所以能新，正在其能復，亦爲新而復，如光自洗而光自生。此中實只有依自復自新之一純一無二之理，以成此本心之純一而不已。故此二義，相異相成，以成一義，不能以象山之言，或此或彼，即視同矛盾也。今知象山所言之此二義之不二，本心自有此自復自新之理，而眞能信得及；則知人心原能自作主宰，四端萬善，原自能滿心而發，充塞此心，亦充塞宇宙，更無欠少；而工夫亦初不外自拔網羅，自去限隔；于此本心，知「聖賢之形容詠嘆，皆吾分內事」，（**註三**）更無所增益。限隔去而本心之全體見，滿心發而本心之大用存，虛靈明覺與天理，合爲一心之

註一：象山全集卷二十一論語說。

註二：全集三十四：「有士人上書云：手扶浮翳開東明。先生頗取其語，因云：吾與學者言，眞所謂取日虞淵，洗光咸池」。則光輝之日新與浮翳之滌洗，二義皆備矣。

註三：全集卷五與舒元賓書。

體，而對事物之知覺思慮，同爲此心之用。用之所發，即體之所存；體之所在，亦用之所充。象山雖罕言體用，然其所以罕言，正以其視體用無二事之故。吾人固可姑用此二名，以釋其旨，並藉此以見其與朱子言心之體用之異同也。

二　朱子工夫論中之歧義

至于朱子如何言此心與理之關係，與心之存在地位，則朱子在宇宙論與一般工夫論中，其泛說此心在天地間之地位，及泛說工夫者，與其扣緊心性論以言心與工夫者，三方面之言，實未能全相一致，而有不同之論。朱子在宇宙論上，乃以心爲氣之靈，氣之精爽；此氣依理而生生不息，以成氣之流行；故氣在流行中，則心亦在流行中。氣之流行，或動或靜，心亦不能無動靜。氣靜，而已往之氣，一去不回；氣動，而新來之氣，依理而新起。故氣有消息、有存亡，而心亦不能無存亡。吾人之心氣原可合道，亦可不合道，宇宙間除理爲常在以外，更無一常在之本有而普遍之道心，以使人心必然化同于道心。故人之是否有其道心之純一不已，以同于聖人之全心皆理，全理皆心，乃依于此道心之氣，是否相續不斷而定。則吾人之依當前此心之求道，自信其能求道，自信其能合于聖人之純乎天理之心，即純爲主觀的，並無宇宙論上之必然；而此亦即聖賢之所以千載而一遇，人心恒百死而一生也。

至于在朱子之泛論工夫之言中，則人心之是否合道，全以人之工夫而定。欲仁仁至，則世間亦無阻此心之合道，以成道心者。有此道心常爲一身之主，以至如聖人之純一不已，亦人之工夫之所能決定。一念之間，以心合道，操則存而道心見；一念之間，工夫不至，舍則亡，而此心下淪于具不善之人欲之心。故在此工夫論中，人在有生之日，其心固無時而無，然道心則又可有時而無。唯道心雖無，其道或天理性理固在；人心再上提以合于道，則道心又見。人于此若能使其心，念念聽命于道心，而化同于道心，則道心全，而吾人之心即同于聖人之心。然若吾人之心不上提以合于道，則道固自在，而道心却無。此時如謂此道心或本心亦自在，遂離此當前之人心以別求，則工夫將淪于把捉，翻成人欲。于此，欲使人心合道，只須使此心當下自向于道便是，不必謂另有道心或本心，在此心之上，而別求之也。然在象山，則當謂此當下之心，未合于道，此乃整個本心或道心全體之暫時自沉陷、自限隔。此心既一操便在，則不操亦不能謂爲不存；而所謂舍亡者，乃隱而不見之稱，如逃亡者之仍在。此中操之之工夫，只在自去限隔，而自求升起，即是復其本心。當其未復，隱而不見，亦原無可求。本心之復，即在去限隔、自求升起之工夫中復之；則亦不能離工夫，而憑空見得或把捉得此本心。故謂此本心自存，並不必有朱子所言之使人別求，而加以把捉之弊。至人之所以當在此本心隱而不見時，而仍當自信此本心之有者，則因如謂其無，則此心之再復，唯依于「道與天理」之根仍在，卻無本心爲其根。于是此再復者，便純爲新起（註）。此心之復，又不必能一念復而全復。今若無本心爲根，則此復亦可不全復，而隨時停止。吾人亦無理由以信其必能全復。反之，人若能信此心與天理或道，恒合爲一本心或原有之道心爲根；則其雖尚未全復，人亦可自信其有，而爲能全復者。人一自信此本心之有而能全復，亦即此本心之自覺其有與能全復于此一自信之中。此一自信之本身，又即所以助成其全復者。此中有此一自信，則工夫皆根于本心，非憑空而起；而人之工夫之所成，即皆此本心之自復、自現、而自流行之所成。此自信之工夫，皆有根于本心，則此「自信」，亦助成此工夫，而工夫乃易于得力。工夫之所成者，皆此本心之自復、自現、自流行，外此不更有所增；則人亦不能謂于本心之自復之外，別有工夫。此正所以免人對其「工夫」，自加把捉，亦不致有如朱子之言持敬，使人不免把捉此敬如一物之病者。此蓋即象山所以必教人自信其原有心與理一之本心之故，而不如朱子之言道心，純視爲由人之工夫，使此心上提以合于道之所成之說者也。

朱子在宇宙論上，固以心屬于氣，氣依理而動靜，並以心爲有動有靜，有存有亡者；在工夫論上亦謂此合道之心，可由存而亡，亦可由亡而存，其存亡全繫在工夫上。然在純粹之心性論，與直接相應于其心性論之工夫論中，則又初不重依氣以言心，亦未嘗不言「超乎一般之動靜存亡之概念之上」

註：朱子語類卷五十九孟子求放心章：「只存此心，便是不放，不是將已縱去了的，收將轉來，舊的已過去了，這裡自然生出來。」此無異謂心時時在新生中也。

之本心或心體。此本心或心體，乃內具萬理以爲德，而能外應萬事以爲用，亦原自光明瑩淨，廣大高明，而無限量者；唯由物欲氣禀之雜，然後體有不明，用有不盡。于是人之一切去除其物欲氣禀之雜之工夫，如相應于此心性論而言，亦可說不外求自明其心之性理之善，而有以復其初，以使此心之全體無不明，而大用無不盡。此其義與象山之言工夫，唯在剝落去人心之病障，以自復其本心，而發明其本心，以滿心而發之旨，初無大不同；而與其在宇宙論上或泛論工夫時看心之觀點，明有不一致處。大約當朱子自宇宙論看心時，乃自外看心之屬于人，而依于人之氣、心之表現于其主乎身，而使此身能有運動知覺上。此心之表現，或覺于理而爲道心，或覺于欲而爲人心，或順欲而違道，以成具不善人欲之心。自此三心之表現上看，皆有動有靜，有存有亡，而道心亦有存有亡，乃別無一「無存亡出入」之心爲本源（**註**）。至于人之是否有與聖人同之純一不已之道心，乃依其心氣而定。則人于此，若必自信其能有聖人之道心，即實無客觀上之必然的根據。至在其泛論工夫時，則人用其工夫，以使心合于道，而道心存，無此工夫而道心亡；于是道心便是存而可亡、亡而可存者。然在其純粹心性論與直接相應之工夫論中，則朱子乃面對此心而言性。此所面對者，唯有此心，則于此心，便可只見其

註：大全卷四十答何叔京書：「存者道心也，亡者人心也。非是實有二心各爲一物不相交涉也，但以存亡而異其名耳。其亡也，固非心之本；然亦不可謂別是一個有存亡出入之心，却待反本還源，別求一個無存亡出入之心，來換却。只是此心，但不存便是亡，存亡之間，無空隙處。所以學者必汲汲於操存。」

存，亦宜就其存而論其存，而不見其亡；其亡乃由氣稟物欲之昏蔽，則雖亡而其體未嘗不存；但隱而不見，而其用亦隱而不見耳。此中，唯賴去氣稟物欲之昏蔽，以復其心之清明，以使此心之全體見，而後大用行，則人固當自始有此心之全體，爲其本心矣。今觀朱子之言工夫之精義，實不在其由宇宙論之觀點，以看此工夫所成之道心或其在天地間之地位一面，亦不在其泛說心之操存舍亡之處；而正在其直接相應于純粹心性論中，所面對之此心性，以言工夫處。此面對心性以言之工夫，實朱子思想之核心之所在。自此核心上看，則其言本心，明有同于象山言本心「不以其一時之自沉陷自限隔而不在」之旨者。此中之異點，蓋唯在依象山義，此「去物欲氣稟之雜」之工夫，即此本心之自明自立之所致；而朱子則有一套涵養主敬之工夫，以直接對治此氣稟物欲之雜，此一套工夫又似純屬後天之人爲者。在朱子，此涵養主敬之工夫，只在使內心之湛然之清明之體見，而知覺不昧，以使萬理得粲然于中爲止，故純爲一未發時靜中之工夫。至于心之向外格物窮理而知物理，則所以明內具之性理，以爲省察誠意正心之準則，而爲心之已發而動，有思慮後，以使動合于理之工夫。此二工夫，一屬靜，一屬動；一屬未發，一屬已發；一屬向內，一屬向外；一爲明體而立體，一爲達用而用行；一爲心之主乎性，一爲心之主乎情……。二者各不相同，而相輔爲用。而朱子所以開工夫爲此相對之二者，則又正由其在宇宙論中之先分「動靜等爲二」之觀念，透入其心性論中而來。此乃其不同于象山之無此動靜、已發未發、體用、內外等之分別者。象山之言滿心而發，乃滿乎心之內，亦發而充實乎萬物。

此即無異一即體即用、即內即外、即動即靜、即未發以成已發之言。象山之有此言，又由其初未嘗如朱子之依宇宙論觀點，以言由氣之有動靜、言心之有動靜，亦未嘗如朱子泛論工夫時，重此心之出入存亡二面之故也。

然由朱子之宇宙論之觀念之透入其心性論上，而將一本心開爲動靜等二面，並緣是而開工夫爲涵養主敬格物窮理省察之種種之說，則與象山之言，亦實無必然之矛盾。吾人如順朱子之心性論，以言其涵養主敬之工夫，亦可見其亦並非眞視此工夫，爲人之所外加，而亦可只視之爲此心之本體之自明而自呈現，以成此涵養主敬之工夫；此中，即亦應有一心之本體與其工夫合一之義，而心之不昧其知覺，即爲心之立體之事，亦心之用行之事。又象山所謂發明本心之教中，亦原具有一涵養工夫在，而自有其勝義可言。至于此心之發爲思慮，亦即此心之知覺之用，貫澈于其知物理之事中之所成，則格物窮理以致知，以及省察之工夫，亦可同時爲象山所言之「立志自信，發明本心，自作主宰」之工夫之所貫澈，而不必開爲相對之二者。由此而象山之合動靜內外之一工夫，即可統攝朱子所言之動靜內外交修之各方面之工夫于其下，象山之所言之工夫，若爲一大綱；朱子所言之工夫，則爲其細節；乃未嘗不可相會通以爲一，亦未嘗不可兼存，以分別爲用，而無矛盾之可言者矣。

此下即當先就朱子之心性論之立場，以說朱子與象山之言本心，皆有本體論上自存義；而朱子之主敬之涵養工夫，不外本心之自明自現之義；次當說象山之發明本心之工夫中，具有朱子所謂涵養工夫，而自有其勝義；再當說象山之發明本心自作主宰之工夫，可貫澈統攝朱子所謂致知、格物、省察等工夫三者之義于下文。

三　辨朱子心性論中之本心體用義

所謂在心性論之立場，朱子與象山之言本心，皆有本體論上之自存義，朱子之涵養主敬工夫，不外此本心之自明自現者，因朱子在心性論中，明常用本心、心體之一名；其力辯此心之體之爲未發而靜，亦意在言心之已發之用，不足以盡此心之體；彼之自悔其早年之只知已發爲心，而疑伊川心爲已發、五峯言察識之說、及一切觀心識心爲一光爍爍之所對、以及象山之只由此心以「流出萬法」之說；皆是不欲只就心之所發以觀心，而欲回頭體認此心之寂然之體。此其思想，正是趨向在：建立此心之本體論上之自存自在義。朱子雖言人心有氣稟物欲之雜，然亦屢言心體之原有明德，原爲一光明之體，非一切氣稟物欲之所能全蔽。而其涵養主敬之工夫之所以當爲本，亦正在此工夫乃直接與心之本體之光明之擴充、昏昧之減少，爲相應者。此乃前所已言。此主敬之一名，依一般之義，乃以敬爲對人對神之恭敬虔敬，或執事之尊敬，此乃對人對事而說之敬。伊川言敬，則明白與恭相別。故曰：「發于外者謂之恭，有諸己者謂之敬。」又曰：「主一之謂敬，無適之謂一」。主一無適，而此心此身，自整齊嚴肅，即自然表現于對人對事中。此亦重在以敬收攝此心于當下，不使放舍之一面。而明道謂「某寫字甚敬，非是要字好，只此是學。」亦不使此心溢出于當下之事以外，而別求其結果，以成就此心之不放舍之謂也。敬在伊川，可成就此心之虛靜，以靜坐致虛靜，亦敬之一端（註一）。由是而此敬之本質，即非一般所謂與人事等相對之敬，而純爲一心之「持己」、「閑邪」（註二）「涵養吾一」，以使「己與理爲一，一則無己」（遺書二十二上）而自去其心疾之絕對之敬。後尹和靖以持守收斂爲敬，上蔡以敬是常惺惺法，亦純就其爲心上之工夫說。至于朱子言敬之工夫，則一方本伊川之言，而謂主一無適之謂敬，並本伊川使身心整齊嚴肅之旨，而重在動容貌、整思慮、尊瞻視、正衣冠等日用尋常之事之小學工夫，以收攝涵養此心，使此心存而自能惺惺。（註三）此亦原于伊川、上

註一：在伊川，敬全轉爲一心上之工夫，由二程遺書十一論敬之一節，最可見之。朱子語類卷十二謂：以敬字只是敬親，敬君，敬長，全不成說話。而舉修己以敬，敬而無失，聖敬日躋之言，以謂敬可單獨說。然在一般義，敬固皆有所對。單以持敬爲敬，乃始於程朱。故陸象山謂持敬之言乃杜撰。今謂之程朱所特重之教亦可也。

註二：敬是持己，恭是接人；又敬是閑邪之道，閑邪則誠自存矣。

註三：語類十七朱子謂伊川以整齊嚴肅說敬，較上蔡以常惺惺說敬爲切。謂「如整齊嚴肅，此心便存，便能惺惺；若無整齊嚴肅，卻要惺惺，恐無捉摸，不能常惺惺矣。」然惺惺卻是歸宿處，故語類十七又謂先由和靖之說，方到上蔡地位。朱子又謂敬有把捉時，有自然時。（語類一一七）呂伯英問持敬之義。曰：且放下了持敬，更須向前進一步。問如何是進一步處？曰：心中若無一事，便是敬。（語類百二十）此皆是謂敬當進至無事時，以只有此心之惺惺也。

察之旨。然在另一方面，則在朱子之言敬，尙不只是一所用之「法」或「工夫」，在心之發上用者；而是以敬涵養心之未發之體。朱子言「敬爲心之貞」，（與張欽夫）又言「未發，渾然是敬之體」，（註）「敬字只是自心自省當體」。（大全五十三）以此言敬之工夫，即此工夫只是心之自體之貞定于自己，或「見此未發時之渾然的敬之體」之別名；而敬之一工夫，只在使此心體常存，而除此心體常存之外，亦可說別無敬之工夫。故謂「敬莫把做一件事看，只是收拾自家精神，專一在此」，敬只是「涵養操持不走作」，「只是提撕此心，教它光明」，「這心便在身上」，「扶策得此心起」，「只收斂此心，莫令走作閑思慮，則此心湛然無事，自然專一」，「此心光明，有個存主處」，「今于日用間，空閒時，收得此心在這裏截然，這便是喜怒哀樂未發之中，便是渾然天理」，「人之本心不明，須是喚醒方知。學者工夫，只是在喚醒上。人心常炯炯在此，則四體不待羈束，而自入規矩」，（均見語類十二）「常要惺覺執持，令此心常在，方是能持敬」，（語類十三）「敬只是自家一個心常惺惺」（語類百十五訓道夫）「敬只是提起此心，莫教放散」，（同上驤錄）「未發之際便是中，便是敬以直內，便是心之本體」。（語類八七）朱子又嘗稱焦先生之學，先立乎其大者曰：「他之學亦自有要卓然豎起自心，便是立，所謂敬以直內。」（語類五九）是見朱子所謂敬之第一義，只是此心體之常存，亦即心之自貞定于其身，以見此心體之未發渾然是敬之體而已。至于或疑朱子之後來之不說

註：大全四十三答林擇之，未發時渾然是敬之體，旣發則隨事省察，而敬之用行焉。

敬爲心之貞，（註一）而語類十二中又載人傑錄「敬只是敬，更尋甚敬之體」者，則其故亦可得而言。按朱子答南軒書中言敬爲心之貞，乃自仁爲心之道，心之周流貫徹無一息之不仁說來。言敬爲心之貞，似有心之流行到敬，便爲元亨利貞之序之最後一步之意。此則仍偏在心之用與流行上言。此與其已發未發說心體流行之言同旨。朱子之思想後來之一發展，乃在此心體上更不說流行，（註二）唯于其初以「中」爲狀心之性之體段，則一直維持。言不須別尋敬之體者，乃由門人問「只是收緊此心，未見敬之體」而來。依朱子意，收緊此心，應即是敬，此敬即已是此心體之炯然醒覺在此。故謂不可更于此心體外別尋敬之體，非不即心體之自存以言敬之謂也。

吾人如識得朱子之言敬，乃歸在心體之自存上言，則涵養之用敬，即此心體之自存而自用。敬是心之常惺惺法，亦只是此心之常惺惺。此朱子之所言，乃趨向在即心體之自存自用爲工夫。朱子所謂心之本義，固只是一虛靈明覺，然其內容，則具備萬理。故謂：「以前看得心只是虛蕩蕩地，而今看

註一：王懋竑朱子年譜考異卷一謂：朱子後來都無此語。

註二：韓元震朱書同異考三謂：已發未發說以「中」由心體流行見，與湖南諸公論中和，即去此心體流行之語，則湖南書爲後出。此書以無過不及屬未發，與胡廣仲書，則謂：「以無過不及，爲說未發之中不著」，是見與廣仲書之爲最後出。與廣仲書謂「中者，所以狀性之德，而形道之體；和者所以語情之正，而顯道之用」，即更不以心體流行爲言矣。

得湛然虛明，萬理便在裏面；向前看得便似紙一張，今看得滿紙都是字。」（語類百十三）朱子大學註明德章又謂：「其體虛靈而不昧，其用鑒照而無遺。」語類十四釋爲「心中許多道理，光明鑒照，毫髮不差」，「這個道理，在心裏光明照徹，無一毫不明」，「此心本自如此廣大，但爲物欲隔塞，故其廣大有虧；本自高明，但爲物欲係累，故于高明有蔽。」（語類十二）依大學本文，此明德即天之明命所在，而人之工夫不外明此明德，顧諟天之明命，亦即不外自見此心原具之明德之謂。故朱子又言：「人之一心，本自光明，常提撕他起，莫爲物欲所蔽，便將這個做本領。」（語類十五）又言：「人之明德，未嘗不明，雖其昏蔽之極，而其善之端之發，終不可絕，但當干其所發之端，而接續光明之，令其不昧，則其全體大用可以盡明」，「明德須自家見得這物事，光明燦爛，常在目前始得。」（語類十四）又言：「此心本如此廣大，但爲物欲隔塞。若能常自省察警覺，則高明廣大自若，非有所損益之也。性者理之全體，而人之所以生者也；心則人之所以主乎身，而具是理者也。天大無外，而性稟其全。故人之本心，其體廓然無限量；惟其梏于形器之私，滯于聞見之小，是以有所蔽而不能盡。人能即事即物窮理，至于一日貫徹會通而無所遺，則有以全其本心廓然之體，而于性之所以爲性，天之所以爲天，皆不外乎此，而一以貫之矣。」（大全四十五答廖子晦）由此上所引，明見朱子以提撕、省察、警覺、及致知格物窮理之工夫，皆不外去其本心之昏蔽、物欲及梏于形器之私，而復其心體。凡此等等，言人有此未發而現成之心體，本自光明、廣大、高明、無限量，此朱子之學之所歸宗，正大有進于其早年承伊川傳來之「性爲未發、心爲已發」之說，只有「性爲未發之心體」而「無獨立義之心體」者。對其前之思想言，則朱子亦實正是趨向于：依本心之心體之建立，而以一切工夫，不外所以自明此心體之說者。朱子言「聖賢千言萬語，只要人不失其本心。」（語類卷十二）「今求此心，正爲要立個基址，得此心光明存主之處。心、生道也，但當于安靜深固中涵養出來。」（語類十二）此與象山之立根處，亦正無不同也。

此中如要說象山之異于朱子者，則在：朱子之言主敬之工夫，固可說爲即此心之自操自存，其謂此心自有生道，亦無異謂此心自起其用，或此心體本能自呈現以爲工夫；然朱子又必將心之未發已發、體用、動靜分爲二，（註一）則所謂心具生道，同于心具此生之理、動之理，（註二）故一方要見未用之體，一方又似要承體而別起用，則與象山之言，有毫厘之別。故其雖一方言心體本是高明廣大，敬只是使此心自存自在，人能存得敬，則「吾心湛然，天理粲然，無一分着力處。」但下一句又

註一：大全五四答徐彥章「求之吾書，雖無體用之云，然其曰寂然而未發者，固體之謂也；其曰感通而方發者，固用之謂也。且今之所謂也者，其間固有動靜之殊，則亦豈能無體用之分哉。

註二：仝上答徐彥章另一書曰：「未發之前，萬理皆具，乃虛中之實，靜中之動。」此靜中之動，即只指此理之具而能動而已。陳安卿問：「未發之前，靜中有動意否？答曰：不是靜中有動，是有動之理」。亦謂靜與未發中，只有理也。

謂「無一分不着力處。」（語類卷十二）于他處朱子又謂要見「未用之體」，（註）「須着此一分力，去提省照管」。（語類卷十二伯羽錄）而其言對此心之收斂、收緊、操存、提撕之語，亦似未嘗不可視爲在此心之原具之明德之上，另加一後起之工夫，以復其本有之明德者。如純依象山義講，則此工夫之本身，應亦只是此本心之自明自立之表現，即本心之體之自呈其用。然在朱子，則終未于此作決定說。依朱子之宇宙論，以說此人之工夫，要爲一心氣之流行，有此工夫，乃有此流行。此工夫，此流行，即不能皆說爲性理之本有者。則此所謂本心之明，其依理而生生者，亦可只指吾人之有生之初，所受于天之氣，原有其虛靈上說。而工夫則皆爲後起，以求遙契吾人有生之初，所受于天者。則由此工夫所致之此本心之「明」，即皆爲修成，不能皆說爲原有之本心自身之自明自立之表現。人亦儘可視彼無此修之工夫者，即無此「明」，以謂此明，乃純由變化氣質物欲之雜而後致；亦即變化昏蔽之氣爲清明之氣之結果。而朱子又原可由其宇宙論上之此觀點，以言其工夫與本體之關係；則其對所言之工夫，是否皆視爲即此本心之自明自立之表現之一問題，即必不能作決定說矣。

吾人今之解決此一問題之一道，蓋唯有將朱子之宇宙論之觀點，暫置一旁，而直循朱子在心性論上原嘗謂主敬之工夫，不外此心體之自惺惺在此，而見其自存自在之義，以進一步謂：凡此所謂人之

註：語類一一三「子約書有見未用之體，此話却好。問：未用是喜怒哀樂未發時，那時自覺有一個體段則是。如意著要見他，則是已發。曰：只是識認他。」

工夫所修成之本心之「明」，亦只是此本心之體之自呈現之用。在此本心之體上，亦原有此一用，即原能自起此工夫，而一切工夫，亦莫非此本體之所起。此工夫中所見之心氣之一切流行，自亦即此形而上之本心之全體之所起，而不可說爲只依一形而上之本有之理而起者。此本心之全體，即一眞正之心與理合一之形而上的本體義的本心（**註**）。此心之呈現爲工夫，即呈現爲一依理而自建立、自生起其自己，以呈現爲工夫。對此本體義的本心之存在，則又爲學者立志之始，即當先加以自信者。此自信其存在，亦正爲吾人之一切工夫所以能相續不已之根本的工夫。于是一切工夫之相續不已，亦不外此本心之流行，而可攝之于本心之自明自立之一語而已足。此即全同于象山之學，而此亦正爲循朱子之學之原有之趨向而發展，所亦必至之義也。

註：一般之思想，以心爲能知、理爲所知，朱子亦不能免此。欲由此義以轉入眞正之心理合一義，當知所謂心之知理，即心自規定其自己，爲一知理之心，亦即心之自依其能規定自己之理，以成一知理之心。又即心之依其規定自己之理，以自創出自生起此一「知理之心」。而此中所知之理，則屬于下一層次，以爲此能自創出，能自生起之「此心」所用以規定其自己者，有如西哲康德之說一切道德法則，皆人所自建立而用以自律者。故此謂所知之理，乃第二義之理。第一義之心之理，乃直至心之能自規定，自創出，自生起其自身處，所言之此能創能生之理。此能創能生之理，與心之創生之事俱呈、俱現，皆屬於「能」，而非屬於「所」。今即將此一能創能生之理，更使之爲此心所自覺，而成爲所知，則已落於第二義之理矣。

順此先自信本心之原有此自呈現之用，而自起一切工夫之義，以言朱子所謂主敬，以變化氣稟物欲或去氣質之昏蔽等修爲工夫，則其對心體而言，即只有消極之意義，而另無積極之意義。一切修爲之工夫，即此本心之自明自立。本心之自明自立，與去氣質之昏蔽之工夫，乃一事之兩面，而自始是依前者以有後者。如日出而烟霧自散，非先驅烟霧，方見日之明。故亦非先別有一敬爲工夫，以去除此氣質之昏蔽，方見本心之明。而當說此學者之主敬工夫，自始即是此本心之明之自現。此敬之工夫，與其他一切工夫，皆自始非與氣稟物欲之雜等，只居于一相對之地位者，而亦皆即此超相對之本心之明之自現。而尅就本心之明上言其自現，初亦不見有與之爲相對者之眞實存在，而此「似存在而爲其相對者之氣質之昏蔽等」之化除，乃其自現之自然結果。人能自覺此一義，以觀任何工夫，而用任何工夫，則此工夫，全幅爲一純正面的承本心之體而發用以自明自立之絕對工夫，乃可更不見有堪與之爲相對者之氣質之昏蔽之眞實存在。而此「氣質之昏蔽之化除」之事，旣爲「此心之自明自立」之結果，便只有消極的意義，而別無積極的意義，于本心上另無所增益。如要說增益，則只是此本心之在其自明自立中，有其自起用、自流行，而可見其自己之日新。自「新」之別于舊言，即亦可說有日充日明之一自增益、自擴充。于是此所謂「氣質之昏蔽之化除」，亦可說只是其「本心之明之自日新、自增益、自擴充，而其外之陰影自遁」之別名。今如只在此明之增益擴充途程中之內部看，則此外之陰影之自遁，亦不可得而見；而于一切「去氣質之昏蔽之事」，亦可更不見其有，而唯有此本心之體。

之自立自明或本心之發明其自己，以自充塞宇宙，更無其他矣。至于人若問吾人既有此本心之明，何以又現有種種氣質之昏蔽在此，則此亦非本心未嘗表現之謂，如烟霧雖在，而日光亦未嘗不照于烟霧之上是也。朱子謂人雖昏蔽之極，仍有本心之明，亦即此本心之明未嘗不表現之謂也。至于問其何以不表現到將彼氣質之昏蔽全然化除之程度？則此問題實不能客觀外在地問。因此所謂不表現到全化除氣質之昏蔽之程度，即吾人尚未有「充量之工夫」以爲其「表現」之謂。然吾人並不能因此而疑其能充量之表現，更不能疑其自身之存在（註）。吾人之所以不能于此有疑，因此本心乃吾人之本心，吾人原不能離吾人之所以見之之工夫，而討論其自身之存在。在吾人見之之工夫中，則固只見其存在，而能表現以相續表現，以求自充其量而表現矣。又此本心，不特不能離吾人之工夫，以討論其自身之存在，亦不能于吾人在用主敬省察致知窮理等實修工夫之半途，而停下此諸工夫，逆此本心之明不斷日新，表現爲此諸工夫，而即體以成用之方向，而回頭去求把捉此本心之體。此回頭把捉之所以不可，是因此回頭把捉，正由實修工夫停滯而生。而此把捉之動機，亦恒爲出自私欲，而爲不當有

註：朱子語類卷五十三論心之操存舍亡曰：「若有一處不如此，便是此處不在了。問本心依舊在否？曰：如今未要理會在不在，論着理來自是在那裏。只是一處不恁地，便是此心不在了。」則朱子亦當在理上承認此心表面亡時，亦自在。然其意似以此不關工夫事。故不須理會。然實則知其在，則可有一自信，此自信即可爲工夫，是則朱子之所忽者也。

者，如上章所論。由此把捉本心之體，而見此心如光爍爍地，在朱子固以爲非，而象山謂「見有神明在上、在左右，此見不息，善何由明？」亦以之爲不當有者也。大率此所謂見此心光爍爍地，或神明在上在左右，或初亦不必盡出于私欲，而爲人原可有之經驗。如禪宗所謂光景，西方宗教所謂見神明或上帝之神秘經驗，皆同此一類。此經驗之所以有，可初出自人之欲求其本心全體之充量表現，而其實修之工夫，又以特殊之阻碍而力有所不足時；此一欲求，即化爲一對此本心全體之充量表現之一祈望。此中實修之工夫既以特殊之阻礙，而力有所不足，又不能使此本心得自然相續表現，則此本心之光明，即凝聚而冒起，以現于其祈望中，而成一超越外在，爲自心所對之光景神明，如高懸在上，宛若一非吾人之生命所有之一客觀之存在。人于此乃又或自顧其自身之生命，全是一黑暗充滿或原始罪惡者。此皆人之經驗中可有之事。然要之，此皆實修之工夫，有所不能繼時，此本心之冒起，而凸現後，所幻現之相，固非此本心表現于實修之工夫時當有之相，亦非朱子象山所謂識本心、發明本心之言之所指。若人更憑此經驗，以謂人原無此本心之光明之體，能自起用以爲工夫，則更大謬矣。

四　辨發明本心中之涵養，與其貫徹于心之動靜義

所謂象山之發明本心之工夫，即具有朱子所謂涵養工夫，而自有其勝義者，即象山所謂發明本

心，此本心之自明自立，亦即其所以自保養。此保養，即是本心之自己涵養其自己之事，而具有朱子之所重涵養工夫在。此中二賢之不同，亦唯在朱子之言涵養，乃是相對于此氣質之昏蔽，而用此工夫爲對治，却未能信此工夫即此本心之自呈用，或本心所自起。然象山之發明本心，則要在自種種限隔中拔出，既能拔出，即可不見有氣稟物欲之蔽，爲所對治。此即如上節所謂日之自照自明于烟霧之上，便自然能使烟消霧散，亦終容不得烟霧，如本心既自明自立，即容不得種種氣稟物欲之雜。象山所謂「此道之明，如太陽當空，羣陰畢伏」，(全集三十四)「太陽當天，太陰、五緯猶自放光芒不得，那有魑魅魍魎來」(全集三十五)是也。人之氣質之昏蔽之起者，亦更不足障此本心之自明。此即純正面的絕對的本心之自明自立工夫之簡易眞切處。此一人之本心之自明自立之工夫，原非以一個心觀一個心，亦非自一心之所發，別求或反求一心之本體之謂。此只是人之立志自求其工夫之純一不已，相續不斷。即人之立志求其本心之明之相續呈現而不斷，以使本心日充日明。亦即無異于人之本心之顯爲此志而自立于人之中，以爲一日充日明之本心。在此本心之日充日明中，于此姑分爲前後際說，即以其當前方呈現之明，養其已呈現之明；而此當前方呈現之明，亦爲後起相續之呈現之明之所明與所養。由是而此正面的自明自立之工夫，亦可說爲前前後後同類之工夫所開所繼。此當前之工夫涵養本心，亦爲此本心之「無窮盡的相續呈現，而相爲開繼之工夫」之所涵養。則此一當前之工夫，即爲在本心呈現所成之無窮盡的工夫中運用，如涵泳于無窮工夫中之當前工夫，而爲一寬裕有餘、從容自得之工夫矣。據二程遺書，程子嘗屢及杜元凱「優而柔之，使自求之，厭而飫之，使自趨之，若江海之浸，膏澤之潤，然後渙然冰釋，怡然理順」之語。朱子訓門人，言讀書法時，用及涵泳之語（註一）。象山亦更時道及杜語，特標出涵泳二字，以意指此心之自涵泳于其義理之中。象山亦隨處用此二字。陳廣敷重編象山語錄，即定名曰涵泳篇。朱子之謂以心觀心，不免于迫切浮露者，其所指者何在不可知，然要不可以指象山之發明本心之教，其中所具之存養涵泳之勝義，亦明矣。

如吾人識得象山之言本心之自明自立中，自有涵養，而朱子之言涵養，亦不能離此本心之自涵養，以自明自立之義；則由朱子之涵養工夫，而益之以立志求此工夫之相續，及對本心之自信之義，即同于象山所言之本心之自明自立中之涵養工夫。朱子之所以未能及于此義，亦蓋非朱子之智之必不能及此，而唯在朱子之意：人有氣稟物欲之雜，即必須先有一直接針對之爲事之靜中涵養工夫。此工夫，乃自存其心體，以治此雜者；而此心體，即初當與此雜，宛成相對，如只爲一靜居于其自己之體。人之主敬以自存此體，爲一靜中之涵養工夫，其效亦止于撥開氣質之蔽，以不障此光明之體爲止。而在此工夫中，所見得此心體之光明之體，初亦即只是一體，而非一自起其用，而自明其明之體。故于此一靜中之涵養工夫外，再另有動上之省察窮理之工夫，與之相對（註二）。然依象山之直下由立志自信之義，以言發明本心之工夫，則爲一純正面的自求同于聖人純乎天理之心之呈現，而自明其明，並在此心之自明其明之相續中，信其本心中之本無一切氣稟物欲之雜，以自拔于一切網羅中，而舉頭天外。人乃能在此雜中，而不見此雜；而即以不見此雜之本身爲工夫。不見此雜，故唯見一本心之明；亦因唯見一本心之明，而不見此雜。故此「不見此雜」之工夫，亦即此「本心之明自起」之別名，復即「本心之自呈其明之用」之別名。故能不見此雜者，亦同時見及此本心之原能呈用，以起工夫，是爲眞發明得此本心。此發明本心之工夫，亦即當爲貫徹于動靜之中，亦貫徹于靜中之察識，以及致知格物之工夫中，而不能自懸絕，以只爲一靜中之工夫者矣。由此而吾人可進而言象山之發明本心之工夫，所以能通于朱子所謂心之未發之體之靜，心之已發之用之動，而貫徹統攝涵養、以及省察窮理等工夫之故。

所謂象山發明本心之工夫，可通于朱子所謂心之體用、動靜、及未發已發，而貫徹統攝涵養與省察格物窮理等工夫者，因朱子所謂心之已發與未發之別，原唯是「心之只有一知覺之不昧，而于物無定着、無思慮」，及「心之感物以後，對物有所定着、有思慮」之別。吾人固可于吾人之心，作此一分別，此即吾人之閒居無事時之心，與正有所事之心之分別。此處更說在閒居無事時之主敬涵養之工

註一：朱子語類百二十一並謂涵泳只是仔細讀書之異名，此與象山言涵泳，實異義也。

註二：朱子于此二工夫，固亦或相攝而說。如謂：「涵養中自有窮理，窮其所養之理；窮理中自有涵養工夫，養其所窮之理。兩項都不相離。」（語類卷九賀孫錄）「居敬窮理二事……互相發明。能窮理，則居敬功夫日益進；能居敬，則窮理工夫日益密。」（同上廣錄）然兩項二事相攝，仍是兩項二事也。

夫，以使此心惺惺了了，不同于有事時所須有之精明的察識工夫，固可說。在閒居無事時，或在主敬涵養之工夫中，吾人之心，于事物無所着，而只主乎此身，在此腔子裏；其見于外之事，亦只在正容貌、齊顏色等，而對外在之事物，另外無所事事。至在思慮或察識之工夫中，則心于事物有所着，而對外在事物之理，亦須用此心着意尋求，而心亦須運用此身，以對事物另有所事事。故朱子于此分心之未發已發，非無其所實指之意義。在心之未發，此心只是自知覺不昧，而主乎此身，在此腔子裏，此即可說爲心只靜居于其自己之內，而只爲一主；在已發，則此心對事物有所思慮、用此身以另有所事事，則如動而外出，以往宅心于事物之內，兼爲賓。此二者固不同也。吾人今對朱子之說，唯一之問題是：若吾人眞見得上節所謂本心之體原能呈用之義，則朱子所言心之未發已發之別或動靜之別，便非必須說爲一體用之別。因在未發時心之知覺不昧，此知覺便已不能不說是用，（註）此知覺之相續，即其知覺之用之相續。當已發時，心之着于物，而有所思慮，則心爲此思慮之主體，而以此思慮爲用。此思慮之相續，即其思慮之用之相續。于此，即只須說一心之二種能自相續之用之不同。此

註：朱子語類卷九十六論「喜怒哀樂未發前，靜中有物……乃是鏡中之光明……只是知覺」。又言：「伊川以知覺便是動，說得大過」。張南軒嘗以心有知覺，即是已發，朱子謂不須如此說。如動與發指思慮，此知覺固非動發，然此知，總是能照而有用者也。語類百十三「須先就自心上立得定，則自然光明四達，照用有餘」，則體上之光明，固原具此照用也。

心實無論已發未發，皆無時不呈用，而此心之體皆在其中。不必說未發時即爲體，已發時方爲用也。

若知與思慮皆心之用，則吾人可更進一步再問：就吾人之心上看，此于事物無定着之知覺之用，與有所定着之思慮之用，二者畢竟是此心之平等相對之二用，或只爲此心之一用，次第表現所成之二用？試思：當吾人只有知覺時，吾人固自知無思慮，而在有思慮時，則亦自知其有思慮。思慮可有可無，此心之知覺實常在而如一，則此心之知之用，明是可兼通于吾人之思慮之有無者。則吾人豈不可更由此心之用，乃即表現于心之思慮之中，而謂此心之思慮，即此心之自運此知，以向于事物及其理，而入乎其中之所凝成者乎？觀朱子之以即物而思慮其理爲致知，則朱子之教中，亦固有此義矣。

今吾人再試就此心之知之用之本身，與心之致其知所成之思慮，二者一加比較，並看其關係如何。則吾人可說者，應是：此心之知之本身，當其無所定着時，只是一無定限，亦無特殊之規定之虛靈明覺；而心之思慮，則爲此心之虛靈明覺，兼爲此事物之形相與理所規定，亦如被其所限。然在人既思慮得或知得事物之形相與理之後，則此心之虛靈明覺，又超拔于此規定限制之外，唯留此心之知。是見此心之知、實爲心之用之本，而其思慮，則只爲此知之運用之所凝成，亦爲其所能加以超拔，而加以貫澈者。今吾人若依朱子之用名，謂此只具知之用之心，爲一未發之心體，則此未發之心體，固爲一貫澈于其已發之中，而恒爲之主之心體。吾人于此可言：當有此未發時，或尚無此所謂已發；然却不可言此已發之中，無此未發。則此未發已發，並非平等相對之一心之兩面，而實乃此一心之次第表現其知所成之兩段；而其後一段之表現爲思慮，其未發之心體仍貫徹其中，而爲之主。則于此言發明本心之工夫，亦不當只是求在靜時涵養得一未發之本心，而當是即在人之思慮之中，亦應可時時發明其本心者。則此發明本心之工夫，即爲時時可當下運用，亦可當下指點他人運用，而無關于有事無事，動時或靜時者。故象山謂「心正則靜亦正、動亦正…若動靜異心，是有二心矣」。（**註**）誠然，人用此工夫，而動時不得力，固可暫退而用靜時之工夫。然只以靜時之涵養工夫爲重，吾人前說其亦可有弊。則靜時不得力，亦同可重返至動時之省察或致知工夫。此中無論在朱子所謂未發或已發，動時或靜時，皆有此本心之明，現成貫注在此；則于此人欲求自明其本心，皆爲現成自在之事，便不能定在此動靜之時際上，分本末體用。唯當自本心之發用之或爲知，或爲知而兼爲思慮上，分說其體有次第表現之二用。至對此心自身之體，則當說爲實隨其用之所往之或爲知或兼爲思慮，而亦與之俱往，以爲其主者。然後無論在靜時之涵養與動時之省察、致知，方皆得爲人之當下求自明其本心之體，或自明其明德之工夫之所在；乃眞能于格物致知誠意正心修身之際，常見得一個明德，隱然流行

註：象山全集卷四與潘文叔書：若自謂已得靜中工夫，又別作動中工夫，恐只增擾擾耳。何適而非此心？心正則靜亦正、動亦正。心不正，則雖靜亦不正矣。若動靜異心，是二心也。又卷五與高應朝，亦謂動靜豈有二心。卷三與張輔之「若非尊所聞、行所知，只成得個板撿，自沉溺於曲學阿行，豈有定於靜，而不定於動耶。」

于五者之間，（語類十五）而已發未發，皆是一敬也（與張欽夫書）。

五　象山之言與朱子之言之自然會通

吾人如知無論在靜時或動時，有思慮時或無思慮時，用涵養工夫時或用省察等工夫時，皆有此本心之自明，即知人無論作何工夫之時，皆可同時作象山所言之工夫，以時時有其本心之自明而自立；人之更時時能對本心之明之發處，自信得及，亦即所以擴充增益此本心之明，使本心更得呈現，更能而自作主宰，而自立者。人本心日明，自亦將愈能見得自家之病。故象山亦自謂「老夫無所能，只是識病」。（全集三十五）此固亦非見得一光爍爍之物事，便守此一物，據爲己有，自高自大，更不見自家病痛之教也。唯此一工夫，初非先意在治病，或治氣稟物欲之雜，以與之相對而立者；而初唯是一純正面的承本心所發之四端萬善，而自信得及、以成其相續無間，使此光明日顯，而自然見得病痛；即以此光明照澈此病痛，而化除之，如日出而照烟霧，乃旋照而旋散耳。至于尅就此發明本心之工夫，遍在于未發已發涵養省察等中而言，則此涵養省察以及一切致知窮理之工夫之細密處，亦無足與此發明本心之工夫相悖者。此一切細密之工夫，皆同可爲此一工夫之所貫徹。此其所以爲大綱。大綱提掇來，其餘固皆可由此大綱之所貫注，而細細理會去。則朱子與其他賢者所言之其他種種細密工夫，象山亦不須更加以反對，而皆可于不同意義上，加以承認，而人用任何工夫，亦皆可如「魚龍之游于江海之中，沛然無礙」。此即象山所以於朱子之學，雖不同其所見，而其言中對朱子之批評，反較朱子對象山之攻擊爲少之故。以系統規模之博大而言，朱子固是泰山喬嶽，非象山之所及。然朱子之讀聖人書所成之規模系統彌大，析義彌多，亦未嘗不言：「讀書須是以自家之心，體驗聖人之心。少間體驗得自家之心，便是聖人之心」，（語類一一九）「聖人之言即聖人之心，聖人之心即天地之理」，（語類百零四）「而今看聖人說話，只聖人心成片價，從面前過」，（語類百零四）則此未嘗不歸宿在見心之即理、見己之心同于聖人之心，而通于象山之發明本心之旨。唯此乃朱子之學四方八面湊合將來之所終。象山則以此朱子之學之所終，爲學者立志之所始，亦學者自始當直下契入之一根本義。則以朱子觀象山，乃或疑其只是「揀一個儱侗的說話，將來籠罩」，「只是要尋一條索，却不知道都無可得穿」，（語類二七）又如「若識得一個心了，萬法流出，更都無許多事」，（語類百二四）此乃「巴攬包籠」，「籠統無界分」，「若只憑大綱看過，何緣見精微出來」，而或更疑其心空而無理，只是禪，以至謂其欲把捉此心，未必不出于人欲之私。朱子之所以有諸疑之故，亦意皆可解；正如象山之言朱子之支離，「其條目足以自信」者，爲不見道者，其意可解也。然象山要學者，「先且當大綱思省」，（全集卷三與曹挺之）自謂：「其言坦然明白，全無粘牙嚼舌處，所以易知易行」，亦未嘗礙人之由此大綱，以有種種條目之細密工夫。則象山之學，亦未嘗礙朱子之教。而朱子之學，既未嘗不歸在見心之即理、己之心即聖人之心，則亦即未嘗不與象山同旨。然以朱子觀象山之言，「說心與理一，不察乎氣稟物欲之私，是見得不眞」。（語類一二六，大全卷五十六荅鄭子上）此即謂必須先見及此氣稟物欲之雜，足使心與理宛然成二，然後吾人方能實有去此雜之工夫，以實見心與理之一。以象山觀朱子，則先見有此氣稟物欲之雜，即不能直下見及心與理之一，而未能本此見，更以「自信此心與理一」爲工夫。所見者既是有此「雜」，以使心與理不一者，則此所見者，非心與理一，乃心與理二。則由工夫之所成，而見及之心與理一，即只屬修成，非眞本有。然若非本有，則修無可成，而亦可不修。于此心與理一之爲本有一義上，則朱子在其心性論，雖亦向之而趨，而未能圓成。如前所辨。此則舍取象山之論，蓋無他途。然取此象山之論，仍可回頭正視氣稟物欲之雜之一問題，而即其雜，以知吾人之工夫，亦當順其雜而有，乃未嘗不可有種種複雜之工夫。以其人之道，還治其人之身，則即雜所以成純。則朱子之教，亦無一可廢。朱子之言，縱有黏牙嚼舌之處，人能一一吞嚥，亦未嘗不可相泯于無迹。總上所言，可見二賢之論，正如始終之相涵，博約之相資。世謂朱子以道問學爲先，心理非漫然爲一；陸子以尊德性爲先，乃心與理一者，吾人于本文篇首嘗評其說爲不切。今如識得此二家之工夫論，有此始終相涵，博約相資之義，則固亦皆當說，而未嘗不切矣。

五十四年十二月

索引

索引說明：

一　索引區分爲二部分：㈠人名索引，㈡內容索引。

二　內容索引以名詞概念爲單位，同一名詞下無特別說明者，僅標明其頁數；有特別說明者，該名詞概念用～符號代替。

三　索引以筆劃多少爲序。

四　索引中所標示的頁數，卽本書每頁兩旁的頁數。

五　本索引編製人區有錦。

(一)人名索引

三劃

四劃

五　劃

六　劃

七劃

八　劃

九　劃

十劃

十一劃

十二劃

十三劃

十四劃

十五劃

十六劃

十七劃

十八劃

十九劃

二十劃

二十一劃

(二) 內容索引

二　劃

三　劃

四劃

五　劃

六　劃

七　劃

八劃

十　劃

十一劃

十二劃

十三劃

十四劃

十五劃

十六劃

十七劃

十八劃

十九劃

國家圖書館出版品預行編目資料

中國哲學原論・原性篇：中國哲學中人性思想之發展
唐君毅著. – 全集校訂版. – 臺北市：臺灣學生，
1989[民 78]
面；公分（唐君毅全集；卷 13）含索引

ISBN 957-15-0024-0 (平裝)

1. 哲學 – 中國 I .唐君毅著

120/8346 78

唐君毅全集卷十三
中國哲學原論 原性篇（全一冊）

著作者：唐君毅
出版者：臺灣學生書局有限公司
發行人：盧保宏
發行所：臺灣學生書局有限公司
臺北市和平東路一段一九八號
郵政劃撥戶：〇〇〇二四六六八號
電話：（〇二）二三六三四一五六
傳真：（〇二）二三六三六三三四
E-mail: student.book@msa.hinet.net
http://www.studentbooks.com.tw
本書局登記證字號：行政院新聞局局版北市業字第玖捌壹號
印刷所：長欣印刷企業社
中和市永和路三六三巷四二號
電話：二二二六八八五三

定價：平裝新臺幣五四〇元

西元一九八九年十一月全集校訂版
西元二〇〇六年十一月全集校訂版三刷

12002

究必害侵・權作著有

ISBN 957-15-0024-0 (平裝)